Ullstei

ÜBER DAS BUCH:

Tom O'Shea ist ein bärenstarker Farmer, der in harter Arbeit der kanadischen Wildnis fruchtbares Land abtrotzt. Doch in den Dingen des Herzens und des Gefühls ist er ein Kind geblieben. Eines Tages wird er von einem Fremden in dessen am Salmon River gelegenes Haus geladen. Dort lernt er Eva kennen, die zweiundzwanzigjährige Tochter des Gastgebers – und macht ihr wenig später einen Heiratsantrag. Das Mädchen nimmt an. Groß und ausgelassen wird die Hochzeit gefeiert. Doch in der ersten Nacht fällt Tom, in sexuellen Dingen unerfahren, vom Verlangen getrieben über seine junge Frau her... Einfühlsam und überzeugend erzählt A.E. Johann die Geschichte dreier Menschen, deren Schicksal auf eine Katastrophe zutreibt.

DER AUTOR:

A.E. Johann, am 3. September 1901 geboren, studierte in Berlin Theologie, Soziologie und Geographie und wurde Korrespondent der *Vossischen Zeitung*. Vor und nach dem Krieg führten ihn Reportage- und Informationsreisen in alle Teile der Welt. Seine Bücher, auch die Romane und Erzählungen, basieren auf Erfahrungen, die der Autor auf den ungezählten Reisen quer durch die Kontinente sammelte. Seit dem Erscheinen seines ersten Reisebuchs *Rund um Asien* vor mehr als fünfzig Jahren ist A.E. Johann einer der bekanntesten Reiseschriftsteller im deutschsprachigen Raum.

A. E. Johann

Evas Wildnis

Roman

Ullstein

ein Ullstein Buch
Nr. 23008
im Verlag Ullstein GmbH,
Frankfurt/M – Berlin

Ungekürzte Ausgabe

Umschlagentwurf:
Theodor Bayer-Eynck
Foto: ZEFA – T. Walker

Taschenbuchausgabe mit
freundlicher Genehmigung
der Hestia Verlag GmbH

Printed in Germany 1993
Druck und Verarbeitung:
Clausen & Bosse, Leck
ISBN 3 548 23008 3

Januar 1994
Gedruckt auf alterungsbeständigem
Papier mit chlorfrei
gebleichtem Zellstoff

Vom selben Autor
in der Reihe
der Ullstein Bücher:

Die Wildnis aber schweigt (22143)
Die Wildnis (22279)
Am Rande der Winde (22378)
Gewinn und Verlust (22469)
Amerika ist eine Reise wert (22512)
Sehnsucht nach der Dobrinka (22610)
Am Ende ein Anfang (22656)
Abenteuer der Ferne (22708)
Westwärts nach Oregon (22778)
Die Erde – wie ich sie noch sah (22905)
Bis ans Ende der Ewigkeit (22983)

Die Deutsche Bibliothek –
CIP-Einheitsaufnahme

Johann, A. E.:
Evas Wildnis:
Roman/A. E. Johann.
– Ungekürzte Ausg. – Frankfurt/M;
Berlin: Ullstein, 1994
(Ullstein-Buch; Nr. 23008)
ISBN 3-548-23008-3
NE: GT

VORWORT

Seit Jahrzehnten verfolgt mich der Titel eines französischen Romans, den ich als junger Mensch gelesen habe. Das Buch war mir von einem Studienfreund für kurze Zeit geliehen worden. Es trug den Titel: »UN HOMME SE PENCHE SUR SON PASSÉ« (»Ein Mensch beugt sich über seine Vergangenheit«).

So unauslöschlich mir dieser sonderbare Titel im Gedächtnis haftengeblieben ist, so wenig will es mir gelingen, den Namen des Verfassers aus dem Gestrüpp der Erinnerungen hervorzulocken; er bleibt mir verschollen. Auch ist der Roman mir nie wieder begegnet.

Ich weiß aber genau, daß es sich um die Geschichte eines Mannes handelte, dem ein anderer irgendwo in den unüberschaubaren Wildnissen im Norden der französisch-kanadischen Provinz Québec die Frau abspenstig gemacht und entführt hatte, ohne sie schließlich vor den Gefahren und Unbilden der Einöde schützen zu können; er verliert sie.

Daß die Frau mit dem Nebenbuhler das Weite suchte, hätte der geprellte Ehemann noch verwinden können; er hat der geliebten Frau niemals den freien Entschluß verwehrt. Aber daß der glückliche Bewerber den erlisteten Schatz nicht zu hüten wußte und ihn schon nach kurzer Zeit elend zugrunde gehen ließ, das kann der Ehemann nicht verzeihen; der Vernichter seines Glücks soll mit seinem Leben dafür büßen.

Die zweite Hälfte des Romans ist der Schilderung der Flucht und Verfolgung gewidmet, welche den Schuldigen, und auf seinen Spuren den Rächer, durch die weglosen Ödnisse des kanadischen Nordens jagt. Schließlich wird der Fliehende eingeholt und gestellt. Ich weiß nicht mehr zu sagen, ob der Verfolger den Räuber seines Glücks am Ende tötet, oder ob er ihn laufenläßt. Lediglich die allerletzten Worte des Buches haben sich mir so fest eingeprägt, daß ich sie heute, nach einem halben Jahrhundert, noch genau wiedergeben kann; sie lauten:

»Ein Mensch beugt sich *über* seine Vergangenheit – ein Mensch beugt sich *vor* seiner Vergangenheit.«

Ich erinnere mich nicht mehr, ob mit diesem Menschen der Verfolger oder der Verfolgte gemeint war. Es bleibt sich gleich.

Denn Schuld und Unschuld, Absicht und Verhängnis waren im Schicksal beider Männer so unentwirrbar miteinander vermischt, daß sie beide als irrende Menschen Grund genug hatten, sich vor ihrer Vergangenheit zu beugen, sich ihren Verfehlungen bewußt zu werden.

*

Jener Roman also liegt mir – stets wieder aus dem Vergessenen auftauchend – wie ein dunkles, unheilvolles Märchen aus frühester Kindheit im Sinn. Er ist unter anderem schuld daran, daß ich seit meiner Studentenzeit, wenn ich an ferne, wilde Länder dachte, als Ziel meiner Sehnsucht, sozusagen von Kindesbeinen an, stets Kanada vor Augen hatte.

Als mich dann kurz nach der Mitte der zwanziger Jahre dieses Jahrhunderts mein erster journalistischer Auslandsauftrag tatsächlich in den kanadischen Westen verpflanzte und ich ein ganzes Jahr lang Zeit und Gelegenheit fand, nachzuprüfen, wieviel von meinen früheren Träumen durch die Wirklichkeit bestätigt – oder widerlegt – wurde, stellte ich bald zu meinem Erstaunen fest, daß sich ein solches Schicksal, wie jener unvergessene französische Roman es mir erzählt hatte, in den ewigen Wäldern des Nordens viel häufiger abgespielt hat, als wir uns im bürgerlich-gemäßigten Dasein des alten Europa auch nur in der Phantasie vorzustellen fähig sind.

*

Damals, in den zwanziger Jahren dieses Säkulums, gab es noch das Zwischendeck auf den Dampfern, die über den rauhen Nordatlantik hinweg europamüde Menschen nach Nordamerika frachteten. Die Dampfer waren auch noch richtige Dampfer, die ihre gewaltigen Dampfkessel mit Kohle beheizten, also ständig aus hohen Schornsteinen eine bald lichtere, bald schwärzere Rauchfahne hinter sich über die graue See zogen.

Das Zwischendeck schob sich zwischen das Hauptdeck des Schiffes und die darunterliegenden Ladedecks, lag also dicht über der Wasserlinie. Wer Zwischendeck fuhr, durfte die Luken, die Bullaugen, nur bei ruhiger See öffnen, sonst schickte ihm der

Ozean mit der nächsten Woge, die gegen das Schiff prallte oder an ihm entlangrollte, einen mächtigen Schwall kalten Salzwassers in die Kabine, verdarb ihm das Gepäck und verwandelte die Matratze in seiner schmalen Bettstatt in einen aufgequollenen, triefenden Schwamm.

Zwischendeck – es gab damals, als ich im Zwischendeck zum ersten Mal den Ozean überquerte, Dutzende von Auswanderungsmärchen, die berichteten, wie dieser oder jener berühmte Mann elend und ärmlich im Zwischendeck gehaust hätte, um »drüben« nach einer Reihe von Jahren und vielen gewagten Geschäften (und sicherlich ebenso vielen bösartigen Nervenproben) ein reicher und einflußreicher Mann zu werden. Gewöhnlich kehrte er, wenn er sein Schäfchen zuverlässig im trockenen hatte, also in den reiferen Jahren seines Lebens, noch einmal in die alte Heimat zurück, in die Lombardei etwa oder nach Dalarne in Schweden, in die Grafschaft Kerry in Irland oder die Lüneburger Heide, um sich als der reiche Onkel aus Amerika den daheim und arm gebliebenen Anverwandten im Glanze seiner goldenen Uhrkette und seiner Perle in der Krawatte zu präsentieren. Er verrichtete unter seinen staunenden Landsleuten, die gar nicht mehr seine Landsleute waren, einiges an – meistens nicht sehr notwendigen – guten Werken und zog sich schließlich – befriedigt in der Erkenntnis, daß er den besseren Teil, Amerika nämlich, erwählt hatte – nach einigen Wochen oder Monaten wiederum per Dampfer, natürlich erster Klasse, in sein mit Türmchen, Erkerchen und Plüschportieren geschmücktes Heim in Cincinnati, Ohio, oder Denver, Colorado, oder Winnipeg, Manitoba, zurück.

Ich hatte von der »Vossischen Zeitung« in Berlin, die später zu Beginn des »Tausendjährigen Reiches«, mit vielen anderen guten Dingen für immer eingesargt wurde, meinen ersten großen Auslandsauftrag gestellt bekommen; er lautete: »Ermitteln Sie, Johann, wie es den deutschen Auswanderern in der Praxis ergeht, den jungen Leuten, die jetzt zu Zehntausenden die Schiffe füllen und ins westliche Kanada strömen oder in den amerikanischen Westen, um dort in der Landwirtschaft, im Wald, in den Bergwerken oder sonstwo ihr wahrscheinlich saures Brot zu verdienen. Es kommt uns nicht auf weise ökonomische oder soziologische Betrachtungen an, sondern auf handfeste Beschreibungen, ob und wie ein deutscher Bauernbursche aus dem laut Versailler Vertrag abgetretenen Teil Ostpreußens, Westpreußens oder Posens sich unter kanadischen Bedingungen zu behaupten oder durchzusetzen vermag. Sie sind jung, gesund und kräftig, Johann. Vergessen Sie also Ihre akademische Vergangenheit, ziehen Sie die Wildlederhandschuhe aus und rin ins Vergnügen!«

So ungefähr hatte mich Georg Bernhard, der damalige Chefredakteur der »Tante Voß«, verabschiedet – sicherlich nach der bewährten Regel: Man muß die jungen Kerle einfach ins Wasser schmeißen; schwimmen sie, dann haben sie's und gleichzeitig wir geschafft, und sie liefern druckbare Berichte; gehen sie unter, macht's nichts, dann sind wir sie los und brauchen uns über sie nicht weiter den Kopf zu zerbrechen.

Nun, ich war fest entschlossen, zu schwimmen und mir »meine Sporen zu verdienen« (obgleich ich bis dahin auch ohne Sporen ganz leidlich ausgekommen war). Ich erklärte sogar in all der goldenen Unvorsichtigkeit meiner damals sechsundzwanzig Jahre, daß man besagte Praxis der Auswanderei nur dann richtig studieren könnte, wenn man sich selbst in einen mittellosen Auswanderer verwandelte und mit nicht mehr Geld in der Tasche im kanadischen Westen einträfe, als dem Durchschnitt der Auswanderer vergönnt war, nämlich mit zwanzig Dollar.

»Mit zwanzig Dollar –« wurde dann anderthalb Jahre später der Titel meines ersten Buches. Es hatte einen rauschenden Erfolg, erreichte im ersten Jahr nach Erscheinen über 100 000 Auflage (für damalige Zeiten, in denen Bestseller noch nicht erfunden waren, eine höchst erstaunliche Zahl!) und bewies damit schlagend, daß die Bernhardsche Methode ihre großen Vorzüge hatte.

Ich nahm die Sache von Anfang an todernst, war mir klar, daß es galt »Jetzt oder nie!« und verpflichtete mich, mir kein Gehalt oder Honorar nachschicken zu lassen. Der Krieg mußte »sich selber nähren«, um mit Wallenstein oder Napoleon oder sonst einem Helden dieser Art zu sprechen. Wenn schon Berichte über Auswanderei, dann eben auswandern! Mit siebzehn Dollar und zweiunddreißig Cent kam ich in Edmonton, Alberta, an. Damals war zwar der Dollar noch vier Mark zwanzig wert, aber trotzdem würden die siebzehn Dollar zweiunddreißig nicht sehr lange vorgehalten haben, mich vor dem schleichenden Hungertod zu bewahren.

Wie man sieht, bin ich damals dem Hungertod entronnen, habe auch sonst keinen Dauerschaden erlitten, vielmehr auf vielen Umwegen und Abwegen das biblische Alter erreicht und überschritten – und befinde mich immer noch leidlich wohl.

Im Winter des Jahres 1927/28 arbeitete ich in einem Holzfällerlager im Norden der westlichsten kanadischen Provinz, British Columbia, nicht allzu weit entfernt – nach amerikanischen Begriffen – von der Südspitze Alaskas. Damals gab es in jenen entlegenen Gebieten noch keine Straßen, die diesen Namen verdienten. Die einzige im Sommer wie im Winter einigermaßen zuverlässige Verkehrsader bildete die – damals – nördlichste der kanadischen Eisenbahnstrecken, ein einsamer Schienenstrang durch viele hundert leere Wildnismeilen, der die Hauptstadt der östlich anschließenden kanadischen Provinz Alberta mit dem nur sehr zögernd aufstrebenden Hafen Prince Rupert am Stillen Ozean verband.

Im übrigen bildeten, wie seit alter Indianerzeit, im Sommer die Wasser der vielen großen Seen und Flüsse des Landes, im Winter das Eis auf denselben Gewässern die weit verzweigten Wege, welche die einzelnen Teile des riesigen Landes miteinander verbanden; in der warmen Jahreszeit, etwa von Mai bis November, wurden sie mit dem Kanu, in der kalten mit dem Hundeschlitten befahren. Je weiter man damals in dem gewaltigen Gebirgsland British Columbia nach Süden vordrang, desto entwickelter und »zivilisierter« boten sich die Verhältnisse dar. Bei mir im Norden aber unter gut hundert wilden, schwer und auch gefährlich arbeitenden Männern war davon nichts zu merken. Dort regierte noch der »Wilde Westen« ungebrochen.

Die Männer schliefen gemeinsam in einem riesigen, nicht unterteilten Blockhaus aus schweren Fichtenstämmen. An den beiden Längsseiten reihten sich je etwa fünfundzwanzig doppelgeschossige Betten, einfache hölzerne Schragen aus ungehobelten Brettern mit einem Strohsack darin. Die älteren und erfahreneren Waldmänner bekamen die bequemer zu erreichenden unteren Betten angewiesen; die jüngeren Holzarbeiter, die Lerner und Anfänger, mußten Abend für Abend die oberen Betten erklimmen; wobei ihnen nicht einmal eine Leiter zugebilligt war. Ich war natürlich als ein zunächst mißtrauisch beschnüffelter, verdächtig ungrob wirkender Neuling mit einem oberen Bett »belehnt« worden, das am Ende der Reihe ganz in der Ecke stand. Dort reichte der Schein der einen großen Petroleumlampe, die in der Mitte des Hauses im hohen Dachstuhl angebracht war, kaum noch hin; außerdem war es dort am kältesten, denn von der Außen-, der Giebelwand, war man nur durch einen schmalen Gang getrennt, der noch enger war als der, welcher mich von dem benachbarten Doppelbett, dem zweiten also in der langen Reihe, absonderte.

Der eiserne Kanonenofen – er fraß Baumstämme von anderthalb bis zwei Meter Länge – war in die Mitte des langen, hohen Raumes gesetzt; er ging gewöhnlich noch vor Mitternacht aus, da auch die von Nacht zu Nacht wechselnde »Feuerwache« sich des Schlafes nicht erwehren konnte. Dann drang die klirrende Kälte von minus vier bis minus dreizehn Grad Fahrenheit (das sind – 20 bis – 25 Grad Celsius) bald durch die vielen Risse, die sich zwischen den Stämmen der Wände unvermeidlich immer wieder auftaten, in den großen Schlafraum und gestaltete das nächtliche Dasein höchst unerfreulich. Wer am Ende der Bettenreihe neben der Giebelwand lag, der war damit nicht nur am weitesten vom Ofen entfernt, sondern genoß auch den eisigen Zug durch die feinen Ritzen in der Blockwand aus allererster Hand. So erging es mir.

Obgleich mir das Lager im ganzen behagte, sich die wilden, stoppelbärtigen Männer aus zahlreichen Ländern der Welt mit wenigen Ausnahmen als leidlich umgängliche Schicksalsgenossen erwiesen, auch die Arbeit in den tief verschneiten Wäldern sich durchaus nicht allzu schwer anließ und von mir ebenso bewältigt wurde, wie von den vier engeren Arbeitsgefährten in meiner »Gang« (schließlich war ich als blutjunger Kerl in und nach dem Ersten Weltkrieg nicht auf Rosen gebettet gewesen und hatte lernen müssen, zuzugreifen), versetzte mich der Umstand, daß ich jede Nacht ein halbdutzendmal von der Kälte aus dem Schlaf gerissen wurde, nicht nur in hilflose Wut und schließlich Verzweiflung, sondern brachte mich auch auf den Hund – denn unausgeschlafen ließ sich die harte Schufterei bei grimmiger Kälte in tiefem Schnee auf die Dauer nicht aushalten. Das merkte ich bald nur allzu deutlich.

Als ich in der dritten Nacht gegen drei Uhr morgens wiederum wach lag, weil sich die Kälte erneut in Rücken und Kopf fraß, auch alles Ziehen und Zerren an den groben, steifen Wolldecken mich nicht wieder warm werden ließ, faßte ich den Entschluß, meine elende Koje für den Rest der Nacht zu verlassen und mich auf eine der zwei Sitzbänke beim Ofen zu legen; sie standen an den beiden Flanken der mächtigen gußeisernen Röhre, die liegend auf große Steine gebettet die brennenden, glühenden Baumstämme in sich aufnahm und durch einen hoch ins Dach reichenden blechernen Schornstein den Rauch abführte. Die groben Bänke waren zwar schmal, hart und nur zum Sitzen bestimmt, aber mit einer eingerollten Decke im Nacken lag man lang ausgestreckt auf ihnen wenigstens warm.

Ich schälte mich also aus den klammen Decken und versuchte, so vorsichtig wie möglich von dem gut mannshohen Gestell meines sogenannten Bettes den Fußboden zu erreichen. Ausgezogen war ich, wie alle anderen, nicht; eben der Kälte wegen. Ich wollte natürlich den Schläfer unter mir nicht stören oder gar stoßen, mußte aber doch mit den Beinen abwärts tasten, um an der Bettkante unter mir wenigstens für einen Fuß Halt zu finden und danach den Boden erreichen. Das gelang mir auch; ich kam zwischen der Giebelwand (sie überzog sich bereits auf ihrer Innenseite mit einer Schicht von Eiskristallen) und dem hohen Bettgestell mit den zwei Schlafplätzen zum Stehen. Jetzt mußte ich mir noch zwei Decken von meinem verlassenen Lager klauben, um mich für die schmale, harte Sitzbank längs des Ofens auszurüsten.

Während ich noch im tiefen Dunkel auf meinem Schragen nach den Decken angelte, spürte ich plötzlich, wie eine Hand aus dem unteren Bett an meinem Hosenbund zupfte. Mich durchfuhr peinlicher Schreck: Hatte ich also den Mann unter mir trotz aller Vorsicht geweckt! Dergleichen wurde im allgemeinen sehr krummgenommen, denn ein jeder hatte den Schlaf bitter nötig. Ich hatte bis dahin noch keine Gelegenheit gehabt, den Inhaber des Bettes unter mir kennenzulernen. Man kümmerte sich in dieser lediglich aus Gründen der Arbeit und des Geldverdienens zusammengewürfelten Männergesellschaft nur dann um den Nachbarn, wenn die Arbeit dies erforderte, oder man sich in der Enge des Schlafhauses über den Vortritt an den wenigen Waschschüsseln, den Stubendienst oder sonstige simple Notwendigkeiten zu einigen hatte; was sich übrigens erstaunlich reibungs- und aufwandslos vollzog. Außerdem war ich bis dahin abends wesentlich früher zu Bett gegangen – zerschlagen in den ersten Tagen von der harten Arbeit –, aber am Morgen früher aufgestanden, als der Kumpel unter mir – stets darauf aus, mich noch vor dem großen Ansturm der anderen einer Waschschüssel und heißen Wassers zu versichern, mich gründlich zu waschen und möglichst jeden dritten Tag zu rasieren. Es war mir also bis dahin entgangen, wer unter mir sich Nacht für Nacht um den Schlaf des Gerechten bemühte.

Eine verhaltene Stimme murrte aus dem Dunkel der unteren Bettstatt:

»Kannst du auch nicht schlafen vor Kälte, Bruder?«

»Nein, ich ziehe um. Ich lege mich auf die Bank am Ofen. Wenn die Feuerwache schläft, schüre ich das Feuer wieder an. Dann hat man's wenigstens warm!«

»Das ist eine gute Idee! Ich komme mit!«

So tappten wir also beide auf dicken Wollsocken zur fernen Mitte des großen Schlafsaals. Die Feuerwache war, wie erwartet, überhaupt nicht vorhanden. Aber in der mächtigen Eisenröhre des Ofens glimmte noch unter einer dünnen Aschendekke rote Glut. Ich pustete die Asche beiseite und legte ein paar trockene Fichtenspäne auf; sie flammten sofort hoch; einige größere Scheite über den knisternden Brand geschoben – und schon stand mein Nacht-, Lager- und Friergefährte mit einem gewaltigen, der Länge nach gespaltenen Kiefernkloben von mehr als einem Meter bereit und schob ihn durch das Ofenloch in die nun schon aufzuckenden, den langen Ofen entlang bis in den Schornstein hineinschlagenden Flammen. Noch einen Holzblock hineingeschoben, einen dritten, größeren, halbquer über die beiden ersten – so, das sollte bis in den Morgen vorhalten. Ein einzelner Stamm ging stets nach einiger Zeit aus; bei zweien dauerte es länger, aber auch sie verlöschten, wenn sie sich auseinandergebrannt hatten; drei dagegen hielten oft so lange vor und spendeten Wärme, bis sie ganz und gar zu Asche zerfallen waren. Unter der Asche sammelte sich dann, da sie gehäuft war, eine lange glosende Glut.

Nach einer Viertelstunde saßen wir auf der Bank an der Ofenflanke und ließen uns von der schnell zunehmenden Hitze aus dem Ofeninnern die Kälte aus den starren Gliedern treiben. Der eiserne Ofen bekam bereits rote Backen, dort wo im Inneren die Flammen am heftigsten gegen die einengenden Wände stießen. Wir mußten die Bank weiter abrücken, sonst würden wir geröstet werden.

Zwischendurch hatte ich mich unauffällig bemüht, meinen überraschend gewonnenen Nachtkumpan etwas genauer in Augenschein zu nehmen. Der Mann gefiel mir nicht schlecht; er mochte etwa fünfzehn bis zwanzig Jahre älter sein als ich, hatte ein gutes, mageres, wie gegerbt wirkendes Gesicht mit schweren dunklen Brauen und einem dicken Schopf eisengrauen Haars über einer hohen Stirn.

Wir waren aufgestört, mochten uns nicht gleich langlegen, um vielleicht noch zwei oder drei Stunden Schlaf zu finden. Auf der Bank gegenüber an der anderen Längsseite des eifrig vor sich hinbullernden Kanonenofens hatten sich drei weitere Männer eingefunden, die gleich uns die Wärme suchten. Sie hockten da mit hängenden Köpfen und bemühten sich, im Sitzen zu schlafen. Sie konnten auf der anderen Seite des Ofens sicherlich nicht verstehen, was wir miteinander sprachen. Aber ihre Gegenwart zwang uns zu flüstern, um ihren Schlaf und den der anderen hinter uns in den Betten nicht zu stören.

Wir befragten uns gegenseitig, wie es üblich war, zunächst nach dem Woher und Warum. Und da er die erste Frage stellte – auch er hatte mich in der vergangenen Viertelstunde unauffällig abgeschätzt, was mir nicht verborgen geblieben war –, hatte also zuerst ich Auskunft zu geben.

»Ach, da ist nicht viel zu berichten. Ich bin noch nicht länger als ein Jahr im Lande, komme aus Deutschland. Ich arbeite mich so durch, um erst einmal auszukundschaften, wo man am besten bleibt. Hier verdient man ja ganz schön Geld. Im nächsten Frühling suche ich mir etwas Festes. Dann weiß ich wohl schon einigermaßen Bescheid. Das heißt, ich bin mir schon ziemlich sicher, was ich tun werde.«

Das war die Litanei, die ich auf solche und ähnliche Fragen als Antwort stets bereit hatte. Denn zu bekennen, daß ich Journalist und Reporter war, hätte mir meinen Auftrag damals sicherlich erschwert, vielfach sogar unmöglich gemacht. Er meinte:

»Ich dachte mir schon, daß du kein waschechter Lumberjack bist. Ich bin es übrigens auch nicht. Dafür, daß du erst ein Jahr im Lande bist, sprichst du aber schon ein brauchbares Englisch, englisches Englisch sogar.«

»Ja, ich hab's auf der Schule gelernt und dann auf der Universität. Ich komme gut damit zurecht.«

»Auf der Universität –?« Ein Beiklang ehrfürchtigen Erstaunens hatte sich in seine Stimme gemischt: »Ich bin nicht einmal auf eine richtige Schule gegangen. Gerade, daß ich lesen und schreiben und ein bißchen das Einmaleins gelernt habe. Meine Eltern wohnten viel zu weit weg im Busch vor der Jahrhundertwende. Aber du: Universität und so was! Und dann schuftest du dich hier ab wie die Ukrainer und die Skandinavier, die kein Wort Englisch verstehen und es auch nicht lernen, weil sie nur unter sich bleiben. Ist schon so, in diesen Holzer-Lagern finden sich die ausgefallensten Leute zusammen. Universität, sieh einer an, da mußt du mir mehr von erzählen. Morgen abend machen wir erst einmal die verdammte Wand neben unserm Bett dicht, daß man sich nicht die Nase abfriert beim Schlafen. Ist schon oft genug vorgekommen. Mein Name ist übrigens Jim. Und wie wirst du genannt?«

»Fred – von Alfred! Eigentlich sollten wir uns jetzt ausstrekken und dösen, bis der Koch sein ›Aufstehen‹ scheppert. Aber vorher möchte ich noch erfahren, Jim, wieso denn du kein waschechter Waldarbeiter bist. Mich haben sie ja nur als Säger und Asthauer angenommen; das habe ich auch nicht anders erwartet. Aber du bist doch Gang-Boss. Das habe ich schon heraus, hast fünf starke Leute in deiner Gang. Also mußt du dich auf die Waldarbeit gut verstehen. Wie ist das also?«

»Klar verstehe ich mich auf die Holzarbeit! Dies ist schon der zehnte Winter, in dem ich für die ›Northwestern Lumber‹ arbeite. Übrigens will mein Aufräumer in den Sack hauen, schon Ende der Woche. Wenn du willst, kannst du seinen Posten haben. Er will erst mal das Geld verjubeln, das er bis jetzt verdient hat. Ich halte ihn nicht, aber ich brauche Ersatz.«

»Darüber können wir heute abend sprechen, Jim, wenn ich mich mit meinen jetzigen Kumpels verständigt habe. Ich muß dazu erst wissen, wo du herkommst. Man kann sich hier nicht unbesehen mit jedem zusammentun. Soviel habe ich schon gelernt –«

»Mir wird es zu heiß. Laß uns die Bank noch ein Stück weiter vom Ofen abrücken. Merkst du, wie die Wärme jetzt den Männern gut tut? Endlich schlafen sie wieder alle!«

Ja, das stimmte. Von den drei schlaftrunkenen Gestalten uns gegenüber waren zwei mit leisem Gestöhn wieder zu ihren Betten im Hintergrund zurückgetappt. Der dritte hatte sich zur Seite auf die Bank sinken lassen und schlief mit dem Kopf auf dem Arm und angewinkelten Beinen, regungslos auf der schmalen Bank das Gleichgewicht wahrend. Man glaubt gar nicht, wie und wo überall man schlafen kann, wenn die Arbeit des vergangenen Tages in den Knochen und Muskeln lastet wie Blei!

Niemand schnarchte in der weiten Schlafhalle; ich konnte nicht aufhören, mich darüber zu wundern in jenem Winter 27/28, den ich unter den Männern in der Wälderwildnis unweit des Südzipfels Alaskas verbrachte. Nichts weiter war nachts zu vernehmen, als das zu einem dumpfen Wehen sich vereinende tiefe Aus- und Einatmen des guten Hunderts ruhender Waldarbeiter. Kaum daß sich einer regte; nur redeten sie zuweilen im Schlaf – in unverständlichen Sprachen, schwedisch oder finnisch, russisch oder serbisch und natürlich auch englisch oder deutsch.

Es ist zumeist ehrlich gemeint, was man so fragt und antwortet unter hundert heimatfernen Männern, die sich mühselig und gefährlich ein handfestes Stück Geld verdienen. Draußen knallen in der erstarrten Nacht die gefrorenen Weißfichten und Bergzedern auseinander, in die im Herbst Wasser durch einen vom Blitz gerissenen Spalt ins Innere gedrungen ist. Und vom verschneiten Ufer des einige Dutzend Schritte entfernten Eagle Lake dröhnt es wie Urzeitgrollen, donnert wie schweres Geschütz das Eis des Sees, wenn die sich gegen Morgen nochmals vertiefende Kälte endlose Spalten durch die zwei, drei Fuß starke Schicht gefrorenen Wassers reißt.

Jim hatte seine schweren Hände zwischen den Knien verschränkt, stützte sich auf die Ellenbogen und starrte zu dem talergroßen Loch in der Ofentür hinüber, durch das man das wabernde, rot, gelb und weiß flammende Feuer im Innern des glühenden Ofens beobachten konnte. Er nahm den Faden wieder auf:

»Die Sache ist einfach, Fred. Ich bin nicht der einzige, der in der Wildnis, meistens aber weiter im Süden, zu farmen versucht. Verdammt harte Arbeit, kann ich dir sagen! Und es dauert ziemlich lange, ehe man endlich Bargeld zu sehen bekommt für das, was man mit Frau und Kindern aus den im Schweiße des Angesichts gerodeten Feldern herausholt. Ohne Bargeld kommt man jedoch nicht weiter. Also arbeite ich jeden Winter, solange Schnee und Frost den Boden sperren, im Wald. Das lohnt sich und zahlt sich aus. Wenn einem bloß nicht immerfort die verdammte Sorge im Nacken säße, ob die Frau allein und die beiden halbwüchsigen Söhne mit der Farm und dem Vieh auch wirklich fertig werden! Es kann soviel passieren im Winter, in der Einsamkeit. Der nächste Nachbar zur einen Seite wohnt drei Meilen entfernt durch dichten Busch – und zur anderen lebt auch bloß eine Frau mit drei Kindern, von denen nur die Älteste schon so viel Verstand hat, daß man ihr etwas Verantwortung zumuten darf. Aber ich kann nicht damit rechnen, daß meine Frau – eine gute und tüchtige Frau, ohne eine solche kann kein Siedler auf die Dauer überleben – auf den Gedanken kommt, sich um Hilfe an die Nachbarn zu wenden. Umgekehrt wird ein Schuh daraus. Die Nachbarn bitten sie um Hilfe. Und man hilft ja auch gerne, wenn man kann. Man weiß nie, wann man die andern mal braucht. Wir waren die ersten da am unteren Babine-See und hatten einen guten Anfang. Wir schaffen auch jedes Jahr ein Stückchen mehr. Ganz schiefgehen kann's mit unserer Farm wohl nicht mehr, und eine Schule für die Kinder gibt's jetzt auch endlich – in Babine Portage. Es war schon richtig, daß meine Frau darauf gedrungen hat, wir sollten zugreifen, als uns der Zufall damals die gute Gelegenheit bot – obgleich es wie ein Lotteriespiel war. Schließlich lag der neue Platz an die siebenhundert Meilen weiter im Norden als der alte.«

Ich überlegte schnell.

»Siebenhundert weiter im Norden? Dann muß ja der Ort, von dem aus ihr in die Gegend vom Babine- und Stuart-See gekommen seid, schon auf der anderen Seite der Grenze in den Vereinigten Staaten liegen?«

»Du kannst gut rechnen, Fred, und scheinst in der Geographie Bescheid zu wissen. Meine Frau, die weiß auch eine Menge solche Sachen; hat gut aufgepaßt in der Schule. Ja, wir saßen im nordwestlichen Montana bei Libby am Kootenai im tiefsten Busch und konnten nicht leben und nicht sterben. Wir waren da einfach zu weit weg von irgendeiner menschlichen Siedlung. Eines Tages im Herbst 1912 tauchte ein reicher Mann aus dem Osten, aus Boston, bei uns auf und sagte, er hätte gehört, daß es in unserem Gebiet viele Bären gäbe. Wenn ich ihm dazu verhülfe, daß er einen Schwarzbären oder gar einen Graubären erlegte, dann wollte er mich gut bezahlen. Bären gab's bei uns mehr als nötig. Er hat seinen Grizzly bekommen. Er schoß gut, war ein großartiger Jäger. Was die Leute so alles veranstalten, wenn sie zu viel Geld und nichts weiter zu tun haben! Er hatte vorher lange in der Gegend um das alte Fort St. James am Stuart-See und am Babine-See gejagt. Aber bei all seiner Verrücktheit war er ein guter Mann, was man sonst von reichen Leuten nicht immer behaupten kann. Er gab mir nicht nur ein reichliches Aufgeld, weil er mit einem Graubären überhaupt nicht mehr gerechnet hatte, sondern mit seinem wachen Verstand hatte er auch erkannt, daß wir uns zwar furchtbar plagten, aber doch auf keinen grünen Zweig kamen. Er sagte zu mir: ›Du mußt hier weg, Jim! Hier am Kootenai kommt ihr zu nichts! Ich weiß eine Sache im Norden, die paßt für dich und deine Frau wie die Faust aufs Auge. Ein alter Freund von mir, der mich ein dutzendmal auf der Jagd begleitet hat, mußte den Platz aufgeben und hat einen Notar in Prince George beauftragt, die hundertsechzig *Acres** bestes Land, das kräftige Blockhaus und den *Claim*** an seinem Bach so gut wie möglich zu verkaufen. Besagter Freund hat Ärger mit seiner Frau gehabt, hat alles stehen- und liegenlassen und verfolgt den anderen, der in seine Ehe eingebrochen ist. Er will auch an den Platz nicht zurückkehren, an dem sein Leben schiefgelaufen ist. Der Notar will sich das Ganze selbst einverleiben, früher oder später. Aber ich möchte ihm das versalzen. Wenn du den Platz nur einmal ansehen würdest – ich bin sicher, du würdest sofort zugreifen. Wieviel Geld könntest du lockermachen?‹«

Jim holte tief Luft und flüsterte weiter:

»Weißt du, Fred, der Mann aus dem Osten, der Jäger – er hieß

---

* 1 Acre = 4047 qm; 160 Acres waren das übliche Ausmaß einer Landzuweisung an Neusiedler

** Claim = Anspruch auf Schürfrechte

übrigens Andrew McGrath –, war gewohnt zu befehlen, und das ohne Widerspruch. Aber ich war nicht sein Angestellter. Und außerdem, ich hab' es gar nicht gern, kommandiert zu werden, kommandiere lieber selber. Also gab ich nur zur Antwort: ›Ein paar hundert Dollar, mehr hab' ich nicht auf der hohen Kante – und die muß ich vermehren, damit ich mal was Besseres kaufen kann, wo meine Frau sich nicht halbtot zu rackern braucht!‹ Aber damit kam ich bei Mr. McGrath nicht an. Er wischte alle meine Einwände und Bedenken beiseite; ihm käme es nur darauf an, sich den Stützpunkt für die Jagd am Babine und am Stuart zu erhalten; wenn ich mich bereit fände, ihm einmal im Jahr, im Spätherbst, eine Jagdpartie auf Großwild auszurüsten und zu führen – für ihn allein, eventuell brächte er auch mal jemand mit –, dann würde er mir den Kaufpreis für den Platz am Babine vorschießen, und ich könnte ihn später mit den Honoraren für die Jagdpartien sozusagen abverdienen. Mr. McGrath fackelte nicht lange. Alles, was er anfing, hatte Hand und Fuß; die Jagd auf Großwild und Raubwild war seine einzige Leidenschaft.

Na ja, das hat dann alles geklappt, und wir sitzen nun am Babine-See. Bereut haben wir's nicht, nicht eine Minute lang. Ein Kinderspiel ist das Bewirtschaften der Felder da nicht. Für Weizen ist man schon zu weit im Norden, obgleich, wenn es mit dem Wetter gutgeht und der Hafer zur Reife kommt, dann gibt die Saat reichlich aus. Doch oft genug verdirbt Herbstregen oder früher Schnee alles. Aber die Viehweide ist vorzüglich, und Heu für den Winter gibt es immer genug. Und hier kann ich mir ein gutes Stück Geld zuverdienen, wenn ich auch nicht gern von zu Hause weg bin.

So, nun weißt du so ungefähr Bescheid, Fred, mit wem du's zu tun hast. Es wär' mir schon recht, wenn wir gute Nachbarschaft halten hier im Camp und, wie gesagt, ich brauche einen neuen Aufräumer für meine Gang. Überleg dir's, aber bald! Schotten, Iren und Deutsche kommen immer gut miteinander aus!« – –

Anstatt in der wohligen Wärme am Ofen noch zwei Stunden zu schlafen, hatten wir endlos geredet, geflüstert; das heißt, er hatte geredet, und ich hatte zugehört, wie es meinem Beruf entsprach. Ich sah auf die Uhr. In einer halben Stunde würde der Lagerkoch zum Aufstehen scheppern. Ich glaubte, ihn und seine zwei Gehilfen drüben in dem Küchen- und Speisehaus – das von dem großen Schlafhaus nur durch einen Gang getrennt war, der gerade breit genug war, einen zweispännigen Schlitten passieren zu lassen – schon rumoren zu hören.

Das hatte ich mehr als einmal erlebt: Die Männer redeten nur das Nötigste miteinander, weil man nie wissen, höchstens ahnen konnte, wen man vor sich hatte. Aber insgeheim hungerte jeder danach, sich einmal auszusprechen, nicht sein Schicksal ewig allein mit sich selbst abmachen zu müssen. Bot sich ein Anlaß, das Schweigen zu brechen, so war der Strom der Bekenntnisse nicht aufzuhalten – und wenn man ruhig zuzuhören verstand, blätterten sich die menschlichen Schicksale auf; manchmal wie stolze Heldengeschichten, manchmal auch nur wie billige Kolportageromane. So erging es mir in jener Nacht mit Jim, dessen Nachnamen ich noch nicht wußte. Das ist nun über fünfzig Jahre her, aber es hat sich meinem Gedächtnis unauslöschlich eingeprägt. Ich konnte mich damals nicht enthalten, mit einer weiteren Frage nachzufassen:

»Vielen Dank, Jim. Ich erzähl' dir heute abend mehr von mir. Wird dich interessieren, sei sicher! Aber noch eine Frage hätte ich: Du sagtest, daß auf deinem Land bei Babine Portage zuvor ein Mann gelebt hätte, dem die Frau mit einem anderen weggelaufen wäre, und der sich dann an die Fersen der Geflohenen geheftet hätte – und er hätte weder die Farm noch den Claim weiter behalten wollen. Was war das für ein Claim und was ist aus der ganzen traurigen Sache geworden?«

»Ach, der Claim, ja, der ist auch in meinen Besitz übergegangen. Das ist keine große Sache. In dem Bach, der durch mein Grundstück fließt, gibt es natürlich ein bißchen Gold. In jedem zweiten Bach oder Fluß vom unteren Fraser bis hinauf zum Yukon und Klondike und weiter nach Alaska hinein bis ans Ufer des Bering-Meeres lassen sich ein paar Goldkörner finden, wenn man's richtig anfängt und die nötige Geduld und Ausdauer aufbringt. Wenn ich Zeit habe im Sommer, mache ich das bei mir auch. Die fünf oder sechs Dollar, die man in ebenso vielen Stunden herauswäscht, aus dem Bach selber oder aus den Uferbänken, geben einen guten Zuschuß, sind aber, Gott sei Dank, zu bescheiden, als daß sie mir jemand neidet. Mein Vorgänger hatte sich ursprünglich nur wegen des Claims den Platz gekauft, ist dann aber bald dahintergekommen, daß es sich auf Dauer besser auszahlt, Heu und sonstiges Viehfutter anzubauen, Vieh fett zu machen und an die Bahn zu verkaufen, als jeden Tag in Wasser und Schlamm zu wühlen, um ein paar Körnchen Gold herauszuwaschen. Er hat also gerodet und die Felder urbar gemacht, ist dann aber, als die Sache mit seiner Frau geschah, dem sauberen Pärchen hinterher. Soll sich nur noch einmal in Prince George gemeldet haben, um seinen verlassenen Besitz, meine jetzige Farm, zum Verkauf zu bringen. Von dem Notar, zu dem mich Mr. McGrath geschickt hatte, hörte ich später, daß alle drei, die beiden Männer und die Frau, irgendwo am oberen Finlay umgekommen sein sollen. Aber Genaueres weiß ich darüber auch nicht. Zumindest ist keiner von den dreien je wieder aufgetaucht. Ich habe mich allerdings auch nicht weiter darum gekümmert. Für mich war es nur wichtig, daß mein Besitztitel an dem Land und der Farm rechtskräftig eingetragen war. Und das hat sich mit einiger Nachhilfe durch Mr. McGrath zweifelsfrei festlegen lassen. He, Fred, schläfst du?«

Er stieß mich mit dem Ellenbogen an. Aber ich schlief nicht. Ich war nur wie durch Zauber plötzlich verhext, entführt, betäubt. Auf der dunklen Hüttenwand mir gegenüber schien leise glimmend eine Leuchtschrift abzulaufen, von links nach rechts, ganz langsam: »Un homme se penche sur son passé!« Da war er wieder, der alte Satz, den ich nicht vergessen konnte. Was Jim mir eben in Bruchstücken erzählt hatte, war das nicht der Inhalt jenes eigentümlich herzbewegenden Romans gewesen? Oder handelte es sich nur um eine zufällige Übereinstimmung, die sich bei näherem Betrachten als nicht real erweisen würde?

Ich wußte es nicht, und wir kamen auch nicht dazu, weiter darüber zu reden, denn schon schepperte der Koch vor der Tür mißtönig das »Große Wecken«.

*

Fast genau die gleiche Geschichte habe ich dann einige Jahre später von einem Sergeanten der »Königlich-Kanadischen Berittenen Polizei« vernommen, mit dem ich im tiefsten Winter auf einer gottverlassenen Station der Canadian National etwa auf halbem Wege zwischen Yellowhead und Prince George – ich glaube, sie hieß Legrand – zwei Nächte und einen Tag festsaß, weil der eigentlich fällige, einmal in der Woche verkehrende Personenzug irgendwo entgleist oder im Schnee steckengeblieben war. Der Mann im roten Rock (den er allerdings meist unter einem ebenfalls sehr schmucken Dienstpelz versteckte) war voll von Geschichten, lebte und webte er doch schon seit über einem Jahrzehnt in jener damals sehr entlegenen und menschenarmen Gegend – sie ist auch heute noch nicht viel belebter. Der Eisenbahner, dem die Station unterstand, erwies sich als ein mürrischer, ewig schlecht ausgeschlafener Junggeselle. Ich beneidete ihn nicht; er verfügte nur über zwei offenbar halbindianische Helfer, die noch ungewaschener wirkten als er. Von »Herr Stationsvorsteher« und stolzer roter Mütze war in dem verrußten kümmerlichen Stationsgebäude aus massiven Fichtenstämmen keine Rede, und eigentlich war der Unglückselige vierundzwanzig Stunden im Dienst. Er schlief neben dem Telegrafenapparat und wachte auf, wenn das Morsezeichen seiner Station »tak-tak-tak / tak-tak / tak« durchgegeben wurde.

Der Sergeant und ich hatten nur einmal einen kurzen Blick in das Privatquartier und die winzige Küche des schlechtgelaunten Mannes geworfen und es dann vorgezogen, uns unsere Pancakes und Eier lieber auf dem kleinen Eisenofen in dem Miniwarteraum zu braten, der uns für die Wartezeit als Quartier diente. Bei dem »Herrn Stationsvorsteher« privat hatte es ausgesehen »wie in einem umgekippten Zigeunerwagen« – mit welchem Vergleich ich sicherlich den Zigeunern unrecht tue. Es gab nichts zu lesen; von Radio oder Fernsehen war noch längst nicht die Rede; draußen herrschten zwanzig Grad Kälte, was das Prasseln des kleinen Ofens mit dem durchs Dach reichenden Blechschornstein in der Mitte des Raumes noch viel vertraulicher und gemütlicher machte. Also blieb uns als einziger Zeitvertreib, was vor unserer Gegenwart der die Stille vertreibenden Apparate der einzige, nie versagende und keine Gebühren kostende Zeitvertreib der Menschen seit Jahrtausenden gewesen ist: wir erzählten uns Geschichten. So viele wie heute hatte ich damals noch nicht zu erzählen; aber es reichte. Vor allem lag mir mehr daran, die seinen zu erfahren. Und er war nicht geizig. Wie schon angedeutet, berichtete er von einem Fall, der jener hätte sein können, der seinerzeit Jim aus dem Holzfällerlager zu seiner guten Farm verholfen hatte.

Er war sogar in seiner dienstlichen Eigenschaft mit einem zweiten, ähnlichen Fall befaßt gewesen, ohne jemand zur Rechenschaft gezogen zu haben. Er hatte die drei Hauptpersonen erst eingeholt, als der Ehemann bereits vom Leben zum Tode befördert worden war. Dem Liebhaber, der keine Schramme abbekommen hatte, mußte man glauben, daß er den Totschlag in Notwehr begangen habe. Das Zeugnis der Frau hatte diese Aussage bestätigt. Der Mörder wurde daraufhin nicht bestraft und konnte mit der untreuen Frau des Ermordeten als freier Mann die Stadt verlassen. Nordamerika ist groß, und es bedeutete keine Schwierigkeit, unerkannt unterzutauchen.

*

»Ein Mann beugt sich über seine Vergangenheit.« Ich muß die abenteuerlich-tragische Geschichte endlich loswerden, nachdem sie mich seit mehr als einem halben Jahrhundert beunruhigt. Es bleibt sich gleich, wie ich sie erzähle, ob vor dem Hintergrund der damaligen oder dem der heutigen Zeit. Die Menschen ändern sich nicht, so sehr sich auch ihre Kleider, ihre Redensarten und ihre jeweiligen Ängste ändern mögen. Sie langweilen, sie arbeiten, sie lieben und hassen und grämen sich zu Tode, damals wie heute und morgen. Daß sie sich zu Tode freuen, davon habe ich noch nichts gehört.

Die Stücke auf der Bühne des Daseins, die Tragödien, Komödien und Tragikomödien, sie wechseln von Zeit zu Zeit, manchmal schneller, manchmal zögernder. Die Schauspieler bleiben die gleichen, sind immer nur Menschen.

Ich halte es für empfehlenswert, die traurige Geschichte als ein Märchen zu erzählen im Stil des »Es war einmal –«. Meine Geschichte ist frei erfunden, aber die Einzelheiten sind alle irgendwann und irgendwo der Wirklichkeit entlehnt. Es laufen ja genug Romeos und Julias unter der Sonne umher. Außerdem bin ich mittlerweile selbst alt genug geworden, um sagen zu können:

»Un homme se penche sur son passé.«

Ein Mann beugt sich über seine Vergangenheit.

1. KAPITEL

Thomas O'Shea war in der schönsten Zeit des Jahres, im rotgoldenen Herbst, nach Prince George gefahren, um nach einem langen Sommer harter Arbeit endlich einmal für ein paar Tage, wie er es ausdrückte, »die Puppen tanzen zu lassen«. Prince George bildete schwerlich einen besonders geeigneten Ort für ein solches Unterfangen. Das alte Fort George aus der großen Zeit des Pelzhandels, errichtet an der Stelle, wo der Nechako, der den Kanuweg nach Westen weist, in den gewaltigen Fraser mündet, hatte längst den Geist aufgegeben und war auf dem besten Wege, zur Ruine zu werden. Abseits davon war beim Bau der Eisenbahn zur pazifischen Küste aus einem Schienenlegerlager das Städtchen Prince George entstanden, mußte doch hier die Bahnstrecke auf einer großen Brücke über den Fraser-Strom in seinem tief eingeschnittenen Bett hinweggeführt werden, denn die Bahn wendet hier ins Tal des Nechako und strebt der untergehenden Sonne nach, während der Fraser scharf nach Süden abschwenkt.

Die Hoffnungen jedoch, die man auf den Bahnbau gesetzt hatte, wollten sich nicht erfüllen. Prince George blieb für etliche weitere Jahre nicht viel mehr als ein Eisenbahnversorgungslager. Obgleich die Stadt – in Wahrheit ein Dorf aus Bretter- und Blockhäusern, zwischen denen man bei Regen im Schlamm versank und bei Trockenheit im Staub erstickte –, im Herzen der großen, leeren Provinz British Columbia gelegen war und sich als Hauptstadt anbot, blieben die Leute lieber, zwar gedrängter, aber weiter im Süden und an der Küste sitzen. (Erst nach dem Zweiten Weltkrieg nahm Prince George und die weite Landschaft an der Bahn endlich dank einer Allwetterstraße zur pazifischen Küste den glorreichen Aufschwung, den man sich schon fünfzig Jahre zuvor versprochen hatte.)

Als Thomas O'Shea in Prince George eintraf, um endlich wieder einmal nach Herzenslust zu schwatzen, aufzutrumpfen, gut zu essen und noch besser zu trinken, ein paar wichtige Sachen auf dem Landamt zu erledigen und seinen Proviant für den Winter einzukaufen und zu seiner Bahnstation Burns Lake spedieren zu lassen, bot die »Stadt« Prince George den üblichen tristen, um nicht zu sagen verkommenen Anblick. Aber die Sonne schien, wie sie nur im farbenbunten Herbst zu scheinen vermag; die Tage waren warm, aber nicht mehr heiß, die Nächte kühl. Und die Luft strich würzig und brunnenfrisch durch die wenigen breiten Straßen, an deren Rändern noch üppig und grün das Gras wuchs. Unermeßliche Wälder ringsum bildeten neben der Eisenbahn die einzige Einnahmequelle der Stadtleute.

Dreißig oder vierzig Häuser, mögen sie auch noch so dürftig aussehen, bilden eine glanzvolle Großstadt, wenn man sie mit den Augen eines Mannes betrachtet, der eben aus dem tiefsten Urwald auftaucht, in dem er keine andere Gesellschaft genossen hat als die der eingeborenen indianischen Helfer, stumpfer, klobiger Männer, die nichts zu sagen haben, was über den nackenkrümmenden Alltag hinausgeht, die außer Essen und Trinken keine Freude zu kennen scheinen – und die auch ohne Voranzeige eines Morgens einfach nicht mehr da sind, weil ihnen regelmäßige, schwere Arbeit nicht behagt – und die eines schönen späteren Tages ebenso unangemeldet wieder auftauchen und erwarten, wieder weiterarbeiten zu können wie zuvor. Und dies alles mit einem sonderbar mürrischen Gleichmut, der für einen Siedler entnervender sein kann als ein gesunder Krach und Streit – und Thomas O'Shea war ein Siedler, ein Ire, wie er im Buche steht, mit schwarzen gekräuselten Haaren, nur wenig über mittelgroß, mit breiten, wuchtigen Schultern, die eine weit den Durchschnitt übertreffende Körperkraft vermuten ließen; darauf nicht geachtet zu haben, hatte schon manch ein Nordlandrecke zu seinem Nachteil teuer bezahlt, nachdem er sich auf eine tätliche Auseinandersetzung mit Thomas eingelassen hatte, darauf vertrauend, daß er ja um einen Kopf größer gewachsen wäre als der keinem Kampf ausweichende Ire.

Thomas O'Shea war noch in Irland geboren, im Westen der Insel, in der armen Landschaft Connemara, aber schon als kleines Kind mit den Eltern und älteren Geschwistern in die Einöden der damals tatsächlich noch »Wilden Cariboo« im mittleren British Columbia versetzt worden, wo die Eltern sich früh zu Tode geschuftet hatten, ohne daß sich ihre Träume vom »Goldenen Westen« auch nur im entferntesten erfüllt hatten.

Die Geschwister hatten sich in alle Winde zerstreut; der junge Thomas O'Shea war von seinem vierzehnten Lebensjahr an auf seine eigenen Beine angewiesen gewesen, wenn er stehen und bestehen und nicht umkippen wollte – und kippen wollte er nicht, koste es, was es wolle; und er kippte auch nicht.

Ganz im Gegenteil. Zwar hatte er bitteres Lehrgeld zu bezahlen, wurde umhergestoßen und ausgenutzt bis zum letzten Quentchen seiner Kraft, hatte nie Zeit, auf »falsche Gedanken« zu kommen, und erreichte schon früh die volle Meisterschaft, sich nicht nur zu behaupten, sondern auch durchzusetzen, was sich bei sanfter Lehre nie erlernen läßt.

Aber Mut, Härte und Fleiß bieten in den Einöden eines nicht oder noch nicht erschlossenen Landes wie der Mitte und des Nordens der pazifischen Provinz Kanadas noch keineswegs die Gewähr für den Erfolg. Etwas, das sich weder erbitten noch erzwingen läßt, muß als das entscheidende Gewürz im Gebräu eines menschlichen Schicksals noch hinzukommen: eine Prise Glück!

Dem Thomas O'Shea war diese Prise nicht vorenthalten worden. Sie wurde ihm sogar zum richtigen Zeitpunkt ins Leben gestreut: Als er nämlich schon alt und erfahren genug war, seine Chance zu erkennen, und nicht mehr so kindisch, gleich einen goldenen Platzregen zu erwarten.

Die Welle der Goldsucher und Goldfinder war, als Thomas O'Shea sich auf eigene Faust in den Wäldern umherzutreiben begann, längst über das mittlere und nördliche British Columbia hinweggerollt, war nordwärts fortgeflutet, hatte sich am Yukon noch einmal mächtig gebäumt und verlief nun nordwestwärts quer über Alaska hinweg zum Eismeer und zum Bering-Meer. Thomas war sich darüber klar, daß ihm »The Big Strike«, der wirklich bedeutende Fund, nicht mehr gelingen konnte. Soweit solches zu machen gewesen war, hatte es sich bereits ereignet. Goldsände indessen, die anspruchsvolleren Glücksrittern zu bescheiden gewesen waren, um ausgebeutet zu werden, die ließen sich immer noch finden oder wiederfinden. Aber im tiefsten Grunde seines Herzens merkte Thomas, als er die Mitte der Zwanzig hinter sich gebracht hatte und vom Jungmann zum Mann geworden war, daß er eigentlich nicht so sehr auf Gold und schnellen Reichtum aus war, sondern auf etwas viel Dauerhafteres, auf Land nämlich! Seine Eltern und die endlose Kette der nicht mehr bekannten Vorfahren – sie hatten alle darunter gelitten, daß die kümmerlichen, ewig ertrinkenden oder allzu felsigen Äcker in den Gebirgen und Mooren Connemaras in der Grafschaft Galway im Westen Irlands nicht genügen wollten, die vielen O'Sheas ausreichend zu ernähren. Land, gutes fruchtbares Land mit nicht zu viel Regen und nicht zu wenig und mit einigen sicheren Monaten ohne Frost – das war es, was der Mensch brauchte; darauf allein ließ sich ein sicheres Dasein gründen.

Thomas fand »seinen« Bach am endlos langgestreckten Babine Lake zwischen Silver Island Landing und Babine Portage. Er erkannte, daß sich aus dem Sand des Bachbettes und der Böschungen jeden Tag für ein paar Dollar Goldkörner herauswaschen ließen – keine sehr stolze Ausbeute, aber man konnte zur Not davon leben. Vor allem verlockte solche Kargheit den trampelnden Schwarm der goldsuchenden Gierhälse nicht. Als Thomas gezögert und sich gefragt hatte, ob der bescheidene Fund es ratsam erscheinen ließ, sich an diesem Ort niederzulassen, hatte schließlich ein ganz anderer Gesichtspunkt den Ausschlag gegeben: Das Bachtal verbreiterte sich zur Mündung in den großen See hin auf fast eine Meile und bot fettes Schwemmland an, das leicht urbar zu machen war, sicherlich reiche Ernten an Gerste und Hafer erbringen, auf alle Fälle aber eine vorzügliche Grasflur entwickeln würde mit der gewissen Aussicht auf reiche Heuernten. Wenn also das Getreide von einem vorzeitigen Frost oder Schnee vor der vollen Reife verdorben wurde, so konnte man immer noch Vieh verkaufen und von dem Erlös seinen Unterhalt bestreiten. Und obendrein sorgten die Spuren von Gold im Bachbett dafür, daß immer ein Notgroschen bereitlag.

Die Sehnsucht nach bescheidener Sicherheit und Dauerhaftigkeit der Existenz, hier in der schönen Wildnis am Babine, sollte sie sich offenbar für Thomas O'Shea erfüllen. Umsichtig bedachte er alles Für und Wider und sagte schließlich »Ja!«. Wichtig war auch, daß unweit des Grundstücks ein alter Indianerpfad vorbeiführte, der über eine Wasserscheide hinweg zum Decker-See hinüberlief. Dieser uralte Pfad war in neuester Zeit zu einem Weg geworden, über den die Ortschaften Burns

Lake oder Decker ohne große Mühe zu erreichen waren – und dort stieß man bereits auf die Eisenbahn, die einzige zuverlässige Verbindung zur Küste des Stillen Ozeans einerseits, in die Prärien und den kanadischen Osten andererseits.

Thomas O'Shea hatte schon mehr als einmal seinem Schutzpatron und Fürsprecher, dem heiligen Thomas, dafür gedankt, daß ihn Gott schließlich nach langer Wanderung genau den Platz hatte finden lassen, den er sich in seinen Wunschträumen vorgestellt hatte – und er bemühte sich nach Leibeskräften, sich dieser Gunst der Vorsehung würdig zu erweisen. Sich einhundertundsechzig Acres als Homestead, als Heimstatt, zuschreiben und zugleich seinen Claim an dem Bachbett eintragen zu lassen (was alles in Prince George zu geschehen hatte), war zwar mit der üblichen Lauferei und Warterei verbunden gewesen, hatte sich aber schließlich ganz seinen Vorstellungen entsprechend unter Dach und Fach bringen lassen.

Und dann hatte dieser keineswegs »ungläubige Thomas« begonnen zu arbeiten, wie er noch nie in seinem bisherigen Leben gearbeitet hatte, obgleich er's auch bis dahin an Fleiß und Eifer nicht hatte fehlen lassen. Zwei Indianer aus der Gegend, nicht immer die gleichen, gingen ihm dabei zur Hand. Was er an Bargeld brauchte, lieferten ihm seine Ersparnisse und die goldenen Körnchen, die in seiner Waschpfanne zurückblieben, wenn er sie lange genug gefüllt und kreiselnd geschüttelt hatte. Noch ehe er sein dreißigstes Jahr vollendet hatte, durfte Thomas O'Shea aufatmen: Nach menschlichem Ermessen war er über den Berg!

Nun also hatte er sich aufgemacht nach Prince George – zum ersten Mal in der ziemlich unbestimmten Absicht, sich nach all der endlosen, unbarmherzigen Plackerei der vergangenen Jahre einige Tage des Wohlseins zu gönnen. Worin dieses »Wohlsein« außer in gutem Essen, Trinken, Schlafen und Faulenzen obendrein bestehen mochte, war ihm nicht ganz klar. Er fühlte nur, daß es noch etwas geben mußte, was ihm bisher verborgen geblieben war, was aber irgendwie mit dem weiblichen Geschlecht zusammenhängen mußte –.

*

Thomas O'Shea hatte in den harten Jahren seiner Jugend keine Zeit gehabt – und keine Gelegenheit –, sich Erfahrungen auf dem weiten Feld des Liebens und Geliebtwerdens zu erwerben. In den großen Wäldern hatte er sich nur unter Männern bewegt, denen es nicht anders erging als ihm. Etwas Geschlechtsloseres als ein Waldarbeiterlager in den nördlichen Wäldern des kanadischen Westens läßt sich nicht vorstellen. Wenn die Männer nach zehn Stunden in Eis und tiefem Schnee zwischen meterhohen Bäumen, die, wenn sie gefällt werden, unvermutet zuschlagen und töten können, über verwinkelte, vereiste Fußpfade wieder ins Lager zurückgekehrt sind, das sie bei Dunkelheit verlassen haben und bei Dunkelheit erst wieder erreichen, dann lebt in ihnen nur noch der eine Wunsch: waschen (nicht viel), essen (sehr viel) und schlafen (hoffentlich warm).

Dieser Sohn armer Eltern, Thomas O'Shea, für die Wildnis wie geschaffen und in ihr groß geworden, war nicht gescheitert. Für ihn, die zweite Generation, bedeutete die Einöde nicht mehr die feindliche Fremde, sondern die vertraute Welt, die Heimat, außer der er nichts kannte. Die Furcht vor den wilden Tieren war gewichen; man wurde mit ihnen fertig und nutzte sie. Die Fülle der Fische in den Gewässern sicherte reichlich Nahrung ebenso wie das Wildbret. Die vielen Arten von Beeren im Wald boten überreiche Ernten. Und die abertausend Bäume verschiedenster Art! Aus ihnen ließen sich nicht nur warme, dauerhafte Häuser bauen, die man mit Schindeln aus Zedernholz decken konnte, sondern auch Möbel, Schuppen, Zäune, Ställe; und außerdem lieferten sie das Feuerholz, mit dem man sich die unerbittliche Kälte des Winters vom Leibe hielt. Keine Musik konnte herrlicher und tröstlicher klingen als das Prasseln der klobigen, kienigen Scheite im Kamin, als der Gesang des sausenden, wärmenden Feuers.

Thomas hatte sich sein Haus aus gesunden starken Stämmen der Weißfichte gebaut, die an den Hausecken haargenau ineinander verfugt waren, hatte es auf ein Fundament von schweren Felsbrocken gestellt, und zwar solchen, die keine Nässe anzogen. Hundert Jahre würde es halten und mehr, wenn man dafür sorgte, daß das weit überhängende Dach aus Holzschindeln stets wasserdicht blieb.

Ein paar ergiebige Äcker waren gerodet. Die Stümpfe der

Urwaldbäume steckten zwar noch in der Erde, aber was tat es? Dazwischen wuchsen die Gerste und der Hafer so gut wie schulterhoch; die Kartoffeln, groß und fest wie Fäuste, brauchten beinahe nur aufgelesen zu werden. Und die Wildwiesen am See lieferten Heu, so daß Vieh und Pferde leicht durch den langen Winter zu bringen waren.

Wenn Thomas und seine beiden wechselnden, jedoch immer wortkargen braunhäutigen Helfer im langen Winter nichts Wichtigeres zu verrichten hatten, dann wuchteten sie aus tiefem Schacht im breiten Urstrombett des Baches, der sich durch O'Sheas Gelände wand, den Sand herauf – gruben sich bis zum gewachsenen Fels hinunter – und türmten ihn neben der Schachtmündung zu einem hohen Berg. In diese enorme Tiefe reichte der Frost nicht hinab, so daß der Sand schaufelbar blieb; aber die Wände des Schachtes weiter oben versteinerte der Frost so zuverlässig, wie es Zement nicht besser bewirkt hätte. Im Frühjahr und Sommer dann, wenn überall das befreite Wasser gluckste und gurgelte, konnte man den Sand in langen, mit Querhölzern versehenen Schlemmrinnen auswaschen und eine kleine Goldernte einheimsen. Thomas O'Shea durfte sich sagen: Ich habe mich zwar halb zu Tode geschunden, aber jetzt habe ich's geschafft. Geschafft? Ja, geschaffen habe ich's mir, dies mein kleines Paradies, das mir allein gehört, das mir keiner mehr nehmen kann. In dem, wenn man's nur richtig anfängt, und ich versteh' mich drauf, Milch und Honig fließen – und mit dem Teufel müßte es zugehen, wenn ich nicht irgendwann ein reicher Mann würde, wenn nur die Heiligen und die Jungfrau, die Gottesmutter, mich vor Unfall und Krankheit bewahren. Denn der Ire Thomas O'Shea war in seinem Herzen gut katholisch geblieben, wie es seine Eltern gewesen waren, obgleich er seit Jahren keine Gelegenheit mehr gehabt hatte, seine Treue zur Kirche im Beichtstuhl oder in der Messe zu beweisen.

Sein Haus stand fest gegründet und blickte von dem kleinen Hügel weit ins Land; nicht allzu fern leuchtete der große See, in dem die Fische sprangen. Auf den Weiden graste das Vieh, zufrieden und satt. In der umzäunten Koppel hüteten die vier Stuten ihre übermütigen Fohlen, und der falbe Hengst hielt Wache.

Gewiß, innen im Haus sah es noch sehr dürftig aus. Mit den selbstgezimmerten Tischen, Stühlen und Bettladen war nicht viel Staat zu machen. Aber für die Bedürfnisse dreier Männer, die nur die Wildnis kannten, war nicht nur ausreichend, sondern vortrefflich gesorgt. Die jahrelange Not und Ärmlichkeit hatte einer gewissen behäbigen Fülle Platz gemacht.

Thomas O'Shea hatte sein mit wahrer Besessenheit erstrebtes Ziel erreicht.

Gut, aber was weiter?

So hatte er sich also aufgemacht, grundlos unzufrieden mit sich selbst, hatte sich gesagt: Ich brauche ein paar Tage des Nichtstuns; ich kann sie mir leisten. Jim und Joe werden für eine Woche wohl auch ohne mich fertig werden. Ich fahre nach Prince George, um endlich einmal etwas von meiner Schufterei »zu haben«.

*

Thomas O'Shea hatte sich in das Gasthaus begeben, das ihm in Prince George bekannt war und ihm schon mehrfach als Unterkunft gedient hatte. Er war abends angekommen, hatte sich seine »bunk«, seine Schlafkoje, anweisen lassen und wollte dann in den großen und völlig schmucklosen Speisesaal zum Abendessen gehen. Doch auf dem Wege dorthin kam er an einer weit geöffneten Doppeltür vorbei, über der in schwarzer Schrift auf weiß gekalktem Brett das Wort »Bar« zu lesen stand.

Aus dem Raum dahinter drang lärmendes Stimmengewirr, vermischt mit dem Klirren von Gläsern und dem Gezisch der Bierhähne.

Thomas wurde von widerstreitenden Gefühlen geplagt. Auf der einen Seite verlangte er heftig nach der Gesellschaft von Männern, die seine Sprache ebenso selbstverständlich wie er selbst sprachen und mit denen man über Gott und die Welt reden konnte, was Thomas mit seinen beiden Indianern nicht einmal zu versuchen imstande war. Auf der anderen Seite spürte Thomas, der so lange mit sich allein gewesen war, die würgende Scheu, mit fremden Leuten, die er nicht kannte, zu sprechen, auf Scherze und große Worte eingehen zu müssen, die er nur zur Hälfte begriff, oder gar auf Ereignisse in der

Außenwelt angesprochen zu werden, von denen er in seiner Einsamkeit am Babine bisher noch kein Sterbenswörtchen gehört hatte.

Aber Thomas O'Shea war alles andere als ein Feigling – und außerdem spürte er plötzlich übermächtig den Durst auf ein Glas schäumenden Bieres. Von seinem längst in den Himmel – hoffentlich! – eingegangenen Vater hatte Thomas die Überzeugung mit auf den Lebensweg bekommen, daß es für einen rechten Mann keinen größeren Genuß auf der Erde geben könne, als ein Glas schwer schäumenden, schwarzfarbenen Bieres, gebraut am Liffey in der Guinness-Brauerei zu Dublin in Irland. Und daß hier in diesem Gasthaus zu Prince George Guinness-Stout ausgeschenkt wurde, dessen erinnerte sich Thomas nach den drei hastigen Besuchen, die er der kümmerlichen Eisenbahner- und Holzarbeiterstadt bereits abgestattet hatte, noch sehr genau. Er schwenkte also vom geraden Weg in den Speisesaal ab und betrat den Schankraum, in dem schon ein halbes Dutzend großer Petroleumlampen, an langen Ketten von der hohen Decke herniederhängend, entzündet waren. Der Abend hatte sich an diesem wolkigen Oktobernachmittag schon früh über das endlose Meer der Wälder und die wie verloren darin vor Anker gegangene kleine Stadt gesenkt.

Thomas erspähte eine Lücke in der Reihe der an der Bar stehenden Männer, die, so schien es, alle zur selben Zeit redeten und sich, ihrem Stimmaufwand nach zu schließen, samt und sonders gewaltig in den Haaren lagen. Aber das hörte sich nur so an. In Wahrheit befand sich die ganze grobschlächtige Ansammlung in bester Stimmung, hatte die zerdrückten Hüte oder abgewetzten Kappen ins Genick geschoben, stützte sich mit beiden Ellenbogen auf den bierfeuchten Schanktisch und hielt sich, whisky- oder stoutbeflügelt, für den Mittelpunkt der Welt, was dem jeweiligen Nachbarn keineswegs vorenthalten werden durfte.

Der einzige Mensch in dem langgestreckten Raum voller dröhnender, vertraulich flüsternder oder stumm vor sich hinbrütender Trinker, der nüchtern und mit unerschütterlichem Gleichmut auf Ordnung und Vernunft bedacht war, der die Augen überall hatte und sofort die leeren Gläser füllte, war der kahlköpfige Mann hinter der Theke, der Barmann in brauner, an den Kanten schon abgewetzter Samtweste und mit aufgekrempelten, bauschigen Hemdsärmeln, Bryan McCallon aus Killorglin in der Grafschaft Kerry, Irland.

Bryan, ein Meister seines Fachs, erkannte den neuen Gast sofort, der da in die Lücke an seine Bar getreten war. Eine gute Menschenkenntnis zu haben und ein zuverlässiges Erinnerungsvermögen für Namen und Gesichter, das gehörte zu den Eigenschaften, mit denen ein wirklich erstklassiger Bartender ausgestattet sein mußte. Bryan McCallon durfte solchen Ehrentitel für sich beanspruchen und bestätigte ihn auch bei dieser Gelegenheit. Er hatte sich sofort wie unabsichtlich dorthin bewegt, wo Thomas O'Shea ein wenig zögernd an den brusthohen Tresen getreten war, warf ihm einen kurzen Blick des Willkommens zu, ohne sich beim Messen einer doppelten Portion Gin unterbrechen zu lassen, und ließ ohne besondere Herzlichkeit, aber doch mit einer gewissen sachlichen Freundlichkeit hören:

»Auch mal wieder in der Stadt, Tom? Hab' dich lange nicht gesehen; wie geht's draußen am Babine-See? Alles in Ordnung?«

Kein Wunder, daß Thomas O'Shea das Herz aufging bei dieser nicht gerade übereifrigen, aber angenehm vertraulichen Ansprache – ganz fremd war er also doch nicht mehr in der »großen Stadt« Prince George. Ja, Bryan McCallon verstand sein Geschäft – und Thomas gab, plötzlich aufgelockert und redefreudig, Bescheid:

»Dank für die Nachfrage, Bryan! Kann mich nicht beklagen. Alles läuft bestens. Hab' meine Schnauze endgültig über Wasser und brauche die Brühe nicht mehr zu schlucken. Konnte aber nicht mehr mitanhören, wie meine beiden Indianer beim Essen schmatzen. Ich mußte mal wieder unter andere Menschen, mit denen man mal ein vernünftiges Wort reden kann. Wie geht's bei dir, Bryan?«

»Es geht so, Tom. Nicht mehr Ärger als bezahlt wird. Ich wünsch' dir ein paar gute Tage! Wir sehen uns sicherlich nicht nur dieses eine Mal. Bier oder Whisky, Tom?«

»Whisky. Aber nur einen einfachen. Ich habe den ganzen Tag über noch nichts gegessen.«

»Sehr vernünftig, Tom! Zum Essen nachher gibt's Steak-

und Kidney-Pie*; kann ich nur empfehlen. Hier ist dein Whisky, Tom. Wohl bekomm's!«

Thomas hob das Glas an die Lippen. Er war durstig. Er ließ den rauchig herben Trank in ein paar großen Schlucken durch die Kehle rinnen und schoß das leere Glas über den nassen, glatten Schanktisch zu Bryan McCallon hinüber, um es neu füllen zu lassen. Der Barmann reagierte schnell, ließ das volle Glas zurückgleiten und stellte, bevor er sich anderen Durstigen zuwandte, mit freundlichem Lächeln fest:

»Ich schreibe an, Tom! Du zahlst, wenn du abfährst!«

»Ist in Ordnung, Bryan!«

Der Barkeeper wischte auf einer großen schwarzen Tafel im Hintergrund zwei schon durchgestrichene Kolonnen von Kreuzchen und Namen darüber mit einem feuchten Schwamm fort, griff zu einem schon bis auf einen kärglichen Rest geschrumpften Stück Kreide, malte »O'Shea« auf die Tafel und setzte zwei senkrechte Striche darunter.

Thomas war damit sich selbst überlassen. Der Barmann hatte die Begrüßung mit dem üblichen Anstand hinter sich gebracht. Aber Thomas brauchte sich nicht lange allein zu fühlen. Der Nachbar an seiner linken Seite war in eine erregte Debatte verwickelt, ob die Sägewerksgesellschaft, von der halb Prince George und Umgebung sich ernährten, wirklich ein neues Holzeinschlaglager am Purden-See errichten würde oder nicht. Tom wußte nicht einmal, wo der Purden-See überhaupt lag, und an einer Anstellung als Waldarbeiter war ihm nicht gelegen. Er horchte also nur mit halbem Ohr zu und war im ersten Augenblick fast erschrocken, als er sich von rechts her angesprochen hörte.

»Du kommst aus der Babine-Gegend, Tom? Ich vernahm, daß Bryan dich mit Tom anredete, also mache ich es ebenso. Ich bin Zacharias Deels, und du kannst Zach zu mir sagen.«

Thomas wandte sich über seine rechte Schulter zur Seite und musterte seinen Nachbarn zum ersten Mal. Der Mann gefiel ihm – ein festes, braunes Gesicht mit struppigem Schnauzbart, aber kahlem, wenn auch etwas stoppligem Kinn. Im Unter-

---

* Steak- und Kidney-Pie: Rindfleisch- und Nierenpastete

schied zu den meisten anderen Männern im Raum hatte er seinen Hut abgesetzt und über der breiten, offenen Stirn einen dichten, einigermaßen wirren Schopf weißen Haares entblößt. Der zerbeulte Filz lag vor ihm auf dem Schanktisch. Zach trank helles Bier, nicht das samtschwarze Guinness. Er blickte aus grauen, ernsten, aber – wie es Tom scheinen wollte – auch ehrlichen Augen.

Mißfallen oder Wohlgefallen entscheiden sich bei solchen Männerbegegnungen oft in Sekundenschnelle; das kann lebenswichtig werden, wenn man in einem solch wilden, weiten Land wie dem Norden British Columbias nicht Schiffbruch erleiden will.

Hier hatten sich zwei getroffen, die sich auf Anhieb zumindest nicht unangenehm waren. Dabei hätte man von Tom in zivilisierteren Bezirken durchaus meinen können, er sähe zum Fürchten aus. Sein schwarzes, dicht gekräuseltes Haupthaar hatte er sich vor der Reise nach Prince George selbst gestutzt, vor der einzigen handgroßen Spiegelscherbe, die sich in seinem Besitz befand, mit der einzigen groben Schere, derer er sich rühmen konnte und die normalerweise viel wichtigeren Zwekken in Haus und Stall zu dienen hatte. Aber scharf war sie, die Schere, und hatte über der Stirn, den Ohren und dem Nacken verschwenderisch gewütet und einige sonderbar eckige Löcher in der energisch beschnittenen Lockenpracht hinterlassen. Tom hatte sich zwar am Tag vor seiner Abreise vom Babine noch einmal rasiert, sich dabei aber auf der rechten Wange zweimal geschnitten. Die beiden verschorften Schnittwunden zierten sein Gesicht, als hätte er eine größere Rauferei hinter sich; sie bildeten keine beruhigende Empfehlung. Dazu war ihm der starke Bart schwarz nachgesprossen. In dem eckigen, ausdrucksvollen Gesicht standen die Lippen voll und rot unter einer fast senkrecht aus der Stirn absteigenden, schmalen, aber kräftig geflügelten Nase, von welcher ein aufmerksamer Beobachter meinen konnte, sie sei ständig »gespannt«. Beherrscht aber wurde das dunkle Gesicht weder von den rabenschwarzen Haaren, noch den finsteren Bartstoppeln, noch der angriffslustigen Nase, sondern von den Augen unter buschigen schwarzen, sehr waagerechten Brauen. Die Augen waren dunkel und schienen so schwarz wie die Haare zu sein. Bei genauerem

Hinsehen konnte man aber überraschenderweise entdecken, daß sie blau waren, dunkelblau wie gehärteter Stahl. Die Augen vermochten zu blitzen und ihr Ausdruck Furcht zu erwekken, aber meist blickten sie freundlich, erweckten Vertrauen, vermittelten den Eindruck einer großen, aber durchaus wohlwollenden Kraft.

Tom hatte sich den Hemdkragen aufgeknöpft – die vielen trinkenden Männer erhitzten die Luft und förderten den Bierdurst. Aus dem Hemdausschnitt quoll ein Büschel schwarzen Brusthaares hervor, das Tom bis fast an den Hals hinauf reichte. Der schwarze Pelz unterstrich noch die Wildheit des Anblicks, den der in grobes, ausgeblichenes und ausgebeultes Wolltuch gekleidete Mann bot. Aber die freundlichen Augen in all der Schwärze ließen auch das animalische Brusthaar eher als ein erheiterndes, denn ein bedrohliches Kennzeichen wirken.

Die beiden Männer hatten sich in Sekundenschnelle entschlossen, sich erträglich zu finden – und vielleicht sogar des näheren Kennenlernens würdig. Thomas O'Shea hatte einen kaum merklichen Augenblick gezögert, gab dann aber bereitwillig Bescheid:

»Stimmt, Zach, ich komme vom Babine, erwischte den Zug heute früh in Burns Lake. Das ist die Bahnstation, die meinem Platz am nächsten liegt. Mein voller Name ist übrigens Thomas O'Shea. Glad to meet you, Zach!«

Damit war wiederum der Höflichkeit in vollem Umfang Genüge getan. Die beiden Männer reichten sich die Rechte und schüttelten sie mit Nachdruck. Jeder erklärte damit seine Bereitschaft, den andern für einen anständigen Kerl und gleichwertigen Kameraden zu halten. Die simple Zeremonie war schnell vorüber. Die beiden hoben die Gläser und tranken sich zu:

»Cheers, Zach!«

»Cheers, Tom!«

Jetzt mußte die Bekanntschaft auch getauft werden; Zacharias Deels winkte dem Bartender zu:

»Noch einmal dasselbe für uns, Bryan!«

Die beiden Gläser schlitterten heran und kamen gegeneinander klirrend vor Zachs verbeultem Filz zum Stillstand.

Tom erhob vorsichtig Einspruch.

»Nicht so hastig, Zach! Die nächsten zwei gehen auf meine Rechnung. Aber dann muß ich Schluß machen. Bin das nicht gewohnt. Mir schwimmt schon jetzt einiges im Oberstübchen durcheinander.«

»Da sind wir uns ganz einig, Tom. Mir geht's genauso. Aber wenn man schon mal in der Stadt ist, dann merkt man erst, wieviel Durst sich in den vergangenen Wochen und Monaten in einem angesammelt hat. Gut, also noch deine Lage: Dann gehen wir hinüber und genehmigen uns Steak- und Kidney-Pie, zusammen, wenn du nichts dagegen hast. Ich kenne hier sonst niemand.«

Tom hatte nichts dagegen. Er war vielmehr froh, dem Alleinsein zu entrinnen. Und dieser Zacharias Deels schien ebenfalls von der neuen Bekanntschaft angetan zu sein.

2. KAPITEL

Das Gespräch beim Abendessen nahm einen anderen Verlauf, als Thomas O'Shea erwartet hatte – wenn er überhaupt etwas erwartet hatte. Es verlangte ihn nicht danach, sich unter die brüllend aufeinander einredenden Männer zu mischen, die alle, wie er und Zach auch, etliche Gläser über den Durst getrunken hatten. Thomas sowohl wie Zacharias lehnten die lärmende Anbiederei der groben, bärtigen Kumpane ab, die für das Wochenende aus der Tiefe der unermeßlichen Wälder aufgetaucht waren, um sich ein paar »lustige Stunden zu machen«. Das hieß, für ihr schwer verdientes Geld sich einen dröhnenden Schädel und einen verdorbenen, flauen Magen einzuhandeln.

Der Zufall wollte es, daß Tom und Zach in einer Ecke des großen, kahlen Speiseraums einen kleinen Zweiertisch ergattern konnten, der gerade von einem hünenhaften Mann und seiner höchst üppigen Begleiterin freigegeben worden war. Der Platz wurde ihnen jedoch nach wenigen Minuten von dem Kellner streitig gemacht, einem strohblonden Giganten, der sicherlich im Notfall als Rausschmeißer fungierte.

»Hier könnt ihr nicht sitzen bleiben, Jungs! Diese kleinen Tischchen müssen für ›Sie und Ihn‹ reserviert bleiben.«

»Mach keine Geschichten, Jack! Wo sind denn die ›Sies‹? Ich seh nur drei, und die sitzen sowieso auf keinem Stuhl, sondern bei einem ›Er‹ auf dem Schoß. Hier ist ein halber Silberner! Laß uns hier sitzen!«

Der halbe Dollar war im Nu hinter der riesigen Schürze in einer unsichtbaren Geldtasche verschwunden, dieser erstaunlichen Schürze, die vor Tagen vielleicht einmal weiß gewesen sein mochte, sich inzwischen aber in eine interessante Menü-Landkarte verwandelt hatte.

»Meinetwegen, Jungs! Aber wenn der Boß vorbeikommt – ich hab' euch weggewiesen, und ihr habt euch geweigert, verstanden? Heute gibt's Steak- und Kidney-Pie. Bring ich gleich. Was zu trinken?«

»Getränke gehen auf mich, Jack! Zwei Lagen erst mal. Dann sehen wir weiter!« bestimmte Tom.

Als der Kellner gegangen war, meinte Zach:

»Eigentlich habe ich genug getrunken, Tom. Ich bin nicht für so viel! Aber ich weiß, wir mußten was Trinkbares bestellen, sonst würde uns der Bursche nach weniger als fünf Minuten wegjagen und wäre außerdem noch handgreiflich geworden, wenn wir nicht pariert hätten. Und für eine öffentliche Keilerei bin ich nicht zu haben.«

»Nein, ich wahrlich auch nicht, Zach. Bei dem, was ich zu tun habe, ist Streit nichts weiter als Kraft- und Zeitverschwendung. Meine beiden Helfer, Joe und Jim geheißen, die widersprechen nicht. Die tun, was man ihnen sagt, und verziehen keine Miene.«

»Nur die beiden Indianer auf deinem Platz außer dir? Das muß auf die Dauer verdammt einsam und elend sein. Mit denen kann man kein vernünftiges Wort reden. Wenn sie reden, dann reden sie unter sich, und ich versteh' kein Wort Kispiox oder Chilako oder sonst eine Indianersprache. Da habe ich es besser mit Frau und vier Kindern. Wenn die Kinder erst mal aus dem Ärgsten raus sind, dann wächst einem die Arbeit auch nicht mehr über den Kopf!«

Der Kellner knallte den beiden zwei Gläser Bier auf den Tisch und stapfte schweigend wieder von dannen. Die beiden

Männer am Tisch in der Saalecke tranken sich zu. Um sie herum schwatzte und lärmte es, klirrte, schmatzte und soff das in die nördliche Wildnis verschlagene Männervolk aus vieler Herren Länder, Skandinavier und Iren, Deutsche und Finnen, Kanadier und Männer aus Oregon, Montana und Idaho.

Tom und Zach wurden beide von dem sonderbaren Eindruck beherrscht, wie auf einem Inselchen von der ganzen übrigen Gesellschaft im Saal an ihrem Ecktisch abgesondert und eines Sinnes zu sein. Und zwar eines ganz anderen als jener, der die übrige Gästeschar beherrschte. Die beiden Männer verstanden sich ohne Umschweife, wenn auch der um wohl zwanzig Jahre jüngere Thomas O'Shea das weiche Englisch der Iren sprach und der weißhaarig jugendliche Zacharias Deels durch die ungenauen W's, Th's und R's seiner Sprechweise verriet, daß ursprünglich Deutsch seine Muttersprache gewesen sein mußte.

Die Indianer einerseits, Frau und Kinder andererseits, hatten als Stichwörter genügt, das Gespräch über alltägliches Männergeplauder hinaus ins Persönliche gelangen zu lassen.

Endlich hatten sie einmal einen verständnisvollen Zuhörer gefunden, vor dem sie ihre schon vollbrachten und ausführlicher noch ihre noch zu vollbringenden Leistungen ausbreiten und diskutieren konnten, ohne auf Neid und Mißgunst oder auf ablehnende Gleichgültigkeit zu stoßen. Nichts entbehrt ein Mann in der Einöde heftiger, als von Zeit zu Zeit wenigstens einem willigen Zuhörer über die Sorgen und Nöte der Zukunft zu berichten – und dabei auch ein wenig den Stolz auf das schon Erreichte kundzutun.

Von den Indianern also kam Thomas O'Shea auf die vor kurzem erst vollendete Pferdekoppel zu sprechen mit der mannshohen festen Einzäunung aus armstarken, gesunden Fichtenstämmen, auch auf die nahrhaften Wildwiesen zwischen Babine Portage und Silver Island Landing, die er besser noch als bisher gegen den dicht verwachsenen Urwald abschirmen mußte, auf sein geräumiges, sorgsam und sicher verfugtes Blockhaus auf der Anhöhe über dem See, kühl im Sommer, warm im Winter, in dem für alles Notwendige gesorgt wäre, wenn er auch mit den bisherigen Möbeln, überhaupt mit der Bequemlichkeit noch nicht zufrieden wäre.

»Aber das wird mit der Zeit noch werden. Ich mach' mir nicht viel daraus. Für mich ist es allemal gut genug. Meine Indianer hausen sowieso in ihrer Hütte abseits, wenn sie nicht bei ihren Familien sind, zehn Meilen weiter am Camsell-See, drei Stunden zu Fuß, aber nur eine Stunde mit dem Kanu.«

Der Ältere drehte sein Glas auf dem Tisch und meinte schließlich nachdenklich:

»Ich glaube, Tom, es wäre an der Zeit, daß du dir eine Frau anschaffst. So allein in der Wildnis – in deinem Alter – und das Schlimmste ist geschafft, sagst du. Du brauchst dich also nicht mehr zu hetzen wie in den vergangenen Jahren. Da fällt dir dann bald die Decke auf den Kopf. Ich kenne das. Ich habe auch erst richtig was auf die Beine gebracht, als sich meine Frau mit mir zusammentat – vor nun bald fünfundzwanzig Jahren. Immer bloß für sich allein schuften, da verliert man die Lust am Leben. Langweilig ist es auch. Das wäre nichts für mich. Manche nehmen sich dann eine Indianerin ins Haus, wurschteln so dahin; bis sie selber halbe oder ganze Indianer geworden sind. Ist nicht jedermanns Geschmack.«

Tom griff den Faden bereitwillig auf:

»Meiner bestimmt nicht! Bisher habe ich noch gar keine Zeit gehabt, darüber nachzudenken. Es kann schon sein, daß ich das nicht länger aufschieben sollte. Aber woher nehmen, wenn nicht stehlen? In meiner Gegend gibt's keine weißen Mädchen. Und was da in Burns Lake herumläuft – von denen will sich keine mit einem Waldsiedler einlassen. Hier in Prince George ist das sicherlich nicht anders. Vorläufig drängt's auch nicht! Worauf ich im Augenblick neugieriger bin, Zach, was hat dich in diese Gegend gebracht? Du hast es nicht so weit in die Stadt wie ich, möcht' ich vermuten –?«

Zach schien auf solche Anregung nur gewartet zu haben. Auch er verlangte danach, von seinem Schicksal zu berichten und die Achtung vor seinem Werk in den Augen und den Mienen eines verständigen Gefährten sich spiegeln zu sehen.

Er berichtete, während sich beide an dem deftigen Steak- und Kidney-Pie gütlich taten, daß er in seiner Gegend im Salmon Valley – im Tal am Lachsfluß – der Pionier gewesen wäre, der erste Siedler – ähnlich gewiß wie Tom am Babine. Nur hätte es damals die Eisenbahn noch nicht gegeben, und nach Fort George, etwas abseits vom jetzigen Prince George, wären es an die fünfzehn Meilen, zu Fuß ein hartes Stück; meistens allerdings wäre er die Strecke geritten oder dann später gefahren. Das Roden hätte sich sauschwer angelassen, und die ganze Schufterei wäre schließlich umsonst gewesen, wenn nicht gerade im rechten Augenblick der Bahnbau bis Prince George vorgedrungen, ihm Arbeit und Brot in den Monaten geliefert hätte, in denen die werdende kleine Farm ihn nicht beanspruchte, während in den schnee- und frostlosen Zeiten alle Überschüsse der Farm an Nahrungsmitteln von der Bahnbauverwaltung gern aufgenommen und gut bezahlt wurden.

»Das ist nun schon eine ganze Weile her, und so schlimm wie am Anfang kann es nicht mehr werden. Zwar geht es nicht so schnell voran mit der Entwicklung dieser Landstriche, wie man sich das früher wohl gedacht hat, aber immer noch schnell genug für meinen Geschmack. Meine beiden Jungens sind bald alt genug, daß ich für sie billiges Siedelland gleich im Anschluß an mein Land erwerbe. Und wenn die beiden Mädchen sich verheiraten, könnten die Schwiegersöhne das gleiche tun, wir hätten dann die ganze Gegend unter Kontrolle. Ich bin überhaupt nur hier, um die Besitztitel für die Söhne eintragen zu lassen. Aber man muß lange warten auf die verflixte Schreiberei. Die Kerle auf dem Landamt, die haben es nicht eilig. Was ich sonst hier an Geschäften habe, ist an einem Tag zu erledigen.«

Zach hob sein Glas, um die trockene Kehle anzufeuchten. So konnte Tom achtungsvoll dazwischenfragen:

»Du hast also vier Kinder, Zach? Und deine Frau dazu? Eure Arbeit muß leicht zu bewältigen sein.«

Zach setzte das Glas ab und wischte sich den Mund:

»Ja, zwei gute Jungens und zwei gute Töchter; sie kamen abwechselnd. Meiner Frau und mir haben sie reichlich Arbeit gemacht, sind alle zu Hause unterrichtet worden. Das war für uns die schwerste Zeit. Aber jetzt ist auch die Jüngste schon fünfzehn, und alle arbeiten mit. Zur Arbeit haben wir sie alle angehalten, schon von klein auf. Das macht sich nun bezahlt.«

Thomas O'Shea vermochte nicht länger mit einer Frage

hinter dem Berg zu halten, die ihn schon eine ganze Weile bedrängte:

»Das wäre dir doch alles nicht geglückt, wenn du nicht eine Frau gehabt hättest. Aber die kannst du damals hier nicht gefunden haben. Damals wird's keine vernünftigen Frauen in Prince George gegeben haben – und die es gab, die waren längst alle in festen Händen. Und du hast sicher wie ich, halt nur zwanzig Jahre früher, kein großes Geld und Gut vorzuzeigen gehabt, als du hier ankamst, womit du einem Mädchen oder ihren Eltern hättest imponieren können.«

Zach lachte, schob den abgegessenen Teller beiseite und stützte beide Ellenbogen breit auf den Tisch:

»Du kennst dich ganz gut aus in der Welt, wie sie nun einmal ist. Nein, hier hätte ich wohl kein Mädchen gefunden, das mich armen fremden Anfänger geheiratet hätte. Aber ich kann's dir ja verraten: Ich habe mir meine Elke aus dem alten Land mitgebracht, aus Deutschland, von der unteren Elbe – ein großer Strom in Deutschland! Ich hatte nichts; und ihre Eltern, die hatten was in Linkenholte; die waren eisern dagegen, daß sie mich heiratete. Da sind wir eben ausgerückt nach Amerika, nach Kanada. Zuerst ging es uns sehr dreckig. Wir konnten die Sprache nicht sprechen und kannten uns nicht aus. Aber wir ließen uns nicht unterkriegen. Ich habe drei Jahre lang zehn bis zwölf Stunden am Tag geschuftet, bin ganz krumm dabei geworden. In Winnipeg wurde eine Kanalisation gelegt, sehr tief in die Erde, weil es da im Winter sehr kalt wird, kälter noch als hier. Man mußte die steilen Gräben ausheben im Akkord, man sah nicht rechts und nicht links dabei. Wenn man von früh bis spät abends schaufelte, verdiente man eine Menge Geld. Es waren lauter neue Einwanderer, die im Akkord Winnipegs Abwasserleitungen ausgeschachtet haben. Die meisten gaben das Geld schnell wieder aus. Aber meine Elke, die paßte auf und nahm es mir gleich jeden Freitagabend ab. Sie arbeitete inzwischen in einem großen Hotel als Küchenmädchen. Da hat sie eher Englisch gelernt als ich in meinen tiefen Gräben. Nach drei Jahren hatte Elke genug auf die hohe Kante gelegt, so daß wir hier Land aufnehmen konnten, drei Pferde kaufen, etwas Vieh und Einrichtung – und als wir schon glaubten, uns dabei verrechnet zu haben, weil wir schließlich auf unserm damals noch sehr abgelegenen Platz nicht leben und nicht sterben konnten, denn die Kinder kamen jetzt, eins nach dem andern wie auf Bestellung, und Elke konnte nicht mehr so mitarbeiten, ja, als wir uns kaum noch zu helfen wußten, da kam dann der Eisenbahnbau, und Prince George wurde eine wichtige Stadt, und es gab wieder etwas zu verdienen. Aber das ist nun schon so gut wie vergessen. Jetzt sind wir soweit, daß ich für die Kinder Land erwerben kann. Jetzt wirft uns nichts mehr aus dem Sattel. Und wenn ich mir das alles richtig überlege, so muß ich heute sagen: Gewiß, ich habe fürchterlich geschuftet, aber ohne meine Frau hätte ich nichts oder nur die Hälfte von dem zustande gebracht, was ich jetzt aufzuweisen habe und was sogar weiter zunimmt.«

Die lange Geschichte war aus dem Mann hervorgebrochen, als wäre ein Damm in seinem Hirn geborsten. So war es vielleicht auch. Zachs neue Bekanntschaft hatte dagesessen und mit hungrigen Augen zugehört, hatte die Lebensgeschichte förmlich aus ihm hervorgelockt.

In der Tat, im Innern Toms war ein Licht aufgegangen. Wahrscheinlich glimmte es dort schon seit längerer Zeit, aber hinter einem dichten Vorhang, durch den hindurch es nur ganz matt hatte schimmern, aber niemals leuchten können. Thomas O'Shea wußte es auf einmal: Solch eine Elke, eine Frau, die mitmacht, Kinder in die Welt setzt, die einen nicht allein läßt, wenn der Weg steinig wird, das ist es, was ich brauche. Und ich wäre sogar viel besser dran, als es damals Zach war; im Akkord zu arbeiten, das liegt längst hinter mir. Wenn ich das will, dann hole ich aus meinem Bachsand immer noch ein paar Goldkörnchen heraus. Und längst steht mein festes Haus, und die Äcker tragen Frucht. Für wen? Für mich allein? Das würde sich nicht lohnen! Nein, da muß noch was oder wer hinzukommen, damit das alles erst den rechten Sinn bekommt. Eigentlich weiß ich das seit langem, hab's bloß nicht wahrhaben wollen, hab' auch keine Zeit gehabt, darüber nachzudenken. Zach, der hat mir die Augen geöffnet. Eine Frau ist es, die mir fehlt! Für die habe ich in Wahrheit den Wald und Busch gerodet, für die habe ich das Haus gebaut, den Weg nach Burns Lake für Wagen fahrbar gemacht. Ich mußte erst nach Prince George fahren und diesen Zach Deels treffen, damit mir das alles klar wurde.

Tom hatte eine Weile stumm dagesessen und vor sich hingestarrt; auch sein Tischgefährte hatte über den Bericht seines eigenen Lebens weiter nachgedacht; er schüttelte nun den Kopf.

»Der Krach hier – und die Luft ist zum Schneiden! Ich bin dafür, Tom, daß wir zahlen. Und dann gehen wir noch ein bißchen durch die Straßen und schauen, was sich da tut. Zum Schlafengehen ist es noch zu früh. Obwohl ich meine, daß wir es beide gewohnt sind: Früh ins Bett und früh wieder raus! Und das jeden Tag, den Gott werden läßt. Sonn- und Feiertage eingeschlossen; denn zu tun gibt's immer was. Und das reichlich.«

*

Sie schlenderten durch die Straßen der staubigen, übermäßig weitläufigen Stadt; man merkte ihr an, daß Raum ringsum im Übermaß und praktisch kostenlos zu haben war. Zach hatte sich ausgesprochen und war mit sich und der Welt einig; es war ein aufregend angenehmes Unterfangen gewesen, einem wie gebannt zuhörenden Kameraden die eigene Lebenslage vielleicht etwas rosiger, als der Wirklichkeit entsprach, aber ohne, daß Widerspruch zu erwarten war, auseinanderzusetzen; es war auch gar nicht so übel, nicht immer nur Frau und Kinder um sich zu haben, sondern auf einen ganz fremden Menschen, doch offensichtlich einen gestandenen Mann, Eindruck zu machen.

Thomas O'Shea hingegen zitterte innerlich. Seit seinem vierzehnten Lebensjahr hatte er sich, stets nur unter Männern, plagen müssen, um am Leben zu bleiben, sich zu behaupten und schließlich so etwas wie Boden unter die Füße zu bekommen. Weibliche Wesen waren ihm auf seinem Weg durch die Wälder und Einöden, unter dem wilden und auch zuchtlosen Volk der Eisenbahnbauer, unter den Trappern und Goldsuchern und den wenigen, meist erfolglosen Siedlern nicht begegnet – es sei denn hier und da in den Camps ein paar laute, grelle Huren, die in ihm eher Schrecken als Verlangen – ohnehin ein sonderbar unbestimmtes und nicht zu benennendes Gefühl – erweckt hatten. Gelegentlich waren ihm auch einige verarbeitete, überanstrengte Ehefrauen dieses oder jenes unglückseligen, vom Land und vom Schicksal enttäuschten Siedlers über den Weg gelaufen. Diese armseligen, meist verhärmten Frauen hatten keine Wünsche in ihm erweckt, bestenfalls sein Mitleid. Der äußerlich grobe, dunkel wirkende Mann aus uralter westirischer Sippe, dieser Thomas O'Shea, war von der einzigen liebenswerten Frau, die er in seinem glanzlosen Leben gekannt hatte, seiner längst verstorbenen Mutter, streng katholisch erzogen worden und hatte sich auf sonderbar zaghafte Weise ein beinahe noch kindliches Herz bewahrt.

Verschwommene Empfindungen des Mangels, der Unzufriedenheit mit seinem eigentlich zu Stolz Anlaß bietenden Dasein hatten Tom nach Prince George getrieben, wo er nun einen Mann getroffen hatte, der ihm einen neuen Weg gezeigt hatte. Diesen Menschen durfte er nicht wieder verlieren. Der war erfahrener und erfolgreicher noch, als er, Tom, es bisher gewesen war. Ihn mußte er sich warmhalten. Thomas O'Shea hatte es bisher stets verstanden, die Chancen wahrzunehmen, die sich ihm boten. Er begriff auch jetzt, was der Augenblick von ihm erforderte:

»Weißt du was, Zach, du hast mir soviel von deinem Platz und von deinen Leuten erzählt, daß ich ordentlich Lust bekommen habe, dein Anwesen im Lachstal und die Familie kennenzulernen. Auf meiner Farm ist alles Dringende vorläufig erledigt. Für ein paar Tage werden meine beiden Indianer allein fertig werden. Falls es bei dir noch viel Arbeit gibt, greif ich gerne mit zu, das versteht sich. Nicht nur jetzt, sondern auch später. In diesem Land ist es immer gut, wenn Leute, die sich schätzen, zusammenhalten und notfalls füreinander einstehen. Was ich hier auf den Ämtern zu erledigen habe, das wird mich morgen, wenn ich früh damit anfange, nur zwei, drei Stunden kosten; dann brauche ich nur noch beim Kaufmann zu bestellen für den Winter, was in Burns Lake oder Decker nicht zu haben ist – und wäre dann frei, dich zu begleiten – für zwei oder drei Tage nur. Zur Last werde ich euch nicht fallen. Und natürlich wärt auch ihr allesamt eingeladen, mich am Babine zu besuchen, vielleicht im Winter, wenn die Wege fest sind und die Arbeit nachgelassen hat.«

In einem unbewohnten, wilden Land wie dem damaligen

British Columbia um die letzte Jahrhundertwende knüpften sich menschliche Beziehungen schneller und enger als in zivilisierteren Bezirken. Man brauchte den anderen und konnte nicht wählerisch sein wie in belebten Gegenden, wo ein jeder Auswahl hatte, oft genug sogar zu viel davon. Die freudige Zustimmung des Zacharias Deels war also ganz und gar ehrlich gemeint:

»Also, Tom, das ist eine großartige Idee! Du bist uns willkommen! Nicht nur mir, auch Elke und die Kinder werden sich freuen, mal wieder in ein fremdes Gesicht schauen zu können und zu hören, wie es anderswo zugeht. Außer den Überraschungen, mit denen die Arbeit und der Urwald nicht sparsam sind – das kennst du ja –, gibt es bei uns draußen natürlich nur wenig Abwechslung. Du mußt uns mehr davon erzählen, wie deine Eltern angefangen und dann Pech gehabt haben, und wie du selber trotzdem vorangekommen bist. Also abgemacht, wir bringen morgen unsere Geschäfte zum Abschluß und reiten übermorgen früh los. Ich habe mein Pferd im Mietstall von Tim Macdonald untergestellt. Da kannst du dir einen passablen Gaul mieten und Futter kriegst du bei mir reichlich, so daß das nicht allzu teuer für dich werden wird. Ich würde lieber morgen als übermorgen abreiten, wenn es nur ginge. Elke und ich, weißt du, Tom, wir sind nicht gern lange voneinander getrennt; wir sind immer noch so ein bißchen ein Liebespaar, obgleich wir nächstes Jahr schon Silberhochzeit feiern und die Kinder selber schon bald heiratsfähig sind. Vorläufig sind sie noch ganz gern bei Muttern. Und ich bin es auch. Ohne meine Frau mehr als zwei oder drei Tage, das ist nichts für uns beide – du verstehst schon!«

Zach stieß den Gefährten mit dem Ellenbogen im Gehen an und lachte ein kleines, trockenes Lachen.

Tom verstand gar nichts, ganz und gar nichts! Aber auf eine keineswegs sehr angenehme Weise wurde ihm für einen Augenblick der Hals eng; eine leichte Hitze kroch ihm hinter den Ohren hinauf in den Kopf. Nein, er verstand nichts. Oder doch –? Er wußte es selber nicht.

Sie stellten sich schließlich nach einem langen Gespräch über die beste Art und Weise, feuchtes Unland urbar zu machen, noch einmal an die Bar für ein Bier und verfügten sich dann in ihr Quartier, Zach in ein neueres Nebenhaus des Hotels, Tom in die ihm zugewiesene Kabüse in dem großen Schlafsaal des älteren Haupthauses der Herberge.

3. KAPITEL

Dünne Bretterwände trennten in dem großen Schlafsaal des Hotels die einzelnen Schlafkojen voneinander. Die Wände reichten so hoch hinauf, daß ein großgewachsener Mann ihren oberen Rand mit ausgestrecktem Arm gerade erreichen konnte; hinüber zu blicken in die Nachbarkammer vermochte er nicht. Ein langer Gang durchquerte den Saal der Länge nach, auf den sich die von außen und innen verschließbaren Türen der Verschläge für die Gäste öffneten; die Kammern selbst enthielten nur ein hartes Bett mit ein paar Wolldecken, einen Stuhl und einen winzigen, wackligen Tisch. Anstelle eines Schrankes war ein Dutzend schwerer Nägel in die Wand gegenüber dem Bett eingeschlagen. Eine Zimmerdecke besaßen die Kammern nicht. Nach oben wanderte der Blick in den riesigen, von Balken und Streben durchkreuzten Dachstuhl hinauf, verlor sich dort im Halbdunkel. Ein paar aus der Höhe an langen Drähten herniederhängende Petroleumlampen verbreiteten des Abends bis in die halbe Nacht hinein ihr gelbes, sanftes und zugleich spärliches Licht. Waschgelegenheiten gab es nur an der Giebelwand des hohen Saals, nicht in den einzelnen Kammern.

Für die Begriffe der Holzfäller, Eisenbahner und Trapper, die hier übernachteten, bildete diese Unterkunft, verglichen mit einer kalten Nacht im Freien, im Zelt oder einer Erdhütte, eine durchaus erträgliche, ja behagliche Behausung. Wenn man sich auch über und durch die dünnen Wände hörte, so konnte man doch nicht gesehen werden, war also diskreter aufgehoben, als in den großen, nicht unterteilten Schlafhütten der Holzarbeiterlager oder der Streckenarbeiter. Und was die unvermeidlichen Geräusche anbelangte, die entstanden, wenn dieser oder jener in seinem Gepäck wühlte, die schweren Stiefel auszog oder auch aus tiefster Kehle schnarchte – nun ja, man nahm Rücksicht aufeinander, soweit es sich machen ließ. Und was mit Rücksicht nicht zu schaffen war, das wurde durch die Nachsicht der jeweiligen Nachtgefährten ausgeglichen. Streit gab es so gut wie nie. Männer, die aufs schwerste arbeiten – allesamt in der Hoffnung, früher oder später auf einen grüneren Zweig zu kommen als den, auf dem sie zur Zeit hocken und sich abschinden – solche Männer sind verträglich.

Als Thomas O'Shea sich von seinem neu gewonnenen Bekannten für die Nacht verabschiedet und die Tür seines hölzernen Käfigs hinter sich abgeschlossen hatte, ließ er sich zunächst auf den einzigen, verdächtig knarrenden Stuhl seines Quartiers fallen und blickte durch das kleine, nie geputzte Fenster auf den dunklen Hof des Gasthauses hinaus. Doch nahm er nicht wahr, was draußen vor den hellen Vierecken der Küchenfenster vorgehen mochte. Dies war, wie es ihm erschien, nicht nur ein ereignis-, sondern auch ein ergebnisreicher Nachmittag und Abend gewesen. Es kam ihm vor, als hätte er in den vergangenen zwei, drei Stunden mehr gelernt und begriffen als in den zehn Jahren zuvor:

Ich habe eben zu lange für mich allein gelebt. Es war richtig, daß ich unter Menschen gegangen bin. Bloß immer mit Joe und Jim zu verkehren, zehn Worte höchstens am Tag von sich zu geben und nur an die nächste Arbeit zu denken und keinen Schritt weiter, das war auf die Dauer nicht auszuhalten. Und dann hab' ich gleich den guten Mann aus dem Lachstal getroffen, als hätte ich ihn bei meinem Schutzpatron, dem heiligen Thomas, vorher bestellt. Das ist eine feine Sache, und ich sollte dem Heiligen eine Kerze dafür stiften. Das werde ich morgen auch tun, an dem Wege nach Fort McLeod, in der kleinen katholischen Kapelle. Ich war einfach viel zu lange allein.

Wie mich Zach angestoßen hat mit dem Ellenbogen, als er davon redete, daß er und seine Frau sich nur ungern länger als drei Tage entbehrten – und hat so ein bißchen gelacht –, ist mir ganz heiß geworden dabei. Na ja, was wundere ich mich! Vier Kinder hat er, vier! Und die werden bekanntlich nicht gebakken, sondern gezeugt und geboren. Ich habe gar nichts, kann mir auch nicht ausdenken, wie es wäre, wenn ich Kinder hätte.

Aber vorher müßte ich zuerst mal eine Frau haben, die die

Kinder zur Welt bringt; und davor müßte ich erst selber das Meinige dazu getan haben. Das Meinige – was ich noch nie mit einer Frau versucht habe, hatte eben noch nie Gelegenheit dazu. Und die Huren, wo schon hundert andere vor mir – ? Na ja, es ging einfach nicht. Oder hab' ich mich bloß nicht getraut? Courage in dieser Hinsicht habe ich wohl nicht viel besessen, oder richtiger: gar keine Gelegenheit, sie zu beweisen.

Aber daß ich diesen Zacharias Deels getroffen habe, da haben bestimmt der heilige Thomas oder die heilige Jungfrau ihre Hände mit im Spiel. Ich sollte wirklich mal wieder zur Beichte gehen, wenn sich morgen in der Kapelle Gelegenheit dazu bietet.

Ich bin neugierig, wie es bei Zach zu Hause zugeht; die Elke, seine Frau, wie die wohl aussieht – und ob man ihr anmerkt, daß sie nicht gern lange ohne ihren Mann ist? Verdammt, ich bin wirklich alt genug, daß ich endlich begreife, was die Glocke geschlagen hat. In der Bibel steht: Darum wird ein Mann Vater und Mutter verlassen und an seinem Weibe hangen, und sie werden ein Fleisch sein. Komisch, daß mir das gerade jetzt einfällt. Aber Zach hat mich unterwegs mit dem Ellenbogen angestoßen und so gelacht dabei. Ja, wenn ich eine Frau hätte, dann wüßte ich mehr. Alles Unsinn, hab' zu viel Alkohol im Schädel. Bin ich nicht gewohnt. Mach, daß du ins Bett kommst, Mann! Da bist du am besten aufgehoben! – –

Sonst pflegte Tom abends unter seine Decken zu kriechen, brauchte nicht lange zu warten und war dann nach wenigen Minuten in der warmen Höhle tiefen Schlafs geborgen. Anders in dieser Nacht. Das Gasthausbett war er nicht gewohnt und erst recht nicht diesen Schlafraum unter dem hoch ins Schattenhafte hinaufreichenden Gebälk. Und wenn man auch glauben durfte, daß die meisten Bewohner der einzelnen Schlafzellen sich Mühe gaben, jedes laute Geräusch zu vermeiden, so fiel doch hier und da eine Tür scheppernd ins Schloß, scharrte ein Stuhl, quietschte lästerlich ein Bett oder eine lockere Diele. Tom kannte nur die Stille der Nächte auf seinem entlegenen Platz am Babine, wo ihn jedes Geräusch sofort aufstörte, das nicht rechtens zur Nacht gehörte. Als in dem Raum, der Wand an Wand neben dem seinen lag, die Tür knarrte, hörbar geschlossen wurde, Gepäckstücke zu Boden prallten und eine leicht heisere Frauenstimme hörbar wurde, war er noch hellwach.

»Endlich, Jack! Wir sind allein! Aber was soll denn das? Alles oben offen! Bloß Wände und keine Decke darüber! Bloß das Dach?«

Eines Mannes Stimme, mühsam gedämpft:

»Besseres ist nicht zu haben! Du mußt leise sprechen, Jany! Bestimmt kann man nebenan alles hören. Ob da einer wohnt, das weiß ich nicht. Leise, Jany, leise!«

Die Stimmen sanken zu einem Flüstern ab. Einzelne Wörter waren nicht zu verstehen. Was blieb, war eine sonderbare Dringlichkeit des anscheinend nicht endenwollenden Gemurmels und eine Folge von unbestimmten kleinen Geräuschen.

Thomas O'Shea lag flach auf dem Rücken in seinem kargen Bett und rührte sich nicht. Ein Mann – und eine Frau!

In dem Raum nebenan, nur durch eine vielleicht daumenstarke Bretterschicht von seinem Lager abgetrennt! Das da drüben mußte ein Doppelzimmer sein. Er hatte es bereits, ohne groß darüber nachzudenken, wahrgenommen, als er den Mittelgang entlang seine Kammer suchte. Bestand doch zwischen seiner Tür und der der Nebenkabine ein weiterer Abstand als zwischen den meisten übrigen Türen, die wohl alle zu Einzelbetten Zugang verschafften. Wer in der Wildnis daheim ist, nimmt alles wahr, was sich vom Üblichen auffällig unterscheidet.

Tom versuchte, sich selbst zu beruhigen: Natürlich, ab und zu machen sich die Männer, die anderswo arbeiten, übers Wochenende auf in die Stadt und treffen sich hier mit ihren Frauen, die dann vielleicht von Quesnel oder sogar Edmonton hergereist kommen, um Geld abzuholen für sich und die Kinder und um den Mann wiederzusehen. Es ist also nichts Besonderes, daß nebenan Mann und Frau froh sind, daß sie wieder einmal besprechen können, was sich in der Familie alles so getan hat. Ich kümmere mich nicht darum! Geht mich ja auch schließlich nichts an! Weiß nicht einmal, wie die Leute aussehen. Warum kann ich nicht einschlafen wie sonst?

Ja, warum? Tom lag still und steif, um durch keine Bewegung – sein Schragen knarrte gern – zu verraten, daß er vorhanden war. Er konnte einfach nicht einschlafen, ob er sich nun Mühe gab oder nicht. Er lag ausgestreckt wie ein umgekippter Zinnsoldat unter seinen Decken, wach wie nie, fürchterlich wach!

Sie flüsterten und flüsterten. Zu verstehen war nichts. Sie schienen sich aber nicht viel zu erzählen zu haben. Manchmal verstummte das Gemurmel, und Tom vernahm Bewegungen, ein unterdrücktes Lachen, Abwehr, Geraschel. Dann wieder unverständliches Gewisper. Wenig später gingen zuerst der Mann, dann die Frau zu den Waschschüsseln am Kopfende der Halle. Dort war auch ein kleiner Verschlag für »Ladies« abgeteilt.

Danach waren Toms unsichtbare, jedoch sehr gegenwärtige Nachbarn offenbar endlich für die Nacht gerüstet. Tom vernahm ein Knarren, wie es auch sein eigenes Bett hatte hören lassen, als er sich hinlegte. Der Mann und die Frau im Verschlag nebenan hatten sich also auch zur Ruhe begeben – endlich!

Tom lag noch eine Weile still und lauschte. Schon wollten ihm die Augen zufallen, als ihn ein dünner Laut erreichte, der ihn so heftig ins Wachsein zurückriß, als wäre ein Pistolenschuß gefallen: Das Lachen einer Frau, verstohlen, halb unterdrückt, sonderbar wohlig – oder war es wie ein Stöhnen, ein befriedigtes Ausatmen –? Danach die Stimme des Mannes, flüsternd nur, ein paar wenige unverständliche Silben, zärtlich im Tonfall. Stille für eine kleine Weile – und dann, trotz aller bemühten Vorsicht nicht zu vermeiden, oder wohl auch nicht mehr beachtet, ein gleichmäßiges Knacken des hölzernen Bettes, wie im Takt.

Pausen ab und zu. Das Liebespaar mochte sich gestört fühlen. Die Geräusche, die es bewirkte, sie waren vielleicht auch jenseits seiner vier Wände vernehmbar –?

Tom lag wie erstarrt. Wann hörte es endlich auf, dies Geraschel, Geknarr und Gewisper auf der anderen Seite der Wand neben seinem Bett? Aber es hörte nicht auf. Durch Toms Hirn flatterten Fetzen von Gedanken: Die lassen es einfach knakken, die sind verheiratet. Die dürfen sich aufeinander loslassen – –

Ein langgedehnter, stöhnender Seufzer – noch einer –, wer

hatte gestöhnt, der Mann oder die Frau? Das war nicht zu unterscheiden. Das Bett nebenan krachte noch einmal, ungedämpft diesmal. Die Eheleute – bestimmt waren es Eheleute – hatten sich wohl aus der Umarmung entlassen und waren schwer auf ihre Betten zurückgesunken. Stille, eine große, erschöpfte Stille!

Vollkommene Stille herrschte auch in dem weiten Schlafsaal mit seinen anderthalb oder zwei Dutzend Kammern unter dem offenen Dachstuhl. Nicht nur Tom hatte gehorcht. Manch anderer hatte wenigstens als Lauscher miterleben wollen, was den Männern in den Schienen- oder Holzfällerlagern nur gelegentlich unter den härenen Decken im Traum gewährt wird. Jetzt, als das Spiel im Dunkel vorüber war, war kaum zu bezweifeln, daß hier und da einer den angehaltenen Atem aus seiner Brust ausströmen ließ.

Thomas O'Shea lag immer noch lang auf dem Rücken wie gefällt. Er merkte erst jetzt, als nebenan sich nichts mehr regte, daß er in Schweiß gebadet war. Er streifte sich die Decke vom Oberkörper. Mit weitgeöffneten Augen starrte er ins Dunkel des Dachstuhls. So war das also! So nahe und eng kamen sich Mann und Frau, daß sie sich stoßen und anstöhnen mußten: Gott sei Dank, daß es vorbei ist! Das hätte ich nicht länger ausgehalten. Kann man ja verrückt dabei werden; das regt einen auf wie irre! Ich hätte am Babine bleiben sollen! Da hab' ich meinen Frieden. Nein, hab' ich eben nicht! Deswegen hat's mich ja hergetrieben. Ich sollte es doch mit einer Hure versuchen. Bin kein richtiger Kerl! Mein Gott, Heilige Jungfrau, erbarme Dich! Ich hab' das nun mitgemacht – ganz aus der Nähe –, nur ein paar halbzöllige Bretter dazwischen. Zach hat mich angestoßen mit dem Ellenbogen. Ich weiß jetzt, was er gemeint hat. Ich, bald dreißig, und immer noch ohne Frau! Wo soll das hin mit mir?

Endlich! Die dunkle Unruhe, die ihn schon seit längerer Zeit geplagt hatte, jetzt wußte er sie zu benennen. Aber was nutzte ihm das? Er war allein. – Vielleicht doch eine Indianerin? Die kamen gern und waren willig – und dann regierten sie. Er hatte das schon ein paarmal miterlebt, wenn auch nur von ferne. Nein, keine Indianerin! Bewahre mich vor einer Indianerin, heilige Mutter Gottes!

Langsam beruhigte er sich. Die Erregung machte einer Niedergeschlagenheit Platz, die wie eine Brandwunde schmerzte.

Jetzt werde ich hoffentlich schlafen können! Ich bin matt und schlapp wie ein leerer Kartoffelsack. Morgen steht noch allerlei an, was zu besorgen ist. Und dann reite ich mit Zach nach Norden auf seine Farm und werde mir seine Elke anschauen. Ob die wohl auch so stöhnt, wie die da nebenan gestöhnt hat? Ach, hol's der Geier! Ich bin und bleib ein armer Schlucker. Töchter hat er auch, der Zach, zwei sogar! Aber wie soll ich da rankommen, mit den Eltern immer dicht bei? Vielleicht sind sie sowieso blöde.

Der lange Tag, der vorangegangen war, und die beschwerliche Anreise verlangten immer deutlicher ihr Recht. Mißmutig vergrub Tom seinen Kopf ins Kissen, das als einziger Bestandteil des Bettes einen Überzug aus Kattun trug. Irgendwo hinter anderen Wänden hatten zwei Männer zu schnarchen begonnen, der eine röchelnd, der andere pfeifend wie eine Dampflok. Dort schliefen sie also schon. Das wäre für Tom normalerweise das beste Schlummerlied gewesen.

Aber die Unruhe hinter der Bretterwand an Toms rechter Seite regte sich abermals. Ganz sachte erst. Ein gedämpftes Geflüster – und ein neuer Laut – wie ein kaum zu zügelndes Kichern. Das Bett nebenan begann abermals zu knarren, stolpernder im Takt als zuvor.

Tom war sofort wieder hellwach. Verflucht, hatten die immer noch nicht genug! Muß ich mir das dauernd mit anhören – keine drei Fuß neben mir? Das ist nicht auszuhalten!

In plötzlich ausbrechendem, rasend sinnlosem Zorn ließ Tom die geballte Faust an die Wand neben sich donnern, richtete sich auf und brüllte unbeherrscht und verzweifelt:

»Gebt endlich Ruhe, zum Teufel! Seid nicht alleine hier! Man möchte endlich mal schlafen!«

Totenstille – !

Nebenan kein Wort, keine Bewegung, nichts!

Die zwanzig oder dreißig Männer, die hinter den anderen hölzernen Wänden lagen, waren von der wütenden Stimme alle wieder geweckt worden, soweit sie überhaupt schon geschlafen hatten.

Totenstille, atemloses Lauschen für eine endlose Minute.

Dann klang von irgendwoher eine tiefe, ruhige Männerstimme, der anzumerken war, daß der Besitzer bei seinen Worten griente:

»Reg' dich nicht künstlich auf, alter Mann! Wir haben unseren Spaß daran, auch wenn wir's bloß hören!«

Zustimmendes leises Gelächter aus allen Ecken.

In Toms Nachbarkammer regte sich zunächst nichts. Auch kam von dort keine Antwort.

Doch schließlich fühlte sich das Paar von dem Wohlwollen der freiwillig-unfreiwilligen Horcher so getragen, daß – ehe Tom noch seine Fassung wiedergefunden hatte – das Geknarr neben seiner Lagerstatt laut und deutlich und ohne jede Vorsicht abermals vernehmbar wurde – um in einigen langen Seufzern – nicht nur der eigentlichen Akteure, sondern auch mancher Zuhörer – endgültig und befriedigt zu ersterben.

Tom hatte sich die Bettdecke über den Kopf gezogen. Er wollte nichts mehr hören. Er schämte sich, daß er dem Liebes- oder Ehepaar so grob in die Parade gefahren war. Der andere Rufer war im Recht gewesen: Tom hatte keinen Grund, sich künstlich aufzuregen. Künstlich – stimmt! Das andere war das Natürliche!

Als sich Tom nach einiger Zeit aus der heißen, ein wenig säuerlich riechenden Schlafdecke befreite, spürte er, daß endlich nächtlicher Friede eingekehrt war. Das unersättliche Paar nebenan schien endlich ermattet zu sein.

Gottlob, das war vorbei! Tom sank wie ein Stein im Wasser auf den tiefsten Grund erschöpften, schwer genug verdienten Schlafes.

*

Der Tag nach dieser Nacht verging mit vielerlei Laufereien und Geschäften, die den schwarzhaarigen, blauäugigen Burschen aus Irland, Thomas O'Shea, nicht zur Besinnung kommen ließen. Er fühlte sich wie besessen von dem Wunsch, alles, was er sich für Prince George an sachlichen Aufgaben vorgenommen hatte, noch an diesem einen Tag, einem Sonntag, zu erledigen. Von Sonntag war nicht viel oder garnichts zu spüren in dem entlegenen Städtchen »an der Grenze«. An der Grenze nämlich zur noch nicht erschlossenen Einöde des Nordens und Nordwestens.

Am Vormittag war zwar das halbe Dutzend kleiner Holzkirchen verschiedener Bekenntnisse gut gefüllt gewesen; aber auch die Kirchenbesucher eilten, sobald die Gottesdienste vorüber waren, sofort wieder ihren Geschäften nach, denn selbstverständlich waren alle Läden, Werkstätten und Kneipen geöffnet, verdoppelte sich doch gerade über die Wochenenden die Zahl der Stadtbewohner durch die vielen Männer aus den Arbeitslagern in der Wildnis, die nur am Sonntag hereinkommen, sich versorgen und einkaufen konnten. Man war in Amerika und verdiente das Geld, wann und wo es zu verdienen war, und keine Behörde – soweit es sie außer der Polizei überhaupt gab – wäre je auf den Einfall gekommen, Einspruch zu erheben. Das alte Europa war weit, sehr weit vom Norden des großen Landes British Columbia entfernt (und ist es noch heute).

Thomas O'Shea hatte seine Absicht nicht wahrgemacht, die – relativ – stolzeste der kleinen Kirchen aufzusuchen, die römisch-katholische, um die Messe zu hören, an der Kommunion teilzunehmen und womöglich gar zur Beichte zu gehen, ja, was sollte er wohl beichten? Er hatte gelegentlich kräftig geflucht, gewiß! Aber was war das groß? Fluchen tat ein jeder. Wenn man in den großen Wäldern und auf den kleinen Rodungen, welche die ersten Siedler geschlagen hatten, nicht ab und zu bei dieser Plackerei und Gefahr gelegentlich Dampf ablassen durfte, dann war das Dasein einfach nicht zu ertragen. Im übrigen war sich Tom keiner Sünde bewußt – das heißt nur allzu bewußt des Erlebnisses der vergangenen Nacht im großen Schlafsaal seiner Herberge. Der Mann mit den schweren, harten Muskeln auf den breiten Schultern und im Nacken, den ebenso harten, schmalen Hüften und stämmigen Beinen, der Mann, mit dem im Ernstfall nicht gut Kirschen zu essen war, dieser klobige, auf gewisse Weise kindhafte Tor Thomas O'Shea, war durch das, was er, nur durch eine dünne Holzwand davon getrennt, mitangehört und wie am eigenen Leibe erfahren hatte, völlig durcheinander. Dabei hatte er selber nichts Böses oder nur Unerlaubtes getan. Aber zur Beichte gehen–? Er hätte davon sprechen müssen. Das erregende Knacken der Bettstatt von nebenan lag ihm immer noch im Ohr. In der Beichte hätte er das erklären müssen. Aber was war da überhaupt zu erklären? Daß er körperlich und seelisch aufgewühlt war, das spürte er sowieso; es machte ihm jetzt noch den Hals eng. Warum? Was war da zu beichten? Darauf wußte er keine Antwort. Also schlug er um die ihm wohlbekannte Kirche in der Stunde der Frühmesse einen weiten Bogen.

Er hatte die Stadt schon wieder satt, in der er kaum erst eingetroffen war. Er würde mit Zach hinausreiten auf dessen Land im Salmon Valley, und er würde Elke kennenlernen und die Kinder, eine richtige große Familie, genau wie die, aus der er selber stammte. Nie zuvor war ihm solch ein Anschluß geglückt. Es hatte für ihn stets nur Männer gegeben, solche vom selben Schlag wie er – und ganz gelegentlich Weiber, die er gemieden hatte; sie hatten ihm eher eine ungewisse Angst als Neugier oder gar Gier eingeflößt. Und wo er – nur selten – auf Ehepaare gestoßen war, hatte er die zumeist geschundenen oder auch herrschsüchtigen und scharfzüngigen Frauen schon gar nicht als begehrenswerte Wesen des anderen Geschlechts empfunden. Außerdem waren sie ja schon verheiratet.

Abends traf sich Tom mit Zach. Beide hatten das Gefühl, sich schon lange zu kennen. Tom berichtete sofort, daß er sich in dem von Zach empfohlenen Mietstall bereits ein gutes Pferd gesichert hätte, daß also der gemeinsamen Abreise am Montagmorgen nichts mehr im Wege stünde. Zacharias betonte nochmals:

»Das läßt sich hören, Tom! Meine Leute am Salmon werden sich wirklich freuen, daß ich ihnen Besuch mitbringe. Ein fremdes Gesicht sehen wir dort nur selten.«

Das klang so ehrlich und freundlich, daß es Tom warm ums Herz wurde. Die unruhige Verdrossenheit, die er tagsüber wie ein unsichtbares, aber zähes Gespinst mit sich herumgetragen hatte, ohne es zerreißen zu können, war mit einmal wie weggewischt.

Beim Abendessen sprachen sie darüber, was sie am Tag verrichtet hatten; sie brauchten keine Geheimnisse voreinander zu haben. Sie zogen ja fast am gleichen Strang, der eine am Salmon und der andere am Babine; es tat gut, die Erlebnisse auszutauschen.

Sie trennten sich früh, denn sie wollten bei Sonnenaufgang schon weit aus der Stadt sein.

Tom hatte der Nacht mit versteckter Gereiztheit entgegengesehen. Dies stellte sich als grundlos heraus. Die Nachbarkammer blieb über Nacht leer.

4. KAPITEL

Es wurde gerade erst hell, als die beiden Männer aus dem Städtchen hinausritten, dieser wenig ansehnlichen Sammlung von kleinen und größeren, neuen und schon windschiefen Holzschuppen, die allesamt ein Giebelende, viereckig zu falscher, hoher Fassade mit Brettern verkleidet, der Straße zukehrten, als schämten sie sich, zu zeigen, was sie waren: Hölzerne langgestreckte, ohne auch nur den geringsten Anspruch auf Schönheit an einen zufälligen Karrenweg ins Gelände gepflasterte, übergroße Schuppen, zu nichts anderem gut, als irgendeinem praktischen, nüchternen Zweck Obdach zu bieten, die Zucker- und Mehlsäcke, die Satteldecken, Geschirre, Backpflaumen und Winchester-Büchsen vor Wind und Wetter, Schnee und Regen und Sonnenglut zu schützen.

Tom und Zach waren nicht die einzigen, die zu so früher Morgenstunde die Stadt verließen. Zu Pferde, zahlreicher zu Fuß, zogen die Männer, die sich über Sonntag in der Stadt versorgt und auf ihre Art vergnügt hatten, auf groben Karrenwegen oder schmalen, ausgetretenen Trampelpfaden wieder in die unermeßlichen Wälder hinaus, sich an ihnen wie Ungeziefer zu nähren, sie zu berauben, an manchen Orten zu zerstören, oder sie auch durch den unerbittlich fortschreitenden Bau der Eisenbahn gleichsam wie ein Wurmfraß mit einem nie mehr verwachsenden Laufgang zu unterhöhlen und aufzuspalten.

Tom und Zach waren weit davon entfernt, solchen Gedanken Raum zu geben. Sie beide vermochten aus der ungebändigten Wildnis nichts weiter herauszulesen als den Befehl, besser, als die Herausforderung, mit ihr vertraut zu werden und es darauf ankommen zu lassen, sich als die Stärkeren zu beweisen.

Deswegen lebten sie in ihr und hatten schon ein paar Schlachten mit dem großen Tier Einöde gewonnen, wenn auch, wie sie nie vergessen durften, noch nicht den ganzen Krieg. Die Wildnis war nie verlegen darum, sich etwas Neues einfallen zu lassen, worauf die tollkühnen Siedler, Trapper, Goldsucher und Logger* nicht gefaßt waren.

Die beiden Männer wußten nicht, fragten auch nicht danach, warum sie so vergnügter Stimmung waren, als sie auf ausgeruhten, munter trabenden Pferden in den Morgen hinauszogen. Die Stadt mit den vielen fremden Männern, den trägen Schreibern auf den leider unentbehrlichen wenigen Amtsstellen, den listigen Händlern und Kaufleuten, den behäbig-freundlichen, aber unerbittlich in die eigene Tasche rechnenden Gastwirten, auch den händelsuchenden Trunkenbolden und Schlägern, die Stadt lag wieder einmal hinter ihnen, das war es!

Der tief zerfurchte Fahrweg wand sich nordwärts allmählich aus dem Tal des Fraser-Stroms hinaus und hinauf in die Berge. Manchmal, wenn der Weg, dem sie zu folgen hatten, sich bei seinen vielen Kehren und Kurven nach Osten oder Süden wandte, ehe er wieder nach Norden bog, wohin er strebte, öffnete sich den beiden Reitern der Blick hinunter in die mächtige Senke, in welcher der König der Gewässer dieses Landes, der Fraser, von Nordosten heranzog, um sich dann hinter Prince George, wenn er von Westen her den Nechako verschlungen hatte, entschieden nach Süden zu wenden.

In der Tiefe glitzerte der Strom im Frühlicht, eine grausilberne Schlange, hier und da von weißen Nebeln verschleiert. Die Stadt an seinem Ufer war zu einem winzigen farblosen Flecken geschrumpft, einem Nichts im Meer der Wälder. Auf den Ort und die fadendünn erscheinende Brücke über den Strom zielte die schnurgerade in die Wälder gerissene Schneise der Eisenbahn.

Die Sonne blitzte auf über dem scharf gezeichneten Horizont, nur wenige Strich Süd zu Ost, denn die Tagundnachtgleiche war erst vor kurzem vorübergeglitten. Die Luft wehte schon kalt, wenn es auch noch nicht gefroren hatte und das Laub an

* Logger, von log, Baumstamm; Holz- oder Waldarbeiter

den Espen, Birken und Waldahornen gerade erst anfing, ins Rötliche und Goldene zu spielen. Die Männer merkten, daß sie recht getan hatten, sich ihre dicken Joppen anzuziehen, ehe sie in den Sattel stiegen, nachdem Zach seine beiden Packpferde mit all den Kisten und Bündeln beladen hatte, in denen seine Einkäufe verstaut waren. Tom hatte nicht mehr auf die Reise mitgenommen, als seine geräumigen Satteltaschen faßten; was er in der Stadt eingekauft hatte, war in der Obhut des Ladens verblieben, in welchem er den größten Teil seiner Besorgungen erledigt hatte. Er war sich im klaren darüber, daß er länger als zwei, drei Nächte bei Zach nicht würde verweilen dürfen. Denn sicherlich ging es auf der Farm des Zacharias Deels ebenso zu wie auf seiner eigenen: Für Besucher war bei der nie abreißenden Arbeit im tiefsten Busch nur wenig Raum und Zeit übrig, es sei denn, der Besucher packte sofort bei der Tagesarbeit mit an; aber solches war zumeist nicht einmal erwünscht.

Den Pferden behagte der junge Tag des bedächtig vergehenden Sommers genauso wie den Männern, die sich von ihnen aus dem weiten Fraser-Tal tragen ließen. Zwar hatten die Pferde sich hangauf ein wenig anzustrengen, aber die Mücken- und Fliegenplage des Jahres war vorbei; so sparten sie die Energie, mit den schwarzen Mähnen zu schütteln und mit den Schweifen die Flanken zu fegen.

Zach drehte sich halb im Sattel zurück und rief nach langem Schweigen dem Gefährten, der zum Anspornen hinter den Packpferden ritt, in offenbar bester Laune zu:

»Tom, wir sind auf dem Weg nach Hause! Das ist immer das schönste an solchen Besuchen in Prince George, wieder abzureiten nämlich! Ich freu mich schon auf Elke und die Kinder. Hoffentlich ist alles glattgegangen. Ein Wetter haben wir, Tom, was? Ein Wetter wie aus dem Bilderbuch! Zu Ehren deines Besuches, natürlich, klar!«

Tom dachte sich: Der meint das wirklich so, wie er es sagt. Und recht hat er auch. Er drückte seinem Pferd leicht die Fersen in die Weichen, so daß es antrabte, und holte zu Zach auf.

»Du sagst es, Zach! Und ich weiß das zu schätzen, das Wetter zum Beispiel und daß wir so munter unterwegs sind, obgleich wir uns erst seit vorgestern kennen – und natürlich ganz besonders deine Einladung. Ich kann mich nicht zurückbesinnen, wie lange es her ist, daß ich mal in eine richtige Familie mit Mann und Frau und Kind eingeladen worden bin. Ob du es glaubst oder nicht, Zach, für mich ist das beinahe wie Weihnachten, das heißt, was man sich so unter Weihnachten vorstellt; ich hab' das schon vergessen. So, jetzt haben wir Zeit. Die Packpferde haben begriffen, wohin die Reise geht und brauchen nicht mehr angetrieben zu werden. Du könntest mir ein bißchen was von deinen Leuten erzählen, damit ich weiß, wen ich vor mir habe, wenn wir bei dir angekommen sind. Das wird ja wohl kaum vor dem Mittag geschehen.«

»Das ist richtig, Tom. Und ich muß dir sagen, ich rede gern von meinen Leuten; sie sind schließlich die Hauptsache. Ich steh mich, Gott sei Dank, mit allen gut, was nicht jeder Vater von Frau und Kindern sagen kann. Das wird auch dir nichts Neues sein, obgleich ich meine, du wärst selbst alt genug, in dieser Hinsicht Erfahrungen gesammelt zu haben, starker, ansehnlicher Kerl, der du bist! Aber so geht's ja vielen hier draußen. Mädchen sind selten wie Butterblumen im Winter, man muß schuften wie ein Ochse im Joch, um überhaupt am Leben zu bleiben und womöglich ein bißchen voranzukommen, und alle Knochen tun einem jeden Abend weh. Ein bißchen Ärger hab' ich eigentlich nur ab und zu mit meinem jüngeren Sohn Bill und meiner älteren Tochter Eva. Bill möchte am liebsten schon auf eigene Faust in die Wälder, Trapper spielen und mit den Indianern handeln. Vielleicht läßt sich tatsächlich noch irgendwo ein Bach finden, den keiner vorher entdeckt hat, worin das Gold in Klumpen herumliegt, meint er. Bill ist einfach noch zu jung, gerade erst sechzehn und bei mir noch allzugut zu gebrauchen. Nach meiner Meinung müssen die Söhne zu Hause erst abarbeiten – wenn sie nicht zu Hause bleiben wollen –, was sie den Eltern an Mühe, Sorgen und Ärger als Kinder gekostet haben. Mit meiner Ältesten, der Eva, steht es ähnlich: Als Kind hat sie uns mehr Freude bereitet als alle anderen Kinder. Sie war wild wie ein Bengel und fürchtete sich vor nichts, ging mir und der Mutter zur Hand, geschickter als später die Söhne. Und das Lernen fiel ihr leicht. Meine Frau und ich, wir können nicht viel mehr als Lesen, Schreiben und Rechnen, was man gerade so braucht – und das alles beherrschte Eva schon, ehe sie zehn Jahre alt war. Und weil wir sahen, daß es ein Jammer wäre, wenn man nicht in ihren klugen Kopf mehr hineinsteckte, als wir ihr beibringen konnten, haben wir sie nach Prince George geschickt, wo sie noch weiteren Unterricht bekommen konnte. Sie ist bis zu ihrem vierzehnten Lebensjahr dort gewesen, war aber nicht zu bewegen, länger zu bleiben und einen besseren Beruf zu erlernen. Nein, sie wollte unbedingt wieder zu uns auf die Farm; sie könnte der Mutter helfen als Älteste; für Mutter wäre die Arbeit in Haus, Hof und Feld und noch dazu mit den drei jüngeren Kindern sowieso schon zuviel – und sie wollte einfach unter keinen Umständen länger bei fremden Leuten hausen. Wir wußten schon, daß gegen Eva nicht viel auszurichten ist, wenn sie sich etwas in den Kopf gesetzt hat, und außerdem, es war schon richtig, daß wir, meine Frau besonders, aber auch ich, eine verständige Person bei der vielen Arbeit und drei unmündigen Kindern nicht nur gut gebrauchen konnten, sondern wirklich bitter nötig hatten. Seither ist sie also wieder da, genauso unbändig und ungeduldig, wie sie schon als Kind war, aber tüchtig, verdammt tüchtig, und regiert eigentlich. Wir beiden Eltern merken es kaum, weil es immer mit Verstand geschieht, und ihren drei Geschwistern weiß sie alles so mundgerecht zu servieren, daß die ihre Weisungen schlucken, als täten sie sich selber einen großen Gefallen damit. Aber meine Frau und ich, wir haben schon seit längerer Zeit ein schlechtes Gewissen, denn Eva ist nun zweiundzwanzig und ist bei all ihrer Tüchtigkeit noch ebenso wild wie sie als Kind war; und eigentlich – wir machen uns da nichts vor – ist sie längst reif zum Heiraten. Aber dazu ist bei uns draußen keine Gelegenheit. Die Söhne von unseren wenigen Nachbarn – wir haben jetzt schon fünf Farmen in der Gegend, selbst die am weitesten abgelegene ist nur sechs Meilen entfernt –, ach, du lieber Himmel, mit diesen Burschen ist kein Staat zu machen, und Eva sieht sie nicht einmal an.

Aber man wird von Jahr zu Jahr älter, Tom, und kommt nicht mehr so schnell vom Fleck wie anfangs, als man noch sechzehn Stunden am Tag schwer schuften konnte und am nächsten Morgen doch wieder frisch wie ein Fisch im Wasser war. Eva ist für uns schon beinahe unentbehrlich. Doch sie kann, wie die Dinge liegen, nicht für immer bei uns bleiben, denn die Farm erbt Karl, unser ältester Sohn, zwei Jahre jünger als Eva. Ein guter Junge, fleißig und ordentlich, aber ein bißchen langsam und unselbständig; der braucht eine fixe Frau; dann gibt es ein gutes Gespann. Aber wir haben noch keine gefunden, von der man sich denken könnte, daß sie zu Karl paßt. Er kann ja auch noch gut und gerne ein paar Jahre warten. Dann wird er bestimmt das Mädchen heiraten, das wir ihm aussuchen. Karl ist so. Ganz anders als Eva oder sein jüngerer Bruder Bill; dem juckt schon jetzt das Fell mit seinen sechzehn Jahren; wir werden ihn bald los sein; als einziger in der ganzen Familie will er sich von Eva oder mir nichts mehr sagen lassen.

Ja, Tom, so ist das eben; Kinder, die muß man nehmen, wie sie kommen, und muß froh sein, wenn sie wenigstens einigermaßen parieren. Elke und ich, wir können uns nicht beklagen. Unsere Blagen sind alle ganz leidlich ausgefallen. Und besonders unsere Jüngste, Nelly, mit der haben wir nie Ärger gehabt; die ist immer willig und freundlich, hat keine Launen, wie manchmal Eva oder Bill, und hübsch ist sie obendrein. Mit Nelly verstehe ich mich am besten. Sie zankt nie, gibt lieber nach, als wäre nichts so wichtig wie Frieden und Einigkeit. Das ist ja wohl auch so.

Und wenn du dir jetzt die Kinder so vorstellst, Tom, wie die Orgelpfeifen, alle zwei Jahre eins, dann brauche ich dir nicht mehr viel von Elke zu erzählen, meiner Frau. Sie hat jedem der Kinder ein Teil von sich mitgegeben. Sie ist alle ihre Kinder in einer Person, zögernd und bedächtig manchmal wie ihr erster Sohn, der Karl, und dann auch wild und couragiert wie Eva, unternehmungslustig wie Bill und zärtlich und liebenswürdig wie Nelly. Ich frage mich manchmal, was die Kinder eigentlich von mir haben, und weiß darauf keine Antwort. Sie scheinen alles von der Mutter zu haben; vom Vater wohl nur, daß sie alle fleißig sind, denn fleißig bin ich mein Leben lang gewesen; das kann ich wohl sagen – und auch ein bißchen dumm oder zu gutmütig. Meine Frau sagt das immer. Und die Kinder sind auch, so klug wie sie sind, manchmal ein bißchen dumm, all zu gutmütig, vor allem Eva – merkwürdig bei all ihrem Ungestüm. Ich wüßte nicht, was die Kinder sonst noch von mir haben könnten.

Ja, Tom, meine Elke – ein schöner friesischer Name; stammt noch aus der alten Heimat – ist fleißig und unermüdlich; aber sie kann auch mal alle viere von sich strecken und sich die Sonne ins Gesicht scheinen lassen. Das kriege ich nicht fertig; habe gleich ein schlechtes Gewissen. Und dumm ist sie nicht, die Elke, weiß stets, was für ihre Brut und mich das Beste ist und läßt sich nicht davon abbringen. Manchmal sage ich mir, besonders, wenn ich von ihr weg bin, was wär' ich wohl ohne Elke! Wär' ein armer Schlucker und Arbeiter geblieben mein Leben lang und hätte wie die meisten meinen Jahresverdienst vergeudet und versoffen und wär' niemals selbständig geworden.

So, Tom, nun habe ich dir die ganze Familie Deels vorgeführt, und du weißt so ungefähr, was dir bevorsteht, wenn du bei uns ankommst. Mich kennst du ja sowieso ein bißchen seit vorgestern abend. – Menschenskind, Tom, schöneres Wetter als dies hätten wir uns für unseren Ritt ins Lachstal beim besten Willen nicht aussuchen können!«

Zach legte seinem Braunen die Zügelenden kreuzweise über den Sattelknopf und zog sich im Reiten die dicke Joppe von den Schultern, mit der er sich gegen die Morgenkühle geschützt hatte. Die Sonne meinte es nun gut und wärmte herrlich. Ein leichter Wind fächelte durch die Kronen der Bäume zu beiden Seiten des alten Weges, der über das Lachstal hinauf zur Wasserscheide führte mit ihrem märchenhaft schönen, blitzenden Paßhöhen-See*. Die Ferne, die Weite, die Einsamkeit, aller Frieden und alle Reinheit der Wildnis standen unsichtbar am Wege nach Norden Spalier – unsichtbar, aber nicht unspürbar. Und die beiden Männer, der ältere und der jüngere, der Graukopf und der mit dem dichten schwarzen Haarschopf, sie spürten sie dunkel, die goldene Gnade der unberührten Wildnis, die sie auf vergnügt trabenden Pferden durchritten. Die Packpferde drängten nun so eifrig den heimatlichen Weiden entgegen, daß sie zuweilen die Führung des kleinen Trupps von Reitern und Tieren übernahmen. Der helle Tag hatte Zach noch einmal bestätigt, daß es richtig gewesen war, Tom mitzunehmen. Er

---

* dem Summit Lake

vertraute darauf, daß dieser Mann aus Irland auch wirklich zu schätzen wußte, was ihm da geboten und geschenkt wurde.

Und Tom hatte zugehört! Hungrig war er nach solchen Geschichten; er wußte nun, daß er hungrig war. Ein völlig neuer Lebenskreis hatte sich vor ihm aufgetan: Frau und Kinder, Vielfalt, Streit und Sorge, Zweifel und viel Freude. Und ich? Ich, Thomas O'Shea, dessen Eltern und Großeltern aus Connemara stammen im Westen der Grünen Insel, die also auch Väter und Mütter gewesen sind und Kinder in die Welt gesetzt haben, ich habe noch nicht den kleinsten Anteil jener Welt erworben, in der mein neuer Freund Zach längst so zu Hause ist, als gäbe es nichts Selbstverständlicheres unter der Sonne. Aber es ist nicht selbstverständlich! Für mich hat diese Sorte Leben noch nicht einmal angefangen.

Tom mußte fast eine Viertelmeile Weges hinter sich bringen, bevor er einer Antwort fähig war. Er räusperte sich ausgiebig und ging dann endlich auf Zachs ausführliche Vorstellung seiner Familie ein:

»Jetzt habe ich also ungefähr einen Begriff davon, wen ich bei dir alles antreffen werde. Weißt du was, Zach, als ich dir so zugehört habe, ist mir aufgefallen, daß dir wohl gar nicht so recht klar ist, was du eigentlich bist.«

»Was ich bin? Wieso? Was soll ich sein? Einer von diesen Klüterbauern, die sich auf einer Farm im Wald abquälen und nie recht zu was kommen.«

»Ja, das auch!« erwiderte Tom und mußte lachen. »Aber im übrigen bist du ein glücklicher Mensch, und einer wie ich, der zwar nicht unglücklich ist, aber glücklich auch nicht, der muß erst kommen, dir das zu sagen. Verglichen mit dir bin ich nur ein armseliges Stück Dreck, und keiner fragt nach mir, weder im Guten noch im Bösen. Ich habe ein Haus, aber es ist leer. Es gibt sogar ein bißchen Gold bei mir, aber keiner ist mir dankbar dafür. Mein Essen koche ich mir selber, mehr schlecht als recht, weil man ja bei Kräften bleiben muß; aber es schmeckt mir nicht, und manchmal bleibt mir der Bissen im Halse stekken, weil es so elend ist, sich allein mit irgendeinem Fraß vollzustopfen. Nein, Zach, wenn ich dich so höre, kommst du mir vor wie der glücklichste Mensch der Welt mit Elke und Eva, Karl und Bill und Nelly. Und ich komme mir vor wie jemand, den man einfach vergessen hat, kein Hund bellt ihm hinterher, und kein Hahn kräht ihm nach. Und ich weiß auch, warum das so ist: Weil es ganz egal ist, ob es mich gibt oder nicht gibt!«

Zacharias Deels war sicherlich nicht besonders gut geeignet, Menschen und menschliche Gefühle zu deuten. Aber daß sein Gast eine gehörige Menge Verzweiflung ausgespuckt hatte, das merkte er doch. Es war ebenso überraschend wie unüberhörbar geschehen. Er konnte nicht ahnen, wie sehr Tom durch die Nacht hinter der dünnen Bretterwand aufgestört worden war – und wie deutlich er Tom mit seinem langen Bericht vor Augen geführt hatte, was über die ersten heißen Nächte hinaus eine Ehe weiter darstellte, eine Frau nämlich, die Sorgen und Arbeit teilt, Kinder, neue Menschen, die es vor der Ehe nicht gegeben hat, die nicht aufhören, vielerlei Sorgen und Ärger zu bereiten, aber auch Spaß und Stolz, Freuden und Leiden.

Wie es oft geschieht, so war es auch Zach ergangen: Einem offenbar gleichgesinnten, freundlichen und gut zuhörenden Fremden erschließt man sich leichter und rückhaltloser als jemand, den man ständig um sich hat. Dazu der sonnenhelle Spätsommertag, der schnelle Schritt der Pferde, das Knarren des Sattelzeugs, die herbe duftende Luft der Wälder, wahrlich, Zach hatte mit nicht oft so erlebter Begeisterung von seinen Umständen und seiner Familie gesprochen, und er hatte dabei ein Maß an Genugtuung empfunden wie selten, hatte sie genossen wie ein starkes Getränk, das berauscht, wenn man sich zu viel davon erlaubt. Und dann: Es stimmte ja, es brauchte bloß erst einer ausgesprochen zu haben: das Schicksal hatte es gut mit ihm gemeint, verglich man Toms Dasein mit dem seinen – für Tom blieb viel zu wünschen übrig! Dieser Tom O'Shea gefiel ihm nicht nur, er tat ihm auch leid:

»Tom, das ist die klarste Sache, die man sich denken kann. Ich begreife ganz genau, was mit dir los ist. Du mußt eben heiraten. Du bist längst reif dazu!«

Tom gab keine Antwort, starrte zwischen den aufmerksam spielenden Ohren seines Pferdes hindurch geradeaus, als ließe sich vom dunkelblauen Himmelsrand ablesen, was er zu tun hätte, um endlich seinem Mißbehagen zu entgehen. Er murrte schließlich:

»Leichter gesagt als getan, Zach. Soll ich etwa nach Edmonton fahren oder Vancouver und mich da so lange an die Straßenecke stellen, bis eine vorbeikommt, die mir gefällt? Und wie sollte ich mir die dann greifen? Selbst wenn ich das zustande bringe, dann ist immer noch nicht gesagt, daß auch ich ihr gefalle. Haus und Hof habe ich ja mit Ach und Krach zustande gebracht, aber ich selber bin bloß ein Untier voll schwarzer Haare und hab' keine Ahnung, wie man mit guten Frauen umgeht. Ich wäre wohl bestimmt nicht vorsichtig genug. Bis jetzt hat mir noch keiner nachgesagt, daß ich besonders zart besaitet wäre.«

Zach lachte laut auf.

»Also, da kann ich dir aus meiner Erfahrung verraten, Tom, daß eine richtige, gute Frau einen gehörigen Knuff vertragen kann. Du glaubst es vielleicht nicht, aber ich meine, Frauen können mehr aushalten als Männer. Und sie verstehen es auch, zu unterscheiden, ob einer grob und ungehobelt ist, weil er von innen ein ekelhafter Kerl ist, oder ob er nur deswegen so ist, weil er vom Leben grob und ungehobelt behandelt worden ist und sich mit den gleichen Waffen zur Wehr setzen mußte – und hat sich daran gewöhnt, wohl oder übel. Diese Sorge brauchst du also nicht zu haben, Tom. Frauen sind eine ziemlich dauerhafte und bruchsichere Sache. Meine Elke, die kriegt so leicht keiner unter; und erst meine Älteste, die Eva, der kann man nichts vormachen. Die nimmt es mit jedem Mann auf, wenn es sein muß.«

In das Gespräch zwischen den beiden Reitern hatten sich plötzlich einige Untertöne und Anzüglichkeiten gemischt, die ihnen keineswegs behagten. Es empfahl sich, zu harmloseren Themen zurückzukehren. Man konnte sich ja auch eine Weile anschweigen und den eigenen Gedanken nachhängen. Stoff genug war dafür vorhanden, mehr als genug! Aus dem Alltagstrott waren sie beide ausgeschwenkt.

»Den halben Weg haben wir hinter uns«, stellte Zach fest, als sie an einer alleinstehenden riesigen Weißfichte vorüberzogen.

»Warum die bei dem großen Waldbrand vor sechs Jahren als einzige stehen geblieben und nicht mit verbrannt ist, kann ich heute noch nicht erklären.«

*

Die Sonne stand hoch am Himmel, wärmte nicht nur, sondern verbreitete spätsommerliche Glut. Die Reiter saßen längst in Hemd und Hose zu Pferde. Die warmen Joppen und Unterjacken hatten sie hinter sich an den Sattel gebunden.

Auch die Pferde wurden allmählich müde und schwitzten. Sie hatten anfangs in der Freude, auf dem Heimweg zu sein, ein allzu beschwingtes Tempo vorgelegt. Die Packtiere hatten die Führung endgültig übernommen, und die Reiter mußten ihre Rösser von Zeit zu Zeit antreiben, damit sie nicht den Anschluß an die leichter belasteten Packpferde verloren.

Das Gespräch zwischen den beiden ungleichen Männern war versiegt, nicht, weil nichts mehr zu sagen oder zu erörtern gewesen wäre, sondern weil beide in seltsamer Übereinstimmung spürten, daß jeder mit seinen Gedanken allein sein wollte. So ließen sie ihre Pferde laufen wie sie wollten, und bestanden nicht darauf, Flanke an Flanke zu reiten. Es gab so vieles, worüber man sich nach den Tagen in Prince George und den vielleicht allzu weit gegangenen Bekenntnissen klarwerden mußte.

*

Zach hatte sein Pferd angespornt, die Packtiere eingeholt, die Leitseile gegriffen und durch den Ring an seinem Sattelende festgeknüpft. Anscheinend erwartete er, daß die Packpferde sich demnächst selbständig machen könnten. Tom war etwas zurückgefallen, holte aber schnell auf, denn Zach hatte die Zügel angezogen und wandte sich zu ihm.

»Da wären wir, Tom. Das Tal des Lachsflusses! Die grünen Flecke da hinten, das sind meine Weiden. Und die graubraunen Flächen Stoppelfelder. Der Hafer und die Gerste, die darauf gewachsen sind, haben mir die Scheunen gefüllt und noch einen großen Schober dazu. Ein bißchen rechts davon, dicht am Fluß, die paar Häuser und Hütten, schon ganz gut zu erkennen, wenn man scharfe Augen hat, das ist Deels' Place, wie die Leute hier sagen. Viele sind es nicht, die ich Nachbarn nennen könnte. Aber jedes Jahr kommen zwei oder drei neue hinzu, meist am Fluß weiter stromab. Aber ich war der erste. Und wenn ein paar Handwerker Fuß fassen – nötig hätten wir sie schon jetzt – und ein Kaufladen käme dazu, sowie eine Schule und ein Postamt, dann würde die Siedlung Deelsville heißen. Das versteht sich beinahe von selbst!«

Sicherlich lag es dem Mann weltenfern, sich aufzuspielen. Er wollte nur den blanken Tatbestand feststellen – aus dem sich nebenbei ergab, daß ein bißchen heimlicher Stolz gewiß nicht unbegründet war.

Die beiden Männer hockten unbeweglich auf ihren Pferden, die mit dem kurzen Aufenthalt offenbar einverstanden waren. Ab und zu fegten die schweren Pferdeschweife durch die Luft, um Bremsen abzuwehren, trafen aber auch zuckend mit ihren Enden die Hosen der beiden Reiter.

Das Tal vor den Augen der zwei reglos schauenden Männer war in hellste Mittagssonne getaucht. Ganz hinten, spielzeugklein, aber scharf gezeichnet in der kristallklaren Luft, das Lebenswerk des Zacharias Deels, seine Farm, seine Heimat, »Deels' Place«! Ihr Wert und ihre Bedeutung schienen sich noch erhöht zu haben, da Zach sie einem Fremden, einem Manne vorzeigen konnte, der zu beurteilen vermochte, wieviel Sorgen, Gefahren und Mühen zu bestehen gewesen waren, um die kleinen grünen und bräunlichen Flecken, dazu die winzig anmutenden Vierecke der Ställe, Scheunen, Schuppen und des Wohnhauses aus der selbstherrlichen Ödnis der Wälder herauszuschlagen.

Thomas O'Shea zeigte sich dem Augenblick gewachsen. Gewiß, Zach war ihm um zwanzig Jahre voraus; Tom hatte in eine noch viel entlegenere Wildnis ziehen müssen als diese hier, die nur einen Halbtagsritt von Prince George entfernt lag. Aber dort am Babine war er der erste und war sich durchaus dessen bewußt, was er damit in Bewegung gebracht hatte. Er richtete sich nach einer kleinen Weile im Sattel auf und stellte fest:

»Bei mir am Babine, Zach – nicht, wenn man von Burns Lake und der Eisenbahn herkommt, doch von der anderen Seite her mit dem Shass-Berg im Hintergrund –, blickt man hinunter auf den Taltapin und hat ein Bild vor sich, das diesem hier ziemlich ähnelt. Und mein Platz, den kann ich dann auch aus der Ferne erkennen. Wie eine Narbe im Gelände sieht das aus, und man freut sich jedesmal, wenn man der Rodung ansichtig wird, die man selber aus dem Busch gehauen hat – und man denkt an den Schweiß, den der Fleck gekostet hat, der so klein aussieht aus der Ferne. Aber du bist natürlich schon viel weiter vorangekommen als ich, erstens, weil du schon viel länger daran arbeitest, und zweitens – na ja, so ist es eben!«

»Ich weiß, was du sagen willst, Tom, aber du vergißt, wie man unter Druck steht, wenn man nicht nur für sich selber, sondern auch noch für die Frau und die Kinder – immer eins nach dem anderen – verantwortlich ist. Manchmal denkst du, du brichst zusammen vor lauter Sorgen und Angst, denn was kann nicht alles schiefgehen! Alles kann schiefgehen, einfach alles!«

Aber Thomas O'Shea war anderer Meinung. Er gab zur Antwort, und Mißmut färbte seine Stimme:

»Jeder meint immer, andere wären besser dran als er selber. Aber das ist Unsinn; man liegt so, wie man sich bettet. Manche haben Glück und manche nicht. Wir beide haben es wohl nicht allzu schlecht getroffen.«

»Einverstanden, Tom! Darüber kann man den ganzen Tag reden, aber es kommt nicht viel dabei heraus. Reiten wir weiter. Dann braucht Elke nicht extra für uns zu kochen. Wir sind rechtzeitig da und essen zu Mittag alle zusammen.«

*

Thomas O'Shea hätte am liebsten den ganzen Ausflug ins Lachstal ungeschehen gemacht und wäre wieder umgekehrt, wenn sich das nach seiner Ankunft im Deelsschen Hause und seinem Empfang durch die ganze Familie noch hätte mit einigem Anstand bewerkstelligen lassen. Er war zum Mittelpunkt der Aufmerksamkeit aller geworden und mehr noch ihrer Neugier – und das machte ihn höchst befangen und verlegen. Zach, den Alten, ja, den kannte er zwar, aber Zach hatte den unerwarteten Besucher mit vielen und – wie Tom es empfand – sehr unangebrachten Lobesworten seiner Familie vorgestellt, so als handelte es sich um einen nahen Verwandten, den er mit großem Geschick und durchaus nicht zufällig unter hundert fremden Menschen ausfindig gemacht hätte. Die Familie hatte Tom umringt und angestaunt, als wäre er ein Fabeltier. Wann verirrten sich schon einmal Fremde an die Ufer des unteren Salmon! Das mußte ausgiebig genossen werden. Und dieser Tom, allerdings mit dem altirischen Namen O'Shea, er sah nicht so aus wie Deels und seine Nachkommen. Die Deels-Kinder waren schmal und hoch gewachsen mit langen, zähen Muskeln und festen, aber beinahe zierlich zu nennenden Hand- und Fußgelenken. Und sie waren alle blond – nach der Mutter. Der Vater war gleichmäßig ergraut, so daß sich nicht sagen ließ, ob sein Haar in jungen Jahren blond oder braun gewesen war. Aber die Mutter trug ihr volles weizenblondes Haar, durch einen geraden Mittelscheitel fest zurückgekämmt, im Nacken zu einem schweren Knoten geschlungen, dessen leuchtende Farbe wie aus sich selbst zu strahlen schien. Von ihrer Nachkommenschaft konnte sich nur die Älteste, Eva, der gleichen schimmernden Haarpracht rühmen wie die Mutter. Aber blond waren sie alle – und wie!

Tom war sich noch nie so schwarz vorgekommen wie in dieser blonden Gesellschaft. Gewiß, er hatte sich rasiert am Morgen zuvor. Aber schon hatten sich wieder schwarze Stoppeln auf der unteren Hälfte seines Gesichts ausgebreitet bis fast zu den merkwürdigen dunkelblauen Augen hinauf; und das Haupthaar kringelte sich rabenschwarz und üppig um den breiten Schädel. Es war nicht zu scheiteln, sah immer wild aus und wurde deshalb von ihm ganz ohne jede überflüssige Nachsicht kurz gehalten. Er hatte versäumt, die oberen zwei Knöpfe seines Hemdes wieder zu schließen, als er mit Zach auf dem Hof des Anwesens angekommen und aus dem Sattel gestiegen war. So blieb nicht verborgen, daß ihm schwarzes Haar bis zum Halsansatz die Brust bedeckte. Seine breiten, mit runden Muskeln bepackten Schultern, sein kräftiger Brustkasten, die schweren Hände, die stämmigen Beine – es war beinahe peinlich, wie andersartig er sich unter diesen blonden, schmalen, mageren Menschen ausnahm.

Mit Karl, dem älteren der Söhne, verstand sich Tom auf Anhieb ebensogut wie mit dem alten Deels. Karl machte auf Tom einen ruhigen und besonnenen Eindruck und schien seinem Vater nachzuschlagen. Er drängte sich nicht auf, war aber zu einem vernünftigen Gespräch offensichtlich gern bereit.

Bill dagegen, der Jüngere, überfiel den Besucher sofort mit

vielen neugierigen Fragen. Doch erlahmte sein Interesse schnell, als sich herausstellte, daß es auf O'Sheas Platz am Babine nicht viel anders aussehen und zugehen mochte als auf dem Deelsschen.

Nelly, die jüngere Tochter, zeigte sich scheu und hielt sich im Hintergrund. Wenn Tom Zeit gefunden hätte, darüber nachzudenken, hätte er sich gestehen müssen, daß er dem flachsblonden Mädchen Unbehagen oder gar Furcht einflößte – wie konnte irgendwer nur so schwarz und klobig sein wie dieser Mann, den der Vater aus dem fernen, aufregenden Prince George mitgebracht hatte! Nelly war erst dreimal in ihrem Leben in Prince George gewesen und hatte die Stadt als ein halb anziehendes, halb abstoßendes Ungetüm im Sinn behalten.

Wie zu Karl faßte Thomas O'Shea sofort auch Zuneigung zu Zachs Frau Elke. Sie mochte etwa fünfzig Jahre zählen, aber man sah es ihr kaum an. Kein Zweifel, nicht der Mann Zacharias, sondern die Frau Elke bildete das Zentrum, um das sich die übrigen Deels scharten. Die Frau hatte den Besucher freundlich, aber nicht überschwenglich willkommen geheißen – und fast mit den gleichen Worten, die auch Zach von sich gegeben hatte:

»Wir freuen uns immer, wenn sich mal ein Fremder auf unserem abgelegenen Platz sehen läßt. Ganz ohne Abwechslung kommt man nicht aus; und es gibt dann vieles zu hören und zu erzählen. Bleiben Sie ruhig ein paar Tage. Zu essen gibt's genug, die Arbeit hat schon nachgelassen; wir haben ja auch Hände reichlich; und um einen Schlafplatz sind wir nicht verlegen.«

Mit Respekt und Vertrauen, wobei der Respekt allerdings überwog, hatte Thomas O'Shea die Worte dieser zierlichen und zugleich kräftigen Frau, die doch beinahe seine Mutter hätte sein können, zur Kenntnis genommen. Um die Zustimmung und das Wohlwollen dieser Elke Deels würde Tom ständig bemüht bleiben müssen, wenn er im Umkreis der Familie anerkannt werden wollte. Tom spürte es nach den ersten zehn Minuten so deutlich, als hätte es ihm ein wohlwollender Berater ins Ohr geflüstert. Zach hatte plötzlich an Bedeutung für Tom verloren; auf die Frau kam es in dieser Familie viel mehr an. Tom war in der Wildnis aufgewachsen, wo alle Sinne stets hellwach zu sein hatten, auch wenn anscheinend kein besonderer Anlaß vorhanden war.

Dann war da noch Eva, die Älteste, die der Mutter den größten Teil der Arbeit, wenn auch nicht die Leitung in Haus und Hof abgenommen hatte, Eva, die der Vater ein »wildes Mädchen« genannt hatte und die doch dem Besucher vom Babine Lake gar nicht wild erscheinen wollte, die ihm vielmehr als einzige ohne ein willkommenheißendes Lächeln die Hand gereicht und sofort wieder entzogen, die sich abgewandt hatte, als fände sie den Besuch durchaus nicht besonders erfreulich, eher ärgerlich.

Vielleicht aber war sie nicht so sehr ärgerlich, als vielmehr betroffen gewesen, denn die feingliedrige, aber keineswegs schwächliche, handfeste Person hatte unmittelbar erfaßt, daß dieser Thomas O'Shea bei ihrem Anblick wie von einem Zauberstab berührt worden war und nicht nur die Sprache, sondern auch den Verstand verloren hatte. Thomas wollte, ohne sich dessen bewußt zu werden, die Hand des Mädchens festhalten und hatte vergeblich nach Worten gesucht. Eva fand solches Benehmen höchst verwirrend und dumm und hatte sich unwirsch dem Griffe des Mannes entzogen – Klotz von einem Burschen, der dieser Fremde sicherlich war–! Sie hatte ihn stehenlassen. Die Szene war in Wahrheit sehr schnell vorübergehuscht; nur die Mutter hatte sie wahrgenommen.

Die Mutter hatte nie daran gezweifelt, daß sie mit ihrer Tochter Eva ein ausnehmend schönes Mädchen auf die Welt gebracht hatte, so wie sie selbst es auch gewesen war – und daß schöne Mädchen einen besonders geradlinigen und treuen Mann brauchen, wenn ihnen nicht der Kopf verdreht und das Leben, das volle, schwere Leben, wie sie es verstand, verdorben werden sollte. Und diese Tochter mit dem prächtigen, etwas ins Rötliche spielenden Blondhaar gleich dem ihren, die der Vater allzugern seine »Wilde« nannte (wie er sie ein Vierteljahrhundert zuvor selbst genannt hatte, als er um sie warb; aber das hatte er inzwischen vergessen), diese Tochter mußte in ebenso feste wie auch von Grund auf wohlwollende, liebevolle Hände geraten, wenn sie das Glück finden sollte, das sie nach der Mutter Meinung verdiente.

Denn Eva war nicht wie irgendwer. Sie war fleißiger, geschickter, klüger, schöner als ihre weiteren drei Kinder, und erst recht – nach der Mutter Überzeugung – als alle die Mädchen weit umher in der Nachbarschaft. Die Mutter hatte also Eva stets davon abgehalten, die Gesellschaft der weit verstreuten und ungeschlachten Nachbarskinder zu suchen. Wie so manche Mutter lebte sie in dem Glauben, daß ihre ungebärdige, aber liebenswerte und bevorzugt ausgestattete Eva zu »etwas Besserem« bestimmt wäre und deshalb zunächst im Elternhaus leben sollte – wo sie im übrigen auch kaum zu entbehren war.

Dieser schwarzhaarige Mann mit den merkwürdigen dunklen Augen von unbestimmter Farbe, den Zacharias aus der Stadt mitgebracht hatte, um den Seinen eine stets erwünschte Abwechslung zu bieten, war von Eva auf der Stelle wie überwältigt gewesen, obgleich die Tochter nichts dazu getan hatte. Und sofort hatten sich alle mütterlichen Instinkte der Elke Deels aufgerufen gefühlt. Vielleicht hatte Zach den Mann sogar absichtlich mitgebracht; war sich die Mutter doch schon lange mit dem Vater im geheimen darüber einig, daß Eva unter die Haube gebracht werden mußte. Auf dem Hof konnte sie auf die Dauer nicht bleiben, denn Karl würde früher oder später heiraten. Er hatte sogar schon ein Auge auf ein Mädchen vom Aleza Lake geworfen, bei deren Vater er einmal für einen Sommer ausgeholfen hatte, weil er nach der Meinung des Vaters auch einen anderen Betrieb als den eigenen kennenlernen sollte.

Die Mutter wunderte sich nicht darüber, daß Eva den Besucher vom Babine ganz unabsichtlich und unversehens betört hatte. Dieser Mann mit den harten Händen und den mächtigen Schultern – dreißig Jahre oder etwas weniger mochte er zählen –, dieser Mann, der gewiß sehr gefährlich werden konnte, wenn sein Zorn herausgefordert wurde, dieser Mann war noch ein Kind. Dafür hatte die Mutter, lebensklug und erfahren wie sie war, eine sehr feine Nase. An ihrem Mann, dem einzigen, den sie in ihrem Leben gehabt hatte, fünfundzwanzig Jahre lang, hatte sie erlebt und gelernt, was es mit Männern auf sich hat. Sie wußte besser über Zach Bescheid als er selber. In ihrem Zacharias hatte sie Adam in seinen vielen Gestalten und Verkleidungen begriffen. Das aufgeschlossen freundliche, wenn auch dunkle und wetterharte Gesicht des Besuchers gab ihr keine Rätsel auf. Sie spürte es unter der Haut, daß ihr da ein ehrlicher, vertrauenswürdiger Bursche ins Haus geschneit war; bestimmt stellte er auch etwas dar, hatte etwas aufzuweisen, sonst hätte Zach ihn nicht mitgebracht. Ihr Mann war auf seine Art recht wählerisch, das wußte Elke sehr genau.

Dieser Thomas O'Shea war also, als ihm Eva vorgestellt wurde, für einen Augenblick lang wie vom Donner gerührt gewesen. Sie, die Mutter, würde den Besucher auf Herz und Nieren prüfen müssen. Der hatte Feuer gefangen, wie wahrscheinlich noch kein einziges Mal in seinem Leben zuvor, und ihre Aufgabe war es jetzt, zu erkunden, ob ihre Eva einem solchen Mann anvertraut werden durfte. Elke Deels war überwach. Was Thomas O'Shea unter Elkes Dach tat, sagte oder nicht sagte, wie er sich benahm, sich bewegte – die Mutter würde es wahrnehmen, würde es auf die Goldwaage legen, denn früher oder später – Elke wußte das schon jetzt – würde die Tochter heimlich von ihr wissen wollen, was von diesem Manne aus irischer Familie zu halten wäre. Eva hatte sich abgewandt; aber gerade ihr Unwillen hatte der Mutter angedeutet, daß der im Deelsschen Kreise sehr fremdartig wirkende Gast die Tochter angerührt hatte – sie hatte nicht berührt werden wollen, nicht gleich im ersten Augenblick. Abwehr war die erste, ganz natürliche Reaktion. Aber das brauchte keine ständige Ablehnung zu bedeuten.

An langer hölzerner Tafel saß man zu Tisch. Der Vater obenan, zu seiner Rechten die Frau an der Längsseite und neben ihr die ältere und die jüngere Tochter, ihnen gegenüber der Gast und neben ihm die beiden Söhne. Die Mutter schöpfte die Suppe in die Teller und fing ohne Umschweife an, den Gast auszufragen. Tom gab bereitwillig Bescheid. Wie alle Iren konnte er lebendig und lustig erzählen; er hatte ja auch vielerlei über sein Leben und seine Vorgeschichte zu berichten.

Nur die drei Erwachsenen am Tisch bestritten die Unterhaltung, das verstand sich so gut wie von selbst. Die Deels-Kinder, wenn auch den Kinderschuhen längst entwachsen, hörten mit gespitzten Ohren zu. Nur Karl stellte ab und zu eine Zwischenfrage, etwa, wenn Tom davon sprach, wie er mit der

Nässe auf seinen Wiesen fertig geworden wäre, oder wie er die schwierigsten Baumstümpfe mit Schwarzpulver herausgesprengt hätte.

Ohne es zu wissen oder zu wollen, stellte Tom sich dar, so eindrucksvoll wie möglich – aber vorsichtig, denn allzu dick aufzutragen, war in dieser Gesellschaft fehl am Platze. Sie saß ihm gegenüber an der anderen Seite des Tisches, Eva mit dem goldenen Haar, und beobachtete den Erzähler ohne Unterlaß, streng und abschätzend, sagte nichts, fragte nichts, aber paßte auf, ob ein falscher Ton auftauchte in den Worten, welche die Mutter aus dem Besucher herauslockte.

Tom wagte nicht, den Blick seitwärts schweifen zu lassen, wo er den Augen des Mädchens begegnet wäre, das ihm seine Hand so ungeduldig entzogen hatte. Er schien ausschließlich den Eltern, insbesondere der Mutter, Auskunft zu geben – und breitete in Wahrheit nur vor dem Mädchen und für das Mädchen Eva aus, wer und was er war, geschafft hatte und noch schaffen wollte.

5. KAPITEL

Es ist eine alte Weisheit, daß in der Wildnis des Nordens die Feste gefeiert werden müssen, wie sie fallen – und nirgendwo wird deshalb jeder Anlaß, sie zu feiern, mit so viel Vergnügen aufgegriffen, wie etwa in den unermeßlichen Wäldern und Gebirgen British Columbias. Mögliche Katastrophen lauern ständig und bringen es mit sich, das menschliche Dasein aus heiterem Himmel sehr unerfreulich zu gestalten, ja, tödlich zu bedrohen: durch einen Waldbrand, den ein Blitz entfachte; einen plötzlichen Wirbelsturm, der das Dach des Hauses abdeckt; eine Wasserflut nach einem Wolkenbruch, die sodann die Boote im Strom davonschwemmt und die eben gerodeten und zum erstenmal eingesäten Felder mit Schlamm, Geröll und zertrümmerten Bäumen bedeckt; durch einen unzeitigen Frost, der mitten im Sommer die reifende Ernte vernichtet; durch einen heulenden Schneesturm im Winter, der die Hütten und alle Wege unter Haufen von eisigem, sandfeinem Schnee begräbt – und wenn der Blizzard sich ausgetobt hat, dann folgt die tiefe Kälte mit minus vierzig oder minus fünfzig Grad Celsius. Wer dann gezwungen ist, im Freien zu arbeiten und tief und ausdauernd die bitterkalte Luft einzuatmen, kann sich leicht eine Lungenentzündung holen und geht – ohne Hilfe – elend ein.

Bären oder Wölfen mag es gelingen, sich über die Wintervorräte herzumachen, die so sorgfältig auf hohen Gestellen oder in festen Schuppen verwahrt wurden. Sie werden von den wilden Tieren zerpflückt, verstreut, beschmutzt und liefern damit die Bewohner, die sich noch am Tag zuvor für die kalte Zeit gewappnet glaubten, dem Hunger oder gar dem Verhungern aus.

Oder es mag der Trapper in eine von ihm selbst gestellte Falle treten oder stolpern – und selbst wenn er sich daraus zu befreien vermag, dringt der Frost in die frische Wunde oder der gesplitterte Knochen macht den Mann bewegungsunfähig; er erfriert – und die Wölfe hocken um ihn mit glühenden, hungrigen Augen und warten darauf, ihr eigenes Leben mit dem des Menschen zu verlängern.

Oder ein schon seit langem gereizter Blinddarm oder eine verstopfte Gallenblase suchen sich gerade die Zeit der allertiefsten, jede lange Reise verbietenden Kälte aus, oder die Zeit der Schneeschmelze und der ersten Frühjahrsregen, wenn alle Wege zu unpassierbaren, saugenden Schlammlöchern geworden sind, um zu platzen und den Leib des Menschen von innen her zu vergiften und ihn unter gräßlichen Schmerzen vom Leben zum Tode zu bringen.

In der Tat, der Einfallsreichtum der Wildnis, Katastrophen heraufzubeschwören, wo, wie und wann man sie nicht erwartet, ist unerschöpflich – und eben deshalb müssen zum Ausgleich alle Feste gefeiert werden, wie sie fallen.

Der Besuch des Thomas O'Shea bei den Deels bildete einen guten Anlaß und wurde zu einem Fest, das die ganze Familie zwei Tage lang in Atem hielt. Tom hatte mehr erlebt und war weiter herumgekommen als der alte Deels und erst recht die Söhne, die nur das Lachstal wirklich kannten. Und Tom, der sich warm und freundlich aufgehoben fühlte unter den alten und jungen neugewonnenen Freunden, erzählte vom großen, an die hundert Meilen langen Babine-See mit all der Farbigkeit und Beweglichkeit seiner keltischen Phantasie, zu welcher er fähig war, wenn es ihm gut ging.

Er diskutierte ernsthaft mit Zach die Vor- und Nachteile der Lage am Salmon-Fluß, er berichtete den beiden Burschen ausführlich von seinen zwei Zusammenstößen mit Graubären, von denen der eine bis vor seine Hintertür vorgedrungen war, wo Tom eine Brühe zum Abkühlen hinausgestellt hatte, während er dem anderen plötzlich im Wald gegenübergestanden hatte, ohne eine Waffe und ohne jede Vorwarnung – und wie ihm nur übriggeblieben wäre, den, genauso wie er selber, versteinerten Bären mit den Augen niederzustarren und schließlich zum Nachgeben und Verschwinden zu zwingen.

Und er stand der Mutter unermüdlich Rede und Antwort, ohne offenbar zu merken, daß er ausgefragt und ihm nach allen Regeln mütterlicher Kunst auf den Zahn gefühlt wurde. Er hatte nichts zu verbergen und konnte sich auch sehen lassen mit dem, was er bis jetzt vollbracht hatte. Mutter Elke, die die schweren Jahre des Anfangs in der Wildnis noch sehr gut in Erinnerung hatte, wußte sehr wohl zu beurteilen, was es bedeutete, wenn ein Mann in den Wäldern allein seinen Grund gerodet, bepflanzt und sein Haus gebaut hatte, wie Thomas es vorgab – und sicherlich log oder auch nur übertrieb er nicht. Die Mutter spürte bis in die Fingerspitzen: Dieser in ihrer blonden Umwelt fast zum Fürchten schwarze und vierschrötig-derbe Mann mit dem altirischen Namen war im Grunde seines Herzens vor lauter Arbeit und Einsamkeit, ohne es recht zu wissen oder zu wollen, jungfräulich oder vielmehr jungmännlich geblieben und war einem Mädchen, das vielleicht zu ihm paßte, etwa in Gestalt ihrer Tochter Eva, zum erstenmal in seinem Leben begegnet.

Mutter Elke war eine von Natur aus kluge Frau und zugleich von so sicherem Instinkt, daß sie sich schon nach zweimal vierundzwanzig Stunden darüber klar wurde: Dieser nur scheinbar so derbe Mann hatte ein ehrliches, vielleicht sogar ein weiches Herz; war ein sauberer und anständiger Bursche, dem man ein Mädchen, anspruchsvoll und prächtig wie ihre Eva, wahrscheinlich ans Herz legen konnte in der begründeten

Erwartung, daß er zu schätzen wußte, was ihm damit anvertraut wurde.

Aber das kam einer Rechnung ohne den Wirt gleich. Denn Tom schien sich zwar die Zuneigung aller Mitglieder der Familie Deels erworben zu haben, nur nicht die der Tochter Eva. Wagte er, sich ihr zu nähern, unwiderstehlich angezogen, aber zugleich linkisch und furchtsam, dann verschwand von Evas Antlitz jedes Lächeln; sie hob ein wenig die Schultern, als wolle sie sich verstecken, preßte ihre Lippen zusammen, zwischen ihre Brauen trat eine senkrechte Falte, die die klare Stirn streng teilte, sie strich mit der Hand eine Strähne ihres Haares zurück, die sich gelöst hatte, bekam einen hochmütigen Zug um den Mund, blickte den Frager nicht an, murmelte kaum »ja« oder »nein« und drehte sich fort – um dann aus dem Hintergrund, durchs Fenster, aus einem Winkel im Hof den fremden Mann, offenbar geschätzten Gast ihrer Eltern, mit geradezu brennender Neugier und kritischer Aufmerksamkeit zu beobachten, um seinem Wesen, soweit es sich aus Bewegungen, Gesten, Mienenspiel und Sprechweise erschließen ließ, auf die Spur zu kommen. Niemand sagte es ihr, und Eva selbst empfand es nur dunkel: Dieser fremde, irgendwie mächtige und im Inneren unbedingt verläßliche Mann bemühte sich um sie, warb um sie, ungeschickt, kunstlos, aber mit vollem Ernst; bat sie unausgesprochen, ihn nicht abzuweisen oder zu verachten, bettelte sogar darum. Vor zwei Tagen hatte sie noch nichts von diesem schwarzen Kerl auch nur geahnt. Was blieb ihr als Gegenwirkung anderes übrig, als sich zunächst fest zu verschließen und abzuwenden – –

jedoch nur um ihn aus der Ferne auf seinen Wert und seine Wirkung zu prüfen. Wurde sie doch von seinem Äußeren, dieser dunklen Erscheinung und der mächtigen, sicher auch gewalttätigen Kraft in seinem Nacken, seinen Schultern und Armen eher abgestoßen als angezogen. Ihr Vater und ihre Brüder – und sie selber – waren leichter, schmaler und anmutiger gewachsen. Aber es regte sich auch dies: Von so herber Kraft getragen und beschützt zu werden – wie gut das wäre und wie beruhigend!

*

Als Thomas O'Shea nach der dritten Nacht auf der Deelsschen Farm am Salmon Abschied nahm, war allen Beteiligten deutlich geworden, daß in den vergangenen aufregenden und vergnügten zwei Tagen eine Beziehung hergestellt war, die man beinahe Freundschaft nennen konnte. In Amerika ist man schneller mit diesem Begriff bei der Hand als im alten, vorsichtigeren Europa.

Tom hatte sogar mit listigem Vorbedacht sich die Wiederkehr auf den Deelsschen Hof für eine nicht allzu ferne Zukunft zu sichern gewußt, und das auf eine Art, die ihm insbesondere das Wohlwollen der Frau des Hauses sichern mußte. Bei ihren Gesprächen über Einzelheiten des erstaunlich vielfältigen Betriebs der Farm hatte Zach sich Tom gegenüber ausgelassen, daß er seinen Brunnen wesentlich vertiefen wollte, damit dieser selbst bei strengster Kälte nicht mehr vom Frost erreicht werden konnte. In frostsicherer Tiefe würde er dann eine Rohrleitung vom Brunnenschacht her bis unter den Kellerboden ins Haus legen, von wo aus mit einer Handpumpe das Wasser in die Küche gehoben werden konnte. Die Arbeitserleichterung war offensichtlich:

»Dann brauchen meine Frau oder Eva nicht mehr bei Schnee und Eis am Brunnen mit den Eimern und der Kette zu hantieren. Immer ist das Wasser schon gefroren, ehe sie noch in der Küche damit ankommen, und ihre Handschuhe sind naß und vereisen auf der Stelle. Es war so kalt bei uns im letzten Februar, daß die Spucke schon gefroren auf der Erde ankam und klirrend zersprang. Bill, der Bengel, der immer Flausen im Kopf hatte, probierte es immer wieder mit der Spucke; jedesmal hüpfte sie auf, wenn sie auf dem Eis ankam, bis ihm dann in der Kälte die nassen Lippen aufsprangen und bluteten. Da erst ließ er den Sport bleiben und Mutter verabreichte ihm obendrein noch eins hinter die Löffel. Das hat ihm ziemlich zugesetzt; aber Mutter kann sich das noch leisten; ich dürfte das schon nicht mehr. So ist das eben. Ich hätte ihr längst die Leitung vom Brunnen in die Küche legen sollen, trau mich bloß nicht heran an die Sache. Der fünf oder sechs Meter tiefe Graben vom Brunnenschacht unters Wohnhaus, das kriegte man mit Abstützen der Seitenwände ohne größere Schwierigkeiten schon hin, aber – –«

Zach hatte sich mißmutig unterbrochen, zupfte einen langen Grashalm aus dem hohen Kraut hinter dem Brunnenrand, auf dem sich die beiden Männer niedergelassen hatten, kaute darauf herum und zeigte keine Lust, weiterzureden.

Tom indessen verfügte über einen guten Spürsinn. Vielleicht konnte er sich nützlich machen und sich die beiden alten Deels verpflichten. Er wollte also alles wissen und hakte nach.

»Warum hast du die Leitung nicht gelegt? Für drei kräftige Männer ist das doch kein allzu großes Kunststück!«

Zach brummte – großen Spaß machte ihm die Antwort nicht:

»Du hast gut reden, Tom. Ich verstehe mich nicht auf das Verlegen von eisernen oder kupfernen Rohren, bekomme die Knie und die Anschlüsse niemals dicht, und die Bengels verstehen noch weniger davon. Nein, ich müßte mir einen richtigen Fachmann aus Prince George bestellen. Aber der kostet so viel Geld, daß selbst Elke, die doch am meisten profitieren würde von dem frostsicheren Wasser aus der Pumpe, nicht haben will, daß wir dies Geld dafür ausgeben. Man muß immer einen anständigen Notgroschen im Kasten behalten; man weiß ja nie, was kommt.«

In Tom raunte eine Stimme: Das ist deine Chance! Die darfst du nicht verpassen! Laut auflachend sagte er dann:

»Die einfachste Sache der Welt, Zach! Mit Rohren, Dichtungen und Pumpen kenne ich mich gut aus, habe auch auf meiner Farm längst eingerichtet, was dir für deine jetzt vorschwebt. Wenn es dir recht ist, komme ich im November oder Anfang Dezember, wenn der Frost die schlimmsten Moräste auf den Wegen schon gehärtet hat, hierher, und in längstens einer Woche, bevor noch der große Schnee gefallen ist, kann Elke sich ihr Wasser in die Küche pumpen. Ich werde dir genau aufschreiben, was du in der Stadt besorgen mußt, damit das Material bereitliegt, wenn wir mit dem Bau der Leitung beginnen. Die Jungen könnten vorher den Graben ausheben, noch vor dem Frost. Ihr müßt nur aufpassen, daß keiner hineinfällt oder verschüttet wird. Abstützen ist wichtig. Und Geld für die Arbeit würde ich nicht verlangen, nur gutes Essen und freundliche Behandlung. Es kommt bestimmt bald mal eine Gelegenheit, bei der du mir irgendwie beistehen kannst, allein oder mit den Jungens. Du weißt ja, wie es so geht, Zach. Vieles kann man einfach allein nicht bewältigen. Und meine beiden Indianer, ach, du lieber Himmel, wenn man sie braucht, sind sie nicht da, und wenn sie da sind, sind sie fast zu nichts zu gebrauchen. Also, wie wär's, Zach? Mein Angebot steht, du brauchst nur einverstanden zu sein!«

Zach ließ den Grashalm wie einen schlanken grünen Speer von den Lippen flitzen und schlug Tom mit der flachen Hand aufs Knie, daß es knallte:

»Tom, wenn du das tätest und nähmst dich der verflixten Rohrlegerei an, das wäre großartig! Das würde ich dir nie vergessen, und bei Elke hättest du einen Stein im Brett. Und freundliche Behandlung? Darüber brauchst du dich eigentlich schon jetzt nicht zu beklagen. Oder doch?«

Tom war tollkühn genug, den Köder aufzunehmen:

»I bewahre, Zach! Ich fühl' mich bei euch mehr zu Hause als bei mir selber, möcht' ich beinah sagen. Bloß Eva – da kann ich mir die größte Mühe geben; sie hat was gegen mich und macht auch gar keinen Hehl daraus. Dabei gefällt sie mir von deinen Kindern am besten, möcht' ich nicht nur beinahe, sondern ganz bestimmt sagen. Schade ist das, sehr schade. Aber vielleicht gefall' ich ihr mit der Zeit besser. Hoffentlich!«

Zacharias Deels hatte die Andeutungen, die ihm seine Frau am Abend zuvor gemacht hatte, als sie beide schon im Bett lagen, richtig verstanden; schwer von Begriff zu sein, konnte man ihm nicht nachsagen. Elke hatte wieder einmal die richtige Nase gehabt, wie für alles und jedes, was mit ihren Kindern zusammenhing. Vorsicht jetzt, sagte sich Zach. Tom braucht nicht gleich zu merken, daß Elke und ich von ihm eingenommen sind:

»Ja, Tom, Eva ist ein bißchen schwierig. Sie läßt sich auch von uns nicht viel sagen. Mit Gewalt ist bei ihr überhaupt nichts zu machen. Und nach den wenigen jungen Männern aus der Umgebung, die sie bisher kennengelernt hat, kann sie sich schwerlich vorstellen, daß es auch welche gibt, die man vielleicht gut leiden könnte. Ich denke, wenn du dir weiter Mühe gibst und sie nicht verschreckst, wird sie schon auftauen. Ich glaube, ihre Mutter redet ihr gut zu.«

Das war deutlich genug, und Tom hütete sich, weitere Fragen zu stellen:

»So? Das freut mich! Aber wir sollten gleich vermessen, was wir an Rohren, Rohrknien und Ansatzstücken brauchen. Das muß ich dir genau aufschreiben, Zach!«

*

Bill hat Toms Pferd aus der Koppel geholt und gesattelt. Die ganze Familie Deels war vors Haus getreten, um den Gast, der ihr für drei Nächte und zwei Tage munter und angenehm Gesellschaft geleistet hatte, zu verabschieden. Tom würde Ende November wiederkommen, das war beschlossen worden. Und es schien keinem unlieb zu sein, daß man sich in absehbarer Zeit abermals begegnen würde.

Auch dem Mädchen Eva nicht. Sie stand etwas abseits, und Tom mußte ein paar Schritte auf sie zugehen, um ihr die Hand entgegenzustrecken. Ein wenig zögernd legte sie die ihre in die seine und ließ sie auch dort liegen.

»Eva –«, sagte er nur und wußte wieder nicht weiter. Diesmal behielt sie die Situation im Griff:

»Hals- und Beinbruch, Tom! Du kommst ja wieder. Auf bald also! Daß du uns die Wasserleitung bauen willst, ist eine feine Sache. Meine Mutter ist dir sehr dankbar schon im voraus!«

Damit war er verabschiedet.

Aber sie hatten ganz nahe voreinander gestanden und sich in die Augen gesehen, graugrün die des Mädchens, dunkelblau die des Mannes. Die Augen Evas waren den seinen nicht mehr ausgewichen.

Zum erstenmal stahl sich ein Lächeln in ihre Mundwinkel. Sie wiederholte:

»Auf bald also, Tom!«

Thomas O'Shea blickte sich nicht mehr um, als er in scharfem Trab um die nächste Waldecke verschwand.

Aber dann ließ er sein Pferd in Schritt fallen. Er hatte nachzudenken, so viel nachzudenken – kam es ihm vor –, wie noch nie in seinem Leben.

6. KAPITEL

Anziehung und Abstoßung, überhaupt Beziehungen jeder Art, die sich unter Menschen entwickeln, ganz besonders aber solche erotischer Natur, sind nicht daran gebunden, daß die Betroffenen auch räumlich und ständig beieinander sind. Solche Verbindungen entwickeln vielmehr in den Herzen und Hirnen der Menschen, deren sie sich bemächtigt haben, ein geheimes, doch oft genug überaus starkes Eigenleben, das sich kaum bremsen, schon gar nicht abtöten läßt. Es ist, als wären die Seelen ein Pflanzboden, in dem der Keim der Zuneigung, wenn er erst einmal in ihn gesenkt ist, auch dann aufgeht und weiterwächst, wenn die Gegenwart des anderen ihn nicht Tag für Tag wie die Frühjahrssonne treibt und lockt.

*

Der »Schwarze Tom« war fortgeritten. Aber nicht für immer! In zwei, spätestens drei Monaten würde er wieder auf »Deels' Place« auftauchen, um an der Vollendung eines sehr wichtigen und wertvollen Werkes entscheidend mitzuwirken, dem Bau der frostsicheren Wasserleitung vom Brunnen zum Haus; das stand fest.

»Schwarzer Tom« – der Name war dem Iren von Bill angehängt worden, dem Jüngeren der Deels-Brüder. Bills Haare waren von aschblonder Farbe und die seiner Augen von hellem Grau. Bill hatte also den Unterschied zwischen seinem Äußeren und dem des Gastes der Eltern besonders stark empfunden. Ohnehin war er mit dem Mund und bissigen Bemerkungen gern vorneweg – und der halb freundlich, halb spöttisch gemeinte Spitzname war ihm wie von selbst über die Lippen gekommen, als Tom schon nicht mehr in Sichtweite war und der von den Deels-Kindern als erstaunlich andersartig empfundene neue Bekannte weidlich durchgehechelt wurde. Dazu sind Gäste auch da in solcher Abgeschiedenheit. Sie werden nach ihrem Besuch waidgerecht auseinandergenommen oder auch bewundert – es gab keine anregendere Unterhaltung.

Eva beteiligte sich an diesen ein wenig nach Klatsch riechenden Unterhaltungen nur am Rande. Doch der von ihrem ständig temperamentvollen Bruder Bill ins Spiel gebrachte Spitzname »Schwarzer Tom« beunruhigte das junge Mädchen auf merkwürdige Weise. Zunächst hatte sie in einem ihr selbst nicht recht erklärbaren zornigen Unbehagen die Bezeichnung verbieten wollen. Aber Bill hatte anzüglich gegengefragt:

»Wieso, Eva? Er ist doch schwarz genug. Haare und Brauen und die Bartstoppeln, schwarze Haare auf der Brust bis zum Hals rauf, und auf den Händen und den Unterarmen – und die Augen wohl auch; aber über die bin ich mir nicht klargeworden. Der ›Schwarze Tom‹, das paßt doch wie die Faust aufs Auge. Wieso also regst du dich auf? Als er noch da war, hast du immer einen Bogen um ihn gemacht – und jetzt soll ich ihn nicht einmal ›Schwarzer Tom‹ nennen dürfen? Ist sowieso nicht böse gemeint.«

Eva hatte sich merkwürdig verwirrt gefühlt nach diesen Worten und den Widerspruch auf sich beruhen lassen.

Und schließlich, war nicht etwas Richtiges daran? In dem harmlosen Spottnamen war etwas ausgedrückt, was sie selbst vom ersten Augenblick an unbewußt empfunden hatte. Der stämmige, bärenstarke Mann mit dem wuchernden Haarwuchs und den tiefliegenden Augen von unbestimmbarer, aber auf alle Fälle sehr dunkler Farbe, hatte sie eigentlich abgestoßen, widersprach doch die seine ihrer eigenen Gestalt auf beinahe erheiternde, ja, groteske Weise.

Aber bei dieser Empfindung war es nicht geblieben. Wie Tom sich im ungewohnten Kreis der Eltern und Kinder gab, wie er mit linkisch anmutender, aber echter Liebenswürdigkeit auf die Fragen der Mutter einging, die fast einem Verhör gleichkamen, wie er dem Vater Rede und Antwort stand in Dutzenden von Erörterungen, wie eine Farm in der Wildnis am zuverlässigsten dazu gebracht werden könnte, Erträge abzuwerfen, wie er schließlich sie, Eva, angeblickt hatte aus seinen großen, dunklen Hundeaugen – Hundeaugen? Wie kam sie plötzlich auf Hundeaugen? Doch, Hundeaugen, ebenso treu und willig und ergeben wie die Augen von Bruty, dem großen Hüte- und Wachhund auf dem Deelsschen Hof, Evas engem Freund – ja, wie der fremde, ungewöhnliche Mann sie angeschaut hatte die wenigen Male, in denen sie sich hatte anschauen lassen, bewundernd und sonderbar beglückt.

Ach, sie gestand es sich ein: Ein bißchen Angst habe ich gehabt; noch keiner hat mich mit solchen Augen angesehen, als ob ich große Macht über ihn hätte – und das schien ihm sogar angenehm. Wenn er nur nicht so grob wäre, so – wie soll ich es ausdrücken – so ungeschlacht, so sicherlich zum Fürchten, würde er einmal böse! Aber wenn ich es mir recht überlege; es können ja nicht alle Leute so hell und blond sein wie wir Deels; Tom ist schwarz, aber nur von außen; Tom hat gewiß ein gutes Herz, und wen er da hineinließe, der wäre gut aufgehoben. Ja, stark, das ist er bestimmt und ein bißchen grob, aber leicht zu lenken, wenn man es richtig anfängt, sachte und klug und – das natürlich auch – mit Liebe. Er hat es schwer gehabt, ist viel herumgestoßen worden, mußte sich wehren, immer allein unter rauhen Männern; natürlich mußte er deren Gebaren annehmen; was blieb ihm weiter übrig! Aber wenn wirklich mal einer kommt und gut zu ihm ist, würde er das sicher reichlich vergelten! Nicht einer, eine müßte es sein. Das ist es, worauf er wartet. So rüde und breit und stark – aber ein Kind. Ich verstehe jetzt, was die Mutter gemeint hat, als wir darüber sprachen. Sie sagte, er wäre ein Kind, so als wäre eine Mutter das, was er nötig hätte; aber sie hat natürlich eine Frau gemeint, die zugleich Mutterstelle an ihm vertritt. Er hat mich so angeschaut, und besonders ganz am Schluß, als er mir Lebewohl sagte, ob ich es nicht übernehmen könnte, zu ihm, zu diesem Kinde, gut zu sein?

In Evas Kopf drehten sich diese Gedanken wie ein Kreisel; über Tag bei eintöniger Arbeit und am eindringlichsten des Nachts vor dem Einschlafen, wenn sie längst das Licht gelöscht hatte. Unruhe und Sehnsucht waren heimlich in ihr wach, nicht erst jetzt, sondern schon seit Jahren, wie in allen jungen Mädchen. Aber sie hatte weder Ausdruck noch Namen dafür zu finden gewußt, hatte sich nur in gelegentlicher Schroffheit und hochfahrendem Wesen verraten, hatte sich bei den Geschwistern und – allerdings seltenen – Besuchern unbeliebt damit gemacht.

Jetzt war sie diesem fremdartigen Mann begegnet, einem fertigen Mann, der bereits bewiesen hatte, daß er das Leben, so wie sie es allein aus ihrer Umwelt kannte, zu meistern wußte, schon gemeistert hatte. Und dieser Thomas O'Shea hatte sich von ihrer Kühle und Ablehnung nicht schrecken lassen, sondern hatte deutlich gemacht auf eine zurückhaltende, ja, scheue Art – ja, was? Eva getraute sich nicht, eine klare Antwort auf diese Frage zu geben. Was aber nicht verhinderte, daß eine merkwürdig wärmende, langsam steigende Gewißheit sie in den Wochen des zu Regen, Sturm und zunehmender Kälte voranschreitenden Herbstes gefangennahm. Gewißheit worüber?

Nun, daß da jemand aufgetaucht war, der bis zum letzten Augenblick an die Tür des Gehäuses geklopft hatte, das sie in ihrem Innern errichtet hatte, und der es sicherlich erneut versuchen würde, bis sie schließlich öffnen würde.

Soll ich denn nachgeben? Den Eltern schien er angenehm zu sein. Der Vater wußte Toms klaren, nüchternen Verstand zu schätzen und erst recht seine Hilfsbereitschaft; und die Mutter hatte – so drückte sie es aus – von seiner »Sauberkeit« gesprochen. Ein gutes Wort! Eva war peinlich sauber, was sie selbst betraf und auch bei allen anderen Dingen. Eva wagte schließlich auch, sich daran zu erinnern, daß sie am letzten Abend seines Aufenthaltes, als Tom mit dem Vater am Tisch sitzend ernsthaft die Wasserleitung beredete, sie hinter seinem Stuhl vorbeigehen mußte und plötzlich von dem sonderbaren, dazu völlig unpassenden Verlangen überfallen worden war, diesen mächtigen, gebeugten Kopf voller krauser schwarzer Haare zu streicheln. Erst im allerletzten Augenblick hatte sie Vernunft angenommen und sich sehr erschrocken gefragt, was in sie gefahren wäre?

*

Als Thomas O'Shea nach dem Besuch bei den Deels am Salmon und wenigen weiteren geschäftigen Tagen in Prince George wieder seinen entlegenen Platz unweit des Babine erreichte, als zu der Anhöhe hin, die er überwinden mußte, ehe sich der Karrenweg in sein Tal hinuntersenkte, aus der Ferne im Osten die schön geschwungenen Umrisse der etwa sechstausend Fuß hohen Shass-Berge herüberwinkten, als der mächtige See Babine im Norden mit seinen zahlreichen Nebenarmen unter der Herbstsonne aufblitzte – –

und als er dann in dem flachen, weiträumigen Tal unter sich, vor sich die hellgrüne und braune Rodung im Meer der dunklen Wälder erkannte mit den hellgrauen Schindeldächern der vier Hütten und Häuser, sein Eigentum, seiner Hände Werk, und des feinen Strichs gewahr wurde, der die hölzerne Rinne darstellte, welche Wasser vom oberen Taltapin-Bach zu seiner bescheidenen Goldwäscherei leitete – –

der seidenblaue Spätsommerhimmel seine Kuppel strahlend über der duftenden Einöde wölbte, die doch keine mehr war, denn er, der schwarze Thomas O'Shea, hatte ihr eine Wohnstatt, Felder und Gärten abgerungen – –

da zügelte Thomas O'Shea sein Pferd und hielt für eine Minute inne. Und was er bis dahin nicht deutlich zu denken gewagt hatte, jetzt, da er nach einer guten Woche Abwesenheit seiner aus dem wilden Wald herausgeschlagenen Heimat ansichtig wurde, das formte sich zu einer Frage, die laut über seine Lippen drängte. Der Gaul, auf dem er saß, spitzte verwundert und erschreckt die Ohren, denn sein Herr pflegte sonst keine Selbstgespräche zu halten:

»Müßte ihr das nicht auch gefallen –? Damit kann ich mich sehen lassen! Das würde ihr gefallen! Das ist nicht schlechter als ihres Vaters Platz und mit ihrer Hilfe vielleicht bald besser!«

Er klopfte seinem Pferd beruhigend den Hals:

»Keine Aufregung, Schecke! Alles in bester Ordnung!«

Die Schecke trabte von selber wieder an und wollte nach Hause an die Tränke; der Tag war sehr warm gewesen, und Thomas hielt das Tier nicht zurück. Es drängte ihn, auf seinem Grund und Boden nach dem Rechten zu sehen. Auf die Indianer, seine beiden Helfer, war kein großer Verlaß. – –

Gewaltsam hatte sich Thomas O'Shea in den Tagen und Wochen, die seiner Heimkehr folgten, ins Gedächtnis zu rufen, daß er des Mädchens Eva Deels überhaupt noch nicht sicher war, daß er sich nicht nur nicht mit ihr ausgesprochen, sondern überhaupt nur drei oder vier belanglose Sätze gewechselt hatte. Trotzdem wurde es ihm im Verlauf des noch einmal herrlich aufglühenden und dann müde verwelkenden Herbstes klar, daß ihm gar keine Wahl blieb. »Diese oder keine, diese oder keine«, knurrte er vor sich hin, als er Ende Oktober endlich dazu kam, den Haferacker umzupflügen, die Pferde vor ihm herstampften in der kühlfeuchten Regenluft, und die stählerne Pflugschar vor seinen Füßen die bräunliche, fettig glänzende Erde in langen Schollen umwarf.

Mit aller Macht wünschte er sich die Zeit nach dem ersten harten Frost herbei, wenn die Wege von Prince George zum Salmon passierbar sein würden. Und zugleich fürchtete er sich vor dem unweigerlich herannahenden zweiten Besuch auf Zach Deels' Platz. Er war entschlossen, das Mädchen zu fragen. Aber wenn sie »nein« sagte, was dann? Das würde ein bodenloser Abgrund sein, in den er dann stolperte!

Wie durch einen Zauberspruch hatte die Bekanntschaft mit dem Mädchen Eva alle Kräfte, alle dumpfen und dunklen Sehnsüchte, alle wort- und formlosen Wünsche, der lähmenden, hohlen Vereinsamung zu entgehen, die Thomas O'Shea das Dasein in den vergangenen Jahren zu einer stets heißer werdenden Hölle gemacht hatten, zu einem einzigen, gleißenden Kristall zusammengeschlossen:

Diese und keine andere ist mein Mädchen, wird meine Frau! Auf sie habe ich die vielen Jahre gewartet, für sie wie verrückt geschuftet. Sie darf nicht »nein« sagen!

*

Thomas O'Shea und Zacharias Deels richteten sich auf, um zu verschnaufen. Das schmutzige, schwierige Werk in der Tiefe des engen, steilen Grabens zwischen dem Brunnenschacht und dem Deelsschen Wohnhaus war im wesentlichen getan. Die Kupferrohre, die das Wasser zum Haus leiten sollten, waren von Tom gelegt, miteinander verbunden und abgedichtet worden. In der Tiefe des Brunnens sollte das Wasser durch einen Sandfilter hindurch angesaugt werden, sobald in der Küche der Pumpenschwengel in Bewegung gesetzt wurde.

Aus der lehmigen Tiefe des Grabens hatte Zach nach oben gerufen:

»Elke, hörst du mich? Gieß Wasser von oben in die Pumpe und versuche zu pumpen. Das Wasser aus dem Brunnen müßte jetzt kommen!«

Die beiden Männer zwischen den engen Lehmwänden des Grabens mußten eine Weile warten. Dann drang freudiges Geschrei zu ihnen hinunter. Die noch kindliche Nelly stürzte so wild und unvorsichtig an den Rand des Grabens, daß den beiden Männern in der Tiefe die Lehmbrocken von oben auf Kopf und Schultern prasselten. Auf ein bißchen Lehm mehr oder weniger kam es ihnen allerdings nicht mehr an; sie waren sowieso verkrustet mit der gelben, seifigen Schmiere. Sie lachten sich an, denn Nelly hatte begeistert in die Tiefe zu Vater und Helfer hinuntergerufen:

»Es läuft, es läuft, das Wasser in der Küche! Es kam erst noch schmutzig, aber dann gleich klar und bleibt klar, Vater!«

Noch einmal prüfte Tom die Verbindungsstücke der Leitung; sie hielten alle dicht; er konnte mit seiner Arbeit zufrieden sein.

Zach wandte sich Tom zu, nachdem sich beide wieder aufgerichtet hatten, und rückte die Leiter zum Aufstieg zurecht, was ein wenig Mühe in dem fünf Meter tiefen, schmalen Graben kostete.

»So, jetzt können die Jungens den Graben zuschütten, das Rohr liegt sicher; so tief dringt auch der härteste Frost nicht. Und Mutter kriegt ihr Wasser zuverlässig in die Küche, auch bei Schneesturm oder wenn das Quecksilber im Thermometer gefriert wie damals als wir den Brunnen nicht mehr erreichen konnten; wir mußten uns mit geschmolzenem Schnee begnügen, aber Schneewasser schmeckt nicht. Tom, ohne dich hätte ich die Rohrlegerei und was alles dabei bedacht werden muß, nicht zustande gebracht. Du kannst dich darauf verlassen, daß ich dir auf deiner Farm auch helfen werde, wenn du mich brauchst. Und die Frau und auch Eva werden dir noch dankbarer sein als ich.«

Da war der Name gefallen, der für Thomas O'Shea in den vergangenen Wochen und Monaten zur Grundmelodie seines Daseins geworden war. Ein Zurück oder auch nur ein Zögern hatte es nicht gegeben. Sobald der Frost die vom Herbstregen verschlammten Straßen wieder fest und gangbar gemacht hatte, war er aufgebrochen, nachdem er seine Farm bestellt hatte. Seine beiden Indianer waren auf unbestimmte Zeit zu ihren Dörfern am Westende des Camsell-Sees entschwunden, und

Toms Vieh und Pferde würden sich nicht allzuweit verlaufen, denn er hatte ihnen an der bequemen Tränke einen Block von Steinsalz ausgelegt, der sie immer wieder anlocken und in Hausnähe halten würde.

Aber des »Schwarzen Tom« zitternd aufgebaute Entschlossenheit, dem scheuen, stolzen Wesen Eva erneut gegenüberzutreten und ihm so oder so zu bekennen, wie es um ihn stand – wie das anzufangen wäre, ahnte er nicht; er vertraute darauf, daß ihm, vielleicht erst im letzten Augenblick, das Richtige einfallen würde –, dieser mühselig in einsamen Wochen angesammelte Mut war verpufft. Als Tom nämlich auf dem Deelsschen Hof eintraf, war Eva gar nicht anwesend. Die Mutter hatte sie zu einer fünf Meilen weiter in der Wildnis um ihre Existenz ringenden Siedlerfamilie geschickt. Die Frau erholte sich nach einer Frühgeburt nur sehr langsam und konnte vor lauter Schwäche ihre Aufgaben in Haus und Hof und bei fünf schon vorhandenen, aber allesamt noch unmündigen Kindern nicht versehen. Der Mann hatte Deels um Unterstützung gebeten – und es verstand sich so gut wie von selbst, daß sie ihm nicht verweigert wurde. Ja, Eva hatte sich der hilfsbedürftigen Nachbarn sogar mit mühsam versteckter Begeisterung angenommen. Herausforderungen an ihr Können und ihre Umsicht verlockten das Mädchen mit Macht. Vielleicht würde in den Tagen und Wochen ihrer Abwesenheit vom väterlichen Hof Thomas O'Shea eintreffen – wenn er sein Versprechen, sich des Baus der Wasserleitung anzunehmen, überhaupt einlösen würde. Sie wollte sich nicht eingestehen, daß sie insgeheim auf ihn wartete, auf diesen Mann, der sie in seiner Fremdartigkeit zugleich angezogen und abgestoßen hatte. Nein, so war das nicht! Sie, Eva, sie wartete auf niemand! Und die Berglunds durfte man nicht im Stich lassen, die Mutter hatte recht! Und wenn er etwas von ihr wollte, der »Schwarze Tom« – sie hatte sich gegen den von Bill erfundenen Spitznamen nur anfangs gesträubt –, wenn er ihr was zu sagen oder sie etwas zu fragen hatte, der breitschultrige Mann mit dem kohlpechschwarzen Haarwust, den sie beinahe schon einmal gestreichelt hätte, dann sollte er zusehen, wo er sie fände. Aus der Welt war sie ja nicht!

Thomas O'Shea hatte sich wie betrogen gefühlt, als er das älteste der Deels-Kinder am Salmon nicht antraf. Er hatte gute

Miene zum – wie ihm schien – bösen Spiel machen müssen. Und um sich nicht zu verraten, hatte er sich unverzüglich in die schwierige, in fünf Meter Tiefe zwischen den feuchten Lehmwänden gräßlich schmutzige Arbeit gestürzt und hatte sich dabei besonderer Sorgfalt befleißigt; Sorgfalt kostet nämlich mehr Zeit! Und Eva mußte früher oder später heimkehren. Die Vorstellung, daß er sie verpassen könnte, brannte in ihm wie Feuer. Andererseits wagte er nicht, nach ihr zu fragen, obgleich er unablässig an das Mädchen dachte. War sie ihm womöglich mit Absicht ausgewichen, oder hatten die Eltern verhindern wollen, daß er ihr abermals begegnete? Wie viele quälende Möglichkeiten sich anboten! Sie bewirkten nur eines: daß langsam die panische Sorge von ihm Besitz ergriff, nicht so lange bei den Deels verweilen zu dürfen, bis Eva wiederkehrte!

Dann war es nach einer Woche doch soweit, daß die Zeit des Baus der Wasserleitung nicht länger ausgedehnt werden konnte. »Es läuft, es läuft, das Wasser!« hatte Nelly zu den beiden Männern hinuntergerufen. Einen Tag länger noch konnte Tom die Gastlichkeit des Deelsschen Hauses genießen; dann würde er sich verabschieden müssen; so erforderte es der Anstand.

Zach sagte unbefangen:

»Die Leiter steht, Tom. Wir wollen aufpassen, daß wir kein Werkzeug vergessen. Die Jungens sollen sich noch heute dranmachen, den Graben wieder zuzuschippen, ehe Schnee oder Frost oder beides in die Tiefe dringen. Komm, wir sehen beide aus, als hätten wir uns im Schlamm gewälzt. Meine Frau wird heißes Wasser bereit haben, und dann gibt es etwas Gutes zu essen.«

Aber Tom rührte sich nicht. Er konnte jetzt noch nicht nach oben steigen! Kein Wort war gesprochen worden, kein einziges, auf das es ihm ankam, und von Eva war immer noch nichts zu hören und zu sehen. Tom spürte, daß sich etwas um seinen Hals legte und dieses Etwas von irgend jemand zugezogen wurde. Wenn ich jetzt nach oben steige, und die ganze Familie sitzt zu Tisch, dann bleibt wieder alles ungesagt. Nur das nicht! Zach kann mir nicht ausweichen, solange wir hier allein im tiefen Graben sind. Mit heiserer Stimme begann er:

»Zach, hör mal zu, solange wir noch allein sind. Ich wollte dich schon die ganze Zeit etwas fragen, bin aber nicht dazugekommen.«

Zach hatte schon den Fuß auf die unterste Stufe der Leiter gesetzt und hielt nun inne:

»Frag ruhig, Tom, was du willst.«

»Wart's erst ab, Zach. Vielleicht bereust du noch deine Erlaubnis. Sieh, es stimmt schon, ich bin gekommen, euch bei der Wasserleitung zu helfen und bin froh, daß ich nicht zuviel versprochen habe und daß alles geklappt hat. Aber ich will ehrlich sein. Die Leitung war für mich nur ein Vorwand. Der eigentliche Grund war ein ganz anderer, war ganz was anderes –«

Er stotterte und wußte nicht weiter. Zach mußte ihm helfen, er war zwar kein Hellseher, aber was ihm bevorstand, ahnte er:

»Sprich dich aus, Tom. Ich kann mir nicht denken, daß du etwas Unrechtes zu verschweigen hättest. Du hast uns wunderbar geholfen, und die ganze Familie freut sich, daß du gekommen bist, und alle meinen, du solltest noch ein bißchen bleiben, wenn du deine Farm noch ein paar Tage ohne Aufsicht lassen kannst.«

Tom war an einem Wort hängengeblieben:

»Alle meinen das, Zach, alle? Nein, Eva nicht, Eva ist gar nicht da. Und damit du es endlich weißt: Ich bin eigentlich nur wegen Eva gekommen.«

Zach fragte sehr gedehnt, aber anscheinend nicht übermäßig verwundert:

»So, wegen Eva? Die Frau hat sich schon so etwas gedacht – und ich eigentlich auch. Aber Eva hat darauf bestanden, die Berglunds nicht vergeblich bitten zu lassen. Das wäre auch nicht zu verantworten gewesen. Du selber hättest dasselbe getan, wenn du die Verhältnisse kennen würdest. Meine Frau war hier nicht zu entbehren, und Nelly ist noch zu jung und unerfahren, als daß sie die kranke Frau bei den Berglunds ersetzen könnte. Also mußte Eva einspringen, es ging gar nicht anders. Also, Tom, nichts für ungut! Was wolltest du von Eva, daß du so ärgerlich bist, sie nicht angetroffen zu haben?«

Tom fühlte blinden Zorn in sich aufsteigen. Da wurde nur hin und her geredet, bloß das nicht ausgesprochen, worauf es ankam. Zu kunstvollen Umschreibungen fehlte ihm jedes Talent. Es klang wie eine Drohung, als er hervorstieß:

»Was ich von Eva wollte, Zach? Was ich von Eva will? Das kann ich dir sagen: Ich will sie heiraten, heiraten will ich sie! Aber wenn sie nicht da ist, kann ich nicht erfahren, ob sie damit einverstanden ist. So ist das!«

Die beiden Männer lehnten sich schräg gegenüber, blickten sich nicht an, machten keine Bewegung und schwiegen. Zach dachte: Elke hat wieder einmal im voraus Bescheid gewußt. Er läßt mich nicht an die Leiter, ehe ich ihm nicht geantwortet habe. Im Bösen möchte ich mit dem schwarzen Burschen auch nichts zu tun haben. Aber ehrlich ist er. Zach räusperte sich, und seine Rede klang, als hätte er sich mühsam jedes Wort genau überlegt.

»Ja, Tom, du schießt so geradewegs aus der Hüfte, wie? Ist wohl deine Art. Ich hab' auch nichts dagegen. Es kommt bloß ein bißchen überraschend. Wenn du also meine Frau und mich fragst – wir haben schon damals, als ich dich mit hierher brachte, gemerkt, daß du auf Eva einen stärkeren Eindruck gemacht hast, als irgendeiner von den Burschen aus der Gegend. Die sind ihr alle zu dumm, sagt sie immer. Aber Eva ist für dich sehr jung, du bist dreiunddreißig, und sie wird erst dreiundzwanzig. Und sie ist nicht einfach, war immer spröde, schließt sich nicht leicht an. Und beeinflussen können wir sie schon gar nicht. Würden wir es versuchen, käme nur das Gegenteil heraus. Wenn du es genau wissen willst: Ich habe überhaupt nichts gegen dich. Daß Eva heiratet, wird langsam Zeit. Elke sagt das schon eine ganze Weile. Und Elke meint auch, daß Eva bei dir in guten Händen wäre – und daran liegt uns sehr viel, denn Eva ist unser erstes und auch unser liebstes Kind. Du hast ja schon einiges geschafft in deinem Leben. Eva ist tüchtig und fleißig. Ihr würdet noch sehr weit kommen, das glaube ich. Aber, Tom –«

Er trat ganz dicht vor ihn, faßte den Jüngeren am oberen Jackenknopf, als wollte er ihn rütteln, und fuhr fort:

»Über Evas Kopf hinweg können Elke und ich nichts entscheiden. Sie muß tun, was sie will. Es sind nur fünf Meilen zu Berglunds Farm, zwei Stunden zu Fuß. Elke ist da sicherlich mit mir einer Meinung. Mach dich morgen auf. Es wird kalt werden. Du gehst also besser zu Fuß, als im Sattel zu frieren. Frag sie selbst. Sie hat sicherlich darüber nachgedacht. Sie pflegt sich nichts vorzumachen, und Mut hat sie auch. Aber fang's vorsichtig an. Sie ist nicht gewohnt, daß man grob miteinander umgeht. Das ist bei uns nicht üblich. Und vergiß nicht: Sie ist ein junges Mädchen; sie hat überhaupt keine Erfahrung. So, und jetzt will ich ins Haus und mich waschen. Wir wollen Elke nicht warten lassen. Wenn die Kinder verschwunden sind, können wir vielleicht zu dritt noch ein paar Worte sprechen.«

Er war zu respektieren, dieser Zacharias Deels. Und Tom respektierte ihn. Die Sache selbst, auf die es Tom ankam, war um ein gutes Stück weitergediehen.

7. KAPITEL

Tom hatte es vorgezogen, den Weg zu den Berglunds nicht zu Fuß zurückzulegen, wie Zach ihm empfohlen hatte, sondern sich doch des Leihpferdes bedient, das ihn von Prince George zum unteren Salmon getragen hatte. Den Ausschlag dafür hatte gegeben, daß auch Eva zu Pferde und nicht zu Fuß zu den Berglunds aufgebrochen war, wie Tom nebenbei am Abend nach dem Abschluß der Rohrlegearbeit von der Mutter erfuhr. Die Kinder hatten sich auf einen Wink des Vaters früh in ihre Kammern zurückgezogen. Tom war erstaunt, daß die schon fast erwachsenen Kinder dem nur angedeuteten Wunsch des Vaters sofort entsprachen. Die Eltern regierten mit sanfter, aber starker Hand.

Die Mutter hatte sich noch zurückhaltender gezeigt, als es zwischen den hohen Grabenwänden ihr Ehemann Zacharias getan hatte. Evas Mutter antwortete auf die Werbung des Mannes vom Babine:

»Tom, so ganz leicht ist es nicht für mich, einfach zuzustimmen. Ich werde immer älter und schwächer. Eva ist mir eine große Hilfe. Karl ist noch ein bißchen zu jung zum Heiraten; er hat noch manches zu lernen. Ich kann also Eva vorläufig kaum entbehren. Andererseits wollen wir ihr auch nicht im Wege stehen. Wenn Eva selber glaubt, daß du der Richtige für sie bist, so soll es mir recht sein. Ich rede ihr nicht zu und nicht ab, mehr kannst du nicht verlangen, Tom. Du mußt selbst mit ihr ins reine kommen. Zach hat recht: Frag' sie selbst. Wir wollen uns raushalten.«

Mehr hatte Tom nicht erreicht, aber es war ihm genug. Zurück kann ich nicht mehr, sagte er sich. Unverrichteterdinge gehe ich nicht weg – in meine einsame Behausung am Babine. Wie leer die ist, das weiß ich jetzt. Eine Entscheidung muß ich haben, und ich werde sie erzwingen, so oder so!

Er war also nach dem Frühstück losgeritten. Über dem Tisch mit den fünf Mitgliedern der Familie Deels hatte eine versteckte Spannung gelegen. Karl, Bill und Nelly wußten Bescheid, wie Tom merkte; es machte ihn nicht gesprächiger. Die Mutter hätte es den drei Jüngeren ruhig noch verschweigen können, daß er, Tom, die unersetzliche Eva aus diesem Kreis entführen wollte. Für die Kinder bedeutete das einen noch viel weniger vorstellbaren Umsturz der Verhältnisse, als für die Eltern. Die Familie war eine festgefügte Einheit gewesen, die weder erweitert noch reduziert werden konnte oder durfte.

In merkwürdiger Befangenheit waren die beiden Söhne und die kleine, sonst so redelustige Nelly nach dem Frühstück verschwunden, ohne dem bis dahin herzlich gewürdigten Gast zu helfen, sein Pferd zu holen und aufzusatteln, hatten sich übereifrig in ihre Tagesarbeit gestürzt, hatten Tom schließlich ohne Abschied fortreiten lassen. Auch die Eltern waren erst im letzten Augenblick, als Tom schon im Sattel saß, vor die Haustür getreten.

»Wenn bei den Berglunds die Verhältnisse wieder einigermaßen im Gleichgewicht sind, soll Eva nur gleich mit dir wieder zurückkommen. Sie fehlt uns hier. Es ist noch viel zu tun vor dem Winter. Und sie braucht nicht allein zurückreiten. Es kann so leicht etwas passieren unterwegs. Auf alle Fälle erwarten wir dich heute abend wieder. Wenn du Schritt reitest, kannst du in anderthalb Stunden bei den Berglunds sein. Der Weg ist gefroren und holperig, reite lieber vorsichtig.«

Mit diesem wohlmeinenden Rat war Tom entlassen, war aber mit keinem Wort ermutigt worden. Doch das machte keinen Unterschied mehr. Er ritt fort wie ein Verurteilter, der das Urteil angenommen hat. Er trieb sein Pferd nicht an. Es mochte sich seinen Pfad suchen, wie es wollte. Er hockte im Sattel, sah nichts von dem sich aus kalten Silbernebeln entschleiernden Tag, brütete vor sich hin und versuchte nicht, die Gedankenfetzen festzuhalten, die ihm durchs Gehirn flatterten.

Alles auf eine Karte gesetzt, das hab' ich. Mein Gott, wenn das jetzt schiefgeht, dann ist alles verloren. Ich hab' mir soviel eingebildet auf das, was da bei mir am Babine entstanden ist. Und dann muß Zach mich hierher auf seinen Platz mitnehmen! Stimmt nicht ganz! Ich hab's ihm selber vorgeschlagen. Und dann läuft mir Eva über den Weg. Eva, nur eine halbe Portion, gemessen an mir, aber mir doch überlegen. Sie hat mich auch schon einmal angelächelt, damals beim Abschied, freundlich – und das war wirklich auch so gemeint und nicht bloß, weil ich mich endlich wieder fortmachte.

Ach, wenn ich an ihr Haar denke – solch Haar gibt's nicht ein zweites Mal – Eva!

Er richtete sich aufmerksam im Sattel auf. Das Pferd war gestolpert, und er faßte deshalb die Zügel fester. Als das Pferd wieder spürte, daß es geritten wurde, schritt es schneller und gesammelter weiter.

Der stille Novembertag hatte sich inzwischen aus seinen Nebeln befreit. Eine blasse Sonne blinzelte durch die schwarzen Fichten, die den Weg säumten. Auf dem steinigen, unebenen Boden lag noch der Reif der Nacht. Das Pferd hatte sich den Grasstreifen neben den Wagengeleisen als Pfad ausgewählt, um leichter voranzukommen. Viel Platz war da nicht, denn Unterholz und vertrocknetes hohes Kraut behinderten hier und da das Fortkommen. Bei den Berglunds wird die Welt zu Ende sein, mutmaßte Tom, sonst sähe der Weg benutzter aus und befände sich in besserem Zustand.

Tom hatte eine baufällige Brücke überquert, die einen eilig strömenden Bach überspannte. Der Weg wurde zu einem Engpaß zwischen haushohen alten Bäumen, stieg schnurgerade eine lange Anhöhe hinauf und verlor sich in der Ferne. Tom war jedes Gefühl dafür abhanden gekommen, wie lange er schon unterwegs war. Allzu widerstandslos hatte er sich seinen Zweifeln und Befürchtungen hingegeben.

Plötzlich erwachte seine Aufmerksamkeit. In dem Einschnitt des Weges vor ihm, dort, wo die Schneise die Hügelkuppe überwand, war eine Gestalt aufgetaucht, die rasch als ein Reiter erkennbar wurde.

Doch der Reiter war eine Frau. Das war bald nicht mehr zu bezweifeln. Eine Reiterin? Das konnte nur Eva sein! Und sie war es! Eva! Die Pferde brauchten nicht gezügelt zu werden. Sie blieben aus eigenem Antrieb stehen, Kopf an Kopf, schnaubten, näherten die Nüstern einander, schlossen Bekanntschaft. Die Reiter ließen sie gewähren.

»Tom, du bist es!« Das Mädchen war es, das die ersten Worte fand.

Obgleich Tom während der vorausgegangenen Stunde unablässig an Eva gedacht hatte, wollte ihm die überraschende Begegnung in dieser Einsamkeit, die nicht einsamer hätte sein können, die Sprache verschlagen.

Sie saß aufrecht und fest im Sattel wie ein Mann, in farblosen, verwaschenen Hosen. Auf dem großen, starkknochigen Braunen, den sie ritt, wirkte sie zierlicher noch, feingliedriger, als sie ohnehin war. Aus den Ärmeln der abgewetzten Joppe, die ihr allzu faltig um den Oberkörper schlotterte, blickten bräunliche Hände, kräftige Hände gewiß; aber sie waren höchstens halb so breit, wie es Toms Hände waren.

Um den Kopf hatte sie ein hellrotes Tuch gebunden, um das Haar aus der Stirn zu halten und es nicht vom Wind verwehen zu lassen. Aber überall drängte es vorwitzig an den Schläfen, den Ohren und am Nacken hervor, dunkles Gold gegen das reine Rot des Kopftuches. Die Nasenflügel bebten sacht. Die Augen waren groß, graugrün und fragend auf den Mann gerichtet. Die Haut ihres Gesichtes war von der Sonne gebräunt, aber die Kälte des Novembermorgens ließ die Röte des Blutes zart hervorschimmern, das unter dieser Haut pulste. Die vollen Lippen waren von dunkelroter Farbe.

Sie wußte es kaum, doch Thomas O'Shea entdeckte es in diesen wenigen ersten Sekunden der Begegnung wie eine Offenbarung: Welch ein wunderschönes Mädchen! Noch kein einziges Mal hatte er sie so ungestört und lange betrachten können. Und was noch an Vorbehalten irgendwo in seinem Unterbewußtsein versteckt gewesen sein mochte – in diesem

Augenblick, nur einige Herzschläge lang, schmolz jede Vorsicht hin wie Wachs in heißer Sonne. Dies also war sein Mädchen, sein wunderschönes Mädchen – wenn es ihn annehmen wollte, so würde er mit seinem Leben dafür danken, einem von nun an ganz neuen Leben.

Die Worte fielen ihm schwer, und er begann zu stammeln:

»Treff ich dich schon hier, Eva! Ich dachte, erst bei den Berglunds. Ich habe die Wasserleitung gebaut. Und das ist eigentlich schneller gegangen, als es sollte. Ich hätte heute, spätestens morgen wieder wegreiten müssen. Ja, versteh' mich nur – ohne dich gesehen zu haben! Dabei war ich nur wegen dir gekommen, Eva, nicht wegen der Wasserleitung. Doch, wegen der Leitung auch. Aber ich wäre auch ohne die gekommen, früher oder später. Und nun sollt' ich wieder abreiten, ohne dich gesehen und gesprochen zu haben. Das ging nicht! Ich wollte dich heute bei den Berglunds besuchen. Nun haben wir uns hier schon getroffen, mitten im Wald, und sonst kein Mensch weit und breit.«

Er schwieg erschöpft. Ihm war nicht sehr wohl zumute, als das Lächeln, das bei seinem Anblick zunächst, wenn auch kaum merklich, um Evas Mundwinkel gespielt und ihre Augen noch heller und grüner gemacht hatte, als Tom sie in Erinnerung hatte, als dies Lächeln verging und einem beinahe verdrossenen Ernst Platz machte. Sie blickte vor sich auf die Pferdemähne.

»Du wolltest zu den Berglunds, um mich dort zu sehen? Es geht Anke Berglund besser; sie glaubt, sie könnte wieder allein auskommen. Da bin ich heute früh losgeritten. Was hätten die Berglunds von mir und dir denken sollen, wenn du so mir nichts, dir nichts angekommen wärst? Die sind noch nicht so weit wie wir. Das ganze Haus hat nur drei Räume – und die kleinen Kinder – und Mann und Frau. Ich bin lieber gleich losgeritten, als auch Knut Berglund meinte, daß ich das Meinige getan hätte und mehr als das...«

Sie stockte. Hatte sie sich verraten? Ja, sicher. Tom spürte es sofort. Ihm wurde merkwürdig warm:

»Gleich losgeritten? Ach, Eva, vielleicht hast du gedacht, ich wäre gekommen und könnte so lange nicht bleiben. Und du wolltest mich nicht verpassen, genau wie ich dich nicht, und bist auch gleich losgeritten. Und so haben wir uns hier getroffen, jeder auf halbem Wege. Eva, wenn du ehrlich sein willst – ist es nicht so?«

»Ja, es ist so! Ich wollte dich nicht verpassen!«

Seine Brust hob sich in einem tiefen Atemzug.

»Ach, Eva, daß du das sagst! Eva, wenn wir uns beide nicht verpassen wollten, dann kann ich dich auch fragen, was ich deine Eltern schon gefragt habe…«

Er stockte. So jäh war die entscheidende Minute angebrochen. Aber es gab kein Zurück mehr. Evas Stimme klang leise und entschieden:

»Was hast du sie gefragt, Tom?«

Er holte tief Atem. Seine dunklen Augen glühten sie an:

»Ich habe sie nicht gefragt. Ich habe ihnen gesagt, daß ich dich heiraten möchte.«

Die außerordentliche, den Atem beengende Spannung, welche sich des Mannes und der jungen Frau bemächtigt hatte, schien sich auf die beiden Pferde übertragen zu haben; sie standen wie aus Erz gegossen; ihre Schweife hingen lang und ruhig zur Erde, und selbst die sonst stets unruhigen Ohren spielten nicht mehr, sondern waren steil nach vorne gerichtet, als lauschten die Tiere einem kaum vernehmbaren Laut in der Ferne.

Auch Eva schien in die Weite zu horchen. Sie ließ ihren Blick über den Kopf des Tieres hinweggleiten und brachte schließlich zwischen fast bewegungslosen Lippen hervor:

»Was haben die Eltern darauf erwidert?«

Tom hatte seine Schwäche überwunden. Er mußte einfach bekennen, was ihm näher am Herzen lag, als irgend etwas anderes je in seinem Leben.

»Sie haben gesagt, daß sie nichts dagegen hätten, wenn auch deine Mutter dich noch gerne behalten würde. Daß aber die letzte Entscheidung nicht bei ihnen läge, sondern ganz allein bei dir. Und deshalb habe ich mich aufgemacht, dich bei den Berglunds zu treffen. Ich mußte wissen, woran ich bin. Sonst bringt es mich um.«

Langsam wandte sie ihren Kopf zur Seite und senkte ihre graugrünen Hexenaugen in die seinen, als wollte sie sein Innerstes durchdringen:

»Es bringt dich um?«

Er schrie fast:

»Ja, so ist es! Es bringt mich um. Eva, ich will dich heiraten!«

Sie strich sich mit der Hand eine Strähne ihres Haares unter das Kopftuch zurück, die ihr bis zur rechten Braue über die Stirn gefallen war, ganz nebenbei und ohne, daß sie den Kopf bewegt hätte. Voll von unbewußter Anmut war diese Bewegung und überaus weiblich. Es war, als hätte sie mit der rotgoldenen Strähne auch den strengen Ernst von ihrem Antlitz fortgewischt. Heiterkeit spielte um die Augen, ließ ihre Mundwinkel leicht nach oben zucken. Leise gab sie zur Antwort und füllte doch mit nur vier Wörtern die ganze Welt des Thomas O'Shea bis an ihr und seines Lebens Ende:

»Und ich dich, Tom!«

Jetzt mußte er den Blick abwenden, verlegen mit einmal, fast benommen. Halb geistesabwesend legte er die Zügel seines Pferdes in die linke Hand. Das Tier kehrte gemächlich fast auf der Stelle um und setzte sich, ohne dazu aufgefordert zu sein, ruhig in Gang – auf dem Weg, den es gekommen war. Und das Pferd der Reiterin tat es ihm gleich.

Tom als auch Eva hatten ihre Pferde gewähren lassen. Beide waren gewohnt zu erleben, daß Pferde einen sechsten Sinn besitzen und manchmal besser verstehen, was in den Menschen vorgeht, denen sie dienen, als diese Menschen selber. Das war auch jetzt geschehen, dort, auf dem schmalen, einsamen Waldweg zwischen den schwarzen Fichten unter einer silbernen Novembersonne und dem blaßblauen Himmel. Die Entscheidung war gefallen für diese Eva und diesen Thomas.

Man konnte sich also auf den Heimweg zum Salmon und auch irgendwann zum Babine begeben. Alles Weitere würde sich finden zu seiner Zeit.

Tom und Eva wechselten kaum ein Wort, während sie die drei Meilen zum Deelsschen Platz zurückritten, bis auf ein paar Belanglosigkeiten zur schlechten Verfassung des Weges und zum schönen Wetter.

Aber als sie auf der letzten Anhöhe den Blick ins Salmontal schweifen ließen, sie also bald der ganzen Familie Deels gegenüberstehen würden, löste sich Evas Linke von den Zügeln und tastete zu dem dicht neben ihr reitenden Tom hinüber. Tom ergriff sie, die kleine braune Hand, umschloß sie mit seiner Rechten, worin sie ganz verschwand; er drückte die warme Hand, die sich ihm dargeboten, sich ihm überlassen hatte, ganz sachte, als wäre sie zerbrechlich. So ritten die beiden weiter, ohne zu sprechen, aber in innigster Fühlung miteinander.

Bis ein zäher, halb zermalmter Birkenbusch auf dem Weg die Pferde zwang, über die Räderspuren hinweg an die Außenkanten der beschädigten Straße überzuwechseln. Tom und Eva mußten ihre Hände voneinander lösen.

Dabei blieb es, denn sie waren nur noch hundert Schritte von dem Deelsschen Wohnhaus entfernt und auch bereits entdeckt. Zacharias und Elke Deels blickten ihnen von der Tür des Hauses her entgegen.

8. KAPITEL

Joe und Jim, die beiden indianischen Helfer von Thomas O'Shea, hatten sich sehr bestürzt gezeigt, als Tom ihnen erklärte, daß er, sobald der Winter vorüber wäre, eine Frau, seine Frau, hierher bringen und diese dann fortab im Hause regieren würde. Zweierlei müsse bis dahin neben der sonstigen Arbeit noch fertiggestellt werden: An der Hinterseite des Hauses müsse ein geräumiges Schlafzimmer angebaut und an die Vorderfront in der ganzen Breite des Hauses eine überdachte Veranda gezimmert werden. Die Frau könne dann einen Teil ihrer Arbeit sommers im Schatten vor dem Hause verrichten, und man könnte auch die Mahlzeiten in der heißen Zeit oder bei Regen im Schutze des Vordachs einnehmen.

Joe und Jim fanden beides höchst überflüssig und ließen sich nur widerwillig einspannen. Die beiden – durchaus unentbehrlichen – Indianer hießen in Wahrheit nicht Joe und Jim, sondern erfreuten sich jeweils unaussprechbarer und höchst langatmiger Namen in der Gitksan-Sprache, die Toms Geduld sehr bald überfordert hatten. Er verpaßte ihnen einfach die Namen Jim und Joe, was von den schweren, wortkargen Männern durchaus nicht übel vermerkt, sondern vielmehr mit deutlicher

Zufriedenheit anerkannt wurde, denn mit diesen handlichen englischen Namen hatten sie sozusagen Heimatrecht in der Welt der mächtigen und erfindungsreichen Weißen gewonnen.

Joe und Jim ließen ihren »Boss« nach und nach wissen, daß sie keineswegs gewillt wären, etwa Befehle der »Frau« entgegenzunehmen, überhaupt ihr unterstellt zu sein. Lieber würden sie ihren sehr geschätzten »Boss« im Stich lassen, als einem weiblichen Wesen zu gehorchen. Dergleichen wäre ehrenrührig für gestandene Männer, und sie würden sich in ihrem Stamm lächerlich machen.

Thomas O'Shea mochte die Drohung zunächst nicht ernst nehmen, sagte sich dann aber doch, daß es sich empfahl, sie zu beachten, wenn er seine Helfer nicht verlieren wollte. Und verlieren durfte er sie jetzt noch viel weniger als früher, denn es war noch Außerordentliches zu verrichten, wenn Eva, »die Frau« – wie die beiden Gitksan-Indianer die Erwartete ausschließlich bezeichneten –, würdig empfangen werden sollte. Das Haus zu vergrößern, das ließ sich leicht bewerkstelligen, denn gesunde, schlanke Stämme in der richtigen Stärke lieferte der unermeßliche Wald ringsumher im Überfluß. Auch wußten die drei Männer geschickt mit Säge, Axt und Stemmeisen umzugehen, die Stämme der Länge nach waagerecht übereinanderzuschichten, an den Ecken unverrückbar ineinander zu verschränken und schließlich den Dachstuhl darüber aufzurichten und mit hölzernen Schindeln zu decken, die sich aus astreinen Stämmen der Bergzeder sehr genau und flach spalten ließen. Die Gitksan waren von jeher schon berühmt dafür, daß sie meisterhaft mit den wunderbaren Hölzern ihrer Heimat umzugehen verstanden. Thomas O'Shea hatte ihnen nicht viel beizubringen brauchen, was Holz und seine Verwendung anbetraf.

Aber jetzt wollte er außerdem seiner Eva Möbel anbieten, die nicht nur ihren praktischen Zweck erfüllten, sondern auch den Augen angenehm waren. Und zwei oder drei Schränke waren zu bauen. Nägel in der Wand – das ist nicht angemessen, wenn man heiraten will. Das war ihm nicht erst im Deelsschen Hause klar geworden; jetzt hatte er die praktischen Folgerungen zu ziehen.

Dann war das Ehebett zu bauen, ein großes Bett aus gut

gehobelten Brettern, und ein wenig verziert sollte es auch sein. Eheleute schliefen beieinander in solchen großen Doppelbetten, wie Tom gehört hatte. Er ließ sich bei dieser Zimmererarbeit nicht von seinen Indianern helfen. Es schien ihm selbstverständlich, daß er dies Werk allein und eigenhändig zu vollbringen hatte, obgleich er einen ausreichenden Grund dafür nicht hätte angeben können. Die untergründige Spannung, von der Thomas O'Shea in diesen Wochen und Monaten des Winters ohne Unterlaß beherrscht wurde, verweigerte ihm die Muße, in welcher er über sich und das, was er tat, hätte nachdenken können.

Nein, nachdenken konnte und wollte er nicht, der schwere, schwarze Mann mit den breiten Schultern und den eisenharten Händen. Er war von einer ungeheuer erregenden Woge erfaßt worden, die ihn einer noch ungewissen, von hundert Geheimnissen erfüllten Zukunft entgegenspülte, und er hatte alle seine Kraft zusammenzunehmen, einen klaren Kopf zu behalten.

Er wollte und würde nicht versagen, er der ältere, geschwister- und auch freudlose Mann, der schwarzbehaarte Unhold – wie er sich in dieser Zeit mehr als einmal genannt hatte, wenn er in die einzige Spiegelscherbe schaute, die in seinem Hause der Eitelkeit nur sehr unvollkommen diente. Ja, einen Spiegel, einen richtigen Spiegel, mindestens zwei Fuß im Quadrat, den würde er noch anschaffen müssen. Frauen brauchen einen Spiegel – und was sie brauchte, seine Eva, die »ja« zu ihm gesagt hatte, das sollte sie auch haben; an nichts sollte es ihr mangeln; er würde sie schützen und auf Händen tragen, und sie sollte es gut bei ihm haben, so gut, wie es sich in der einsamen Wildnis nur einrichten ließ.

Manchmal am Abend, wenn die Indianer schon in ihre Hütte entschwunden und das geringe Geschirr der späten Mahlzeit gesäubert und beiseite geräumt war, wenn Thomas im Kamin die Scheite dicht und kunstreich getürmt hatte, damit sich unter der im Laufe der Nacht zusammensinkenden Asche die Glut noch bis zum nächsten Morgen hielt, manchmal, wenn die Flammen leise flackerten und sangen, rings um Haus und Hof aber die tote Stille der Winternacht lastete, manchmal, wenn Tom sich aufgerichtet hatte und innehielt, weil nichts mehr zu verrichten war und die müden Knochen nach dem Bett verlangten und nach nichts sonst – da konnte Tom plötzlich wie von einer Starre überfallen werden, vermochte für Minuten kein Glied zu rühren, stand mitten im Raum, nahm nichts wahr, horchte – kein Laut! Nur ab und zu das Geflüster der Flammen im Kamin. Ohne Zusammenhang purzelten ein paar Worte, Sätze durch seinen Sinn, nicht recht begriffen, doch unabweisbar: Noch bin ich allein – bald nicht mehr! – Wenn der Winter vorbei ist, dann hole ich sie, eine Frau, ein Mädchen, ein schönes Mädchen, meine Frau! Kann das wirklich sein? Was war ich denn? Arm, schwarz, elend – gestoßen und geschunden haben sie mich, bis ich endlich zwanzig war und mich wehren konnte. Und dann hab' ich geschuftet wie ein Wahnsinniger. Habe dies Haus, die Felder, die Wiesen aus dem Nichts herausgehauen. Das Vieh wächst und gedeiht, und die Pferde können sich sehen lassen. Hab' ich das alles für mich getan? Ich hab's geglaubt und doch nicht geglaubt. Jetzt weiß ich es besser: Für die Frau habe ich es geschaffen, allein für sie, für Eva! Nach Ostern ist sie hier! Ich allein mit ihr! Was wird dann sein? Wie fange ich's mit ihr an? Ich verstehe alles, Häuser bauen und Bären schießen, roden und pflanzen, Fallen stellen und Pferde zureiten. Wie fange ich's an? Was fange ich mit ihr an? Sie ist so zierlich – und bei Tage leuchtet ihr Haar wie die liebe Sonne. Wenn nur irgendwo jemand wäre, der mir Bescheid sagte. Aber da ist niemand – und Zach, ihren Vater, kann ich nicht fragen. Vielleicht weiß sie Bescheid. Sie weiß alles. Sie wird es wissen. Ich muß mich vorsehen, ich bin so grob. Ich bin so rauh und unkundig. Ich muß sehr sachte mit ihr umgehen. Wäre sie doch schon hier! Aber ich fürchte mich auch: Ich könnte alles falsch machen.

Aber solche Augenblicke würgenden Zweifels hinderten Thomas O'Shea nicht, sein Haus und seinen Hof, seine Ställe, Scheunen und sein Vieh musterhaft und herrlich auf Glanz zu bringen – zwar nur nach der Weise der Wälder, denn er kannte nichts anderes; aber sie, die Einzige, die »ja« zu ihm gesagt hatte, sie kannte ebenfalls nichts anderes! Er wollte sie empfangen, er, der »Schwarze Tom«, er wollte sie empfangen wie ein König seine Königin!

9. KAPITEL

Es wäre schwer zu sagen gewesen, wer von den beiden sich ahnungsloser und unerfahrener auf das Wagnis der Ehe und besonders ihrer ersten Nacht eingelassen hatte. Die beiden verstanden sich – man konnte ohne Übertreibung behaupten mit Meisterschaft – auf alle lebensnotwendigen Künste, die die Wildnis dem Menschen abverlangt. Sie wußten mit den ewig lauernden Gefahren und Bedrohungen wie mit etwas Alltäglichem umzugehen. Denn die Einöden, seit Ewigkeiten nie gestört, wehren sich voller Heimtücke und Kraft gegen den Versuch des Menschen, ihr Jahrtausende altes Schweigen durch die Schläge der Axt, durch das Kreischen der Säge und das Klopfen der Hämmer brechen zu lassen; handelt doch der Mensch all den uralten Gesetzen der Wildnis zuwider, wenn er sich die Lichtungen für eine neue Heimat herausschlägt.

In solcher Wildnis sind – nicht allzu häufig, aber doch zuweilen – Blumen zu finden von solcher Anmut, Vollkommenheit in Farbe und Form, wie sie kein Gärtner je heranziehen könnte. Sie wissen nicht, wie schön sie sind, diese Kunstwerke der Natur; sie sind nur um ihrer selbst willen entstanden, nur zum Lobe eines unbekannten Gottes. In seltenen Fällen gilt solches auch für Menschen, die wie ein nicht zu erklärendes Wunder aus braven, aber sonst nicht weiter ausgezeichneten Eltern hervorgehen, Geschöpfe stets weiblichen Geschlechts, deren vollkommener, seltsam verführerischer Unschuld zuweilen jedoch vorbestimmt zu sein scheint, Unglück heraufzubeschwören – anstelle des Glücks, das zu bewirken ihnen ein leichtes wäre.

Eva Deels – sie war mit einer solchen vollkommenen Blume aus der Wildnis vergleichbar. Unschuldig im wahrsten Sinne des Wortes, aber gerade deshalb auf beinahe hexenhafte Weise bezaubernd. Der bärenstarke, aber in fast allen menschlichen Bereichen so gut wie kindlich unwissende »Schwarze Tom« war dem hellen Mädchen mit dem leichten Kupferglanz im Haar und den scheuen, zugleich eindringlich fragenden Augen vom ersten Augenblick an verfallen. Das machte ihn nicht klüger und umsichtiger, sondern eher noch ungelenker, als er es ohnehin schon war. Doch gerade die wortarme, zu keiner Verstellung fähige Einfachheit, die große, ehrliche Kraft, die der Mann vom Babine-See ausstrahlte, hatte das Mädchen Eva zu dem Entschluß ermutigt, sich diesem Thomas O'Shea anzuvertrauen.

Sie war reif. Ihr vollendet geformter fraulicher Leib wurde von unbestimmten Sehnsüchten zaghaft beunruhigt. Und nun wurde sie von diesem im Grunde ebenso unschuldigen und ebenso ahnungslosen Mann begehrt, mit einer Stärke, mit der sie noch nie begehrt worden war. Er war bereit – gar kein Zweifel war möglich – für sie, das Mädchen aus dem unteren Lachstal, mit seiner gesamten Existenz einzustehen, ohne Vorbehalt, ohne Einwand, bis an sein Lebensende. Sie wußte es, auch wenn sie es nicht in Worte kleidete. Darauf hatte sie gewartet; ihr ganzes Wesen wandte sich dem Manne zu in den langen Wochen, die der Hochzeit vorausgingen – nicht anders, als sich eine Blume dem Licht und der Sonne zuwendet.

In Evas Umwelt gab es keinen Platz für Romantik oder gar schwärmerische Sentimentalität. Sie wäre auch im geheimen nie darauf verfallen, sich zuzuflüstern: »Ich liebe ihn.« Wenn überhaupt manchmal aus der Tiefe der Empfindungen, von denen Eva in den Wochen vor der Hochzeit durchdrungen wurde, ein verständliches Wort heraufdrang, so lautete es etwa: Er ist meiner und gehört zu mir – ich bin seine. Was ist das: seine? Ich weiß es nicht, noch nicht. Aber ich werde es erleben – bald!

Und ein Schauer, sonderbar gemischt aus Glück und Furcht, überzitterte ihre Haut. Auch sie wurde dann von einer merkwürdigen Starre überfallen, blickte für Minuten unverwandt zu den Bergen hinüber, die das heimatliche Tal begrenzten, sah sie indessen nicht, sah nur in Schleier von Nebel, in denen sich die Zukunft verbarg.

*

Vielleicht hätte das Schicksal für Tom und Eva einen ganz anderen – günstigeren – Verlauf genommen, wenn nicht Vater und Mutter darauf bestanden hätten, daß die Hochzeit ihrer schönen Ältesten mit einem so ansehnlichen Manne wie Thomas O'Shea, dem tüchtigen Siedler vom Babine, mit allem Prunk und Aufwand gefeiert werden müßte, der hier, an der Grenze der Zivilisation, aufgeboten werden konnte. Eva und Tom legten keinen großen Wert darauf, alle Freunde und Nachbarn der Deels-Familie – und die wenigen, die Tom zu benennen wußte – zu einem großen Fest zu vereinigen. Tom war der Meinung – und Eva pflichtete ihm, allerdings nur unter vier Augen bei –, daß das Geld, das eine solche Hochzeit verschlingen würde, auf bessere Weise angelegt werden könnte.

Aber gegen die Begeisterung des alten Zacharias und Elkes, ihre schöne Tochter Eva so günstig an einen gestandenen Mann wie Tom O'Shea zu verheiraten, war keine Vernunft gewachsen. Die Hochzeit mußte mit allem Pomp in demselben Gasthaus ausgerichtet werden, in dem sich Tom und Zacharias kennengelernt hatten.

Die Frage, ob das Paar protestantisch oder katholisch getraut werden sollte, hatte einige Schwierigkeiten bereitet. Die Deels hatten den lutherischen Glauben mit nach Amerika gebracht und wollten nicht davon lassen, wußten sogar, was nach ihrer Meinung am Katholizismus auszusetzen war: Der Papst und die Ohrenbeichte und daß beim Abendmahl der Gemeinde nur das Brot gereicht, der Wein aber vorenthalten wurde; den Wein, das Blut Christi, den nahm nur der Priester zu sich. Dies und noch einiges andere wie die Marienverehrung, die vielen Heiligen, das Kreuzschlagen und das Rosenkranzgemurmel – damit sollte ihre geliebte Tochter und erst recht nicht die späteren Enkel etwas zu tun haben. Zacharias Deels konnte sich sogar, wenn er in Fahrt geriet, was ihm bei diesem Thema regelmäßig passierte, soweit versteigen, im Papst zu Rom den Antichrist zu sehen.

Es gab bereits eine kleine lutherische Kirche und Gemeinde in Prince George mit einem jungen, höchst feurigen Pastor, einem Amerikaner aus dem Staate Wisconsin, der nicht Ruhe gegeben hatte, ehe nicht die Siedlerfamilie Deels vom unteren Lachsfluß in seine Herde aufgenommen war. Nun hatte Zacharias Deels jedes Jahr einen stolzen Betrag zum Unterhalt von Kirche, Pastor und Gemeinde beizusteuern, was ihm aber nicht schwerfiel. Hier im fernen British Columbia war ihm der Glauben wichtiger als je daheim im »alten Lande«. Er mußte ja wichtig sein, der Glaube, sonst hätte man es nicht am Geldbeutel gemerkt. Nun, da es sich um die Hochzeit der Tochter handelte, erschien es den Brauteltern ganz unerläßlich, daß die Kirche, für die man seit Jahren reichlich gespendet hatte, im Gegenzug auch alles an Zeremonie und feierlichem Segen austeilte, was ihr zu Gebote stand.

Eva Deels hatte sich von den in dieser Hinsicht heftig eifernden Eltern beeinflussen lassen. Sie spürte bis auf den Grund ihres Wesens, daß der »Schwarze Tom« sie in ein Land entführen würde, von dem sie bisher nur ungewiß und verschwommen etwas ahnte. Der Beistand des lutherischen Gottes, so wie sie ihn kannte, war dabei sicherlich vonnöten.

Thomas O'Shea begriff nicht recht, warum so viel Aufhebens davon gemacht wurde, vor welchem Altar ihm seine Eva – in Toms Vorstellungen war es bereits »seine« Eva – angetraut werden sollte. Er wurde zwar von der vagen Vorstellung beherrscht, daß er römisch-katholisch geboren und geblieben war. Aber Tom war von klein auf umhergeworfen und ausgenutzt worden, kein Priester hatte sich je um ihn gekümmert oder kümmern können. Eine Meßfeier oder eine Beichte kannte er nur vom Hören her. Wenn er jetzt zu bescheidenem Besitz und Ansehen gelangt war, so durfte er darauf ganz alleine stolz sein. Wenn irgendwer, so hatte ihm höchstens der liebe Gott dabei geholfen und ihm einige schwere Steine aus dem Wege gerollt, die Kirche ganz bestimmt nicht; die hatte er sogar möglichst gemieden. Feierlichkeiten und Zeremonien widerstrebten ihm ohnehin, machten ihn unsicher.

Nach und nach, seit er Evas zum erstenmal ansichtig geworden war, hatte sich sein ganzes Wesen dem Willen und heißen Wunsch ausgeliefert, war bis in die letzte Faser davon durchdrungen worden, dieser schönen und starken jungen Frau ein Gefährte zu sein, ohne Ende und Vorbehalt, ihr zu dienen, sie zu schützen, ihr ein erträgliches Leben zu bereiten. Er sah manchmal auf seine Hände hinunter, wenn er im Abendlicht vor seinem immer geräumiger werdenden Haus stand, nahm sie wahr, diese großen Hände, die mit Schrammen und Schwielen bedeckt waren und rissige Nägel aufwiesen, schonungslos geschundene Werkzeuge seines besessenen Fleißes – und murmelte dann: »Mit diesen Händen will ich unser Leben bauen; sie soll es nicht zu bereuen brauchen, daß sie ›ja‹ gesagt hat; sie soll es gut bei mir haben, nichts soll mir für sie zu schade sein! Bei Gott, wenn der ganze Aufwand von Kirche und Pastor überhaupt nicht stattfände, ändern würde sich dadurch nichts, gar nichts! Wenn sie nur zu mir kommt, hierher an den Babine, und bei mir bleibt, jeden Tag und, Herr im Himmel, auch jede Nacht. Ihr Haar ist wie Gold, wenn die Sonne darauf scheint, das hab' ich mit eigenen Augen gesehen. Ich hab' dich nicht verdient, Eva. Das kam einfach so, so von oben. Aber ich werde dich mir verdienen, und es wird mir nie zuviel werden, für dich zu schuften, mit diesen verarbeiteten Händen – und dir zu dienen, ja, so muß man es ausdrücken: dir zu dienen!«

Als daher Zach nachdrücklich feststellte – man hatte das heikle Thema schließlich doch aufgreifen müssen –, daß die Trauung in der lutherischen Kirche stattfinden und spätere Kinder lutherisch getauft werden sollten, war Thomas durchaus bereit gewesen, dem Verlangen der zukünftigen Schwiegereltern nachzugeben. Zach schien sogar ein wenig enttäuscht, daß er wegen des »rechten Glaubens« seiner mit Gottes Hilfe doch wohl zu erwartenden Enkel gar keinen Streit anzufangen brauchte. Tom hatte mit den Achseln gezuckt und wissen lassen, daß ihm alles recht wäre, was Zach Deels für angemessen hielt. Er, Tom, stände ganz allein da, hätte weder Verwandtschaft, noch Freunde oder Nachbarn, mit denen Staat zu machen wäre; Eva aber müßte auf Eltern und Geschwister, auch auf die anderen Siedler im Lachstal, fast alle Protestanten, und schließlich auch auf die übrigen Mitglieder der lutherischen Gemeinde Rücksicht nehmen. Er, Tom, bäte sich nur aus, für seine Person Katholik bleiben zu dürfen. Wenn Zach aber von Enkeln sprach – ach, dergleichen lag noch weit jenseits selbst der kühnsten Vorstellungen, die gelegentlich scheu durch Toms Träume wanderten.

Die Frage also, vor welchem Traualtar das Paar eingesegnet werden sollte, hatte sich klären lassen, ohne daß es Streit dabei gegeben hätte. Auch sonst tauchten keine Schwierigkeiten oder Hindernisse auf, die der Rede wert gewesen wären. Zwei gute Leute wollten heiraten und einen neuen Hausstand gründen, hier im Lande, am Babine. Und alle Welt war nicht nur einverstanden, sondern ehrlich erfreut und bot Hilfe an.

Im »Bryan's Inn« (nach seinem weitbekannten und geschätzten Barmann Bryan McCallon so genannt) gab es sogar ein »Hochzeitszimmer«. Wenn es bei der Hochzeit nicht allzu ärmlich zuzugehen brauchte, dann mußte die Feier in der Stadt stattfinden und den jungen Paaren für die Hochzeitsnacht ein besonders schönes Zimmer angeboten werden – und der beste Gasthof in der Stadt, eben »Bryan's Inn«, war sich dieser Pflicht bewußt gewesen. Die übrigen Gäste einer Hochzeit hatten unterzukommen, wie und wo sich Gelegenheit bot – und daran war bei so erfreulichem Anlaß kein Mangel.

Tom hatte auf der Anreise zu dem großen Tag im Mai eine Fülle von scherzhaft gemeinten Ratschlägen, vermischt mit mehr oder weniger groben Anzüglichkeiten, über sich ergehen lassen, hatte stets in das Gelächter eingestimmt, wie es sich gehörte, aber in Wahrheit nur mit halbem Ohr zugehört. Er begriff die faulen Witze nur unvollkommen, wollte sie auch gar nicht begreifen; sie schienen sich allesamt auf Umstände oder Handlungen zu beziehen, die er nicht mit seiner Eva in Verbindung zu bringen vermochte, solches auch gar nicht versuchte. Seine Eva, die lebte auf einem anderen Stern, die war hell und scheu und sauber. Laß die Burschen reden! Was wußten die! Seine Eva, die war der helle Morgenstern. Dieser Ausdruck war ihm irgendwann haftengeblieben; er schien ihm für sein Mädchen wunderbar zu passen, und er gewöhnte sich daran, Eva im stillen stets so zu nennen. Vielleicht würde er ihr den Namen sogar verraten und sie damit anreden, wenn sie erst verheiratet wären – vielleicht, wenn er es sich dann traute. Vielleicht auch nicht. Wer wollte das alles im voraus wissen. So schöne Worte paßten eigentlich nicht in seinen Mund.

Ich werde lieber stumm bleiben, dachte er weiter. Nachher lacht sie mich aus. Nein, so etwas paßt nicht zu mir. Arbeiten will ich für sie. Alles andere ist nur Theater. Auslachen soll sie mich nicht!

Es war verabredet, daß Tom O'Shea seine Braut und ihre Anverwandten am zweiten Donnerstag im Mai in der Stadt treffen sollte. All das Heiratsgut – sehr viel war es nicht – würde mitgebracht werden, Bettwäsche, einige Hand- und Küchentücher, Evas bescheidene Leibwäsche und Kleider für den Alltag und die seltenen Festtage. Ein kleiner Vorrat an Geschirr und Kochtöpfen war beim Kaufmann in Prince George bestellt. Tom hatte Vorsorge zu treffen, daß der ganze Hausstand von der Bahnstation Burns Lake zuverlässig zu seiner Farm am Babine zwischen Silver Island Landing und dem Four Mile Mountain transportiert werden konnte. Daran hatte es Tom nicht fehlen lassen. Mit praktischen Aufgaben jeder Art fertig zu werden, das war immer seine Stärke. Er wurde sich klar, daß er darüber hinaus nicht viel Überzeugendes oder gar Verführerisches aufzuweisen hatte. Allerdings grübelte er in den Wochen vor der Hochzeit, während immer noch hunderterlei an seinem Haus und der Einrichtung zu verbessern war, unablässig darüber nach, was Eva wohl von ihm und den neuen Umständen auf seinem Hof erwarten würde und was er ihr würde zubilligen müssen. Schließlich sagte er sich: daß alles gut in Ordnung ist in Haus und Hof, daß wir weiterkommen und Anwesen und Besitz wachsen, daß die Leute sie beneiden sollen, darauf kommt es an. Alles andere ist nur Zutat und nicht wirklich wichtig. Und daß die Leute sie früher oder später beneiden werden, dafür will ich sorgen! Das kann ich, wenn ich auch sonst nicht viel anzubieten habe. Ach, Eva, komm nur zu mir, du sollst es gut haben!

Er hatte den Hobel wieder und wieder über die Planke aus Birkenholz gleiten lassen, die das Sitzbrett für eine Bank abgeben sollte – eine Bank auf der Veranda vor dem Haus. Er ließ das Werkzeug sinken; es war nichts mehr zu glätten an dem schönen weißen Brett, er konnte es mit dem schon fertig gezimmerten Untergestell verbinden. Er wischte sich mit der Hand über Stirn und Augen. Auf dieser Bank würde sie also sitzen, seine Eva, seine Frau!

Es war eigentlich nicht zu glauben, nein, es war nicht zu glauben, daß ihm, dem »Schwarzen Tom«, solches bevorstand. Seine Eva – der helle Morgenstern am Himmel – wahrlich kaum zu glauben.

10. KAPITEL

Die Trauung war von Stunde zu Stunde verschoben worden, weit in den Nachmittag hinein, denn der Zug hatte große Verspätung gehabt, so daß die Hochzeitsgäste aus Shelley, ein Paar sogar von noch weiter her, aus Giscome, nicht rechtzeitig hatten eintreffen können. Aber gerade auf die Leute aus Giscome hatte Zach auf keinen Fall verzichten wollen; er hatte darauf bestanden, daß auf seinen alten Freund Karl Karlssen gewartet wurde. Und der junge, ohnehin stets nervöse Pastor Merkel aus Green Bay, Wisconsin, hatte wohl oder übel warten müssen, obgleich dadurch sein Terminplan für diesen Tag vollkommen umgeworfen wurde. Aber sicherlich würde der alte Deels nicht kleinlich sein; das Altargeld, das dem Pastor für die Trauung zustand, würde doppelt so hoch ausfallen, wie es sonst üblich war. Und auf dies Traugeld wollte und konnte Pastor Merkel keineswegs verzichten; seine Frau erwartete gerade das zweite Kind.

Also hatte die ganze Hochzeitsgesellschaft im »Bryan's Inn« warten müssen. Der Zug verkehrte nur zweimal in der Woche in beiden Richtungen, es sei denn, einem Güterzug wurde zwischendurch mal ein Personenwagen angehängt; aber darauf war niemals Verlaß. Man hatte also gute Miene zum schlechten Spiel gemacht, war dergleichen ja auch gewöhnt. Das Hochzeitsmahl hatte natürlich ebenfalls auf unbestimmte Zeit verschoben werden müssen. Aber ganz gewiß sollten die Gäste inzwischen nicht hungern, noch weniger dürsten. Zacharias Deels ließ einen großzügigen Imbiß anrichten, und jedermann war eingeladen, sich an der Bar, hinter der Bryan McCallon in bester Stimmung agierte, nach Belieben mit Getränken zu versehen.

Für Eva Deels, die sich scheu im Hintergrund hielt und nicht von ihrer Mutter Seite wich, hatte sich die Warterei zu einer ständig tiefer bohrenden Qual ausgewachsen. Die Mutter hatte ihr eigenes Brautkleid, das sie noch aus dem alten Land wie einen Schatz ins entlegene British Columbia mitgebracht hatte, nur etwas abzuändern brauchen. Und die Tochter sah darin so bezaubernd aus, so königlich in ihrer mädchenhaften Anmut, daß Tom, als er dieses Wunder erblickte, wie angewurzelt stehengeblieben war und geflüstert hatte: »Mein Gott, mein Gott, das kann doch gar nicht wahr sein! Diese Schönheit – heilige Mutter Gottes, steh mir bei!«

Die Brautleute hatten nicht gewagt, sich zu berühren, als sie sich nach der Ankunft der Deels-Familie in Prince George wiedersahen; es war, als wären sie sich ganz fremd – und hatten doch beide mit zitternder Ungeduld auf diesen Augenblick gewartet. Es standen so viel fremde Menschen herum; es wurde so viel geredet! Zach war sehr aufgeregt – es war schließlich der Ehrentag seiner Tochter, und er war der Gastgeber und hatte, da die Wartezeit sich länger und länger hinzog, die Leute, die Männer insbesondere, zum Essen und Trinken anzuregen. Auch hatte er den künftigen Schwiegersohn aufgefordert – beinahe verärgert, da Tom nicht recht wollte –, sich »der Männer anzunehmen«, was nichts anderes hieß, als sie zum Trinken zu bewegen. Und Tom, dem es vorkam, als kröche die Zeit so elend langsam dahin wie eine Schnecke, hatte sich aufgerafft – mit der Vorstellung, daß dies weißgekleidete schmale Geschöpf mit dem schimmernden goldblonden Haar seine Frau werden sollte, wurde er ohnehin nicht fertig –, dem Wunsch des Schwiegervaters Genüge zu tun und den Deelsschen Freunden und Nachbarn zu beweisen, daß Zacharias Deels keine schlechte Wahl getroffen hatte, daß Eva einen ansehnlichen und umgänglichen Mann bekommen würde. Tom brauchte nicht darüber aufgeklärt zu werden, was zu dem Bild eines solchen rechten Kerls gehörte: Er hatte in Gemeinschaft mit anderen zu trinken.

Und in der Tat, der Alkohol schien die Wolken zu vertreiben, die Toms Gemüt verdüsterten; er war ja nicht auf den Kopf gefallen, und von Natur aus fiel ihm das Reden nicht schwer – welchem Iren wäre das je schwergefallen, wenn ihm ein Gläschen Gin oder Whisky die Zunge löst? Er konnte nun auch mit immer geringerer Befangenheit in die Ecke des Saales hinüberblicken, wo Eva inmitten eines Kreises von Frauen neben ihrer Mutter vielen freundlichen Fragen und Wünschen standzuhalten hatte. Wahrlich, so märchenhaft wie sie da im Brautkleid stand, so stolz das klar geschnittene Gesicht über dem schlanken Hals, kein weibliches Wesen unter der Sonne konnte vollkommener sein als sie! Und sie war seine Braut!

Jetzt, da ihn zwei Gläschen Whisky ein wenig entspannt hatten, brach endlich durch die Mauer von Verlegenheit und nicht eingestandener Angst in warmen Wellen das Gefühl herauf, das in der Tiefe seines Herzens verborgen war – das Gefühl eines überwältigenden Glücks. Das Wesen dort drüben, dieser helle Engel, er ist für mich bestimmt! Sie wird meine Frau! – Und ein wunderbarer Zufall wollte es, daß in diesem Augenblick aufbrandenden Glücks sein Blick dem ihren begegnete. Ein Funke flog hinüber und herüber. Ohne daß es Eva zu Bewußtsein kam, breitete sich ein leises Lächeln auf ihrem Antlitz aus, spielte um ihre Augen und Mundwinkel, als sei über schlafendem Land die Sonne aufgegangen. Auch Eva wußte es zum ersten Mal an diesem bis dahin so mühseligen Tag: der da drüben mit dem schwarzen Haarschopf, den breiten Schultern, der jetzt lacht, daß man's bis hierher hört, das wird mein Mann! Er ist stark, er ist gut! Ich brauche mich nicht zu fürchten. Ich will seine Frau sein.

Sie war schon drauf und dran, zu ihm hinüberzunicken oder zu winken, als ihr der Vater den Blick verstellte. Zach nämlich hatte mit Genugtuung vermerkt, daß Tom aufgetaut war und den Deelsschen Freunden Eindruck zu machen begann. Das war es, was er, der stolze Vater einer schönen Tochter, sich gewünscht hatte – Tom O'Shea und bald auch Eva O'Shea, das ließ sich hören. Die ganze Deels-Familie würde an Ansehen gewinnen, und die Leute würden das gerne akzeptieren. Wieder wurden ein paar Fäden mehr über das wilde Land am Fraser, Salmon und Babine gesponnen. Die Heimat wurde weitläufiger und übersichtlicher. Sie war nicht mehr nur Tummelplatz für Waldarbeiter, Fallensteller und Goldgräber, nicht mehr nur Beute, die man sich aneigen durfte. Zach baute sich in allerbester Stimmung vor seinem zukünftigen Schwiegersohn auf, hob sein Glas und verkündete mit breit strahlender Miene:

»Prost, Tom! Wir beide haben am meisten Grund, miteinander anzustoßen! Seit dem Tag, an dem ich meine Elke geheiratet habe, ist dies der beste meines Lebens! Los, trink aus! Prost!«

Wahrlich, Tom hatte nichts gegen diese Feststellung einzuwenden. Er hätte zwar lieber weiter zu Eva hinübergeblickt – aber dies war Evas Vater und offenbar genauso mit dem Leben einverstanden wie er selber, mit einigen wärmenden Schlucken im Leib. Also:

»Prost, Zach! Oder muß ich schon Schwiegervater sagen? Ach was, bleibt sich gleich! Deine Tochter soll keine falsche Wahl getroffen haben. Kannst dich drauf verlassen! Prost.«

»Weiß ich, Tom! Weiß ich! Also runter damit!«

Beide schütteten mit einer raschen Bewegung den Whisky in die Kehlen und grinsten sich fröhlich an.

Die Männer, die sich um die beiden geschart hatten, lachten und tranken ebenfalls ihre Gläser leer. Tom und Zach, die waren in Ordnung, die waren hier gut zu gebrauchen, die waren richtig für dieses Land. Also Prost!

»Der Zug kommt!« rief einer durch die Tür von draußen her. Als wäre dies ein Befehl gewesen, verstummten plötzlich alle Gespräche im Raum. Selbst hinter der Bar klimperte Bryan nicht mehr mit Gläsern und Flaschen. Alles lauschte.

Ja, da war er wieder, von weither noch, der dunkle, dumpfe Ton, das verhaltene Signal aus der Sirene der Lokomotive, mit dem sich die Züge ankündigten.

Noch einmal, lang gedehnt, das tiefe Fauchen der nahenden Maschine. Kein Zweifel war mehr möglich. In die Stille der Versammlung drang die Stimme des Zacharias Deels:

»Endlich können wir unsere letzten Gäste von der Station abholen, haben ja auch lange genug gewartet. Und dann gleich zur Kirche! Billy, du läufst zu Pastor Merkel und sagst Bescheid. In zwanzig Minuten sind wir dort.«

*

Wenn auch der dunkle Anzug, den Tom sich eigens für diesen Tag zugelegt hatte – von der Stange natürlich, aus dem einzigen Geschäft, dem von David Levison, das damals in der Stadt Kleidung für alle Gelegenheiten feilhielt –, dem Bräutigam nur unzulänglich paßte (für Toms wuchtige Schultern bot die Jacke nicht Raum genug, und die Ärmelnaht unter dem rechten Arm platzte denn auch auf im weiteren Verlauf des Abends; die Hosen stauchten sich über den nach dem Gang zur Bahn sehr staubig gewordenen, vor Neuigkeit knarrenden Schuhen), so hätte niemand abstreiten können, daß die beiden, Tom und Eva, ein großartiges Paar abgaben. Der Bräutigam, nur wenig größer als die Braut, die er hoch aufgerichtet, strahlend mit gerötetem Gesicht, am Altar erwartete: Ein starker Mann, weit kraftvoller als der Durchschnitt, dunkel und bei all seiner Gutmütigkeit nicht zu unterschätzen.

Dazu die Braut, die nicht nach rechts und nach links sah, die sich feierlich von ihrem Vater führen ließ und mit großen Augen, das junge Antlitz von tiefem Ernst beschattet, ihrem Bräutigam entgegenblickte. Wie eine Schlafwandlerin ließ sie sich von ihrem Vater dem starken Arm des zukünftigen Gatten anvertrauen. Der heilige Ernst auf dem jungen Gesicht hatte die Gäste auf beiden Seiten des Ganges verstummen lassen. Etwas durchaus nicht Alltägliches vollzog sich da vor aller Augen: Ein junger, schöner Mensch schritt in ein neues Leben, mutig, zu großem Wagnis entschlossen, auf das ihn sein bisheriges Dasein in keinem Versuch, mit keiner Übung vorbereitet hatte. Der Alltag schien versunken für alle, die in der Kirche anwesend waren. Ob es den Gästen und Verwandten bewußt wurde oder nicht: Sie alle waren Zeugen, wie ein Menschenschicksal sich wendete, wie ein Mädchen sich entschlossen hatte, aus der Geborgenheit ihres Elternhauses ins große Ungewisse zu treten.

Das Hochzeitspaar stand vor dem Altar. Die alten Formeln klangen auf, doch waren sie für die, denen sie zugesprochen wurden, von neuer, einmaliger und schicksalsträchtiger Bedeutung. Heiser, beinahe zornig scholl Toms »Ja« durch die lautlose Stille; sehr deutlich, aber schüchterner, wie der Schall einer fernen klaren Glocke, das »Ja« der Braut. Und schließlich, nachdem der Pastor für eine Sekunde innegehalten hatte, sprach er den alles umfassenden Schlußsatz:

»Bis daß der Tod euch scheide!«

Ein Aufatmen ging durch die Kirche, als die Zeremonie vorüber war und das Paar gemeinsam dem Ausgang zuschritt.

Draußen vor der Kirche fanden sich Gäste und Familie im warmen Nachmittagslicht zusammen, und jeder war froh, daß der offizielle Teil der Hochzeit ohne Zwischenfall abgelaufen war. Feierlichkeiten dieser Art war all diesen Männern und

Frauen ungewohnt. Sie hielten sich lieber an gutes Essen und Trinken. Da wußte man, was man hatte. Im »Bryan's Inn« hatte man die Zeit genutzt, das Mahl war bereitet. Die Tische waren zurechtgerückt und reich gedeckt, der Quertisch am Kopfende der Tafel für das Brautpaar und die Brauteltern in die richtige Position geschoben und die Stühle zahlreich verteilt worden.

Hinter der Bar rüstete sich der unermüdliche Bryan McCallon, um dem sicherlich in der Zwischenzeit mächtig angefachten Durst der Männer – und auch mancher Frauen – Genüge zu tun. Bier, scharfe Getränke verschiedenster Art, einige Flaschen Südwein und auch eine Batterie schön gefärbter Limonaden waren griffbereit geordnet.

Die ersten Gäste trafen ein:

»Hallo, Bryan! Ist alles glatt abgelaufen. Die Braut sah wirklich fein aus, erstklassig. Muß man schon sagen. Einen kurzen Klaren nehm' ich noch, ehe das Essen anfängt. Das rutscht dann besser. Danke! Zum Wohl!«

Schnell füllte sich der Saal. Das Brautpaar wollte an der Stirnseite des Tisches Platz nehmen, wurde aber von dem langen Klikorski aus Giscome, einem Eisenbahner, aufgehalten. Er gratulierte umständlich und entschuldigte sich, daß die Gesellschaft auf ihn hätte warten müssen, als wäre er persönlich für die Verspätung des Zuges verantwortlich. Tom O'Shea war in bester Verfassung, nachdem auch er sich zu einem »Schluck vorweg« hatte ermuntern lassen. Er beruhigte den überhöflichen Mann aus Russisch-Polen, und auch Eva setzte hinzu: »Aber das macht doch nichts!«

Klikorski hatte ein Signal gegeben. Einer nach dem andern wollte noch einmal gratulieren. Hier im Saal ging das anscheinend besser, als auf der Straße vor der Kirche. Tom und Eva standen hinter dem Tisch am Kopf der Tafel, eingerahmt von Vater und Mutter Deels, und nahmen die Glückwünsche der dreißig oder vierzig Leute ähnlich entgegen wie ein Königspaar, dem die Vasallen ihre Ehrerbietung darzubringen haben. Tom zeigte sich der Lage durchaus gewachsen; er hatte für jeden Gratulanten ein passendes freundliches Wort, auch wenn er die Leute gar nicht recht kannte, die ihm die Hand schüttelten. Eva ließ auch diese nicht eingeplante Prozedur über sich ergehen. Sie lächelte und nickte, und es stand dabei so viel Glück in ihren Augen, daß sich jeder beschenkt fühlte.

Endlich saß man zu Tisch. Es wurde ein rauschendes Fest. Noch jahrelang erinnerten sich die Leute daran, wie gut und lange man gegessen und getrunken hätte. Ja, getrunken vor allem! Dem alten Deels sollen die Haare zu Berge gestanden haben, als ihm am Tage nach der Hochzeit die Rechnung präsentiert wurde. Bryan McCallon hatte aufmerksam ausgeschenkt, weit über die Polizeistunde hinaus. Aber bei so seltenen Gelegenheiten wie einer Hochzeit unter Leuten, die sich dies wilde, ferne Land gegen alle nüchterne Vernunft untertan machen wollten, drückte die sonst sehr strenge Königlich-Kanadische Berittene Polizei gern ein Auge zu.

Bryan hatte jedes Glas auf der großen schwarzen Tafel durch einen Kreidestrich vermerkt. Je mehr sich also die Tafel mit Strichen füllte, desto deutlicher konnte Zacharias Deels verfolgen, wie seine Rechnung wuchs und wuchs. Er sah es wohl, aber es kümmerte ihn nicht. Dies war seiner geliebten Eva großer Tag, und wenn eifrig gegessen und getrunken wurde, so geschah das zum Preise dieses einmaligen Tages – und dafür sollte ihm nichts zu teuer sein. Die Kosten warfen ihn nicht um, keineswegs. Außerdem bewies er damit den staunenden Mitbürgern, wie weit er es mit seinen vier guten, fleißigen Kindern schon gebracht hatte. Er ging also den Gästen mit gutem Beispiel voran, aß und trank nach Herzenslust, wurde laut vor überschäumender Begeisterung und nahm den Mund sehr voll, was Tochter und Schwiegersohn betraf. Kurzum, er hätte am liebsten die ganze Welt umarmt.

Die Freude des Vaters, der Tochter ein so prächtiges Fest ausgerichtet zu haben, bei dem nach jedermanns Geschmack die Getränke in Strömen flossen, teilte sich der ganzen Versammlung mit. Und Zachs neuer Schwiegersohn, der »Schwarze Tom«, war nicht umsonst von dem Schwiegervater ermuntert worden, ihm zuzutrinken, der war kein Spielverderber. Er sollte sich übrigens, wie man so hörte, einen großartigen Platz aus dem Busch geschlagen haben, am Babine – ein bißchen weit weg schon. Aber es solle sich bereits manch einer von den nachrückenden landhungrigen Leuten aus dem Osten angelegen sein lassen, Toms Nachbar zu werden. Toms Wangen glühten längst wie die des Brautvaters. Seine Zunge war gelöst, und er antwortete jedermann mit lauter Stimme.

Das Gewirr der Unterhaltung steigerte sich im Laufe des Abends. Man stellte fest, daß es ein so gelungenes, zwangloses Fest schon seit Jahren in der Stadt nicht mehr gegeben hätte. Die Brüder der Braut, Karl und Bill, halfen Bryan, nahmen Bestellungen an und trugen die Getränke von der Bar zu den Gästen.

Und eine so schöne Braut! Sie war der Mittelpunkt des Festes, für das sich der alte Deels so in Unkosten gestürzt hatte. Diese lichte, helle Gestalt neben dem dunklen Tom am Kopfende der Tafel – ganz gewiß, eine so feine Braut hatte die Stadt noch nicht erlebt!

Eva Deels, die nun zu Mrs. O'Shea geworden war, saß inmitten der lärmenden Versammlung, als gehörte sie überhaupt nicht dazu. Der Tag hatte nicht gehalten, was sie sich davon versprochen hatte. Langsam war schon in den Stunden des erzwungenen Wartens Widerwille in ihr wach geworden und hatte sich, seit man zu Tische saß, wie eine steigende Flut verstärkt, die ihr das Atmen schwer machte. Hätte dies nicht ihr Tag sein müssen, ihr Tag an allererster Stelle? War er das wirklich?

War es nicht so, als hätte der Vater mit der Tochter ein Stück Eigentum weggegeben – an den Mann, der ihr in seiner dunklen Kraft und harten Eindringlichkeit vom ersten Augenblick an sehr fremdartig, aber zugleich unwiderstehlich anziehend vorgekommen war? Jetzt, an diesem Tage, da es ernst wurde – und ihr war es so sehr ernst, daß sie innerlich zitterte –, schien Tom ganz und gar die Stärke und ruhige Sicherheit verloren zu haben, von der sie sich überwältigt gefühlt hatte.

Der festliche Anzug, den er erstanden hatte – in Evas Augen schien er ebensowenig zu dem Bild »ihres« Tom zu passen wie das weiße, jetzt zerknitterte Hemd mit dem allzu engen Halskragen, der kunstlosen Schleife aus schwarzem Band, die ihn zu würgen schien; seine dichten schwarzen Augenbrauen waren gesträubt, der Scheitel im schwarzen dichten Haupthaar längst dahin; das Gesicht war unnatürlich gerötet – unter dem Sonnenbraun der Haut war dies unverkennbar.

Nun nach der endlich vollzogenen Trauung – laut und kräftig

hatte er »ja« gesagt, das allerdings hatte er! – hockte er neben ihr, redete an ihr vorbei ebenso laut wie der Vater, stopfte sich mit dem allzuguten Essen voll, das im Übermaß angeboten wurde, trank viel zu hastig und zu viel – und schien das schöne Wesen an seiner Seite so gut wie vergessen zu haben.

Eva war nicht dumm; sie war auch nicht ängstlich; sie zog ihre Schlüsse aus dieser kränkenden Erfahrung. Bis dahin hätte sie nicht gewagt, den Vater anders als mit respektvollem Urteil zu bedenken. Jetzt weckte der Mann, der ihr eigener sein sollte, in ihr Protest, sogar so etwas wie Abscheu. Der Vater war es, der für Toms ziemlich abstoßenden Zustand verantwortlich war – dies erkannte Eva. Tom vermochte nicht viel gegen den Vater auszurichten, hatte der geräuschvollen väterlichen Herausforderung, sich nach Kräften an Getränken zu bedienen, zu entsprechen, hatte gehorsam laute Begeisterung zu bekunden, daß der Vater ihm die Tochter abtrat.

So wuchs denn in Eva im Laufe des Nachmittags und des Abends die Einsicht (zu der sich die meisten Frauen entschließen müssen, wenn ihr weibliches Dasein einigen Erfolg haben soll): Mit den Männern ist nicht viel Staat zu machen; sie sind große Kinder, doch kann man sie leider nicht mehr mit der Rute zur Vernunft bringen, was sowieso aus der Mode kommt, sondern nur mit Geduld und – besser noch – mit List.

So saß sie am Kopfende des Tisches, hatte eine Hand im Schoß liegen, die andere leicht unters Kinn gestützt, schien die lärmende Tafelrunde gar nicht wahrzunehmen, und doch entging ihr nichts. Noch schien der letzte Abglanz eines Lächelns um ihre Mundwinkel zu spielen, doch die Augen verrieten keine Heiterkeit. Es fiel niemandem ein, das Wort an die Braut zu richten. Die Frauen kamen ohnehin gegen den Lärm der allmählich trunken werdenden Männer nicht an, soweit sie nicht selbst dem süßen Wein oder Likör reichlicher zugesprochen hatten, als ihnen guttat.

Tom hätte spüren müssen, daß neben ihm eine, seine Eva darauf wartete, zärtlich berührt und geküßt zu werden; sie war ja so sehnsüchtig willens, ihre Unberührtheit aufzugeben und sich stärkeren Gewalten zu überantworten.

Aber Thomas O'Shea war an diesem Tage Opfer der harmlosen Großmannssucht des Schwiegervaters geworden. Die

Tücke der Zugverspätung, die kaum verhohlene Verärgerung des Pastors, die forcierte Lustigmacherei der allzu zahlreich geladenen Festgesellschaft, dies alles hatte den im Grunde gutwilligen, jedoch sehr unerfahrenen Thomas aufs äußerste verwirrt. Wie konnte er vor aller Augen zeigen oder auch nur andeuten, daß ihm dies wunderbare Mädchen Eva längst wichtiger und wertvoller geworden war als sein eigenes Leben, daß er wild und vorbehaltlos entschlossen war, sein ganzes Wesen und Dasein auf sie auszurichten? Statt dessen mußte er reden, lachen und trinken, um den Schwiegervater nicht zu enttäuschen.

Eva ahnte dies. Sie saß geduldig die vielen Stunden ab, wie es von ihr verlangt wurde. Von dem guten Essen nahm sie nur ein paar Happen zu sich; sie trank nichts. Die Warterei, die Trauung, das endlose Mahl -- das alles war zuviel. Aber sie hielt aus.

Sie wußte sich auf stumme Weise nur einig mit ihrer Mutter, die am Schmalende des Tisches saß. Sie tauschten zuweilen einen Blick, und Eva empfand zum ersten Mal, daß die Mutter den Vater kannte und sich mit seiner ungezügelt lauten Art abfand. Die Mutter war mit einmal nicht mehr die Mutter, sondern eine Schwester, mit der man geheime Erfahrungen teilte.

Jetzt kam sie um den Tisch und flüsterte der Tochter ins Ohr:

»Ihr solltet aufbrechen, Tom und du, Eva. Vater muß auch ins Bett. Sonst brummt ihm morgen der Schädel. Ihr könnt unauffällig verschwinden; es merkt sowieso keiner mehr. Und ich möchte auch Schluß machen. Gute Nacht, Tochter! Du brauchst dich nicht zu fürchten. Tom wird dir gleich folgen, wenn du ihm sagst, daß du gehen willst.«

Tom war fast erschrocken, als Eva ihn am Ärmel zupfte und unterbrach. Aber er gehorchte sofort, als hätte er nur auf dieses Zeichen gewartet. Trotz des Alkoholnebels in seinem Hirn waren einige drängende Fragen nicht verstummt:

Ist es bald soweit? Was aber soll dann geschehen? Was tue ich mit Eva, wenn wir allein sind? Und sie mit mir? In Ordnung ist ja alles, und keiner kann uns mehr dazwischenreden. Wenn ich nur wüßte, wie man es anfängt. Vielleicht weiß sie es. Sie ist viel klüger als ich. Ich weiß nur, wie es die Tiere machen. Das weiß sie natürlich ebenso. Zu viel getrunken habe ich auch.

Aber was sollte ich machen? Man wird so schwer dabei und dumpf. Ich muß aufpassen, daß ich keine Dummheiten mache. Ach, Eva, Eva, wären wir doch erst fort von hier und bei mir, bei uns am Babine! Dies hier könnte ein schlechtes Ende nehmen. Ich bin so ungeschickt –.

11. KAPITEL

Vom Stimmen- und Gläserlärm der Gaststätte im Vorderhaus, dem Geklapper in der Küche und dem Gelächter im Saal drang kein einziger Laut in das Hochzeitszimmer. Dort blickte man aus den Fenstern über die noch ungenutzten Lichtungen auf der Rückseite der Stadt zum Rand der Wälder hinüber, diesen ewigen, unermeßlichen Wäldern des Nordens.

Die Decken im Doppelbett des Hotelzimmers waren bereits aufgeschlagen, als Tom und Eva eintraten. Blütenweiße Leintücher und Kopfkissen sowie dunkelrote Wolldecken schmückten das Lager. Quer zu den Betten und in zwei Schritten Abstand von den Fenstern stand ein viereckiger Tisch, eine mit Blumen bedruckte Decke darauf, rechts und links davon zwei einfache Stühle. In einem Kämmerchen nebenan waren zwei große Waschschüsseln aufgebaut auf zwei hölzernen Schemeln; zwei große Blechkannen daneben lieferten reichlich Wasser, das zwar erwärmt gewesen, aber nun erkaltet war. Zwei geräumige Zinkeimer in der hinteren Ecke sollten das gebrauchte Wasser aufnehmen. Es war für alles gesorgt. Sogar ein Schrank und eine kleine Kommode (nicht nur Nägel an den Wänden) standen im Zimmer, damit man die Kleider unterbringen konnte, wenn das junge Paar wider die Regel länger als ein, zwei Nächte verweilen wollte.

Tom und Eva nahmen von der Einrichtung nicht viel wahr, nicht einmal den sauberen, kunstvoll genähten Flickenteppich, der zwischen Tisch und Fenstern den Boden bedeckte. Bryan McCallon hatte die Bar für kurze Zeit seinem Helfer Jack anvertraut; er wollte es sich nicht nehmen lassen, die beiden, nachdem sie sich aus dem Festraum fortgestohlen hatten, persönlich in ihr Quartier einzuweisen, den langen Gang entlang unter dem Dach des Seitenflügels. Weit öffnete er die Tür, ging voraus und entschied nach einem prüfenden Rundblick:

»Es fehlt an nichts, wie ich sehe. Im obersten Kommodenfach sind ein paar Äpfel, Kekse und was zu trinken. Vielleicht kriegt ihr später Durst. Ich verschwinde sofort. Dreht den Schlüssel hinter mir um. Dann seid ihr im ›Bryan's Inn‹ so sicher und ungestört wie in Abrahams Schoß.«

Er sparte sich jegliche Anzüglichkeit. Diese Braut mit den leise bebenden Nasenflügeln im ernsten Gesicht durfte man nicht noch mehr ängstigen. Und Tom, ach was, der unbedarfte schwarze Tölpel hätte den Witz wahrscheinlich sowieso nicht begriffen. Er zog die Tür hinter sich ins Schloß, und seine Schritte verhallten in dem langen Gang. Tom befolgte den Rat des Wirts und schloß die Türe hinter ihm ab.

Eva war an eines der Fenster getreten und drehte sich herum, als sie den Riegel einschnappen hörte:

»Warum schließt du uns ein, Thomas? Kein Mensch wird uns stören. Bei uns werden niemals Türen abgeschlossen.«

Tom wußte keine rechte Antwort. Er blickte verlegen in die Kommode, ob sie enthielt, was Bryan verkündet hatte, schob die Lade wieder zu und murmelte:

»Bei mir gibt's auch keine Schlösser. Wozu sollten die auch sein? Aber hier in der Stadt – da weiß man nie. Ich möchte mit dir allein sein, Eva. Wir sind noch nie richtig allein gewesen. Bloß ein einziges Mal, als ich dich traf, unterwegs. Stört es dich, wenn ich mir den Hemdkragen öffne? Ich bin das nicht gewohnt. Mir ist zu warm. Wir sollten die Fenster aufmachen. Es geht ein frischer Wind, und das Gelände ist weit offen hinter dem Haus. Da halten sich keine Moskitos –«

In etwas gezwungenem Gleichmut antwortete Eva:

»Gewiß! Zieh dir die Jacke aus. Ich habe mich gewundert, wie es die Männer bei der Hitze im Saal die ganze Zeit in ihren Jacken ausgehalten haben. Ich muß ja wohl auch – –«

Weiter sprach sie nicht. Sie hob beide Arme über den Kopf und begann, an ihrem Schleier zu nesteln, der immer noch den größten Teil ihres Haares verhüllte.

Sie stand hoch aufgerichtet gegen das Fenster. Offenbar hatte sich der Schleier in den Haaren verstrickt. Das abendliche

Licht von draußen umzeichnete die schmale Gestalt wie mit einem Strahlenkranz. Unter dem weißen, ein wenig durch die Arme emporgeschobenen Kleid zeichneten sich die Brüste ab, feste, halbrunde Wölbungen. Die Gebärde, mit welcher Eva ihr Haar wieder in Ordnung zu bringen suchte, nachdem sie den Schleier endlich gelöst hatte, war von hinreißender, weil völlig unbewußter Anmut. Thomas im Hintergrund des Zimmers erstarrte. Die Ärmel waren von ihren Armen zurückgefallen, die schlanken, doch unverkennbar kräftigen Glieder hoben sich nackt gegen das Licht. Er schwankte und mußte sich an den Schrank lehnen. Etwas wie Schwindel wollte ihn erfassen. Eine Frau in seinem Zimmer – Eva, seine Eva! Ein ungeheures Verlangen stieg in ihm auf mit noch nie erlebter Stärke. Hatte dieses Verlangen doch endlich ein Ziel, sichtbar, greifbar und so namenlos schön, wie er es auch in seinen kühnsten Träumen nie vor sich gesehen hatte. Doch im gleichen Augenblick würgte ihn eine quälende Sorge: Was fange ich jetzt an? Wie soll ich den Abstand überwinden? Ich bin nicht wert, sie zu berühren – mit diesen dicken, groben Händen. Wenn ich etwas falsch mache, dann ist alles zerstört. Ich bin ja angetrunken.

Sie merkte schließlich, daß er, vor dem sie sich unbestimmt gefürchtet hatte, am Schrank stocksteif verharrte. Sie spürte es an der plötzlich wie elektrisch geladenen Atmosphäre: nicht sie, ihr Thomas war es, der von stummen, namenlosen Ängsten geschüttelt wurde. Eine sanfte, ja beinahe übermütige Heiterkeit wallte in ihr auf. Ach, sie hatte sich nicht getäuscht: so war er, von außen wild und schwarz und strotzend vor Kraft, ein Mann ganz und gar – und von innen milde, ein wenig hilflos und um Freundlichkeit unendlich bemüht, wann und wo auch immer es sich um sie, seine Frau nun, handeln würde. An ihr hing es also, die knisternde Spannung zu lösen, die im Raum lag. Ihre Stimme klang leichthin und alltäglich:

»Komm näher, Tom! Wir wollen hier noch ein wenig sitzen nach all dem Trubel. Zieh deine Jacke ruhig aus! Mach's dir ein bißchen bequem. Komm!«

Er kam wieder zu sich, strich sich mit der Hand über die Stirn. Sie redete so ruhig, als ob gar nichts wäre. Ungelenk streifte er seine Jacke ab; das hatte sie ja erlaubt. Plötzlich wußte er, was er wirklich wollte: Sie nehmen und an sich drücken, ihren Leib fühlen, ganz nahe, aber ohne all diese Kleidungsstücke. Eine eiserne Klammer preßte ihm die Brust zusammen. Wie werde ich diese Qual endlich los? Bin ich noch betrunken? Ich muß sie einfach greifen.

Seine Glieder gehorchten ihm nicht. Abermals ließ sie sich vernehmen, freundlichen Gleichmut in der Stimme, als spräche sie daheim am Herd, und ihre Mutter wäre nicht weit. Seine wilde Erregung sank kraftlos in sich zusammen.

»Schöne Luft kommt von draußen herein, Tom. Setz dich mit mir an den Tisch. Bring das Obst aus der Kommode herüber. Ich schäle uns noch einen Apfel.«

Schöne Luft – Obst aus der Kommode – Apfel schälen – hielt sie ihn zum Narren? Ihm blieb nichts übrig, als ihrem Wunsche zu entsprechen. Was ihn bis zum Bersten gefüllt hatte, war im Handumdrehen verflogen.

Dumpf und leer hockte er auf seinem Stuhl, durch den breiten Tisch von ihr getrennt. Sie blickte nicht zu ihm hinüber, schälte sorgfältig einen großen Apfel, als hinge viel davon ab, und reichte ihm ein Stückchen über den Tisch. Gehorsam nahm er es, schob es in den Mund und kaute geistesabwesend. Er wußte nichts zu sagen.

Ein später Falter verirrte sich durchs offene Fenster, flatterte ein paarmal aufgeregt im Zimmer umher und fand schließlich wieder den Weg ins Freie. Die Sonne war zwar schon untergegangen, aber es war immer noch nicht ganz dunkel. In beiden flüsterte es das gleiche: Wenn es nur endlich dunkler würde! Wie lange die Nacht auf sich warten läßt! Wenn es erst dunkel ist, vielleicht ist dann alles einfacher?

Tom saß reglos auf seinem Stuhl. In seinem Inneren begann es abermals zu brodeln. Er blickte unverwandt zu ihr hinüber. Sie schien es nicht zu merken – oder nicht zu beachten. Bruchstücke von Gedanken bahnten sich ihren Weg durch sein vernebeltes Hirn: Das ist das Wunderbarste, was ich je gesehen habe – und wenn sie immer so dasitzt und aus dem Fenster sieht und redet, wenn sie so, so fern ist, dann verliere ich den Verstand. Wenn ich bloß nicht so viel von dem verdammten Zeug getrunken hätte! Jetzt kann ich keinen klaren Gedanken mehr fassen. Was sagt sie da? Ja, stimmt, das muß man bedenken:

»Wenn wir morgen abfahren, Tom, werden wir all unsere Sachen auf einmal mitbekommen? Es geht doch gar kein Zug, soviel ich weiß.«

Jetzt hatte er endlich etwas Vernünftiges zu sagen:

»Doch, der Güterzug! Sie hängen hier immer einen Personenwagen an, weil viele von den Waldarbeitern längs der Strekke nach Hazelton unterwegs sind; manche wollen auch nach Terrace oder an die Küste nach Prince Rupert. Ich habe mit dem Stationsvorsteher gesprochen. Wir kommen mit, kein Problem! Liegt dir so viel daran, zum Babine zu gelangen, auf meinen Platz?«

Jetzt war die Reihe an ihr, zu verstummen. Hatte sie erst darüber nachzudenken? An Mut und Entschlossenheit fehlte es ihr nicht. Dies war ihr Hochzeitstag, der eigentlich eine Tortur gewesen war. Aber vielleicht war jede große Wende erst einmal eine Tortur. Seine Frage erforderte eine Antwort. Sie ließ ihn nur ein paar Sekunden warten. Dann, als würde eine helle Glocke hörbar, von ferne, mit ein paar Schlägen:

»Ja, Thomas, mir liegt viel daran!«

Was wollte er mehr? War das nicht eine Liebeserklärung? Eine Aufforderung? Als ob sie ihn fragen wollte: Was zögerst du noch?

Tiefe Dämmerung lag über dem Wiesengrund. Der Saum des Waldes in der Ferne schien breiter geworden zu sein, als er am Tage ausgesehen hatte, zeigte so tiefes Schwarz, daß man meinen konnte, lichtloseres Schwarz gäbe es nicht. Schon glimmten aus der Höhe Silberfunken. Über dem Wälderstreifen am Horizont blitzte ein besonders heller Stern auf. Wenn man den flimmernden Punkt für eine Weile fest ins Auge faßte, meinte man, ihn unmerklich steigen zu sehen.

Sie hätten Licht machen können. Eine Kerze in einem blechernen Leuchter bot sich an. Aber die beiden Menschen, die zueinander finden wollten und nicht wußten wie, dachten nicht daran, die lautlos niedersinkende Nacht zu vertreiben. Tom, dem der Gang der Natur stets gegenwärtig war, wußte, daß bald der Mond aufgehen würde, kurz nach Vollmond war es, und die Fenster wiesen nach Osten. Das Mondlicht mußte ins Zimmer fallen, würde vielleicht mehr an Helligkeit spenden, als erwünscht war.

Aber noch war es dunkel. Ab und zu fiel ein Wort, vertropfte schwerfällig, war gleich vergessen. Ein zaghaftes Geräusch nur, weil die Stille sonst unerträglich geworden wäre.

Er durfte den letzten Anstoß nicht wagen. Sie mußte es tun. Klar war ihr Gemüt, tapfer ihr Herz und ganz bereit. Sie erhob sich leise, stützte die Hände auf den Tisch, blickte zu dem Schatten hinüber, der ihr angetrauter Mann war, und wunderte sich, wie fremd und heiser ihre Stimme klang, als sie sagte:

»Es ist jetzt dunkel, Thomas. Ich will ins Kämmerchen gehen, mich ausziehen und ein wenig waschen. Und dann gehe ich ins Bett. Der Tag war lang. Aber du darfst dich nicht umsehen. Umsehen darfst du dich nicht, Tom, hörst du! Und dann kannst du dich waschen, und wenn du willst, Tom – –«

Die Stimme versagte ihr, aber sie straffte sich und zog die Tür der Kammer hinter sich ins Schloß.

Er saß stumm und starr im Finstern. Draußen herrschte nun totale Dunkelheit. Die Stille schien, als wäre sie noch nie gestört worden – seit Anbeginn. Er hatte sich nicht geirrt, es befriedigte ihn auf dumpfe Weise und lenkte ihn für wenige Minuten von den leisen Geräuschen ab, die durch die geschlossene Kammertür drangen, das Klirren einer Kanne oder Schüssel, Geplätscher von Wasser, etwas Hartes fiel zu Boden. Während er reglos saß und lauschte, ging, wie er es vorausgesehen hatte, über dem fernen Wald der Mond auf, glutrot, riesengroß.

Noch hatte sich das Nachtgestirn nicht gänzlich über den Himmelsrand erhoben, als Tom die Türe gehen hörte.

»Ich bin fertig, Tom. Jetzt kannst du dich waschen.«

Leinen raschelte kaum hörbar; Holz knackte verhalten, einmal, noch einmal. Stille. Sie hatte sich die Decke unters Kinn gezogen. Er war an der Reihe. Aufschub gab es nicht mehr.

Er richtete sich von seinem Stuhl auf, stand gerade, wollte um den Tisch herum, an den Fenstern vorbei zur Kammertür tappen und spürte im gleichen Augenblick zu seinem Entsetzen, daß es ihm auch an diesem Abend so erging, wie es ihm stets passierte, wenn er zuviel getrunken hatte. Es kam ganz plötzlich und unaufhaltsam: Ich muß mich übergeben – schleunigst, sonst geht's schief, raus!

Er stürzte zur Kammer, rumpelte an den Türpfosten, schlug

die Tür hinter sich zu mit Krachen. Gott sei Dank, sie hatte das Wachslicht brennen lassen. So konnte er den Eimer greifen und ihn vors Gesicht reißen. Er erbrach sich würgend, einmal, dreimal, dann war das ganze Festmahl wieder draußen und die Hälfte der Getränke. Aufatmend, auch erleichtert ließ er den Eimer sinken. War es vorbei? Ja, so schien es. Aber gleich danach spürte er den harten, stechenden Schmerz hinter der linken Stirnseite. Der würde langsam abklingen. Das Hochzeitsmahl hatte genau die gleichen Folgen verursacht wie die seltenen Fressereien und Saufereien, zu denen er früher Gelegenheit gehabt hatte.

Ob sie etwas gehört hatte? Sicherlich, sie ist ja nicht taub. Der Kopf schmerzt mir wie verrückt, ist aber doch viel klarer geworden; sie wartet da draußen. Am liebsten würde ich mich ausstrecken und schlafen; aber das geht nicht; sie wartet!

Stinkt so sauer aus dem Eimer. Gut, daß sie vergessen hat, ihr Waschwasser auszugießen. Das gieß ich in den Eimer zu dem Dreck dazu. Vielleicht kriege ich das kleine Fenster auf. Dann kann ich die saure Bescherung in die Tiefe schütten.

Das Fenster ließ sich öffnen; es knarrte. Er bugsierte den Eimer vorsichtig ins Freie vor die Hauswand und kippte ihn aus. Jetzt erst fühlte er sich befreit. Der Schmerz in seinem Kopf ließ ein wenig nach. Den Mund muß ich mir ausspülen, ein paarmal. Und dann mich waschen, wie sie gesagt hat, überall natürlich. Sie nimmt es wohl sehr genau, war so hell und klar in ihrem weißen Kleid, so sauber! Sauber, ja, das ist das Wort. Sauber, so ist sie, ganz und gar. Und ich muß es auch sein, sonst bin ich ihr eklig. Bin es vielleicht sowieso – da, lauter schwarze Haare, an den Beinen, an den Armen, auf der Brust. Das kann ich nicht ändern. Sie hat »Ja« gesagt. Sie hätte »Nein« sagen können. Aber das hat sie nicht getan. Sie wartet da drinnen. Ich komme gleich.

Noch nie in seinem Leben hatte Thomas O'Shea erfahren, was Zärtlichkeit ist. Nie hatte er eine zärtliche Berührung auf der eigenen Haut verspürt. Keiner hatte sie ihn je gelehrt, oder auch nur ahnen lassen, was es bedeutet, Zärtlichkeit zu geben oder zu empfangen. Er spürte eine nie erlebte wühlende Unruhe: sie wartet auf ihn – vielleicht war sie sogar, war sie nackt unter der Bettdecke! Er konnte sich nicht genug mit dem kalten

Wasser abwaschen, verbreitete auf dem Fußboden einen großen See, nahm es aber nicht wahr. Trotz der Kühle, die durch das offene Fenster hereindrang, glühte er.

Weiß Gott, jetzt war er sauber, sauber genug für sie. Manchmal schwanke ich immer noch ein bißchen. Verdammter Brandy, verdammter Whisky! Der Schädel brummt auch noch! Ist egal. Länger kann ich sie nicht warten lassen. Also los jetzt! Was tausend andere können, das wirst du auch zustande bringen.

Er stieß die Tür auf. Der Mond füllte das Zimmer mit blassem Licht. Was hatte sie sich bis zum Hals zuzudecken! Etwas wie Wut stieg in ihm auf. Nehmen die Schwierigkeiten nie ein Ende, verflucht! Er griff zu. Die Decke flog beiseite. Sie lag da, nackt, krümmte sich mit einem leisen Schrei des Entsetzens. Es war dieser leise Schreckenslaut, der ihn vollends zur Raserei brachte.

Er warf sich neben sie, wälzte sich über sie, drang mit aller Macht in sie ein; dieser wilden Kraft war nicht zu widerstehen. Der Schrei des Schmerzes, der ihre Lippen öffnete, hatte kaum noch etwas Menschliches. Er hörte ihn nicht, war längst nicht mehr zu bändigen. Auf diesen Augenblick – so war es! – hatte er sein ganzes Leben lang gewartet. Nun war er da! Was galt da alles andere! Was galt selbst sie, sein Eigentum, von dem er in diesen wahnwitzigen Sekunden Besitz nahm, für immer!

Als er sich in sie ergossen hatte, sank er zu Seite, drehte sich von ihr fort, zu Tode erschöpft – und zugleich erlöst von vielen Jahren geheimer nächtlicher Quälerei. Er hatte seine Hochzeit gefeiert. Er hatte die Tür aufgebrochen. Er wußte nun Bescheid. Ihm brauchte keiner mehr einen Rat zu geben. Erledigt wie noch nie, das war er. Seltsam wohlig ermattet. Schlafen jetzt, endlich schlafen!

Wenige Minuten später schon schlief er, schlief, als hätte ihn ein Axtschlag gefällt. Leise röchelnd ging sein Atem. Er regte kein Glied mehr.

Und das Mädchen, das nun keines mehr war?

Eva fühlte sich wie von einem wilden Tier überfallen. Sie spürte, daß Blut aus ihr geflossen war – auf das blütenweiße Laken. Aber was kümmerte sie das jetzt! Er hatte sie einfach liegenlassen, benutzt, geschunden, war fortgerollt wie ein toter Baumstamm und schlief schon fest.

Es konnte nicht wahr sein! Selbst nach diesen schrecklichen Minuten, die ihr nichts als Schmerzen, Abscheu, Ekel, ja Ekel, zugefügt hatten, war doch der Glaube in ihr erhalten geblieben: Er ist ein guter Mensch, ich weiß es; er versteht es nur nicht besser. Aber dies war entsetzlich. Müssen die Frauen das in jedem Fall aushalten? Ist es Mutter mit Vater auch so ergangen? Warum hat Mutter mir nicht Bescheid gesagt? Ob er es jemals besser lernt? Ob ich jemals etwas dazulerne? Es war grausig, und ich konnte mich nicht wehren. Nichts habe ich gespürt, was ich noch einmal fühlen möchte, nichts, nur Schmerzen und Widerwillen. Mein Gott, ich bin vergewaltigt worden!

Sie preßte den Kopf in die Kissen und zog die Decke bis an den Hals. Weinen? Nein, weinen wollte sie nicht, und sie würde nicht weinen. Es gab sowieso kein Zurück. Sie wünschte sich auch keines – selbst nicht in dieser Stunde qualvoller Verzweiflung.

Sie war entsetzlich müde. Sie war erschöpfter noch als er. Der Schlaf senkte sich gnädig auf sie herab, ein warmes wollenes Tuch. Sie streckte sich. Sie schlief. Ihr Atem ging sanft und im Gleichmaß.

Der Mond wanderte lautlos durch das Zimmer. Morgen würde ein neuer Tag anbrechen und seine Forderungen stellen. Und alles ging weiter wie immer, unvorstellbar verändert und stets das gleiche.

12. KAPITEL

An einem milden, strahlenden Tag gegen Ende des Herbstes – etwa anderthalb Jahre nach der Hochzeit des Thomas O'Shea mit Eva Deels – buk Evas Mutter Elke in der Küche der Deelsschen Farm wieder einmal Brot. Sie verbrauchte viel, diese immer noch große und stets hungrige Familie von fünf erwachsenen Personen. Es mußten wie stets gleich zehn Brote auf einmal gebacken werden. Die kernigen Laibe hielten sich lange und schmeckten, wenn sie erst älter und im kühlen Keller abgelagert waren, besser als in frischem Zustand, waren dann auch bekömmlicher. Zehn große runde Brote, das reichte für zwei Wochen, wenn nicht unerwartet Gäste oder gelegentlich Helfer in den Hauptarbeitszeiten die Zahl der Esser erhöhten.

Elke Deels sah sich prüfend um in ihrer geräumigen Küche. Die kräftigen Stämme des Waldes, aus denen die Wände, wie die des ganzen Hauses, gefügt waren, schimmerten ringsum blank und braun. Kein Staub oder gar Rußflöckchen war auf ihnen erlaubt. Kupfergeschirr und eiserne Pfannen, allesamt mit Stroh und nasser Asche zu stumpfem Glanz gescheuert, hingen wohlgeordnet, jedes Stück an dem vorbestimmten Nagel zu beiden Seiten des mächtigen, aus Feldsteinen gemauerten und mit feuerfesten Klinkern ausgelegten Herdes, den eine mächtige Stahlplatte deckte; sechs runde Kochstellen waren in der Herdplatte ausgespart, durch Eisenringe vom offenen Feuer abgeschirmt, die nur abgehoben wurden, ganz oder zum Teil, wenn Elke kochen wollte.

Wenn Brot gebacken werden mußte, wirtschaftete Mutter Deels am liebsten allein in ihrem Küchenreich – und noch besser war es, wenn überhaupt keiner von ihren Leuten in Haus und Hof anwesend war. Denn wenn das Brot so ausfallen sollte, wie ihr Mann es liebte, nicht zu locker und nicht zu fest, mit knuspriger, verlockend aufgeplatzter Kruste, duftend nach frischem Weizen und Roggen und einem Hauch von Salz und Kümmel dabei, ja, dann wollte Elke Deels nicht gestört oder gar anderweitig beansprucht werden.

Die beiden Söhne Karl und Bill hatten am Morgen der Mutter den schweren Backtrog auf zwei Schemeln in die Küche gestellt, damit sie bequem den Teig anrühren konnte. In genau abgemessenen Mengen wurden Weizen- und Roggenmehl, Wasser und Hefeteig und – für den späteren Wohlgeschmack sehr entscheidend – die Prisen Salz, Kümmel und auch – der Elke Deels Geheimrezept! – winzige Dosen von Zimt und Zucker vermengt und zu einer zähen, goldgelben Masse geknetet – eine schwere Arbeit, die die Schweißtropfen auf die Stirn trieb.

Nach dem Frühstück waren sie alle abgezogen, der Vater

und die zwei fast erwachsenen Söhne und die fixe Jüngste, Nelly, die besser zupacken konnte als Bill, der jüngere der Brüder, und vorzüglich mit Pferden umzugehen verstand.

»Es ist kaum zu glauben«, sagte der Vater Deels oft genug, »wie brav die Pferde Nelly gehorchen! Als ob es den Tieren Spaß macht.«

In einem weit abgelegenen Bestand von besonders gleichmäßig und gerade gewachsenen Fichten, kernigen, gesunden Stämmen, sollte ein Vorrat an Blöcken geschlagen, schön geglättet, zu bestimmten Längen zugeschnitten und an den Rand der Farmlichtung geschleppt werden. Nach Vater Deels Meinung war es Zeit, das Wohnhaus um mindestens zwei Räume zu vergrößern. Karl wuchs heran und war allmählich reif zum Heiraten; dergleichen passierte dann meist unvorhergesehen, und junge Leute mögen nie warten. Karl sollte den Hof übernehmen. Wenn man noch ein paar Jahre aufpaßte, daß er keine Dummheiten machte, würde er mit der Arbeit schon fertig werden. Zach war sich noch nicht im klaren darüber, ob der Anbau, den er vorhatte, ihm und seiner Elke als Altenteil oder dem Sohn mit – vorläufig noch nicht vorhandener – Ehefrau zur Unterkunft dienen sollte. Das mochte vorläufig dahingestellt bleiben. Aber daß das Deelssche Anwesen wieder wachsen würde – gewissenhaft und mit Liebe würde der Anbau hochgebracht werden, ganz gewiß! –, erfüllte die ganze Familie Deels mit Freude und Stolz.

Das war ein Leben, wie es sich gehörte! Der Teig war nun gemengt und geknetet. Es gab zwar noch genug anderes im Haus zu tun, da Nelly der Mutter an diesem Tage nicht zur Hand gehen konnte. Aber zuvor wollte Elke für eine Viertelstunde verschnaufen. Ein Topf aufgewärmten Kaffees und die restlichen Kartoffeln von gestern, leicht überbraten, das war jetzt gerade recht. Aber zuvor will ich ein bißchen Luft schöpfen, draußen. Es ist so ein herrlicher Tag. Bald muß das schlechte Wetter einsetzen, und dann macht es kein Vergnügen mehr, sich im Freien auszuruhen.

Elke zog sich das Kopftuch von den Haaren; es war nun überflüssig, denn es staubte kein Mehl mehr durch die Küche. Sie band sich die Schürze ab; auch sie war weiß von Mehl. Sie wollte sie im Freien kräftig ausschütteln. Aufatmend trat sie vor das Haus auf die Veranda, die sich, breit vor die Front des Hauses gelagert, nach Westen öffnete.

Ein leiser Ruf der Bewunderung entfuhr ihr. Sie vergaß, daß sie ins Freie getreten war, um ihre Schürze und ihr Kopftuch vom Mehl zu befreien.

»Ach«, seufzte sie, »daran sieht man sich niemals satt!«

Wie leuchtete der Tag! Nach rechts glitt der Blick zum Salmon hinunter. Wie eine silbern blitzende Schlange wand sich der Fluß durch die üppig grünen Wildwiesen von Westen heran, von Weiden und Espen hier und da gesäumt. Die Espen hatten ihr goldenes Herbstkleid angelegt, und die Felder beim Haus waren bereits umgepflügt. In diesem Jahr war die gesamte Ernte trocken unter Dach und Fach gebracht worden. Kein vorzeitiger Dauerregen hatte sie verdorben, kein allzu früher Schneesturm aus dem Norden die Arbeit eines Jahres vernichtet. Die erst vor wenigen Tagen umgeworfene Erde ließ die schwarzbraunen Schollen, die von der Pflugschar hochgegraben waren, in der Sonne glitzern, als wären sie mit Fett eingerieben. Wahrlich, die Fruchtbarkeit war diesem Boden anzusehen.

Zur Linken hoben sich die Hänge, neigten sich sanft zur Farm hernieder. Dort prangten die Wiesen, die den Wäldern abgerungen waren, um schließlich mit den Jahren wie herrlich grüner Samt die Neigung des Geländes zu decken. Die Kühe weideten dort, ein paar Pferde dazwischen, rotbunt das Vieh, weiß, braun und schwarz die Pferde, große, stämmige Tiere, soweit sie zum Ziehen bestimmt waren, hochbeiniger und zierlicher gebaut jene, die nur geritten wurden.

Ganz in der Ferne wuchsen Berge am Horizont wie blaue Träume. Nur einen von ihnen wußte Elke Deels mit Namen zu benennen: Südwestlich hob der Pilotberg seine mehr als dreitausend Fuß in den Himmel. Die anderen Erhebungen ringsum trugen noch keine Namen. Wozu auch? Sie dehnten ihre runden Wälderrücken schon seit Ewigkeiten in den Sonnenglast der Sommer und in das eisige Schweigen der Winter unter den Flammenspielen der Nordlichter und bedurften der Namen nicht, die sich Menschen auszudenken vermochten.

Hoch über dem Land zogen ein paar blendend weiße Wolkenschiffe bedächtig ostwärts, Sommerwolken, die den Herbst Lügen strafen wollten.

Elke Deels hatte die Arme sinken lassen. Ja, es stimmte, was ihr Mann manchmal aussprach, wenn er am Feierabend noch einmal vor die Tür trat:

»Wir leben hier wie die Könige, Elke! Arbeit hat's ja genug gekostet, aber jetzt sind wir über den Berg. Die Kinder werden es leichter haben.«

Daß die Kinder es leichter haben sollten, als die Eltern es gehabt hatten, das war das Zentrum gewesen, um das sich ihr und ihres Mannes Zacharias' Leben gedreht hatte. Und so muß es wohl auch sein. Für uns allein hätten wir so schwer und ausdauernd nicht geschuftet. Die Mädchen wurden weggeheiratet, und ohne Aussteuer konnte man sie nicht gehenlassen. Die Söhne blieben, zumindest Karl. Für Bill würde man einen Platz schaffen müssen, weiter flußabwärts. Ein Ende findet die Arbeit niemals, aber man ist nicht mehr allein wie am Anfang. Sogar Nachbarn gibt es schon. Man sieht zwar ihre Anwesen nicht von hier aus, aber sie sind doch da, wenn einmal Not am Mann ist. Meist sind allerdings wir für sie da, weil wir halt die meiste Erfahrung haben. Doch so soll es auch sein.

Elke Deels war ins Träumen geraten, stand und schaute und trank sich mit den Augen satt. Das gelang ihr nur, wenn sie niemanden im Hause wußte – Augenblicke, in denen sie beinahe körperlich spürte, daß sie es war, die Mutter, die Mann und Kinder beisammenhielt und nährte mit gutem Brot, solchem für den Magen und anderem, geistigem, für Seele und Herz.

Sie seufzte. Nur ihre Älteste, Eva, war ihr seit anderthalb Jahren nicht mehr unter die Augen gekommen. Das war kaum anders zu erwarten gewesen, denn Thomas und Eva würden auf ihrer um so viele Jahre jüngeren Farm alle Hände voll zu tun haben. Und Eva war wie sie selber geartet, das wußte sie. Solange in Haus und Hof nicht alles reibungslos lief, waren weder sie noch Eva zufrieden, ließen sich durch nichts ablenken, mühten sich, bis sich die Dinge so fügten, wie es ihren Vorstellungen entsprach.

Ein wenig hatte man voneinander gehört. In der Stadt, in der man gezwungenermaßen ab und zu einkaufen mußte, hatte einer für den anderen eine Nachricht hinterlassen, entweder beim Kaufmann, beim Postamt oder auch bei Bryan McCallon. Aber mehr als »Alles in Ordnung«, »Ersticken in Arbeit« oder »Sind gesund« war das nicht gewesen. Gut, das war besser als gar nichts, aber viel war es nicht.

Elke Deels mußte sich setzen. Das Bild des herbstlich goldenen Tages verdunkelte sich plötzlich. Hätte nicht längst eine Nachricht im Lachstal eintreffen müssen des Inhalts: »Es ist nun soweit, Mutter, in soundsoviel Monaten ist Nachwuchs zu erwarten?« Ja, das wäre eigentlich längst fällig gewesen. Aber nichts dergleichen war vom Babine herübergedrungen. Merkwürdig, daß ich nicht früher daran gedacht habe. Aber es hat ja stets beruhigend geklungen, was vom Babine zu hören gewesen war. Zur Sorge war sicherlich kein Anlaß vorhanden. Es klappt eben nicht immer gleich.

Leise Zweifel und eine nicht zu benennende Beklommenheit bemächtigten sich der Mutter. Sie wehrte sich: Dummes Zeug, ich brauche mich nicht zu fürchten. Es ist ja bis jetzt gutgegangen. Warum nicht auch weiter so! Ich sitze hier herum und lege die Hände in den Schoß. Dabei ist noch so viel zu tun. An das Abendessen habe ich überhaupt noch nicht gedacht. Die werden heute großen Hunger aus dem Wald mitbringen.

Der Alltag hatte sie wieder. Lange Pausen der Besinnung oder gar des Träumens konnte man sich nicht leisten. Jetzt trat sie an die Brüstung und klopfte mit energischen Schlägen endlich ihre Schürze und das Kopftuch aus. Bevor sie sich ins Haus zurückwandte, ließ sie noch einmal ihren Blick schweifen. Immer wieder nach dem Rechten zu sehen, konnte nie schaden. Sie sah den holprigen Fahrweg entlang, der vom Hof zwischen den Feldern und Wiesen nach Westen zog, dem Waldrand entgegen, um sich dann eine gute Meile weiter mit der breiten Straße zur Stadt zu vereinigen.

Elke Deels stutzte. Fern, wo der Fahrweg das Waldesdunkel verließ, war Bewegung zu erkennen. Sie kniff die Augen zusammen. Tatsächlich, sie täuschte sich nicht: Ein Reiter war aus dem Wald aufgetaucht und näherte sich in raschem Trab. Wer mochte das sein? Wollte da einer zu ihnen? Sie erwarteten keinen Besucher. Elke Deels stützte beide Hände auf die Brüstung der Veranda und wartete.

Konnte es wahr sein? Das war kein Mann, der da auf einem

temperamentvollen Pferd den Weg entlang herangaloppierte, als würde ihm die Zeit knapp – das war eine Frau!

Eine Frau, ja, und diese Frau war – der Mutter Herz weitete sich vor Freude und zuckte gleich darauf vor Angst – Eva, die Tochter, an die sie eben gedacht hatte! So, als ob ihre Gedanken ihr erstes Kind herbeigerufen hätten. Eva war es, ohne Zweifel. Wie sie winkte mit dieser beinahe herrischen Gebärde, das war ihre Eva! Elke Deels lief schnell die wenigen Stufen von der Veranda auf den sandigen Vorplatz hinunter.

»Mutter!«

»Eva! Aus heiterem Himmel! Wo kommst du her?«

Mit einem Schwung sprang die junge Frau aus dem Sattel und federte zu Boden. Die Zügel ließ sie lang zur Erde fallen, und bedeutete so dem Fuchswallach, daß er sich nicht vom Fleck zu rühren hatte.

»Mutter, wie ich mich freue! Wieder zu Hause! Wieder im Lachstal bei dir! Du bist beim Backen. Hast noch Mehl an der Nase und in den Augenbrauen. Ich kann dir gleich helfen. Wo sind die andern alle?«

Die Mutter entließ ihr Kind aus der Umarmung. Siebzehn, achtzehn Monate lang hatte sie Eva nicht gesehen. Sie hielt die Tochter ein wenig von sich ab und betrachtete sie prüfend.

»Du bist erwachsener geworden, Eva, und ein bißchen magerer als früher. Sicherlich arbeitet ihr zuviel. Ich weiß Bescheid. Dir geht's nie schnell genug, und Tom, der kennt erst recht kein Maß. Aber sag, kommst du allein?«

»Ja, Mutter, und ich kann höchstens bis morgen bleiben. Tom hat in der Stadt zu tun. Er will noch mehr Land aufnehmen, hat zwei neue Wildwiesen entdeckt, wo gut noch zwei Dutzend Rinder fett werden könnten. Ich mußte endlich einmal wieder einkaufen. Was Tom vorbereitet hatte, reichte fürs erste. Aber nun habe ich manchmal ein halbes Dutzend Männer am Tisch; Töpfe und Teller werden knapp. Wie üblich spielten sich die Formalitäten langsamer ab, als Tom gedacht hatte. Immer noch mehr Papier muß ausgefüllt und beglaubigt werden. Da habe ich mir gedacht, ich nehme mir ein Pferd und sehe nach, wie es euch geht, und Tom hatte natürlich nichts dagegen. Vor allem will ich wissen, wie es dir geht, Mutter! Tom hat nie etwas dagegen, wenn ich etwas will.«

Die letzten Worte sollten freundlich und befriedigt klingen, doch der Mutter scharfe Ohren erkannten den leisen Unterton von Bitterkeit. Meine liebe, kleine Eva, dachte sie, meine kluge Älteste, was hast du? Dein Gesicht ist nicht nur magerer geworden und älter, sondern auch härter. Dieser Zug war früher nicht darin zu lesen. Der war neu. Sie war kein Mädchen mehr. Sie wirkte herrischer – und auch trauriger. Doch im Augenblick gab es wichtigere Dinge:

»Das ist wunderbar, daß du einfach kurz entschlossen hergekommen bist. Bring das Pferd in die Hauskoppel und sattele ab. Du weißt ja, wo Wasser und Futter zu finden sind. Und dann komm ins Haus. Ja, ich war beim Backen, bin aber vorläufig fertig. Vater und die Kinder sind im Wald, schlagen die Stämme für unseren Anbau. Sie kommen sicherlich erst spät am Abend wieder heim. Wir haben den ganzen Nachmittag für uns. Du versorgst das Pferd, und ich bereite uns inzwischen etwas zu essen. Bestimmt hast du Hunger. Heute habe ich nicht mehr viel zu erledigen. Ich will nur noch hören, was du zu erzählen hast, Kind!«

Eva zog die Mutter noch einmal fest in die Arme:

»Ja, Mutter! Es ist gut, daß wir ein paar Stunden für uns allein haben. Ich bringe das Pferd nach hinten und bin gleich wieder da.«

Sie hatten gegessen und getrunken. Eine merkwürdige Gelassenheit hatte sich der beiden Frauen bemächtigt – der älteren, die sich noch sehr jung fühlen konnte, und der jüngeren, die schon älter war, als es ihren Jahren entsprach. Sie merkten es beide, wenn es ihnen auch nicht ganz deutlich zu Bewußtsein kam: Nicht mehr Mutter und Tochter saßen sich gegenüber, sondern zwei Frauen, die Erfahrungen austauschen wollten – und mußten. Der Mutter bereitete diese Einsicht ein wenig Schmerz, aber Eva war jetzt noch schöner, als sie es früher gewesen war – strenger, aber auch schöner! Eva saß an der Schmalseite des langgestreckten Küchentisches gegenüber dem Herd und brauchte nicht viel gefragt zu werden, berichtete ausführlich, was sich am Babine im vergangenen Jahr zugetragen hatte und wie sich Farm und Arbeit, Vieh und Helfer und Nachbarn anließen.

Eva redete und redete, als wäre sie so voll von Nachrichten, daß sie gar nicht innehalten könnte. Dabei blickte sie kaum zur Mutter am anderen Tischende hinüber, sondern redete wie zum Fenster hinaus, ohne jedoch von dem makellosen Herbsttag, der draußen leuchtete, irgend etwas zu bemerken. Die Mutter wurde nach und nach unruhig. Gewiß, zunächst hatte es sie aufhorchen lassen, daß Tom, der Schwiegersohn, für viel Geld zur Zucht einen neuen Stier von der Rasse Aberdeen Angus angeschafft hatte, um seine Herde allmählich zu verbessern, daß er hinter dem Haus in den Hang einen Eiskeller einbauen wollte, damit sie Wildfleisch auch im Sommer frischhalten und sparsamer wirtschaften könnten, daß er vorhätte, die Küche zu vergrößern und ihr, Eva, einen besseren Herd mit großem Heißwasserbehälter hineinzustellen. Auch wäre Tom zu der Überzeugung gelangt, daß im weiteren Umkreis seiner Farm wertvolle Mineralien zu entdecken sein müßten. Spuren von Gold gab ja der Bach beim Haus seit Jahren her, wenn man sich nur die Mühe machte, den Sand durchzuwaschen. Er wolle deshalb für alle Fälle seine Schürfrechte auf verschiedene Plätze, die ihm günstig erschienen, amtlich registrieren lassen. Und so fort – Eva schien kein Ende zu finden.

Alles schön und gut! Aber ist dies mein Evchen, mein Kind, das früher so warm und hell strahlen konnte? Am Morgen nach der Hochzeit war keine Zeit zu verlieren gewesen, wenn man Sack und Pack rechtzeitig zur Bahn bringen und in einem leeren Waggon verstauen wollte, damit alles nach Burns Lake mitkäme und nichts zurückbliebe. In dem damaligen Durcheinander hatte sie nicht darauf geachtet, ob Eva bei unguter Stimmung oder vielleicht sogar bedrückt war. Die Zwänge des sein Vorrecht fordernden Alltags hatten für mütterliche, wehmütige Empfindungen keine Zeit gelassen.

Auch jetzt, nachdem sie ihr Kind endlich wieder einmal bei sich hatte, dazu ganz für sich, erfuhr Mutter Deels nichts davon, wie es der Tochter wirklich ging. Sie bekam keine Antwort auf die stumme Frage, die ihr die weitaus wichtigste schien, die Frage nämlich, ob Eva glücklich wäre, oder anders, ob Eva in der Ehe mit Tom gefunden hätte, was sie sich davon versprochen hatte. Darauf allein kam es letzten Endes an – und nicht darauf, ob ein neues Stück Wiese wieder ein paar Rinder mehr ernähren konnte oder nicht.

Mutter Deels war bis jetzt kaum zu Wort gekommen, und schließlich riß ihr die Geduld:

»Eva, hör mal! Für all dies wird sich Vater viel mehr interessieren als ich. Wenn du das jetzt alles erzählst, mußt du die ganze Geschichte wiederholen, wenn Vater heute abend heimkommt. Ich will etwas anderes wissen. Und du mußt mir dabei in die Augen sehen. Ich will wissen, wie geht eure Ehe?«

Das Schlüsselwort war gefallen, Evas Redestrom versiegte. Die junge Frau blickte zum Fenster hinaus, ohne etwas zu sehen, ohne sich zu rühren. Schweigen lastete wie Blei. Die Mutter wartete regungslos, doch es entsprach nicht ihrer Wesensart, sich lange ungewissen Stimmungen hinzugeben. Elke Deels schob mit einer Handbewegung die leere Kaffeetasse beiseite, setzte sich aufrecht hin:

»Eva, mir machst du nichts vor. Mir bloß von eurem Wirtschaftskram zu erzählen, deshalb hast du den weiten Ritt nicht unternommen. Außerdem solltest du dich erst einmal umziehen, damit du aus den alten Hosen herauskommst. Ich glaube, du mußt erst noch Atem schöpfen. Du kannst ein Kleid von Nelly anziehen. Komm, ich such dir eins aus, das dir paßt. Dann bist du wieder ein Mädchen wie früher und kannst mir alles sagen. Komm!«

Eva gehorchte stumm. Die Mutter ließ sie in Nellys Kammer allein, räumte das wenige Geschirr ab und spülte es. Sie pumpte mit einigen Schlägen frisches Wasser herauf und wischte das Becken trocken. Da war Eva wieder, eine andere Eva; der Reitersmann hatte sich in ein Mädchen zurückverwandelt. Und wie ein Mädchen flog sie der Mutter an den Hals, barg den Kopf an ihrer Schulter, schluchzte wild – und schrill brach es aus ihr heraus:

»Mutter, ich halte es nicht mehr aus. Ich will nicht mehr!«

Sie hätte die Mutter anders nicht heftiger erschrecken können, als es mit diesem Ausruf geschah. Mutter Deels warf das Tuch, mit dem sie sich die Hände abgetrocknet hatte, beiseite. Sie faßte sich schnell. Dies Kind war in Not. An ihr war es, zu helfen – wenn das möglich war. Sie drückte die Tochter fest an ihr Herz.

»Mein Evchen, ist es so schlimm? Wir setzen uns auf die Veranda. Niemand ist im Haus, der zuhören könnte. Und rede dir nur alles von der Seele! Vor mir brauchst du dich nicht zu genieren. Du bist immer noch mein Kind, und ich bin immer auf deiner Seite. Und wie's im Leben zugeht – und in der Ehe –, das weiß ich auch.«

Wie ein Lamm folgte Eva der Mutter auf die Veranda. Im Rücken die verläßliche Holzwand und vorne, im Schatten, den Blick zu den Wäldern und Bergen, da ließ sich gut beieinander sitzen. Man konnte leise miteinander sprechen und verstand doch jedes Wort, verstand auch das Nichtgesagte dazwischen.

Nach ihrem jähen Ausbruch fand Eva nicht gleich einen neuen Anfang. Die Mutter mußte nachhelfen:

»Nun rede, Eva, ist er böse zu dir oder grob? Oder verlangt er zuviel von dir? Treibt dich womöglich zu heftig? Das könnte ich mir fast bei ihm denken.«

Eva schüttelte heftig den Kopf; sie rückte ein wenig näher an die Mutter heran und schob ihre Hand unter die ihrer Mutter. Evas Stimme klang brüchig; es war ihr anzumerken, daß sie entschlossen war, der Wahrheit freien Lauf zu lassen:

»Nein, Mutter, das nicht. Eher anders herum. Er bringt sich fast um, mir alles recht zu machen und mir die Arbeit zu erleichtern. Manchmal möchte ich sogar, daß ich härter anpakken müßte, als er es mir erlaubt. Ich bin ja keine Prinzessin, fände auch gar keinen Geschmack daran, eine zu sein. Er begreift nicht, daß ich am liebsten abends todmüde bin und dann zu nichts weiter Lust habe, als mich hinzulegen und zu schlafen.«

Verriet sie sich mit diesem letzten Satz? Oder war er ohne Hintersinn? Die Mutter zögerte. Vorsicht war jetzt geboten, und klug mußte sie sich verhalten. Erst nach einer Weile fragte sie leise:

»Wenn es das nicht ist, liebe Tochter, dann ist es wohl Heimweh, das dir am Babine das Leben schwermacht? Du bist von heute auf morgen an den großen, fremden See gezogen, auf einen neuen Platz, auf dem es sicherlich anders zugeht als bei uns, siehst immer nur Männer tagein, tagaus, die meisten davon Indianer, die du nicht gewohnt bist; und du hast keinen Zuspruch. Ich kann mir denken, daß dir das Heimweh manchmal schwer zu schaffen macht.«

Traurig kam Evas Antwort:

»Ja, zuweilen hab' ich Heimweh, das ist wahr. Aber damit wird man fertig. Es ist schön am Babine-See, vielleicht sogar schöner noch als hier auf eurem Platz. Siehst du, Mutter, ich sage ›euer‹ und nicht mehr ›unser‹ Platz. Als Tom mich damals fragte, habe ich ›ja‹ gesagt und dabei bleibt es. Ich gehöre dorthin, nicht mehr hierher – so gut ich's auch bei euch gehabt habe. Tom gibt sich große Mühe. Zu Heimweh hätte ich keinen Grund. Aber trotzdem: Ich will nicht mehr!«

Da klang sie wieder auf in ihrer Stimme, die verzweifelte Bitterkeit. Mutter Deels wußte nicht recht weiter, war so gut wie ratlos. Das machte sie unsicher, aber auch zornig. Es war ihr anzumerken, als sie den Faden wieder aufnahm:

»Du willst nicht mehr, sagst du, Eva? Was soll das heißen! Du bist kein trotziges Kind, bist niemals eins gewesen. Ich verstehe dich nicht. Dein Mann ist gut zu dir, vielleicht sogar zu gut. Und euer Platz am Babine gefällt dir besser als deine alte Heimat. Ich werde dir was sagen, Eva, und du solltest es dir gesagt sein lassen: Es scheint höchste Zeit zu sein, daß ihr Kinder kriegt. Vater redet seit Monaten davon, wenn wir zwei unter uns sind, daß ihr ihn lange warten laßt, Großvater zu werden. Wenn du ein Kind bekämst und dann mehrere, wär's aus mit deinen schlimmen Launen. Sind ja wohl bloß Launen! Wenn du erst Kinder zu versorgen hast, hast du keine Zeit mehr dazu, und von ›Ich will nicht‹ ist dann keine Rede mehr. Das kann ich dir versichern, Eva!«

Mutter Deels war kaum verstummt, da bereute sie schon, heftig geworden zu sein. Doch sie wußte mit unklaren, verschwommenen Anwandlungen nichts anzufangen. Eva blickte starr geradeaus in die warme Nachmittagssonne. Sie nahm nichts wahr von der heimatlichen Welt, der doch ihre Sehnsucht gegolten hatte, so daß der lange Ritt eine Freude für sie bedeutet hatte. Sie rückte, ohne es zu wissen, ein wenig von der Mutter ab. Die Mutter würde sie verstehen ohne viel Worte, das hatte sie gehofft. Denn die allerverborgensten Geschehnisse mit Worten zu entblößen, das brachte sie nicht über sich. Nun wollte es so scheinen, als begriffe die Mutter überhaupt nicht, um was es sich handelte. Hatte sich der weite Ritt ins Lachstal überhaupt gelohnt?

Die beiden Frauen auf der sonnenwarmen Veranda, sie saßen so still, als wären sie in Wachs gegossen. Angst stieg in der Mutter auf. Entglitt ihr die Tochter, dieses erste Kind, dem ihre erste, ungeteilte Liebe gehört hatte? Die Tochter hatte sicher nicht zum Vergnügen den anstrengenden Weg auf sich genommen, sie wollte bei ihr Hilfe und Rat finden. Sie durfte nun nicht ungeduldig werden, durfte den guten Glauben des Kindes nicht enttäuschen. Ihre Hand legte sich auf das Knie der Tochter; sie flüsterte:

»Ich höre ja zu, Eva. Sei nicht böse. Mir kannst du alles sagen. Ich bleibe deine Mutter, auch wenn du jetzt weit weg bist und ein anderes Leben führen mußt.«

Ein tiefer Seufzer löste sich aus der Brust der jungen Frau. Eva richtete sich ein wenig auf und bedeckte mit ihrer Linken die Rechte der Mutter auf ihrem Knie. Sie mußte sich räuspern, ehe sie wieder sprechen konnte:

»Ich will es dir ganz deutlich sagen, Mutter, es fällt mir nicht leicht. Aber sonst verstehst du mich nicht. Tom ist ein guter Mann, und er kann sich nicht vorstellen, je eine andere Frau zu haben als mich. Er würde sich für mich totarbeiten, wenn er glaubt, daß das nötig wäre. Auch ohne das schont er sich nicht. Er hat es mir sogar schon ein paarmal gesagt: Für mich ist ihm nichts gut genug. Wenn ich erlebe, wie stark er ist und geschickt, daß er keine Furcht kennt, im Wald oder irgendwo, daß er niemals mit mir zankt oder ungeduldig wird und ständig aufpaßt, daß ich mich nicht übernehme – ach, Mutter, das ist alles so gekommen, wie ich es von Anfang an geglaubt hatte. Weißt du, Mutter, man muß ihm einfach gut sein in all seiner Schwärze und Schwere. Er hat es nicht leicht gehabt in seinen jungen Jahren, und kein Mensch ist je gut zu ihm gewesen. Ich aber habe zu ihm ›ja‹ gesagt, und das vergißt er keinen Augenblick. Am Tage, Mutter, am Tage geht alles gut. Wenn es nur auf die Tage ankäme, dann müßte ich glücklich und zufrieden sein. Einen besseren Mann als Thomas könnte ich mir dann gar nicht wünschen – am Tage.«

Sie stockte, als hätte sie schon zuviel gesagt. Wenn das Kind den letzten Mut nicht fand, so mußte die Mutter ihn aufbringen. Elke Deels fragte nach einer langen Minute des Schweigens, fragte es knapp und klar:

»Und des Nachts –?«

Eva zögerte nicht mehr. Der Damm begann zu bröckeln.

»Des Nachts, ja Mutter! In den zehn Minuten vor dem Schlaf macht er alles zunichte, was er mir am Tage Gutes getan hat. Ich sage mir manchmal, er ist nie mit Frauen zusammengewesen und weiß es nicht besser. Das Verrückte ist, daß ich den Gedanken nicht aushalten könnte, wenn ich mir vorstellen müßte, er wäre schon mit anderen Frauen zusammengewesen. Und ich glaube auch, er meint, daß ein Mann gar nicht anders mit seiner Frau umgehen kann, als er es tut. Er hat keine Ahnung davon, wie es in mir aussieht. Keiner ist je zärtlich zu ihm gewesen. Er hat nie erfahren und gelernt, was das ist: Zärtlichkeit. Und er hat mir auch nie Zeit oder Gelegenheit geboten, es ihm beizubringen. Sicherlich meint er ganz unschuldig, daß es gar nicht anders vor sich gehen kann, als er es jede zweite Nacht ausübt. Daß auch ich etwas fühlen müßte, wie er es ja wohl fühlt, darauf kommt er gar nicht. Was er tut, ist sein gutes Recht. Er ist ja verheiratet und kennt keine andere Frau. Und wie er es tut – was sollte daran zu ändern sein? Wie beim allerersten Mal, so ist es geblieben, und es macht keinen Unterschied, daß er nie mehr betrunken ist wie damals. Es ist immer dasselbe, schrecklich dasselbe: Ich muß mich öffnen, und er erleichtert sich in mir und ist schon fertig, ehe es überhaupt begonnen hat, stöhnt, rollt zur Seite, sagt höchstens noch ›gute Nacht‹, manchmal auch das nicht, und schläft, schläft wie ein Toter, gehört überhaupt nicht mehr zu mir, hat nie dazugehört. Und ich, Mutter –«

Sie legte den Arm um den Hals der Mutter, preßte sich an sie, nun wirklich ein Kind, das Schutz und Verständnis suchte:

»Ich, Mutter, ach, ich kann nicht mehr, ich will nicht mehr. Ich liege dann da, wie ein vergessenes Stück Dreck. Ich habe nichts gespürt, bloß seine schwere Last und seine Gewalt und so etwas wie seine Wut. Ich komme mir vor, als wäre ich eine Art Spucknapf, schmutzig, beschmiert; ich schleich mich danach in die Küche und muß mich waschen. Davon hat er noch nie etwas gemerkt. Und ich schlafe dann erst Stunden später ein. Am nächsten Morgen ist er vergnügt und munter, sagt womöglich: ›Du siehst müde aus, Evchen! Mußt dich heute vormittag eine Stunde hinlegen, brauchst mir erst nachmittags in der Scheune zu helfen.‹ Und ich sehe ihm an, daß er schon auf den nächsten oder übernächsten Abend gierig ist, oder wie man es sonst nennen soll. Zuerst dachte ich, es wird sich vielleicht mit der Zeit ändern. Aber es ist nicht besser geworden, nur noch schlimmer. Es geht nicht mehr, Mutter. Am Tag will er mich zur reichsten Frau der ganzen Gegend machen, und ich soll es so gut haben wie keine andere, das sagt er sogar. Und in der Nacht bin ich sein Spucknapf. Ich gehe von ihm fort, Mutter. Er will ja Kinder, gibt sich deshalb so viel Mühe. Nie werde ich von ihm Kinder kriegen. Ich wollte gern Kinder haben, und auch nur von ihm, von wem sonst? Aber so geht es nicht. Ich bin einfach verschlossen, ob ich es will oder nicht, bin angewidert. Ich will nicht länger vergewaltigt werden. Ich will dich jetzt etwas fragen, Mutter, weswegen ich hierhergekommen bin, und du mußt mir ehrlich antworten. Geht es allen Frauen so wie mir? Geht es oder ging es dir so mit Vater, als du mich und deine anderen Kinder empfingst, und war dir die ganze Geschichte im Bett auch so widerlich und lästig, wie sie es mir längst geworden ist?«

Wie ein Sturzbach waren die Sätze hervorgesprudelt. Das Herz der Mutter brannte. Aus der Tiefe ihres Elends hatte ihre Tochter geschrien. Aber im Grunde hatte die Mutter kein Wort der erregten Klage begriffen. Die eigene Erfahrung gab ihr keinen Schlüssel in die Hand, der ihr das Verständnis für der Tochter Jammer hätte öffnen können. Elke und Zacharias Deels stammten beide noch aus dem alten Kontinent jenseits des großen Wassers, wo es keine Einöden mehr gibt, keine unermeßlichen Wälder, in denen der einzelne so ungeheuer allein ist, daß sich die Gaben der Freundlichkeit, Anteilnahme, Zärtlichkeit, mit denen andere zu ertasten sind, nicht entwikkeln können, schließlich verkümmern. Elke Deels brauchte eine ganze Weile, ehe sie sich – eigentümlich unbeholfen – erkundigen konnte:

»Und du spürst gar nichts, wenn er zu dir kommt, Eva? Wartest nicht darauf, fliegst nicht am ganzen Leibe, wenn es dir geschieht, Tochter? Ich sollte das nicht aussprechen. Ich meine, man sollte es nicht in Worte kleiden. Aber ich merke, daß du ganz durcheinander bist, und vielleicht nutzt es dir, wenn ich mit der vollen Wahrheit nicht hinterm Berge halte. Du bist ja schließlich verheiratet. Ich kann dir nur eines sagen: Wenn mein Zacharias zu mir kommt – und natürlich spüre ich gleich, daß er mich haben will –, dann brenne ich gleich lichterloh, und er kann mit mir machen, was er will. Niemals würde ich ihm irgend etwas verweigern, nein, um alles in der Welt, was er will, ist mir recht, ist herrlich und schön. Wir haben immer ganz eng zusammengehalten, Eva, dein Vater und ich. Und wenn er mich nicht mehr haben will, meinetwegen jede Nacht, dann möchte ich lieber sterben. Er liebt mich nicht mehr wie an unserem ersten Tag. Er liebt mich ganz anders heute – und ich ihn wohl auch. Aber er liebt mich. Darauf kann ich mich felsenfest verlassen. Und er besiegelt es jedesmal, wenn ich ihn merken lasse, daß ich ohne das nicht auskomme. Und wir werden zusammenbleiben bis an unser Lebensende. Ach, Eva – Tochter, ich hatte gemeint, deine Ehe würde ebenso verlaufen wie unsere. Aber darin habe ich mich wohl getäuscht. Vielleicht mußt du noch warten. Vielleicht durchströmt es dich doch irgendwann – und dann wirst du ohne seine Berührung nicht mehr leben können. Ach, Eva, vielleicht machst du es falsch. Vielleicht solltest du als erste zärtlich sein. Vielleicht hat er noch nicht begriffen, daß du genauso wie er selig und zufrieden werden willst. Du müßtest ihm das irgendwie deutlich machen. In der Bibel steht: ›Darum wird ein Mann seinen Vater und seine Mutter verlassen und an seinem Weibe hangen, und sie werden sein ein Fleisch!‹ – Eva, was habe ich nun alles geredet! Wenn dein Vater das erführe! Aber ich mußte dir die ganze Wahrheit sagen, Eva, damit du begreifst, daß du auf falschem Wege bist. Du bist überhaupt noch nicht richtig verheiratet. Was das ist, mußt du erst noch lernen!«

Noch nie hatte Elke dergleichen ausgesprochen. Jetzt hatten Angst und Mitleid, der Kummer, daß die Tochter unglücklich war, ihr die Zunge gelöst, und sie hatte reden können wie ein Buch. Nun war ihre Kraft erschöpft. Kleine Schweißperlen standen auf ihrer Stirn. Um der Tochter willen hatte sie die Schwelle übertreten, hatte das Geheimste preisgegeben, was nur einem Mann und einer Frau allein und gemeinsam gehören sollte, hatte unmißverständlich klarmachen müssen, was an der Ehe der Tochter verkehrt war, ja, daß eine Ehe im biblischen Sinne noch gar nicht bestand –

und anders als biblisch darüber zu denken, hatte sie nicht gelernt, wäre ihr auch nie in den Sinn gekommen.

Eva hatte zugehört mit jeder Faser. Was hatte die Mutter da bekannt –? Konnte solches wahr sein? War solches möglich? Sie hätte gern zur Seite gesehen, um den Ausdruck auf dem Gesicht ihrer Mutter zu erforschen, doch sie wagte es nicht. Geheimstes hatte ihr die Mutter offenbart, und Eva hatte es nicht in allen Einzelheiten begriffen. Ganz deutlich geworden war ihr dies: Wie in vergangenen Kinderzeiten wußte die Mutter viel mehr als sie selbst auch nur ahnte, besaß eine viel größere Erfahrung. Eines ließ ihr keine Ruhe. Wie unter einem Zwang fragte sie schließlich:

»Daß nichts auf der Welt schöner und herrlicher ist, als wenn dein Mann zu dir kommt, sagtest du das, Mutter?«

Elke Deels hatte es schon einmal bekannt an diesem sonnenwarmen Nachmittag. Wenn es der Tochter weiterhalf, wollte sie es auch wiederholen.

»Ja, so ist es. Wir haben uns geheiratet – und ich denke, anders sollte man überhaupt nicht heiraten –, damit jeder einen hat, dem man sich ohne Rückhalt anvertrauen kann, Tag und Nacht, mit Leib und Seele, mit Haut und Haar. Und jeder gibt dem andern aus vollem Herzen. Dann ist man zufrieden und glücklich, kann tief schlafen und braucht keine Alpträume zu haben. Und am nächsten Tag hat man den andern noch lieber, als man ihn ohnehin schon hatte. Und das geht immer so weiter und nimmt nie ein Ende, obwohl man sich manchmal sagt, daß es dergleichen gar nicht geben könnte. Aber das gibt es. Man braucht nicht darüber zu sprechen. Dein Vater könnte nie darüber sprechen, aber er handelt danach und läßt es mich spüren, jeden Tag. Wir haben natürlich gehofft, daß es dir mit Thomas ebenso ergehen würde. Denn wo das nicht geschieht, da ist das Leben verpfuscht, da gehen die Menschen leer aus, oder sie verkommen. Eva, liebe Tochter, du mußt dir mehr Mühe geben. Du sagst es ja selbst: Tom ist ein guter Mann. Vielleicht wartet er noch bitterer auf dich, als du auf ihn. Von uns Frauen hängt alles ab. Auch deinen Vater habe ich erst nach und nach Behutsamkeit beibringen müssen, er war nicht sehr geschickt am Anfang. Sieh, ein guter Mann will nichts mehr, als seiner Frau wohl zu tun, und er ist nie glücklicher, als wenn sie ihn ab und zu spüren läßt, wie sehr sie ihn haben will. Dazu gehört ein bißchen Vorsicht und Klugheit. Daran hast du es wahrscheinlich fehlen lassen, Eva. Es geht nicht an, daß du jetzt eigensinnig sagst, ich will nicht mehr. In Wahrheit willst du ja, sonst wärst du schon nach der ersten Nacht zu uns zurückgerannt gekommen. Du bist die Frau! Du mußt die Sache in die Hand nehmen. Laß dir eines sagen, Tochter: Die Männer sind meistens ein bißchen dumm, erstens, und zweitens ein bißchen grob. Kinder sind auch so. Man muß sie an der Hand nehmen, notfalls an den Ohren und ihnen zeigen, was und wie sie's machen sollen – und dann machen sie's und vergessen gleich, daß man's ihnen erst hat nahelegen müssen. Für Vater und mich war es von Anfang an klar, daß Thomas dich liebt, so rückhaltlos, wie nur jemand lieben kann, der bis dahin nach Liebe hat hungern müssen. Und du warst ebenso schnell von ihm angezogen, obwohl oder gerade weil er ganz anders ist und aussieht wie wir. Eva, Eva, ich glaube, ich irre mich nicht. Ich glaube, du hast dir keine Mühe gegeben – und Tom hat auch nicht viel Ahnung. Ich kann mir schon vorstellen, daß er ungeschickt ist und meint, es ginge bei dir alles ebenso fix wie bei ihm. Du bist schön dumm, wenn du dir das gefallen läßt, und du bist noch viel dümmer, wenn du ihm nicht beibringen kannst, was er falsch macht und was dir fehlt.«

Sie hatte sich, ohne es zu merken, wieder in Zorn geredet. Das hätte sie nicht tun dürfen, wußte sie doch, wie empfindlich die Tochter auf Tadel stets reagiert hatte. Eva zog sich in ihr Schneckenhaus zurück. Sie war nicht ins Lachstal geritten, um sich Vorwürfe machen zu lassen, sondern, um sich trösten zu lassen und Rechtfertigung zu erfahren. Eva erhob sich von der Bank, trat an die Brüstung der Veranda und blickte in das weite, stille Land hinaus, über das die späte Nachmittagssonne ein mildes Licht verströmte, blickte starr ins Leere. Sie rührte sich nicht, als die Mutter den Arm um ihre Schulter legte.

»Du solltest ein bißchen darüber nachdenken, Eva, und nicht halsstarrig sein, wie du es als Kind manchmal warst. So kommt man nicht weiter. Und eure Ehe ist zu kostbar, als daß du sie verärgert beiseite schiebst. Das ist meine Meinung. Deinem Tom bräche das Herz, das kannst du nicht wollen!«

Eva befreite sich wie unabsichtlich vom Arm ihrer Mutter und erwiderte gewollt alltäglich:

»Will ich auch gar nicht, Mutter. Reden wir nicht weiter davon. Ich werde mir Mühe geben, wie du es nennst. Ich weiß zwar nicht, wie ich das anstellen soll. Aber vielleicht fällt mir was ein. Könnte ja auch sein, daß Tom etwas einfällt. Da ganz hinten, bei den zwei großen Douglasfichten, kommt Vater aus dem Wald – und gleich dahinter das Gespann mit den andern. Es wäre wohl besser, wenn du Vater nichts von dem erzählst, was wir besprochen haben. Wenn es gar nicht mehr zu ertragen ist, schicke ich Thomas vielleicht einmal zu Vater. Dann kannst du ja Vater einweihen, damit er nicht allzusehr überrascht wird. Ich gehe ihm entgegen, dann freut er sich.«

Mutter Deels hatte nur noch Zeit zu seufzen:

»Ach, Eva, liebe Eva, sei doch ein bißchen klug!«

Eva hörte das kaum noch; sie war schon die wenigen Stufen der Vortreppe, die zur Veranda heraufführte, hinuntergesprungen und ging mit schnellen Schritten dem alten Deels entgegen, rannte beinahe. Zacharias Deels erkannte die Tochter schon von weitem und winkte mit hoch erhobenem Arm. Elke Deels murmelte vor sich hin:

»Die beiden haben sich immer gut verstanden, Vater und Tochter«, und wußte nicht recht, was sie damit meinte.

Dann fiel ihr ein, daß sie längst hätte nach dem Teig für die Brote sehen müssen. Sie erschrak, machte auf dem Absatz kehrt und eilte in die Küche. Aber das gefürchtete Unglück war noch nicht geschehen. Sie zerrte den klobigen Trog mit dem schon aufgehenden Teig aus der Nähe des Herdes fort und schob ihn an einen kühleren, dunkleren Platz.

Der Rest des Tages und der Morgen danach gingen unter im Trubel des Wiedersehens mit den Geschwistern und dem Vater und in all den Fragen, Antworten und Berichten von dem, was sich in den vergangenen Monaten im Lachstal und am Babine ereignet hatte. Es war wie früher. Vater Deels merkte nichts davon, daß seine geliebte Älteste einen merkwürdig harten Zug um den Mund bekommen hatte und daß sich in ihren Augen trotz aller offensichtlichen Vergnügtheit eine versteckte Traurigkeit hielt, die früher nicht darin gewohnt hatte.

*

Die Tage, an denen Eva O'Shea die alte Heimat im Lachstal besucht und danach mit ihrem Mann die umständliche Rückreise zum Babine hinter sich gebracht hatte, waren die letzten schönen Tage des Herbstes gewesen. Tom hatte in der Stadt seinen Besitz verbriefen und besiegeln lassen und ein weiteres Gebiet beansprucht – was ihm auch zugesagt worden war, denn er war verheiratet, und irgendwann würde er daran denken müssen, Kinder zu versorgen. Auch seine Ansprüche auf verschiedene Schürfrechte waren eingetragen worden. Er hatte kaum Schwierigkeiten auf den Ämtern gehabt. Nein, solche Leute wie er, die waren als Pioniere gut zu gebrauchen. Noch dazu stammte seine Frau vom unteren Salmon, wo die Deels großartig bewiesen hatten, was aus dem Land zu machen war. Leuten wie dem Ehepaar O'Shea waren also die Wege zu ebnen, soweit das von Amts wegen, das heißt von der Siedlungsbehörde, bewirkt werden konnte. Thomas O'Shea nahm im Hochgefühl des Erfolges nicht wahr, daß seine Eva noch stiller von dem Besuch bei den Eltern wiedergekehrt war, noch etwas abweisender, als er es von ihr gewohnt war. Frauen, die etwas auf sich hielten, mußten wohl so sein. Thomas O'Shea war ungemein stolz auf seine blonde Frau. Sie war sein wertvollstes Gut, und wenn er es wollte, konnte er sie jede Nacht besitzen.

Als die O'Sheas die letzte Anhöhe überwanden, die sie noch von der zum Babine-See hinunterfallenden Senke trennte, in der ihre Farm lag, als die Packpferde mit den Lasten schon den heimatlichen Koppeln entgegendrängten, zügelte Tom sein Pferd und wartete, bis Eva, die den Schluß des kleinen Trupps gebildet hatte, aufholte.

Mit einer weiten Handbewegung wies Thomas O'Shea auf das Land zu ihren Füßen.

»Sieh dir dies an, Eva! Ist es nicht schön? Ich habe mir gedacht, daß es an der Zeit ist, unserem Platz einen Namen zu geben. Alles ist jetzt in die großen Bücher eingetragen und keiner kann es mehr anzweifeln. Eva, die Sache hat erst den richtigen Schliff bekommen, seit ich weiß, für wen ich mich abgeplagt und das alles da unten auf die Beine gestellt habe – für dich, Eva! Und deshalb soll unser Platz ›Evas Farm‹ heißen. Ich werde ein großes Schild einbrennen lassen mit ›Evas Farm‹

und hier oben, wo unser Land beginnt, auf zwei Pfählen aufrichten, damit jeder weiß, daß er auf ›Evas Farm‹ angekommen ist. Was sagst du dazu?«

Er blickte erwartungsvoll zu ihr hinüber. Sie erwiderte den Blick nicht, schien vielmehr von der Aussicht über das im Herbstlicht leuchtende Tal ganz gefesselt. Ihr Gesicht blieb verschlossen – ohne Lächeln. Sie flüsterte schließlich:

»Es ist doch deine Farm, Tom. Du müßtest ›Toms Farm‹ oder ›O'Shea-Farm‹ sagen. Das wäre richtiger. Aber ich kann dir keine Vorschriften machen. Wenn du meinst, daß ›Evas Farm‹ der beste Name ist, dann mag es so sein!«

»Ja, ›Evas Farm‹ und nicht anders!«

Er war enttäuscht. Er hatte ihr zeigen wollen, wie sehr er sie liebte. Aber sie hatte auch diesmal wieder die unbestimmbare Abwehr spüren lassen, mit der er sich vom ersten Tage abzufinden gehabt hatte. Er war allmählich der Meinung, daß Frauen so sein müssen.

Er hatte sich daran gewöhnt.

*

Den ganzen Winter über – er war nicht besonders streng; man hatte selbst noch in den kältesten Wochen im Freien arbeiten können – wartete Mutter Deels, daß der Schwiegersohn Thomas O'Shea eines Tages auftauchen und ihren Mann zu einem Gespräch unter vier Augen beiseite nehmen würde.

Sie wartete vergeblich.

13. KAPITEL

Der Winter ergab sich unter dem Donner und Getöse des berstenden Eises auf Seen und Flüssen dem jungen, mit Blumen überreich geschmückten Frühling, der von den Tälern her im Sturm die Berge eroberte, um dann selbst unauffällig dem üppigeren, heißen Sommer das Feld zu räumen.

Elke wartete immer noch vergeblich, hatte die trübe Kunde,

welche die Tochter ihr im Herbst gebracht hatte, sorgfältig in sich verschlossen. In unregelmäßigen Abständen drang ein Gruß aus dem Tal des unteren Lachsflusses in die weite Senke des Taltapin-Baches hinüber, der zum schier unendlich wirkenden Babine-See und seinen Nebenarmen mit rastlosem Gemurmel und Geflüster hinuntereilte, selbst noch im Winter unter festem Eise gurgelte und es auch nicht übel, ja, kaum zur Kenntnis nahm, daß der keineswegs eingeplante Gast Thomas O'Shea ihm unterirdisch Wasser abzapfte, um sich für seine Küche und seinen Badezuber stets reichlich mit glasklarem, obendrein wohlschmeckendem Naß zu versehen.

Ebensooft ließen die Leute vom Babine eine Nachricht ins Lachstal gelangen: Vieh und Leute sind ohne Schaden durch den Winter gekommen, in den Frühling, in den Sommer; alles ist soweit in Ordnung, und es geht aufwärts, bleibt also nichts zu wünschen übrig. Ein durchreisender Händler oder ein Aufkäufer von Vieh vermittelte ein paar Worte herüber oder hinüber. In Prince George lag sogar manchmal ein Brief für die Deels-Familie, der aber nie etwas Aufregendes enthielt.

Elke Deels ahnte wohl, daß gerade diese Stille verdächtig war, aber darüber zu sprechen, war ihr verwehrt. Sie mußte aufpassen, daß sie sich nicht verriet, denn es war schon zweimal vorgekommen, daß Zacharias sie überraschend vom andern Fenster der großen Wohnstube her angesprochen hatte, wo er – es geschah an einem Sonntag – eine wochenalte Zeitung aus Vancouver studierte:

»Jetzt hast du schon zehn Minuten die Nadel ruhen lassen, Elke, und das Loch in Karls Socken ist nicht kleiner geworden. Du siehst zum Fenster hinaus, wo doch nichts weiter zu sehen ist als die Kälberkoppel, denkst nach und rührst keinen Finger. Hast du was, Elke? Bedrückt dich etwas, Frau?«

Sie war wie ertappt zusammengefahren, hatte sich wieder über den hölzernen Pilz gebeugt, auf den die schadhafte Socke des Sohnes gezogen war, und hatte abgewehrt:

»Was soll ich schon haben, Zach? Mir fiel nur ein, daß die beiden am Babine keine Kinder bekommen und ob das wohl mit rechten Dingen zugeht. Kannst du dir einen Reim drauf machen?«

»Nein, kann ich nicht. Find ich auch gar nicht gut. Aber wir können nichts tun. Manchmal vergehen Jahre, ehe Kinder kommen. Man muß eben warten und darf nicht die Geduld verlieren.«

Damit vertiefte er sich wieder in die Zeitung.

In der Tat, es war alles in bester Ordnung auf »Evas Farm« am Babine. Der Name hatte sich schnell herumgesprochen, nachdem Tom an den zwei Zufahrten kräftige Bohlen auf je zwei Pfählen aufgestellt hatte, in die mit glühendem Eisen die zwei Wörter kunstlos, aber auf Jahre unverwischbar eingebrannt waren. Die gelegentlichen Besucher und die Leute der zwei, drei weit entfernten Nachbarfarmen hatten stets nur zu erzählen, daß Tom O'Shea und seine Frau Eva, die beiden ständigen indianischen und zeitweiligen weißen Helfer sich schier zu Tode schufteten auf der Farm; es gäbe natürlich auch dort Rückschläge, aber aufs Ganze gesehen wäre nicht daran zu zweifeln, daß Tom und Eva als wohlhabende, womöglich gar reiche Leute enden würden. Nicht einmal Zeit zum Kinderkriegen ließen sie sich vor lauter Arbeitswut – wie an der einzigen Bar in Burns Lake manchmal gewitzelt wurde.

Bissige Randbemerkungen solcher Art treffen nicht selten ins Schwarze. Zudem pflegen sich schwierige, selbst widerborstige Verhältnisse mit der Zeit abzuschleifen; man gewöhnt sich an alles und zum Schluß verschwendet man kaum noch einen Gedanken daran.

Eva hatte auf die Mahnung der Mutter, mehr allerdings noch auf ihr kaum verhülltes Geständnis hin, wie lebenswichtig für sie die Vereinigung mit dem Gatten wäre, ein paar Nächte lang versucht, die stets hastige, irgendwie schuldbewußte, dann doch mit Macht ertrotzte Benutzung ihres Leibes als das hinzunehmen, was der gleiche oder wenigstens äußerlich sehr ähnliche Akt im Leben der Mutter bedeutet hatte und offenbar immer noch bedeutete. Tom indessen hatte die scheue Bereitschaft, die sich nach Evas Besuch im Lachstal in den Nächten geregt hatte, überhaupt nicht wahrgenommen. Allzulange hatte er sich schon damit abgefunden, daß ihm der Leib der Frau, die sich ihm anvertraut hatte und der er sich unverbrüchlich verbunden fühlte, nie eine Antwort gab auf seine schnell aufschießende und schnell vergehende Glut. Er wußte es nicht anders. Es mußte wohl so sein.

Doch nachdem er sein Verlangen jederzeit befriedigen konnte, er es durchaus nicht mehr zu unterdrücken brauchte, erlahmte allmählich die Begierde.

Im Unterbewußtsein spürte er, daß er seine Frau nie voll gewonnen hatte, daß er sie wohl auch nicht glücklich machte, daß ihm offenbar etwas ganz Wesentliches mißlungen war und weiter mißlang. Sie blieb still und kühl; er hatte ihr nichts vorzuwerfen; sie arbeitete an dem gemeinsamen Werk der ständig weiter wachsenden Farm mit dem gleichen, fast ingrimmigen Eifer wie er selber. Keiner von ihnen war bösen Willens, weit davon entfernt! Sie hatten sich füreinander entschlossen, und dieser Wille verstärkte sich noch, weil oder wenn auch der äußerlich so prächtig anmutende Baum ihrer Ehe schon von der Wurzel her hohl geblieben war.

Beide hatten sich im Laufe der Monate und Jahre zu der Einsicht durchringen müssen, daß nicht alle Wunschträume in Erfüllung gegangen waren, die sie vor ihrer Ehe geträumt hatten. Eva hatte diesen Tatbestand viel bewußter und deutlicher begriffen als Thomas. Aber auch in ihm entwickelte sich zögernd und langsam die Erkenntnis, daß es wohl nicht so war, wie es hätte sein sollen, wenn er nur immer seine ehemännlichen »Rechte« forderte, auch keinen Widerstand dabei erfuhr, ihm aber nie von der anderen Seite des nächtlichen Lagers eine Flamme ähnlicher Art entgegenschlug. Langsam wuchs in ihm die Furcht, daß es unbillig sein könnte, was er Eva anfangs wie in einem fortgesetzten, immer wieder aufwallenden Rausch abverlangt hatte. Nie wurde etwas ausgesprochen. Keiner von beiden fand die Worte, die vielleicht die schreckliche Verkrampfung gelöst hätten, zu der sie der völlige Fehlschlag des Anfangs verdammt hatte. Handelt es sich doch hierbei um ein Licht, das von beiden Seiten am Brennen gehalten werden muß, wenn es nicht schließlich verlöschen soll. Toms Verlangen trocknete langsam ein.

Er machte dabei die seltsame Erfahrung – brauchte allerdings etliche Zeit, ehe es ihm bewußt wurde –, daß Eva um so freier und freundlicher zu werden schien, je seltener er ihren abendlichen Einschlaf störte. Er hatte sich daran gewöhnt, daß sie vom ersten Tag ihrer Ehe an verschlossen geblieben war, wortkarg, ernst; so war sie eben, seine Eva; er liebte sie; sie war seine Frau, und das war eine Tatsache von ewiger Geltung. Nichts war daran zu ändern.

Beide wußten, daß es unter den Umständen, in denen sie lebten, ein Zurück nicht gab. Sie waren ja auch beide ehrlichen Herzens voll guten Willens gewesen. Und dieser gute Wille blieb erhalten, wenn er sich auch wandelte. Beide waren von bäuerlicher Herkunft, und für beide verstand es sich von selbst, daß Hof und Besitz vorangebracht werden mußten – unabhängig von allen menschlichen Unzulänglichkeiten. In dieser Hinsicht waren sie sich so einig, daß auch darüber nicht gesprochen zu werden brauchte.

Wenn also auch die Nächte nicht hielten – von Anfang an für sie, im Laufe der Zeit auch für ihn –, was man sich in unbestimmbarer Glut und Hoffnung von ihnen versprochen hatte, so blieben sie doch Partner in der nie endenwollenden Aufgabe, das der Wildnis abgerungene Eigentum zu fördern und auszudehnen.

Beide hatten sie diese Herausforderung angenommen. Dies zu tun, war das Gesetz, nach dem sie lebten. Es zu erfüllen, erforderte einen langen Atem. Ein einzelnes Menschenleben reichte dazu nicht aus. Ohne Kinder bleibt die Plage und Arbeit ohne Sinn. Irgendwann lassen die Kräfte und der Mut nach. Die wilde Natur ist dann sofort bereit, zurückzunehmen, was ihr kaum abgerungen war.

Im sechsten Winter nach der Heirat kam ein Abend, an welchem Tom endlich Worte für die Frage fand, die ihn schon seit langer Zeit beunruhigte. Eva saß am Tisch im milden Licht der Petroleumlampe und strickte an dicken, steifen Socken aus grober Wolle der eigenen Schafe; sie würden die Füße des Mannes in den Stiefeln vor der erbarmungslosen Kälte schützen, wenn er nach dem Vieh zu sehen oder bis zum Pinkut- oder Henrietta-Creek hinüber die Fallen zu kontrollieren hatte. Tom O'Shea hatte sie in langer Reihe ausgelegt, um den Reichtum der Wälder an Pelztieren zu nutzen.

Über Haus und Hof hatte sich die Februarnacht gesenkt. Im großen eisernen Ofen loderten leise singend die Flammen, und zuweilen barst ein Scheit. Draußen regierte die Stille der eisigen Nacht. Dies waren die Tage und Wochen der allertiefsten, der gnadenlosen Kälte, wenn das Eis auf dem großen Babine-See durch klaffende Risse gespalten wurde, und der Donner der berstenden Fläche bis in den Wohnraum von »Evas Farm« als ein fernes Grollen hörbar wurde; wenn das Kügelchen Quecksilber, das Tom in einer kleinen Blechbüchse nach der Weise der Waldarbeiter stets in der Außentasche seiner Pelzjacke mit sich führte, nicht mehr auf dem Boden der Büchse hin und her rollen wollte, sondern erstarrte und fest wurde, an der Wand der Büchse zu kleben schien. Dann war es so kalt, daß einem nichts anderes übrigblieb, als sich im festen Haus in der Nähe des Herdes oder Ofens aufzuhalten. Wenn nicht irgend etwas zu reparieren war oder – selten und ungern genug – ein wenig Schreibarbeit nachgeholt werden mußte, hatte man endlich einmal Zeit nachzudenken, vielleicht sogar mit Eva einiges zu erörtern, was sonst nicht zur Sprache kam.

Tom hatte sich im Dämmerlicht abseits des Ofens seiner Pfeife gewidmet. Er nahm wahr, daß sich rings um die Außentür ein Streifen weißen Frostes gebildet hatte. Dabei führte die Tür nicht unmittelbar ins Freie, sondern öffnete sich zunächst in einen Windfang, von dem aus erst durch eine weitere Tür die offene Veranda erreicht wurde. Tom hatte sein Haus zwar gut gebaut, aber gegen eine solche Kälte war er machtlos. Er sog an der Pfeife und paffte den Tabaksqualm nachdenklich in den Raum, nahm dann die Pfeife aus dem Mund:

»Eva, kann ich dich mal was fragen? Bei der Kälte kommt niemand uns besuchen. Wir bleiben ganz für uns.«

Es war sehr ungewöhnlich, daß Tom erst um die Erlaubnis bat, etwas fragen zu dürfen. Sie war mit ihren Gedanken weit fort gewesen. Ausgesprochen hätte sie sie aber nie. Man beredete nur, was für die Arbeit notwendig war; anderes schien überflüssig. Sie hob den Kopf und sah zu ihm hinüber, vermochte jedoch sein Gesicht nicht zu erkennen; das Dämmerlicht in der Ecke am Ofen war zu schwach.

»Warum solltest du mich nicht fragen, was du willst? Ich höre und werde antworten, wenn ich kann.«

Eine Weile lang sagte er nichts, sah nur den schmalen Kopf mit dem streng zurückgekämmten, im Nacken zu einem schweren Knoten gebundenen Haar. Zwischen den Brauen war eine kleine senkrechte Kerbe eingegraben, und an den Nasenflügeln vorbei senkten sich zwei tiefere Falten zu den Ecken des sehr gerade und schmal geschnittenen Mundes. Zum ersten Mal, während er sie so im warmen Licht der Petroleumlampe betrachtete, dachte er in dieser überaus seltenen Minute vollkommener Muße: Schön ist sie immer noch, schöner, als ich es je verdiene, aber nicht mehr weich und nachgiebig, wie sie früher war. Streng ist ihr Gesicht geworden, oder gar hart, älter ist sie geworden, gewiß, aber nicht glücklicher. Das ist es, glücklich ist sie nicht!

Die Einsicht traf ihn wie ein Schlag. Dergleichen konnte einem nur in solch einer tiefkalten Nacht wie dieser, wenn nichts Vernünftiges mehr zu verrichten war, einfallen. Dann verfiel man auf lauter unangemessenen Kram! Glücklich? Was soll das? Kamen sie nicht großartig voran? Machte sie nicht mit, wie er sich's nicht besser wünschen konnte? War er selber denn glücklich? Was ist das überhaupt? Unglücklich war er bestimmt nicht. Und er verspürte das Verlangen in seiner Mitte immer seltener. Wenn er wollte, war sie ja willig. Aber es passierte nicht oft mehr, war wie eine Blase in einem dunklen, stillen Teich, die durch die Oberfläche bricht, zerplatzt und nicht mehr vorhanden ist. Bah, unglücklich war er nicht, keineswegs. Aber sie – er sah es plötzlich ganz deutlich –, sie war nicht glücklich.

Ja, die Erkenntnis überwältigte ihn. Er vergaß, was er fragen wollte. Er rührte sich nicht, starrte nur mit ungläubigen Augen zu seiner Frau hinüber, als sehe er sie zum ersten Mal.

Eva hatte den Kopf wieder über ihre Strickarbeit gesenkt. Vielleicht hatte er sich anderes überlegt. Nach einigen Minuten nahm sie den Faden doch noch einmal auf:

»Was wolltest du denn wissen, Tom? Wolltest du mich nicht etwas fragen?«

Ja, gewiß, das hatte er gewollt. Glücklich, ach was! Sie hatte ebenso glücklich oder nicht glücklich zu sein wie er selber. Er besann sich, daß ihn etwas sehr Wichtiges beschäftigt hatte, was ihr unangenehm sein mußte. Trotzdem war er plötzlich willens es auszusprechen.

»Warum kriegst du keine Kinder, Eva? Wir werden immer älter, arbeiten und arbeiten, und du schenkst mir weder Sohn noch Tochter. Mir brennt die Frage schon lange auf der Seele.«

Eva hob den Blick nicht von der Arbeit. Die Stricknadeln

klapperten in gleichmäßigem Takt weiter. In ihr stieg eine Hitze hoch, stieg bis zum Halse und würgte sie. Die Frage hätte sie tödlich treffen müssen, doch sie preßte die Lippen zusammen. Gut, wenn er es so wollte – der bittere Pfeil hatte sie nur gestreift; der ihre sollte besser treffen! Sie warf den Strickstrumpf mit den metallenen Nadeln heftig auf die Platte des Tisches. Kerzengerade aufgerichtet schoß sie ihre Antwort ab.

»Warum ich keine Kinder kriege, Tom? Vielleicht ist deine Frage verkehrt herum gestellt. Vielleicht bist du es und nicht ich, der keine Kinder kriegt!«

Tom war zur Salzsäule erstarrt und wandte keinen Blick von ihr. Als sei er in dieser Minute hellsichtig geworden, erkannte er, daß beständige Trauer, Enttäuschung und Zorn Evas Antlitz im Lauf der Jahre gezeichnet hatten. Was sagte sie da? Vielleicht bin ich es, ich, der keine Kinder kriegt? Gott soll mich verdammen, auf solchen Gedanken bin ich noch nie gekommen!

Könnte etwas Wahres daran sein? Frauen wissen allerhand, was man als Mann nicht begreift, auch gar nicht wissen kann. Oh, mein Gott, wer gibt mir da Auskunft? Sie mag recht haben. Sie hat es mir noch nie gesagt. Es könnte sein. Nicht sie, ich, ich bekomme keine Kinder!

Das Schweigen lastete im Raum, als wäre er mit schwarzer Watte gefüllt. Tom war im Grunde vollkommen wehrlos, als ihm Eva so bittere Verantwortung auflud. Sie war doch die einzige Frau, die es jemals für ihn geben würde! Ihr allein und für alle Zeit war er auf Gedeih und Verderb verbunden! Er hatte sie nur fragen, nur bitten wollen. Sie aber hatte ihm mit einem kurzen Satz die ganze Last der Schuld aufgebürdet, die doch keine war, sondern ein Verhängnis. Sie mußte mehr wissen als er.

Eva empfand wohl, daß es ein Hilfeschrei war, der aus der Ecke als ein heiseres Flüstern an ihr Ohr drang:

»Könntest du nicht, wenn das Wetter milder wird, zu deiner Mutter fahren und sie um Rat fragen?«

Die Antwort kam ohne Zögern.

»Das habe ich längst getan. Die Mutter hat keinen Rat gewußt. Sie sagte, Kinder sind eine Gabe Gottes, und nur

Gott weiß, wer schuld ist, wenn keine kommen. Er oder sie, du oder ich – ich meine: Du! Damit müssen wir uns abfinden, und es hat keinen Zweck, darüber weiter zu reden.«

Nach kurzer Pause fuhr sie fort und erhob sich dabei:

»Es ist schon spät. Ich gehe schlafen. Es wird schon wieder kalt im Raum. Gute Nacht, Tom!«

Sie zog die Tür der Schlafkammer hinter sich ins Schloß, war schnell unter den Decken. Mit leisem Triumph dachte sie: Heute wird er mich wohl in Ruhe lassen – und vielleicht überhaupt. Aber dieses Gefühl der Siegesfreude verflüchtigte sich, noch ehe sie einschlief. Ein paar Tränen quollen aus den schon geschlossenen Augen. Armer Tom, dachte sie, armer Thomas O'Shea, du mein Mann – und arme Eva O'Shea. Dann umhüllte sie der tröstende Schlaf.

14. KAPITEL

Der Winter büßte gegen Ende April seine Strenge ein und räumte dem Frühling das Feld. Schnee und Eis schwanden dahin wie weggezaubert.

Sommer wiederum löste den Frühling ab unter Blitz und Donner, tauchte das Land in Wärme und Licht. Arbeit gab es auf »Evas Farm« genug, ja, sie wurde mehr von Jahr zu Jahr. Es war abzusehen, daß die beiden O'Sheas und ihre Helfer sie bald nicht mehr allein würden bewältigen können.

Eva gewann in diesem sonnigen, unvergleichlich herrlichen Sommer einen Hauch jener mädchenhaften Anmut zurück, die ihr eigen gewesen war, als sie noch Eva Deels geheißen hatte. Sie merkte es selbst und vermochte einen leisen, sonderbaren Stolz nicht zu unterdrücken. Sie war freier und mit sich selbst zufriedener geworden, als in den ersten Jahren ihrer Ehe. Es gelang ihr sogar, wenn etwas sie erheiterte, laut herauszulachen – wozu sie seit langem nicht mehr fähig gewesen war.

Auch Tom, der seine Frau nun aufmerksamer beobachtete als jemals zuvor, nahm wahr, daß Eva ungezwungen und manchmal sogar fröhlich die arbeitsreichen Tage des Sommers erlebte. Er war klüger geworden und konnte nicht verstehen, daß er sie früher als sein Vorrecht einfach genommen hatte. Seit er sie bat, daß er zu ihr kommen durfte, wenn es nicht mehr anders ging, begegnete sie ihm viel freundlicher, nicht mehr so ernst und abgeschlossen wie in den ersten Jahren – und die Arbeit geht ihr auch viel leichter von der Hand. Jeden Tag mehr liebe ich sie!

Die Farm gedieh großartig, seit Eva unbeschwerter atmen konnte, gewähren durfte, was ihr zuvor als eine Pflichtübung abgefordert worden war. Die Farm, das war die gemeinsame Aufgabe. Die Eheleute waren aufs engste an dies Werk gebunden; damit waren sie einverstanden. Die Verhältnisse pendelten sich ein. Auf einer anderen, wenn auch geringeren Ebene, war man sich einigermaßen – der gute Wille dazu war nie ganz erloschen – wieder nahe gekommen.

Die Beziehung der beiden wäre wohl in einen friedlichen Gleichklang eingeschwungen, hätte sich nicht der unberechenbare Zufall ins Spiel gemischt, wobei es zweifelhaft bleibt, ob der »Zufall« nicht das Schicksal war.

*

Mitte August erschien auf »Evas Farm« ein Trupp von fünf Reitern und fünf schwer beladenen Packpferden. Schon Wochen zuvor war den O'Sheas von Amts wegen durch einen Sergeanten der RCMP, der berittenen Polizei, mitgeteilt worden, daß in der Gegend eine Gruppe von Landvermessern und Geologen zu erwarten wäre, die im Auftrag der »Behörde für Energie, Bergwerke und Rohstoffquellen« die Gebiete um und zwischen Taltapin, Babine und Cunningham im Westen und Trembleur, Tezzeron, Pinchi und dem gewaltigen Stuart im Osten nach ihrer inneren und äußeren Struktur erkunden, vermessen und in Karten aufnehmen sollte. Thomas O'Shea wie allen anderen Siedlern war das sehr recht gewesen, denn wenn das Land genauer bekannt wurde, mehrten sich die Siedler, vorhandene Straßen wurden verbessert, neue gebaut; vielleicht wurden sogar Schulen und Poststellen eingerichtet.

Aber dann hatten Tom und Eva im Trubel der sommerlichen Arbeit die Ankündigung bald wieder vergessen. Behörden machten sich manchmal wichtig – und dann geschieht gar nichts, ohne daß man erfährt, ob und warum die Geschichte abgeblasen oder vielleicht auf die lange Bank geschoben wurde. – In diesen Wochen hatte man ohnehin auf der Farm genug zu tun mit dem letzten Heuschnitt. Zwei Männer saßen mehr am Tisch als sonst, zwei junge, frisch eingewanderte Burschen aus der Ukraine, die in Burns Lake an Land gespült worden waren und keine Arbeit gefunden hatten. Sie waren froh gewesen, wenigstens für einige Wochen auf der Farm unterzukommen und ein paar Dollar zu verdienen. Bei dem ersten Schnee würde man sie wieder nach Burns Lake zurückschicken müssen. Wenn sie Glück hatten, fanden sie Arbeit in den Holzfällerlagern, sobald der Frost die Wälder passierbar machte.

An jenem schönen Spätsommertag arbeiteten Tom und seine Männer auf einer zwei Meilen entfernten Wildwiese. Die Heimkehr war erst für den Abend zu erwarten. Eva hatte deshalb am späten Vormittag das Mittagessen in zwei kräftigen Körben verpackt. Die Frauen in dem indianischen Dorf, dem Joe und Jim, die beiden jetzt ständigen indianischen Helfer, angehörten, verstanden sich vorzüglich darauf, solche wohlgeformten, stabilen Körbe aus Weidenruten zu flechten. Eva hatte ihr Reitpferd gesattelt, einen bedächtigen, schwarzbraunen Wallach von kräftiger Statur, und die gefüllten Körbe einem Packpferd, »ihrem« Packpferd, einem ebenfalls verläßlichen Tier, aufgeladen und den Männern am Rande der Wiese den Imbiß ausgeteilt.

Solche Mahlzeiten im Schatten des Waldrands inmitten von grünem Gras und Kraut wurden wie ein kleines Fest genossen. Alle, Eva und die Männer, waren bei bester Stimmung gewesen, hatten herzhaft zugelangt und die großen Steaks, das lockere würzige Gerstenbrot und die noch aus dem vergangenen Jahr stammenden eingemachten Waldbeeren, mit Sahne übergossen, bis auf den letzten Happen vertilgt. Dann hatte Tom seinen Leuten noch für die Dauer einer Pfeife Ruhe gegönnt und sich schließlich wieder erhoben. Es war noch eine Menge zu verrichten, wenn man bis zum Abend fertig werden wollte.

Eva verstaute das Geschirr in den Körben und trat nach einem knappen Wink zu Tom hinüber den Heimritt an. Zu

Hause hatte sie mit dem Absatteln, dem Säubern und Forträumen des Geschirrs und der Töpfe und den ersten Vorbereitungen zur Hauptmahlzeit am Abend eine gute Stunde zu tun. Danach erlaubte Eva sich eine Pause. Sie band die Schürze ab, strich sich vor dem bescheidenen Spiegel im Wohnzimmer mit der Bürste über das Haar, steckte den Knoten fester und musterte mit strengem Blick Kopf, Hals und Schultern, soweit der schmale Spiegel sie wiedergab. So etwas wie Stolz keimte in ihr auf – sie konnte sich immer noch sehen lassen, wenn auch kaum jemand sie sah. Abwehrend schüttelte sie den Kopf, wollte nichts von so überflüssigen Eitelkeiten wissen und trat mit wenigen Schritten auf die Veranda hinaus, um Luft zu schöpfen.

Und erkannte beinahe sofort, daß sich, noch spielzeugklein, das Tal hinab dem Bach folgend, ein Reitertrupp der Farm näherte. Eva schirmte die Augen mit der Hand und trat, um besser sehen zu können, an den Rand der kurzen Treppe, die von der Veranda zu dem weiten Vorplatz hinunterführte.

Das konnten nur die Landvermesser sein, die ihnen vor mehreren Wochen angesagt worden waren. Ein paar Gedanken flatterten auf: Besser wäre es, wenn Tom die Kommission empfangen könnte. Aber ich mache das schon: fünf Männer beköstigen und unterbringen. Sie werden sicherlich gern mal wieder unter einem Dach schlafen, haben vielleicht schon seit Wochen im Zelt nächtigen müssen. Das ist einzurichten. Alle fünf brauche ich ja nicht im Haupthaus einzuquartieren; sie werden sicher höchstens zwei, drei Tage bleiben. Arbeit für mich das alles, eine Menge, aber auch ein bißchen Abwechslung. Ich schaffe das schon!

Sie wartete und blickte den Reitern entgegen: fünf Reiter und fünf Packtiere, ja, stimmt. So war es angekündigt.

Einer der Reiter löste sich aus der im Schritt heranziehenden Gruppe, lehnte sich leicht zum Hals des Pferdes vor, das sofort gehorsam angaloppierte, und erreichte den Fahrweg, der zum Haupthaus führte. Eine Kette von kleinen Staubwölkchen hob sich hinter den klopfenden Hufen auf. Der Reiter parierte sein Tier kurz vor der Treppe, schwenkte den Hut und rief:

»Hallo, Madame! Da sind wir! Fünf Mann, zehn Pferde der Behörde für Energie, Bergwerke und Rohstoffquellen. Hoffentlich hat man Sie vorgewarnt! Ich bin Roy Danlay, Geologe und Landmesser von Beruf, Quartiermacher bei Gelegenheit und aus Leidenschaft. Dürfen wir Ihre Gastfreundschaft in Anspruch nehmen?«

Eva hatte sich unwillkürlich aufgerichtet, als der Reitersmann auf seinem Falben heransprengte. Sie hatte jetzt die Farm zu vertreten, die ihren Namen trug. Das fiel ihr nicht schwer, ganz im Gegenteil! Sie hatte selten genug Gelegenheit, ihren Besitz zu repräsentieren, den sie tatkräftig mit aufgebaut hatte.

Sie stand da in ihrem einfachen, bis zu den Knöcheln fallenden Kattunkleid, das sie selbst geschneidert hatte. Es war hoch gegürtet, so daß sich die Brüste sanft abzeichneten. Der schlanke Hals stieg aus dem runden Ausschnitt und trug den schmalen Kopf mit seinen leicht geschwungenen Lippen, der geraden, schön geflügelten Nase, den klaren, kühlen Augen unter den gebogenen bräunlichen Brauen, der hohen Stirn, über welcher das schwere blonde Haar leuchtete, streng zurückgekämmt, doch seine Fülle nur unvollkommen verbergend.

Der kühne, fröhliche Anruf des Reitersmanns, sein großartig geschwenkter breitrandiger Filzhut, hatten, ohne daß Eva es bewußt wurde, ein Lächeln auf ihr Gesicht gezaubert. Der Anblick traf den Mann zu Pferde wie ein Schlag: Teufel, das geht nicht mit rechten Dingen zu! Hier draußen am Taltapin und Babine eine solche Frau – oder ist es ein Mädchen? Beides! Verdammt schwer zu entscheiden! Glück muß man haben, ich darf sie als erster begrüßen.

Er senkte den Blick für ein paar Sekunden, zog den Hut vor die Brust und verbeugte sich im Sattel, verbeugte sich vor der Königin der Farm im wilden Land.

Eva war es, als würde sie von einer warmen Welle überspült. Wie sich dieser Mann aus der Fremde benahm! Sicherlich kam er von sehr weit her, war heiter, offenherzig, schnell und freundlich in Worten und Gesten, als wäre etwas anderes als Freundlichkeit gar nicht denkbar. Und er gab sich keine Mühe, zu verbergen, daß die Frau des Hauses Eindruck auf ihn gemacht hatte, daß er freudig überrascht war, hingerissen sogar und ob dieser Begeisterung ein wenig verwirrt und aus dem Konzept gebracht.

Sie lächelte stärker, hob nach Art des Landes die Hand zum Gruß bis zur Höhe der Schulter und antwortete ruhig und vollkommen sicher:

»Mr. Danlay, ich bin Mrs. O'Shea. Wir haben Sie schon seit langem erwartet, glaubten schon, Sie würden gar nicht erscheinen. Natürlich sind Sie willkommen. Mein Mann und unsere Leute werden erst gegen Abend wieder hier sein. Aber ich kann sie ebensogut einweisen. Bringen Sie die Pferde in der Koppel dort unter. Unsere Pferde stehen auf der anderen Seite; so gibt es keinen Ärger mit den unbekannten Pferden. Die Koppel hat noch gutes Gras. Kraftfutter, Hafer und Kleie, falls Sie das brauchen, finden Sie im Schuppen da drüben. Und dann werden Sie sich sicherlich waschen wollen. Sie können sogar baden. Das ist kein Problem. Wie Sie alle unterkommen, das besprechen wir später. Satteln Sie erst einmal beim Schuppen ab. Ich kümmere mich um heißes Wasser, und dann sehen wir weiter.«

Inzwischen waren auch die anderen Reiter und die Packpferde auf dem Vorplatz eingetroffen. Ein älterer, eisengrauer Mann schwang sich aus dem Sattel und wandte sich dem Hause zu, Eva kam ihm die wenigen Stufen der Veranda herunter entgegen. Es brauchte ihr nicht erklärt zu werden, daß sie in diesem breitschultrigen, untersetzten Mann mit den grauen Bartstoppeln den Anführer des Trupps vor sich hatte. Der Reiter hatte die langen Zügel seines Pferdes zu Boden gleiten lassen. Das Pferd wußte, was von ihm erwartet wurde – es stand still, wie aus Erz gegossen.

Eva hob grüßend die Hand auf und stellte sich wiederum vor:

»Ich bin Mrs. O'Shea. Mein Mann wird in spätestens drei Stunden hier sein. Mr. Danlay hat mir bereits erklärt, wer Sie sind. Es ist uns ein Vergnügen, Sie zu beherbergen und Ihnen behilflich zu sein, soweit dies in unserer Macht steht.«

Der Besucher deutete eine Verbeugung an. Den zerdrückten Filz auf seinem Kopf hatte er schon im Sattel gelüftet. Auch ihn erhellte ein Lächeln angesichts dieser Königin aus den fernen Wäldern.

Er war weit herumgekommen und wußte, wann ihm ein Mensch von mehr als durchschnittlicher Qualität begegnete.

»Vielen Dank, Mrs. O'Shea. Wir freuen uns, daß wir für zwei, drei Tage bei Ihnen unterkommen können. Wir werden uns bemühen, Ihnen so wenig wie möglich Umstände zu machen. Mein Name übrigens lautet Allan McAllister, Dr. McAllister, Landvermesser und Geologe.«

Eva nahm den Doktor und die Berufsbezeichnung mit gebührender Hochachtung zur Kenntnis.

»Das freut mich, freut mich wirklich sehr. Doktoren sind hier selten. Mein Mann wird viel zu fragen haben. Ich habe Mr. Danlay schon Bescheid gesagt, wie und wo Sie absatteln können. Wenn Sie mit Ihren Tieren und persönlichen Sachen fertig sind, kommen Sie bitte ins Haus. Ich habe inzwischen noch viel zu tun.«

Auch Roy Danlay war abgestiegen und hielt sein Pferd am Zügel.

»Klingt großartig, Mrs. O'Shea! Klar, wir kommen mit Vergnügen. Wenn ich darf, helfe ich Ihnen in der Küche. Sie dürfen mir auch auf die Finger klopfen, wenn ich nasche. In dieser Hinsicht bin ich schwach. Also auf bald!«

Eva schüttelte lachend den Kopf und wandte sich ins Haus zurück. Sie fühlte sich merkwürdig angenehm erregt. Wann war ihr das zum letzten Mal passiert, daß gleich zwei gestandene Männer und dazu noch aus einer anderen, städtischen Welt sie unverkennbar bewundert hatten, obgleich sie nicht verstand, was an ihr zu bewundern war! Der Ältere trug sogar den Doktortitel und der Jüngere mußte ebenfalls auf einer höheren Schule gewesen sein. Immerhin war er Geologe. Das hatte wohl irgendwie mit Felsen, Gebirge, Erzfunden und Minenarbeit zu tun.

Während sie die beiden Gästekammern hinter der Küche in Ordnung brachte, neue Laken auf die Strohsäcke legte und frisches Leinen um die rauhen Decken und Kopfpolster zog, dachte sie, daß es Spaß machte, solche Gäste zu haben. Im Gegensatz zu den Trappern oder sonstigen Waldarbeitern oder auch den Nachbarn, die von früh bis spät darüber redeten, ob man es nicht doch einmal mit Weizen versuchen sollte, nicht immer nur mit Gerste fürs Brot und Hafer für die Pferde.

Wie dieser Roy Danlay den Kopf gebeugt – mit dem Hut in der Hand vor der Brust – und sie angelacht hatte, daß man mitlachen mußte! Sie hielt inne und strich geistesabwesend das Überschlaglaken auf der wollenen Decke glatt. So konnte man also auch miteinander umgehen, so leicht und gewiß unverbindlich, aber zugleich so – wie sollte sie es nennen? – so nett und freundlich. Das traf die Sache aber nicht ganz. Die zwei Besucher hatten sich durchaus nicht gescheut, deutlich werden zu lassen, daß sie die Frau des Hauses erfreulich fanden. Was war auch schon dabei?

Sie gab sich einen Stoß. Sie durfte nicht träumen. Ein großartiges Mahl wollte sie zum Abend bereiten. Das Leben in der Wildnis hatte die Männer vom Essen her sicher nicht verwöhnt. Heute aber sollten sie ein Festessen vorgesetzt bekommen! Das kleinere Gästezimmer links mußte dem jungen Geologen genügen; das größere rechts würde Dr. McAllister bewohnen. Eigene Türen in den Hof hatten beide Zimmer.

In der Küche helfen will er, wird mich wohl eher von der Arbeit abhalten, schätz' ich. Auf die Finger klopfen – ich werde mich hüten. Solche Vertraulichkeiten gibt's nicht. Ein netter, frecher Kerl, dieser Roy Danlay. Die Sorte kommt bei uns hier draußen überhaupt nicht vor. Hoffentlich läßt Tom nicht allzu lange auf sich warten; er wird diesen Roy Danlay schon zurechtstutzen.

Sie wunderte sich über sich selbst. Wieso »zurechtstutzen«? Unsinn! Ich kenne den Mann ja kaum; ich werde auch ohne Tom mit ihm fertig. Außerdem hat er überhaupt keine Veranlassung zu Klagen gegeben, bis jetzt wenigstens.

Sie widmete sich mit Eifer ihrer Arbeit, doch eine sonderbare Beunruhigung blieb, sonderbar deshalb, weil sie ihr gar nicht unangenehm war.

Sie spürte eine leise Enttäuschung – und wurde deshalb abermals ärgerlich über sich selbst –, als nicht Roy Danlay, sondern der grauhaarige Dr. McAllister als erster im Haupthaus auftauchte. Er brachte seine zwei Satteltaschen mit.

»Da bin ich, Mrs. O'Shea. Wir könnten uns zwar selbst versorgen, müssen es meistens ohnehin tun. Aber dankbarer sind wir, Ihre Hausgäste sein zu dürfen. Dies soll mein Zimmer sein? Ausgezeichnet! Wie zu Hause! Und Roy hier nebenan. Viel zu schade für den jungen Kerl. Ein tüchtiger Bursche, Roy Danlay, das muß ich sagen, aber immer mit Flausen im Kopf.

Er sorgt dafür, daß wir was zu lachen haben. Meine drei anderen Leute – Sascha, Pat und Hans –, sie haben sich um die Pferde, das Gepäck, die Versorgung, die Sicherheit und so etwas zu kümmern, damit Roy und ich uns nur mit der eigentlichen Aufgabe befassen können. Roy bringt es fertig, selbst diese drei mürrischen Waldläufer aufzuheitern. Die drei wollen übrigens wie immer im Zelt schlafen. Im Haus wäre ihnen die Luft zu dick, sagt Pat.«

McAllister lachte, während er seine Sachen aus den Satteltaschen auf dem Bett ausbreitete. Eva erkannte, daß dieser grauhaarige Mann wohl für den Zusammenhalt in der Gruppe sorgte. Eva wußte recht gut, wie es in solchen Männergesellschaften zuging, die wochen- oder monatelang auf sich allein angewiesen sind. McAllister erkundigte sich ein bißchen schüchtern – was ihm gut stand, wie Eva für sich feststellte –, ob er vielleicht, wie angeboten, die Badekammer benutzen dürfe; er hätte das lebhafte Bedürfnis, mal wieder – –

»Gewiß, Doktor, wenn Ihnen unser Verschlag hinter der Küche genügt. Warmwasser wird jetzt reichlich vorhanden sein. Lassen Sie sich soviel Zeit, wie Sie wollen. Wir haben noch zwei Stunden bis zum Abendbrot.«

Sie überließ den Gast sich selbst, sah in der Küche nach der bereits sachte vor sich hinschmorenden Hirschkeule und machte sich dann im großen Wohnraum zu schaffen, wo sie am Abend immerhin acht hungrige Männer zum Essen unterbringen mußte. Gerade war sie dabei, die zwei Tische im Raum zusammenzuschieben, als über die Veranda Roy Danlay ins Zimmer platzte. Auch er brachte seine zwei Satteltaschen mit, stellte sie aber sofort ab und rief:

»Da komme ich ja gerade recht, Ihnen zu helfen, Eva. Lassen Sie! Das bringe ich besser allein fertig. Das ist für Sie zu schwer«, und griff zu. Eva traute ihren Ohren nicht und machte ihrem Ärger sofort Luft.

»Wieso Eva? Ich wüßte nicht, daß wir uns auf unsere Vornamen geeinigt hätten. Ich bin Mrs. O'Shea, Mr. Danlay!«

Sie betonte das »Mr. Danlay«, ignorierte seine Hilfe und ordnete die erforderlichen Sitzgelegenheiten. Roy Danlay war für ein paar Augenblicke aus der Fassung gebracht. Sie hatte einen deutlich scharfen Ton angeschlagen. Hatte er sich derart verkalkuliert? Schließlich befand er sich hier im hintersten Walde – und er hatte gemeint, so ein simples Siedlerweiblein müsse sich geehrt fühlen, von ihm, dem gebildeten Stadtmenschen, mit Vornamen angeredet zu werden. Offenbar traf das auf »Evas Farm« nicht zu.

Er wußte zunächst nicht, wie er sich verhalten sollte, und machte keinen weiteren Versuch, der Frau zu helfen. Er lehnte am Türpfosten und sah Eva zu, wie sie mit schnellen, kräftigen Griffen den Raum für den Abend herrichtete. Zum ersten Mal schätzte er die Frau richtig ein. Seine Neigung, Begegnungen und Ereignisse auf die leichte Schulter zu nehmen, alles und jedes heiter zu verspotten, geriet plötzlich durcheinander. Wie sie sich bewegte, geschickt und sicher! Wie anmutig und kraftvoll die Figur! Wie schwer und goldglänzend der Knoten des Haares im schlanken Nacken lastete! Auf der hohen Stirn, um die Flügel der schmalen Nase, um die Lippen des sehr bestimmt und fest gezeichneten Mundes schwebte noch immer ein Hauch von Unwillen. Er hatte sie unangemessen behandelt. Dieser Frau gegenüber hatte er sich ganz einfach danebenbenommen. Das verschlug ihm, was selten vorkam, die Rede. Vorläufig wußte er nicht weiter. Er hätte sie nach seinem Quartier fragen können, doch er brachte keinen Ton heraus.

Er war ernst geworden. Eine merkwürdige Unsicherheit kroch in ihm hoch. Selten oder nie ist mir ein so strenges, reifes Geschöpf begegnet. Mrs. O'Shea – daß ich nicht lache! Ein ganz wunderbares Mädchen, das ist sie! Ich täusche mich nicht. Gott sei Dank rücken wir in drei Tagen wieder ab. Ich werde nicht so blöd sein, mir über dieses Mädchen am Ende der Welt Gedanken zu machen. Sie ist tatsächlich Mrs. O'Shea. Dagegen ist kein Kraut gewachsen. Was aber nicht ausschließt, daß ich jemand begegnet bin, der mich reizen könnte. Und das hier, ausgerechnet am weithin unbekannten Taltapin? Ich habe ja wohl den Verstand verloren!

Er griff entschlossen nach seinem Gepäck. Eva schien ihn nicht beachtet zu haben. In Wahrheit machte es sie nervös, daß der Mann am Türpfosten lehnte und sie mit den Augen verfolgte. Hatte sie ihn allzu hochmütig zurechtgewiesen? Die Leute redeten sich in der Einsamkeit der Wälder ganz allgemein mit dem Vornamen an. Man kannte sich jahrelang und wußte nicht einmal die Nachnamen der weit entfernten Nachbarn oder sonstigen Wildnisbewohner. Aber es war gut, daß sie den Abstand gewahrt hatte. Dieser junge Fant sollte sich nichts einbilden.

Geologe – hatte studiert –, was bedeutete das groß! Sie war die Frau auf dieser großen Farm, die ihren Namen trug, in den Wäldern am großen Babine. Das war viel oder sogar mehr! Sie wurde ungeduldig und wandte sich dem Manne zu:

»Ich zeige Ihnen Ihr Quartier, Mr. Danlay. Sie werden sich frisch machen wollen. Wenn Mr. McAllister die Badekammer freigibt, steht sie zu Ihrer Verfügung. Wir essen gegen halb sieben. Entschuldigen Sie mich jetzt; ich muß mich um die Küche kümmern, sonst kriegen wir heute abend nichts zu essen.«

Sie war fort, ohne ihm sein Quartier gezeigt zu haben. Das Verlangen, sich der Gegenwart des stummen Beobachters zu entledigen, hatte sie ihre Pflicht als Gastgeberin vergessen lassen. Aber Roy Danlay fand seinen Weg allein. Auf der anderen Seite des Hauses entdeckte er seinen nur unvollkommen gekleideten Boss, der ihm sein bescheidenes Quartier zuwies.

Für den Rest des Nachmittags waren Roy und Eva nicht recht bei der Sache. Roy hielt mehrmals inne beim Rasieren und betrachtete sich in der Spiegelscherbe, als hätte er sein Gesicht noch nie gesehen: Was ist mir da passiert, sage und schreibe am Taltapin, einem Bergbach wie tausend andere, an die tausend Meilen von jeder Frau entfernt, die meine Mama für richtig halten würde? Ein bezauberndes Geschöpf – nein, der Ausdruck paßt nicht. Eine hinreißende Frau – quatsch, das stimmt noch weniger. Was dann? Vollblütig, reif, prachtvoll, selbstbewußt – trifft alles nur zum Teil zu; von allem ein wenig. Schön ist sie – das kommt den Dingen, wie sie sind, noch am nächsten; und sie ist sich dessen kaum bewußt, findet es vollkommen unwichtig. Schön, ganz einfach! Von außen bestimmt, aber sicherlich auch von innen. Auf den Mann dazu bin ich neugierig; ich weiß schon jetzt, daß da was nicht stimmt, sonst wäre sie heiterer. Heiter zu sein, würde viel besser zu ihr passen als der Hauch von Melancholie, der sie umgibt. Roy, Blödling, komm wieder zu dir, du fängst an zu spinnen. Gut, daß nach drei Tagen alles vorbei sein wird – alles? Es ist ja gar nichts da, außer ihrem Ersuchen, mich gefälligst anständig zu benehmen. Autsch, geschnitten hab' ich mich auch noch, das fehlt gerade noch! Jetzt muß ich das abtupfen und mache lauter kleine rote Flecken in ihr Handtuch. Ich bin ein Esel. Drei kann man aus mir machen!

Durch das kleine Fenster, neben dem er sich geschabt und geschnitten hatte, sah er am fernen Waldrand einen Trupp von fünf Männern und drei Gespannen auftauchen. Menschen und Tiere wandten sich in einen Feldweg zur Farm. Das mußte Thomas O'Shea sein, der Eigentümer dieses großen Anwesens mit seinen Leuten. Roy Danlay beeilte sich, fertig zu werden. Der »Alte«, McAllister, hatte es gar nicht gern, wenn er Fremde als erster begrüßen mußte. Das gehörte stets zu den Aufgaben seines Assistenten, des Roy Danlay. Dem war Umgänglichkeit in die Wiege gelegt worden.

Eva hatte von der Küche her – die Tür stand weit offen, der Tag war warm gewesen – die Männer und Pferde ebenfalls wahrgenommen. Sie hatte inzwischen wenig Zeit gehabt, nachzudenken. Wenn ein reichliches, gutes Essen rechtzeitig auf dem Tisch stehen sollte, dann mußte man sehr konzentriert vorgehen, sonst wurde Wesentliches übersehen, was später nicht wieder gutzumachen war. Sie mußte sich sehr zusammennehmen an diesem Nachmittag. Aber sie hatte die Aufgabe bewältigt. Sie war so gut wie fertig. Da kam ihr Mann – und kaum hatte er sich gewaschen, würden wie stets Schüsseln und Schalen gefüllt und dampfend auf dem Tisch stehen müssen – und die Männer konnten zugreifen.

Ja, ihr Mann, schwer, schwarz und nüchtern, ihr »Schwarzer Tom«, den sie in den vergangenen Jahren mehr als einmal hatte im Stich lassen wollen – was sie doch nie übers Herz gebracht hatte. Der wohl nicht einmal ahnte, wie nahe daran er oft gewesen war, verlassen zu werden. Es war so vieles mißglückt. In ihr hatte sich eine kahle Leere ausgebreitet, und sie fühlte sich auch jetzt noch zuweilen wie betrogen. Aber im Laufe der Zeit war etwas anderes in den Vordergrund getreten: Ihr Tom war ein Fels der Verläßlichkeit, was auch immer an ihm auszusetzen sein mochte. Seit sie ihm, wie sie glaubte zu Recht, die Schuld aufgebürdet hatte, daß die Ehe unfruchtbar blieb, war von seiner Seite mehr noch als Verläßlichkeit zu spüren – er diente ihr. Er bestand nicht mehr unüberlegt auf seinem Recht, er bat und nahm als Gunst und Gnade hin, wenn sie sich ihm hingab. Eva hatte sich langsam dazu durchgekämpft, anzuerkennen, daß er ihr Mann war und bleiben würde. Es kam kein anderer in Frage; es gab ja auch gar keinen anderen.

Nun war dieser Roy Danlay ins Haus geschneit, ganz ohne jede Vorwarnung, und hatte sie in ihrer Ruhe gestört. Roy Danlay war weder schwarz noch schwer, noch schüchtern. Man brauchte nur zu erleben, wie er lachte. Seiner Heiterkeit war schwer zu widerstehen; sie war wie eine frische Brise. Man mußte sich große Mühe geben, sich von seinem Übermut nicht anstecken zu lassen. Dabei würde er wohl nie die Grenze des Erlaubten überschreiten, wenn man's ihm nicht ausdrücklich gestattete. Eva fand plötzlich die richtige Beschreibung: Roy Danlay ist ein Gentleman, ein Mann von Bildung und Erziehung, und bleibt es selbst dann noch, wenn er ausgelassen wird.

Sofort tauchte die Gegenfrage auf: Ist Tom ein Gentleman? Sie wußte sofort, daß solch eine Frage falsch gestellt war. Tom besaß andersartige Qualitäten, besaß Vorzüge, Fähigkeiten, Kenntnisse, Kräfte, die mit dem Begriff »Gentleman« wenig zu tun hatten, die aber in dieser Welt der weglosen Wälder, wilden Ströme, gnadenlosen Winter nicht nur über Erfolg oder Mißerfolg entschieden, sondern unter ungünstigen Umständen sogar über Leben oder Tod.

Trotzdem, wie Roy Danlay über den Hof – Eva sah es durch die offene Küchentür – auf den »Schwarzen Tom« zuging und ihn begrüßte, war es, als stießen zwei völlig verschiedene Welten aufeinander, die nichts, aber auch gar nichts gemeinsam hatten: Der langbeinige, federnde Roy Danlay mit breiten Schultern, schmalen Hüften, schlankem Hals und hochstirnigem, nach hinten ausladend gewölbtem, schmalem Schädel, auf dem sich lichtbraunes Haar leicht wellte – und der stämmige, mit eisernen Muskeln bepackte Thomas O'Shea mit eckigem, energisch geformtem großem Schädel, üppigen, schwarzen Locken, tiefliegenden dunklen Augen, dichten buschigen Brauen, kräftiger Nase mit sehr ausgeprägten Nüstern, den vollen, hart gezeichneten Lippen, hinter denen sich ein makelloses Gebiß verbarg, das allerdings nur selten sichtbar wurde. Zu fröhlichem Gelächter schien dieser Mund nicht geschaffen.

Deutlich empfand Eva den Unterschied zwischen den beiden Männern, die sich vor ihren Augen auf dem Hof miteinander bekannt machten. Es drängte sich ihr der Vergleich auf: Tom wie ein Grizzly, breit und gefährlich, der Fremde wie ein Cougar*, schlank und ebenso gefährlich, wenn auch ganz anders. Männer alle beide, im wahrsten Sinne des Wortes. Der eine davon war ihr Mann, der andere – nun, der würde nicht lange in ihrem Tal verweilen. Und das war gut so, sehr gut!

Die beiden Männer draußen schienen Gefallen aneinander zu finden; sie gerieten sofort in ein lebhaftes Gespräch. Worum es dabei ging, konnte Eva nicht verstehen. Dr. McAllister gesellte sich zu den beiden und wurde sofort in die Unterhaltung mit einbezogen. Mit einem Seufzer wandte sich Eva wieder ihrem Herd zu. Das Fleisch und die Kartoffeln, die grünen Bohnen und die süßen geschmorten Kronsbeeren aus dem Sumpfland, dort, wo der Taltapin in den Babine-See mündete, die geräumige Kanne mit starkem Kaffee als Zutrunk – ja, das und noch einiges stand bereit, war gar – und wenn es gut schmecken sollte, dann hatten alle nun Platz zu nehmen und sich an den guten Sachen zu laben.

Eva trat aus der Küche und brachte mit einem hölzernen Schlegel die rostige Eisenschiene, die an einem dicken Riemen aus Rindleder vom Dachsparren baumelte, dreimal zum Klingen. Das Signal verkündete: »In fünf Minuten wird gegessen – und wer sich nicht pünktlich einstellt, hat das Nachsehen.«

Tom winkte zu Eva hinüber und erklärte den Gästen, was der Farmgong zu bedeuten hatte. Schon tauchten die beiden Ukrainer auf und brachten die drei Helfer des Vermessungstrupps mit, die inzwischen ihre Pferde versorgt und sich ihr Zelt im Windschutz der Futterscheune aufgestellt hatten. Pat, Sascha und Hans waren Söhne aus drei Ländern im alten Europa, das sie aber schon längst vergessen hatten. Hier waren sie alle

---

* Cougar, auch Berg- oder Silberlöwe, in Südamerika Puma, Großkatze der amerikanischen Hochgebirge

drei zu kanadischen Waldläufern geworden und sahen fast gleich aus mit ihren krausen Bärten, schwarz-rot karierten Hemden, schloddrigen, abgeschabten Hosen und formlosen Stiefeln; die »Chaps«, die ledernen Überziehhosen, die beim Reiten durch dichten Busch die Beine und Stoffhosen schützen, hatten sie abgelegt.

Bei Tische wurde, ohne daß eine entsprechende Anweisung vorausgegangen war, die Rangordnung streng eingehalten. Am Kopfende residierte der Herr des Hauses – das verstand sich von selbst. Zu seiner Rechten, an der Außenseite des Tisches, hatte der Boss des Vermessungstrupps, Dr. McAllister, Platz genommen, mit dem Rücken zum Zimmer; zu seiner Linken mit dem Blick ins Zimmer und gleich neben der Küchentür, war der Platz der Hausfrau. Roy Danlay saß ebenfalls auf der Bank längs der Wand, also links von Eva. Anschließend saßen Hans und Greg (von Gregor), einer der Ukrainer, ihnen gegenüber, also rechts von McAllister, hockten auf den schweren Stühlen des Hauses die Reiter Pat und Sascha und schließlich der Ukrainer Ossip.

Das untere Ende des langen Tisches blieb leer; dort konnten die Schüsseln und Schalen abgestellt werden, wenn sie reihum gegangen waren.

Eine Unterhaltung durfte natürlich nur am oberen Endes des Tisches stattfinden. Die restlichen fünf Männer weiter unten mochten zuhören, wenn sie Zeit dazu fanden – das Essen war wichtiger. Die Ukrainer verstanden ohnehin so wenig Englisch, daß sie nur einen Bruchteil des Gespräches aufzunehmen imstande waren. Die drei Helfer des Vermessungstrupps hatten an so reich gedecktem Tisch ebenfalls Besseres im Sinn, als zu reden oder zuzuhören.

Die vier am Oberende des Tisches jedoch verwickelten sich von Anfang an in einen lebhaften Gedankenaustausch. Roy Danlay hatte das Gespräch eröffnet mit der begeisterten Feststellung:

»Das muß ich sagen, so gut haben wir's schon lange nicht mehr getroffen, wir armen Teufel von der Landvermessung. Bei netten Leuten zu Gast! Aus den Schüsseln dampfen verführerische Gerüche. Ich habe die Ehre, neben der Dame des Hauses zu sitzen, mein Boss ist bester Stimmung und sitzt zur

Rechten des Hausherrn. Und hinterher gibt's sicherlich noch was zu trinken. Niemand kann bestreiten, daß es uns ohne eigenes Verdienst überaus gut geht, so gut wie nie mehr, seit wir die geregelten Bürozeiten der Zivilisation hinter uns gelassen haben. Wir fühlen uns geradezu wie zu Hause. Und ich möchte Ihnen, Mrs. O'Shea, und Ihnen, Mr. O'Shea, im Namen und Auftrag meines Vorgesetzten, Dr. McAllister, und in unser aller Namen vorweg aufs herzlichste danken für ihre Gastfreundschaft. Wir werden, Gott sei's geklagt, schon nächste Woche Gelegenheit haben, mit einer oder mehreren Tränen im Auge an die Fleischtöpfe Ägyptens, beziehungsweise denen von ›Evas Farm‹, zurückzudenken!«

Es war so viel Unbefangenheit und heiterer Übermut in den Sätzen und ihrer Betonung, daß die ganze Tischrunde davon angesteckt wurde. McAllister hatte zunächst unwillig werden wollen; an einen Dank im voraus hatte er nicht gedacht. Aber der Bengel machte wieder einmal seine Sache so geschickt, daß man ihm nur zustimmen konnte. Thomas O'Shea, der solche Reden kaum je erlebt hatte, war zuerst verdutzt gewesen, merkte aber schnell, daß er auf die freundlichste Weise geehrt werden sollte, und das tat wohl.

Und als Roy Danlay in anzüglichem Spott sein nach der Weise des Landes schon vor Beginn der Mahlzeit mit Wasser gefülltes Glas erhob, um der Hausfrau und dem Hausherrn zuzutrinken, gebot Thomas O'Shea Einhalt:

»So geht das nicht! Ich habe die Hauptsache vergessen. Sie kommt gleich nach!«

Thomas schob seinen Stuhl zurück, verschwand ins eheliche Schlafzimmer und kehrte gleich darauf mit einer noch fast gefüllten Flasche kanadischen Whiskys zurück. Er beugte sich damit über McAllisters Schulter:

»Sagen Sie ›halt‹, wenn's genug ist, Doktor!«

McAllister war offenbar kein Kostverächter.

Dann wanderte Thomas O'Shea um das Kopfende des Tisches zu seiner Frau. Seine dunkelblauen Augen strahlten gut gelaunt. Eva bemerkte es und dachte: Selbst ihm macht es Spaß, was der Mann an meiner linken Seite gesagt hat.

»Nur einen kleinen Schuß, Tom! Du weißt ja. Sonst werd' ich vor der Zeit müde!«

Tom schenkte ihr etwas ein, bediente sich selbst ausgiebig und reichte die Flasche an Eva vorbei zu Roy Danlay hinüber:

»Bedienen Sie sich nach Belieben, Roy, und reichen Sie die Flasche weiter!«

Die Aufforderung brauchte nicht wiederholt zu werden. Als die Flasche wieder bei Tom landete, war der Inhalt auf ein Drittel geschrumpft. Roy Danlay konnte sich nicht verkneifen, die Angelegenheit zu kommentieren:

»So, jetzt ist die Sache richtig! Also nochmals: Auf Ihre Gesundheit und vielen Dank für Ihre Gastlichkeit, Mrs. O'Shea und Mr. O'Shea!«

Er beugte sich zur Seite und trank erst Eva zu, dann dem Hausherrn. Beiden blieb keine Wahl, als zu lächeln und ebenfalls ihr Glas zu erheben, angenehm erwärmt in ihrem Inneren, was aber nicht allein dem Whisky zugeschrieben werden konnte.

Thomas O'Shea erwiderte:

»Das gleiche Ihnen und Dr. McAllister und allen anderen an diesem Tisch!«

Thomas wußte sehr genau, was sich schickte in dieser Runde. Roy Danlay durfte zufrieden sein; er hatte die Tischrunde vergnügt gestimmt – ganz nach Anweisung seines Vorgesetzten. McAllister aß und trank mit Vergnügen und unterhielt sich dabei angeregt mit dem Herrn des Hauses.

Thomas O'Shea war alles andere als ein Dummkopf; hier bot sich ihm die Gelegenheit, sich nach den Absichten und Plänen der Regierungsstellen zu erkundigen und seinen eigenen Interessen Gehör zu verschaffen. Sie deckten sich durchaus nicht immer mit dem, was in fernen, schlecht gelüfteten Amtsstuben beschlossen wurde.

Roy Danlay aber durfte sich nun ausschließlich seiner Tischdame widmen. Er besaß die Gabe, mit weiblichen Wesen, die ihm sympathisch waren, harmlos-muntere Wortgeplänkel zu veranstalten, lustig-hitzige Debatten zu entfesseln, die aber auch, wenn ihm daran lag, ins Ernsthafte wechseln konnten.

Ihm lag daran – er gestand sich dies ohne Umschweife – zu erkunden, was hinter dieser stolzen Eva O'Shea stecken mochte. Er fühlte sich von ihrer natürlichen unbewußten Schönheit an Gestalt und offenbar auch an Seele mit einer Stärke angezogen, die er in seinen reichhaltigen Beziehungen zum anderen

Geschlecht noch nicht erlebt hatte. Es war ihm ein Rätsel, daß sie – ein abwehrendes Mädchen noch immer, wie ihm sein Instinkt verriet – mit diesem zwar eindrucksvollen, aber beträchtlich älteren, schwerfälligen Mann O'Shea verheiratet sein sollte.

Es fiel ihm nicht besonders schwer, Evas anfängliche Ablehnung zu überwinden. Der Alkohol steuerte seine Wirkung bei. Eva taute auf und merkte zu ihrem eigenen Erstaunen, daß sie ebenso schlagfertig und auch lustig antworten konnte, wie sie angesprochen wurde. Diese Fähigkeit hatte sie noch nie in sich entdeckt, allerdings auch niemals die Möglichkeit dazu gehabt. Angenehm einig mit sich selbst und sehr zufrieden damit, daß sie ihrem Tischgefährten auf die gleiche lockere Weise antworten konnte, bestand Eva die kleine Prüfung mühelos, der Roy sie unauffällig unterzog. Er empfand etwas, was ihn eigentlich kränkte: Sie ist dir gewachsen! Dieses erstaunliche Mädchen aus dem tiefsten Hinterwald ist dir gewachsen – eventuell sogar mehr als das – vielleicht sogar überlegen?

Die Frage allein schon wurmte ihn. Das durfte er nicht zulassen. Er änderte schnell das Thema.

»Sagen Sie, verehrte Mrs. O'Shea, ist es nicht ziemlich schwer oder gar aufreibend für eine Frau wie Sie, hier viele Meilen entfernt von der übrigen, sagen wir, normalen Welt tagaus, tagein als einziges weibliches Wesen weit und breit immer nur mit Männern vorliebnehmen zu müssen, meistens doch wohl ziemlich ungehobelten Männern? Ich könnte mir denken, daß das einer Frau wie Ihnen einiges abverlangt. Natürlich geht die Farm allem anderen vor. Aber eine Frau wie Sie hätte doch auch Anspruch auf manches darüber hinaus!«

Er bereute sogleich, ins Persönliche gerutscht zu sein, denn Eva ließ Messer und Gabel sinken und wandte den Kopf ihrem Nachbarn zu, so daß er sich gezwungen sah, ihr voll in die Augen zu blicken. Er erschrak vor diesen großen, ernsten Augen. Dieser Frau gegenüber waren unziemliche Scherze oder Fragen, mochten sie auch noch so unverbindlich gemeint sein, nicht erlaubt. Roys anmaßende Selbstsicherheit bekam ein paar weitere Risse.

Eva zögerte ein paar Sekunden, ehe sie antwortete, hielt

Roys Augen fest dabei. Dann meinte sie mit veränderter, gedämpfter Stimme:

»›Eine Frau wie Sie‹, den Ausdruck haben Sie jetzt dreimal hintereinander gebraucht. Ich verstehe ihn nicht. Ich bin meines Mannes Frau, und ich möchte niemand einfallen lassen, mir – oder ihm, was dasselbe bedeuten würde – zu nahe zu treten. Etwas Besonderes zu sein, auf den Gedanken bin ich noch nie verfallen. Was meinen Sie mit ›eine Frau wie Sie‹? Alles dummes Zeug, entschuldigen Sie. Aber wenn Sie mich schon fragen – gewiß, es ist nicht immer leicht für eine Frau, wohl für jede Frau, ständig nur mit Männern umgehen zu müssen. Man kann dabei vergessen, daß eine Frau etwas anderes ist als ein Mann. Allerdings...«, sie hielt ein paar Herzschläge lang inne und sprach dann doch aus, was sich ihr halb wider Willen auf die Lippen drängte, behielt dabei ihren Tischnachbarn unverwandt im Auge:

»... allerdings, das gebe ich zu, wäre für mich vieles leichter, wenn wir Kinder hätten.«

Sie hätte das nicht aussprechen sollen; sie wußte es im selben Augenblick, aber sie hatte es gesagt. Dieser braungebrannte, sehnig schlanke Mann, der mit Worten so geschickt umzugehen wußte, hatte es aus ihr hervorgelockt, ein Geständnis von schwer auszulotender Tiefe.

Roy Danlay besaß ein gutes Gehör für Zwischentöne. Er vermochte, dem offenen, Respekt und zugleich Verständnis heischenden Ausdruck ihrer Augen nicht recht standzuhalten, senkte den Blick und war nach der Weise des Landes nur fähig zu einem nichts- oder auch vielsagenden:

»Oh...«

Das war zunächst alles. Sie wandten sich wieder ihrer Mahlzeit zu, wurden aber einige Minuten später in das Gespräch der zwei Männer an der gegenüberliegenden Ecke des Tisches einbezogen:

»Hast du das gehört, Eva? Sie wollen sich als nächstes besonders gründlich zwischen dem Viermeilen-Berg und dem Tetzalto-Berg umsehen. Der Doktor sagt mir eben, daß nach seiner Meinung dort Lagerstätten von wertvollen Mineralien durchaus möglich sind. Das ist genau die Gegend, in der ich mir verschiedene Schürfrechte gesichert habe. Es wäre großartig, wenn ich mich der Kommission für einige Tage oder Wochen anschließen könnte, um mir von Fachleuten sagen zu lassen, was meine Claims wert sind. Ich habe sie mir noch gar nicht richtig angesehen. Auf der Farm war immer viel zuviel Arbeit, um den Dingen dort auf den Grund zu gehen. Der Rest der Jahresarbeit kann leicht von dir und unseren Leuten hier bewältigt werden. Ich könnte mich mit Jim und drei, vier Pferden der Kommission Dr. McAllisters zur Verfügung stellen, das heißt, wenn ich Ihnen nicht zur Last falle –?«

McAllister blickte lächelnd zu Eva hinüber und schüttelte den grauen Kopf:

»Davon kann keine Rede sein. Wir wären sogar dankbar, wenn wir einen mit der Gegend vertrauten Führer gewinnen könnten, der obendrein, daran muß ich wegen des schmalen Budgets denken, nicht einmal etwas kostet. Wir haben auf dieser Expedition schon einige bedrohliche Situationen erlebt, mit Grizzlys, einer bösartigen Berglöwin und zweimal mit Waldwölfen. Einen erfahrenen Mann wie Sie, O'Shea, dabei zu haben – Besseres kann ich mir gar nicht wünschen.«

Eva begriff auf der Stelle, was jetzt von ihr erwartet wurde. Es war ihr längst in Fleisch und Blut übergegangen, den Besitz zu fördern, wo immer sich dies ermöglichen ließ:

»Zum Tetzalto, Dr. McAllister, sind es keine zehn Meilen. Wenn Sie in der Gegend um den Berg längere Zeit zu tun haben, brauchen Sie nicht Ihr gesamtes Gepäck mitzunehmen. Sie könnten unser Haus als Ihr Hauptquartier betrachten, könnten jederzeit wieder hierherkommen und sich das Dasein und die Arbeit ein wenig erleichtern. Glauben Sie mir, Dr. McAllister, uns ist jede vernünftige Abwechslung willkommen – so weit aus der Welt, wie wir leben! Und es käme für uns unter Umständen sogar noch etwas Handfestes heraus.«

Das wurde so liebenswürdig vorgetragen, daß McAllister sich mit Vergnügen einverstanden erklärte. Die Sache war beschlossen und wurde sofort von den drei Männern im einzelnen besprochen. Eva fügte ein paar sachkundige Bemerkungen hinzu, als die Frage des Proviants für immerhin acht Männer erörtert wurde. O'Shea hielt es für angebracht, außer seinem bewährten Indianer Jim auch noch den Ukrainer Greg mitzunehmen, als »Mädchen für alles« gewissermaßen.

Die Männer unten am Tisch hatten sich kein Wort von dem Gespräch entgehen lassen. Greg war mit Freuden bereit, bat aber darum, daß sein Kamerad Ossip ebensolange im Dienst der Farm bleiben dürfte, wie er selber.

»Das versteht sich, Greg!« entschied O'Shea. »Wenn wir draußen im Busch sind, bleibt hier genug Arbeit zu verrichten, sicherlich bis in den Winter hinein!«

Die Tischrunde hatte das gute Essen fast vergessen über der neuen Entwicklung, die sich ankündigte. Eva mußte schließlich mahnen:

»Keiner greift mehr zu. Das ist für mich als Hausfrau sehr beschämend. Ich habe wohl den Geschmack der Herren nicht getroffen. Oder es wird zuviel geredet. Ich habe noch einen wunderbaren Nachtisch. Der wartet in der Küche. Aber den gibt es erst, wenn hier alles aufgegessen ist.«

Protest und Gelächter bildeten die Antwort. Der Appetit erwachte von neuem, und die Schüsseln wurden alle leer.

Die Nachspeise, eine rote Grütze, die verheißungsvoll nach Wildbeeren duftete, wurde in einer großen Schüssel aufgetragen. Eva bot sie reihum an. Es begann bei McAllister. Dann löffelte sich ihr Mann eine ausgiebige Portion auf den Teller.

Danach nickte sie Roy Danlay zu.

»Kommen Sie, Mr. Danlay, halten Sie die Schüssel für einen Augenblick, damit ich mir etwas auftun kann, und dann nehme ich sie Ihnen wieder ab, damit Sie sich selbst bedienen können.«

Es war unvermeidlich, daß sich die Hände des Mannes und die der Frau berührten. Roy stellte sich nicht besonders geschickt an, als er ihr die Schüssel abnehmen mußte. Als dann Haut an Haut streifte, rann den beiden ein heißer Schauer durch die Adern, als hätten sie eine Zärtlichkeit gewagt.

Roy gab ihr die Schüssel zurück, und ihre Blicke versanken ineinander für einen flüchtigen Augenblick – ohne Worte, ohne ihr Zutun. Auf beiden Gesichtern stand tiefernst eine Frage, die nicht gestellt werden konnte – oder durfte. Aber es sah niemand herüber. Jeder war mit sich, seinem Nachbarn oder dem Nachtisch beschäftigt.

Eva war so verwirrt, daß sie die richtige Richtung verfehlte und ihre Hand statt dessen unterhalb des Gefäßes über

Danlays Linker zu liegen kam. Sie fuhr so erschrocken zurück, daß die schöne Grütze für einen Augenblick in Gefahr schwebte, auf dem Boden zu landen. Das brachte sie zur Besinnung. Eva faßte die Schüssel fest, richtete sich auf, trug sie um den Tisch herum und stellte sie am unteren Ende zwischen die übrigen Tischgäste: »So, ihr bedient euch selbst! Und es braucht nichts übrigzubleiben!«

Am Kopf des Tisches war das Gespräch zwischen den beiden älteren Männern sachlich und ruhig weitergeführt worden. Tom hatte sehr bald begriffen, daß ihm diese Fachleute die Möglichkeit eröffneten, den wahren Wert seiner Schürfrechte feststellen zu lassen – und es würde ihn nicht einmal viel kosten. Tom war viel zu sehr Bauer, als daß unsichere Gewinne aus Schätzen, die im Innern der Erde verborgen sein mochten, ihn von der Arbeit auf der Farm abgehalten hätten. Von der Arbeit am Hof, auf Feldern, Wiesen und mit dem Vieh war er bisher unablässig gefordert worden. Für die Claims war keine Zeit übriggeblieben. Jetzt aber empfahl es sich sehr, sich die Gelegenheit, ohne Kosten zuverlässige Auskünfte einzuheimsen, keinesfalls entgehen zu lassen. Tom O'Shea hatte sich schnell entschlossen, aus dem Besuch der Landvermesser möglichst großen Nutzen zu ziehen.

Vielleicht – so fuhr es ihm durch den Kopf, während er seiner Frau nachschaute, die schon einen Teil des Geschirrs in die Küche zurücktrug – kann ich Eva noch zu einer wirklich reichen Frau machen – das wäre etwas! Den Dr. McAllister muß ich mir warmhalten, seinen Assistenten Danlay dazu; die sind ausgebildete Geologen. Eva, eine wirklich reiche Frau – alles für Eva! Vielleicht lacht sie dann wieder; sie lacht so selten oder eigentlich überhaupt nicht.

Eva – sie war das Herzstück seines Daseins, war es im Laufe der Jahre immer stärker und fester geworden, je häufiger ihn die Ahnung beschlich, daß er sie im Grunde noch nicht gewonnen hatte, vielleicht nie vollständig gewinnen würde. Thomas O'Shea, schwarzer Fels von einem Mann, hatte seine Wahl getroffen; sie hieß Eva. Auf diesen einen Pol hin war sein Dasein ausgerichtet und würde es bleiben bis zu seinem Ende.

Stumme, in keine Worte zu fassende Entscheidungen waren gefallen an diesem Abend. Wie so häufig, gewannen weder die unmittelbar Beteiligten, erst recht nicht die Randfiguren, eine Vorstellung davon, was sich im verborgenen abgespielt hatte.

Man war allzu satt nach dem köstlichen Mahl, war todmüde nach dem langen, heißen Tag, war auch leicht benommen nach dem Whisky, den man sich auf Toms echt irische Aufforderung hin in die letzte Tasse Kaffee geschüttet hatte – man war nur noch von dem sehnsüchtigen Wunsch erfüllt, sich endlich ausstrecken und die Augen schließen zu dürfen – –

Ehe noch der letzte zarte Schimmer des Abendlichtes im Westen über dem schattenschwarzen Waldrand erlosch, war auf »Evas Farm« bereits die Nachtruhe eingekehrt.

Lediglich die Frau des Hauses machte sich noch für eine Weile in der Küche zu schaffen, um abzuwaschen und für den kommenden Morgen das Frühstück vorzubereiten, soweit das schon am Abend zuvor geschehen konnte. Eva vermied dabei jedes laute Geräusch.

Als sie nach einer knappen Stunde leise ins Schlafzimmer trat, verrieten ihr die tiefen, regelmäßigen Atemzüge, daß Tom bereits fest schlief.

Sie wollte schon ihr Gewand lösen, hielt aber inne. Unwiderstehlich brandete das Verlangen in ihr auf, noch einmal frische Luft zu atmen, die Kühle der Nacht auf der Haut zu spüren.

Sie schlich durch den Hauptraum des Hauses, öffnete langsam die Vordertür, damit sie nicht knarrte, querte die Veranda und stieg die wenigen Stufen zum großen Vorplatz hinunter, ließ die Blicke hoch in die Runde schweifen.

Es schien kein Mond. Es wehte kein Wind. Die Luft, kühl und klar, duftete nach Wald und Einsamkeit. Im dunkelsamtenen Himmel tanzten abertausend Sterne. Ihr zitterndes Gefunkel breitete ein spinnwebfeines Silberlicht über die Landschaft. Eine Sternschnuppe zog ihren goldenen Schweif in glatter Kurve durch die Nacht. Die Schnuppe erlosch nach kurzer, blinkender Reise. Die Sterne brauchten ein paar Sekunden, ihr silbernes Licht wieder durchzusetzen.

Und Stille, unendliche, weltenhohe Stille! Nicht einmal ein Eulenruf von ferne. Die Stille sang, so schien es Eva, engelgleich, so schön wie nie zuvor.

15. KAPITEL

Da Dr. McAllister sich entschlossen hatte, der Einladung der O'Sheas zu folgen und die Farm für einige Zeit als Standquartier zu benutzen, brauchte die Kommission nicht volle drei Tage zu bleiben. Man konnte mit kleinem Gepäck von der Farm aus große Bogen schlagen, um dem Lande das seit Jahrtausenden gehütete Geheimnis seiner Bäche, Berge und versteckten Seen, seiner Gesteine und Gräben zu entreißen – und sich nebenbei um O'Sheas Interessen zu kümmern, soweit sie in die gleiche Richtung zielten wie die Aufgaben der Kommission.

Die Truppe wußte es wohl zu schätzen, wenigstens alle zwei, drei Tage und gewiß zu den Wochenenden wieder ein festes Dach über dem Kopf zu haben und in einem leidlich guten Bett zu schlafen. O'Shea samt Greg und seinem Indianer Jim würden sehr wertvolle Helfer sein, denn Jim war in einem Dorf – einen guten Tagesmarsch ostwärts – zu Hause, wo der Shass-Bach aus dem Camsell-See austritt; Jim kannte dort jeden Weg und Winkel des Geländes.

Tom brannte darauf, machte auch gar kein Hehl daraus, so bald wie möglich mit der Untersuchung und genauen Vermessung des Gebiets zum Tetzalto hinüber zu beginnen. Das gute Wetter würde aller Voraussicht nach anhalten. Es mußte genutzt werden, solange es dauerte. Also wollte McAllister schon nach zwei auf der Farm verbrachten Nächten wieder ins Gelände ziehen. Der Indianer Jim versicherte, daß man um Pfade, die für berggewohnte Pferde und notfalls für klettertüchtige, wildniskundige Männer unter seiner Führung niemals verlegen sein würde. Gut, man würde also schon am zweiten Tag wieder aufbrechen. Doch die Sache hatte einen Haken. Dr. McAllister erklärte Tom, daß er sich zu dem längeren Aufenthalt auf »Evas Farm« entschlossen hatte, damit Danlay und er zum Ordnen und Verarbeiten der vielen Einzeldaten kommen konnten, die sich aus der bisherigen Vermessungsarbeit der Kommission ergeben hätten. Unterwegs im Lager, jede Nacht woanders, gewöhnlich todmüde nach den Strapazen im Gelände, bei schlechtem Licht, auf den Knien schreibend und vielfach gestört, wäre es fast unmöglich, die nötigen Zusammenfassungen korrekt zu errechnen und die Fülle der eingesammelten Informationen in die leeren Karten einzutragen. Das hätte eben am Tisch in einem abgeschlossenen Zimmer auf der O'Sheaschen Farm nachgeholt werden sollen.

»Ich kann das nicht länger aufschieben, Tom!« (Die beiden – etwa gleichen Alters und beide Boss in ihren Bereichen – hatten sich schon am ersten Tag, wie es in den Wäldern selbstverständlich ist, auf ihre Vornamen geeinigt.) »Man verliert allzuleicht die Übersicht über die Meßergebnisse. Die Erinnerung wird unsicher. Man hat sich darauf verlassen, daß man diese oder jene Einzelheit im Kopf behalten würde und dann, wenn die Zeit vergeht, kommt sie doch abhanden; übrig bleibt nur die Gewißheit, daß man etwas vergessen hat. Aber man weiß nicht mehr, was das war! Scheußlich! Ich kann das nicht riskieren. Mindestens einer von uns muß sich jetzt auf den Hosenboden setzen und zwei, drei Tage darauf verwenden, unsere Notizen zu ordnen und in die Meßkladden und Karten zu übertragen.«

Tom kratzte sich am Hinterkopf, wobei ihm sein zerdrückter Filz, der offensichtlich schon manchen Sturm erlebt hatte, weit in die Stirn rutschte. Tom schob ihn wieder an den richtigen Platz, sah zu dem Bussard hinauf, der über der Koppel kreiste, und murrte, nachdem er sich geräuspert hatte:

»Da kann ich wenig zu sagen, Allan. Deine Arbeit kommt natürlich zuerst. Aber beide zusammen könnt ihr euch wohl doch nicht über eure Notizen hermachen. Du sagst ja, einer muß sich der schriftlichen Arbeiten annehmen. Weißt du was, du ziehst mit uns los bei dem großartigen Wetter, kommst ohne Unterbrechung voran, und dein tüchtiger junger Mann, Roy Danlay, wird hier eingesperrt und ist mit dem ganzen Schreibkram fertig, wenn wir am Wochenende wieder zurückkehren. Zwar wird er dir fehlen unterwegs, aber dafür können ich und meine Leute mancherlei besorgen, was sonst eure Zeit kosten würde. Und wenn Roy in dieser Woche allein nicht zu Rande kommt, kannst du ihm nächsten Sonntag auf die Sprünge helfen. Notfalls verdonnerst du ihn nochmals für drei Tage an den Schreibtisch in deinem Zimmer.«

Gewiß, das leuchtete ein. Obendrein erkundete McAllister

lieber die wilde Welt draußen in den Wäldern, als im Zimmer zu sitzen, Zahlenkolonnen aufzurechnen und Meßdaten einzutragen. Das hatte er lange genug in vergangenen Jahren tun müssen. Jetzt war er endlich soweit, diese Last einem Jüngeren aufbürden zu können.

Roy Danlay wurde herbeizitiert und unter Hinweis darauf, daß das gute Wetter und die von Tom O'Shea angebotene Hilfe unbedingt genutzt werden müßten, dazu »verdonnert«, sich des leidigen »Papierkrams« mit größtem Eifer anzunehmen und – falls ihm Zeit dazu bliebe – sich ein Bild von den geologischen Umständen zu machen, die dazu geführt hatten, daß O'Shea aus dem Bachbett auf der Farm in kleinen Mengen Gold waschen konnte. Tom O'Shea hatte den beiden Fachleuten von diesen Funden erzählt, und sie waren neugierig geworden.

Der Tag ging damit hin, die Lasten umzupacken und jene Geräte und so viel Proviant bereitzustellen, wie man für eine Reise von drei Tagen brauchen würde. Danlay und McAllister hatten sich für zwei Stunden in Allans Gastzimmer, das sich eines, wenn auch sehr simplen Schreibtisches rühmen durfte, zurückgezogen. Die beiden Wissenschaftler mußten sich über einige grundsätzliche Fragen, die bei der Arbeit der letzten Wochen aufgetaucht waren, abstimmen, bevor Danlay in die Einzelheiten gehen konnte.

Tom gewann sich die Sympathie aller, insbesondere die McAllisters, indem er vorschlug, für die Tage oder Wochen, in denen »Evas Farm« der Kommission als Stammquartier dienen würde, die Pferde der Gäste gegen Pferde der Farm auszutauschen, denn:

»Meine Pferde sind gut im Futter, Allan; sie haben es in diesem Sommer nicht allzu schwer gehabt. Eure Pferde sehen mitgenommen aus. Zwei von den Packpferden haben Satteldruck. Das kann ich nicht zulassen. Das muß ausgeheilt werden. Die Tiere können sich auf unserer Weide erholen – und wir sind mit ausgeruhten Pferden unterwegs.«

Das war so großzügig, daß McAllister und die Pferdepfleger nur noch »Dankeschön« zu sagen brauchten.

Roy Danlay hatte bis dahin den Gastgeber nicht besonders bemerkenswert gefunden; es empfahl sich lediglich, ihm nicht zu nahe zu treten. Jetzt stellte sich plötzlich heraus, daß der »Klotz« sich um das Wohl und Wehe von Tieren kümmerte, die ihn gar nichts angingen. Offenbar steckte mehr hinter ihm. Vielleicht habe ich mich vom äußeren Eindruck täuschen lassen. Vielleicht paßten dieser Mann und diese Frau besser zusammen, als nach dem bloßen Augenschein anzunehmen gewesen war.

16. KAPITEL

Das Frühstück nach der zweiten Nacht hatte die Männer alle noch einmal um den langen Tisch im großen Wohnraum vereint. Eva hatte sich gar nicht erst mit hingesetzt; sie hatte auf der heißen Herdplatte Stöße von Flapjacks, von Pfannkuchen, zu backen, gut zwei Dutzend Eier und viele Scheiben Speck zu braten, aufzutragen, für Kaffee, Marmelade, Butter und Brot zu sorgen. Es lohnte sich nicht für sie, Platz zu nehmen.

Die Sonne blinzelte gerade erst durch die Kronen der Bäume am Waldrand im Osten, als die kleine Gruppe sich vom Sattelplatz hinter dem Haupthaus in Marsch setzte. Großen Abschied hatte es nicht gegeben. »Mach's gut, Tom! Kommen Sie gesund wieder, Dr. McAllister!« Mit einem Klaps auf den prallen Schenkel von Gregs betagtem Pferd – Greg war nicht gerade ein Kunstreiter, er bildete den Schluß – entließ Eva ihre Leute und die Gäste. Die Kavalkade zog sich gleich zu einer langen Kette auseinander, geführt von O'Shea, und tauchte der Sonne entgegen in die Wälder.

Eva wandte sich in die Küche zurück, um einen Mittagsimbiß für den Ukrainer Ossip und den bewährten Indianer Joe in einen Korb zu packen. Die beiden warteten schon darauf. Sie würden auf der fernen Wildwiese, wo die Ankunft der Kommission die Arbeit für einen Tag unterbrochen hatte, das inzwischen in der warmen Sonne gut getrocknete Heu zu einem großen Schober zusammenfahren – schon dem zweiten in diesem Jahr –, aber an einem Tag kaum damit fertig werden.

Danach betrachtete Eva seufzend den wirren Haufen

schmutzigen Geschirrs in der Küche, der als erstes zu bewältigen war. Sie hätte Toms Vorschlag annehmen sollen, sich für die Dauer des Besuchs der Kommission Joes Frau aus dem Indianerdorf am Camsell Lake als Helferin herbeirufen zu lassen. Aber dazu hätte Joe zwei Tage abwesend sein müssen, und der etwas träge Ossip hätte keinen Vormann gehabt.

»Ich werde schon allein fertig. Es sind ja immer nur ein, zwei Tage, an denen ich für acht Leute sorgen muß. Zwischendurch hole ich leicht wieder auf.«

Das stimmte sicherlich, und Tom hatte nicht weiter gedrängt. Eva wußte allein am besten, was sie sich zumuten konnte. Aber solch einen Stapel Geschirrs abzuwaschen, das ist kein Vergnügen. Am besten, man greift zu, ohne erst lange zu überlegen! Wo habe ich meine Schürze gelassen? Sie hängt neben der Außentür.

Sie drehte sich um zur Tür, die sie offen gelassen hatte, damit der Dunst vom Braten der Pfannkuchen und Eier mit Speck abziehen konnte. Sie kam nicht dazu, die Schürze vom Haken zu nehmen. Sie ließ die schon erhobene Hand wieder sinken. Schreck war ihr in die Glieder gefahren: In der Türöffnung stand Roy Danlay. Sie hatte ihn nicht kommen hören.

Sie blickten sich ein paar Herzschläge lang wortlos in die Augen. Er faßte sich zuerst, ärgerte sich über die leichte Heiserkeit, die sich über seine Stimme gelegt hatte, und räusperte sich:

»Wir beide haben also das Haus zu hüten, Eva.«

Sie beachtete nicht, daß er sie mit ihrem Vornamen anredete. Ihr Mann war längst bei »Roy« und »Allan« angelangt. Das bedeutete nicht viel in der Wildnis. Es wäre albern, auf »Mr. Danlay« und »Mrs. O'Shea« zu bestehen. Sie holte tief Atem, ehe sie die passende Antwort fand:

»Ich meine, Roy, wir werden beide genug zu tun haben. Das Haus braucht nicht groß behütet zu werden. Darum kümmern sich Fool und Daisy. Da sind sie schon!«

Die beiden großen Hunde höchst unbestimmbarer Rasse trotteten herbei; sie wußten stets mit Sicherheit, wer zum Hof gehörte oder darauf Gastrecht genoß. Unerwünschte Fremde hatten keinen Zutritt, was aber sowieso nur selten vorkam. Die Tiere hatten der Kavalkade bis zum Waldrand das Geleit gegeben und waren gerade wieder zu ihren Pflichten auf den Hof zurückgekehrt, wo sie ihr erster Weg zur Hintertür der Küche führte. Eva spendete ihnen, wenn bei Tisch etwas übriggeblieben war, gern einen Leckerbissen.

Über Fool wunderte sie sich sehr, denn er ließ sich mit Behagen von Roy Danlay hinter den Ohren kraulen, Ohren, die unter anderem auf einen Schäferhund in Fools Ahnenreihe schließen ließen. Fool war sonst sehr zurückhaltend und liebte es nicht, wenn ihm ein Fremder allzuviel Vertraulichkeit entgegenbrachte.

»Sie können sich etwas darauf einbilden, Roy«, irgend etwas mußte ja geredet werden, »daß sich der Hund von Ihnen streicheln läßt. Im allgemeinen knurrt er, wenn es ein Fremder tut. Sie scheinen ihm zu gefallen.«

Roy Danlay strich dem Hund über das weiche, dichte Fell, das seinen Rücken deckte, und blickte nicht auf, als er sagte:

»Könnten Sie sich nicht ein Beispiel an ihm nehmen, Eva?«

Wieder eine lastende Pause. Die beiden hatten sich an diesem und dem vergangenen Tag nur in Gegenwart von anderen sprechen, dabei aber aufmerksam beobachten können. Eva vermochte ein Lächeln nicht zu unterdrücken; um Jahre wurde sie dadurch jünger, ohne es zu wissen.

»Ich glaube, Roy, Sie sehen das falsch. Eher nimmt sich der Hund an mir ein Beispiel.«

Jetzt lächelte auch Roy und blickte sie aus hellen Augen an, erstaunt und glücklich offenbar, ein großer Junge, dem schwer zu widerstehen war. Zweifelnd dachte sie: Wie er mich ansieht – ich bin wohl zu weit gegangen. Sie lenkte schnell ab:

»Aber da stehen wir und reden. Dabei habe ich so viel zu tun, daß ich gar nicht weiß, wo ich anfangen soll. Und Ihnen geht es wohl kaum anders. Dr. McAllister kann wahrscheinlich ziemlich ungnädig werden, wenn die Dinge nicht so laufen, wie er es sich vorstellt.«

Roy zog ein lustig mißmutiges Gesicht, das ihn unwiderstehlich machte:

»Wem sagen Sie das, Eva! Sie schätzen den verehrungswürdigen McAllister absolut richtig ein. Wann darf ich mich wieder blicken lassen? Oder kriege ich womöglich meine Atzung aufs Zimmer gebracht und bin zu Stubenarrest verurteilt?«

»Nur wenn ich Sie weiter so ziellos umherstreunen sehe wie zur Zeit. Wenn nicht, dann nehmen wir um zwölf Uhr ein Butterbrot zu uns. Was Trinkbares gibt es auch – auf der Veranda vorn. Kurz nach sechs begnügen wir uns zum Abendessen, wenn Sie einverstanden sind, mit den Resten von gestern und vorgestern. Unsere zwei Leute sind dann auch wieder von der Wildwiese da. Danach ist Feierabend. Bei uns wird früh zu Bett gegangen. Das wissen Sie ja schon!«

Als hätte sie ihm ein großes Geschenk gemacht, erwiderte Roy strahlend:

»Leicht habe ich's gerade nicht, das muß ich schon sagen. Mein Kommandeur ist für drei Tage in die sogenannte jungfräuliche Wildnis entschwunden. Damit ich nicht aus der Gewohnheit komme, tritt nun eine Kommandeuse an seinen Platz. Ich bin ein armer Mensch. Aber mir bleibt natürlich nichts anderes übrig, als mich der Macht des Schicksals zu beugen«, und verbeugte sich tatsächlich, spielte die kleine Szene so lustig und zerknirscht, daß Eva laut lachen mußte. Sie rief:

»Reden Sie nicht so gescheit daher, Roy! Schluß jetzt! An die Arbeit mit uns beiden!«

»Zu Befehl, Madame!«

Er markierte zur Abwechslung eine stramme Ehrenbezeigung und stiefelte davon. Sie sah ihm nach, wie er schlank, anscheinend mit Sprungfedern in den Knien, über den Hof davonschlenderte. Sie spürte eine angenehme Wärme in sich. Diese Sorte Mann hatte es weder am Lachsfluß bei den Eltern noch hier am Babine je gegeben.

Mechanisch fing sie damit an, in Küche und Haus Ordnung zu schaffen. Mehr als einmal ertappte sie sich dabei, daß sie das Wischtuch oder den Besen ruhen ließ und zum nächsten Fenster hinaussah, wo doch nichts weiter zu sehen war als der wiederum sich zu freundlicher Pracht entfaltende Sommertag. Warum konnten nicht auch ihre Leute so leicht, so heiter sein wie dieser Roy Danlay? Es strahlte, ohne daß er sich Mühe zu geben brauchte, Wärme von ihm aus. Oder wie sollte sie es nennen? Die Grenze des Erlaubten hatte er nicht überschritten, keineswegs. Aber brauchte sie daran zu zweifeln, daß er es tun würde, wenn sie es erlaubte? Wohl kaum!

Natürlich hatte er sie noch nicht berührt, abgesehen von der unabsichtlichen Berührung am ersten Abend, als er ihr die Schüssel zurückreichte. Der leise Schock, den sie gespürt hatte, war nicht vergessen. In allem, was er tat und sagte, verriet sich etwas, was sie bisher so gut wie nie erlebt hatte. Sie suchte nach dem richtigen Ausdruck für diese ihm anscheinend angeborene Eigenschaft. Mit einmal hatte sie es, obwohl sie mit dem Wort bis dahin nicht viel hatte anfangen können: er konnte zärtlich sein. Zärtlichkeit – was ist das eigentlich? Keine Erfahrung hatte sie darüber belehrt. Aber sie ahnte es.

Während sie den Pferden der Kommission, die neugierig herantrotteten, eine Extraportion Hafer in die Krippe am Rande der Hauskoppel schüttete, kreisten ihre Gedanken um diese Erkenntnis. Sie entlockte ihr einen langen Seufzer: Wenn mein Mann auch nur von Zeit zu Zeit dazu fähig wäre – aber er ist es nicht, kann es nicht, kennt es nicht –, ja, dann käme vieles in Ordnung, dann wäre ich vielleicht sogar...

Sie vollendete den Satz nicht. Das Wort »glücklich« schien ihr fehl am Platze zu sein – sei es auch nur in einem Selbstgespräch.

Sie schenkte einem der Pferde einen leichten Abschiedsklaps auf den festen Hals und wanderte versonnen über das Gras und den weiten Hof zum Haus zurück. Sie bedachte nicht, daß Roy Danlay von seinem Tisch im Gastzimmer, wenn er die Augen von der Rechenarbeit hob, beobachten konnte, wie sie in der Ferne vorüberschritt. Roy saß unbeweglich, hatte die Feder sinken lassen. Ihr gesenkter Kopf, ihr langsamer Gang verrieten dem stillen Beobachter, daß sie nachdachte. Worüber dachte sie so angestrengt nach? Auch er hatte Mühe gehabt, sich auf die Schreibarbeit zu konzentrieren.

Die Sonne lockte helle Funken aus dem streng zurückgekämmten Haar, dem schweren Knoten im Nacken. Das leichte Sommerkleid vermochte die Linien des festen Leibes, der schlanken Beine, schmalen Hüften, hohen, festen Brüste nicht zu verhüllen. Es bedurfte keiner Phantasie, sich den schönen Körper vorzustellen, der sich unter dem Stoff verbarg. Roy, der mit ernsten Augen Evas Gestalt verfolgte, mangelte es nicht an solcher Phantasie – und an entsprechenden Erfahrungen auch nicht. Er stützte den Kopf auf, als Eva nicht mehr zu sehen war, verdeckte die Augen mit der Hand und führte Selbstgespräche:

Verlockend wäre es schon! Ich darf es nicht riskieren. Dies wäre kein Abenteuer wie Dutzende zuvor. Mit solcher Frau treibt man keine Scherze. Das könnte Kopf und Kragen kosten. Und mit dem Mann würde ich nicht im Bösen zu tun haben wollen. Aber ich täusche mich nicht: Bei all seiner Großspurigkeit, seinem Stiernacken und dem Besitz, den er bis jetzt zusammengebracht hat, ist er ein armer Wicht. Diese Frau ist sein höchstes Gut. Das kann gar nicht anders sein. Aber er hat sie sich nur erzwungen oder gekauft, oder was weiß ich. Erweckt hat er sie nicht, nur belastet. Wie sie eben vorübergegangen ist – wie eine Schlafwandlerin. Ich könnte sie anrufen, könnte sie wecken. Was sich mit solcher Frau erleben ließe, wäre atemberaubend, wäre über alle Maßen herrlich, müßte indessen – Roy, Roy, Roy, bleib auf dem Boden der Tatsachen! – müßte mit allem, was du bist und darstellst, bezahlt werden. Diese Frau kennt keine Halbheiten; spielen kann man mit ihr nicht. Der klobige O'Shea hat seine ganze Existenz für sie in die Waagschale geworfen – und hat verloren, hat verloren in all dem, worauf es ankommt, und wenn er noch zehnmal der Farm ihren Namen verleihen würde! Halte dich fest, Roy! Ich muß mich festhalten! Worauf ich mich hier einließe – das ginge auf Leben und Tod! Aber ist es überhaupt noch aufzuhalten?

Roys Kopf sank nach vorn. Mit beiden Händen stützte er ihn. Nichts mehr von Heiterkeit, von jungenhafter Selbstsicherheit, von Spaß und Kunstfertigkeit! Nur noch Ernst und Angst – denn wenn ich diese Eva dazu verführe, sich mir zu ergeben (sehr weit bin ich nicht mehr davon entfernt), dann lege ich mir eine Fessel an, die sich nicht mehr abstreifen läßt. Habe ich nicht von jeher gewußt, daß irgendwann mich die Woge erfassen würde? Daß es mir hier am Ende der Welt passieren könnte, das allerdings habe ich mir nicht träumen lassen. Noch ist nichts entschieden. Ich kann den Kopf noch aus der Schlinge ziehen und sollte es vernünftigerweise tun – und wußte doch, auf sich selbst zurückgeworfen und alleine, wie er war, daß seine Schicksalsstunde schon geschlagen hatte.

Befangen saßen sich die beiden gegenüber, während sie den Imbiß, den Eva angerichtet hatte, um die Mittagszeit einnahmen. Es wollte kein rechtes Gespräch in Gang kommen. Über das Wetter allerdings läßt sich immer sprechen. Auch versuchte Roy Danlay zu erklären, wie und aus welchen Messungen schließlich eine Landkarte entsteht, ließ sich auch darüber aus, welche Gesteine und welche Art von Gesteinsformationen in der Gegend vorkämen. Eva hörte mit halbem Ohr zu, schaltete nur ab und zu ein »Ach« oder »Ist das so –?« in Roys ein wenig beflissen klingende Darlegungen ein. Ohne es indessen recht zu wissen, beobachtete sie den Mann, der sich bemühte, ihr Dinge klarzumachen, die sie nicht aufregend fand. Dieser Roy Danlay war also nicht nur lustig und liebenswürdig, sondern konnte auch sachlich sein, ernsthaft, war seiner Kenntnisse offenbar sicher. Hinter all seiner Jungenhaftigkeit war er ein Mann, war verläßlich, sonst wäre ein Vorgesetzter wie der respektheischende Dr. McAllister auch wohl kaum mit ihm so einverstanden, wie er es offenbar war.

Eva wurde sich nicht bewußt, daß sie die Qualitäten ihres Gastes ohne Unterlaß abwog. Sie tat es und konnte keinen Grund entdecken, den Mann an ihrem Tische irgendwie unerfreulich zu finden. Im Gegenteil, er konnte nicht nur erheitern, er konnte auch imponieren. Sie sagte:

»Sie essen ja gar nicht, Roy!«

Er war mitten im Satz unterbrochen worden. Anscheinend war sie seinen Erklärungen nicht sehr aufmerksam gefolgt. Was mutete er ihr auch zu mit den schwierigen Fragen der Maßstabgerechtigkeit von Landkarten! Er wechselte sofort das Thema.

»Sie haben recht, Eva. Ich dachte, ich müßte Sie ein wenig unterhalten. Wenn man sich den ganzen Vormittag mit solchem Kartenkram abgemüht hat, dann fällt einem nichts Vergnügliches ein. Ich will mir gleich noch eins von den vorzüglichen Broten zu Gemüte führen; sie schmecken großartig. Backen Sie dies Brot immer selbst?«

»Natürlich, Roy! Wer sollte es sonst wohl backen? Ich muß alles können, was Haus und Hof verlangen, muß die Männer versorgen und den Gemüsegarten in Ordnung halten, das Geflügel und Jungvieh versehen und auch auf den Feldern und Wiesen helfen, wenn es notwendig ist. An Arbeit ist niemals Mangel. Meine Mutter war eine gute Lehrmeisterin auf unserm Platz am Lachsfluß.«

»Ich möchte meinen, Eva, daß Sie mehr zu bedenken und zu leisten haben als zum Beispiel wir mit unserer Messerei, die bald zur Routine wird. Ihr Mann weiß das sicherlich zu schätzen. Was ist schon ein Mann auf solch einer Farm wie dieser ohne eine rundum tüchtige und zielbewußte Frau!«

Sie zögerte mit der Antwort. Das Lob behagte ihr nicht recht, erfreute sie aber gleichzeitig. Sie überlegte und meinte dann:

»Mein Mann? Ob er das zu schätzen weiß? Ich weiß nicht recht. Alle Frauen auf den Höfen in der Wildnis, wie meine Mutter oder jetzt ich, die müssen überall zupacken. Das versteht sich von selbst. Es braucht nicht darüber geredet zu werden. Wo die Frauen nicht damit fertig werden, da geht es schnell bergab. Die Männer arbeiten von früh bis spät, und das schwer. Mein Mann findet gar nicht die Zeit, mich viel zu loben. Ich erwarte das auch nicht.«

Sie sagte das frei und offen heraus; ihrem Gegenüber ging das Herz dabei auf. Roys Übermut stellte sich wieder ein. Er blickte sie lächelnd an und verkündete wie eine tiefe Weisheit mit gedämpfter Stimme:

»Wenn ich es wäre, ich würde Sie loben von früh bis spät. Ja, das würde ich!«

Auch sie mußte nun lachen:

»Von früh bis spät –? Ich fürchte, das würde mir auf die Dauer langweilig werden. Außerdem glaube ich, daß unsere Mittagspause um ist. Ich habe noch viel zu tun. Wir haben uns ja darauf geeinigt, daß ich furchtbar tüchtig bin. Von Ihnen, Roy, erwarte ich das gleiche. Ich habe mich gestern erboten, die gesamte Wäsche der Kommission einmal gründlich durchzukochen, damit unser schönes Land in sauberem Zustand vermessen wird. Das will ich heute nachmittag veranstalten. Also Abendessen um sechs! Ich werde etwas Gutes auf den Tisch bringen.«

Sie erhob sich. Die Mittagspause war beendet. Roy Danlay hätte es nicht eilig gehabt. Aber Widerspruch stand außer Frage. Den ganzen Nachmittag über würde er im geschlossenen Zimmer arbeiten müssen. Aber morgen konnte er am Bach stromauf wandern und O'Sheas alten Schürfplatz ausfindig machen, wo der »Klotz« – blöde, daß er von dem unfreundlichen Beinamen, der sich ihm schon in der ersten Stunde aufgedrängt hatte, nicht loskam! – wo also Thomas O'Shea seit Jahren in bescheidenen Mengen Gold aus dem Sand der Böschung gewaschen hatte und offenbar immer noch wusch, wenn er Zeit dazu fand und einen kleinen Nachschub von Taschengeld brauchte.

*

Vergeblich hatte Roy beim Abendessen, der Hauptmahlzeit wie landesüblich, versucht, mit dem Ukrainer Ossip Pawlowitsch Rovnitsky eine Unterhaltung in Gang zu bringen. Der struwwelköpfige, fahlblonde Mann mit dem breitflächigen Gesicht, den breiten Schultern und den großen Händen, die er zum Abendessen zweifelsohne nachdrücklich geschrubbt hatte, fühlte sich zwar sichtlich gehoben, daß ihm ein absolut waschechter Kanadier – dazu seinem Namen nach auch noch englischer Herkunft – anscheinend ehrlich gemeinte Beachtung schenkte; doch war Ossips Englisch noch viel zu dürftig, als daß er seine Sorgen und Ängste in vollem Umfang verständlich machen konnte. Er ahnte natürlich nicht, daß Roy von dem unterschwelligen Wunsch angetrieben wurde, sich vor Evas Ohren als ein »guter Mensch« darzustellen, indem er sich um die Nöte eines ebenso belang- wie schutzlosen Einwanderers voller Anteilnahme kümmerte. Deutlich wurde aus der umständlichen Unterhaltung, an der sich Eva nur als Zuhörerin beteiligte, lediglich, daß Ossip Pawlowitsch sich beinahe panisch davor fürchtete, im bevorstehenden Winter keine Arbeit zu haben. Das zuvor und auf der Farm verdiente Geld würde nicht ausreichen, in den langen, kalten Monaten den Unterhalt und ein Obdach zu sichern.

Als Eva schon abgeräumt und eine Tasse Kaffee zum Abschluß eingeschenkt hatte, beendete Roy das holprige Gespräch mit den Worten:

»Ich werde dir die Adresse von meinem Amt in Victoria geben, Ossip. Länger als bis Mitte November können wir hier nicht unterwegs sein und kehren in die Stadt zurück. Du kannst mich dann dort aufsuchen. Du wirst schon irgendwo unterzubringen sein, wenn nicht durch mich, dann durch McAllister.

Der hat viele Beziehungen. Für fleißige und geschickte Männer wie dich gibt es immer Arbeit in British Columbia. Man muß nur wissen, wo sie zu finden ist.«

Der ungelenke Mann strahlte, soweit er zu strahlen imstande war.

»Thank you, Sir, thank you very much. That is nice. Thank you!«

Eva erhob sich. Ihr war nicht ganz wohl bei diesem Abschluß der Unterhaltung. Wozu machte er dem armseligen Burschen Hoffnung? Sie kannte das, kannte diese unverbindlichen Zusagen aus anglo-kanadischem Munde, aus denen nie etwas wurde. Vater und Mutter hatten ihr oft genug erzählt, wie übel es ihnen in den Jahren ihres Anfangs, ehe sie sich noch ein brauchbares Englisch angeeignet hatten, mitgespielt worden war. Es erschien ihr nicht glaubhaft, daß Roy Danlay – wahrlich ein Anglo-Kanadier, wie er im Buche stand – wirklich ernsthaft beabsichtigte, dem armen Teufel Ossip unter die Arme zu greifen.

Lieber hob sie vorzeitig die Tafel auf. Eine sonderbare Verstimmung hatte sich ihrer bemächtigt. Sie machte sich in der Küche zu schaffen. Mochte Roy, wenn er wollte, dem Ukrainer seine Anschrift in Victoria aufschreiben und ihm eindringlich erklären, wo und wie die Dienststelle in der großen Stadt zu finden wäre. Sie wollte nichts damit zu tun haben.

Im großen Hauptraum war es still geworden. Gewiß hatte Ossip sich in seinen Schuppen zurückgezogen. Jede Aufdringlichkeit hatte der junge Mann aus den fernen Ebenen Südrußlands (denen er entflohen war, um nicht Soldat des Zaren werden zu müssen) peinlich vermieden. Stets verschwand er sofort nach dem Abendessen und hockte mit seinem Schicksalsgefährten Greg vor der Blockhütte abseits, die den zwei Männern als Quartier angewiesen war; sie redeten dann von der verlorenen Heimat – endlos.

Eva war mit der Arbeit in der Küche nach einer halben Stunde fertig. Abendstille hatte sich auf Haus und Hof gesenkt. Die Sonne schwebte nur noch eine Handbreit über dem Waldrand im Westen, ein Feuerball aus flüssigem Gold. Ein Krähenschwarm zog auf gemächlichen Schwingen zum Babine-See hinunter. Wenn man genau hinsah, war das große Wasser als schmaler Streif aus silbrigem Metall im Norden gerade noch zu erkennen.

Eva fragte sich, ob es nicht am besten wäre, sich sogleich ins Schlafzimmer zu begeben. Sie mochte nicht nochmals mit Danlay zusammentreffen. Die Anteilnahme Danlays an dem Ukrainer war ihr nicht echt vorgekommen, sondern nur wie gespielt. Er hatte sich allzu geflissentlich dem verängstigten Einwanderer gewidmet. Was sollte das! Es war ihr peinlich gewesen.

Anscheinend hat Roy sich aber bereits zurückgezogen – soll mir recht sein, wenn er's gemerkt hat, daß er mir auf die Nerven gegangen ist. Diese selbstgewissen, ihrer Stellung und ihres Einkommens sicheren Engländer können sich nicht einmal im Traum vorstellen, wie einem armen Teufel von Einwanderer zumute ist, der ohne Geld, ohne Sprache, ohne Verwandtschaft einem fremden, teilnahmslosen Lande ausgesetzt ist.

Nein, es ist noch zu warm und zu hell, um schon die Schlafzimmertür hinter mir zuzumachen. Ich will die Pulswärmer fertig stricken für den Winter, die ich angefangen habe. Auf der Veranda habe ich noch für fast eine Stunde genügend Licht.

An ihrem Arbeitsplatz neben dem Fenster im großen Hauptraum kramte sie aus ihrem Nähkasten hervor, was sie brauchte. Es wäre ihr nie in den Sinn gekommen, nur so dazusitzen und die späte Sonne zu genießen. Zu tun war immer etwas. Auch noch nach Feierabend. Draußen unter dem Dach der Veranda auf der Bank zu sitzen, den Wollfaden um die Finger gleiten zu lassen und ab und zu den Blick zu heben, um dem weiten, wilden, zur Ruhe gehenden Land für den Frieden zu danken, den es spendete, das bildete den angenehmsten Übergang zur Nacht.

Sie trat durch die große Tür auf die Veranda – erschrak und stockte.

Auf der Bank, auf der sie sich mit ihrer Handarbeit hatte niederlassen wollen, saß Roy Danlay, hatte dort offenbar schon lange gesessen, ohne auch nur durch ein kleines Geräusch seine Anwesenheit zu verraten. Eva wußte sofort, daß er auf sie gewartet hatte; daß er damit gerechnet hatte, daß sie auf die Veranda kommen würde. Der leise bohrende Mißmut, den sie seit dem Abendessen spürte, verwandelte sich in Ärger. Am liebsten wäre sie ins Haus zurückgekehrt. Aber das hätte ihn vor den Kopf gestoßen – und, eigentlich, etwas wirklich Handfestes war ihm nicht vorzuwerfen. Aber sich ohne weiteres neben ihn zu setzen – einen anderen Sitzplatz als die Bank gab es nicht auf der Veranda –, das widerstrebte ihr.

»Ach, Sie sind hier!« Das war alles, was sie herausbrachte. Sie schritt zögernd zur Brüstung der Veranda, lehnte sich an einen der Stützpfosten neben der Treppe zum Vorplatz, wußte plötzlich nicht, was sie mit dem Strickzeug und dem Wollknäuel anfangen sollte.

Sie fuhr zusammen, als er sie ansprach. Er war dicht hinter sie getreten, lautlos; sie hatte es nicht wahrgenommen.

»Ja, ich. Darf ich nicht? Es ist noch zu früh, um schlafen zu gehen. Ich dachte, Ihnen noch ein wenig Gesellschaft zu leisten. Ist das so schlimm? Aber wenn ich nicht erwünscht bin, verschwinde ich sofort.«

Er stand dicht hinter ihr. Ihr war, als ginge von dem männlichen Körper eine Kraft aus, von der sie angezogen wurde. Sie durfte sich nicht umdrehen. Dann hätte sie ihm ganz nahe gegenübergestanden. Ich bin ganz allein im Haus. Wo ist Thomas, mein Mann? Dem sind seine Schürfrechte wichtiger. Ich kann mich auch allein behaupten. Wegschicken kann ich Roy nicht. Er hat nichts verbrochen.

Sie warf den Kopf zurück. Ihre Stimme war belegt:

»Erwünscht? Verschwinden? Wieso? Ich dachte nur, Sie wären bereits auf Ihr Zimmer gegangen. Ich ahnte nicht, daß Sie sich hier niedergelassen haben.«

»Ja, Eva, ich gestehe, daß ich hier auf Sie gewartet habe. Ich hatte während und am Ende des Abendessens den Eindruck, daß Sie nicht mit mir einverstanden sind. Ich würde gern wissen, weshalb. Ich bin mir keiner Schuld bewußt.«

Das klang unverkennbar ehrlich und auch ein wenig traurig. Eva drehte sich nun doch ihm zu, sah ihm ins Gesicht. Seine Miene verriet weder Spott noch Ärger, nur Betroffenheit. Nun gut, wenn er darauf bestand, wollte sie mit ihrer Meinung nicht hinter dem Berg halten:

»Warum haben Sie, Roy, dem armseligen Ukrainer Hoffnungen oder Versprechungen gemacht, die Sie doch nicht einhalten werden? Das ist zwar üblich bei den Leuten Ihrer Art. Aber anständig finde ich es deswegen noch lange nicht!«

Sie hatte die Sätze, um sich zu wehren, heftig und erbittert hervorgestoßen, so böse, daß er sich abwenden mußte. Er trat zwei Schritte zur Seite, stützte sich auf die Brüstung und blickte nun seinerseits ins Land hinaus, das nach dem Untergang der Sonne sich in mattes Dunkel zu hüllen begann.

Er sprach nicht in ihre Richtung, auch nicht zornig, mehr ratlos:

»Sie wehren sich gegen mich, Eva. Sie unterstellen mir Unanständigkeit, damit es Ihnen leichter fällt, mich abzulehnen.«

Traf er den Nagel auf den Kopf? Sie hatte ihn kränken wollen, um Abstand zwischen ihn und sich zu legen? War das wirklich das, was sie wollte? Warum wollte sie das? Ein Gefühl der Schwäche überkam sie. Sie mußte sich setzen. Es gab nur die Bank, auf der Roy Danlay gewartet hatte. Sie ließ sich erschöpft am Ende der Bank nieder und legte das Strickzeug neben sich aufs Holz:

»War das Ihr Ernst, Roy? Wollen Sie dem Ukrainer helfen?«

Er ging langsam zu ihr hinüber, blieb zwei Schritte vor ihr stehen:

»Es war mein Ernst, Eva. Ich könnte ihn unterbringen, glaube ich, ihn und seinen Kameraden. Wenn nicht ich, dann McAllister, vielleicht sogar unsere Behörde. Fleißigere und willigere Burschen als die beiden Ukrainer sind kaum zu denken. Allerdings gebe ich zu: Es ist ein Tropfen auf den heißen Stein. Es gibt augenblicklich zu viele Einwanderer. Dieses Land ist noch nie leicht gewesen für diejenigen, die erst anfangen, die Sprache zu verstehen, die mit unseren Gebräuchen nicht vertraut sind. Aber so haben wir alle einmal anfangen müssen, meine Vorfahren genauso wie seine. Auch bei mir ist das erst zwei Generationen her und noch nicht vergessen.

Aber ich gestehe, daß ich nicht viel riskiert habe, als ich ihm meine Adresse gab. Er wird nicht den Mut aufbringen, zu mir aufs Amt zu kommen. Diese Einwanderer hegen die größte Scheu vor jeder Art von Behörden; die stammt wahrscheinlich noch aus ihrer alten Heimat. Lieber hungern sie und schlagen sich irgendwie durch. Und nüchtern betrachtet, ist das so das Richtige. Sie gewöhnen sich damit an das Wesen dieses Landes, in dem jeder nur das kriegt und behält, was er sich selbst erworben oder erschuftet hat. Nichts wird geschenkt. Darf ich mich setzen, Eva?«

Verwirrt blickte sie auf. Die Frage hatte mit den Worten, die vorausgegangen waren, nichts zu tun.

»Setzen? Natürlich, Roy, warum sollten Sie sich nicht setzen? Platz genug auf dieser Bank!«

Sie nahm das Strickzeug nicht fort, das sie neben sich gelegt hatte, erhob es zum Symbol einer Schranke zwischen sich und ihm. Er tat, als merkte er es nicht, fuhr fort:

»Nichts wird geschenkt! Jeder hat sein Päckchen zu tragen und schlägt sich im geheimen mit seinen Problemen herum. Und ich bin mir gar nicht sicher, ob nicht die simple Sorge um das tägliche Brot einfacher auszugleichen ist als verstecktere und schwerer in Worte zu fassende Nöte, die nicht durch einen Wochenlohn oder eine warme Stube behoben werden können. Ich scheue mich nicht, Eva, Ihnen in dieser Abendstunde, in der uns keiner stört, eine Art Gegenfrage zu stellen, die mich schon seit dem ersten Moment unserer Begegnung beschäftigt, und die ich sogar auf die Gefahr hin stellen möchte, oder sogar muß, von Ihnen zurechtgewiesen zu werden. Ich bilde mir ein, möglicherweise zu Unrecht, einiges Verständnis für Frauen erworben zu haben. Ich bin stets gut mit Frauen ausgekommen, zuweilen sogar sehr, wenn sich auch bei meinem unsteten Lebenswandel nichts Dauerhaftes ergeben hat – wonach man aber doch, meine ich, immer auf der Suche ist. Sie sind, Eva, ein Mensch – ich müßte mich andernfalls sehr täuschen –, der wie zur Heiterkeit geschaffen scheint. Sie sind auf eine ganz einfache, mühelose, ich möchte sagen unbewußte Weise schön, so bezwingend schön, daß es mir gleich so etwas wie einen Schock gegeben hat. Das soll kein Kompliment sein; ich stelle nur einen Tatbestand fest und bitte um Entschuldigung, daß ich es nicht als Kompliment verstanden wissen will. Sie sind klug, Sie sind gewiß ungemein tüchtig in Ihrer Welt und dürfen sich sicherlich einen beträchtlichen Anteil am Erfolg des Unternehmens zuschreiben, das doch – wahrscheinlich von Ihrem Mann – nicht ohne Grund ›Evas Farm‹ genannt worden ist. Sie sind schon jetzt, soweit ich das beurteilen kann, nach den hier geltenden Maßstäben wohlhabend und werden, wenn nicht der Himmel einstürzt, irgendwann sehr reich sein. Und schließlich

– keineswegs zuletzt – haben Sie einen sehr eindrucksvollen Mann, der zwar zuweilen schwierig sein mag, der Ihnen aber doch, wie ich gespürt zu haben meine, aufrichtig ergeben ist. Wie also kann es sein, daß Sie ständig wie von einem traurigen Ernst beschattet scheinen, aus dem ich Sie nur ein paar wenige Male habe herauslocken können? Es ist schade, daß ich hier so auffällig versage, denn wenn Sie einmal wirklich lachen – ich getraue mich, es auszusprechen, dann wird Ihr Gesicht, nein, Ihre ganze Person so schön, ja, so hinreißend – wie soll ich's ausdrücken! – daß man's fast nicht glauben möchte!«

Er stockte, wurde sich bewußt, was er gewagt hatte, fügte dann aber tapfer hinzu:

»Daß man meint, so etwas könnte es gar nicht geben.«

Sie saß still, blickte auf ihre Hände hinunter. Noch nie in den achtundzwanzig Jahren ihres Lebens hatte ein Mensch, ein Mann so zu ihr gesprochen. Zu Worten wie diesen fehlten den Männern ihrer Welt am großen Babine und großen Stuart alle Voraussetzungen. Sie empfand zum ersten Mal, was das Wort »gebildet« bedeutet. Roy war »gebildet«, das heißt, die Worte waren ihm fügsam. Die Männer ihrer Welt blieben stumm – wahrlich, beinahe stumm!

Ein Sturm von widerstreitenden Gefühlen erfüllte sie. Müßte sie ihm solche Rede nicht verbieten? Was fiel ihm ein, sie solchermaßen zu durchschauen? Das stand ihm nicht zu. Und ob es stimmte, was er sagte, ach, es stimmte wohl nicht, sonst hätte es doch schon irgendwer sagen müssen. Thomas, der hätte das Recht dazu. Sie schrak vor dem Gedanken zurück. Thomas würde nie dergleichen über die Lippen bringen. Selbst wenn er das gleiche meinte, Worte würde er dem Gedanken nicht verleihen. Das lag außerhalb seines Bereichs.

Trotz allem war es wie süßer Wein, was ihre Ohren, nein, alle ihre Sinne aufgenommen hatten. Hier war endlich einer, der »ja« zu ihr sagte, zu ihr ganz und gar, und dies in klare, unendlich freundliche Worte zu kleiden wußte. Ich bin schön! Aber das sagt man sich nicht selbst, es muß von einem anderen gesagt werden, und das hat Tom nie getan. Dieser sagt es. Soll ich ihm deshalb böse sein?

Ich bin ihm nicht böse. Von ihm geht aus, was ich nie gehabt habe, was ich so gerne haben wollte: Freundlichkeit, Lachen, gute Worte, auch Übermut – und Zärtlichkeit. Er ist mit Tom nicht zu vergleichen; er ist auf eine hohe Schule gegangen, kommt aus der Stadt. Aber er sitzt bloß hinter Schreibtischen oder hantiert mit seinen Apparaten im Land umher. Er kann keinen Acker roden, kein Pferd zureiten und kein Kanu durch die Stromschnellen bringen – oder vielleicht kann er auch das? Kommt es darauf an? Er ist der erste, der mir sagt, wer ich bin! Jetzt erst weiß ich's, und ich will es sein! Ach was!

Mit einer herrischen Gebärde warf sie den Kopf zurück und griff nach dem Strickzeug, zog mit weit ausgestrecktem Arm den Faden vom runden Knäuel, richtete sich auf dabei, daß das glatte Kleid sich über ihren Brüsten spannte, und ging zum Angriff über:

»Vielen Dank für die gute Meinung, die Sie von mir haben, Roy! Lauter hübsche Sachen! Das sind natürlich alles keine Komplimente, sondern nur Feststellungen von Tatsachen. Oder wie sonst soll ich Ihren Lobgesang auffassen?«

Roy Danlay begriff auf der Stelle, daß sich die Atmosphäre zwischen ihr und ihm mit einem Schlage auf geheimnisvolle Weise geändert hatte. Viel schneller, als erwartet, war das leichte Floß, auf dem sie eine Laune des Schicksals zusammengeführt hatte, ins Trudeln geraten. Aber nur für einen kurzen Augenblick. Dies war eine herrliche Frau. Es war der volle Einsatz, der ihm abgefordert wurde. Auch für ihn fiel in dieser Minute eine Entscheidung. Gut, wenn es denn sein sollte: der volle Einsatz! Auch er hatte auf eine solche Minute gewartet, seit Jahren schon; er wußte es plötzlich. Selbst wenn er es gewollt hätte, eine Umkehr war jetzt nicht mehr möglich.

»Ach, Eva, ich glaube, daß man bei Ihnen mit bloßen Komplimenten nicht weit käme. Verspotten Sie mich ruhig nach Belieben. Ich habe, was ich sagte, genauso ernst gemeint wie ich vor einer Stunde Ihrem Ukrainer das Angebot machte, ihm zu helfen. Ich gehe noch einen Schritt weiter, Eva, und möchte Sie etwas fragen, was mir auszusprechen vielleicht nicht zusteht, was mich aber von Anfang an beschäftigt oder beunruhigt hat: Ihr Mann, Eva, der ›Schwarze Tom‹ – ich habe erfahren von den Leuten in der Gegend, daß er so genannt wird –, ist, ich sagte es schon, ein eindrucksvoller Mann, nicht alltäglich, im Ernstfall sicherlich verdammt gefährlich. Nur – paßt er zu Ihnen? Er setzt Stein auf Stein, ein irischer Bauer, nicht umzubringen! Daß er stolz auf Sie ist, daß er, der König, Sie zur Königin erkoren hat, hier in diesem weiten, königlichen Land, aus dem er sich seinen Besitz herausgeschlagen hat, daß er bereit ist, Ihnen den ganzen Babine und den Taltapin obendrein zu Füßen zu legen und das auch zustande brächte, wenn Ihnen der Sinn danach stände, das bezweifle ich nicht. Aber, frage ich mich, kann er Sie auch lieben, so wie Sie meiner Meinung nach geliebt werden sollten? Es ist nur eine Frage, Eva, und Fragen brauchen nicht in jedem Fall beantwortet zu werden, sind ja auch nicht in jedem Fall beantwortbar. Ich wage mich damit wahrscheinlich zu weit vor und bin darauf gefaßt, zurechtgewiesen zu werden. Wir sind so allein heute abend, als wären wir die einzigen auf der Welt, nur die Nacht leistet uns Gesellschaft.«

Im Westen glimmte über dem Saum der Wälder nur noch ein zarter rötlicher Streifen. Angenehm war die Kühle spürbar. Sterne flimmerten bereits in reicher Fülle – auf schwarzblauem Samt verstreute Splitter von Diamanten. Rein und klar war die Luft und über allem die Stille, diese wunderbare Ruhe. Eine warme, verführerische Nacht!

Unter dem Dach der Veranda war es dunkel. Wenn auch die Finger ihr Werk mechanisch zu verrichten längst gelernt hatten, so mußte Eva doch von Zeit zu Zeit einen kontrollierenden Blick auf ihre Strickarbeit werfen. Bald konnte sie endgültig nichts mehr erkennen. Sie wickelte die Wolle zusammen und steckte die stählernen langen Nadeln hinein, erhob sich, dehnte sich ein wenig und erwiderte:

»Sie glauben, Roy, daß das Ehepaar O'Shea nicht recht zusammenpaßt. Vielleicht ist an dieser Annahme etwas Wahres, vielleicht auch nicht. Kommt es darauf an? Eins weiß ich, weiß ich so genau, wie es jetzt Nacht wird und morgen wieder Tag ist. Thomas liebt mich – auf seine Weise –, liebt mich ganz unwandelbar und wird nie darin nachlassen. Ist das nicht genug? Es hat keinen Sinn, zuviel vom Leben zu verlangen.«

Sie hatten sich beide erhoben und standen nebeneinander an der Treppe zum Vorplatz hinunter.

Roy Danlay wagte sich noch einmal vor. Beide waren bereits in den Sog jenes Stroms geglitten, der Sehnsucht genannt wird. Er flüsterte, nicht zu ihr gewandt, sondern in die Nacht hinaus:

»Es genügt nicht, Eva, und Sie wissen es auch. Sie leiden daran, daß er nur auf seine Weise zu lieben imstande ist. Sie müßten auf Ihre Weise geliebt werden – und das wäre sicherlich eine sehr wunderbare Weise. Es genügt eben nicht, daß man selber sein Recht bekommt und zufrieden ist und womöglich sogar glücklich. Daß es der andere oder die andere ist, je nachdem, darauf kommt es an!«

Die Heiserkeit in ihrer Stimme schnürte ihm das Herz zusammen:

»Kommt es darauf an? Tom ist es, der mich geheiratet hat. Auf seine Weise liebt er mich. Daß ich auf meine Weise geliebt werde, von wem sonst könnte ich das verlangen?«

Nach einigen ewigen Sekunden, in denen nur das Sternenlicht zu knistern schien, kam die leise Antwort:

»Von mir zum Beispiel, Eva Deels!«

Er hob die Hand und spannte sie mit sanftem Druck um ihre Schulter. Sie wehrte sich nicht. Die Hand tat ihr wohl, so wohl, daß ihr ein leiser Schauer über den Rücken rann. Was er bedeutete –? Unmöglich, sich noch an diesem Abend der Wahrheit zu ergeben.

Doch merkwürdigerweise gelang ihr nun ohne große Anstrengung das vertrauliche Du.

»Eva Deels, sagst du? Roy, nein, das ist für alle Zeiten vorbei. Wir reden uns um Sinn und Verstand. Wir wollen schlafen gehen. Ich bin todmüde.«

Dies war nicht einmal ein Vorwand. Eine lähmende Müdigkeit wie nach übergroßer Anstrengung hatte sich über sie gesenkt.

Aber die Träume, von denen sie schon eine Stunde später heimgesucht wurde – von unbestimmten, fließenden Formen und Farben –, waren merkwürdig süß und schmeichelnd.

17. KAPITEL

Es war, als hätten sich beide vorgenommen, ihre Tagesarbeit nun erst recht nicht zu vernachlässigen. Das Private durfte den Pflichten, die zu erfüllen waren, nicht in die Quere kommen. Im geheimen aber waren beide von einer mühsam verhaltenen Unruhe erfüllt. Wann und wie würde er – oder sie – die letzte Barriere beiseite schieben, die sie noch voneinander trennte?

Beim kurzen Mittagessen bemühten sie sich, unverfängliche Gespräche zu führen. Sie wollte erfahren, wo er herkäme und was nötig gewesen wäre, um eine Stellung zu bekleiden, wie er sie jetzt einnahm – auch, was er in Zukunft zu tun gedächte, oder ob er sich ein für allemal den Aufgaben der Landvermessung verschrieben hätte. Er gab bereitwillig Auskunft. Besser konnte die Zweisamkeit – Joe und Ossip blieben zur Mittagspause wieder draußen auf den Wildwiesen – gar nicht entschärft werden.

»Ich habe mich noch nicht gebunden, Eva. Konnte mich bisher nicht entschließen, Beamter zu werden, obgleich man es mir schon ein paarmal nahegelegt hat. Ich bin erst fünfunddreißig Jahre alt. Ich bin nach dem Studium viel herumgekommen, meistens in der Wildnis, wo bis dahin höchstens Indianer oder Waldläufer durchs Unterholz geschlichen sind – und nichts von dem entdeckt haben, was in diesen unübersehbaren Einöden im Boden verborgen sein muß. Deshalb bin ich Landvermesser und Geologe geworden, um den Bachbetten und Felswänden ihre vielfach verschlüsselten Geheimnisse abzulisten. Dabei ist es nicht einmal – ich bilde mir ein, dies ganz ehrlich behaupten zu dürfen – die Aussicht auf Gewinn, ich meine einen Erfolg, der sich in klingende Münze umsetzen läßt, sondern die ständige, wenigstens für mich kaum zu unterdrückende Versuchung, womöglich Schätze ausfindig zu machen, die von der mächtigen Mutter Natur seit ungezählten Jahrtausenden verborgengehalten werden. Morgen zum Beispiel möchte ich über die Stelle hinaus, an der Tom schon schürft, bergauf wandern und im Bach und in den Böschungen Untersuchungen anstellen. Ich halte nicht für ausgeschlossen, daß da noch weitere goldene Veilchen im verborgenen blühen.«

Er blickte sie an über den Tisch hinweg, übermütig, seiner Fähigkeiten und Kenntnisse auf spielerische Weise sicher. So war er unwiderstehlich. Man mußte mitlachen, und Eva tat es. Und wenn sie lachte, dann war auch sie unwiderstehlich. Er sah das sofort und nahm sich vor: Man muß ihr so häufig wie möglich Grund zum Lachen geben. Dann ist sie das schönste Mädchen, das sich denken läßt. Also bekräftigte er nochmals:

»Nein, bis auf weiteres bin ich noch ein freier Mann, kann die Landaufnahme – immerhin eine sehr ehrenwerte Einrichtung – von heute auf morgen an den Nagel hängen, wenn es mir paßt. Vielleicht beschließe ich eines Tages, ein steinreicher Mann zu werden und den größten Fund von Nickel, Silber oder Blei zu machen, der je gemacht worden ist. Vorläufig finde ich es reizvoller, mit netten Leuten wie dem alten und übrigens sehr kenntnisreichen Dr. McAllister durch die Lande zu ziehen, mein Gehalt auf die hohe Kante zu legen, denn im Busch kann man nichts ausgeben, und wie gesagt, ein freier Mann zu bleiben, ein sozusagen vogelfreier, der seine Kappe jederzeit an einen neuen Haken hängen kann und unter ein neues Dach!«

»Etwa unter unserem, wie?«

Er war so leichtfüßig nicht, wie er sich gab. Aber es machte Spaß, ihm zu folgen. Seine Antwort kam ohne Zögern:

»Unserem – das lasse ich nicht gelten, Eva! Unter deinem, das ist es, was mir die Sache so angenehm macht!«

Der Ernst, der sie um Jahre älter machte, als sie war, nistete sich wieder zwischen ihren Brauen ein. Er merkte es sofort. Es lag ihm fern, sie bedrängen zu wollen. Man mußte ihr Zeit lassen. Sie hatte Anspruch darauf. Er sah auf die Uhr an der Wand mit den zwei Tannenzapfengewichten aus Eisen und dem Zifferblatt, das mit nicht mehr kenntlichen Bildchen geschmückt war.

»Was, schon ein Uhr! Da haben wir schön die Zeit verredet! Ich muß mich ranhalten mit meiner Arbeit, werde sowieso nicht alles schaffen, bevor McAllister wieder da ist. Legst du dich hin für eine halbe Stunde, Eva? Du solltest es tun!«

Erstaunt blickte sie ihn an, als hätte er Unmögliches von ihr verlangt.

»Hinlegen? Am hellen, lichten Tag? Wo denkst du hin? Das

hat es weder bei mir zu Hause im Lachstal, noch hier am Babine je gegeben. Dazu mag man in der Stadt Zeit haben. Hier bei uns nicht. Ich muß mich um den Gemüsegarten kümmern. Ossip kommt am frühen Nachmittag her, um mir die schweren Arbeiten abzunehmen. Joe entschwindet dann übrigens in sein Dorf am Camsell-See, hat Sehnsucht nach Weib und Kind; er wird erst nächste Woche wieder hier antreten. Wenn man sich gute Indianer halten will, darf man sie nicht allzu fest einspannen. Abendessen wie stets um sechs Uhr, Roy! Den Abstecher zum Bach hinauf, wenn ich dir raten darf, schiebe lieber nicht auf die lange Bank. Das Wetter kann jeden Tag umschlagen.«

Während sie sprach, hatte sie das Geschirr zusammengestellt und verschwand in der Küche.

*

Bei der abendlichen Hauptmahlzeit zeigte sich Ossip, der Ukrainer, wesentlich aufgeräumter und gesprächiger, als Eva ihn in den vielen Wochen zuvor erlebt hatte. Am Nachmittag schon war ihr das aufgefallen, seit der breitschultrige, bis dahin stets irgendwie verlegen wirkende Mann eingetroffen war, um ihr bei den schweren Arbeiten im Garten zu helfen. Die Gegenwart Roy Danlays am großen Tisch des O'Sheaschen Blockhauses schien ihn erst recht munter zu machen. In seinem holprigen Englisch, das aber, wie sich ergab, ihm durchaus genügte, sich verständlich zu machen, berichtete er von den vielfältigen, meist nicht sehr glückhaften Erlebnissen, die er mit seinem Kameraden Gregor seit der Ankunft auf kanadischem Boden vor zwei Jahren zu bestehen gehabt hatte. Manches blieb unklar an seinen Berichten, aber der Rest war aufregend genug.

Eva merkte bald, daß es in Wahrheit Roy Danlay war, der die Unterhaltung ständig belebte. Mit kurzen, wißbegierig klingenden Fragen lockte er den gar nicht mehr ungelenk wirkenden Mann aus sich heraus.

Wie Roy das fertigbrachte! Und das nur mit knappen, kleinen Kunstgriffen! Die beiden Burschen aus der Ukraine sind wahrscheinlich gar nicht so stumm und stur, wie wir sie bisher eingeschätzt haben. Solange Tom am oberen Tischende präsidierte, wagten sie nicht, den Mund aufzumachen. Zu Roy hat Ossip beinahe auf der Stelle Vertrauen gefaßt; er glaubt ihm aufs Wort und fühlt sich verstanden. Roy dreht die Leute, wohin er sie haben will; sie merken es kaum und haben noch Spaß daran.

Der aufmerksam dem Gespräch der beiden Männer folgenden Eva fügte sich dieser Beobachtung schließlich wie von selbst die Erkenntnis an: Mit mir macht er es ebenso!

Es hätte sie eigentlich kränken müssen. Sie wunderte sich, daß es sie keineswegs kränkte. Im Gegenteil, es war angenehm und trostreich, beachtet, gelobt, bemitleidet und bewundert zu werden, mit einem Wort, verstanden. Das hatte sie entbehrt. Dieser Mann nun bot ihr dies alles. Sein aufgeschlossenes, bewegliches Gesicht, die wachen Augen, die gerade Nase über dem festen, aber nicht harten Mund, der stets zu einem Lachen bereit war – er gefiel ihr. Eva konnte den Tischgenossen an ihrer Seite, der ausschließlich mit dem Ukrainer beschäftigt schien, in dieser Abendstunde ungestört beobachten. Er hatte gute, feingliedrige Hände, und sie waren peinlich sauber und gepflegt – was sonst wenig zu den Männern paßte, die sie an ihrem Tisch bewirtete. Man kann ihm offenbar nicht nur nie böse sein, man muß ihm gut sein. Sie mußte sich plötzlich festhalten, um nicht unvermittelt mit ihrer Hand nach der seinen zu greifen, die unweit auf dem Tisch lag. Die Hand war halb so breit wie die ihres Mannes; sie konnte nicht verhindern, daß ihr dies durch den Kopf schoß. – Besser Schluß jetzt, ehe ich irgendeine Dummheit mache! Ossip darf nichts merken. Ossip ist viel intelligenter, als ich bisher angenommen habe.

Was es war, das der Ukrainer »nicht merken« sollte, Eva hätte eine solche Frage nicht beantworten können. Aber sie hob die Tafel sofort auf, als die Tischgäste Messer und Gabel auf ihren Tellern abgelegt hatten.

»Gute Nacht, ich gehe jetzt ins Bett«, sagte der Ukrainer und war aus dem Zimmer. Wenn der Boss oder die Frau des Hauses sich erhoben, dann hatten alle, die nicht ins Haus gehörten, ohne Verzug zu verschwinden. An dieser Regel hatte O'Shea nie einen Zweifel aufkommen lassen. Weder Eva noch Roy machten den Versuch, den Mann zurückzuhalten. Sie fühlten sich wie befreit.

»Heute kannst du mir in der Küche ein bißchen helfen, Roy. Dann bin ich eher fertig, und du brauchst nicht einsam und allein auf der Veranda zu hocken und zu warten, ob ich vielleicht noch einmal vors Haus trete – und mich dann erschrecke –!«

»Mit Vergnügen, Eva! – Will dir gerne helfen – nicht etwa dich erschrecken!«

Sie blickten sich lachend in die Augen, und beide entdeckten in denen des anderen die heitere Befriedigung, endlich ohne einen Dritten zu sein, der nicht dazu gehörte.

Eva wusch ab, und Roy erwies sich als geschickter Abtrockner. Schweigen wollten sie nicht, also kam Roy auf die Geschichten zurück, die Ossip von seinen Erfahrungen als armer Einwanderer, der die Landessprache nicht verstand, in Kanada gemacht hatte:

»Wie die Leute, die endlich dies gelobte Land erreicht haben, ausgenutzt und geprellt werden – es ist eine Schande! Aber solche Burschen aus Rußland oder Gott weiß sonst woher, die setzen sich am Ende durch. Keiner hilft ihnen, wenn sie sich nicht selber helfen. Auch unseren Vorfahren wird es nicht viel anders ergangen sein. Den Vorteil hat das Land. Ich muß sagen, ich spare nicht an Respekt vor diesen Leuten.«

Sie drehte sich mit einem nassen Teller in den Händen zu ihm um:

»Und ich kann dir auch etwas sagen: Daß du Respekt hast vor solchen Leuten, Roy, das macht dich mir ausgesprochen angenehm!«

Rot bis unter die Haarwurzeln, das wurde sie. Was hatte sie da gesagt? Sie war bezaubernd, dies schöne Geschöpf! Ihr war nicht zu widerstehen – und Roy war nicht gesonnen, ihr zu widerstehen, nicht im geringsten!

Mit einem Küchentuch in der einen, einem halb abgetrockneten Teller in der anderen Hand, trat er auf sie zu und küßte sie auf den Mund, der immer noch vor Schreck ein wenig offen stand. Als stellte er etwas fest, das so gut wie selbstverständlich war, meinte er mit heiserer Stimme:

»Ich hab's ja gewußt, Eva, du bist entzückend! Vertraust mir also an, daß ich dir sympathisch bin. Ist das ein Kompliment oder eine Feststellung von Tatsachen? Wie auch immer, es war so nett von dir, daß ich dir einen kleinen Kuß geben mußte.«

»Ja, einen Kuß!« flüsterte sie nur und beugte sich wieder über die Abwaschschüssel.

Kein Wort wurde weiter gewechselt. Eva brachte die Küche weiter in Ordnung, und er lehnte an der Türöffnung und sah ihren schnellen, sicheren Bewegungen zu. Was geschehen war, hatte beiden zunächst die Sprache verschlagen.

Aber dann war partout in der Küche nichts mehr zu verrichten. Doch Roy dachte offensichtlich nicht daran, den Beobachtungsposten an der Tür aufzugeben. Sie spürte, wie sie heimlich bebte. Es machte sie ärgerlich.

»Wenn du da ewig herumlehnst und mir den Weg verstellst, dann muß ich wohl die Hintertür benutzen. Oder bist du da eingewurzelt?«

»Eingewurzelt? Keine Spur! Ich wollte nur nicht, daß du mir unvermutet abhanden gerätst, schlafen gehst oder nach den Hühnern siehst oder ähnlich Schreckliches. Ich bin dir doch nicht unsympathisch. Also könnten wir noch eine halbe Stunde auf der Veranda sitzen und uns etwas erzählen. Ich möchte von dir noch manches wissen.«

Damit hatte er ihr ein Stichwort gegeben:

»Du erinnerst mich daran, ich muß wirklich noch einmal nach den Hühnern sehen und ihren Stall fest schließen. Die Hunde waren heute nachmittag, während du weg warst, ganz verrückt. Es könnte sich ein Fuchs oder ein Bär in der Nähe herumtreiben und Appetit auf Hühner haben. Kommst du mit? Die Veranda läuft nicht weg, und der Abend ist so lang, wie wir wollen.«

Wieviel kühner sie geworden ist, dachte Roy Danlay. Sie wacht auf, es ist nicht anzuhalten. Und warum sollte ich es aufhalten? Sie sehnt es ja herbei.

Natürlich ging er mit zum Hühnerstall. Das Federvieh saß vollzählig gereiht auf den Stangen. Er half ihr, Tür und Schlupfloch fest zu verschließen. Das wäre sonst nicht nötig, wie sie anmerkte.

Dann spürten beide das Bedürfnis, sich noch einmal die Hände zu waschen; am besten in der Küche.

Eva zog den Schemel unter dem Küchentisch hervor, stellte

die Waschschüssel darauf und den Seifennapf daneben. Auf dem Herd im großen Kessel war das Wasser noch warm. Eva goß die Schüssel zur Hälfte voll und sagte mit einer einladenden Handbewegung zu Roy hinüber:

»Bitte, mein Herr!«

Er protestierte:

»Wieso ich zuerst? Ich kann warten!«

Sie lachte:

»Unsinn! Es ist Platz genug für uns beide! An jeder Seite einer.«

»Also gut, an jeder Seite einer!«

Sie beugten sich nieder, um die Hände ins Wasser zu tauchen – und bautz – stießen die Köpfe alles andere als sanft aneinander.

»Au«, schrie Eva verblüfft auf. »Das hat weh getan!«

Mit schmerzverzogenem Gesicht rieb er sich die Stirn.

»Mädchen, hast du einen harten Schädel!«

»Danke, gleichfalls!«

Die vollkommene Übereinstimmung schien sie beide außerordentlich zu erheitern, und sie sanken sich, Tränen in den Augen vor Lachen, selig in die Arme. Roy hielt den schlanken, festen Leib, fühlte ihn.

Himmel, sie ist noch viel schöner, als ich ohnehin ahnte! Er küßte sie, küßte den blonden Kopf an seiner Schulter, küßte ihren Mund, nicht mehr flüchtig, keine Antwort erwartend wie zuvor, sondern heftig und fordernd.

Und spürte, wie sie nicht nur sich küssen ließ, sondern seinen Kuß erwiderte, zaghaft zuerst, dann nicht mehr zaghaft.

Sie küßten sich, als wollten sie sich austrinken.

Endlich lösten sie sich voneinander. Eva begriff erst jetzt, was sich an ihnen ereignet hatte. Sie befreite sich aus seinen Armen, war verwirrt, strich sich das Haar aus der Stirn und fragte heiser und bebend:

»Roy, was tun wir denn?«

Er hatte sofort von ihr gelassen, als er merkte, daß sie sich wieder fassen wollte. In leichtem Ton beantwortete er ihren Schreckensruf:

»Hast du das nicht gemerkt, Eva? Wir küssen uns! Das hättest du eigentlich merken müssen. Schade! Entschuldige, daß ich dir diese Kunst nicht vorher begreiflich gemacht habe. Das ließe sich aber nachholen!«

Seine Lust am Spott brachte sie schnell wieder zu sich. Schon mußte sie wieder lächeln:

»Nicht so stürmisch, junger Mann! Und jetzt gehorchen Sie bitte, waschen sich zuerst die Hände. Wir treffen uns auf der Veranda. Wenn ich mich nicht irre, ist irgendwo im Hause noch eine Flasche Portwein versteckt. Wir könnten uns draußen damit erwärmen, wenn es später kühl werden sollte.«

»Dagegen ist beim besten Willen nichts einzuwenden. Aber ›junger Mann‹ solltest du mich nicht nennen. Ich bin mindestens sechs Jahre älter!«

»Gut, gut, es soll nicht wieder vorkommen. Wir treffen uns in zehn Minuten auf der Veranda.« – –

Eva fühlte sich wie berauscht. Der Portwein war nicht dafür verantwortlich zu machen. Sie hatte nur ein knappes Gläschen zu sich genommen. Da saß jemand neben ihr auf der langsam dunkel werdenden Veranda, der ihr zuhörte mit allen Sinnen, nicht nur den Ohren, der genau wissen wollte, wer sie war, woher sie kam, ja, und auch wohin sie ging – wenn das überhaupt eine Frage war. Ihn schien alles zu bewegen – ganz unmittelbar –, was sie betraf. Seinen bohrenden Fragen war nicht auszuweichen.

In der Tat, Roy wurde angetrieben von dem beinahe schmerzlichen Wunsch zu erfahren, wie eine Frau in der fernen Wildnis werden konnte wie sie, so scheu und doch so kühn, so einfach und doch so klug, so unerfahren und doch so weise. Er ahnte es und wollte es nicht nur ahnen, wollte es begreifen, auch um sich selber zu begreifen.

Sie erzählte, wie schwer ihre Eltern drüben im Lachstal in den Anfangsjahren hätten schaffen und kämpfen, wie sie selbst von frühester Jugend nach ihren Kräften hätte mithelfen müssen, wie sie als die Älteste eingespannt worden war, als die Geschwister ankamen, eins nach dem anderen, wie aber die Eltern von ihrem fünften Lebensjahr an sich unablässig bemüht hätten, ihr alles an Schulweisheit zu vermitteln, Lesen, Schreiben, Rechnen, Zins- und Prozentrechnung. Aber schließlich hätten Vater und Mutter nichts weiter mehr zu unterrichten gehabt und hätten sie mit zwölf Jahren als Hausmädchen zu dem lutherischen Pastor nach Prince George verdingt, nur gegen Wohnung und Unterhalt, aber unter der Bedingung, daß der Pastor sie weiter unterrichtete. Das hätte der Pastor auch getan, aber leicht wäre es ihr nicht gemacht worden, etwas zu lernen, denn im Pfarrhaus hätte es fünf unmündige Kinder gegeben. Die Frau Pastor war kränklich und oft wäre sie, Eva, über den Büchern aus Herrn Pastors Bibliothek eingeschlafen und erst wieder aufgewacht, wenn die Kerze in ihrem Kämmerchen längst ausgebrannt war. Aber nach drei Jahren wäre sie als Fünfzehnjährige mit Kenntnissen so weit angefüllt gewesen, daß sie die jüngeren Geschwister daheim anstelle der Eltern hätte unterrichten können.

Aber dann hätte die Mutter einen Unfall gehabt und wäre danach für mehr als zwei Jahre zu keiner größeren Anstrengung mehr fähig gewesen. Die älteste Tochter, also sie, hätte die Pflichten der Hausfrau in vollem Umfang übernehmen müssen. Da hätte sie dann unter der kundigen Anleitung der Mutter gelernt, was dazu gehört, ein großes Hauswesen in den Wäldern zu leiten.

Allmählich aber wären auch die jüngeren Geschwister größer und vernünftiger geworden; Nelly vor allem, die Schwester, hätte schon früh begriffen, daß man in der Wildnis stets aufmerksam sein müßte, denn Versäumnisse oder Unbesonnenheiten rächen sich unweigerlich früher oder später und können Kopf und Kragen kosten.

Das Blatt hätte sich schließlich mit den Jahren gewendet. Die Mutter hätte ihre alte Tatkraft nie vollständig zurückgewonnen, aber mit Nellys Hilfe das Steuer der Farm am Salmon wieder fest in die Hand nehmen können.

»Weißt du, Roy, es war eben so, daß ich zwar wohl oder übel die Entscheidungen treffen mußte, die eigentlich Mutter zustanden, die sie aber nicht oder nicht rechtzeitig traf, weil sie während ihrer langen Krankheit aus der Übung gekommen war. Wenn ich sie dann traf, damit nichts stockte, dann ›mischte ich mich ein, vorschnell wie immer‹, so lauteten dann ihre Vorwürfe. Ich war mir also darüber klar, daß der väterliche Hof für mich keinen Platz mehr bot. Ja, und dann tauchte auf einmal Thomas O'Shea bei uns auf. Vater hatte ihn aus Prince George mitgebracht. Er ist zehn Jahre älter als ich. Aber einen gleichaltrigen Mann hätte ich auch nicht gebrauchen können. Er ist ganz anders als wir, schwarzhaarig, aber mit blauen Augen, ein richtiger Ire also, und spricht das weiche Englisch, das die Iren sprechen. Er war damals sehr ernst, aber ungemein geschickt und erfahren in allem, was ein Siedler in den Wäldern braucht, und es war ihm zu glauben, daß er seinen eigenen Hof schon weit gebracht hätte. Und dann spürte ich auch vom ersten Augenblick an, Roy, daß ich großen Eindruck auf ihn machte, und es half auch nichts, daß ich mich absichtlich nicht um ihn kümmerte; das machte die Sache sogar noch dringlicher. Er war ganz anders als wir. Aber gerade das zog mich an, denn die eigene Welt schien mich nicht mehr gebrauchen zu können. Ich merkte schon am zweiten Tag, daß ich ihm nur einen kleinen Wink zu geben brauchte, und er würde bei Vater um mich werben. Ich begriff natürlich auch, daß Tom Kraft besaß und notfalls über eine wilde Entschlossenheit verfügte, weit über den Durchschnitt hinaus. Mit dem Durchschnitt mag ich mich in keiner Hinsicht abgeben. Das ging mir schon so als Kind und wird wohl immer so bleiben. Weißt du, Roy, ich wußte, als hätte ich es schwarz auf weiß bekommen, bei diesem Mann bin ich gut aufgehoben. Mehr als das, wie soll ich es erklären, er wird mich immer ehren – ich glaube, das ist das richtige Wort. Und ich kam zu der Überzeugung, daß dies bedeutete, daß ich ihn liebte, und darauf kommt es schließlich am meisten an, hatte mich die Mutter schon lange zuvor gelehrt, als ich noch gar nicht wußte, was es damit auf sich hatte.«

Sie schwieg. Sie hatte mehr zu sich selbst gesprochen als zu ihrem Zuhörer, der nur ein Schatten schien neben ihr auf der Bank und keinen Finger rührte, um ihre Bekenntnisse nicht zu unterbrechen. Sicherlich hatte sie sich so noch nie offenbart. Er, Roy Danlay, war der Zauberer, der ihr den Mund und das Herz geöffnet hatte – und dabei selbst verzaubert worden war. Sie war noch nicht am Ende. Kein Wort jetzt, Roy, keine Bewegung. Sie hat noch nicht alles gesagt.

Kaum hörbar sprach sie weiter:

»Nein, getäuscht habe ich mich nicht. Tom ist ein guter Mann, und er läßt es mich nicht entgelten, daß wir keine Kinder haben, mißt sich die Schuld daran selber zu. Wer schuld hat, weiß ich nicht. Am Tage imponiert er mir heute noch genauso wie am Anfang – oder noch viel mehr. ›Evas Farm‹ sagt er. ›Alles für dich, Eva‹, sagt er, wenn uns das Jahr wieder ein großes Stück weitergebracht hat. Der gewaltige Mann – er ist sehr stark; er ist listig, wenn es darauf ankommt. Unter allen Menschen kennt er nur mich. Ich müßte zufrieden sein, mindestens zufrieden, wenn schon nicht glücklich. Ich bin weder das eine, noch das andere. Ich schlage mich mit dem Gedanken herum, daß ich ein schlechter Mensch bin, undankbar, launisch, was weiß ich. Aber ich kann mir nicht helfen. Ich habe mich damit abgefunden, daß mich die Farm, der er meinen Namen gegeben hat, im Grunde kalt läßt – und, was das Schreckliche ist, auch Thomas O'Shea läßt mich kalt und dazu seine Tüchtigkeit und die Kraft, die er hat, und seine stumme Ergebenheit. Mit den Tagen mag ich noch einverstanden sein. Auf die Nächte, die für ihn so wichtig sind, weiß Gott, auf die würde ich gern verzichten. Aber man gewöhnt sich an alles.«

Ein in Jahren angehäufter Widerwille, eine Enttäuschung, die sich ständig tiefer eingefressen hatte – in dieser Nachtstunde war die Scheu verflogen, die ihr Schweigen auferlegt hatte. Die Mutter hatte ihr nicht zuhören wollen oder können oder dürfen. Jetzt, hier in dieser Nacht, vor den Ohren eines anderen Menschen, der ihr zuhörte, der längst ihre Partei ergriffen hatte, war ihr die Zunge gelöst. Was das bedeutete, sie wußte es noch nicht, ahnte es vielleicht. Er aber wußte es: Sie hat die Brücke hinter sich abgebrochen, die sie mit ihrem ersten Mann trotz allem immer noch verband, sie ist auf dem Wege zu mir, einem (ihrem?) zweiten Mann.

Sie schwiegen beide, bewegten sich nicht. Eine Sternschnuppe sauste vom Himmel und rief die beiden Menschen in die Gegenwart zurück. Beide atmeten tief auf. Ihre Hände suchten und fanden sich. Seine Hand deckte sich über die ihre. Sie war nicht allein.

Sie fröstelte plötzlich, zitterte unter ihrem dünnen Kleid. Die späte Stunde forderte ihr Recht. Mit veränderter, ganz alltäglicher Stimme stellte sie fest:

»Mir wird kalt, Roy! Wir müssen ins Haus, sonst holen wir uns hier den Schnupfen. Ich bin für eine Scheibe Brot mit Butter und eine Tasse heißen Tee.«

Er war es auch, fühlte sich irgendwie erleichtert.

Sie standen am Herd, in dem sie aus der verläßlichen Glut unter der Asche ein Feuer entfacht hatte. Zwei Scheiben Brot waren schnell vom großen Laib geschnitten. Auf kochendes Wasser mußten sie noch warten.

»Das ist zuviel, Eva. Die Scheiben sind zu groß. Schneide eine durch. Eine halbe wird uns genügen.«

Sie widersprach nicht, strich Butter auf nur eine der Scheiben und trennte sie in der Mitte durch.

»Dies ist für dich, Roy. Gleich kommt der Tee. Reichst du mal den Zucker herüber vom Schrank?«

Sie standen dicht am Herd, von dem die Platte schon Hitze ausstrahlte, einander gegenüber, hielten in der Rechten die halbe Scheibe Butterbrot, in der Linken den Teetopf. Eva hatte nur eine Kerze angezündet, um den kleinen Imbiß anzurichten, nicht die Petroleumlampe. Es lag keine Spannung mehr in der Luft, wie sie noch das Dunkel auf der Veranda erfüllt hatte. Roy fragte völlig unverbindlich:

»Tom hat nichts dabei gefunden, uns beide hier allein zu lassen. Ist das nicht merkwürdig?«

Sie antwortete im gleichen Ton.

»Gar nicht! Erstens ist es ihm äußerst wichtig, sich von einem erfahrenen Fachmann wie Dr. McAllister sagen zu lassen, was seine Claims jenseits des Four Mile in Wahrheit wert sind. Wenn es um den Besitz geht und seine Mehrung, muß alles andere zurücktreten. Wahrscheinlich will er mir sagen können, daß ich eine reiche Frau geworden bin. Zweitens sind wir ja nicht allein auf der Farm geblieben. Joe und Ossip sind nach seiner Meinung auch anwesend, und gemeinhin gehen wir alle, wenn die Sonne untergegangen ist, zur gleichen Zeit schlafen, weil der nächste Tag stets sehr früh anfängt. Und drittens, was die Hauptsache ist, hält er mich als seine Frau, als sein Eigentum, als den Inhalt seines Daseins so für alle Zeit verbrieft und besiegelt, daß ihm der Gedanke, es könnte anders sein oder werden, überhaupt nicht in den Sinn kommt. Daß wir hier in der Küche stehen, allein, um diese Zeit – das würde er nicht einmal in seinen wildesten Träumen für möglich halten. Außerdem, soweit ich weiß, träumt er selten oder nie.«

Zwischen den Worten war allerhand zu hören gewesen, was nicht ausgesprochen zu werden brauchte. In dieser späten

Stunde war schon so viel verraten worden; es kam auf ein Bekenntnis mehr oder weniger nicht mehr an.

»Du bist ihm für alle Zeit verbrieft und besiegelt, sagst du, und daß er es für unmöglich hält, dies könnte sich jemals ändern? Auch ich möchte glauben, daß er es für ausgeschlossen hält. Hältst du es auch dafür, Eva?«

Er trat einen Schritt näher auf sie zu, hielt immer noch das halbverzehrte Brot und den Teetopf in den Händen. Die Kerze auf dem Tisch gab flackerndes Licht. Aber es genügte, ihn wahrnehmen zu lassen, daß sich ihre Augen verengten, die Brauen zusammenzogen und daß sie die Unterlippe zwischen die Zähne nahm. Sie drehte sich fort, stellte den leeren Teetopf in den Abwasch – sie hatte ihr Brot schon verzehrt – und erwiderte abgewandt in den dämmrigen Raum hinein, so leise, daß er die Worte halb erraten mußte:

»Wenn du es genau wissen willst, Roy, seit ich zum ersten Mal in meinem Leben jemand wie dich kennengelernt habe, halte ich nichts mehr für ausgeschlossen, gar nichts!«

Das eiserne Band, das den ganzen Abend über seine Brust beengt hatte, es sprang plötzlich ab. Er irrte sich also nicht. Nein, der Weg war offen. Er mußte die Hände frei haben, stellte Brot und Topf ab, nahm dabei nicht wahr, daß Eva sich mit ihrer eigenen Wahrheit in einen Zustand gestürzt hatte, der fast einer Panik gleichkam. Ehe er sich erneut ihr zuwenden konnte, hörte er sie die Worte stammeln, überstürzt und lauter als nötig:

»Roy, wir stehen hier herum und reden viel durcheinander. Es muß schon sehr spät sein. Auf morgen, Roy. Ich gehe schlafen. Gute Nacht!«

Und schon war sie aus der Küche. Er vernahm, wie sie den Hauptraum durchlief und am Giebelende die Tür zum Schlafzimmer hinter sich ins Schloß zog.

Totenstille! Eine Weile stand der Mann in der Küche wie erstarrt, durchdrungen von ungewissen Gefühlen und undeutlichen Vorstellungen. Er blickte auf seine Hände hinunter und wunderte sich, daß sie leer waren. Sie hatte ja recht. Eine grenzenlose Müdigkeit kroch in ihm hoch. So müde wird sie auch gewesen sein.

Er löschte das Licht auf dem Tisch, tappte zur Tür nach

draußen und schloß sie leise hinter sich. Ein knapper Halbmond war über dem Waldrand im Osten aufgegangen und verstärkte das milde Geflimmer der aberhundert Sternfunken. Roy nahm kaum wahr, daß sich die Nacht verwandelt hatte, während er leise um das Haus wanderte, um die Tür seines sich auch nach außen hin öffnenden Gastzimmers zu erreichen. Doch beruhigte ihn die stille Nacht; sie war wie eine kühle Hand auf seiner Stirn.

Nachdenklich, langsam und umständlich, legte er seine Kleider ab und schlüpfte unter die Decken. Die Tür hatte er offen gelassen. Die Nachtluft war würzig und wohltuend. Es ging kein Wind. Das leiseste Geräusch, wenn es ungewöhnlich war, würde ihn sofort wecken. Todmüde war er gewesen, drüben in der Küche. Jetzt aber verweigerte sich ihm der Schlaf. Eva – sie wurde hin und her gerissen. Sie war hungrig und wußte nicht anzugeben wonach. Was wollte er denn? Es gibt keine Zauberei. Sie kannten sich erst seit wenigen Tagen. Er mußte ihr Zeit lassen. Zeit –? Wieviel Zeit war ihnen überhaupt gewährt? Heute abend oder morgen ist die ganze Kolonne wieder da. Und vielleicht sind wir übermorgen schon auf und davon. Und was war's dann mit uns beiden, Eva? Ships that pass in the night – Schiffe, die des Nachts aneinander vorüberfahren.

Das war das Schlummerlied, auf das er gewartet hatte. Halb im Traum sah er die Lichter des anderen Schiffes, erkannte seine Umrisse schattenhaft; schon glitt die Erscheinung vorüber, versickerte im Dunkel. Er schlief.

Nicht lange. Als hätte ihn ein Ruf geweckt, schlug er die Augen auf, hellwach sofort, hob den Kopf. Im Dämmerlicht der offenen Tür zeichnete sich eine Gestalt ab mit aufgelöstem langem Haar, eine Frau, in eine große Decke gehüllt von den Schultern bis zu den Knöcheln. Sie ließ die Decke fallen. Sie war nackt. Auf leisen Sohlen trat sie ins Zimmer, tastete sich zu seiner Bettstatt:

»Mach mir ein wenig Platz, Roy! Ich will zu dir kommen!«

»Oh, Eva, ja, komm!«

Ganz sachte, ganz vorsichtig muß ich sein, gebot er sich. Sie weiß nicht, was Zärtlichkeit ist, sie muß es erst lernen. Ein untrüglicher Instinkt flüsterte ihm zu: Roy, noch nie kam eine

Frau so zu dir wie diese. Was auch immer sie erlebt haben mag, du bist ihr erster Mann. Du liebst sie längst, wie du noch nie geliebt hast. Sei sachte, sei vorsichtig, sei sanft!

Er war es. Er behielt sich in der Hand. Sie lag in seinem Arm und schmiegte sich eng an ihn. Seine Hand ging sanft auf Wanderschaft, unendlich sachte und zärtlich. Kein Wort kam über ihre Lippen, nur ihr Atem ging stoßweise. Ihre Haut schien unter seinen Händen zu vibrieren. Die Knospen ihrer Brüste wurden heiß und hart zwischen seinen Lippen. Sie glühte, drängte sich ihm entgegen.

»Komm!« flüsterte sie. Sie öffnete sich, und er nahm sie behutsam, bis ihn die Leidenschaft übermannte.

Mit einem leisen Schrei sank sie zurück, lag eine Weile wie betäubt. Er hielt sie noch immer in seinen Armen. Er merkte – und glaubte es kaum –, daß ihr Tränen aus den Augenwinkeln rollten.

»Oh, Eva, liebe Eva, du weinst? Habe ich dir weh getan?«

Er küßte ihr ein paar Tränen fort. Sie schlug die Augen auf, und es schien, als ob ein mildes Licht von ihren Augen ausging. Sie legte ihm die Hände um den Nacken:

»Nein, Liebster, du hast mir nicht weh getan. Du hast mir wohl getan, wie es mir noch nie in meinem Leben geschehen ist. Ich wußte nicht, daß es so wunderbar sein könnte. Ersehnt habe ich es wohl immer, aber erfahren habe ich es erst durch dich. Du warst in mir, Roy. Und ich nahm dich auf! Oh, Roy, du warst es!«

Was sollte er darauf antworten? Er hatte einen Menschen zu sich selbst finden lassen. Damit hatte auch seine Schicksalsstunde geschlagen. Mit seiner ganzen Existenz war er nun gefordert. Die endgültige Wahrheit hatte ihn eingeholt.

Sie ruhten dicht beieinander, fühlten jeder des anderen Wärme. Worte hätten diese Nähe nicht vertiefen können. Zur gleichen Zeit schliefen sie ein, schliefen den tiefsten Schlaf, der den Menschen geschenkt ist, den nach gestilltem, selig besänftigtem Aufruhr der Vereinigung.

Als Roy erwachte – schon bei vollem Tageslicht – war sie nicht mehr da. Die Tür stand immer noch weit offen. Die Sonne stand zwei Handbreit hoch über dem Horizont. Sie war fort. Aber auf dem Kopfkissen war ein langes Haar zurückgeblieben. Er nahm es vorsichtig auf und ließ es vor der Tür vom Wind davontragen.

Die vergangene Nacht tauchte in allen Einzelheiten noch einmal vor ihm auf. Er verharrte auf der Kante des Bettes und strich mit der Hand über das Laken.

Hier hat sie gelegen.

Eva – kein Name, der besser zu dir passen würde!

Meine Eva!

Meine Eva – wirklich?

Noch für einen Tag – und eine Nacht.

Und dann?

18. KAPITEL

Roy Danlay erschien verspätet am Frühstückstisch. Man hatte nicht auf ihn gewartet. Dergleichen war auf »Evas Farm« nicht üblich. Eva war bereits damit beschäftigt, dem Ukrainer Ossip einigermaßen umständlich – so wollte es Roy vorkommen – zu erklären, was tagsüber im Gemüsegarten noch alles getan werden müßte.

Roy murmelte – konnte die ihm selbst ein wenig albern vorkommende Verdrossenheit nur schlecht verbergen:

»Ich muß um Entschuldigung bitten. Ich komme zu spät.«

Er nahm seinen Platz links von Eva ein, die auf des Hausherrn Stuhl saß. Ossip, rechts von Eva, wach, sauber gewaschen in schon reichlich strapazierten Baumwollhosen und einem formlosen Hemd von ausgefahlter Farbe, blickte erstaunt zu dem Verspäteten hinüber. Roy fing den Blick auf und dachte: Weiß der mehr, als er wissen sollte? Er schob den Gedanken schnell beiseite, denn Eva sprach mit ihm.

»Das macht nichts, Roy. Porridge und Kaffee sind noch warm. Ich habe mich gerade mit Ossip darauf geeinigt, was im Gemüsegarten zu geschehen hat. Wir werden uns beide ranhalten müssen, wenn wir bis zum Abend damit fertig werden wollen.«

Jetzt erst blickte er sie an und blieb mit den Augen an ihrem

Antlitz hängen. Eva, du bist wirklich schön und weißt es nicht! Sie ist eine andere als gestern früh. Der Ernst und die ständige leise Verstimmtheit, die auf ihren Zügen wie eingenistet waren, sind weggewischt. Sie schien von einer heiteren Einigkeit mit sich und der Welt getragen. Stolz, so war sie ihm immer erschienen; es war ein harter, strenger Stolz gewesen. Stolz wirkte sie auch jetzt noch, stolzer sogar, aber ihre Selbstsicherheit war ins Liebenswürdige, sogar Anmutige abgewandelt.

Während er seinen Haferbrei auslöffelte und Evas Anweisungen lauschte – nur mit halbem Ohr –, was im Garten verrichtet werden müßte, sagte er sich – und es erfreute ihn nicht –: Sie ist nicht verwirrt und von Zweifeln geplagt wie ich. Sie ist von gestern auf heute sie selber geworden, wie durch einen Zauber. Mich hat der liebe Gott dabei – vorausgesetzt, es gibt ihn – nur als sein Werkzeug benutzt. Gib es ruhig zu, Roy, vermeintlicher Frauenbezwinger, sie ist dir über, sie reicht weit über dich hinaus. Schick dich drein, Roy, mit soviel Anstand, wie du aufbringst.

Eva weckte ihn aus seinem Mißmut. Sie hatte sich erhoben, und Ossip tat es ihr sofort nach. Lächelnd fragte sie, in Ossips Gegenwart sehr formell:

»Und womit werden Sie den Tag verbringen, Roy? Wieder mit Ihren Zahlenkolonnen, oder mit Zirkel und Bleistift? Auch an diesem Tag wird uns die Sonne treu bleiben. Statt am Tisch zu sitzen, sollten Sie uns lieber im Garten helfen.«

Er zögerte wenige Sekunden. Im Garten – den ganzen Tag lang könnte ich zuschauen, wie sie sich bewegt, wie sich ihr Leib dehnt und reckt. Aber Ossip wäre stets in der Nähe. Der Bursche hat schärfere Augen, als man denkt. Ich darf ihm keinen Anlaß bieten, Verdacht zu schöpfen.

Er raffte sich zusammen, wußte plötzlich was zu tun war:

»Sie haben recht, Eva! Der Spätsommer ist zu schön, als daß man ihn im Zimmer verhocken sollte. Ich werde meine Absicht wahrmachen, mir die Stelle anzusehen, wo Tom bisher schon einige Dollars aus dem Bach herausgewaschen hat, und dann gleich noch etwas weiter Umschau halten. Es wird sich wohl nicht lohnen, mittags wieder herein zu kommen. Gegen sechs Uhr abends bin ich wieder da!«

»Das ist ein guter Gedanke. Aber laufen Sie nicht gleich

weg. Ich will nur Ossip im Garten einweisen, komme dann und mache Ihnen etwas Proviant für den Tag fertig – zum Mitnehmen!«

Roy tat, wie ihm geheißen. Jetzt erst widmete er sich dem Frühstück bewußt und schließlich auch mit Vergnügen.

Er vernahm Geräusche aus der Küche nebenan. Sie war durch die Außentür an der Hinterfront ins Haus zurückgekehrt, ihm etwas Eßbares für die Mittagszeit herzurichten. Es gehörte zu den Gesetzen der Farm, daß schwer und lange gearbeitet, aber regelmäßig und reichlich gegessen werden mußte.

Er erhob sich leise vom Tisch und trat in die Küche. Sie hatte ihn gehört, blieb aber weiter am Schrank stehen und schnitt Scheiben vom Brotlaib mit einem langen Messer. Er legte ihr leicht die Hand auf die Schulter, drehte sie zu sich herum. Sie ließ das Messer sinken. So standen sie voreinander und lächelten sich an. Sie flüsterte:

»Ich mußte noch einmal zurückkommen, Roy, dich zu sehen, allein! Lange kann ich nicht bleiben. Der Ukrainer, Roy, er ist nicht so unbedarft, wie man meinen möchte. Das Geheimnis muß uns gehören, uns allein!«

»Ja, um alles in der Welt! Eva, mein schönes Mädchen! Zum Abendessen bin ich wieder da. Ich glaube wirklich, daß es besser ist, wenn wir uns den Tag über meiden.«

»Das ist es sicher, Roy. Aber es kommt die Nacht, Roy, die Nacht – unsere Nacht!«

Er vermochte keine klare Antwort zu geben, zog sie statt dessen in seine Arme. Wie gern sie es geschehen ließ! Wie ihr Leib sich an den seinen drängte! Wie ihr Mund sich auf den seinen preßte für ein paar Ewigkeitssekunden!

Sie lösten sich voneinander, und Eva ordnete mit hastigen Griffen ihr Haar.

»Ich muß gehen, Roy! Darf den Mann im Garten nicht allzu lange allein lassen. Sonst kommt er womöglich doch noch auf dumme Gedanken. Hier ist dein Mittagessen, dort der Ranzen, darin kannst du es verstauen. Leb wohl, Roy! Bis heute abend–!« Damit war sie aus der Tür.

*

Roy Danlay ließ sich Zeit. In seinem Zimmer vertauschte er die leichten Schuhe, die er morgens angezogen hatte, mit seinen schweren Bergstiefeln, die bis zur halben Wade reichten. Die Hosen konnte man in sie hineinschnüren. Nein, heute hätte er nicht ruhig am Schreibtisch sitzen und sich auf Meßdaten konzentrieren können. Er packte einige kleine Geräte in den Ranzen, den Eva ihm geliehen hatte, Geräte, die dazu dienten, Gesteine zu bestimmen – und einiges andere. Auch einen Notizblock und einen Bleistift steckte er ein. Vielleicht würde es notwendig sein, sich Aufzeichnungen zu machen, um Thomas O'Shea fachmännisch unterrichten zu können.

Bevor er die Tür des Zimmers hinter sich zuzog, blickte er sich noch einmal im Raum um. Auf dem Tisch lagen die Papiere in verschiedenen getrennten Stößen. Das Bett an der Hinterwand des Zimmers hatte er in Ordnung gebracht. Es verriet mit keinem Fältchen, daß er in der vergangenen Nacht nicht allein darin geschlafen hatte. Die Erinnerung überwältigte ihn mit solcher Eindringlichkeit, daß er sich für einige Augenblicke an den Türpfosten lehnen mußte, mit geschlossenen Augen. Deutlich sah er die Linien vor sich, die unter der Fülle des Haars den Hals entlang zu den Schultern glitten. Durch die weit offene Tür hatte der Mond geschienen und die wunderbar festen, schönen Brüste umschmeichelt. Nie würde er das vergessen – und den kleinen Schrei, der ihr entfuhr, als ihr Körper dem seinen Antwort gab.

Vorbei! Aber es war ihm geschenkt. Wunder geschehen immer noch, jeden Tag, jede Nacht! Wer Ohren hat, zu hören, der hört sie – und Sinne hat, zu spüren, der spürt sie. Ohne Eile wanderte er das Tal des Taltapin-Baches bergauf. Eine andere Richtung hatte keinen Sinn, weil sich der Taltapin ein kurzes Stück weiter unten mit einem der zahlreichen Nebenarme des Babine-Sees noch auf dem Grund von »Evas Farm« vereinigte. Ein seit langem ausgetretener Fußpfad wies ihm den Weg. Ab und zu blieb er stehen und sah sich um. Als er nach einer guten halben Stunde erneut zurückblickte, hatte das Gelände die Sicht auf die Farm im Tal freigegeben. Spielzeugklein, aber glasklar gezeichnet in der wie Quellwasser so reinen Luft lagerten sich Haupthaus und Gesindehaus, Schuppen und Scheunen um den weiten Hof. Das hoch eingezäunte große Viereck hinter den beiden Scheunen war gut zu erkennen – und darin zwei Figürchen, die sich bewegten, ein dunkles und ein sehr viel helleres, Eva in ihrem lichten Kleid.

Er verhielt auf der luftigen Höhe für eine geraume Zeit. Das Figürchen in Weiß – er entsann sich, sie hatte ein Kleid aus weißem, mit kleinen Blumen bedrucktem Leinen angehabt beim Frühstück – bewegte sich unablässig hin und her, bückte sich, verschwand hinter einem Gartenschuppen und tauchte wieder auf. Nichts sonst schien sich zu bewegen in der weiten, von der Sonne überfluteten Landschaft. Sie allein lebte darin.

Er dachte es deutlich: Sie allein lebt und regt sich, arbeitet, wirkt, ist ihrer Kräfte und Künste in ihrer Welt gewiß. Und – ganz gewiß! – sie wartet, wartet auf den Abend, die Nacht und auf ihn!

Eine heiße Welle wogte in ihm auf. Es war nicht der Marsch bergauf, der ihm warm gemacht hatte. Er knöpfte den oberen Knopf des Hemdes auf, schlang den Riemen des Ranzens um die andere Schulter, zog den Hut vom Kopf.

Ich bin gefangen, ich, der sich für vogelfrei gehalten hat! Sie hat mich eingeholt. Dies wird mir nie und nirgendwo zum zweiten Mal geschehen. Es ist endgültig, ich weiß es. In Wahrheit aber geht es nicht, kann nicht die Form annehmen, die ihm gebührt. Da ist die Farm, ihr Werk und ihre Aufgabe. Ohne sie gäbe es »Evas Farm« nicht. Sie erst hat dem Unternehmen Sinn verliehen. Und Thomas O'Shea bleibt nach wie vor vorhanden und läßt sich nicht aus der Welt schaffen. Könnte sie ihn überhaupt entbehren, den »Klotz«, der ihr einen Rahmen geschaffen hat, wie er ihr gemäß ist? Was bin denn ich, ein studierter Landstreicher mit einem mäßigen Bankkonto im Hintergrund, mit dem nicht viel Staat zu machen ist. Und bin in diese gewachsene Welt eingebrochen, habe mich eingeschlichen und zerstöre sie vielleicht. – Nein, das ist nicht richtig. Sie hat auf jemand wie mich – seit Jahren wahrscheinlich, ohne es eigentlich zu wissen, oder es sich zuzugeben – gewartet. Es stand dem wunderbaren Geschöpf ja wahrlich zu, die volle Skala der Lust und Leidenschaft endlich auch am eigenen Leibe zu erleben. Sie hat mich einfach in Besitz genommen; sie ist zu mir gekommen, nicht ich zu ihr.

Ob das richtig war oder falsch, gut oder böse –? Die Frage ist belanglos, und eine Antwort, wie auch immer sie ausfiele, wäre es erst recht. Denn Geltung hat allein:

Es ist geschehen, was früher oder später unvermeidlich geschehen mußte. Es ist in uns da und ist mit keiner List, keinem Wunsch, keiner Gewalt mehr aus der Welt zu schaffen.

Längst hatte er sich wieder in Bewegung gesetzt. Die Farm in der Tiefe war hinter einem waldigen Vorgebirge verschwunden. Gleichmäßig stieg Roy weiter bergan. Auch die Gedanken wanderten weiter.

In einer Senke, die der Bach eilig glucksend durchfloß, erreichte Roy nach einer guten Stunde den freigeräumten Platz, wo Thomas O'Shea sich ein wenig Gold aus der Böschung und dem Bachgrund wusch. Roy erkannte, daß die Gerätschaften und Einrichtungen, die zu einer einfachen Goldwäsche im Busch gehörten, ordentlich gehalten und verständig eingerichtet waren: Die offene Wasserleitung von weiter oberhalb am Bach war sorgfältig gezimmert. Wenn man an ihrem Anfang den Schieber aufzog, so floß das klare Wasser des Baches in die an ihrem Boden quergeriffelte Holzrinne ein, in die zuvor der Sand aus dem Bachbett oder auch aus der steilen, sandigen Seitenwand des Bachtals in vorsichtig zu bemessender Menge eingeschüttet war. Das Wasser spülte dann in der leicht geneigten Rinne über den groben Sand hinweg, nahm die leichteren Körnchen des Erdreichs mit, konnte aber die winzigen Teilchen des wesentlich schwereren Goldes nicht wegschwemmen; sie sammelten sich in den Querrinnen am Boden – wenn der Sand Gold mitgeführt hatte – wenn!

Thomas O'Shea verstand sich offenbar auf die Goldwäscherei. Roy Danlay zweifelte nicht daran. Sogar einen einfachen halbhohen Schuppen gab es, in dem Schubkarren, Eimer, Schaufeln, Schüsseln, Spitzhacken und anderes Gerät zur Erdbewegung vor den Unbilden der Witterung verstaut waren. Ein Pfuscher oder eiliger Glücksritter, das ist »der Klotz« nicht! Wenn er etwas plant, so hat es Hand und Fuß.

Was wollte ich eigentlich hier oben –? Richtig! O'Shea hat mich gebeten, meinen geologischen Sachverstand anzuheizen und festzustellen, ob in der Gegend noch weiteres zu finden ist. Fragen kann man das leicht, aber eine zuverlässige Antwort zu geben, ist meist unmöglich, mein lieber Thomas O'Shea. Ich will mir Mühe geben. Vielleicht kann ich dir etwas schenken, was dir sicherlich wertvoll sein wird – nachdem ich dir etwas anderes weggenommen habe. – Habe ich das getan –?

Er schüttelte den Kopf. Den Vorwurf kannst du mir nicht machen, Thomas O'Shea. Ich habe etwas genommen, was du gar nicht besessen hast, ein herrenloses Gut. Du hast nur ein papiernes Anrecht besessen, ein echtes, menschliches wohl kaum! Außerdem – er stellte es abermals fest, aber nicht mehr so überzeugt wie zuvor –, sie hat mich genommen, nicht ich sie –! Ach, das nimmt mir keiner ab, am wenigsten O'Shea!

Die Kugel ist ins Rollen geraten, und kein Mensch vermag vorauszusagen, wohin sie rollen wird. Nun gut, sehen wir uns einmal um, ob die sogenannte gütige Natur, die in Wahrheit alles andere als gütig ist, für den braven »Klotz« O'Shea vielleicht noch weitere angenehme Überraschungen bereithält.

Er blickte das Bachbett aufwärts, über die Senke hinweg nach Süden. Die Ufer und Uferbänke zeigten sich, soweit es sich von seinem Standort bei dem niedrigen Geräteschuppen erkennen ließ, bar jeglichen Pflanzenwuchses, steinig, kiesig, gesprenkelt mit kleinen, unregelmäßig geformten Haufen Sandes.

Es muß viel Schweiß und lahme Muskeln gekostet haben, die weite Fläche aufzuschaufeln, in die Spülrinne zu heben, das Wasser anzulassen, den wertlosen Sand auszuschwemmen und die wenigen gelben Körnchen einzusammeln, die sich – vielleicht! – in den Rillen abgesetzt hatten! O'Shea hat die Sache gründlich gemacht, hat keinen Fußbreit Boden ausgelassen. Hat er auch das Bachbett selbst bis auf den Felsgrund untersucht, das Bachwasser abgedämmt, umgeleitet, Stück für Stück, und die in den Winkeln und Ecken des felsigen Unterbodens abgelagerten Sände durchgesiebt?

Das war nicht mit Sicherheit zu erkennen. Zwar lagen hier und da Bohlen und einige Bretter, dazu stämmige Pfosten umher; die mochten zu einer solchen Umleitung des Bachwassers benutzt worden sein. In letzter Zeit schien sich jedoch niemand mehr um die Tiefe des Bachgrunds gekümmert zu haben. Dies war zu sehen.

O'Shea mochte hier ein paar Jahre weiterwühlen, wenn er

überhaupt noch Lust und Zeit dafür aufbrachte. Ein brauchbarer Notgroschen – aber mehr nicht!

Roy Danlay hatte die Senke dem Bachlauf entgegen abgeschritten. Fundstellen wie diese waren zu Dutzenden im Lande zu entdecken – von den Staaten herauf bis an den Yukon und nach Alaska hinüber – und sie waren entdeckt worden. Aber nur ganz wenige Männer waren dabei wirklich zu Ruhm und Reichtum gelangt. Roy zuckte mit den Schultern: So war das eben; die Hoffnung auf den »big strike«, den großen Coup, trieb sie alle an, die wilden, schmuddligen Männer des Nordlands.

Mir wird das schwerlich blühen, dachte Roy Danlay. Wozu habe ich schließlich Geologie studiert? Um mir kein X für ein U vorzumachen, wenn ich im Gelände bin. Wenigstens weiß ich, wo bestimmt nichts zu holen ist.

Er hatte die Senke bachaufwärts hinter sich gelassen. Sein berufliches Interesse war wach geworden. Der Tag hatte sich zu voller Pracht entfaltet. Der Wald duftete, der Bach murmelte und plätscherte munter über die Kiesel und Felsenufer. Große Libellen auf bunt schwirrenden Flügeln schossen zuweilen über das emsig rinnende Gewässer wie winzige Blitze.

Ich hätte Eva mitnehmen sollen an diesem herrlichen Tag. Himmlisch kühl ist es hier in der Höhe inmitten des unendlichen Waldes – trotz der Sonne und der milden, windstillen Luft. Aber Farmersfrauen steigen nicht ins Gebirge am hellen Werktag. Es ist auf alle Fälle stets viel Wichtigeres zu verrichten. Farmersfrau – oh, Eva! Du bist es und bist es nicht. Da unten im Garten mit dem wackeren und gehorsamen Ukrainer, ja, ganz gewiß! Aber gestern nacht, die Schattengestalt in der Tür vor dem gestirnten Himmel; die Decke glitt von deinen Schultern und sichtbar wurdest du, Aphrodite aus dem Schaum des nächtlichen Weltenmeers.

Er lächelte vor sich hin, während er am Wasserlauf für eine längere Strecke auf ebenem Boden entlangwanderte. Ich habe nicht gewußt, daß ich zu poetischen Anwandlungen fähig bin, ich, Feld-, Wald- und Wiesengeologe, beziehungsweise Geometer. Daß mir alte griechische Göttinnen aus der Schulstunde wieder einfallen! Aber warum nicht? Aphrodite, aus dem Schaum des nächtlichen Weltenmeers, gar nicht schlecht!

Aber schön, schöner als alles, was mir in meinem bisherigen Leben in die Quere gekommen ist, so schön war der schlanke Schatten in der offenen Tür meines Zimmers – und nicht nur ein Schatten, ein warmes Wesen mit seidiger Haut, das unter meiner Zärtlichkeit aufblühte, schnell und kühn zu eigener Zärtlichkeit – und sie verschwendete, die süße Speise aus dem Füllhorn der Göttin.

Zum Teufel, da hätte ich vor lauter Süßholzraspeln fast das mehr oder weniger ehrliche Brot des Alltags vergessen: Hier bin ich schon wieder in solch eine langgestreckte Senke eingetreten wie eine Stunde weiter bergab. Hier ist noch kein Mensch gewesen. Ich kann keine Spuren entdecken. Ich bin ja auch, seit ich die Lichtung mit O'Sheas Schürfstätte verlassen habe, durch unerforschtes Gelände gestiegen, ohne auch nur die geringste Andeutung von Weg und Steg. Hier sollten die gleichen Voraussetzungen vorliegen wie an O'Sheas Fundort weiter bergab. Wenn ich eine von den Waschpfannen mit heraufgenommen hätte aus O'Sheas Schuppen, dann könnte ich jetzt ein paar Hände voll Bachgrund schöpfen und aus der Pfanne schütteln; vielleicht bleibt auch hier ein Körnchen Gold in der Schüssel zurück – und ich kann O'Shea ein Gastgeschenk hinterlassen. Ob es sich lohnt, zurückzuklettern und eine Pfanne heraufzuholen?

Er war schon unterwegs bergab, spürte das leichte Fieber im Blut, das jeden Menschen und jedes Tier erfaßt, wenn unerwartet eine Fährte gequert, ihre Zeichen erkannt und die Spur aufgenommen wird. Er war plötzlich in Eile, mußte aufpassen, wohin er im zerklüfteten Bachlauf den Fuß setzte; denn nur zu leicht trat man fehl bei solcher Kletterei – und das konnte einen gebrochenen Knöchel kosten.

Da war endlich O'Sheas Schürfplatz. Er konnte ausschreiten. Der Schuppen! Zu suchen brauchte er nicht. Die Schüsseln hingen nebeneinander an Nägeln höchst übersichtlich an der Wand.

Roy Danlay wählte eine der Pfannen. Durch einen schmalen Ritz an ihrem Rande war ein Riemchen gezogen. Damit ließ sich die Schüssel am Hosengurt festschnüren; man behielt für die Kletterei oder eine Schippe die Hände frei. Drehte man die Schippe um, so ließ sie sich als Bergstock benutzen.

Roy kam nicht darauf, sich eine Rast zu gönnen. Er stieg schon wieder bergan. Der Bach an seiner Seite wollte dem von Felsen zu Felsen klimmenden Mann wie ein lebendiges Wesen erscheinen; er hütete Geheimnisse, verbarg vielleicht Schätze. Gegenstände meines Berufs, dachte Roy, und war mit sich einig. Die Erde ist mein Ackerfeld – dies müßte ich dir auseinandersetzen, Eva! Ich bin sicher, du würdest es verstehen. Du solltest nicht Eva heißen, sondern Gäa, Mutter der Erde. Paß auf, Bursche, beinahe wärst du ausgeglitten! Der gerade noch abgefangene Sturz hatte ihn wieder zu sich gebracht. Gäa, Aphrodite, Eva, Erdmutter – ich fange wieder an zu phantasieren!

Er wischte sich den Schweiß von der Stirn. Da wären wir also. Probieren wir's.

Nach einigem Suchen fand er einen mitten im Bach lastenden Felsblock, hinter dem sich im Rückstau Sand angesammelt hatte. Das Wasser mochte zwei Fuß tief sein an dieser Stelle. Es würde ihm in die Stiefel laufen. Also heraus aus den ledernen Futteralen, heraus aus den Strümpfen! Hosen hochgekrempelt! – Er stieg ins Wasser und schwankte einen Augenblick; die Strömung saugte stärker, als er gerechnet hatte. Die Schüssel stelle ich auf den Felsen; der ist schön glatt obenauf, wie dazu hergerichtet. Er grub mit der Schaufel im Stillwasser hinter dem Steinblock in den Bachgrund hinunter, schöpfte den so gewonnenen Sand mitsamt dem Wasser, das die Schaufel mit herausgehoben hatte, in die Schüssel – dasselbe noch einmal, und nochmals! So, das sollte für einen ersten Versuch wohl genügen. –

Er stapfte mit der zur Hälfte gefüllten Schüssel zum Ufer zurück, nachdem er die Schaufel auf den Felsen gelegt hatte. Mit kreiselnden Schwüngen setzte er das mit Sand vermischte Wasser in der Schüssel in Bewegung, bis es über den Außenrand des Gefäßes hinauszuschwappen begann. Zuletzt war nur noch ein Streifchen Sand in der Schüssel übrig. Er füllte noch einmal klares Wasser nach, um auch noch den letzten Grieß fortzuschleudern.

So, jetzt sollte es genug gerüttelt sein. Er trat aus dem Schatten des Waldrands, in den er sich gestellt hatte – es war Mittag, und ihm war heiß –, in die volle Sonne hinaus. Er hielt die Schüssel so, daß die Strahlen die winzigen Reste von Gekörn, die am Schüsselboden zurückgeblieben waren, in der Schräge trafen.

Ein leiser Pfiff aus seinem Munde! Ein paar winzige, aber unbezweifelbar goldene Blitze lockte die Sonne aus dem Schüsselboden. Zwischen den letzten Resten des Sandes glimmte goldener Staub. Aber Roy wußte, daß die Augen durch ein paar Glimmer- oder Quarzbröckchen getäuscht werden konnten. Er stellte also die Schüssel zu Boden und richtete sie an einer Kante durch einen Stein, den er unterlegte, so weit auf, daß die Sonne das Schüsselinnere austrocknen konnte.

Er zwang sich, nicht hineinzusehen, und die Schüssel für eine Weile zu vergessen, suchte sich abseits einen glatten Felsblock und kramte aus dem Ranzen das Mittagsbrot, das Eva ihm zugedacht hatte. Er mußte lachen. Sie war nicht nur Eva und Gäa – eine gute Hausfrau war sie obendrein! Sie hatte es gut gemeint: Brot, Wurst, Käse, zwei Äpfel, eine Blechflasche mit gesüßtem Kaffee und einem Schuß Whisky darin, wie deutlich zu schmecken war; das mußte O'Shea, der Ire, ihr beigebracht haben. Er aß mit Behagen. Es war beinahe, als säße sie neben ihm im Gras und nötigte ihn heiter und freundlich:

»Da ist noch ein Stückchen Kuchen vom letzten Sonntag als Nachtisch, Roy! Du hast nur nicht tief genug gegraben im Ranzen. Übrigbleiben darf nichts, Roy. Der Ranzen muß leer zurückkommen!«

Ganz gewiß! Er ließ nichts übrig. Er fühlte sich zufrieden und rundherum gesättigt. Am liebsten hätte er sich im Schatten unter den leise raunenden Fichten ins Gras gestreckt und die Augen geschlossen. Aber die Schüssel – ! Fast hätte er sie vergessen. Er erhob sich ein wenig steif und nahm die Schüssel vom Boden auf. Das Innere war jetzt vollkommen trocken. Er hob das Gefäß an den Mund und fing an, vorsichtig in den schmalen Rest von Sand und Staub hineinzupusten, der zurückgeblieben war. Sand und Staub flogen zögernd fort, über den Rand der Schüssel hinaus.

Und dann: Triumph! Zwei, nein, drei Körnchen aus Gold, nicht viel größer als Stecknadelköpfe, blieben schließlich übrig. Viel war das nicht, aber für den ersten Versuch war es genug. Er hatte am Bach eine zweite Stelle entdeckt, die sich vielleicht reicher erweisen würde als die bisherige Fundstätte O'Sheas. Es würde einige Mühe kosten, hier oben den vermutlich nur bescheidenen Schatz zu heben. Aber, sagte sich Roy, Thomas O'Shea wird in Zukunft nicht nur eine, sondern zwei Quellen für sein Klein- und Taschengeld sein eigen nennen.

Auf den Gedanken, daß doch er und nicht O'Shea der Finder dieser weiteren flachen Senke im Verlauf des Bergbachs war, daß also er, Roy, den Anspruch auf den Claim eintragen lassen konnte, auf diesen naheliegenden Schluß verfiel Roy nicht. Thomas O'Shea hatte ihn heraufgeschickt, Thomas O'Shea hatte an diesem Bach seit Jahren gewirkt, er, Roy, hatte nie das Verlangen gespürt, Minenbesitzer zu werden – es gab so viele aufregendere und wesentlichere Aufgaben, denen man sich hingeben konnte. Die wahre Freude und die eigentliche Bezauberung bestand im Entdecken, im Finden, bestand darin, den Rätseln der Einöden auf die Spur zu kommen – nicht darin, der Erde ihre Schätze zu entreißen. Dies konnte man getrost Leuten wie O'Shea überlassen.

Als Beweis für seinen Fund wollte er die Goldkörnchen ins Tal hinunternehmen. Wie waren sie zu transportieren, die winzigen gelben Funken? Er pflückte ein breites Blatt von einem Kraut am Waldrand, formte eine kleine Schale daraus, klaubte die Körnchen aus der Schüssel und legte sie vorsichtig in die grüne Mulde. Dann faltete er um diese Mulde das Blatt zu einem Viereck zusammen und schob es hinter das Schweißband seines breitrandigen schwarzen Filzhuts, den er nun bis zum Abend nicht mehr absetzen durfte. So waren die Körnchen sicher. Die Schüssel und die Schaufel würde er neben der Stelle im Bach, an welcher er die glückhafte Probe entnommen hatte, deutlich sichtbar hochstellen, damit O'Shea nicht lange zu suchen brauchte.

Es war noch zu früh, um schon den Rückmarsch zur Farm anzutreten. Eva würde noch arbeiten müssen. Und sich an den Schreibtisch zu setzen und Zahlen ins Register einzutragen, keine der dazu notwendigen Anmerkungen zu vergessen – an diesem Tage, wie Roy laut vor sich hinsagte, kommt das nicht in Frage! Mit dem Papierkram würde er morgen fertig werden, bevor noch McAllister, O'Shea und die andern für das Wochenende auf der Farm auftauchten.

Er streckte sich ins Gras. Warum auch nicht! Es war kein Boss in der Nähe, dem Ruhepausen über Tag grundsätzlich ein Greuel waren. Es war still hier und friedlich. Am Rande der Lichtung, die der Bach beinahe lautlos durchrann, spielten ein paar bräunlich schillernde Schmetterlinge, und über dem Wasserlauf ebenso wie über der Senke weiter unten zuckten die farbenprächtigen Libellen. Kein Vogel sang mehr so spät im Sommer, so nah am Herbst, der hier in der Höhe schon damit begonnen hatte, seine Farbe an ein paar Blättern und einigen Stauden hohen Krautes zu erproben. Die Nächte hier oben mochten schon sehr frostig werden.

Roy ließ die Gedanken geruhsam wandern. Hier müßte man ein Weilchen schlafen und mit den sachte sich regenden Fichten, dem blauen Himmel, den letzten Blumen im grünen hohen Gras, vielleicht auch den Bären und Luchsen irgendwo im Dickicht Freundschaft schließen. Ich sollte eigentlich verschweigen, daß unter dem fließenden Wasser das Wunschmetall aller Verrückten zu finden ist. O'Shea, wie ich ihn einschätze, wird nicht zögern, auch hier den Talgrund umzuwühlen und durch die Schlemmrinne zu jagen; diese zauberhafte, geheimnisvolle Senke, geschmückt mit grünen Girlanden in dunklen und hellen Tönen, mit ihren vielen Tieren und blauen Wassern – all dies wird verloren sein, und dieser Elfentanzplatz – Elfen, die gibt es hier sicherlich! – wird in eine schlammige, jämmerliche Wüstenei verwandelt. Allerdings wird Thomas O'Shea dann um einige hundert, womöglich einige tausend Dollar reicher geworden sein – und Eva mit ihm.

Immer wieder Eva! Ich kann anfangen, wo ich will – ich lande immer wieder bei Eva! Wie lange kann dies Abenteuer überhaupt dauern, ehe es ruchbar wird? Es ist ja kein Abenteuer mehr! Eva eignet sich nicht zum Versteckspielen – und ich eigne mich in diesem Falle auch nicht dazu. O'Shea ist zwar ein »Klotz«, aber er hat Augen im Kopf.

Wir werden bald weiterziehen, kommen vor dem Winter höchstens noch bis Fort St. James, und dann ist Schluß. McAllister, wie ich ihn kenne, wird keine große Meinung haben, nach diesem Wochenende nochmals auf »Evas Farm« zurückzukehren. Ich müßte vorgeben, daß in dieser Woche die Schreibarbeiten nicht zu bewältigen sind; es wäre eben allzuviel nachzuholen. Dann bleiben Eva und ich weitere drei oder vier Tage allein. Vielleicht wird uns sogar eine Woche als Galgenfrist gewährt.

Galgenfrist – der Ausdruck stimmt nicht. Eva schließt keine Kompromisse.

Er richtete sich auf, sah sich um. Der leuchtende Tag war plötzlich nur noch Kulisse. Wirklich war allein die nagende Ungewißheit in seinem Herzen: Eva wird die Entscheidung treffen, wird mich halten oder lassen. Sie weiß, was sie tut. Ich weiß es nicht. Ich habe mich so zu verhalten, wie sie es von mir erwartet. Was sonst! Ihr allein bin ich verantwortlich!

Er erhob sich unwillig. Er hatte schon zu lange gelegen. Die Kühle des unter dem Gras feuchten Erdbodens war ihm in die Glieder gedrungen. Er schüttelte sich, blickte sich um: Wenn ich noch nicht umkehren will, wohin dann? Noch weiter bergauf den Weg zu versuchen, das wäre nicht verlockend. Das wird zur ausgewachsenen Kletterei, dazu habe ich keine Lust. Aber da, halblinks nach Osten hinüber, wo die Bäume licht stehen, der flach gewölbte Landrücken – dort erreiche ich vielleicht ein anderes Bachtal. Und das läge außerhalb von O'Sheas Bereich, müßte östlich von O'Sheas Tal zum Babine-See hinunter auslaufen.

Schon war er unterwegs, wanderte hinüber, traf tatsächlich bald auf ein Rinnsal zwischen bemoosten Felsen und folgte dem schnell zunehmenden Wasserlauf. Der Bach vereinigte sich nach einer halben Stunde mit einem stärkeren Gewässer, das beinahe schon Fluß zu nennen war.

Das Aussehen der Landschaft hatte sich geändert. Gleichmäßiger und breiter als das Tal, dem sich Roy bergauf anvertraut hatte, neigte sich dieses bergab, begrenzt an den Seiten nicht durch sandige, vielgestaltige Böschungen, sondern durch manchmal haushoch ragende Felswände. Der Fluß hatte sich hier durchs Gebirge gefressen. Am leichtesten kam man in solchem Gelände voran, wenn man sich dicht unter den Felsen hielt. Es hatte den Anschein, daß auch das Wild diesen Pfad benutzte; er schien ausgetreten. Aber deutliche Spuren konnte Roy nicht entdecken.

Ab und zu die bald geschlossenen, bald zerklüfteten Felswände abzuschätzen, an denen er vorüberging, sie mit Namen,

Art und Alter in Gedanken einzuordnen, das war Roy nach Jahren der Übung in Fleisch und Blut übergegangen. Halb unbewußt registrierte er die Gesteine, an denen ihn der kaum erkennbare Wildpfad vorüberführte.

Und dann schlug leise eine Glocke Alarm in seinem Unterbewußtsein, verhalten zunächst:

Was waren das für Bänder in der Felsbarriere zu seiner Linken? Auch der Fels selbst hatte ein anderes Aussehen angenommen, war von anderer Art als weiter oberhalb. Ohne Unterlaß hatten die Gedanken, während er auf dem steinigen Pfad vorsichtig Fuß vor Fuß setzte, um die Farm gekreist, »Evas Farm«, der jeder Schritt ihn näher brachte, um die Frau und die Nacht zuvor – und die Nacht, die ihm bevorstand – und um O'Shea und McAllister – und wie es weitergehen sollte. Die waagerechten Bänder im Fels – ihr Aussehen drängte sich zögernd, dann wie ein Blitz in sein Bewußtsein. Diese Bänder!?

Im Nu rückte alles andere in den Hintergrund. Wäre es denkbar, daß man an ein und demselben Tage gleich zweimal fündig wird? Sollte sich die sprichwörtliche Duplizität von Ereignissen auch an diesem Tage bewahrheiten? Er hatte dergleichen mehr als einmal erlebt. Plötzlich erregt kramte er seinen Geologenhammer aus dem Ranzen, das Fläschchen mit Salzsäure und die Lupe. Wie gut, daß er das Handwerkszeug mitgenommen hatte nach alter Gewohnheit! Dies Band im Fels hier, beinahe waagrecht zieht es sich entlang in Schulterhöhe und taucht da hinten ins Gestein!

Er untersuchte das steinerne Ordensband im Fels; es war nicht ganz einen Fuß breit – untersuchte es auf vier verschiedene Weisen – und wurde schließlich seiner Sache sicher: er hatte eine »Motherlode« entdeckt, die »Mutterader«, eine Hauptader goldhaltigen Gesteins. Also würde auch aus dem Sand in diesem Flußbett Waschgold zu gewinnen sein. Aber viel wichtiger war, daß er der erzführenden Schicht auf die Spur gekommen war. Wie weit sie reichte, wie groß ihr Goldgehalt war, das ließ sich nicht auf Anhieb bestimmen; noch viel weniger, wie schwierig oder lohnend ein Abbau sein würde. Dies festzustellen, würde nicht geringen Aufwand an Kapital erfordern, Kapital, das er nicht besaß, auch nicht ohne weiteres beschaffen könnte.

Eines stand für Roy Danlay sofort fest: Dieser Fund gehört nicht zum O'Shea-Bereich. Dies gehört mir allein. Diesen Claim werde ich auf meinen Namen eintragen lassen und dann verhökern. Bis dahin habe ich eisern den Mund zu halten. Erst im Winter werde ich das Minenregister in Prince George aufsuchen können. Keiner wird mir vorwegkommen. Seit abertausend Jahren wartet hier der Schatz im Fels – falls er sich voll bestätigt –, wartet darauf, entdeckt zu werden. Er würde auch noch ein paar Monate länger warten können und unbekannt bleiben – von mir abgesehen. Vor allem muß ich mir einprägen, wie der Weg hierher vom Babine Lake herauf wiederzufinden ist. Spuren darf ich nicht hinterlassen. Sie könnten andere Leute aufmerksam machen.

Er wanderte dem Bach nach, bis dieser sich über eine Felsenkante als rauschender Wasserfall dicht neben einer Gruppe hochgewachsener Birken abwärts stürzte. Wie von einer hohen Kanzel war an dieser Stelle der weitere Verlauf des Baches gut zu überblicken. Man erkannte eindeutig, daß er sich müde in drei Arme aufteilte: im Vorland des Seeufers, das sumpfig sein mochte. Weit dahinter blinkte gleich einem Streifen polierten Stahls der große Babine Lake.

Nein, der Ort war nicht zu verfehlen. Wenn er sich von hier aus genau in die sinkende Sonne wandte, mußte er in längstens einer Stunde die Rodungen von »Evas Farm« erreichen.

Er hatte sich nicht verrechnet. Da lag sie vor ihm, die Farm, noch fern, aber die Weiden nahe. Von weitem schon konnte er zählen, wie viele Pferde in der Hauskoppel grasten. Er atmete auf; es waren nicht mehr, als er am Morgen gezählt hatte. McAllister und O'Shea waren also noch nicht zurückgekehrt.

Er näherte sich den Häusern mit weit ausholenden Schritten. Er war zwar müde nach diesem Tag, fühlte sich aber zugleich gehoben und fröhlich, und wußte sogar, weshalb: Wenn Eva von dem »Klotz« die Farm zugeeignet bekommen hat samt Bach, Getier, Häusern und Waschgold, dann kann ich ihr jetzt, wenn ich will, eine richtige Goldmine zu Füßen legen! – Das Gefühl, verglichen mit dem »Klotz« der Schwächere, der Belanglosere zu sein, war fortgeblasen. Er merkte erst jetzt, wie sehr ihn diese Vorstellung zuvor verdrossen und gehemmt hatte.

Er hörte Eva mit den Töpfen in der Küche klappern, als er ums Haus herum seinem Gastzimmer zustrebte. Er konnte sich nicht enthalten, den Kopf in die Küche zu stecken und rief sehr vergnügt:

»Hallo, schöne Dame! Es riecht verführerisch! Das ist auffällig! Wen willst du verführen?«

Sie hatte am Herd gestanden und in einem Kochtopf gerührt. Jetzt fuhr sie herum, zückte den langstieligen Holzlöffel und wies auf den Eindringling:

»Dich, wen sonst! Komm mir nicht zu nahe! Die ›schöne Dame‹ würde sich wehren. Ich bin bewaffnet!«

»Würde ich nicht wagen! Gewalttätiges Geschöpf! Außerdem bin ich viel zu verstaubt und verschwitzt. Später, wenn ich mich erst gewaschen habe, sehen wir weiter. In einer halben Stunde bin ich bereit und erscheine in Frack und Stehkragen, falls die Fürstin solches befiehlt.«

Sie drohte mit dem tropfenden Löffel:

»Das wäre übertrieben. Komm wie du willst! Die Hauptsache bleibt, du kommst so vergnügt, wie du jetzt bist, Lieber! Beeile dich! Sonst wird nachher das gute Essen kalt!«

»Das wäre eine Katastrophe! Ich verschwinde!«

Es war ein Fest, sich nach dem langen, heißen Tag von Kopf bis Fuß zu waschen. Um nicht den Fußboden aus Brettern, gehobelten sogar, in seinem Zimmer über Gebühr zu nässen, stellte er sich den Schemel mit der Waschschüssel darauf vor die Tür. Die reine Luft, das klare Wasser auf der Haut zu spüren – und ein Stück Seife dazu, das offensichtlich auch auf der Farm entstanden war – ein wahres Fest in der Tat!

Ossip, der Ukrainer, saß mit zu Tisch, vertrauter als an den Abenden zuvor; er genierte sich nicht mehr, sein mangelhaftes Englisch anzubringen. Roy brauchte ihm nur ein paar Fragen nach des Kameraden Greg Herkunft und Vergangenheit zu stellen, und Ossip kam so eifrig in Fahrt, daß Eva ihn ermahnen mußte, über seinen Geschichten das Essen nicht zu vergessen.

Roy und Eva waren erleichtert, daß sie nicht viel zu sprechen brauchten. Roy hörte nicht genau hin; er ließ den Ukrainer erzählen. Eva ermunterte ihn zielsicher mit ein paar Zwischenfragen. Sie saß neben ihm am Tisch mit strahlenden Augen. Eva – ich darf sie nicht ständig ansehen. »Lieber« hat sie zu mir gesagt, als sie mich von der Küchentür vertrieb, »Lieber«! Er begriff, als hätte es ihm einer ins Ohr geflüstert: Auch sie ist über Tag viel weitergekommen mit sich und uns, mit Gegenwärtigem und Zukünftigem. Sie hat nachgedacht den ganzen Tag – ebenso wie ich.

Er merkte nur von fern, daß Ossip den Mut aufgebracht hatte, eine Frage an ihn zu richten. Erst als es still wurde am Tisch, wurde er aufmerksam:

»Ach so, ja, natürlich, Ossip! Es ist eine langwierige Arbeit, das Gelände zu vermessen und eine erste, einigermaßen korrekte und maßstabgerechte Karte anzufertigen, und immer braucht man geduldige Helfer dabei, und sie dürfen sich vor keiner noch so rauhen Landschaft fürchten. Ich habe daran gedacht, ob man nicht euch beide darauf einüben sollte.«

Das war zwar keine Antwort auf des Ukrainers Frage, aber es war eine Antwort, die dem Frager gefiel. Er gab sich damit zufrieden. Eva mochte die Unterhaltung nicht noch weiter führen. Auch mußte der Ukrainer gebremst werden. Nachdem er sich erst einmal daran gewöhnt hatte, voll akzeptiert zu werden, drängte es ihn, sich und den Kameraden darzustellen. Sie waren nicht nur ärmliche Einwanderer, sie hatten Gesicht und Schicksal und würden früher oder später etwas werden, Kanadier aus eigenem Recht – wenn man ihnen nur ein wenig unter die Arme griffe.

Eva hob die Tafel auf. Für diesen Abend hatte man genug ukrainische Ein- und Aussichten vernommen. Ossip gehorchte sofort. Gewiß, alles mußte seine Grenzen haben – und sie war die Frau vom Boss, und die Farm trug ihren Namen. Freundlich verabschiedete Eva den Mann.

»Morgen werden wir uns wohl noch den ganzen Tag um den Garten kümmern müssen, Ossip. Hoffentlich werden wir morgen damit fertig!«

»Ja, Mrs. O'Shea! Ich gehe jetzt noch hinüber und mache einen neuen Stiel für die Harke anstelle des alten, den ich heute angebrochen habe. Gute Nacht, Madame, gute Nacht, Mr. Danlay!«

»Du hast Feierabend, Ossip! Aber wenn du dich noch betätigen willst, damit wir morgen keine Zeit verlieren, das wäre schon sehr schön! Gute Nacht, Ossip!«

Die beiden ließen sich Zeit. Das wenige Geschirr mußte abgewaschen, Zimmer und Küche in Ordnung gebracht werden. Roy berichtete, daß er weiter oberhalb am Farmbach eine zweite Senke ähnlich jener gefunden hätte, wie sie von O'Shea schon seit Jahren genutzt wurde. Eva ließ den Kochtopf sinken, dessen Boden sie als das letzte noch zu reinigende Stück mit feinem Sand gescheuert hatte. Sie blickte Roy mit großen Augen an, plötzlich sehr ernst:

»Das mußt du Tom sofort berichten, wenn er mit deinem Boss morgen wieder hier ankommt. Die Nachricht wird ihn auf der Stelle fesseln, wird ihm gar keine Zeit lassen, mißtrauisch zu werden. Ich habe viel nachgedacht, Roy, tagsüber. Ich bin mir klar darüber geworden, daß vorderhand das, was zwischen dir und mir ist, ganz und gar unser beider Geheimnis bleiben muß. Sieh, wie soll ich hier fort? Ich kann die Farm, die meinen Namen trägt, nicht einfach im Stich lassen – und ihn auch nicht. Toms ganze Welt bräche zusammen, und er zerbräche mit. Und wie sollte ich mit dir mitkommen – als Köchin in McAllisters Vermessungskommission und als Freundin des Ersten Assistenten? Das ist nichts als Hirngespinst. Diese Tage jetzt sind ein Wunder, das vom Himmel gefallen ist. Mit unserem Alltag haben sie nichts zu tun. Wir müssen abwarten, ob und wie uns der liebe Gott erlaubt, sie fortzusetzen.«

Roy hatte ihr reglos zugehört, ohne den Versuch zu machen, sie zu unterbrechen. Wenn noch irgendwo in seinem Gehirn Zweifel bestanden hatten, ob Eva mehr wäre als nur eine simple Siedlerfrau mit beschränktem Horizont – für solche Zweifel gab es nun keinen Raum mehr. Sie hatte während der Stunden im Garten entschiedener und deutlicher ihre Schlüsse gezogen, als er auf seiner Wanderung über die Berge vom Taltapin zum Sechsmeilen-Bach. – So klug und mutig wie sie werde ich wohl kaum jemals meine Schlüsse ziehen, schoß es ihm durch den Kopf. Ich kann mich ihr anvertrauen; sie wird immer das Richtige und Vernünftige zu tun wissen.

Er hatte unmittelbar nichts zu erwidern auf das, was sie gesagt hatte. Ihre Entscheidung war getroffen, und dabei hatte es zu bleiben. Was wäre also zu sagen gewesen?

Er konnte den großen, starken Augen nicht standhalten, legte das Wischtuch beiseite, mit dem er bis dahin das gesäuberte Geschirr abgetrocknet hatte, raffte sich zu wenigen Worten auf:

»Du hast zu bestimmen, was werden soll, Eva. Ich bin nur der Zugelaufene –«

So kläglich kam dies Bekenntnis – die Wahrheit war es, die ungeschminkte Wahrheit –, daß Evas Ernst einem Lächeln wich:

»Armer Zugelaufener! Du bist so willkommen! Dein Talent, Unsinn zu reden, übertrifft alle deine anderen guten Eigenschaften.«

Sie nun in die Arme zu nehmen – es gab nichts anderes, was als Entgegnung brauchbarer gewesen wäre. Bis zu diesem Augenblick hatte der Zwang gewirkt, an sich halten zu müssen und sich nicht mit einem Wort oder einer Geste zu verraten. Das war vorbei, sie waren allein; ohne Furcht und Einschränkung gehörten sie sich, einer dem anderen.

Unter dem Dach der Veranda saßen sie auf der Bank wie am Abend zuvor in der langsam tiefer sinkenden Sonne, schauten in den vergehenden Tag, die lautlos ihre Sterne entzündende Nacht. Verhalten und leise nur redeten sie miteinander, tasteten sich langsam vor in ihre ungewisse, verhüllte Zukunft. Was sie sich nicht bekannten, war dies: Ihr Leben würde in die bisherige Form nicht mehr zurückzupressen sein. Wenn er den letzten radikalen Schluß noch nicht gezogen hatte – für sie schien es bereits selbstverständlich geworden zu sein, daß von der letzten Nacht her ein neuer Abschnitt der Existenz seinen Anfang genommen hatte. Jedoch war mit Verstand, vor allem aber mit Geduld zu verhindern, daß das Leben anderer Menschen oder das eigene zerstört wurde. Sie war eine Frau, ganz und gar eine Frau; es war ihr nicht gegeben, anders als pfleglich und behutsam mit den Menschen, überhaupt allem Lebendigen umzugehen, das so oder so ihrer Hand und Sorge anvertraut war. Roy verfügte über genügend Spürsinn und Erfahrung, diesen wunderbaren Grundzug ihres Wesens zu begreifen.

Der letzte blasse Schimmer des Abendlichts war schon seit einer halben Stunde vergangen. Die wilde Welt weit umher hatte sich zur Ruhe begeben. Die Nacht hatte ihre Herrschaft angetreten, eine sanfte, dunkle, doch an heimlichen Verheißungen reiche Herrschaft. Es war kaum noch etwas zu besprechen. Roy bekannte leise:

»Wenn es uns erlaubt sein sollte, beieinander zu bleiben, irgendwann in den kommenden Monaten oder Jahren, Eva, ich glaube, ich würde dich jeden Tag mehr lieben, jeden Tag mehr!«

Sie war es nun, die zum ersten Mal ihn in die Arme nahm, ihn küßte und flüsterte:

»Es ist ganz dunkel jetzt, Lieber! Wir machen kein Licht, finden uns auch so zurecht. Ich komme wieder zu dir. Wie gestern!«

*

Die Rollen waren vertauscht in dieser Nacht. Sie war es, die ungestüm forderte, als wären nicht vierundzwanzig Stunden, sondern ebensoviele Jahre vergangen, und ein alter, weiser Gott hätte sie inzwischen alle Künste der Sinne und des Liebens gelehrt. Sie war es, die ihn zu entdecken wünschte, die ihn entfachte und unendliche Entzückungen zu bewirken wußte. Er hatte das Feuer nur anzuzünden brauchen. Nun brannte es, flammte bis in den siebenten Himmel und riß ihn mit.

Es war nach Mitternacht. Der abnehmende Mond schien durch die weit offene Tür. Sein blasses Licht beleuchtete ihr Gesicht. Ihre Züge hatten sich entspannt. Ihr Ebenmaß war zur Vollkommenheit offenbart. Ein kaum wahrzunehmendes Lächeln spielte um ihre Mundwinkel. Roy hatte den Kopf auf den Arm gestützt und blickte in dies feenhafte Antlitz. Ergriffen flüsterte er sich selbst zu:

»Schöneres hast du noch nie gesehen, denn es gibt nichts Schöneres! Bewahre dies Bild in dir! Nie wirst du sie dann enttäuschen.«

Er beugte sich vor und hauchte einen Kuß auf ihren Mund.

Sie lächelte tiefer noch.

Wenn ich dich doch nie zu betrüben brauchte, Geliebte!

19. KAPITEL

Der nächste Tag war ein Sonnabend. Tom, McAllister und seine Leute würden also für das Wochenende zur Farm zurückkehren, wenn sich nichts Unerwartetes ereignet hatte. Ob die Männer schon zum Mittagessen oder erst gegen Abend aufkreuzen würden, war nicht vorauszusehen. Auf alle Fälle mußte Eva vorbereitet sein, bis zum Montag für acht Personen nicht nur Nahrung, sondern reichliche und auch festliche Kost anbieten zu können. Das verlangte die Ehre der Farm. Eva wollte also ein genaues Programm entwerfen und möglichst viele Gerichte schon vorweg zubereiten.

Schon beim Frühstück spürte Roy, daß sie unruhig war. Vielleicht hatte sie auch nur zu wenig geschlafen in der vergangenen Nacht – genau wie er. Er zerbröckelte geistesabwesend ein Stückchen Brot neben seinem Teller und nahm nicht auf, was der nun sehr lebhafte Ukrainer von den überdeckten Saatbeeten daherredete, die unbedingt umgelegt und verbessert werden müßten. Offenbar verstand er etwas von der Sache, aber er radebrechte das Englische dabei auf geradezu mörderische Weise. Eva unterbrach ihn:

»Daraus wird nicht viel werden, Ossip. Du mußt mir heute in der Küche zur Hand gehen, kannst mir viel Lauferei abnehmen. Was werden Sie heute tun, Roy? Wieder in die Berge steigen?«

Roy hörte sich an diesen Tisch, in dieses große Zimmer mit den schweren Wänden aus ebenmäßigen, starken Stämmen zurückgerufen. Sie fragte ihn nach dem Alltag, der ihm für zehn Minuten völlig abhanden geraten war. Er erklärte, hastig und stockend zugleich:

»Ich? Nein! Das kommt leider nicht in Frage. Ich muß zusehen, mit der Rechen- und Schreibarbeit fertig zu werden. Sonst kriege ich Ärger mit Dr. McAllister. Der Gute kennt in dieser Hinsicht keine Gnade.«

So war es in der Tat. Saure Äpfel sind dazu da, um in sie hineinzubeißen.

Das Frühstück dauerte also keine Minute länger als nötig. Eva und Roy hatten sich nur mit ein paar flüchtigen Blicken streifen können, als wollten sie üben, voneinander keine Notiz zu nehmen. Bald würden sie von zahlreichen, vielleicht mißtrauischen Augen beobachtet werden. Was hatte auch der alltägliche Tag mit den vergangenen Nächten zu schaffen? Nichts! Die Nächte gehörten zu einer völlig anderen, fernen Welt.

Roy vergrub sich mit wahrem Ingrimm in die Arbeit. Es ärgerte ihn, daß er nur langsam vorankam. Es schienen ihm eine Reihe von Daten zu fehlen. War er, Roy Danlay, schuld daran? Das würde ihm scheußliche Vorwürfe eintragen. Er versuchte angestrengt, die fehlenden Einzelheiten zu rekonstruieren – vergeblich! Doch gelangte er nach Stunden des Suchens und Verbindens wenigstens zu dem Schluß, daß diesmal der Boss für die versäumten Eintragungen verantwortlich zu machen war. Das bedeutete immerhin einen Trost – und keinen schlechten. Er atmete auf, hatte allerdings die Mittagsstunde verpaßt.

Es klopfte an die Tür des Gastzimmers, in dem Roy arbeitete. Roy blickte auf von dem Bündel von Papieren, in dem er suchend geblättert hatte:

»Herein!«

Die Tür öffnete sich mit leisem Knarren einen Spaltbreit. Der Ukrainer schaute herein, einen zutraulich verlegenen Ausdruck auf dem ehrlichen Gesicht:

»Ich soll fragen, Mr. Danlay, ob Sie nicht was essen wollen. Es wäre schon halb eins vorüber, und die Frau möchte abräumen und weitermachen.«

Roy erhob sich sofort:

»Ach, habe ich mich so verspätet? Ich bin gleich da!«

Ossip hatte bereits gegessen. Sie hörten ihn hinter der Küche rumoren. Er füllte den Stapel von Brennholz auf, der vor der Küche und auch in der Küche neben dem Herd für die Köchin bereitstehen mußte, das Herdfeuer zu füttern. Ossip war also zuverlässig außer Hör- und Sichtweite. Roy nahm gehorsam zu sich, was Eva ihm auflegte. Jetzt konnten sie sich ein paar Zärtlichkeiten zuflüstern; er durfte für ein paar Sekunden seine Rechte auf ihrer linken Hand ruhen lassen mit heimlichem Druck. Sie warnte mit leisen Worten:

»Wenn heute das Haus wieder voll wird, Roy! – Wir müssen

uns sehr vorsehen. Um alles in der Welt dürfen wir keinen Verdacht erregen.«

Trotzig begehrte er auf:

»Ich fände nichts dabei, dich ihm streitig zu machen. Schon jetzt! Ich bin meiner sicher. Irgendwann muß es doch passieren! Warum nicht gleich?«

Jetzt legte sie ihre Hand auf die seine:

»Noch nicht, Roy! Es ist zu früh. Wir sollten uns eine Weile Zeit lassen, um uns über uns selber ganz klarzuwerden. Wir haben seit Jahren aufeinander gewartet, ohne es zu wissen. Wir können nun auch eine Zeitlang – ich weiß noch nicht wie lange – weiter warten. Ich habe das sichere Gefühl, daß wir Klugheit walten lassen und unser Geheimnis vorläufig wahren müssen.«

Roy mußte sich abfinden. Doch wollte er ihr nicht verschweigen, was ihm auf der Seele lag. Ihr durfte er nichts vorenthalten. Er berichtete also mit knappen Worten, was er am Sechsmeilen-Bach entdeckt hatte, durch blinden Zufall, was so bald kein anderer entdecken würde. Er schloß:

»Ich müßte mich sehr irren, wenn ich den Fund nicht an eine der großen Minengesellschaften verkaufen könnte. Ich für meine Person will mit dem Abbau nichts zu schaffen haben. Ich eigne mich nicht dafür. Aber ich halte es nicht für ausgeschlossen, daß mit diesem Erzlager Geld zu verdienen ist, uns für den Rest unseres Daseins eine feste Grundlage zu sichern.«

Es erschütterte ihn fast, wie sie reagierte; sie brauchte nicht erst nachzudenken:

»Das wäre das Ende von ›Evas Farm‹, Roy, so wie sie bisher gewachsen ist. Viele Männer von überallher, Maschinen, Lärm, Dreck und Abraum meilenweit! Der Bach verschlammt. Dann bliebe ich hier nicht. Noch einmal, Roy, ich bitte dich, wenn du mich behalten willst, so wie ich dich: Kein Wort davon, daß wir zusammengehören – und von der Mine auch nicht, versprich es mir!«

Er kam nicht mehr dazu, es zu versprechen, denn plötzlich stand der Ukrainer im Zimmer:

»So, Holz für drei Tage oder mehr, Missis, hab' ich aufgebaut hinter Küche. Was jetzt soll ich machen?«

Eva hatte sich erhoben. Sie konnte ihre Verwirrung nicht vollkommen verbergen. Hatte der Ukrainer ihre letzten beschwörenden Worte mit angehört? Sie faßte sich und erwiderte etwas zu schnell:

»McAllisters drei Helfer sollten, solange sie bei uns zu Gast sind, nicht mehr in ihrem Zelt schlafen. Es wird nachts schon sehr kalt, es könnte frieren. In eurem Haus sind noch drei Betten frei – in dem Raum gegenüber dem, in welchem Greg und du schlafen. Die Strohsäcke müssen frisch gefüllt werden. Verbrenne das alte Stroh hinter der Scheune, aber in gehörigem Abstand! Stopfe die Säcke dann gut voll – und gleichmäßig, hörst du! Dann melde dich wieder bei mir in der Küche!«

»Wird gemacht, Missis, wird gemacht. Alles bestens!«

Ossip verschwand. Er zog die Außentür der Küche mit lautem Knarren hinter sich ins Schloß. Eva atmete sichtlich erleichtert auf und setzte sich noch einmal. Roy hatte sich während des kurzen Zwischenspiels angelegentlich mit dem Rest des Rühreis befaßt, das Eva auf den Tisch gebracht hatte.

Auf Evas Gesicht hatte sich von neuem die leise Verdrossenheit ausgebreitet, die an vergangenen Tagen stets zu spüren gewesen war. Roy hatte bereits gelernt – die Augen der Liebenden sind scharf –, in ihren Zügen zu lesen wie in einem aufgeschlagenen Buch. Er legte seine Gabel beiseite und mahnte:

»Mach dir keine Sorgen, Eva: Selbst wenn er ein paar Worte vernommen hat, wüßte er sich keinen Reim darauf zu machen. Es ist wahrscheinlich am ratsamsten, wenn wir in Gegenwart Dritter überhaupt nicht miteinander reden. Wenn O'Shea und McAllister eintreffen, so lasse mich sie in Empfang nehmen. Du brauchst erst später aufzutauchen.«

So wurde es beschlossen. Dann mußte sie sich wieder an ihre Arbeit begeben und er an die seine. Es drängte sie, sich zum Abschied eine Zärtlichkeit zu schenken. Sie brachten es nicht über sich. Ihre bisherige Sicherheit hatte sich plötzlich verflüchtigt. Dazu paßte, daß ihm eine quälende Vorstellung durch den Sinn fuhr: Sie hatten in der vergangenen Nacht lange Zeit dicht beieinander gelegen, gestillt und glücklich matt, und hatten leise miteinander geredet. Mit der im geheimen stets vorhandenen Eifersucht eines Liebenden hatte er von ihr wissen wollen, wie es im einzelnen in ihrer sogenannten Ehe zugegangen wäre – er hatte sich schnell angewöhnt, von ihrer »sogenannten« Ehe zu sprechen. Es war ihr anfänglich schwergefallen, Einzelheiten zu offenbaren. Aber sie gestand ihm das Recht zu, alles zu erfahren, gerade auch das, was ihre allerintimste, allerprivateste Existenz anging.

Er hielt sie deshalb noch einmal zurück:

»Eva, es brennt mich – ich sollte dich wohl nicht danach fragen. Aber es ist besser, die Wahrheit zu wissen, als sich mit unsicheren Phantasien abzuplagen. Sag mir, Eva, wenn Tom heute nacht mit dir allein ist und wenn er sich dann, wie du mir geschildert hast, wieder einmal erleichtern muß, was wirst du tun? Wirst du nachgeben, wie es einer braven Ehefrau zukommt -- oder wirst du dich verweigern?«

Er spürte, wie sie steif wurde, obwohl er sie nicht berührte. Er wagte nicht, sie anzusehen. Sie lehnte an der Tischkante, als brauchte sie einen Halt. Nicht Verdrossenheit, Trauer jetzt beschattete ihr Antlitz; er wurde dessen gewahr, ohne daß er hinzusehen brauchte. Ihre Tapferkeit bewährte sich auch jetzt:

»Das hättest du mich nicht fragen sollen, Roy! Aber gut, wenn du es genau wissen willst -- obwohl, was zwischen Tom und mir vorgeht, vielleicht vorgehen wird heute nacht –, mit uns hat das nichts zu tun, es berührt uns überhaupt nicht! Soll ich etwa ›nein‹ sagen, wenn ich so viele Jahre lang nicht ›nein‹ gesagt habe? Er ist nicht dumm. Er würde ahnen, was mir geschehen ist. Das darf nicht sein – vorläufig auf keinen Fall! Ich will es nicht, Roy! Glaube daran, daß wir beide auf einem anderen Stern angesiedelt sind, einem Stern, der uns ganz allein gehört. Roy, ich bitte dich, jetzt ist alles herrlich und klar zwischen uns, weil nur wir beide davon wissen. Ich will nicht, daß dies zerstört wird – Roy, ich bitte dich, überlasse mir, was weiter geschehen soll. Ich werde dich, uns, nicht enttäuschen!«

Ihre Erregung sprang auf ihn über. Wahrlich, nein, er hatte sie nicht quälen wollen, aber er hatte es getan. Ja, sie würde klüger, als er es vermochte, zu bestimmen wissen, wie er und sie sich zu verhalten hätten.

»Ich zweifle ja nicht daran, Eva, Liebe!«

Er wußte keine Antwort weiter, keine Gegenrede. Er riß sie in seine Arme, und beide vergaßen für eine Minute, wo sie waren und was sie eben noch getrennt hatte – und fuhren auseinander, als wäre plötzlich ein Schuß über ihren Köpfen abgefeuert worden.

Vor dem Haus auf dem Vorplatz war lautes Geklirr hörbar geworden, dann Toms Stimme:

»Da wären wir, Leute! Also zuerst mal absatteln! Wir werden sicherlich bald was zu essen bekommen. In einer halben Stunde etwa, denke ich.«

Roy Danlay sprang die Verandatreppe hinunter:

»Ich habe euch erst für den Abend erwartet. Ist etwas schiefgegangen? Hallo, Boss, hallo, Tom!«

Nein, alles wäre nach Plan verlaufen. McAllister hätte jedoch so große Sehnsucht nach den »Fleischtöpfen Ägyptens«, das heißt nach den Kochkünsten der Gebieterin auf »Evas Farm«, verspürt, daß man sich zu einem um einen halben Tag vorverlegten Wochenende verführt gefühlt hätte. Außerdem hätte Tom unter Assistenz seines Indianers Jim die Kommission so gut geführt, daß viel an Weg und Zeit hätte eingespart werden können. Und was wäre inzwischen auf der Farm vorgegangen? Wären die schriftlichen Arbeiten wieder à jour?

»Noch nicht, Boss! Ich bin auf eine Anzahl von Unstimmigkeiten gestoßen, die ich nur mit Ihrer Hilfe werde aufklären können. Vielleicht wäre ich bis zum Abend damit zu Rande gekommen. Aber gegen ein vorgezogenes Wochenende habe ich natürlich nichts einzuwenden. Obendrein habe ich mir, wie es ja abgesprochen war, von Toms Schürfplatz am Bach oberhalb ein Bild gemacht.«

Er wandte sich an O'Shea, der gerade seinem Pferd den Sattelgurt lockerte, aber sofort aufmerksam wurde.

»Das hat mich einen ganzen Tag gekostet. Aber es hat sich gelohnt. Eine Stunde bachauf, Tom, von der bisherigen Schürfstelle – kein Mensch scheint sich je die Mühe gemacht zu haben, bachaufwärts weiter zu forschen – habe ich einen Platz gefunden, der mindestens ebenso aussichtsreich ist, wenn nicht reicher, als die schon genutzte Schürfung. Ich habe den Ort bezeichnet. Auch ohne das ist er kaum zu verfehlen. Einen kleinen Beweis habe ich mitgebracht; er steckt noch hinter meinem Hutband, wenn er nicht inzwischen rausgerutscht ist. Ich werde ihn nachher vorzeigen.«

Tom nahm seinem Pferd Sattel und Zaumzeug ab, ließ beides ins Gras sinken. Das Pferd zu entlasten ging allem anderen vor. Tom gab dem grobknochig starken Tier einen Klaps auf die Hinterhand:

»Lauf, Pedro, du findest den Weg zur Tränke auch allein.« Er wandte sich an Roy Danlay:

»Das sind große Neuigkeiten, Roy! Und erfreuliche dazu, höchst erfreuliche! Weiß das schon meine Frau? Sie werden den neuen Claim natürlich auf Ihren Namen eintragen lassen, nicht wahr? Es ist ja Ihr Fund.«

Roy war ehrlich erstaunt. Diese Reaktion hatte er nicht erwartet. Aber O'Shea, der »Klotz«, hatte ja theoretisch recht, er schloß offenbar von sich auf andere, das heißt, wie er die Sache aufgefaßt hätte. Roy erwiderte einigermaßen kühl:

»Mein Fund – mag sein, Tom! Ihre Frau, der ich schon Bericht erstattet habe, ist ebensowenig wie ich auf den Gedanken gekommen, daß die neue Fundstelle nicht auf Ihren Namen eingetragen werden sollte; sie liegt auf ›Evas Farm‹ und an dem Bach, der in meinen Augen zu dieser Farm gehört: Ich stehe im Dienst der Regierung und bin nicht ohne weiteres berechtigt, irgendwelche Claims anzumelden. Selbstverständlich sind Sie derjenige, der allein berechtigt ist, den Claim zu beanspruchen.«

McAllister legte sich ins Mittel:

»Schon gut, Roy, schon gut! Tom hat es gut gemeint. Wir haben uns um ›Evas Farm‹ verdient gemacht. Betrachten wir die neue Fundstelle als das Gastgeschenk, das wir der Frau des Hauses mitgebracht haben. Ich vermisse die Frau des Hauses. Ist sie ausgeritten?«

Eva trat gerade auf die Veranda und wurde freudig begrüßt. Sie entschuldigte sich lachend:

»Wenn Gäste mir vielgeplagtem Weibe ein paar Stunden eher ins Haus fallen als erwartet, und sofort verkünden, daß sie hungrig sind, dann habe ich nichts Dringenderes zu tun, als mich um einen Imbiß zu kümmern. Deswegen konnte ich nicht gleich erscheinen. In zehn Minuten steht der Tee auf dem Tisch!«

Sie hatte ihren Gatten nicht besonders begrüßt. Das hätte auch nicht der Gewohnheit entsprochen. Tom überließ dem Gast McAllister den Vortritt, Eva mit einigen launigen Sätzen zu huldigen. Seine Frau schien ihm irgendwie verändert, wie sie so dastand oberhalb der Verandatreppe. Die Aufregung hatte ein tieferes Rot in ihre Wangen gezaubert, ihre Lippen blühten, ihre Augen lachten, denn der Doktor war um einen guten Spaß nicht verlegen, wenn er einmal ein Wochenende so unbeschwert beginnen konnte wie hier. In Thomas O'Shea erwachte die Sehnsucht, sich dieses schönen, starken Menschen und seiner süßen Reife wieder einmal zu bemächtigen, sein kostbarstes Gut von neuem in Besitz zu nehmen. Er hatte sie lange genug entbehrt.

Der Nachmittag verging wie im Fluge.

Roy Danlay und sein Boss suchten nach dem Fehler – oder waren es nur ein paar vergessene Aufzeichnungen, die das Loch gerissen hatten? – konnten aber nichts finden, was die Unstimmigkeit erklärt hätte. Wohl oder übel mußten sich die beiden Männer entschließen, anstelle der echten Beobachtung Übergänge zu konstruieren, welche die Lücke schlossen. McAllister selbst gab schließlich zu, was ihm nicht leichtfiel:

»Sie werden eine Weile damit zu tun haben, Roy, die fehlenden Daten einigermaßen glaubhaft zu ersetzen. Sehr dumm! Ich habe damit gerechnet, daß Sie vom Montag ab wieder für die Außenarbeit zur Verfügung stehen. Daraus wird nichts werden. Eigentlich wollte ich nicht zum dritten Mal hier Quartier machen, sondern gleich die Dreitausendfünfhundert-Fuß-Kontur südlich vom Tetzalto-Berg in Arbeit nehmen bis hinüber ins Tal des Sutherland-Flusses; der zugegebenermaßen, sehr angenehme Aufenthalt bei den O'Sheas kostet uns jedesmal zwei Tage, mit An- und Abmarsch praktisch vier. Wie lange wird das gute Wetter noch anhalten? So lange, wie es bisher schon gedauert hat, bestimmt nicht mehr.«

Roy Danlay nahm die Feststellung wortlos zur Kenntnis. Er zuckte die Achseln, brachte schließlich heraus:

»Tut mir leid, Boss! Ich bin nur froh, daß nicht ich den Aufenthalt zu verantworten habe.«

»Das kann ich Ihnen nachfühlen, Roy. Wir sind alle nicht ohne Fehler. Übrigens hat mich O'Shea in den vergangenen drei Tagen weidlich aufgehalten. Ich mußte ihm seine Claims sachkundig beurteilen. Ich halte nicht viel davon, aber er nahm's mit Fassung zur Kenntnis; glaubte mir wahrscheinlich nicht ganz. Gut, daß Sie einen Trost für ihn bereit hatten.

Hoffentlich haben Sie ihm keine falschen Hoffnungen gemacht. Wie übrigens haben Sie sich inzwischen mit der sympathischen Mrs. O'Shea vertragen?«

»Oh, ich hoffe, ich bin ihr nicht auf die Nerven gefallen. Sie ist von Natur, meine ich, sehr reserviert. Danach habe ich mich verhalten. Was die Fundstelle im oberen Bachtal betrifft, Ihnen wollte ich die Proben zuerst zeigen.«

Roy holte den Filzhut aus seinem Zimmer nebenan. Das Blättchen steckte noch an seinem Platz, und Roy entfaltete es vorsichtig. Die Körnchen glimmten auf, winzige goldfarbene Funken. McAllister trat damit ans Fenster und nahm eine Lupe aus seiner Arbeitstasche zu Hilfe.

»Gar kein Zweifel möglich! Sie sind fündig geworden, Roy. Wenn wir diese Proben den O'Sheas noch vor dem Abendessen präsentieren, wird uns O'Shea ein Fest geben, das sich gewaschen hat. Die Frau, die sich dieser klobige, aber kluge Mann eingehandelt hat – weiß der liebe Himmel, wie er das geschafft hat –, sie wird sich nicht lumpen lassen, und er erst recht nicht!«

Roy Danlay bekam reichlich Gelegenheit – bis in die halbe Nacht hinein – festzustellen, daß sein Boss neben sonstigen Vorzügen auch noch Talent zu Prophetensprüchen besaß, sogar zu richtigen –! Es war eine Festmahlzeit.

*

Thomas O'Shea hatte die Lampe bereits gelöscht. Er hatte getrunken. Vielleicht ein paar Gläser zuviel. Aber was tat es! Der nächste Tag war ein Sonntag. »Evas Farm« war um ein gehöriges Stück wertvoller geworden. Das hatte in der Tat gefeiert werden müssen. Und Eva hatte sich selbst übertroffen. Warum kam sie nicht –? Der Abend hatte ihr eine Menge zusätzlicher Arbeit aufgebürdet. Sie bringt es einfach nicht über sich, die Küche unaufgeräumt zurückzulassen.

Hatte er schon geschlafen?

Jetzt war sie da, hatte sich ganz leise in ihr Bett geschlichen.

»Ich schlafe noch nicht, Eva! Willst du gleich schlafen?«

»Das wird wie immer davon abhängen, Tom, ob du gleich schlafen willst.«

Er konnte sich nicht bezähmen, war schon bei ihr.

»Freust du dich gar nicht, Eva? Heute könntest du dich freuen! Freu dich doch nur einmal, wenn ich zu dir komme!«

»Habe ich dich je abgewiesen, Tom?«

Nein, das hatte sie nicht. Er fragte nicht mehr, überwältigt von ihrer Nähe und von seinem Durst.

Und dann geschah, was noch nicht ein einziges Mal geschehen war.

Sie wußte ja nun, wie es sein konnte.

Roy, Roy, Roy hat es mich gelehrt, nicht du!

Ihr Leib gehorchte ihr nicht mehr, folgte nur noch seinem eigenen Gesetz. Als ihr Mann zu ihr kam, spürte sie schon nach Sekunden, wie ihr Leib sich weitete, ihre Mitte warm und weich wurde und sich bebend und zitternd löste, namenlos befriedigt und gestillt.

Zum ersten Mal war Tom ihr Mann, war sie seine Frau geworden. Auch Tom hatte gespürt, wenn auch nur wie hinter einem Nebel, daß sie so noch nie seine Umarmung beantwortet hatte. Er ließ von ihr ab. Was war das? Weinte sie etwa?

»Was hast du Eva? Ich habe dir doch nicht weh getan?«

»Nein, nein, Tom! Ich weine ein bißchen – nichts Besonderes. Der Tag war wohl zu anstrengend.«

»War er wohl, ja! Eva, du bist meine Frau. Alles für dich, Eva!«

Der leichte alkoholische Nebel in seinem Kopf war noch nicht gewichen. Schlafen jetzt, das war sein einziger Wunsch. Frauen haben eben nah am Wasser gebaut, wie man so sagt. Aber sie war herrlich, herrlich. Halb schon im Schlaf:

»Gute Nacht, Eva!«

Keine Antwort. Wahrscheinlich schläft sie schon.

Er schlief.

20. KAPITEL

Der Sonntag, der auf diesen unruhigen Sonnabend folgte, wurde von unterdrückten Spannungen durchzittert, die nicht leicht unter Kontrolle zu halten waren. Am ehesten noch konnte Eva sich dieser Stimmung entziehen. Jedermann war einsichtig genug, ihr zuzubilligen, daß die Vorbereitungen für ein sonntägliches Acht-Personen-Essen ihre Zeit und Kraft voll in Anspruch nahmen. Sie stand während des ganzen Tages am Herd und am Küchentisch. Lediglich Ossip hatte ihr beizustehen, wenn zwischendurch eine Aufgabe männliche Hilfe ratsam erscheinen ließ. Außerdem machte die Gegenwart des Ukrainers jedes vertrautere Gespräch mit Tom, Roy oder McAllister unmöglich. Nach dem Sonnabend, der Nacht, die ihm gefolgt und jener, die ihm vorausgegangen war, hatte Eva um ihr inneres Gleichgewicht gekämpft. Ihres Körpers war sie sich bewußt geworden wie noch nie zuvor; dieser Körper gehorchte plötzlich ihr bis dahin unbekannten Gesetzen, die sich ihrem Willen entzogen. Sie war im tiefsten verstört.

McAllister – wenn er sich auch bemühte, seine Verstimmung – oder war es schon ausgewachsener Ärger? – nicht die Oberhand gewinnen zu lassen, warf im stillen seinem Assistenten Danlay vor, die aufgelaufene Schreibarbeit nicht schnell und nicht intelligent genug erledigt zu haben. McAllister lag daran, von der Farm baldmöglichst Abschied zu nehmen. Roy Danlay mußte für die laufende Vermessungsarbeit wieder zur Verfügung stehen. Ein Wochenende auf »Evas Farm« war zwar eine höchst erfreuliche Unterbrechung der Wochen in der Wildnis, aber man hatte sich erkenntlich zu zeigen und die vielen, oftmals weit ausholenden Fragen des Hausherrn zu beantworten; das war ermüdend! Hinzu kam, daß dem akademisch gebildeten McAllister der erfolgreiche Urwaldsiedler O'Shea, ein »Landnehmer« von reinstem Wasser, zwar durchaus imponierte, aber zumindest auf die Dauer in der Wucht und Beharrlichkeit, in dem hartnäckigen Eifer, mit dem er seine Anliegen zur Geltung brachte, keineswegs behagte.

Im Kopf von Thomas O'Shea spukte eine Frage: Was war gestern abend anders mit Eva? Irgendwie war sie anders, aber wie? Oder hat mir nur mein Zustand einen Streich gespielt? Zuviel Whisky getrunken – das muß es gewesen sein. Sie ist wie immer, wirkt in der Küche. Die Gäste sollen merken, daß ihnen auch in der Stadt nichts Besseres geboten werden kann. Sie hilft mir damit, denn mit McAllister bin ich noch nicht fertig. Ich will noch mehr wissen. Roy Danlay ist allerdings umgänglicher als sein Boss.

Roy Danlay nämlich widmete sich seinem Gastgeber mit einer gewissen Beflissenheit, die ihn selbst in Erstaunen versetzte. Er erörterte mit ihm des langen und breiten die Möglichkeiten der neuen Fundstelle am oberen Taltapin-Bach, brachte schließlich Thomas O'Shea auf die Idee, die Nutzung schon im bevorstehenden Winter in Angriff zu nehmen. Tom war mit der Technik des Abbaus im Winter zwar vertraut, ließ sich aber trotzdem belehren, daß der Frost offene Schächte in die Sände hinunter, sogar in rinnenden Gewässern, wenn sie nicht mehr als einen Fuß tief wären, wie der Taltapin da oben, viel zuverlässiger absteifte und stützte, als dies im Sommer durch Balken und Bretter zu bewirken wäre. Natürlich könnte man die geförderten Sände im Winter nicht auswaschen, wohl aber einen großen Vorrat davon auftürmen, der dann bei wärmerem Wetter durch die Spültröge zu schleusen wäre.

»Gekannt habe ich diesen Abbau im Winter schon, Roy. Allerdings haben erst Sie mir jetzt die Methode richtig erklärt. Ich sollte es damit versuchen. Aber die Sache wird wohl daran scheitern, daß ich allein die notwendigen Arbeiten nicht bewältigen kann. Meine Indianer sind wie alle ihresgleichen für die Wühlerei in der Erde nicht zu haben, im Winter schon gar nicht. Da hocken sie am liebsten bei ihren Familien am oberen Shass-Bach. Außenarbeit im Winter gegen Tagelohn und im tiefsten Busch, dafür sind auch in Burns Lake oder Priestley keine brauchbaren Leute aufzutreiben.«

In Roys Hirn klickte ein Hebelchen:

»Ich glaube nicht, Thomas, daß Sie lange zu suchen brauchen. Ihre Ukrainer würden den Winter über da bleiben, und das gern! Viel Lohn würden die beiden außer Unterkunft und Unterhalt nicht beanspruchen. Aus ihrer Heimat sind sie dürftige Umstände gewohnt. Ich habe Ossip inzwischen als anstelligen und eifrigen Arbeiter kennengelernt. Ihre Frau wird das bestätigen.«

»Das wird sie wohl. Greg halte ich sogar für noch brauchbarer. Ja, Roy, das wäre eine Möglichkeit, die sonst mehr oder weniger verlorenen Wintermonate zu nutzen. Bisher habe ich nur Fallen gestellt im Winter bis zum Henrietta-See hinüber. Aber das bräuchte ich nicht einmal zu versäumen, wenn die beiden eingearbeitet sind und wissen, wie's gemacht wird.«

Roy spürte, daß Tom schon beschlossen hatte, den Vorschlag aufzugreifen. Für Ossip und Greg war also gesorgt. Daß er es bewirkt hatte, erfüllte ihn mit Genugtuung, wenn auch einer sehr verhaltenen. Er würde die Ukrainer unter der Hand einweihen, damit sie sich vorweg auf das Angebot O'Sheas einstellten; es würde nicht lange auf sich warten lassen.

Tom ließ gleich noch einen anderen Versuchsballon aufsteigen, der ihn wahrscheinlich schon eine Weile beschäftigt hatte.

»Tüchtige Leute wie Sie, Roy, mit Ihren Kenntnissen, die sollten ihre besten Jahre nicht im Dienst von Behörden vertrödeln. Was kommt schon groß dabei heraus! Die Gegend hier ist noch längst nicht systematisch durchforscht. Ich meine, Sie sollten nicht nur Höhenlinien bestimmen und Gesteinsarten registrieren. Mein Haus stünde Ihnen als Standquartier jederzeit und beliebig lange zur Verfügung. Mit Ihnen als Partner müßte aus dieser Gegend einiges herauszuholen sein.«

Roy brauchte nicht zu überlegen. Er wehrte ab:

»Das könnte zwar sein, Tom. Aber vorläufig bin ich bei der Regierung noch unter Vertrag. Ich werde nicht schlecht bezahlt, etwas Vermögen besitze ich auch von meiner Mutter Seite her. Was soll ich mir das Risiko einer so unsicheren Existenz aufladen, wie es das Umherstochern nach marktgängigen Mineralien wäre? Mit einem klugen und erfahrenen Mann wie McAllister durch dies schöne Land zu streifen und Vater Staat für Kost und Verpflegung sorgen zu lassen, befriedigt meine Ansprüche an das Dasein vollkommen. Ich habe nicht die Absicht, Millionär zu werden.«

Tom lachte zwar nach diesen Worten. Aber Roy sah ihm an, daß er mit dieser Einstellung nicht einverstanden war. Er ließ auch nicht gleich locker:

»Ich habe mir sagen lassen, daß die höheren Schulen aus den jungen Leuten lauter Stubenhocker, Papierbeschreiber und Bequemlinge machen. Mit Schreiberei hätte ich hier nichts auf die Beine gebracht. Sie brauchen ja nicht gleich ›ja‹ zu sagen. Mein Vorschlag bleibt bestehen, Roy, jetzt und später.«

»Vielen Dank, Tom! Vielleicht komme ich noch einmal darauf zurück.«

Roy zuckte es durch den Kopf: Er ist blind, der »Klotz«! Er ahnt nicht einmal, daß ihm sein kostbarstes Gut schon davongeschwommen ist. Er ist sich all seiner Besitztümer so sicher. Falls ich's bis jetzt noch nicht begriffen habe – Sicherheit ist der größte Schwindel unter der Sonne. Armseliger »Klotz«! Er mochte nicht weiter verhandeln:

»Entschuldigen Sie mich, Tom! Mein Boss wollte mich noch sprechen an diesem Nachmittag. Wir müssen daran denken, daß demnächst das Wetter umschlägt. Wir dürfen uns dann nicht in einer Gegend herumtreiben, aus der wir nur schwer wieder den Anschluß an die Zivilisation gewinnen.«

*

Beim Abendessen – Eva hatte sich abermals selbst übertroffen – wurde ausschließlich davon gesprochen, wie in der bevorstehenden Woche die Arbeit zu organisieren wäre. McAllister ließ deutlich werden, daß er nicht wiederum zwei Tage verlieren wollte, um nochmals auf »Evas Farm« einzukehren. Roy Danlay indessen sollte versuchen, die nicht vollendeten Berechnungen so weit zu fördern, daß er spätestens am Dienstag oder Mittwoch ebenfalls abreiten und sich wieder der Kommission anschließen konnte; seine Mitarbeit im Gelände wäre schwer zu entbehren.

Thomas O'Shea ging auf den Wink mit dem Zaunpfahl nicht ein. Nein, wenn die Gäste schon nicht mehr bei ihm verweilen wollten, so würde er sie doch so lange begleiten, bis die Kommission das Gebiet seines Interesses, das heißt zwischen Viermeilen- und Tetzalto-Berg, endgültig verließ. Das würde nach seiner Schätzung etwa Mittwoch oder Donnerstag geschehen. Dann würde er mit seinen beiden Leuten heimkehren und Roy Danlay in Marsch setzen. Damit Roy ohne Umwege wieder zur

Kommission zurückfände, würde er ihm seinen Indianer Jim als Führer mitgeben.

Das leuchtete ein. Hilfsbereit war es offenbar auch. McAllister fand keinen Einwand, der nicht den Anschein erweckt hätte, daß ihm O'Sheas Begleitung unerwünscht wäre.

Doch blieb nach dem anscheinend sehr sachlich geführten Gespräch ein gewisses Unbehagen zurück, dem sich niemand in der Tafelrunde zu entziehen vermochte. Es fiel den Gästen leicht, vorzuschützen, daß noch manches für den Abmarsch am nächsten Morgen zu richten wäre. Man verabschiedete sich deshalb frühzeitig.

*

Tom und Eva lagen mit offenen Augen in ihren Betten und starrten in die Dunkelheit. Tom mußte den Faden wieder aufnehmen und weiterspinnen, der ihm so wichtig war:

»Eva, hör mal zu, du schläfst ja auch noch nicht. Es wäre wirklich von großem Nutzen für uns, wenn ich Roy Danlay gewinnen könnte, mit mir im nächsten Frühling und Sommer unsere Gegend Fußbreit für Fußbreit auf Mineralien abzusuchen. Die Farm läuft jetzt halb von allein. Ich bin auch so gut wie entschlossen, Ossip und Greg bis auf weiteres zu behalten. Ordentliche Burschen, die beiden! Aber Roy Danlay zeigt keine große Lust, als mein Partner hier seine Kenntnisse zu verwerten. Ich glaube aber, Eva, daß ihm deine Tüchtigkeit und deine stolze Art einigen Respekt abgenötigt hat. Du wirst ihn ja noch für zwei, drei Tage versorgen müssen. Könntest du nicht versuchen, ihn dahin zu bringen, sich meinen Vorschlag noch einmal zu überlegen? Dich würde er nicht kurzerhand abweisen. Er ist ein höflicher Mensch.«

In Eva rasten die Gedanken: Oh, Tom, mein Mann, der so stark ist und so zielbewußt wie keiner, den ich deshalb geheiratet habe und bei dem ich geblieben bin! Wie blind bist du, so blind! Gestern hast du mich zum ersten Mal zu deiner Frau gemacht, Tom, aber nur aus zweiter Hand, Tom, und ich liebe dich vielleicht sogar noch irgendwie. Sonst läge ich hier wahrhaftig schon längst nicht mehr. Aber es ist Roy, der mich zur Frau gemacht hat, nicht du. Roy aus einer anderen Welt, die nicht die unsere ist. Aber gut, Tom, wenn du es willst. Du denkst ja ständig nur an mich. Mich zu erhöhen, daran denkst du fortwährend, nicht an dich! Gut, ich gehorche natürlich, wenn dir so viel an deinem Untergang liegt.

Sie mußte sich räuspern, ehe sie antworten konnte:

»Wenn du meinst, Tom! Ich will es versuchen. Aber ob Roy umzustimmen ist, dessen bin ich mir nicht sicher. Vielleicht ergibt sich eine Gelegenheit, es ihm nahezulegen, oder ich muß eine solche herbeiführen. Er hockt ja die ganze Zeit über seinen Berechnungen.«

»Probier es, Eva! Du weißt Leute seiner Art besser zu nehmen als ich. Auch mit McAllister wirst du besser fertig als ich. Manchmal muß ich denken, wie traurig es um mich bestellt wäre ohne dich. Eva, jetzt werde ich wieder die halbe oder ganze Woche mit der Kommission unterwegs sein, darf ich – ?«

Sie hatte sich davor gefürchtet. Sie versuchte, was sie bisher nie für erlaubt gehalten hatte:

»Ach, heute nicht, Tom. Ich hatte einen so schweren Tag.«

Er war nicht mehr abzuwehren.

»Doch! Warum denn nicht? Komm!«

Gegenüber seiner Kraft und jede Weigerung ausschließenden Gewalt war kein Widerstand denkbar.

Zum zweiten Mal erlebte Eva – und es erschütterte sie noch mehr, verwirrte sie tiefer als in der Nacht zuvor –, daß ihr Körper, ob sie nun wollte oder nicht, den Ansturm des Mannes, ihres Mannes, mit fliegenden, bebenden Schauern einer grenzenlosen Befriedigung beantwortete. Und es änderte nichts, daß in ihrem Innern eine Stimme schrie, als Tom schon schlief: Er darf mich nicht so beben machen! Das steht allein Roy zu! Wo gehöre ich hin, oh, wo gehöre ich hin?

*

Am Montagmorgen, die Sonne stand noch nicht hoch, blickten Eva und Roy dem Reitertrupp hinterher, der eben den Vorplatz verlassen hatte. Ossip und der Indianer Joe, der spät in der Nacht aus seinem Heimatdorf zurückgekehrt war, sie waren schon unterwegs. Tom hatte die beiden beordert, mit der Musterung des Viehs zu beginnen, vor allem die schlachtreifen

Jungochsen auszusondern, die noch vor dem Schnee zur Bahn nach Burns Lake getrieben werden mußten, wenn sie bei schlechter werdender Witterung nicht wieder vom Futter fallen sollten.

Eva flüsterte:

»Drei Tage, Roy, drei Tage haben wir noch.«

Roy erwiderte ebenso leise – als könnte jemand lauschen:

»Und drei Nächte, Eva!«

Sie drängte sich an ihn, daß ihre Schultern sich berührten. Die Reiter waren schon außer Sicht. Die beiden standen immer noch auf dem Vorplatz, als gelänge es ihnen nicht, in ihren Alltag zurückzufinden. Eva vermochte keine Minute länger mit ihrem Geständnis zu warten:

»Roy, ich verstehe mich nicht, und du wirst mich erst recht nicht begreifen: Ich war deine Frau, wie ich vorher nicht ahnte, daß es sein kann, ich hatte es nie erlebt. Erst seit du zu mir kamst, weiß ich es. Aber nun hat Tom mich das gleiche erleben lassen, obgleich ich es nicht wollte und nicht erwartete. Roy, man kann doch nicht zweier Männer Frau sein – !«

Roy hatte seinen Arm um ihre Schulter gelegt. Er verstand nicht gleich, worauf sie mit ihrem Hilfeschrei eigentlich hinauswollte. Aber er verstand, daß sie in Not war, daß etwas Unbegreifliches sie quälte, daß nur er allein sie auffangen konnte. Er versuchte zu trösten:

»Ach, Liebste, in diesen Bereichen gibt es viele Dinge, die wir nicht begreifen. Wir dringen nicht vor in das Dunkel jenseits der sogenannten Vernunft. Weißt du, dort leben wir nicht, dort werden wir gelebt. Und wissen manchmal nicht einmal hinterher, was mit uns geschehen ist. Damit muß man sich abfinden. Kein Gelehrter, kein Weiser, kein Pastor hat mir bisher erklären können, warum das so ist. Es ist so! Viel mehr läßt sich darüber nicht sagen. Komm, wir setzen uns auf die Bank in der Veranda. Dies sind unsere Tage. Nur wir bestimmen, wie wir sie verbringen.«

Sie war getröstet, saß mit ihm auf der Bank, die ihnen zuvor nur an den Abenden als Ruheplatz gedient hatte. Er war nicht zornig geworden, hatte sie nicht abgelehnt, nahm sie so, wie sie war, schien gar nicht zu empfinden, daß ihr irgend etwas zu verzeihen wäre, etwas Dunkles ihr erklärt werden müßte. Beinahe überwältigt wurde sie von dieser Erkenntnis. Zum ersten Mal gebrauchte sie ein Wort ganz bewußt, das ihr bis dahin Unbehagen eingeflößt hatte: Wie ich ihn liebe, diesen klugen großen Jungen! Er könnte mit mir machen, was er will. Wenn er es wollte, ich würde ihm folgen, wohin er mich auch führt. Sie schmiegte sich enger an ihn. Zärtlichkeit ging von ihr aus, unendliche Zärtlichkeit.

Nachdenklich sagte er:

»Wir hätten tun sollen, was mir anfangs vorschwebte: Nämlich vollendete Tatsachen schaffen, unmißverständlich erklären, ›Evas Farm‹ ist nicht mehr ›Evas Farm‹! Mach damit, was du willst, Thomas O'Shea! Du hast deine Chance gehabt, Thomas O'Shea. Du hast deine Chance verfehlt. Werde glücklich mit deinen Rindern und Feldern und Schürfplätzen! Wir gehen fort, fort aus deinem Leben in unser Leben. Deine Eva ist in Wahrheit niemals ›deine‹ Eva gewesen. Du warst nicht ihr Mann, ich bin ihr Mann, ich als erster und allein!‹ Das hätte ich sagen sollen!«

Sie schaute in die sonnenhelle Weite. Der wolkenlose Morgenhimmel schimmerte wie königsblaue Seide. Schon begannen ein paar Spinnenfäden durch die Luft zu schweben im sachte aufkommenden Wind. Zwei davon verfingen sich an einem Pfosten der Veranda, ihrem Sitzplatz gerade gegenüber; sie nahmen es beide wahr. Herbst lag in der Luft, trotz aller Süße der Stunde ein Hauch von Abschied, ein Müdesein, wenn es auch noch nicht bedrückte.

So leise, daß er die Worte eher erriet als verstand, murmelte sie wie zu sich selbst:

»Ich bin ja nun doch ›seine‹ Eva gewesen, gleich zweimal hintereinander. Noch weniger als vorher kann ich mich jetzt vor ihm aufbauen und ihm an den Kopf werfen: ›Ich gehe weg von hier, ich kenne dich nicht mehr, Thomas O'Shea, mit deiner Welt habe ich nichts mehr zu schaffen.‹ Ich kann mir nicht helfen, Roy: es wäre widersinnig, wenn ich das täte. Tom hat es auf seine Art gut mit mir gemeint, immer! Das würde sich nie ändern. Es ist nie jemand zärtlich zu ihm gewesen, auch ich nicht. Ich verstand nichts davon. Das hast erst du mich gelehrt. Nun weiß ich's. Ich bin Tom im Grunde immer überlegen gewesen. Ich glaube, wenn ich wollte, ich könnte ihn lehren, wie man sich lieben soll, wenn man es gut mit dem andern meint.«

»Dann hat der Mohr also seine Schuldigkeit getan und kann gehen, nicht wahr? In diesem Falle ich. Aber das will ich nicht wahrhaben, Eva. Und ich meine, du willst es auch nicht. Zwischen uns hat sich etwas ereignet, was durch keine Zweifel oder Bedenken aus der Welt geschafft werden kann. Erst wenn ich weg bin, wirst du merken, daß wir uns nicht voneinander lösen können, selbst wenn wir es wollen. Aber in dieses Schicksal, dieses Verhängnis oder wie du es nennen willst, wirst du erst hineinwachsen. Dergleichen vollzieht sich nicht von heute auf morgen.«

Sie gab keine Antwort. Es war, als hätte sich eine Glaswand zwischen ihnen aufgerichtet. Eva sprach es schließlich aus. Sie war niemals feige. Dies Wort gab es nicht in ihrem Vokabular:

»Wir reden und kommen nicht weiter, Roy. In deiner Gegenwart werde ich dazu verführt, auf feierliche Weise neunmalklug zu spielen. Das ist nicht meine Art. Es wird Zeit, auch an diesem Tag, daß wir uns um unsere Arbeit kümmern. Wir haben beide genug zu tun.«

*

Sie gehorchten der Disziplin, zu der sie erzogen waren und sich selbst erzogen hatten, und verrichteten ihre Arbeit. Es gelang Roy sogar – ganz plötzlich, als würde ein Vorhang vor ihm weggerissen –, den Fehler in seinen bisherigen Berechnungen ausfindig zu machen. Jede Unstimmigkeit war mit einem Schlage beseitigt. Unerklärlich blieb lediglich, warum weder McAllister noch er selbst den versteckten Irrtum nicht bemerkt hatten.

Aber die Nächte! Mit einer Inbrunst sondergleichen stürzten sie ineinander. Sie fragten nicht mehr nach gestern, nicht mehr nach morgen. Hier und jetzt waren sie, sie beide allein unter dem Sternenhimmel; er funkelte auf ihr Lager durch die weit geöffnete Tür. Zwei Menschen nur, die sich, getrieben von ungeheurer Sehnsucht, miteinander vereinten. Alle Furcht und jeder Zweifel waren verweht, als hätte es sie nie gegeben.

Die Unendlichkeit und die Nacht standen Wache neben ihrem Lager, das ewige Leben. Und Zärtlichkeit ohne Ende!

21. KAPITEL

In der Nacht zum Donnerstag blieben sie länger beieinander als in den Nächten zuvor. Sie wußten, daß es die letzte war. Ob jemals noch andere Nächte wie diese folgen würden, dafür gab es keine Gewähr, nicht die geringste.

Sie ruhten dicht einer am anderen, spürten den Trost und die Wärme des zweiten Leibes, mit dem sie eins geworden waren, ermattet und gestillt, aber beide noch hellwach. Schlaf wäre ein Vergehen gewesen. Schlafen würden sie später können, viele einsame Nächte lang. Diese letzten Stunden waren kostbar.

Sie regte sich ein wenig und flüsterte:

»Dies kann nicht das Ende sein, Roy. Ich will, daß du wiederkommst. Ich werde dann nicht mehr sagen, daß ich hierbleiben muß.«

Er horchte für eine Minute auf ihre Worte und entgegnete sachte und zärtlich:

»Du hast deinen Sinn geändert, Liebste. Ich war sicher, daß das geschehen würde. Es ist schneller wahr geworden, als ich erwartet habe. Ja, Eva, ich komme wieder. Ich verspreche es.«

Sie schmiegte ihren Kopf in die Beuge seines Arms:

»Ich werde auf dich warten. Ich werde mich dann an den Gedanken gewöhnt haben, dies alles hier aufgeben zu müssen. Laß mich nicht zu lange warten, Roy!«

»Es wird noch eine Weile dauern, Eva, ehe du es wirklich ertragen wirst, deine bisherige Welt aufzugeben. Aber dann werde ich da sein.«

Weiter war nichts mehr zu sagen. Sie lauschten lange auf den Schlag des anderen Herzens an ihrer Seite. In der tiefen Stille der Nacht waren die pochenden, dunklen Laute nicht zu überhören.

Sie richtete sich auf:

»Das Zimmer ist eng. Ich habe Lust, noch einmal mit dir unter freiem Himmel zu sein. Laß uns um das Haus gehen auf den Vorhof! Dort hat man den weitesten Ausblick.«

»Es wird kalt sein, Eva. Bei so klarem Himmel bleibt nach Mitternacht von der Tageswärme nichts mehr übrig. Wir müssen uns warm anziehen.«

Sie standen auf dem Vorhof. Über ihnen wölbte sich das unermeßliche All, ohne Anfang, ohne Ende, von abertausend Flimmerfunken, von zartestem Silberstaub auf zauberhafte Weise erhellt. Beide konnten den Ausdruck auf dem Antlitz des anderen erkennen. In Evas Augen meinte er für einen Augenblick den Widerschein eines Sterns aufblinken zu sehen.

Da erklang ihre Stimme in der silbern durchwebten Dunkelheit, klar und warm:

»Was immer geredet wird von der großen Sünde, von Ehebruch und ›du sollst nicht begehren‹, und wie das alles heißt, was wir lernen mußten, auswendig, damit es einem Tag für Tag in den Ohren summt – es stimmt so nicht! Statt dessen stimmt, was ganz am Anfang steht, daß Mann und Frau Vater und Mutter verlassen und werden zueinander kommen und werden ein Fleisch sein.«

Er begriff ihre Worte nur zur Hälfte; aber der Mut und die Entschlossenheit, die sich in ihnen andeuteten, die blieben ihm nicht verborgen. Nach einer Viertelstunde erschauerte sie plötzlich:

»Mir ist eiskalt, Roy. Wir müssen hineingehen. Es bleiben uns nur noch wenige Stunden Schlaf. Dies ist der Abschied, Roy!«

»Ja, Eva!«

Sie küßten sich lange mit einer Inbrunst, in der noch einmal die Leidenschaft ihrer Nächte aufloderte. Dann war Eva schnell im Haus verschwunden, ein Schatten, von tieferen Schatten aufgesogen.

Roy tappte ums Haus zu seinem Zimmer zurück, zog die Tür hinter sich ins Schloß, ging zu Bett. Hatte sich unter den Dekken nicht noch ein letzter Rest der Wärme ihres Körpers gehalten, ihn zu empfangen, eine letzte feine Spur vom Duft ihrer Haut?

*

Um die Mittagszeit des Donnerstag trabten Thomas O'Shea, der Ukrainer Greg und der Indianer Jim auf dampfenden Pferden durch das Tor der Farm. Roy Danlay empfing die Männer bei der Pferdekoppel.

»Hallo, Tom! Ihr seid scharf geritten.«

O'Shea war allem Anschein nach nicht bei bester Stimmung:

»Ja, das sind wir. Ihr Boss McAllister hat uns verpflichtet, uns zu beeilen; Jim soll Sie noch heute abend bei der Kommission abliefern. McAllister braucht Sie dringend. Nun gut, er muß ja wissen, was er tut. Mir wär's lieber, ich könnte mich heute nachmittag mit Ihnen noch einmal ausführlich unterhalten.«

Er hatte schon abgesattelt und streifte dem Pferd das Geschirr über den Kopf. Das Tier schüttelte sich, schnaubte und trabte durstig zur Tränke neben dem Koppeltor.

Thomas O'Shea hatte das Stichwort gegeben, und Roy versäumte es nicht:

»Ich kann mir gut vorstellen, wie der Doktor Sie gehetzt hat, Tom. Er meint stets, daß seine Aufträge noch gestern erledigt werden müssen. Aber im übrigen ist er ein vernünftiger Vorgesetzter, und man kann eine Menge von ihm lernen. Wenn Sie mit mir über Ihr Angebot sprechen wollten, mich als Ihren Partner an einer gründlichen Durchforschung Ihrer Gegend auf Mineralien zu beteiligen, so kann ich Ihnen jetzt eine Antwort geben. Ich habe mir die Sache überlegt. Mein Vertrag mit der Regierung läuft Ende des Jahres aus. Dann muß ich mich entscheiden, ob ich Beamter werden will oder nicht. Nun, vorläufig will ich nicht. Sobald also im kommenden Jahr kein Schnee mehr zu erwarten ist, sagen wir Mitte Mai, werde ich mich wieder hier einfinden, falls Sie Wert darauf legen.«

Toms erhitztes, mißmutiges Gesicht erhellte sich bei diesen Worten. Die waren nach seinem Herzen. Er streckte Roy die Hand hin:

»Großartig, Roy, das höre ich mit Vergnügen. Wenn Sie wollen, schließen wir noch heute einen Vorvertrag auf die Partnerschaft. Falls wir auf dem Gelände fündig werden, das bereits auf meinen Namen eingetragen ist, zwei Drittel des späteren Reinertrages für mich, ein Drittel für Sie. Werden wir auf freiem Grund fündig, dann fünfzig zu fünfzig.«

Roy wehrte lachend ab:

»Nicht so stürmisch, Tom! Ihre Bedingungen sind fair und sollen gelten. Verträge brauchen wir vorläufig nicht. Entweder können wir uns vertrauen, dann genügt die mündliche Absprache. Dürfen wir das Wort des anderen nicht für bare Münze nehmen, so nützt uns auch der schönste Vertrag wenig. Außerdem sind wir beide, glaube ich, Manns genug, uns notfalls nicht die Butter vom Brot nehmen zu lassen!«

Das Einverständnis war echt auf beiden Seiten. Sie schüttelten sich die Hände: abgemacht! Keinen Augenblick lang fühlte sich Roy daran erinnert, daß der breitschultrige, stiernackige Mann vor seinen Augen Evas Ehemann war – dem Buchstaben nach. In Wahrheit war er kein Rivale, war es nie in vollem Sinn des Wortes gewesen und würde es niemals sein. Diese Umstände gehörten in eine völlig andere Welt.

Es gab keine große Verabschiedung. Der Indianer Jim drängte darauf, sofort abzureiten, wenn man nicht zu weit in die Dunkelheit hineingeraten wollte; er aß kaum etwas, wechselte nur das Pferd. Roys Pferd war schon gesattelt; es brauchte nur noch aufgezäumt zu werden. Ein drittes, ein Packpferd, würde Roys Gepäck, die Gerätetasche und den schweren Koffer mit den Papieren tragen müssen.

»Alles Gute, Tom! Bis zum nächsten Frühjahr, wenn alles klappt! Haltet die Ohren steif, ihr beiden aus der Ukraine, und macht mir keinen Kummer – ich habe euch O'Shea empfohlen! Hallo, Joe! Aufgesessen, Jim, und ab!«

Die Frau des Hauses stand über den Stufen zur Veranda vor dem großen Hauptraum. Roy sprang die wenigen Stufen zur Hälfte hinauf, verbeugte sich knapp:

»Ihnen habe ich ganz besonders zu danken, Mrs. O'Shea, für all die freundliche Gastlichkeit, die ich unter Ihrem Dach genossen habe: vielen, vielen Dank! Ich hoffe, wir sehen uns wieder!«

»Ich hoffe es auch. Bis dahin Ihnen und Ihren Leuten Hals- und Beinbruch!«

Sie reichte ihm die Hand. Er drückte sie so heftig, daß sie nur mit Mühe einen leisen Schmerzensschrei zu unterdrücken vermochte.

Roy sprang die Stufen hinunter, schritt schnell mit einem Wink der Hand an den Männern der Farm vorbei und schwang sich mühelos in den Sattel, obgleich das Pferd nervös tänzelte. Er gab dem Tier die Zügel frei und sprengte davon, eine Wolke von Staub nach sich ziehend. Er brauchte sein Pferd nicht anzutreiben; es hatte einige Tage bei gutem Futter gestanden und tobte sich jetzt mit Vergnügen aus. Dem Reiter war das recht, die Bewegung tat ihm gut.

22. KAPITEL

Nicht einmal zwei Wochen lang hatte sich die Kommission der Landvermesser aufgehalten und sichtbare Spuren so gut wie keine hinterlassen.

Und trotzdem war nach ihrem Abschied die entlegene Welt am Babine verändert; sie war nicht mehr das, was sie vorher gewesen war.

Die von McAllister und Danlay mit ihren Helfern erstellten Tabellen und Sammlungen von Zahlen, die in den Karten erstmals skizzierten Höhenlinien, bezeichneten das Ende der Freiheit, besiegelten bereits den Untergang der Welt, die Tausende von Jahren allein in sich selbst geruht hatte. »Evas Farm« mit ihren Rodungen hatte einen ersten Einbruch in die seit Urtagen nicht gestörte Welt bedeutet. Was die Vermessungskommission veranstaltet hatte, würde die wunderbare Wildnis viel schonungsloser verwandeln.

Die Indianer in den Wäldern hatten nie daran gedacht, wären auch nicht fähig gewesen, der gewachsenen Natur ihren Willen aufzuzwingen; sie mochten dann und wann dunkel spüren, daß der Weiße Mann mit seinen Machenschaften – absichtlich oder unabsichtlich – auch die Grundlagen indianischen Lebens beeinflußte und vielleicht zerstörte. Andererseits vermittelten die Weißen den Indianern so zahlreiche neue, das Dasein erleichternde Werkzeuge und Kenntnisse, lieferten Rum und Branntwein für unerhörte, bis dahin unbekannte Ekstasen, wildeste Entfesselungen, daß die Indianer sich gern, ja gierig verführen ließen.

Männer wie McAllister oder Danlay, erst recht wie Hans, Pat und Sascha, dachten nicht darüber nach, daß ihre Arbeit den Anfang damit machte, die königlichen Ödnisse des Nordens der Nutzung, vielleicht der Ausbeutung zu überantworten. Es war ihr Job, dafür wurden sie bezahlt; sie gehorchten nur dem Befehl, sich die Erde untertan zu machen.

Eva, eine Frau, der Mutter Erde näher als irgendein Mann, hatte gespürt, daß die Vermessungskommission eine Entwicklung verhängnisvoll vorantreiben würde, die mit »Evas Farm« tastend begonnen hatte. Eva hatte aus ihrem Schrecken kein Hehl gemacht, als Danlay ihr von den Möglichkeiten des Abbaus goldführenden Gesteins berichtet hatte. Gold aus den Sänden und Leitbänken der Bäche zu waschen, zerstörte die stillen Täler schon mehr als genug. Immerhin flossen die Bäche weiter wie zuvor, wenn sie ihre kostbaren gelben Körnchen hergegeben hatten. Das wilde Kraut und die Waldröschen, das Brombeergesträuch und die schwarzen Fichten schlossen die Wunden schnell, die in die verschwiegenen Täler gewühlt worden waren.

Aber ein in den gewachsenen Fels getriebenes Bergwerk mit seinen Maschinen und eilig aufgeschaufelten Hügeln toten Abraums zerstörte das Bild der Wildnis für alle Zeiten. Eva hatte es so empfunden und hatte es dem Mann, dem bestimmt war, sie lieben zu lehren, nicht verschwiegen. Roy Danlay hatte die Anklage gespürt, die in Evas Bitte verborgen gewesen war. Er hatte kein Wort weiter von jenem Fund am unbeachteten Viermeilen-Bach verlauten lassen, er dachte nicht einmal mehr daran. Eva war in ihm, so wie er in ihr. Er konnte nichts mehr denken oder tun, was einen Gegensatz zu ihr geschaffen hätte. In den Wochen, die den Tagen auf »Evas Farm« folgten, grübelte er nachts, wenn er nicht schlafen konnte: Dem Manne mag bestimmt sein, die Frau körperlich zu erwecken, aber im geistigen Bereich ist der Mann der Empfangende, und sie ist es, die in ihm die Frucht sät. Ohne die Frau, die sich ihm bietet, die ihn empfängt, die ihn befruchtet mit den Samen ihrer Liebe, würde er, kann er die Taten, die für die »männlichen« gehalten werden, nicht vollbringen.

Roy vermochte Eva nicht aus seinen Gedanken zu verbannen. Es verging kein Tag und keine Nacht, an denen er nicht – zuweilen wie vom Blitz getroffen – innehielt und sie vor sich sah, so deutlich, als könnte er sie berühren: ihre großen, manchmal strengen Augen, die schwer zu bändigende Fülle ihres Haares, die herrliche Kurve vom Nacken zu den Schultern, die Pracht ihrer Brüste, die wunderbaren Linien ihres Beckens und der gestreckten Schenkel – und anderes, was er im geheimen für sich selbst kaum in Worte zu fassen vermochte. Er verrichtete seine Arbeit halb geistesabwesend. Die Wirklichkeit für ihn hieß Eva.

McAllister sah sich mehr als einmal gezwungen, seinen Assistenten zur Ordnung zu rufen. McAllister war ein lebenserfahrener Mann. Er sagte nichts, aber dachte sich seinen Teil: Diese Mrs. Eva O'Shea, geborene Deels – er kannte die Eltern und ihren Platz am unteren Salmon aus früherer Tätigkeit in jener Gegend –, diese Eva war eine erstaunliche Frau, wie man sie als Kind eines entlegenen Siedelhofs und als Hausfrau auf einem anderen, ebenso entlegenen, nie erwarten würde; ihre herbe Schönheit, ihre Kraft, ihr völlig unverbogener Stolz und ihre Klugheit überzeugten unmittelbar. Daß sie auf einen zwar lustigen und tüchtigen, aber nach McAllisters Meinung eher zu empfindsamen jungen Mann, der allzuviel hochgestochenes Zeug außerhalb der verläßlichen Naturwissenschaften gelesen hatte, Eindruck machen mußte, war nicht erstaunlich. McAllister, dem seine Frau nur zwei Töchter geschenkt hatte, liebte seinen Assistenten fast wie einen Sohn. Aber Roy durfte nichts davon merken und mußte ab und zu grob behandelt werden. An die nicht besonders gut verheiratete, aber in ihrer Welt fest verankerte, allerdings sehr anziehende, in ihrer Sprödigkeit sogar aufreizende Siedlersfrau sollte sich sein Roy Danlay nicht verplempern. Leider hatte er Roy wegen der leidigen verhunzten Berechnungen noch ein zweites Mal an O'Sheas Schreibtisch zurücklassen müssen; aber das durfte ihm nicht eine Stunde länger als nötig gestattet sein. Er würde den jungen Mann hart in die Pflicht nehmen und ihm die dummen Gedanken austreiben. Bis zum Nordarm des Stuart-Sees längs der alten Portage zwischen Stuart und Babine wollte er in diesem Jahr noch vermessen – falls ihm nicht ein vorzeitiger Winter einen Strich durch die Rechnung machte.

Eva hatte allein zurückbleiben müssen. Tom nämlich hatte mit Eile die landwirtschaftlichen Arbeiten auf der Farm zum Abschluß gebracht, soweit er sie nicht Jim und Joe überließ, die ohnehin auch von seiner Frau beaufsichtigt werden konnten. Mit den zwei Ukrainern, einem ebenso willigen wie billigen

Gespann, war er bachaufwärts gezogen, um noch vor dem Winter den Auswasch der Sände an der von Roy Danlay neu entdeckten Stelle vorzubereiten.

Es hätte viel zuviel Zeit und auch Kraft gekostet, wenn die drei Männer jeden Morgen zwei Stunden in die Berge und abends wieder herunter zur Farm marschiert wären. Als erstes also hatte Tom dort oben ein kleines Blockhaus mit zwei Räumen errichtet, einem kleineren für ihn selbst und einem größeren als Koch-, Wohn- und Schlafraum für die Ukrainer. Ein in die Wand zwischen den beiden Räumen eingefügter Kamin, gemauert aus den Felsbrocken des Hanges und selbst bereitetem Mörtel (Kalk gab es unten am See aus schon oft benutzter Grube genug, Sand und Wasser hier oben nach Belieben!), ergab eine geräumige Feuerstelle; sie würde nach beiden Seiten Wärme spenden und diese in ihren großen Steinen für die Nächte speichern. Thomas O'Shea wollte bis auf weiteres lediglich zu den Wochenenden auf die Farm heimkehren, im übrigen aber im Gebirge bleiben, um die neue Fundstelle so rasch wie möglich zu erproben.

Eva ermunterte ihn, trieb ihn nach dem Abschied der Kommission und Danlays sogar dazu an, schien in dem Wunsch, über den Wert der neuen Fundstelle so bald und gründlich wie nur möglich unterrichtet zu werden, völlig einig mit ihm zu sein. Tom gönnte sich also keine Muße, sank abends ins Bett, schwer und müde wie ein Stein und zog schon nach wenigen Tagen eines Morgens mit den Ukrainern und einem Dutzend schwer beladener Packpferde bachaufwärts davon.

»Auf dich kann ich mich ja verlassen, Eva, daß hier alles läuft, wie es soll. Laß Jim und Joe nichts durchgehen, nimm sie heran! Ich komme zwischendurch herunter; wann genau, weiß ich noch nicht.«

Mit einem nur angedeuteten Abschiedswink trabte er der Kolonne der Packpferde, die sich bereits in Marsch gesetzt hatte, hinterher. Eva war allein.

Ich bin allein. Oh, Gott sei Dank! Er hat mir geglaubt, daß ich meine Periode habe, daß er nicht zu mir kommen kann. Ich habe sie nicht. Sie wäre fällig. Wie lange könnte sie sich verspäten? Das sagt mir keiner. Wenn ich noch drei Tage warte oder besser fünf, und sie kommt nicht, dann habe ich die Gewißheit, daß ich empfangen habe.

Sie wartete sechs Tage – nichts! Ein Anflug von Übelkeit beunruhigte sie; doch war er bald verflogen.

Eines Morgens wachte sie auf, sieben Tage nach dem Tag, der ihr den Beginn der Regel hätte bringen müssen. Sie sagte es laut ins Dämmerlicht der sich gerade erhellenden Kammer:

»Ich bin schwanger!«

Sie setzte sich aufrecht hin und ließ sich von einem Strom ungewisser Gefühle tragen. Sie schlang die Arme um die Knie und blickte in den werdenden Tag hinaus, fand schließlich weitere Worte, flüsterte:

»Soll ich Dank sagen, Herr, mein Gott, daß endlich geschehen ist, was ich mir gewünscht habe? Oder schickst du mir dies zum Gericht? Denn wie soll ich wissen, wessen Kind ich im Leibe trage? Ich wollte, es wäre Roys, denn er erst hat mich zur Frau gemacht. Aber dessen kann ich nicht sicher sein, denn nach Roy hat mich auch Tom erregt, und ich habe ihn empfangen, ohne es zu wollen – aber auch – ohne es nicht zu wollen.«

Ihre Gedanken nahmen festere Umrisse an: Wer von beiden es auch gezeugt hat, mein Kind ist es, mein Kind, und ich habe dafür zu sorgen, daß ihm ein Platz vorbehalten ist, an den es gehört. Komm wieder, Roy, komm wieder! Du würdest mich und das Kind nicht im Stich lassen. Wir wären bei dir gut aufgehoben, sicherlich ebensogut wie bei Tom. Aber Tom ist da, Roy nicht. Das Kind geht vor – also Tom! Er wird außer sich geraten, wenn ich's ihm sage. Wird er Verdacht schöpfen? Nein, ich bin die Karte im Spiel, auf die er alles gesetzt hat. Sein Einsatz hat endlich gewonnen. Er stellte sein Leben in Frage, wollte er es bezweifeln. Er ist nicht fähig, an mir zu zweifeln. Er wird auch den Sohn – wenn es ein Sohn wird – nie bezweifeln. Selbst wenn er blond, schlank und sehnig aufwüchse wie Roy und nicht breit und wuchtig wie er selber. »Evas Sohn« würde er sagen und noch glücklicher sein. Er muß doch gespürt haben, daß er mich endlich besessen hat in jenen zwei Nächten!

Wenn aber Roy wiederkäme und sagte: Dies ist mein Kind und du bist meine Frau; ihr gehört zu mir wie ich zu euch – was dann?

Sie wagte nicht, die Frage zu beantworten, wurde sich auch

klar darüber, daß sie es nicht wagte, weil ihr der Mut dazu fehlte.

Auf alle Fälle soll meinem Kind eine Heimat gesichert sein. Dafür werde ich sorgen, so oder so. Und Tom soll sich wenigstens neun Monate lang in dem Bewußtsein wiegen, endlich Vater geworden zu sein – wahrscheinlich noch weit über neun Monate hinaus. Er hat ein wenig Glück verdient; bisher hat er nur Erfolg gehabt, ich war nach seiner Meinung sein größter Erfolg und ein Sohn wäre die Krönung. Ich werde ihn bald einweihen.

Aber als Thomas O'Shea am Tage nach diesem Morgen vom Berge herunterkam, brachte sie es nicht über sich, ihm ihren Zustand anzuvertrauen. Sie verschanzte sich vielmehr hinter ihrer Übelkeit. In der Tat fühlte sie sich hundeelend und machte kein Hehl daraus. Es war nichts mit ihr anzufangen, und Tom war denkbar ungeeignet, auf eine Frau einzugehen, der die Unpäßlichkeit aufs blasse Gesicht geschrieben war.

23. KAPITEL

Roy hatte nicht zuviel versprochen: Die neue Fundstelle oben im Gebirge erwies sich nach den ersten Proben schon als mindestens ebenso ergiebig, wenn nicht ergiebiger als die alte. Zwar werde ich auch hier nicht im Handumdrehen zum Millionär, sagte sich Tom, jedoch würde sich die Arbeit und Mühe, die er in die – wie er sich bewußt war – noch gar nicht auf seinen Namen eingetragene Fundstelle einbrachte, nicht nur bezahlt machen, die Kosten für Material, Geräte, Werkzeuge und die Löhne für Ossip und Greg abwerfen, sondern darüber hinaus einen recht ansehnlichen Reingewinn. Tom war verständig genug, nicht mehr zu erwarten. Eigene und fremde Erfahrung hatten ihn gelehrt, daß die Goldgräberei nur selten den großen Glücksfall beschert, daß aber Geduld, Findigkeit und Fleiß, wenn man die Sache richtig und in der richtigen Gegend anfängt, einigermaßen häufig zu bescheidenem, manchmal sogar großem Erfolg führen. Das sollte ihm hier dank Roy Danlays Hinweis glücken.

Wie es seiner Natur entsprach, gönnte Tom weder sich selbst noch seinen Helfern viel Ruhe. Alle Anlagen sollten fix und fertig dastehen, wenn man bei beständigem Frost, der für Anfang bis Mitte November zu erwarten war, in die Tiefe der Sände hinuntergraben wollte.

Das Wetter zeigte Verständnis für Toms Pläne. Die sonst im späten Herbst einsetzenden schweren Regen ließen auf sich warten; es war für die Jahreszeit sehr trocken. Bei klarem Nachthimmel sanken die Temperaturen regelmäßig unter den Gefrierpunkt. Aber das bedeutete nicht viel, denn die Sonne wärmte immer noch spürbar. Es machte Spaß, sich im Freien kräftig zu bewegen und sinnvolle Arbeit zu leisten.

Die beiden Ukrainer kamen zu der Überzeugung, das große Los gezogen zu haben: gutes Essen, gutes Wetter, eine unter den gegebenen Umständen leidlich angenehme Unterkunft, eine saubere Arbeit und schließlich einen Arbeitsherrn, der zwar keine Nachsicht kannte, aber auch nicht Unmögliches verlangte, sich selbst nicht schonte und der seine Helfer gewiß nicht – wie es beide schon erlebt hatten – um ihren Lohn prellen würde. Daß es sich wirklich lohnte, den winzigen Körnchen gelben Metalls, denen O'Shea nachspürte, so beträchtlichen Aufwand an Geld und Arbeit zu widmen, wollte den zwei jungen Männern nicht recht einleuchten. Doch das war ihre Sorge nicht. Der Boss würde wohl wissen, was er da in dem entlegenen Felsenwinkel veranstaltete. Ossip fühlte sich ab und zu bewogen, den Kameraden darauf hinzuweisen, daß sie den sorgenfreien Winter, der ihnen bevorstand, der Unterstützung Roy Danlays zu verdanken hatten und wohl auch der Fürsprache von Mrs. O'Shea. Greg allerdings setzte lieber auf Mr. O'Shea; er hatte nicht vergessen, daß O'Shea ihn und nicht Ossip zu dem großartigen Ritt mit McAllister in das Gebiet zum Tetzalto hinüber hatte mitgehen heißen.

Es kam ein Tag gegen Ende Oktober, an dem Thomas O'Shea sich zugestehen durfte, daß alle Vorbereitungen für einen geregelten Abbau von – hoffentlich! – goldführenden Sänden bis zum Felsgrund hinunter getroffen waren. Was noch zu verrichten war, das konnte er den beiden Helfern überlassen. Er war mit ihnen zufrieden, wenn er sich nach seiner Art auch hütete, jemals ein Lob auszusprechen. Tom war sich auch bewußt, daß er allen Grund hatte, mit einer gewissen Dankbarkeit an den für seinen Geschmack etwas zu leichtlebigen Roy Danlay zurückzudenken. Roy war vielleicht gewissen brotlosen Künsten und Wissenschaften über seinen Beruf hinaus allzu ergeben, wovon Tom nur wenig hielt, aber sein Handwerk verstand er offensichtlich.

Tom gestattete sich also an diesem stillen Tage, der von der anderen Talseite her mit dem goldenen Herbstlaub der Espen und Birken und den goldroten und braunen Tönen des hohen Krauts unter den schwarzen Fichten herübergrüßte, eine Viertelstunde des Nachdenkens:

›Jetzt muß man beständigen Frost abwarten, ehe hier weiteres zu verrichten ist. Die Ukrainer könnten bis auf weiteres zur Farm hinunterkommen, wo man um Arbeit nie verlegen zu sein braucht. Aber Eva wird dafür gesorgt haben, daß unten nichts versäumt worden ist. Eva ist genauso wie ich: Was erledigt werden muß, hat zur rechten Zeit erledigt zu sein, und zwar perfekt. Mögen die Ukrainer also hier oben bleiben, notfalls könnten sie noch Feuerholz schlagen für den Winter; abgestorbene Stämme mit trockenem Holz gibt's hier herum zur Genüge; der jetzige Vorrat wird nicht ausreichen.

Was mag mit Eva los sein? Es kam mir vor, als wäre sie stiller noch als sonst. Man sah es ihr tatsächlich an, daß es stimmt, was sie sagt: Es ging ihr nicht gut. Krank werden darf hier bei uns keiner. Wer krank wird, muß zusehen, daß er allein damit fertig wird. Ich traue mich gar nicht, ihr zu nahe zu kommen. Ich muß fürchten, sie noch kränker zu machen.

Daß wir vom nächsten Jahr ab ein paar schöne Sümmchen auf die Bank tragen werden, denn dieser Platz wird sich rentieren, das scheint sie gar nicht zu freuen. Dabei schufte ich hier nicht nur für mich, sondern auch für sie. Nein, viel mehr für sie als für mich. Sie hat mich geheiratet, als die Leute von mir noch als dem ›Schwarzen Tom‹ redeten, der keinen Anhang und keine Verwandtschaft aufzuweisen hatte und der da draußen auf seinem Platz, Gott weiß wo, nie auf einen grünen Zweig kommen würde. Nun, denen haben wir gemeinsam den Mund gestopft. Aber sind wir eigentlich froh dabei geworden?

Nein, wenn ich ehrlich sein soll, das nicht! Es war schon eine gute Sache, von Jahr zu Jahr tüchtig zuzulegen. Mir hat's Spaß gemacht. Aber auch ihr? Ich weiß nicht. Und jetzt sagt sie bloß immer: Heute nicht, Tom, mir ist nicht gut.‹

Er seufzte laut vor sich hin, und, da niemand zuhörte, sprach er es laut aus.

»Ich weiß schon, was uns beiden fehlt, und sie weiß es auch. Kinder fehlen uns! Die ganze Schufterei hat letzten Endes keinen Sinn, wenn keiner da ist, dem man was vererben kann. Aber Kinder kann man sich nicht backen. Ich habe mir immer Mühe gegeben – und sie hat immer stillgehalten, das hat sie.«

Er stockte plötzlich: »Neulich, bei den beiden letzten Malen, da war sie anders, da hat sie nicht nur stillgehalten, da hat sie sonderbar gezittert – oder wie man das nennen soll. Gibt's das, daß nach so langer Wartezeit doch noch ein Kind kommt? Es ist ein Elend, daß ich so wenig von diesen Sachen verstehe. Es ist auch keiner da, den ich fragen könnte. Man muß sich damit abfinden, daß es so ist, wie es ist.«

Er erhob sich von dem Baumstumpf neben der Hütte, auf dem er gesessen hatte, und blickte sich um, als wäre er eben aus einem Schlaf erwacht. Sehnsucht nach der Frau überfiel den schweren Mann so plötzlich und so heftig, daß er stöhnte: »Ich habe einfach zu viel geschuftet in den letzten Wochen, wollte ihr zeigen, daß ich immer noch mehr kann, immer noch mehr zustande bringe als andere. Gut, gut, was soll das! Sie weiß das längst. Morgen gehe ich hinunter. Und jetzt muß ich ans Abendbrot denken, den Teig anrühren für die Pfannkuchen, Wurst abschneiden und so weiter, sonst stehen mir meine Leute im Rücken, und nichts ist fertig. Fürs Essen zu sorgen, das nimmt dem Boss keiner ab.«

Er ging ins Haus und machte sich ans Werk. Von einer Abwechslung auf der Speisekarte war so gut wie nie die Rede. Aber zu hungern brauchte man nicht. Das galt auch an diesem Abend.

Bevor er sich in seine Kammer zurückzog, trat Thomas O'Shea ins Freie, um nach der Regel der Wildnis noch einmal nach dem Wetter zu sehen.

Er blickte sich um, soweit das Auge reichen wollte, und wurde aufmerksam. Von Nordosten her über dem Nordhang des Taltapin-Gebirges hatte sich der Himmel verändert. Im Westen stand ein merkwürdig fahles Rot, nicht mehr der leuchtende Goldglanz, mit dem sich sonst die Sonne verabschiedete. In dieses widernatürliche Rot hinein streckten sich von Nordosten her endlos lang gedehnte dünne Wolkenfahnen, die zwischen sich Streifen blassen Blaus freiließen.

Thomas zog die Augenbrauen zusammen, so daß sie über seiner Nase zu einem geschlossenen schwarzen Strich zusammenwuchsen. Er murrte vor sich hin:

»Das sieht mir doch verdammt nach Schneesturm aus. Das gute Wetter hat uns lange begünstigt. Wo bleibt aber der Regen? Felder und Wälder sind knochentrocken. Glücklicherweise hat es nirgendwo gebrannt.«

Laut rief er:

»Greg, Ossip, kommt doch einmal heraus! Ich muß euch etwas zeigen!«

Die beiden waren gleich neben ihm. Er wies zum Nordhimmel:

»Seht euch die Wolken an, Zirren! Falls ihr wißt, was das ist. Und das verrückte Rot im Westen. Und der Wind – nur sehr schwach, und er weiß nicht, wohin er wehen soll. Und die Luft ein bißchen so, als ob es schwül wäre – und dabei ist es ziemlich kalt. Ihr wißt, was das bedeutet?«

Sie wußten es nicht. Aber waren begierig, es zu erfahren.

»Nun, Jungens, ich müßte mich sehr täuschen, glaube aber nicht, daß ich mich irre. Obgleich es noch sehr früh im Jahr dafür ist, und wir seit Wochen, nein, bald seit drei Monaten keinen richtigen Regen mehr gehabt haben: Da ist ein Schneesturm im Werden, und zwar einer, der sich gewaschen hat. Es ist viel zu lange still gewesen – und das heißt in diesen Breiten stets, daß sich etwas Unangenehmes ansammelt. Am besten, ihr macht das Haus noch heute abend dicht, holt auch den ganzen Proviant ins Haus, der noch in unserem Felsenloch oben am Bach aufgehoben ist. Alle Eimer voll mit frischem Wasser ins Haus, und Feuerholz könnt ihr in meine Kammer stapeln. Ich reite noch heute abend hinunter. Noch ist es hell. Bis zur alten Fundstelle komme ich noch, bevor es ganz dunkel ist, und für den Rest des Weges, der dann noch zu bewältigen ist – mein Wallach hat Augen wie eine Katze. Hoffentlich komme ich rechtzeitig hinunter. Wenn ihr im Haus bleibt, passiert euch nichts. Sobald der Zauber vorbei ist – nach dem Sturm wird's sehr kalt, friert Stein und Bein –, mache ich den Weg herauf gleich wieder frei. Jim und Joe haben dann sowieso unten nicht mehr viel zu tun. Der Schnee wird uns für die nächsten sechs Monate treu bleiben. Hier oben gibt es dann eine Menge zu schaffen, wenn es nicht gar zu kalt wird. Also los, Jungens, noch ist es eine Stunde lang hell genug. An die Arbeit! Igelt euch ein!«

Den Ukrainern wollte nicht recht einleuchten, was ihnen der Boss so dringlich nahelegte. Sie waren indessen daran gewöhnt, seine Weisungen ohne Gegenrede zu befolgen. Er meinte es ernst, daran war kein Zweifel, packte auch schon sein Zeug zusammen, nahm Sattel und Zaumzeug vom Bock unter dem Vordach, stiefelte eilig zu der kleinen Koppel hinter der Hütte und sattelte auf. Wahrscheinlich hatte »der Alte« recht, der Himmel sah beinahe unheimlich aus. Und soviel hatten die beiden Männer aus der fernen Fremde in diesem Bergland bereits gelernt, daß das Wetter dort in einer einzigen Stunde umschlagen, sich mit gefährlicher Plötzlichkeit ins Gegenteil verwandeln konnte – zum Guten, aber viel häufiger zum Schlimmen!

Noch zögerten sie, wurden aber dann wie von einer langsam sich verstärkenden Panik erfaßt – Schneesturm, Blizzard, ganz unbekannt war ihnen die Drohung, die das Wort enthielt, nicht mehr.

Tom trabte an:

»Macht's gut, Jungens! Und nichts riskieren, verstanden! In höchstens einer Woche bin ich wieder da. Bring euch dann Brot und kalten Braten mit!«

»In Ordnung, Boss! Kommen Sie nur erst sicher hinunter!«

Tom hetzte sein Pferd nicht. Der Wallach war ein besonnenes Tier, im Bergland geboren, verfügte über solide Nerven und in der Tat über Augen wie eine Katze – auch noch im dunkelsten Felsenpaß und im schwärzesten Waldesschatten.

*

Als Tom am Bach entlang aus den Wäldern auftauchte und auf die Rodungen von »Evas Farm« hinausritt, erkannte er schon aus der Ferne, daß im Hauptraum der Farm noch die Lampe brannte. Er wunderte sich, denn Eva hatte nicht die Gewohnheit, spät schlafen zu gehen. War nicht alles im Lot daheim? Zum ersten Mal, seit er vom Berg abgeritten war, stieg Unruhe in ihm auf. Er lenkte sein Pferd nicht zum Stall und zur Futterkrippe, sondern auf den Vorplatz, stieg vor der Hausveranda ab, band das Pferd am Pfosten fest, sprach laut ein paar Worte mit dem Tier, damit Eva ihn hörte und nicht erschrak.

Die Tür tat sich auf im Hintergrund der Veranda. Im hellen Viereck stand Eva.

»Du bist es, Thomas? Das ist gut! Ich dachte mir, daß du kommen würdest. Er zieht sehr früh herauf und sehr plötzlich, der erste Blizzard. Ich habe alles dicht gemacht und vorbereitet. Die Pferde sind im Stall. Das Vieh ist beim Haus. Joe und Jim sind in die Arbeiterhütte umgezogen. Im Zelt wurde es ihnen ungemütlich!«

Das war seine Eva, seine Eva vom Besten! Sie wurde der Farm, dem wilden Land und Wetter genauso unmittelbar gerecht wie er selber. Sie hatte sogar vorausgesehen, daß er zur Farm herunterreiten würde, wenn das erste große Unwetter des kommenden Winters seine Signale vorausschickte. Seine Eva – Ruhe kehrte in ihn ein. Sie war nicht zu übertreffen – durch nichts und durch niemand!

Erleichtert entgegnete er:

»Gut, Eva, gut! Ich muß noch absatteln und das Pferd versorgen. Dann komme ich herein. Hast du noch einen Schluck Kaffee in der Kanne?«

»Das nicht. Aber wenn du soweit bist, wird auch der Kaffee fertig sein. Sei vorsichtig. Es ist sehr dunkel. Ich stelle ein Windlicht in die Küchentür.«

Thomas O'Shea gestand sich ein, daß er gerade noch in letzter Minute den Heimathafen erreicht hatte. Seit er den Wald verlassen hatte, hatte eine vollkommen lichtlose Finsternis auch noch die blassesten Schatten in sich eingesogen.

Selbst das Pferd mit den Katzenaugen war sich des Weges in den vertrauten Stall nicht mehr vollkommen sicher, rammte vielmehr mit der rechten Flanke den Türpfosten, wieherte kurz vor Schrecken, fand aber schließlich den Eingang zu seiner Box und zur Krippe. Tom tastete sich hinterher, um die Planke vorzulegen. Das leichte Schnauben und die mahlenden Laute, die er aus der undurchdringlichen Dunkelheit vernahm, verrieten ihm, daß das Pferd die Krippe gefüllt vorgefunden hatte. Auch daran hatte Eva gedacht. So gewiß war sie gewesen, daß er heimkommen würde.

Tom tastete sich aus dem warmen, vom Dunst einiger Pferdeleiber erfüllten Stall zum Ausgang zurück und schloß die Tür hinter sich. Von den vier Pferden, die stets in der Nähe des Hauses gehalten wurden, fehlte keines mehr. Er ließ seine Augen rundum gehen. Das Schwarz dieser Nacht war so tief, daß sich nicht einmal mehr der Giebel des Haupthauses gegen den Himmel abzeichnete; er deutete sonst selbst noch in wolkenverhangener Nacht die Richtung vom Stall zum Hause an.

Plötzlich wurde ein fernes Seufzen hörbar. Es war, als stöhnte ein riesiges Untier im Schlaf, trunken noch und unwillig zu erwachen. Der Laut drang aus der Richtung herüber, in welcher der große Babine lag. Tom stand still und lauschte – wieder das Stöhnen aus der Tiefe der Nacht. Tom erkannte es nun: Der Sturm hatte seinen ersten Wirbel vorausgeschickt, hatte ihn den See entlangbrausen lassen, wo sich ihm kein Widerstand bot.

Selbst Thomas O'Shea, dem seit frühester Jugend die Wälder und Einöden vertraut waren, fast zur zweiten Haut geworden, selbst dieser nüchterne Mann, in dessen Wortschatz das Wort »Furcht« nicht vorkam, erschauerte bis ins Mark, als der gedehnte Klagelaut aus gestaltlosem Nichts an sein Ohr drang. Er mußte sich zusammenreißen und sich den Befehl geben: Mach, daß du ins Haus kommst, der Sturm läßt nicht mehr lange auf sich warten, du findest die Hintertür zur Küche auch in der Dunkelheit!

Er tappte los in die bekannte Richtung. Ein gelblich ausgeleuchtetes Viereck schälte sich aus dem schwarzen Abgrund der Nacht. Eva hatte die Küchentür geöffnet und ein Windlicht auf die Schwelle gestellt. Tom erkannte, daß er die Richtung zur Tür verfehlt hatte. Er schüttelte den Kopf: Das war ihm noch nie passiert! Aber wenn es so finster ist, daß man nicht einmal mehr Himmel und Erde voneinander unterscheiden kann, dann spielt die vollkommene Lichtlosigkeit den menschlichen Sinnen schlimme Streiche.

Aufatmend betrat er die Küche, zog die Tür hinter sich zu und schob sogleich auch die beiden kräftigen hölzernen Querriegel vor, die der Tür oben und unten zusätzlichen Halt gewährten.

In der Küche war es warm. Das milde Licht der Petroleumlampe auf dem Küchentisch spendete Frieden. Im Herd knackte leise das verglühende Feuerholz. Der Wasserkessel summte vertraut.

»Komm, Thomas!« sagte Eva. »Ich habe drüben im Kamin noch einmal nachgelegt. Der Kaffee steht bereit. Du hast einen bösen Ritt hinter dir.«

Tom nahm die Lampe vom Küchentisch, trug sie in den großen Hauptraum hinüber und stellte sie auf dem Eßtisch ab.

»Es ging eigentlich, weißt du. Wenn man den Wallach nicht treibt, dann stolpert er so gut wie nie. Auch nicht nachts im Wald. Aber jetzt ist es plötzlich stockdunkel geworden, pechschwarz. Damit wäre auch der Wallach nicht zurechtgekommen. Wir haben es gerade noch rechtzeitig geschafft.«

»Ja, Gott sei Dank! Der erste Schneesturm! Ich wollte es kaum glauben, als ich den Himmel sah. Fürchterlich früh dieses Jahr! Es wird ein harter Winter werden. Wir könnten uns noch eine Viertelstunde vor den Kamin setzen. Wie ist die Arbeit vorangegangen, das hätte ich gern erfahren. Soll ich dir außer dem Kaffee noch etwas zu essen bringen?«

»Nein, Eva. Hungrig bin ich nicht. Ich bin froh, unter einem starken Dach, zu Hause zu sein.«

Sie hatten in zwei großen hölzernen Lehnstühlen Platz genommen, rechts und links vom lodernden Feuer im Kamin. Tom hatte die Stühle selbst gezimmert – vor vier Wintern, als Eva einmal geäußert hatte, daß sich bei ihr daheim im Lachstal die Familie im Winter oft vor dem Kamin zusammengefunden hätte, um zu reden, oder auch nur, um in die Flammen zu blicken und zu verfolgen, wie die flackernden Zungen sich langsam an den Espen- und Fichtenscheiten entlangfraßen. Tom hatte sie zum nächsten Weihnachtsfest mit den beiden zwar ungefügen, aber äußerst bequemen Stühlen, die er mit zwei Bärenfellen gepolstert hatte, überrascht. (Bären hatte es reichlich in der Gegend gegeben. Als die werdende Farm die Tiere anlockte, als wäre sie ein Magnet, wurden sie zur Landplage, merkten sie doch bald, daß Kälber völlig gefahrlos gerissen werden konnten. Tom hatte unter den braunen und schwarzen Gesellen gehörig aufräumen müssen, bis sie gelernt hatten, die Rodungen zu meiden.)

Die Eheleute schwiegen für eine geraume Zeit. Die Unruhe des vergangenen Tages und des Abends fiel langsam von ihnen. Der große, vom Schein des Feuers im Kamin jetzt nur noch erhellte Wohnraum, warm und vertraut in jeder Einzelheit, bildete eine sicher schützende Burg inmitten der lichtlosen Finsternis. Man durfte zur Ruhe kommen. Man war in Sicherheit, konnte wieder eingehen in den Alltag der kleinen, doch fest verankerten Insel namens »Evas Farm«.

Tom berichtete in knappen Sätzen vom Fortschritt und vorläufigen Abschluß der Arbeiten am »Claim zwei«, wie er die Fundstelle höchst sachlich und schmucklos nannte, und bedachte auch seine beiden ukrainischen Helfer mit einem für seine Art großen Lob.

Danach berichtete Eva, daß sich nichts Außergewöhnliches auf der Farm ereignet hätte. Sie überlegte kurz und sagte dann:

»Doch, als sich heute am frühen Nachmittag der Wind legte, die langen Wolkenstriche von Nordosten her auftauchten, da wußte ich, was die Glocke geschlagen hatte. Allzu lange ist es schön gewesen. Jetzt überfällt uns der Winter ohne Übergang. Auch die Indianer merkten es gleich und haben mir geholfen, uns auf den ersten großen Schnee einzurichten. Danach wird es dann sofort sehr kalt werden. Was meinst du, wird das endgültig sein, wird sich die tiefe Kälte gleich festsetzen?«

Er reckte sich ein wenig in seinem hölzernen Sessel, zuckte die Achseln:

»Es könnte sein. Wer will das voraussagen!«

Es war sehr still im großen Raum – und fast dunkel. Die Scheite waren nach und nach zusammengesunken und hatten sich zu einem Hügel von dunkelroter Glut vereinigt, von der eine starke Wärme ausstrahlte. Zu besprechen gab es nichts mehr. Es war ja immer nur der Alltag zu besprechen. Man konnte zu Bett gehen.

Beide zögerten – Eva aus Furcht vor dem, was irgendwann

wieder geschehen mußte, und Tom aus Scheu, eine Nähe zu verlangen, die ihm nie angeboten wurde. Die Nacht draußen hatten sie beinahe vergessen. Doch sie brachte sich mit einem Donnerschlag in Erinnerung.

Ein Windstoß wie der Hieb einer Riesenfaust prallte an die Giebelseite, urplötzlich und ohne jede Vorwarnung. Die beiden Menschen sprangen auf. Hatte nicht selbst dies ungemein feste, schwere, aus starken Fichtenstämmen gefügte Haus unter der Wucht der Böe gebebt? Er war da, der ungeheure Sturm, vor dem Mensch und Tier in gleicher Weise bangen.

Und gleich noch ein zweiter Sturmstoß! Er fand einen Zugang zum Schornstein, schoß ihn hinunter und zerblies die Glut auf dem Feuerplatz. Einige Teile nicht ganz verloderten Holzes flogen von den Steinen auf die hölzernen Dielen des Zimmers.

O'Shea sprang zu und trat die gefährlichen Funken mit seinem Stiefel aus.

An Schlafengehen war nicht zu denken. Um das Haus stand nicht mehr allein die Nacht, schwer und lastend wie schwarzes Blei; sie war verschlungen vom Gebrüll entfesselter Urtiere. Von ungeheurem Dröhnen war die Welt erfüllt, einem hallenden, auf und nieder schwellenden Gesang von nicht zu bezeichnender Wildheit.

Tom tastete sich zum Tisch hinüber, auf dem er die Lampe abgestellt hatte. Er hatte einen Kienspan entzündet an den Glutresten im Kamin und strich mit dem Flämmchen über den Docht der Lampe. Blakend brannte er auf. Der Glaszylinder fing den kleinen Flammenkranz ein, verwandelte ihn zu bescheidenem Licht.

Über die Lampe hinweg blickten Eva und Tom sich an. Die Kraft des Sturms ließ kurz nach.

»Hörst du's?« fragte sie.

Er nickte. Sie hörten es beide unter dem für ein paar Augenblicke abebbenden Höllenchoral des Sturms: ein sirrendes, feines Klirren an den Läden vor den Scheiben des Fensters nach Norden; vielleicht drang es sogar durch die dicken Stämme, aus denen die Wände des Hauses gebaut waren: die abertausend winzigen Eiskristalle des Schnees, die der Sturm gegen das Haus schleuderte. Nicht nur Sturm – Schneesturm!

Nein, an Schlafen war vorläufig nicht zu denken! Erst in der zweiten Hälfte der Nacht pflegen die Stürme etwas nachzulassen, als müßten auch die Urgewalten einmal Atem schöpfen. Dann dürfen die Menschen ein paar Stunden Schlaf suchen. Aber die Stürme geben so schnell nicht auf, sie haben nur neue Kraft gesammelt; am nächsten Morgen oder Vormittag schlagen sie wieder zu mit ungeminderter Heftigkeit.

»Das Feuer im Kamin müssen wir lieber löschen. Der Sturm bläst uns die Flammen ins Zimmer. Aber ohne Feuer ist es zu kalt. Ich bringe den Küchenherd in Gang. Der wärmt gut und hält das Feuer zusammen.«

Sie siedelten in die Küche um. Hier rüttelte der Sturm zuweilen an der Hintertür. Aber die war dreifach verriegelt und gesichert, dazu standhaft gezimmert. Nur am Fußboden, wo über der Schwelle eine schmale Ritze der Außenluft Zugang ließ, hatte sich ein dünner Streifen von Schnee gesammelt, der an seiner Außenkante abschmolz und ein Rinnsal längs des weißen Bandes entstehen ließ. Eva bemerkte es, seit die Lampe in der Küche eine sanfte Helligkeit verbreitete, wischte aber den Schneestreifen nicht fort, denn der Schnee würde sich schließlich anhäufen vor der Tür und die Ritze verstopfen.

Thomas meinte – er mußte dabei die Stimme erheben, denn der Sturm hatte zu einem neuen Angriff angesetzt:

»Eva, wir können nicht die ganze lange Nacht hier herumsitzen. Schlafen werden wir nicht viel bei dem Getöse, aber man könnte wenigstens langliegen.«

Da war sie wieder, die Furcht in ihrem Herzen. Sie wich aus:

»Ich möchte noch eine Weile aufbleiben, bis ich mit Sicherheit weiß, daß wirklich im und am Haus alles fest verwahrt ist. Ich streiche uns noch ein Brot und brühe frischen Kaffee auf. Die Zeit geht dann schneller herum. Hol' uns die beiden Stühle vom Kamin hierher. Dann haben wir's ein bißchen angenehmer.«

Sie machte sich am heißen Herd und an der Brotlade zu schaffen, während er tat, was ihm aufgetragen war.

Sie hatten sich, der Außentür so fern wie möglich, in der Nähe des Herdes niedergelassen. Eva hatte einen Schemel zwischen die beiden Stühle geschoben und darauf die Tassen und den Imbiß geordnet. Sie hatte recht behalten: Das kleine Mahl lenkte sie ein wenig ab von dem Aufruhr der Elemente, die das Haus umtobten.

Es war, als hätte ihr ein unsichtbarer Schutzengel einen Befehl ins Ohr geflüstert: Jetzt ist es soweit! Du solltest nicht länger schweigen.

Der Sturm holte gerade wieder einmal Atem; man brauchte für ein paar Minuten nicht die Stimme zu erheben, um sich verständlich zu machen. Ihre Stimme klang sonderbar gepreßt. Der ungewöhnliche Tonfall ließ Tom sofort aufhorchen.

»Thomas, ich möchte dir etwas sagen. Ich hätte es dir längst sagen sollen, aber ich wollte meiner Sache erst ganz sicher sein.«

Alle Schneestürme der Welt hätten den Mann jetzt nicht mehr abgelenkt:

»Du willst mir etwas sagen? Was ist es?«

»Thomas, ich bekomme ein Kind!«

Und fügte leiser hinzu:

»Unser Kind, Thomas!«

Wenn ein Blitzschlag ins Zimmer gefahren wäre, er hätte Tom nicht heftiger erschrecken können. Es erschütterte Eva, mit anzusehen, wie sein kantiges Gesicht sich veränderte. Alle Farbe wich daraus. Die Augen starrten sie an, glühten herüber. Heiser brachte er schließlich heraus:

»Ein Kind? Eva, ich habe es nicht mehr zu hoffen gewagt. Seit wann weißt du es?«

»Seit einiger Zeit schon, Thomas. Aber ich habe geschwiegen. Ich glaubte erst selbst nicht daran, wollte dich nicht enttäuschen.«

Er faßte sich langsam. Hoch aufgerichtet saß er in seinem Stuhl, bewegte sich nicht, aber seine Lippen zitterten; sie sah es. Als spräche er zu sich selbst, flüsterte er tonlos vor sich hin:

»Damals, ich weiß, als ich mit McAllister und den anderen vom Viermeilen-Berg zurückkam – in der Nacht danach und wieder in der nächsten, damals ist es geschehen. Du warst anders als alle Zeit zuvor. Damals – daher stammt unser Kind. Oh, Eva, endlich!«

Es riß ihn aus sich heraus, den ungelenken Mann, der seinen Gefühlen niemals Raum gab, weil er mit Gefühlen nichts anzufangen wußte – er stürzte vor ihr auf die Knie und vergrub seinen Kopf in ihrem Schoß, den schweren Schädel mit dem Wust von schwarzem Haar, in das schon graue Fäden sich mischten.

»Oh, Eva, meine Eva!« stöhnte er.

Sie ließ ihm Zeit. Der Sturm, der von neuem das einsame Haus umraste, tobte auch durch ihr und sein Inneres. Sie faßte sich zuerst, schob ihm die Hände unter die gebeugten Schultern:

»Steh wieder auf, Thomas! Das ist nichts für dich, so auf den Knien!«

Zögernd richtete er sich auf. Sie blickte in sein verzerrtes Gesicht mit den buschigen Brauen, unter denen die Augen leuchteten, und wußte: dieser Mann liebt mich – und wenn er mich unvollkommen liebt, dann ist es nicht seine Schuld.

Wie eine Mutter tröstend fuhr sie fort:

»Nun begreifst du auch, warum es mir so schlecht ging in der letzten Zeit und warum ich ein bißchen langsam geworden bin. Es fällt mir nicht leicht, Thomas. Ich meine, mein Zustand fällt mir nicht leicht, und ich muß dich bitten, mich etwas zu schonen.«

Auch er kam wieder zu sich, erhob sich, trat zwei Schritte hinüber zum Herd, hob die Hände zur heißen Platte, als müßte er sich wärmen.

»Eva, alles, was du willst! Sag immer nur, was nötig ist. Ich werde es tun. Eva, ein Kind auf ›Evas Farm‹! Vielleicht ein Sohn. Ich kann es noch kaum glauben – !«

Aber er glaubte es, glaubte es mit einer Inbrunst, wie er noch nie etwas geglaubt hatte.

Um das Haus brüllte der Sturm. Bis zu den Fensterbrettern schon türmten sich die Schneewehen.

Die Menschen im Haus ging der Sturm nichts mehr an.

Drei Tage tobte der mächtige Wind über Wälder und Menschen. Bis er endlich ermattete und schließlich aufgab. Danach herrschte tiefe Kälte. Der Schnee hatte Sommer und Herbst unter meterhohem Schnee verschüttet – erstickt!

24. KAPITEL

So herrlich die Sommer sein mögen in diesem Land des Nordens, so hart, ja, unerträglich streng lassen sich seine Winter an.

Nie, solange sich weißhäutige Menschen erlaubt hatten, in diesen Breiten heimisch zu werden, zeigte sich die kalte Zeit so erbarmungslos wie in den sechs, sieben Monaten, die dem Besuch der Vermessungskommission auf »Evas Farm« am Taltapin-Bach und Babine-See folgten. Zwar milderte sich das Wetter noch einmal in den Wochen vor dem Ende des Jahres; aber der Schnee wollte nicht mehr weichen, bedeckte Berg und Tal. Soweit die Augen reichten, blieb die Welt in Weiß gehüllt. Und wenn wirklich einmal ein Sturm die Galerie der Fichten um die Rodung der O'Sheaschen Farm freischüttelte, so daß das schwärzliche Grün ihres Nadelkleides wieder sichtbar wurde und einige dem menschlichen Auge wohltuende dunkle Flecken in das eintönige Weiß der winterlichen Landschaft tupfte – es dauerte stets nur wenige Tage. Neuer Schneefall – entweder in leise wisperndem Rieseln der Kristalle aus grauem Nichts oder in jagenden Schwaden dem erstarrten Lande aufgezwungen – breitete ein neues Leichentuch über Wälder und Felder. Setzte sich dann, besonders in der zweiten Hälfte des Winters, die Sonne durch, so wärmte sie nicht, sie blendete aber auf dem frischen Schnee so erbarmungslos, daß es sich nicht empfahl, sich diesem gleißenden Licht mit ungeschützten Augen auszusetzen, wenn man nicht schneeblind werden wollte – ein höchst gefährlicher wie schmerzhafter Zustand.

Thomas O'Shea hatte von Anfang an alle Hände voll zu tun, den Weg zu der neuen Fundstelle im Gebirge offenzuhalten. Bis zu dem alten Claim arbeiteten sich die Pferde mühsam hinauf. Dort aber mußten die Lasten, der Proviant vor allem für drei schwer arbeitende Männer, umgepackt und auf menschlichen Schultern weiter bergauf befördert werden; die Menschen konnten sich Schneeschuhe unter die Füße schnallen und selbst noch die gefährlichsten Schneewächten begehen, die Pferde nicht.

Greg und Ossip arbeiteten in der winterlichen Einöde, der

trostlosen weißen Einsamkeit, unverdrossen, wenn nicht ein neuer Sturm die beiden in ihre Blockhütte bannte. Am fest vereisten Bachlauf wuchs der Berg von Sand in gefrorenen Klumpen, mit Schnee vermischt, den sie aus tiefer und tiefer vorstoßenden, vom Frost abgestützten Schächten ans Tageslicht förderten. Sie wühlten sich stets bis zum Felsenbett unter dem Bachtal hinunter und hackten sich, wenn es erreicht war, einen weiteren Schacht drei bis fünf Meter weit seitwärts in den gefrorenen oder sofort gefrierenden Grund, wobei der Boss ihnen auftrug, wo und nach welchem Muster Hacke und Spaten anzusetzen waren.

Mitte Januar beruhigte sich das Wetter. Der letzte Rest von Wärme, der sich im Schutz der Wälder noch gehalten haben mochte, verflüchtigte sich in den wolkenlosen Himmel der Tage und Nächte und verschwand in der Kälte des Sternenraums.

Das Kügelchen Quecksilber, das Thomas O'Shea in der Außentasche seines Überrocks in einem Blechbüchschen immer bei sich trug, klebte erstarrt, erfroren an einer Innenwand. O'Shea war gewiß ein harter Mann, dem die Schrecken des Winters nicht allzuviel Respekt abnötigten, der auch nicht gewohnt war, sich oder andere zu schonen; aber wenn das Quecksilber sich nicht mehr regen wollte, dann war mit höchster Gefahr für Leib und Leben zu rechnen.

Es war, als ob die tiefe Kälte nicht nur das Wasser im See, das Holz in den Stämmen des Waldes in Eis verwandelt hätte, sondern als ob auch die Luft der Todesstarre anheimgefallen war.

Eines Abends gegen Ende Januar saß Eva mit ihrem Mann nach dem Essen in der Küche am warmen Herd beisammen. Sie nähte an einem für Tom undefinierbaren Wäschestück; er selbst war mit einem gebrochenen Packsattel beschäftigt, der vielleicht noch geflickt werden konnte. Die Stille, die draußen herrschte, war selbst in dieser Kammer, hier am warmen Herd, von vier verläßlichen Wänden abgeschirmt, gegenwärtig – die ungeheure Leere der in grausamer Kälte erstorbenen Welt. Ab und zu mußte man sich bewegen, mußte sprechen miteinander, um dem dröhnenden Schweigen zu entrinnen.

»Meinst du nicht, Tom, daß du den beiden Ukrainern nicht

länger zumuten solltest, so hoch im Gebirge weiterzuarbeiten? Dort ist es noch kälter als hier unten. Wenn sie krank werden – wir können ihnen nicht helfen. Es wäre wohl besser, sie warteten hier unten ab, bis die Kälte wieder erträglich wird.«

Thomas hatte bereits Ähnliches überlegt, wollte es jedoch nicht gleich zugeben:

»Ich habe ihnen gesagt, daß sie im Haus bleiben sollen, wenn es so kalt ist wie jetzt. Du weißt ja, wie man feststellt, ob es zu kalt ist, um ohne Gefahr im Freien zu werken. Ich habe ihnen die einfache Methode anbefohlen: Man spuckt aus – und wenn der Speichel schon gefroren ist, bevor er den Boden erreicht und als kleine Eiskugel davonrollt, dann ist es zu kalt, um noch draußen schwer zu arbeiten. Das werden sie begriffen haben. Was soll ich mit den beiden hier unten anfangen; ich hätte nichts Vernünftiges für sie zu tun.«

Eva ließ ihr Nähzeug sinken:

»Thomas, selbst das wenige an Arbeit, das ich jetzt zu verrichten habe, fällt mir schwer; es fällt mir schwerer von Woche zu Woche. Ossip ist mir damals, als die Kommission hier war, ganz geschickt in der Küche und auch sonst zur Hand gegangen. Ich würde ihn auch jetzt gut gebrauchen können. Er ist anstellig und zurückhaltend im Umgang. Und außerdem, Tom, unsere Indianer sind bei ihren Familien. Wenn wir mit den Ukrainern wieder drei Männer hätten hier auf der Farm – in dieser Zeit, in der man nie wissen kann, was passiert –, es würde mich sehr beruhigen. Wahrscheinlich will ich nur deshalb nichts riskieren, weil es nun nicht mehr nur um uns allein geht – –«

Sie sprach nicht weiter, hatte die letzten Worte nur wie zu sich selbst gesprochen, kaum hörbar.

Aber Thomas hatte sie verstanden. Sie hatte ja recht. Den Ukrainern gegenüber plagte ihn ohnehin zuweilen das Gewissen: Er hätte den beiden viel ausdauernder und tatkräftiger beistehen müssen da oben in ihrer Unerfahrenheit und Einsamkeit. Aber er hatte es nicht über sich gebracht, Eva länger als ein, zwei Tage auf der Farm allein zu lassen. Auf die Indianer war kein Verlaß; die wandten sich einfach ab, wenn sie sich von einem unerwarteten Ereignis, etwa einem Unfall einer weißen Frau überfordert fühlten. Als die tiefe Kälte sich ankündigte waren Jim und Joe ohne Abschied in ihre Heimatdörfer abgerückt.

Eva ging allem anderen vor: »Nun gut, Eva, wenn du meinst. Ossip soll dir helfen. Für Greg wird sich auch eine Arbeit finden lassen. Wenn sie da oben erfrieren, das wäre nicht zu verantworten. Ukrainer sind auch Menschen.«

Er lachte ein wenig und zog den gepechten Faden aus Hanf durch einen Lederriemen. Sein Gesicht hatte sich erhellt. Wie an jedem Tag erfüllte ihn auch jetzt die Vorstellung, daß unter Evas Herzen ein Kind heranwuchs, mit einer erregenden Freude, wie sie ihm in seinem bisherigen Leben versagt geblieben war. Nun wanderten seine Gedanken weiter; er sprach sie aus, unbeholfen – aber daß sie ihn drängend bewegten, das spürte Eva sofort:

»Ich habe gedacht, Eva, wenn es im kommenden Mai so weit ist mit dir, dann müßten wir jemanden hier haben, der etwas von solchen Sachen versteht – du weißt schon, was ich meine. In Burns Lake ließe sich vielleicht eine Frau finden, die einige Erfahrung hat. Die könnte rechtzeitig heraufkommen und dir beistehen. Bei den Indianern am Camsell wäre wohl ebenfalls eine weibliche Person aufzutreiben, die Bescheid weiß. Die Indianer kriegen ja auch Kinder.«

Eva beugte sich tiefer über ihre Näharbeit:

»Ich habe darüber nachgedacht, Thomas. Meine Eltern ahnen noch nicht, daß wir sie endlich zu Großeltern machen wollen. Wir sollten versuchen, ihnen eine Nachricht zukommen zu lassen. Ich weiß, meine Mutter braucht gewiß nicht gebeten zu werden; sie wird bereit sein, sich rechtzeitig bei uns einzuquartieren, um mir zu helfen, wenn es soweit ist. Wir müßten nur dafür sorgen, daß sie möglichst bald Bescheid bekommt, damit sie sich darauf einrichten kann.«

Tom stimmte sofort zu; doch war ihm anzumerken, daß er erleichtert war:

»Das wäre das beste für dich, Eva – und für mich auch. Und da weiß ich auch gleich, wie Greg sich nützlich machen kann, wenn die beiden erst einmal vom Berg herunter sind. Greg soll dann, wenn die Kälte etwas nachgelassen hat, nach Burns Lake hinunterreiten und einen Brief ins Lachstal auf den Weg bringen. Die dreißig Meilen kosten ihn einen Tag zu Pferde. Falls es ratsamer ist, nicht zu reiten, sondern die Schneeschuhe zu benutzen, kann er bei den Wilsons am Pinkut-See auf halbem Wege übernachten.«

Das war also entschieden.

Aber es dauerte fast sechs Wochen, ehe Greg sich auf den Weg nach Burns Lake machen konnte. Thomas O'Shea konnte sich nicht entsinnen, daß der Winter schon einmal das Land so ausdauernd hatte erstarren lassen, seit er am Babine Fuß gefaßt hatte, wie in diesem Jahr.

*

Tom und Eva verbargen voreinander ihre Besorgnis nicht, als Greg auch eine Woche nach seiner Abreise noch nicht wieder aufgetaucht war. War der Mann irgendwo steckengeblieben, hatte er sich verirrt und war erfroren? War sein Pferd gestrauchelt und hatte sich ein Bein gebrochen – oder hatte das Tier vor Erschöpfung den Weitermarsch verweigert, war vielleicht sogar, nachdem es sein Äußerstes hergegeben hatte, umgefallen und gestorben? Zwar hatte sich die Kälte von minus 58 Grad Fahrenheit auf etwa null Grad gemildert, aber das war immer noch kalt genug*. Wie bösartig die winterliche Wildnis die Menschen aus dem Hinterhalt anfällt und ihnen einen kalten Tod beschert, das hatten Thomas und Eva O'Shea an mehr als einem Beispiel erfahren.

Endlich am zehnten Tag, nachdem er losgeritten war, zügelte der Ukrainer sein abgemagertes Pferd auf dem Vorplatz vor dem Haupthaus. Das Roß ließ den Reiter aus dem Sattel gleiten und blieb völlig ermattet mit hängendem Kopfe stehen. Thomas und Eva waren beim ersten ungewöhnlichen Laut – dem gedehnten »Hoo«, mit dem der Reiter seinem Tier Halt geboten hatte – auf die Veranda hinausgeeilt. Greg war so erschöpft, daß er, als er aus dem Sattel fallend den Boden erreichte, in den Knien einknickte und gestürzt wäre, hätte er sich nicht am Sattelknopf festgeklammert.

* −58° Fahrenheit entsprechen −50° Celsius. Null Grad Fahrenheit entsprechen ca. −18° Celsius.

Aus hohlen Augen blickte er seine Brotgeber an, fand nicht gleich Worte. Eva rief:

»Komm ins Haus, Greg, und wärm dich auf. Ich mache dir etwas zu essen!«

Tom fügte hinzu:

»Ja, erhol dich etwas, Greg. Ich kümmere mich um das Pferd. Deine Satteltaschen stelle ich in deine Kammer.«

»Ja, vielen Dank, Boss! Mein Gott, bin ich froh, daß ich's geschafft habe.«

In der warmen Küche kam der Mann allmählich wieder zu sich, belebt von einem Glas warmer Milch mit einem Schuß Whisky darin.

Ja, er hätte nicht zwei, sondern drei Tage gebraucht, um Burns Lake zu erreichen. Das Pferd hätte sich manchmal regelrecht durch Schnee wühlen müssen, der ihm bis zum Bauch gereicht hätte. Dreimal wäre es in nicht vorher erkennbarer Verwehung überhaupt steckengeblieben und er hätte es herausschaufeln müssen, was nicht gerade einfach gewesen war. Bei den Wilsons wären sie über Nacht gut aufgehoben gewesen, aber nach Burns Lake hinunter am Decker Creek entlang, dort wäre kaum ein Durchkommen gewesen; ganz langsam nur hätten sich Roß und Reiter durch den Schnee zu kämpfen vermocht, wären in die Nacht hineingeraten und hätten im Freien kampieren müssen. An diesem Abend schon hätte das Pferd all das Futter vertilgt, das für die ganze Reise gedacht gewesen war. Nun, er hätte dem Tier das reichliche Mahl gegönnt, konnte er sich doch in Burns Lake mit genügenden Rationen für den Heimritt versehen; die hätte er dann zu Lasten »Evas Farm« anschreiben lassen. Den Brief ins Salmon-Tal hätte er auf der Post abgeliefert. Dabei hätte ihm der Postvorsteher einen anderen Brief ausgehändigt, der dort schon einige Wochen lang auf eine Gelegenheit gewartet hatte, an die O'Sheas weiterbefördert zu werden.

»Den Brief habe ich immer in meiner innersten Tasche aufgehoben, damit ihm nichts passiert. Fast hätte ich ihn vergessen – aber hier hab' ich ihn.«

Greg hatte sich erholt. Die warme, angenehm verstärkte Milch, das üppig belegte Brot, das Eva ihm gerichtet hatte, die warme Küche und die Fürsorge, die ihm der Boss und die

»Missis« angedeihen ließen, hatten seine Lebensgeister erfrischt. Aus der Brusttasche seines blau und rot gewürfelten Hemdes kramte er ein längliches Kuvert, das einmal gefaltet war und nun etwas mitgenommen aussah. Aber das bedeutete wenig; er hatte den Brief treu verwahrt.

Tom drehte den Umschlag um und sah nach dem Absender.

»Der Brief ist von Roy Danlay, Eva, und sicher schon lange unterwegs. An uns beide gerichtet.«

Eva wurde von plötzlicher Schwäche befallen und ließ sich auf einem Schemel nieder. Toms Aufmerksamkeit war auf das Schreiben gerichtet, das er in der Hand hielt. Er merkte nicht, daß Eva erblaßt war. Nur Greg merkte es.

»Bist du auch gut satt geworden, Greg?« fragte Tom.

Ja, das wäre er, vielen Dank! Und weiter hätte er nichts zu berichten und könnte sich wohl in seine Kammer verfügen?

»Sicherlich, Greg! Ich habe vorhin schon Feuer gemacht in deiner Kammer. Schlaf dich aus, solange du willst! Morgen ist ohnehin Sonntag!«

Die Eheleute waren allein.

25. KAPITEL

Tom langte sich ein Messer vom Bord und schlitzte den Brief auf.

»Ich zünde die Lampe an, es wird schon dunkel«, sagte Eva.

»Ja, stell die Lampe auf den Tisch. Willst du mir den Brief vorlesen, Eva? Dann wissen wir gleich beide, was darin steht. Das Lesen einer fremden Handschrift fällt dir bestimmt leichter als mir.«

»Nein, ich bitte dich, daß du vorliest. Ich höre lieber zu, und du begreifst besser, was Danlay mitzuteilen hat.«

Tom rückte an der Lampe, setzte sich zurecht, beachtete nicht, daß Eva sich ins Dämmerlicht zurückgezogen hatte. Mit lauter, von Zeit zu Zeit stockender Stimme, als säße er in der Schule, begann Tom vorzulesen:

»Victoria, 12. Januar

Lieber Tom,

wann dieser Brief Sie erreichen wird, kann ich nicht einmal abschätzen. Denn einen Winter wie diesen hat es lange nicht gegeben, nach allem, was man hört. Selbst hier auf der warmen Vancouver-Insel ist etwas davon zu spüren. Ich bin erst vor wenigen Tagen hier eingetroffen, nachdem ich drüben auf dem Festland diesen Winter ausführlich zu kosten bekommen habe. Sie sollten erfahren, was sich inzwischen ereignet hat, da wir ja eine Verabredung für den Frühling getroffen haben.

Nachdem ›Evas Farm‹ hinter uns zurückgeblieben war, nahm es Dr. McAllister mit der Arbeit sehr genau und gönnte sich und uns kaum noch eine freie Minute. Er wollte unbedingt den gesamten Verlauf der alten Portage vom Babine- zum Stuart-See vermessen und dann längs oder parallel zum Stuart Lake bis Fort St. James vordringen. Aber auf der flachen Landhöhe zwischen Cunningham- und Whitefish-See ließ er sich verlocken, von der Richtung der alten Portage abzuweichen, um die Abflüsse aus den beiden Seen, Cunningham im Westen der Portage, Whitefish im Osten, zu erkunden und aufzunehmen. Um alle überflüssigen Umwege zu vermeiden, ritt er selber uns andern stunden- und tagelang voraus, um die Orte anzuzeichnen, von denen aus ich mit den andern unsere Linien zu vermessen und in ersten Skizzen festzuhalten hatte.

Das Wetter war bis dahin immer noch sehr freundlich gewesen; in den Nächten wurde es allerdings schon kalt, so daß wir froren in unseren zwei Zelten. Ich warnte McAllister mehrfach, daß er sich nicht auf die weitere Gunst des Wetters verlassen dürfte. Er sollte sich nicht so weit von uns entfernen. Passierte etwas fern von uns anderen vier, so wäre er auf sich allein angewiesen und unter Umständen schwer zu finden. Aber wie er geartet ist: Er wies mich zurück; er wäre ein alter Hase und Manns genug, mit allen Eventualitäten fertig zu werden. Dabei hatte er mir bei früheren Gelegenheiten oft genug nachdrücklich klargemacht, daß mit den Wäldern nicht zu spaßen ist und daß man gerade dann Knüppel zwischen die Beine geworfen bekommt, wenn man am wenigsten darauf gefaßt ist und es am wenigsten gebrauchen kann. Das erfuhr er am eigenen Leibe.

Ich wurde aufgehalten durch die etwas komplizierten Höhen-

verhältnisse zwischen den Abflüssen aus den beiden Seen, dem Nancut- und dem Whitefish-Bach. McAllister war ungeduldig und beschloß, von Ucausley 4 – falls Sie wissen, wo das ist – westnordwest vorzudringen, vielleicht noch den Rubyrock Lake genauer zu lokalisieren und sich einen Überblick über das dort auf schätzungsweise 4500 Fuß ansteigende Land zu verschaffen. Er ließ nicht mit sich reden, verspottete mich sogar, als ich ihm sagte, daß ich dem Wetter nicht mehr traute.

Um die lange Geschichte kurz zu machen: Er ist dann in den viel zu frühen Schneesturm geraten, der auf ›Evas Farm‹ genauso gewütet haben wird wie bei uns weiter im Osten. Der Schneesturm nagelte uns in unserem Lager fest. Als endlich wieder Ruhe eingekehrt war und McAllister nicht wieder auftauchen wollte, machte ich mich auf, ihn zu suchen. Hans und ich fanden ihn schon nach einer Stunde, nicht viel weiter als eine Meile von unserem Lager entfernt. Er hatte das Nahen des Sturmes rechtzeitig erkannt und sich sofort auf den Rückzug gemacht. Vielleicht hat er dann sein Pferd zu hart getrieben. Das Tier ist in dem mit zahlreichen Felsbrocken übersäten Gelände gestolpert, gestürzt und hat dabei seinen Reiter so unglücklich und plötzlich abgeworfen, daß McAllister sich beim Aufprall den rechten Oberschenkel brach. Auch das Pferd konnte sich nach dem Sturz nicht mehr erheben; wir haben es später erschießen müssen; es war mit dem rechten Vorderbein in die Spalte zwischen zwei im Gras versteckten Felsen getreten und hatte sich das Bein gebrochen; der gesplitterte Knochen hatte das Fell von innen her durchbohrt.

McAllister war bewegungsunfähig geworden; er mußte liegenbleiben, wo er lag. Als der Sturm losbrach, konnte er immerhin einige Fichtenzweige über sich zerren, so daß er Luft behielt unter dem Schnee, der ihn deckte, aber auch schützte. Zu kriechen wäre er vielleicht noch fähig gewesen, jedoch nicht während des Sturms, der kurz nach dem Unfall mit voller Wucht losbrach.

Es war ein Wunder, daß wir ihn fanden. Denn als wir ihn entdeckten, war er bereits so geschwächt, daß er sich nicht mehr aus eigener Kraft aufrichten konnte. Wir erwärmten ihn zunächst, indem wir mehrere kleine Feuer um ihn her entfachten. Mir war auf der Stelle klar, daß unsere Vermessungsarbeit ein vorzeitiges Ende gefunden hatte; es kam allein noch darauf an,

McAllister zu retten, das heißt, in ärztliche Behandlung zu überführen.

Mein erster Gedanke war, zu ›Evas Farm‹ zurückzukehren. Aber wie sollten wir den Verunglückten transportieren? Reiten konnte er nicht. Wir bauten eine Schleife aus dünnen Stämmen und Zweigen, in die man ein Pferd einspannen konnte – in ähnlicher Form, wie ich es drei Jahre zuvor bei den Prärieindianern gesehen hatte –, einen Travois. Aber schon nach wenigen Stunden mußte ich einsehen, daß ein Travois vielleicht im ebenen Gelände der Prärien zu benutzen ist, aber nicht im Gebirge, wo der grobe Boden die Schleife bald auseinanderzerrte. Wir berieten hin und her und erkannten schließlich, daß wir versuchen mußten, das Ufer des Stuart-Sees zu erreichen, dort ein Floß zu bauen und zu Wasser Fort St. James anzusteuern.

Das ist uns dann auch gelungen. Ich erspare mir, zu schildern, was alles passierte, ehe wir schließlich am Ostende des Stuart-Sees ankamen. Es hatte sich schon weit hinaus Ufereis gebildet; es erforderte viel Geschick, den Verletzten vom Floß über das Eis an Land zu schaffen. Aber mit Hilfe der Leute von Fort St. James gelang auch das schließlich; die Indianer der katholischen Missionsstation fanden immer noch einen Ausweg, wenn wir schon die Hoffnung aufgeben wollten, das trügerische Ufereis zu überwinden.

In der Missionsstation stellte einer der heilkundigen Patres fest, daß McAllister sich auch noch die Zehen erfroren hatte, wahrscheinlich erst auf dem Floß (sie sind ihm später abgenommen worden).

Wir gönnten uns ein paar Tage Ruhe, wollten auch Sascha und Pat abwarten, die sich mit den Pferden und dem Gerät am Ufer des Sees entlang nach Fort St. James durchschlagen sollten; sie kamen dort nur zwei Tage später an als wir.

Ich mußte McAllister nach Vanderhoof an die Bahn bringen, damit ich ihn nach Prince George schaffen konnte; erst dort würde ein richtiger Arzt und so etwas wie ein Krankenhaus zu finden sein. Nach Vanderhoof zu kommen, war kein Problem weiter; es gab eine Straße, auf der man mit Pferde- oder notfalls Hundeschlitten auch im Winter vorankommen konnte.

Von Vanderhoof aus konnte ich endlich die Behörde in Victoria telegraphisch unterrichten, was geschehen war und um An-

weisung bitten, wie ich mich weiter zu verhalten hätte. Ich erbat diese Anweisung nach Prince George an den dortigen Bahnhofsvorsteher und habe sie dort auch empfangen. Sie lautete, ich sollte so lange bei McAllister bleiben, bis er transportfähig wäre, ihn dann nach Vancouver und Victoria begleiten und mich dort auf dem Amt melden.

Das habe ich getan. Ende des Jahres waren wir in Victoria. Es ist fraglich, ob McAllister jemals wieder seiner Gelenke voll mächtig werden kann. Er wird sich wohl mit einem Dasein am Schreibtisch begnügen müssen.

Wie Sie wissen, Tom, lief mein Vertrag mit dem Vermessungsamt am Ende des vergangenen Jahres aus. Ich hatte und habe keine Lust, als Beamter für dauernd in den Dienst der Landesaufnahme zu treten, obgleich man mir dies erneut nahegelegt hat. Zunächst einmal mit Ihnen, Tom, am Babine dem wilden Land auf den Leib zu rücken und ihm seine Geheimnisse im einzelnen zu entreißen, das lockt mich mehr. Ich wollte aber weder von der Behörde noch von meinem alten Boss McAllister in Unfrieden scheiden; beiden habe ich viel zu danken an Kenntnissen wie an praktischen Erfahrungen.

Ich habe mich also schließlich verpflichtet, die Aufgaben, die McAllister mit mir und den drei andern nach dem amtlichen Plan im vergangenen Jahr erledigen sollte, zum Abschluß zu bringen und die schriftlichen und zeichnerischen Arbeiten bis zur Reinschrift zu vollenden. Ich muß weiter sorgen, daß die in Fort St. James zurückgelassenen Geräte, Werkzeuge und Apparate nach Beendigung der Arbeiten sichergestellt und mindestens nach Prince George überführt werden. Ich habe mir aber ausbedungen, daß ich mich zeitlich einrichten kann, wie ich will, und daß ich unsere früheren Helfer, Hans, Sascha und Pat, die gut eingearbeitet sind, wieder anheuern darf, wenn sie noch in Vanderhoof oder Prince George vorhanden sein sollten – was ich nicht bezweifle, wenn ich mich nur zeitig genug im Frühjahr nach ihnen umschaue. Diese beiden Bedingungen wurden ohne weiteres akzeptiert.

Ich werde mich also, wenn nichts Unvorhergesehenes dazwischenkommt, Ende April auf den Weg machen, sobald das Eis auf den Gewässern gebrochen ist und der Schnee schmilzt. Als erstes muß ich dann in Prince George oder Vanderhoof meine drei Männer ausfindig machen, was unter Umständen durchaus nicht gleich am ersten Tag gelingen wird. Hans insbesondere – hoffentlich treibe ich gerade ihn auf; er war der zuverlässigste der drei; wir waren beinahe schon befreundet miteinander –, Hans soll dann zunächst das Kommando übernehmen, soll in Fort St. James ein gutes Kanu einhandeln – ich möchte nicht zum zweiten Mal im Notfall auf ein langsames Floß angewiesen sein – und das Kanu nach Nancut rudern, wo die Portage zum Babine beginnt. Die beiden andern sollen die Gerätschaften und den Proviant zu Pferde nach Nancut schaffen, wo sich Hans wieder mit ihnen trifft.

Von Nancut am großen Knick des Stuart Lake bis zu dem Ort, der mit Ucausley 4 bezeichnet wird, das heißt, dort etwa, wo McAllister verunglückte, sind dann nur noch wenige Meilen zurückzulegen. Dorthin müssen die Apparate gebracht werden, denn von dort ab muß ich weiter vermessen. Das Kanu soll von Hans und Pat über die Portage nach dem Platz namens Hanson getragen werden; vielleicht können sie es auch einen oder zwei Pferden aufladen, die Pat dann wieder nach Ucausley 4 zurücknimmt. Hans bringt mir das Kanu am Südufer des östlichen Babine-Sees entlang bis zur Einmündung des Taltapin-Baches.

Ich selber nämlich will mich in Fort St. James oder in Vanderhoof gar nicht aufhalten, sondern will mich ohne Verzug bei Ihnen auf ›Evas Farm‹ einfinden, damit wir uns in aller Ruhe darüber einig werden, was wir im Sommer gemeinsam unternehmen wollen und wie es vorzubereiten ist. Vielleicht ziehen wir auch schon für ein paar Tage ins Gelände, denn Hans wird mit dem Kanu nicht so bald zur Stelle sein. Sobald er aber eingetroffen ist, muß ich mich mit ihm aufmachen, die im vergangenen Jahr abgebrochene Arbeit bis zum Stuart Lake hinüber abzuschließen und das gesamte Ergebnis zu Papier zu bringen. Danach bin ich frei und kann mich mit Ihnen zusammenspannen, Tom. Das wird, meine ich, Ende Juli oder im August geschehen, je nachdem, wie bald uns dieser verrückte Winter erlaubt, wieder an die Arbeit zu gehen.

Ich weiß natürlich nicht, wann Sie dieser Brief erreichen wird, Tom. Sollten Sie genügend Zeit und Gelegenheit dazu haben, so geben Sie mir bis Ende April nach Prince George postlagernd kurz Nachricht, daß Sie dies Schreiben gelesen haben und einverstanden sind – oder wieweit nicht.

Empfehlen Sie mich Mrs. O'Shea und seien Sie beide gegrüßt von

Roy Danlay«

Thomas ließ die beschriebenen Blätter auf den Tisch sinken, strich sie glatt, faltete sie und verwahrte sie wieder im sauber aufgeschnittenen Umschlag. Er seufzte.

»Bißchen viel auf einmal, meinst du nicht auch, Eva?«

Sie räusperte sich im dämmerigen Hintergrund des großen Raumes, brachte dann ein wenig heiser hervor:

»Ja, das meine ich. Schade um McAllister! Er wird nie wieder richtig laufen können – ohne Zehen und vielleicht einem verkürzten oder versteiften Bein. Er war ein guter Mann, der Doktor. Aber im übrigen hat Roy Danlay sich klar ausgedrückt. Du weißt nun Bescheid und kannst dich drauf einrichten. Daß er ein Kanu ins Spiel bringen will, ist eine gute Idee. Wie steht es eigentlich mit unserem eigenen Boot, Tom?«

»Das liegt gut aufgebockt im Schuppen am Seeufer. Wenn das Eis weg ist, wird es in Ordnung gebracht, damit man wieder hinausfahren und fischen kann. Aber das hat noch gute Weile.«

Für einige Minuten hingen die beiden Menschen ihren Gedanken nach. Eva konnte aus dem Hintergrund die Umrisse des Kopfes und das Profil des Mannes betrachten, dem sie vor Gott und der Welt angetraut war und für den es nichts Zuverlässigeres und Gesicherteres gab als eben diese Tatsache. Ein mächtiger Schädel, ein klares, hartes Gesicht – das war Thomas O'Shea.

Selten hatte sie ihn so ungestört anschauen können, ohne daß er es gewahr wurde: ›Ich wollte ihn zu meinem Manne haben, ihn, keinen anderen. Aber erst Jahre danach habe ich erfahren, was es bedeutet, eines Mannes Frau zu sein. Er kam dann zu spät. Er tut mir leid – aber das ist nicht alles. Ich glaube, ich liebe ihn noch ein wenig. Und jetzt ein Kind – und ich weiß nicht einmal, wessen Vaters Kind es sein wird. Sonderbar, wie wenig mich das kümmert. Von beiden Vätern ist es mir recht. Denn vor allem ist es mein Kind!‹

In die Stille des Raums, die nur von einem leisen Zischen der

Petroleumlampe, einem Rascheln der zu Asche zerfallenden Scheite im Kamin unterbrochen wurde, sagte Eva leise:

»Roy Danlay weiß nicht, daß ich guter Hoffnung bin. Es könnte sogar sein, daß er gerade hier ankommt, wenn das Kind geboren wird. Dann wirst du wohl kaum Lust haben, sofort mit ihm ins Gelände zu ziehen. Wenn du ihm schreibst, Tom, solltest du ihm dies nicht wenigstens andeuten –?«

Tom hatte auf dem Tisch seine Hände über dem Briefumschlag gekreuzt, schwere, aber gute, Vertrauen erweckende Hände. Er hob den Kopf und blickte in den Schatten zu Eva hinüber:

»Man könnte es ihm mitteilen. Aber wozu? Er braucht seine Pläne nicht zu ändern, kann es vielleicht auch gar nicht mehr tun. Deine Mutter wird dann hier sein, so Gott will. Und ich könnte auch Jim anweisen, seine Frau für einige Zeit hier auf der Farm unterzubringen. Sie erwartet auch ein Kind, hat er mir gesagt, es ist nicht ihr erstes; du kennst sie ja, Eva. Eine ziemlich verständige Person. Den Eindruck hat sie auf mich gemacht, zumindest verständiger als ihr Mann. Das erlebt man ja häufiger bei den Indianern. Sie könnte deiner Mutter zur Hand gehen. Aber mit dem Brief nach Prince George postlagernd – das stellt Roy sich einfacher vor, als es ist. Ich kann Greg nicht gleich wieder losjagen, muß leichteres Wetter abwarten. Dieser böse Winter ist noch längst nicht zu Ende. Es wäre sogar möglich, daß selbst der Brief an deine Mutter nicht rechtzeitig bei ihr ankommt. Und dann bleibt noch die Frage offen, ob deine Mutter sich die beschwerliche Reise hierher überhaupt noch zutraut – im Frühjahr, wenn alle Bäche Hochwasser führen und die Wege verschlammt sind.«

Sehr sicher kam die Antwort aus dem Dunkel:

»Wenn Mutter erfährt, daß wir endlich ein Kind bekommen, dann macht sie sich auf den Weg, selbst wenn es stürmt und hagelt!«

*

Der Winter, der sich als ungebetener Gast viel zu früh eingestellt hatte, brachte es im neuen Jahr nicht fertig, sich wenigstens rechtzeitig zu verabschieden – ganz wie es ungebetene Gäste so an sich haben.

26. KAPITEL

Der Reiter schwang sich aus dem Sattel und erstarrte im gleichen Augenblick. Über die Veranda her war aus dem Innern des Hauses ein lang gedehnter Schmerzensschrei an sein Ohr gedrungen, der mit dem hellen Mainachmittag nicht das geringste zu schaffen hatte.

Ein Mensch hatte geschrien, kein Tier, das war sicher, eine Frau! Hier gab es nur eine Frau, die schreien konnte, die des Hauses, Eva O'Shea!

Er ließ das Pferd stehen, wo es stand, sprang die wenigen Stufen zur Veranda empor und wäre beinahe mit dem Ukrainer Ossip zusammengestoßen, der aus der Eingangstür des Hauses herausschoß:

»Sie sind es, Mr. Danlay! O mein Gott, helfen Sie uns! Wir wissen nicht mehr, was wir machen sollen!«

»Wer hat geschrien eben, Ossip? Schnell!«

»Die Missis, Mr. Danlay! Sie kriegt ein Kind; zu früh, wie der Boss sagt. Und keine Frau zur Hilfe! Bloß der Boss und ich!«

Sie kriegt ein Kind – das war alles, was Roy Danlay begriffen hatte. Wie ein Faustschlag traf ihn die Erkenntnis. Ein Kind? Nur sein Kind konnte es sein! Warum hat O'Shea nicht daran gedacht, wenigstens eine Indianerin zu Hilfe zu holen?

Er schob den Ukrainer hart beiseite, wollte ins Haus stürmen, doch Tom versperrte den Eingang. Der schwere Mann war blaß unter der braunen Haut bis unter die schwarzen Haare. In seinen Augen war Verzweiflung ebenso zu lesen wie völlige Ratlosigkeit:

»Roy, sie quält sich schrecklich! Roy, sind Sie allein? Ich dachte schon, Sie kämen vielleicht mit Evas Mutter! Die wollte kommen, müßte längst hier sein. Aber das Kind meldete sich vierzehn Tage zu früh – wenn Eva sich nicht verrechnet hat. Ich habe Jim losgejagt, damit er seine Frau holt oder wer sonst da die Hebamme macht in seinem Dorf. Aber die können frühestens morgen abend hier sein. Sie quält sich entsetzlich, Roy! Die Wehen – ! Es ist ja ihr erstes Kind! Es darf mir nicht verlorengehen, Roy! Und Eva auch nicht!«

Thomas O'Shea hatte die Sätze hervorgestoßen wie im Fieber. Der ganze Mann zitterte. Mit seiner mächtigen Hand wischte er sich fahrig über Stirn und Augen. Roy Danlay erfaßte die Panik, von welcher O'Shea geschüttelt wurde. – Diese groben Hände am Körper meiner Eva? Der Gedanke traf Roy wie ein Pfeil mitten ins Herz.

Aus der Tiefe des Hauses drang ein neuer Schmerzensschrei, lang gedehnt, ein überlautes Stöhnen, mehr als ein Schrei!

Die Männer starrten sich an mit entsetzten Augen. Dann – Danlay brüllte es fast:

»Warum habt ihr nicht vorgesorgt, ihr Idioten! Jetzt ist keine Hilfe da! Ob ich helfen kann, weiß ich auch nicht! Aber versuchen will ich's! Das werde ich! Heißes Wasser! Zuerst muß ich mich waschen, das ist die Hauptsache. Ossip, kümmere dich um das Pferd! Tom, saubere Handtücher, so viele zu finden sind! Und Laken! Und noch mehr heißes Wasser!«

Während er sich den Rock und die Unterjacke vom Leibe riß, durchforschte er fieberhaft sein Hirn: Was weiß ich von Geburten? Er hatte eine Geburt nie miterlebt. Aber gehört hatte er davon und darüber gelesen – mit der Zeit war ihm einiges vertraut geworden: Kopflage, Steißlage, Fruchtwasser, Schwierigkeiten einer Erstgebärenden, Nachgeburt, Nabelschnur. Und wenn das Kind da ist, wird es hochgehoben und bekommt einen Klaps auf die Kehrseite, damit es anfängt zu atmen. Und gefährlich wird es nur, wenn die Mutter, nachdem sie die Frucht losgeworden ist, anfängt nachzubluten. Das ist manchmal schwer zu stillen. So schossen Erinnerungsfetzen durch Roys Hirn. Er versuchte krampfhaft, sie zu ordnen. Jetzt kam es darauf an! Jetzt muß ich ihr beistehen – und Tom hat seinen dicken Schädel einzuziehen. Eva, meine Eva, steht auf dem Spiel!

Die Gedanken jagten sich. Er schrubbte sich Hände und Unterarme mit einer Bürste, viel Seife und heißem Wasser. Er war gefordert wie noch nie in seinem Leben. Er würde nicht versagen – nein, Eva, ich versage nicht. Gerade noch rechtzeitig bin ich angekommen, dir beizustehen.

Seine Gedanken ordneten sich. Ich darf mir jetzt nicht dazwischenreden lassen. Tom hat nur zu assistieren. Oder besser Ossip, der ist wahrscheinlich geschickter! Die Ärmel muß ich so weit nach oben krempeln wie möglich. Wenn Tom Geschichten macht, was dann? Das muß ich abfangen, das vor allem. So ruhig wie möglich erhob er die Stimme, und wischte die letzten Bedenken beiseite:

»Tom, daß du es weißt – ich bin jetzt Arzt, nichts als Arzt und Geburtshelfer, verstehst du? Du mußt jeden Augenblick bereit sein, mich zu unterstützen. Du hast dich noch nicht einmal gewaschen. Los, sofort! Ärmel hoch und bürste dir die Hände, wie ich es getan habe. Und wenn du glaubst, ich dürfte Eva als fremder Mann nicht sehen und berühren, dann setzt du ihr Leben aufs Spiel – und ich würde mich wehren, verstehst du?«

Tom blickte verständnislos, stammelte nur:

»Mach du nur, Roy! Alles in Ordnung! Mach du nur, daß sie nicht mehr so zu schreien braucht! Ich bring dir alles, was du brauchst, ich wasch mich auch – klar, hätte ich längst tun müssen!«

Das zu erwartende Kind bedeutete für Tom die große Freude, die Krönung seines Daseins und all seiner Arbeit. Aber daß solche Freude von dem einzigen Menschen auf der Welt, auf den es ihm wirklich ankam, mit schrecklicher Qual und Gefährdung bezahlt werden mußte, daß er nichts weiter dazutun konnte, als ohnmächtig daneben zu stehen, das brachte ihn, der nicht gewohnt war, sich hilf- und ratlos zu fühlen, an den Rand des Irrsinns. Roy Danlay hatte das Kommando übernommen. Daran war kein Zweifel mehr möglich. Er befahl:

»Ich sehe nach ihr, Tom. Du machst hier alles fertig!«

Er mußte mit Eva für eine Minute wenigstens allein sein – und sei es im ehelichen Schlafzimmer. Toms Lager war noch nicht geordnet. Auf ihrer Seite der Bettstatt ruhte Eva. Ihr Kopf, unnatürlich zurückgebogen im Nacken, lag ins Kissen gedrückt. Sie war totenblaß, hatte die Augen geschlossen. Ein Zug von Qual beherrschte ihr Gesicht noch immer. Ihre Hände waren in die Bettdecke gekrampft, als warteten sie schon auf eine neue Attacke der Schmerzen. Ihre Füße, gespreizt, blickten am Fußende unter der Decke hervor. Roy dachte unwillkürlich: ihre schönen, schmalen Füße – ich habe sie nicht vergessen. Er flüsterte:

»Eva, hörst du mich? Ich bin es: Roy!«

Ihre Augenlider zitterten. Ehe sie sie aufschlug, tauchte wie auf einen Zauberspruch ein leises, aber unbeschreiblich beglücktes Lächeln, ein Hauch nur, um ihre Mundwinkel auf. Es entging Roy nicht; es erschütterte ihn tief.

Zuckend einige Male, als gelänge es ihnen nicht gleich, gaben die blassen Lider ihre Augen frei. Die Lippen fanden die Kraft, sich zu bewegen:

»Roy, Lieber, du bist es! Das ist ein Wunder! Nun wird alles gutgehen! Roy, hilf mir, das Kind zur Welt zu bringen. Wird es unser Kind sein –?«

Sie schwieg und schloß erneut die Augen. Aber ein Nachglanz des Lächelns um ihren Mund blieb erhalten. Sein Herz krampfte sich zusammen. Wie sehnsüchtig mußte sie auf ihn gewartet haben. Dann erst erfaßte er den sonderbaren Doppelsinn der Frage. Mit welchen Vorstellungen hatte sie sich in den neun Monaten gepeinigt, in denen sie kein einziges Wort hatten wechseln können? Aber jetzt war nicht die Zeit, den Hintersinn ihrer Frage zu ergründen.

Er beugte sich an ihr Ohr:

»Ist es sehr schlimm, Eva? Glaubst du, daß das Kind bald kommen wird? Liegst du gut?«

Sie sah ihn jetzt an mit großen, forschenden Augen – mit ebensolchen Augen wie im Mondschein jener Nächte.

Sie flüsterte zurück:

»Es drängt sehr, Roy! Ich bin ganz naß unten. Was ist das, Roy?«

Tom O'Shea war ins Zimmer getreten, er hatte die Ärmel seines Hemdes aufgekrempelt; er hatte die leisen Worte Evas nicht verstanden; er wollte wissen:

»Was sagt sie, Roy?«

»Sie wäre naß unten. Wir müssen nachsehen, ob es nicht Blut ist.«

Ohne zu zögern schlug er die Bettdecke zurück. Es war, als

wollte Tom Einhalt gebieten; Roy kümmerte sich nicht darum. Er mußte sie bloßlegen. Tom schien nach seiner Hand fassen zu wollen, als er das Hemd über die Schenkel schob. Roy fauchte ihn an, unhörbar fast, aber drohend:

»Laß mich! Ich bin der Arzt. Es muß sein.«

Tom zuckte zurück.

Da waren sie, beraubten ihm fast den Atem, die herrlichen, gestreckten Beine, nur für einen Augenblick; er war der Arzt! Ihre Scheide war geschwollen und vergrößert. Das war nicht mehr der Körper wie er ihn kannte. Mochte ihn auch eine Sekunde lang die Erinnerung angefallen haben – er durfte sich nicht verwirren lassen!

»Ich bin der Arzt!«

Das Laken unter der Mitte des gewölbten Leibes war durchnäßt von einer ziemlich klaren, leicht gelblich gefärbten Flüssigkeit. Das muß das Fruchtwasser gewesen sein, sagte sich Roy sofort. Also ist die Fruchtblase schon gesprungen. Die Geburt hat schon begonnen.

»Wir müssen ihr ein trockenes Laken unterlegen, Tom.«

Das sah auch Tom. Aber ehe die beiden noch irgend etwas unternehmen konnten, begannen wellenartige Zuckungen über Evas Leib von der Brust abwärts zu den Hüften zu ziehen. Evas Hände griffen in die Luft. Sie bekam Roys Hand zu fassen und preßte sie an ihre Brust. Ihre Beine spreizten sich weiter und krümmten sich stärker in den Knien. Sie wurde von der neuen Wehe angefallen wie von einem Raubtier. Ihre Zähne knirschten aufeinander, so hart versuchte sie, den Schrei zu unterdrücken, der sich ihr entringen wollte. Es mißlang ihr auch diesmal. Sie schrie, daß es von den Wänden gellte und den beiden Männern der Atem stockte.

Der Schweiß stand ihr auf der Stirn. Aus weit geöffnetem Mund traf der Schrei der Gebärenden die beiden Männer mitten ins Herz. Tom taumelte vor diesem Schrei beiseite und mußte sich an die Wand des Zimmers lehnen. Roy Danlay widerstand dem furchtbaren Laut besser als der Ältere.

»Ich bin der Arzt!«

Er wußte nichts, was ihr hätte helfen können, nichts, als nur seine Hand, seinen Arm ihr zu überlassen; sie schien sich daran halten, daran hochziehen zu wollen. Das sollte sie tun. Vielleicht tat es ihr gut. Der langgezogene Klagelaut erstarb. Aber unter der Bauchdecke arbeiteten im Innern des Frauenkörpers die Muskeln weiter. Weiter hatte sich der Muttermund geöffnet.

Was war das? Was tauchte da auf aus der Tiefe des mütterlichen Leibes? War es nicht die Oberseite eines winzigen Köpfchens, trat allmählich weiter ans Licht, schien ein wenig nach rechts gedreht?

Roy spürte, wie die Mutter sich bemühte, die Frucht hinauszupressen, um ihr ins Freie zu verhelfen.

Wehe folgte nun auf Wehe. Sie zwangen der Mutter nicht mehr die beinahe unmenschlichen Schreie ab, welche den beiden Männern noch eine Viertelstunde zuvor eisige Schauer über den Rücken gejagt hatten. Doch stöhnte Eva unter jeder dieser sich in kurzen Abständen wiederholenden Krämpfe, als läge sie im Todeskampf. Zuweilen flüsterte sie unverständliche Worte – mit fest geschlossenen Augen. Wenn Roy Danlay sich dann über sie beugte, um vielleicht zu erfassen, was sie sagen wollte, so erkannte er, wie die Muskeln in ihrem Becken spielten, wie sie fest die Zähne zusammenbiß, um aus dem Stöhnen nicht neue Schreie werden zu lassen.

Thomas lehnte immer noch an der Wand des Zimmers, blickte auf den zuckenden Leib hinunter, war zu keinem klaren Entschluß, zu keinem deutlichen Gedanken mehr fähig, es sei denn dem einen: »Gott sei Dank, daß Roy ihr beisteht! Seine Hände sind halb so groß wie die meinen. O mein Gott, Eva, bleib am Leben, bring das Kind zur Welt, Eva, aber bleib am Leben! Das Kind muß am Leben bleiben!«

Roy hatte vergessen, daß Tom im Zimmer weilte. Tom war zu weiter nichts nutze als zu glotzen und angestrengt zu atmen. Roys ganze Aufmerksamkeit, aufs äußerste gespannt, war auf den sich manchmal nur sachte, dann wie unter Stößen ruckartig windenden Leib gerichtet. Sein ganzes Wesen schien in den Körper der werdenden Mutter eingehen zu wollen, denn nur dann, wenn er ihre Schmerzen nachempfand, würde er keinen Fehler machen.

Er machte keinen Fehler!

Es wollte ihm erscheinen, als stockte der Austritt des winzigen Kindskörpers. Der Hinterkopf war bereits zu sehen, kam aber nicht weiter; der Ausgang war zu eng, wenn der Kopf senkrecht zum Querschnitt der Pforte aus dem Mutterleib sich freizwängen wollte.

Er wagte es: Er griff zu, faßte das Köpfchen weich und wendete es ein wenig zur Seite; es folgte willig dem sanften Druck. Gleich danach wurde der mütterliche Leib von einer neuen Preßwehe erfaßt. In der Tat schien Roys Handgriff einen Widerstand, ein Hemmnis beseitigt zu haben, denn in einem unerwartet schnellen Schlupf kam der ganze Kopf frei, mit dem Näschen nach unten, halb zur Seite gewendet.

Jetzt müßten die Schultern kommen, sagte sich Roy – aber wenn der Beckenausgang für den Kopf zu eng war, wird er es vielleicht für die Schultern erst recht sein; allerdings sind die Schultern in sich beweglich, der Kopf nicht. Ich muß erst einer, danach der anderen durch die enge Passage verhelfen; beide zugleich haben nicht Platz genug.

Er merkte nicht, daß ihm vor Angst, etwas falsch zu machen, vor Aufregung und äußerster Konzentration der blanke Schweiß auf die Stirn getreten war, merkte es erst, als ihm ein Tropfen davon auf die Hand fiel, die sich bemühte, den Kopf des Kindes sachte seitwärts abzudrücken, damit zunächst seine rechte Schulter aus dem mütterlichen Leibe ausschlüpfen konnte; er schien Erfolg damit zu haben. Aber der Schweißtropfen war nicht zu übersehen. Er begehrte auf unter der zerrenden Spannung, die ihn beherrschte. Da stand der andere herum, der »Klotz«, steif wie ein Maulesel, starrte nur. Roy preßte hervor, herrschte ihn an, den hilflosen Stier im Hintergrund:

»Binde mir ein Tuch um die Stirn, Tom, damit mir der Schweiß nicht auf die Hände tropft – und stecke die Lampe an – und stell sie so, daß ich hier Licht habe; es wird schon dunkel!«

Keine Widerrede kam, keine Gegenfrage. Tom sputete sich. Endlich durfte auch er etwas tun. Er fand ein kleineres Handtuch und legte es um Roys Kopf, nicht sehr geschickt. Roy zischte:

»Fester, fester! Rutscht mir ja über die Augen. Beeil dich!«

Tom tat sein Bestes, mit fahrigen Händen; das Beste war nicht sehr gut; aber er brachte es schließlich zustande. Mit der Lampe wurde er zunächst nicht fertig. Der Docht wollte nicht anbrennen, mußte erst gereinigt werden. Und dann – wo sollte er sie hinstellen, damit sie den Schauplatz der Geburt einigermaßen erhellte?

»Rück den Tisch ans Fußende und stell die Lampe an die Kante. Ist das so schwer zu begreifen?«

Roy wurde plötzlich von einem wilden Zorn angefallen: Der ungelenke Kerl, wenn ich nicht gekommen wäre, der hätte ihr nicht geholfen! Wozu wäre der Dummkopf zu gebrauchen gewesen? Was hat der hier zu suchen! Und er knurrte den andern an, ohne auch nur zu versuchen, seine Wut zu verbergen:

»Eine große Schüssel und viel warmes Wasser, reg dich endlich, Mann! Das Kind wird bald da sein. Ich kann nicht alles allein machen! Mach dein Bett frei. Viele Tücher werde ich brauchen! Vorwärts! Du siehst doch selbst, was nötig ist! Worauf wartest du noch!«

Der flattrige Eifer, mit dem Tom sich bemühte, die Befehle auszuführen, entbehrte nicht einer versteckten grotesken Komik. Roy nahm die wenig geschickte Geschäftigkeit aus den Augenwinkeln wahr und spürte eine bittere Befriedigung – nur für wenige Sekunden, denn inzwischen hatte sich auch die andere Schulter des Kindes ans Licht geschoben; das Köpfchen blickte nach unten, schwebte schon über dem Laken.

Die Wehen schienen sich verstärkt zu haben, folgten dicht aufeinander, waren aber offenbar nicht mehr so schmerzhaft wie am Anfang, das Stöhnen zwischendurch hatte schon einen Beiklang der Erleichterung.

Die Ärmchen kamen zum Vorschein, bewegten sich schon. Das kleine Wesen lebte also! Ein letzter Schwall von Fruchtwasser suchte sich den Weg ins Freie.

Roy begriff, daß Rumpf und Beinchen kaum noch Schwierigkeiten haben würden, sich dem Mutterleibe zu entwinden, nachdem der längliche Schädel, das Gesicht und die Schultern den Weg durch die Enge der Beckenöffnung bewältigt hatten. Aber dann fiel ihm ein: die Nabelschnur! Die muß doch getrennt werden. Ich werde sie dicht am Leibe des Kindes abbinden und dann darüber abschneiden. Das andere Ende geht dann wohl mit der Nachgeburt ab. Wenn ich doch mehr darüber wüßte und Zuverlässigeres! Aber vielleicht kann Tom Auskunft geben.

»Tom, komm hierher; ich muß dich etwas fragen.«

Tom beeilte sich und beugte sich wie Roy über die Gebärende, mit weit aufgerissenen Augen:

»Was ist Roy?«

»Tom, wenn die Tiere gebären, Kühe oder Stuten – kannst du mir sagen, was mit der Nabelschnur wird? Reißt sie von allein und bleibt an den Neugeborenen und geht dann das andere Ende mit dem Mutterkuchen ab? Oder ist es anders, kannst du mir Bescheid geben, damit ich hier nichts falsch mache? Das Kind ist schon da, das siehst du ja!«

Ja, das Kind war geboren. Roy hatte sich nicht gescheut, zuzufassen und sachte nachzuhelfen, daß der, wie ihm schien, merkwürdig winzige Leib des neuen Lebewesens die warme Höhlung verließ, in der er sich über viele Monate hinweg zu menschlicher Form entwickelt hatte. Aber noch war die Verbindung zum nährenden Körper der Mutter nicht abgerissen. Das winzige Wesen lag in Roys Hand; er hatte es auf die Seite gedreht zwischen die Beine der Mutter.

Tom brachte keine Antwort auf die Fragen heraus, die ihm gestellt worden waren. Er kaute an seinen Lippen: Was fragte der Mann, der an seiner Frau hantierte, dort, wo niemand außer ihm, dem Ehemann, ein Recht zustand, was fragte der nach Kühen und Stuten? Was hatten die Tiere, die irgendwo draußen im Busch ihre Kälber oder Fohlen fallen ließen, mit seiner Frau zu tun? Zwei Welten, völlig fern voneinander! So erschien es ihm in diesen Augenblikken. Die Nachgeburt hing den Stuten noch manchmal an – eine ganze Weile –, dessen entsann er sich. Aber hier, seine Eva, die ihm unter Schmerzen – und was für schrecklichen Schmerzen! – ein Kind geboren hatte – Nachgeburt, Nabelschnur, Mutterkuchen –, das sollte auch für Eva gelten? Er brachte das alles nicht zusammen in seiner abgründigen Verwirrung.

Roy hatte schon vergessen, was er gefragt hatte. Mit diesem verstörten Muskelberg war nichts anzufangen. Er wies ihn an mit harter Stimme:

»Reiß von einem Handtuch das Aufhängebändchen ab,

ein möglichst langes. Ich muß die Nabelschnur abbinden. Und halte für einige Zeit eine Schere aus Evas Nähkorb in kochendes Wasser und reich sie mir dann, aber so, daß ich sie anfassen kann.«

Diesmal funktionierte Tom sofort. Deutlichen Befehlen zu gehorchen, war wesentlich leichter als nur halb begriffene Fragen zu beantworten. Im Nu hatte er ein Leinenbändchen beschafft, tauchte die Schere in den Kessel mit dem sachte vor sich hin brodelnden Wasser auf dem Herd, hielt sie mit einem Löffelstiel fest, um sie wieder herauszuheben.

Roy band die Nabelschnur dicht über dem kleinen Bäuchlein ab. Dabei erst wurde ihm klar, daß das Neugeborene ein Junge war.

Tom schwenkte die Schere eine Weile durch die Luft, um sie abzukühlen, reichte sie Roy.

Roy Danlay durchtrennte die Nabelschnur dicht über der Abbindung. Schnitt er nicht irgendwie ins Lebendige –? Er schnitt – ihm war dabei, als schnitte er sich selbst ins Fleisch. Aber eine Wahl hatte er nicht. Mutter und Kind jedoch schienen keinen Schmerz zu empfinden.

Atmete das Neugeborene noch immer nicht? Herr im Himmel, daran habe ich nicht gedacht! Der berühmte Klaps – die Zeit dafür ist hoffentlich noch nicht vorbei.

Er faßte die Beinchen zusammen in der Linken, hob den kleinen Körper verkehrt herum in die Höhe und verabreichte dem Miniaturhinterteil einen kräftigen Klaps mit der Rechten – und noch einen. Endlich ertönte der protestierende, erlösende Schrei.

Und da sah er es, unverkennbar deutlich – beinahe wäre ihm vor Schreck der kleine, noch schlüpfrige Leib aus den Händen geglitten: Auf der linken Hüfte, etwas nach vorn versetzt, zeichnete sich auf der geröteten Haut ein bräunlicher Flecken ab, etwa wie ein Halbmond geformt, nicht größer als ein halber Pfennig. Er berührte das nur angedeutete Muttermal mit dem Finger: Ja, kein Zweifel war möglich, der winzige Halbmond saß in der Haut, ein Teil davon. Es brannte ihn plötzlich unter seinem Hosenbund das gleiche Muttermal in der gleichen Form, an der gleichen Stelle, nur vergrößert zu einem halbierten Taler, brannte, als ob die Haut für eine Sekunde mit einem heißen Eisen berührt würde.

Mein Sohn also, mein Sohn! Das ist der Beweis. Fast augenblicklich drängte sich ihm der Gedanke dazwischen: Nichts merken lassen, um alles in der Welt kein Wort, keine Geste, die dich verriete. Er würde mich totschlagen, wenn er es nur ahnte! Er würde sie totschlagen, der fürchterliche Hanswurst!

Roy hatte sich gleich wieder in der Gewalt. Ich muß weitermachen, als ob mir nichts aufgefallen wäre.

Er verkündete:

»Er atmet! Und krähen tut er, als ob er's geübt hätte. Die große Schüssel, Tom! Warmes, aber nicht heißes Wasser! Ein Knabe ist es, Tom. Ich will ihn abwaschen. Und dann einen Weidenkorb oder Spankorb, wie ihn die Indianer machen. Polstere ihn aus mit Tüchern. Moos oder Heu darunter, damit das Kind weich darin liegt. Die Mutter ist noch nicht fertig mit der Geburt, Tom. Der Mutterkuchen muß erst noch abgehen. Das wird bald geschehen. Dann betten wir sie um in dein Bett, damit wir ihr Bett frisch machen können. Gib reine Wäsche in dein Bett, Tom! Ich bade inzwischen das Kind!«

Das winzige Wesen, immer noch mit geschlossenen Augen, ließ die Wäsche über sich ergehen, ruhte mit nur sachten, unbestimmten Bewegungen in der Beuge von Roys linkem Arm, während er mit seiner Rechten das laue Wasser über den kleinen Leib schöpfte und ihn sanft abrieb. Die vielleicht ätzende Seife zu benutzen, getraute Roy sich nicht. Sorgfältig trocknete er das Kind ab, wickelte es in mehrere Tücher und bettete es in den indianischen Flechtkorb, den Tom wahrscheinlich in der Küche aufgetrieben, mit Heu gepolstert und mit einigen Handtüchern ausgelegt hatte. Das Knäblein schien sofort einschlafen zu wollen.

Irgendwann bald wird es Hunger bekommen, fuhr es Roy durch den Kopf. Was dann? Wird die Mutter es nähren können – die Mutter? Er hatte Eva beinahe vergessen vor lauter Bemühung um das Kind.

Sie schien zu schlafen. Aber vielleicht war sie nur zu Tode erschöpft nach der Qual der ersten Geburt. Flach lag sie auf dem Rücken mit immer noch halb hochgewinkelten, gespreizten Schenkeln. Er versuchte, sie anzusprechen, neigte sich an ihr Ohr:

»Eva, bist du wach?«

Sie schlief nicht, öffnete die Augen, blickte ihn an, murmelte:

»Roy, lebt es –?«

»Ja, Eva, es lebt, ist wohlgebildet, ist ein Knabe!«

Ein beglücktes Leuchten strahlte in ihren Augen auf. Ihre Züge entspannten sich, und die Augen schlossen sich von neuem; sie schien wirklich einschlafen zu wollen, doch es wurde ihr verwehrt. Noch einmal wölbte eine Wehe ihren Leib auf; es kam die Nachgeburt.

Noch einmal stöhnte sie leise auf. Dieser letzte Akt der Geburt hatte sich gewaltsam vollzogen, allzu gewaltsam, wie Roy sofort zu spüren meinte. Da war die Nachgeburt, häßlich, schwammig, blutig – wohin damit?

Und dann, gleich hinterher, ein Strahl von rotem Blut! Das war nicht, wie es sein sollte. Entsetzen durchzuckte den Geburtshelfer, der bis dahin seine Sache mit ein wenig Wissen und viel gesundem Menschenverstand nicht schlecht gemacht hatte.

»Einen Eimer!« brüllte er, »einen Eimer, Tom! Ich muß die Nachgeburt aus dem Wege schaffen! Sie blutet! Sie blutet!«

Der Eimer klapperte herbei. Roy zögerte keine Sekunde, raffte mit beiden Händen die Nachgeburt zusammen und versenkte sie in den Eimer.

»Bring das hinaus, Tom! Sieh, wie sie blutet! Wie ist das zu stillen?«

Tom flog am ganzen Körper, flog so heftig, daß der blecherne Eimer, den er schon aufgenommen hatte, in seiner Hand rasselte. Roy bellte ihn an:

»Schnell! Was stehst du da! Handtücher, saubere Lappen brauche ich. Wenn sie so weiter blutet, läuft sie bald leer und stirbt uns unter den Händen.«

Tom wankte hinaus. Man hörte, wie der Henkel auf den Rand des Eimers schepperte. Er kehrte mit einem Arm voll weiterer Tücher zurück – erstarrte ebenso, wie Roy erstarrt war, blickte auf den geschundenen Leib hinunter. Das Blut quoll aus der Scheide hervor. Unaufhaltsam, so schien es. Schon tränkte es Kissen und Matratze.

Fieberhaft zermarterte Roy sein Gehirn, versuchte zu verstehen, was dem mütterlichen Leib mißlungen sein mochte, so daß er sich selbst eine innere Wunde zugefügt hatte. Wußte es plötzlich, als wäre es aus dem Nichts mit feurigen Buchstaben an die Wand geschrieben: Die Nachgeburt kam zu heftig und zu früh. Der Mutterkuchen ist abgerissen. Die Gebärmutter hat sich nicht geschlossen; aus ihr blutete es weiter.

Die Mutter mußte bewogen werden, zu reagieren. Eva durfte nicht einfach so liegenbleiben und ihr Blut davonfließen lassen. Und er selber durfte nicht vor Angst um ihr Leben den Verstand verlieren.

Mit lauter, beinahe herrischer Stimme rief er Eva an:

»Eva, wach auf! Du blutest! Du verblutest! Du mußt mithelfen! Strecke deine Beine aus und kreuze sie, damit du deine Scheide verschließt! Fest zu! So!«

Die Frau war zu sich gekommen. Roys feste Stimme, der unüberhörbare Klang eines zwingenden Befehls hatte all ihre Lebensgeister geweckt. Er redete beschwörend auf sie ein:

»Eva, die Gebärmutter muß sich zusammenziehen, sonst verblutest du! Kannst du sie nicht zusammendrücken? Soll ich helfen? Sag mir, wenn ich dir Schmerzen mache! Eine Nachwehe wäre gut! Warte, ich reibe deinen Leib!«

Das kostbare Leben durfte nicht verlöschen. Und jetzt half sie mit all der Kraft, die ihr noch verblieben, ihrem Willen vor allem, der noch nicht besiegt war.

Das Blut rann, kostbares, hellrotes Blut! Wenn es für ein paar Augenblicke still war, hörte man, hörte es mit Entsetzen, wie es durch den Strohsack unter dem Bettlaken in schnellem Rhythmus auf die Bohlen des Fußbodens tropfte. Ein schauerliches Geräusch für die beiden Männer, als sie erst begriffen, was es bedeutete.

Sie kam, die Nachwehe, stieß einen letzten Rest des Mutterkuchens aus. Danach sickerte kaum noch Blut aus der Scheide. Die Gebärmutter mußte sich endlich entleert und danach geschlossen haben.

»Es kommt kein Blut mehr, Roy! Du hast es geschafft, Roy!«

Die beiden Männer blickten sich zum ersten Mal in die Augen an diesem Abend, in dieser Nacht, über die Ecke des Bettes hinweg, zwei Brüder, die gemeinsam eine der schwersten und gefährlichsten Aufgaben gemeistert hatten.

»Ich werde sie waschen, Tom! Sie ist nicht bewußtlos, sondern nur völlig erschöpft. Dann betten wir sie in dein Bett hinüber, und du schaffst all dies blutige Zeug hinaus aus ihrer Bettlade. Danach müssen wir zusehen, in der Küche etwas für sie zu essen zu finden, eine Brühe vielleicht. Oder ich bereite einen Haferschleim, irgend etwas, das sie nicht belastet, sie aber ein bißchen stärkt.«

Im Hintergrund des Zimmers war das Kind erwacht. Ein dünnes Stimmchen quäkte aus dem Dunkel. Der bescheidene Laut schien Zauberkraft zu besitzen. Was die Stimmen der Männer nicht hatten bewirken können, dies kaum vernehmbare, klägliche Geräusch rief die Mutter ins volle Bewußtsein zurück. Eva versuchte sich aufzurichten. Sie flüsterte:

»Gib mir das Kind; ich will es sehen!«

Roy nahm das greinende Menschenbündel und legte es neben sie. Ergriffen berührte Eva die winzigen Händchen, den Mund, die Nase, die Augen. Es schien ihr, als ob sie nie etwas Schöneres gesehen hätte. Wieder blickten sich die beiden Männer mit den übernächtigten Gesichtern und den aufgekrempelten Hemdsärmeln über Kind und Mutter hinweg in die Augen: Sieh dir dies an, Tom – sieh dir dies an, Roy – Eva und ihr Kind – sie leben! Ja, in diesen stillen Sekunden waren sie wie Brüder, die sich in großer Not nicht im Stich gelassen und über Blut und Tod triumphiert hatten, der eine, indem er tätig geworden war, werden konnte, dank seiner besseren Kenntnisse, der andere, indem er zum Beistand bereit, aber zum Zuschauen verdammt gewesen war, der danebengestanden, seine echte oder angemaßte Überlegenheit vergessen und jeden Befehl ausgeführt hatte, der ihm zugeworfen worden war.

Das Kind war eingeschlafen, und Eva gab es sachte und vorsichtig wieder an Roy zurück, der das leichte Körperchen in den Korb zurücktrug und es behutsam hineinbettete.

Jetzt mußte Eva endlich gewaschen und in das Nebenbett gelegt werden. Als Roy sich vom Körbchen des Kindes wieder aufrichtete, sagte Tom unglücklich:

»Ich glaube, Roy, sie ist ohnmächtig geworden!«

Ihr Kopf ruhte halb zur Seite gewandt in den Kissen, erschreckend blaß, in einer Wolke verwirrten, schweißfeuchten Haars.

»Ja, aber sie atmet. Es war zuviel für sie! Sie wird wieder zu sich kommen. Ich wasche sie jetzt, so gut es geht – und dann heben wir sie in das frische Bett hinüber. Kannst du inzwischen in der Küche eine Hafersuppe zubereiten? Sie muß etwas zu sich nehmen, wenn sie wieder aufwacht.«

»Gewiß kann ich das!«

Endlich war er fort. Roy wusch der Bewußtlosen mit einem Lappen und kaltem Wasser das Gesicht ab, strich ihr das Haar aus der Stirn. Die Kühle des Wassers rief sie ins Bewußtsein zurück. Unter größter Anstrengung schlug sie die Augen auf und erblickte Roy, der damit beschäftigt war, den blutbeschmierten Unterleib und die Schenkel wenigstens oberflächlich zu reinigen. Selbst noch in diesen Augenblicken lähmender Kraftlosigkeit siegte das Gefühl der Scham über die Erschöpfung: Sie führte die Schenkel zusammen und hob, so weit sie konnte, mühsam den Kopf:

»Roy, du wäschst mich! Roy, daß du da bist –! Ich bin so froh!«

Des Mannes Herz bebte bei diesen kaum vernehmbaren Worten. Er streichelte ihre Hand, die langgliedrig und blaß an ihrer Seite lag. Er sprach zu ihr, wie man zu einem kranken Kinde spricht:

»Ja, Eva, es ist alles vorüber. Du hast es überstanden. Hier kommt Tom und bringt dir eine warme Suppe. Vielleicht kannst du etwas essen – und trinken auch. Du hast viel Flüssigkeit verloren.«

»Oh, Tom ist auch da! Das war schwer für dich, Tom, nicht wahr? Gewiß esse ich deine Suppe!«

Tom stützte sie und Roy gab ihr Löffel für Löffel die sämige warme Speise ein; sie schluckte tapfer, bis der Topf leer war.

»Jetzt heben wir dich in das andere Bett hinüber – und dann schläfst du, Eva, so lange du willst!«

Das war leichter gesagt als getan, aber sie half nach mit ihren schwachen Kräften; und schließlich lag sie umgebettet in frischer Wäsche unter sauberer Decke; sie streckte sich wohlig, flüsterte noch:

»Ich danke euch beiden! Ohne euch wäre es – –«

Sie beendete den Satz nicht, war schon eingeschlafen.

»Wir müssen hier noch Ordnung schaffen, Tom. Sie würde erschrecken, wenn sie in dieser Unordnung aufwachte.«

»Das laß mich nur machen, Roy! Ich bringe alles in Ordnung. Du hast genug getan heute. Und das nach dem langen Ritt von Burns Lake herüber, den du hinter dir hast. Du kennst dein früheres Zimmer. Eva hat es schon vor vierzehn Tagen hergerichtet, weil wir dich ja erwarteten, allerdings über den See im Kanu, nicht zu Pferd über die Berge.«

»Das erkläre ich dir später. Jetzt muß ich mich erst einmal waschen – und dann schlafen, schlafen! Ich bin ziemlich am Ende meines Lateins.«

Zwar begriff Tom durchaus nicht, was es mit dem »Latein« auf sich hatte. Aber daß Roy in der Tat am Ende seiner Kräfte angekommen war, das begriff er. Ihm selbst ging es nicht viel anders. Die Ängste und die Hilflosigkeit, die er mehr als vierundzwanzig Stunden lang hatte ertragen müssen, hatten auch ihn, den »Klotz«, den schweren Mann, der den Muskeln nach stärker war als alle Männer weit umher, ausgelaugt.

*

In den Tagen, die folgten, wurde es Roy allmählich klar, daß Eva sich in den vergangenen Wochen verrechnet haben mußte, was den voraussichtlichen Termin ihrer Niederkunft anbelangte; sie hatte ihn zu spät angesetzt. Also erschien auch ihre Mutter, begleitet von ihrem zweiten, schon erwachsenen Sohn Bill, zu spät am Taltapin auf »Evas Farm«. Zwei Tage nach der Geburt des Kindes ritt sie auf den Hof. Elke Deels war entsetzt, als sie vernahm, daß nur zwei Männer im Hause gewesen waren, als Evas »schwere Stunde« anbrach. Ihr erster Schreck wich wortreicher Begeisterung, als sie den Enkel in den Arm nehmen konnte. Sie entschied sofort, daß er auf den Namen Zacharias getauft werden mußte nach seinem Großvater – und niemand wagte zu widersprechen, nicht einmal Eva, die wohl gern einen anderen Namen ausgesucht hätte. Aber sie war zu schwach, um ihre Mutter zu einem weniger frommen Namen zu überreden. Roy wiederum entschied, Zacharias wäre zu lang für ein so kleines Geschöpf und kürzte ab auf die mittleren zwei Silben. Es gab keinen Einspruch, nicht einmal von der Großmutter. Das Knäblein hieß vom vierten Tage seines Lebens an Ari.

Evas Mutter verkündete sogleich, daß die Tochter zunächst das Bett hüten müßte. Auch den kleinen Ari zu stillen, ginge über ihre Kräfte.

Inzwischen aber war aus seinem heimatlichen Dorfe her der Indianer Jim wieder aufgetaucht und hatte, wie gebeten, sein dunkelhäutiges Weib mitgebracht. Anna hieß die breithüftige Frau nach der Schutzheiligen der Indianer, die ihnen von den guten Missionsvätern in Fort St. John zugewiesen worden war. Anna brachte – auf den Rücken gebunden – ihren letztgeborenen Sprößling mit, ein Knäblein ebenfalls, von schon vier Monaten. Anna, die schwarzhaarige, wortkarge Indianerfrau, hatte so viel Milch in ihren großen Brüsten, daß sie auch Drillinge hätte ernähren können. Der kleine Ari gedieh prächtig an der fremden Brust.

Denn Eva wollte – so schien es – nach dem großen Blutverlust, den sie erlitten hatte, nicht wieder so recht zu Kräften kommen.

Elke Deels also hatte im O'Sheaschen Hause die Zügel zu ergreifen und ergriff sie mit all der Energie, mit der sie auch im Lachstal Mann und Kinder in Ordnung hielt.

Die Männer, Tom und Roy, Ossip und Greg, Jim und Joe, sahen sich wieder auf ihre männlichen Aufgaben verwiesen.

Roy Danlay hatte nicht viel zu erklären: Er wäre nicht mit dem Kanu angereist, sondern mit der Bahn und dann zu Pferde, um möglichst schnell »Evas Farm« zu erreichen und möglichst frühzeitig mit der Arbeit zu beginnen, zu der er sich verpflichtet hatte.

27. KAPITEL

Etwa zehn Tage durfte Roy sich Zeit lassen auf »Evas Farm«, keinesfalls länger. Seine drei Helfer, Pat, Sascha und Hans – er hatte die drei tatsächlich in Prince George aufgetrieben – würden dann mit Sicherheit das gesamte geodätische Gerät in Fort St. James aufgenommen, Pferde, Proviant und Kanus beschafft und sich zu Wasser und am Ufer des Stuart entlang nach Nancut auf den Weg gemacht haben, wo der Bach gleichen Namens, der den Cunningham Lake entwässert, in den großen Stuart Lake eintritt und wo die uralte Tragestrecke beginnt, auf denen die Indianer und später die pelzhungrigen Abenteurer, allesamt Franko-Kanadier, ihre Kanus aus Birkenrinde von dem Einzugsgebiet des mächtigen Fraser River (über den Nechako) in das des ebenso mächtigen Skeena-Stroms (über den Babine) zu schaffen pflegten.

Vielleicht hatten seine Leute sogar schon die Gegend erreicht, in der McAllister im Jahr zuvor verunglückt war, hatten sein Kanu zum Babine getragen und paddelten nun am Südufer des Sees entlang, um ihn, Roy Danlay, der nun für viele Wochen der Boss sein würde, von der Einmündung des Taltapins in den Babine-See, unweit »Evas Farm«, abzuholen. Roy Danlay entschloß sich, bis zum zwölften Tage zu warten.

Daß Eva ihre früheren Pflichten bald wieder würde übernehmen können, erschien völlig ausgeschlossen. Ja, es wollte den Männern wie Mutter Deels so vorkommen, als ließen ihre Kräfte weiter nach. Vielleicht, versuchte Roy zu erklären, hätte ihr Wille, vor und während der Geburt nicht zu versagen, sie aufrechtgehalten. Nun aber war das Kind geboren, unter großen Schmerzen, und hatte dem mütterlichen Leibe viel Blut entzogen – mehr vielleicht, als der ohnehin geschwächte Körper zu ersetzen imstande war.

Mutter Deels und die Indianerin Anna umsorgten die Kranke Tag und Nacht. Die Indianerin redete so gut wie nichts; sie verstand nur wenige Worte Englisch. Aber sie war immer da, wann und wo sie gebraucht wurde. Insbesondere kümmerte sie sich um das Kind, umhütete es mit großer Sorgfalt, größerer vielleicht, als sie ihrem eigenen angedeihen ließ.

Thomas O'Shea war aus dem Schlafzimmer ausquartiert worden. Den von Evas Blut durchtränkten Strohsack hatte Tom verbrannt. Die in ihrer Mitte schwarzrötlich gefärbten Bretter in Evas Bettschragen und die Bodenbretter wechselte O'Shea ebenfalls aus; sie aber verbrannte er nicht; der Bauer in ihm brachte es nicht über sich, gute Bretter zu verbrennen, die, fleckig oder nicht, sicherlich noch irgendwann zu gebrauchen waren.

Man legte Eva wieder in ihr eigenes, nun fast neues Bett, während ihre Mutter sich auf der anderen Seite ihr Schlaflager bereitete, um auch des Nachts der Kranken jederzeit nahe zu sein. Thomas hatte sich mit dem Gastzimmer zu begnügen, in dem zehn Monate zuvor Dr. Allan McAllister untergebracht gewesen war und Roy seine Berechnungen angestellt hatte.

Die beiden Männer wohnten also nun Wand an Wand, hielten sich im großen Wohnraum im wesentlichen nur zu den Mahlzeiten auf und durften Eva ein- oder höchstens zweimal am Tag für eine Viertelstunde besuchen. Mutter Deels führte ein strenges Regiment. Daß ihr jemand nicht gehorchte – der Hausherr eingeschlossen –, war undenkbar. Mutter Deels verstand in keiner Weise, warum dem fremden und nach ihrer Meinung allzu städtischen Roy Danlay überhaupt der Zugang zu Eva gestattet wurde. Niemand hatte die tatkräftige Frau darüber aufgeklärt, daß es Roy Danley gewesen war, der als Geburtshelfer gerade noch rechtzeitig eingegriffen und wahrscheinlich Evas Leben gerettet hatte. Wie sich die Entbindung in Wahrheit abgespielt hatte, blieb ein Geheimnis, das von keinem der drei Beteiligten angetastet wurde. So blieb Mutter Deels bei jedem Besuch der Männer im Schlafzimmer stets gegenwärtig, damit der sogenannte Anstand gewahrt blieb. Da der Ehemann nichts gegen Roys Anwesenheit einzuwenden hatte, mußte schließlich auch Mutter Deels damit einverstanden sein – allerdings nur widerwillig, was zu verbergen sie sich keineswegs besondere Mühe gab.

Nur manchmal also und sehr verstohlen konnten Roy und Eva mit den Augen und den lautlos sich bewegenden Lippen miteinander Zwiesprache halten, wenn Roy für ein paar Minuten auf ihrem Bettrand Platz nahm. Stets wirtschaftete dann Mutter Deels im Hintergrund hörbar im Zimmer umher.

Das Körbchen mit dem Kinde hatte seinen festen Platz in einer Ecke des großen Wohnraums zugewiesen bekommen, und stand tagsüber auch draußen auf der Veranda in der frischen, warmen Luft. Die Indianerin, die ihr eigenes Kind so gut wie ständig auf dem Rücken mit sich herumschleppte, war niemals weit, schlief auch nachts auf einem provisorischen Lager mit ihrem Kinde neben dem Körbchen, in dem der kleine Ari untergebracht war und gelegentlich mit einem Stimmchen, das jeden Tag kräftiger wurde, der übrigen Welt seine Existenz zur Kenntnis brachte.

An einem dieser Tage trat Roy von der Küche her ins Wohnzimmer und erblickte Tom – in der Ecke, wo er sich über das Körbchen mit dem Kinde gebeugt hatte. Dabei verschränkte er seine beiden Hände über dem Rücken ineinander. Roy verhielt in der Küchentür, sagte kein Wort. Er wollte den Hausherrn in der Betrachtung des lebendigen Wesens, das er mit seinen großen Händen zu berühren sich nicht traute, durchaus nicht stören.

Tom richtete sich auf, blickte aber weiter auf das Söhnchen hinunter, völlig in dies Bild versunken. Er nahm nicht wahr, daß er von der Küchentür her beobachtet wurde.

Roy Danlay wurde plötzlich von einem wilden Wunsch angesprungen. Er mußte sich am Türrahmen festhalten, um ihm nicht nachzugeben, dem Wunsch, hinüberzurufen zu dem schweren Mann über dem Kinderkörbchen: Was stehst du da, Tom, und starrst! Mein Sohn ist es, der im Körbchen liegt, nicht der deine; ich könnte es dir beweisen. Du meinst, einen Erben produziert zu haben. Du irrst dich ungemein! Aber als wessen Sohn das Kind aufwachsen wird, das hast weder du noch ich zu entscheiden, sondern allein Eva! Auch mir steht es nicht zu, ihr vorzugreifen. Vielleicht, wenn sie gesund werden sollte und ihre alte Kraft wiedergewinnt – --

Ein tiefer Seufzer entrang sich seiner Brust, verriet seine Anwesenheit.

Tom drehte sich um und sah, daß er nicht allein war; er schien nicht überrascht oder gestört. Er winkte Roy vielmehr schweigend zu sich heran.

Roy tat ihm den Willen. Die beiden Männer standen vor dem schlafenden Kind. Zart rosig überhaucht ruhte es in seinem einfachen Bettchen zwischen weichen Tüchern. Die Hände hatte es zu zwei winzigen Fäustchen geballt; der kleine Mund stand ein wenig offen; über der Stirn lockte sich als heller Flaum das erste Haar; seine geschlossenen Augenlider zuckten zuweilen sachte. Leben, noch ahnungsloses Leben, in rührender Anmut, bot sich den Blicken dar.

Tom flüsterte:

»Ich glaube, er bekommt blondes Haar wie seine Mutter. Das ist gut. Ich bin mein Leben lang viel zu schwarz gewesen – und bin es leid. Roy, kannst du das verstehen? Wofür ich und dann Eva unser ganzes bisheriges Leben lang gearbeitet, worauf wir gewartet haben? O Roy, ich werde es dir nie vergessen, daß du es gewesen bist, der Eva geholfen hat, meinen Sohn zur Welt zu bringen, niemals!«

Thomas O'Shea war angesichts des schlafenden Kindes offenbar von einem jener seltenen Augenblicke im Dasein überrascht worden, in denen man meint, der Wahrheit von Angesicht zu Angesicht gegenüberzustehen. Roy spürte, daß der Mann an seiner Seite erfüllt war von übergroßem Glück, daß er bis ins tiefste verwandelt war. Und zugleich fühlte er sich wie gewürgt von dem Wissen, daß die Wahrheit anders aussah als das, was Tom so unumstößlich für wahr hielt. Ihm wurde siedend heiß: Ich muß weg von hier; auf die Dauer geht das nicht gut. Werde gesund, Eva, werde gesund, damit du uns beiden sagen kannst, was wir glauben sollen. Mühselig gab er Tom Antwort:

»Rede nicht darüber, Tom! Es hätte auch schiefgehen können. Ich verstand von der Sache nicht viel mehr als du. Wir haben Gott zu danken, daß wir keine Fehler gemacht haben, die verhängnisvoll hätten werden können.«

Aber Tom widersprach:

»Trotzdem, Roy, trotzdem! Du kamst nur so dazu, ganz zufällig und hast es trotzdem gewagt. Ohne dich hätte ich vielleicht jetzt keinen Sohn!«

»Oder keine Eva mehr, Tom!«

Roy wandte sich ab. Er brachte es nicht über sich, dies unsinnige Gespräch fortzusetzen, mochte Tom denken, was er wollte.

Roy Danlay fühlte sich in diesen Tagen uneins mit sich

selber. Er war beinahe ausschließlich auf Thomas O'Shea als Gesprächspartner angewiesen, wenn auch Ossip ihn wie einen alten, verehrten Freund begrüßt hatte, dem er sich zu Dank verpflichtet fühlte; hatte doch O'Shea ihn und seinen Kameraden Greg nicht gehenlassen; die beiden arbeiteten fleißig und zeigten sich viel zuverlässiger und anstelliger als die Indianer. Tom hatte seiner schwangeren Eva zur Verfügung zu stehen, mochte sich also nicht allzu lange und allzu weit von der Farm entfernen. Auf Ossip und Greg konnte er sich verlassen; sie versahen mit der Zeit die Farm – und auch die neue Mine im Gebirge – so geschickt, als wäre es ihre eigene.

Es ergab sich von selbst, daß Tom und Roy des Abends, wenn sie noch einmal bei Eva hineingesehen hatten, sich auf der Veranda oder vor ihren Zimmern trafen und redeten. Da die beiden Männer, so grundverschieden sie auch waren, durch die Sorge um Eva geeint wurden, da sie auch durch die Umstände aufeinander angewiesen waren, lernten sie sich erst jetzt gründlicher kennen und auch schätzen. Roy gewann Respekt vor dem Wildnispionier O'Shea, der sich gelegentlich verleiten ließ, von seinen Anfängen zu berichten. Mit wachsendem Erstaunen stellte Roy Danlay fest, wie eifrig Tom daran gearbeitet haben mußte, die Lücken in seiner so gut wie nicht vorhandenen Schulbildung, seinem allgemeinen Wissen auszugleichen – gewiß vor allem dort, wo ihn solche Mängel in seinem unablässigen Streben nach Gewinn und Besitz, mit einem Wort nach Aufstieg, behindert hatten. Roy erkannte, daß Tom O'Shea mit der gleichen wilden, keinen Rückschlag anerkennenden Tatkraft, mit welcher er allen praktischen Aufgaben zu Leibe rückte, auch seinen geistigen Hunger zu stillen unternommen hatte – und ihn weiter zu stillen sich bemühte. Roy hatte aus dem Bereich seiner Kenntnisse dem unermüdlich Fragenden manche Abendstunde lang Rede und Antwort zu stehen.

Was Roy darüber hinaus mit einer merkwürdigen Ergriffenheit und halb gegen seinen Willen zu spüren glaubte, war dies: Thomas O'Shea stellte zwar oberflächlich betrachtet einen Mann dar, der sich, koste es, was es wolle, unter schwierigsten und auch widrigsten Umständen durchgesetzt hatte. In weniger durchschaubaren Winkeln seines Wesens aber hatte er sich eine gewisse Naivität, verbunden mit sauberer Geradlinigkeit seines

Denkens und Fühlens, eine treuherzige Unbefangenheit in menschlichen Belangen bewahrt. Ein Mensch wie Roy Danlay, obgleich er seiner Herkunft und Schulung nach eher zu Skepsis und Ironie neigte, konnte sich bei näherer Bekanntschaft der Wirkung der Persönlichkeit Toms nicht entziehen.

Was Roy Danlay bis dahin nicht begriffen hatte, jetzt lernte er es zu verstehen: daß eine so besondere und instinktsichere Frau wie Eva diesem Manne in die Ehe gefolgt und ihn trotz fortdauernder Enttäuschung im intimsten Bereich treu und sogar zugetan geblieben war. Es ist keinem Menschen – wenn er nicht gerade abartig veranlagt ist – gegeben, und schon gar nicht einer Frau, sich einer beständig unter Einsatz eines ganzen Lebens angetragenen Liebe zu verweigern. Eva hatte es nicht vermocht und vermochte es selbst jetzt noch nicht, da sie das Kind eines anderen geboren hatte. Zusammenhänge solcher Art klärten sich langsam in diesen Tagen, an denen Roy in erzwungener Untätigkeit darauf wartete, von seinen Helfern Hans und Pat abgeholt zu werden.

Um so mehr aber litt er darunter, daß er ständig auf der Hut zu sein hatte und mit keinem Wort und keiner Gebärde verraten durfte, daß ihm Eva unendlich viel mehr bedeutete, als ihm nach Lage der Dinge und den Vorstellungen der übrigen Hausgenossen erlaubt war. Nicht eine Minute lang durfte er mit der leidenden Geliebten allein sein, durfte ihr sagen, wie sehr er die Tapferkeit, die sie bewiesen hatte, bewunderte, wie sehr er sie liebte, da sie nun mit großen Schmerzen und lähmender Schwäche dafür zahlte, sich ihm ergeben zu haben. Er hätte sie so gern heimlich gefragt, ob sie gleich ihm das halbmondförmige Muttermal am Leibe des Kindes wahrgenommen hatte, das Roys Vaterschaft bewies. Mutter Deels wachte mit grimmiger Entschlossenheit darüber, daß Evas Ruhe und Erholung nicht gestört wurden.

Fast wie erlöst fühlte sich Roy, als am zwölften Tag Hans und Pat auf dem Wasserweg mit dem Kanu auftauchten, um ihren Ersatzboss Roy abzuholen. Es war viel Zeit verloren. Roy hatte sich mit seinen zwei Männern sofort auf den Rückweg nach Ucausley 4 zu machen. Mutter Deels erlaubte ihm einen kurzen Abschiedsbesuch bei Eva.

»Ich hoffe, du kommst bald wieder zu Kräften, Eva. In drei,

vier Monaten bin ich wieder da. Bis dahin werde ich meine vertraglichen Verpflichtungen gegenüber meiner Behörde erfüllt haben. Danach verlangt Tom meine Mitarbeit. Dann bist du wieder ganz die alte, Eva, so Gott will!«

»Ja, so Gott will!« erwiderte Eva schwach lächelnd. »Ich werde mir Mühe geben, Roy. Und nochmals vielen Dank für deinen Beistand!«

Mehr miteinander zu sprechen, war ihnen nicht vergönnt. In der Tür stand Mutter Deels und hielt auch noch diese kargen Floskeln für überflüssig.

Roy gab Tom zum Abschied, einem plötzlichen Einfall folgend, zu bedenken:

»Tom, du solltest nicht vergessen, daß die neue Fundstelle oben im Gebirge außerhalb des Gebietes gelegen ist, das für euch als Eigentum eingetragen ist oder in dem du Schürfrechte hast registrieren lassen. Zum Beispiel könnten die Ukrainer, die sicherlich längst begriffen haben, was es mit der Wühlerei im Bachbett auf sich hat, hingehen und den Claim auf ihren Namen eintragen lassen, oder sonst jemand, ich selber etwa, Anspruch auf die Fundstelle erheben. Du mußt nach Prince George reisen, Tom, um dir den Claim zu sichern, auch um Evas und des kleinen Aris willen.«

Roy hatte es lachend vorgebracht, halb im Scherz und halb im Ernst. Tom wehrte ab:

»Unsinn, Roy! Die Ukrainer sind froh, daß sie regelmäßige Arbeit haben und wissen nichts von Claims und Minenregistern. Du selber willst sicherlich schneller Millionär werden als mit den fünf bis zehn Dollar am Tag, die da oben netto zu erzielen sind. Und ich gehe hier nicht weg, solange Eva nicht wieder auf den Beinen ist.«

Doch glaubte Roy daran, während das Kanu mit leisem Rauschen das klare Wasser des Babine Lake durchfurchte, daß er Tom ein wenig Furcht eingeflößt hätte: Tom ist ein vorsichtiger Mann, wenn es sich um Geld und Besitz handelt; meine Warnung wird früher oder später ihre Wirkung tun.

*

Im Laufe des Sommers dämmerte allen Beteiligten die Einsicht, daß Eva ihre frühere Kraft und Frische kaum je wiedergewinnen würde. Sie nahm zwar einen Teil ihrer alten Pflichten in Haus und Hof wieder auf, aber für die schwereren Arbeiten hatte Tom ihr Ossip beiordnen müssen, denn auch bei nur mäßiger Anstrengung ermattete sie schnell und fühlte sich unwohl. Doch seit das Schlimmste vorüber war, bestand sie darauf, ihr Söhnchen selbst zu nähren, überhaupt das kleine Wesen in ihre Obhut zu nehmen. Thomas O'Shea in seiner beinahe übergroßen Sorge, Mutter und Kind nicht zu gefährden, hatte den Indianer Jim überredet, seine Frau mit ihrem Kind nicht wieder in ihr Dorf zurückzuschicken – für den Fall, daß Eva weibliche Hilfe brauchte. Viel war da nicht zu überreden gewesen; Jim hatte gern eingewilligt.

Erst als Eva wieder wie die anderen frühmorgens aufstehen und auch am Kochherd stehen konnte, erlaubte sich Mutter Deels, ihren Aufenthalt am Taltapin zu beenden und sich von ihrem Sohn Karl ins Lachstal zu den Ihren abholen zu lassen. Bevor es jedoch so weit war, hatte sie sich eines Abends Tom auf die Seite genommen und ihm im Schatten des Verandadaches mit knappen Worten bedeutet, daß er bis auf weiteres an ehelichen Verkehr mit ihrer Tochter Eva nicht denken dürfte:

»Sie ist immer noch sehr schwach, Tom, ist irgendwie nicht wieder in Ordnung gekommen. Was es ist, Tom, ich weiß es nicht. Aber eins solltest du dir ständig vor Augen halten: eine zweite Schwangerschaft würde Eva in absehbarer Zukunft nicht überstehen. Ihr Leben aufs Spiel setzen, das willst du doch wohl nicht?«

Es fiel Tom schwer, diese unmißverständliche Drohung zu beantworten. Mißlaunig murrte er schließlich:

»Wozu du mir das sagst, Mutter? Das ist doch selbstverständlich. Ich werde mich danach richten.«

Aber Mutter Deels glaubte durchaus nicht, daß ihre strenge Warnung überflüssig gewesen war. Nachdem sie Haus und Hof nach bestem Wissen und Können in Schuß gebracht und wieder der Tochter überantwortet hatte, reiste sie gegen Ende Juli ab. Im Grunde waren Tom und Eva, die Ukrainer und selbst die Indianer erleichtert, daß die Wochen des strengen Regiments unter der allgegenwärtigen Fuchtel von Mutter Deels endlich der Vergangenheit angehörten.

Roy Danlay hatte es einzurichten gewußt, in jedem Monat einmal »Evas Farm« wenigstens für einige Stunden am Wochenende zu besuchen, um, wie er Tom erklärte, die Einzelheiten der partnerschaftlichen Zusammenarbeit in der zweiten Hälfte des Jahres zu besprechen und die Vorbereitung zu planen. Außerdem, natürlich, läge ihm daran zu erfahren, ob und welche Fortschritte der kleine Ari und Evas Gesundheit in der Zwischenzeit gemacht hätten. So vorsichtig stellte er seine Fragen und so zurückhaltend, daß Tom, der seiner Eva von jeher und jetzt als Mutter seines Sohnes bis auf den Grund seines Wesens sicher war, nichts anderes annehmen konnte, als daß da ein Freund sich mehr oder weniger unverbindlich nach dem Wohl der Familie erkundigte.

In Wahrheit war es qualvoll – für Roy nicht minder als für Eva –, daß sie kein vertrauliches Wort miteinander tauschen konnten. Sie saßen sich bei Tisch gegenüber, zur Rechten und zur Linken des Hausherrn, der am Kopfende präsidierte und in der Unterhaltung Roy mit Beschlag belegte. Selten genug durften wenigstens ihre Augen einander begegnen. Aber das verstärkte nur noch die brennende Sehnsucht. Stets schon am frühen Nachmittag mahnten dann Hans oder Pat, die Roy nicht allein reisen ließen, zum Aufbruch, denn zum Stuart Lake waren stets eine weite Kanufahrt und ein noch längerer Ritt zu bewältigen.

Roy versäumte nicht, Thomas stets von neuem daran zu erinnern, daß der Anspruch auf die Fundstelle in den Bergen eingetragen werden müßte. Tom schob diese allmählich auch von ihm nicht mehr bestrittene Notwendigkeit vor sich her: Eva war ihm noch nicht sicher genug auf den Beinen, als daß er sie für die längere Zeit, welche die Reise nach Prince George beanspruchen würde, auf der Farm allein lassen wollte.

*

Der Sommer ging hin, ohne daß die Menschen auf »Evas Farm« groß Notiz davon nahmen, lebten sie doch alle wie in einem Schwebezustand, der etwas Endgültiges nicht sein konnte. Tom wartete darauf, daß Eva zu Kräften käme und ihm erlaubt wäre, seinen Platz im ehelichen Schlafzimmer wieder einzunehmen. Statt dessen hatte Eva darauf bestanden, daß der kleine Zacharias, genannt Ari, neben ihr auf Toms Bett schlafen müßte; so konnte sie ihm ständig nahe sein des Nachts, brauchte nicht aufzustehen, wenn er schrie oder sonst der Mutter bedurfte; sie hatte das Kind stets in Reichweite. Thomas hatte einzusehen, daß ein so kleines Kind ständig betreut und daß es Eva so leicht wie möglich gemacht werden mußte, diese Aufgabe zu erfüllen. Tom hatte also vorderhand das Gastzimmer weiter als Nachtquartier hingenommen.

Tom wartete auch auf Roy Danlay. Hatte Danlay nicht zugesagt, etwa ab August mit ihm die Gegend systematisch auf Mineralvorkommen abzusuchen? Der Gedanke, nun habe ich Frau und Kind, und ich muß ihnen an Besitz und Vermögen hinterlassen, soviel sich diesem Lande nur irgend abgewinnen läßt, trieb den schweren Mann an – von Woche zu Woche heftiger, ließ ihm keine Ruhe.

Aber Roy Danlay hatte sich offensichtlich verrechnet. Der Vermessungsauftrag, den ursprünglich Dr. McAllister übernommen hatte und den Danlay nun zu Ende führen sollte, erwies sich auf seinem letzten Abschnitt schwieriger und zeitraubender, als vorauszusehen gewesen war.

Roy Danlay hat – so kalkulierte Tom – wahrscheinlich versäumt zu berücksichtigen, daß er die wissenschaftliche Arbeit jetzt allein, ohne den erfahrenen McAllister, verrichten muß, daß er sein eigener Assistent zu sein hat und die gesamte Verantwortung trägt: nicht nur für die gründliche Aufnahme des wilden Landes, sondern auch für die Leistung und das Ergehen der drei Mitarbeiter, der Pferde, für die Pflege der Geräte und des Gepäcks. Und obendrein erlaubt er sich jedes dritte oder vierte Wochenende den weiten Ausflug zu uns hier auf die Farm, anstatt durchzuarbeiten und zuzusehen, daß er endlich fertig wird. Womöglich kommen wir in diesem Jahr gar nicht mehr dazu, gemeinsam unterwegs zu sein. Immerhin scheint sein Interesse an unserem Plan nicht erloschen zu sein – sonst würde er uns hier nicht immer wieder besuchen. Ich warte also weiter.

Auch Eva wartete: von Woche zu Woche, von Monat zu Monat, ohne daß sie genau hätte angeben können, worauf sie wartete. Ewig konnte sie das Kind nicht bei sich schlafen lassen und ihren angegriffenen Gesundheitszustand vorschützen. Sie merkte, daß sie langsam wieder kräftiger wurde, hütete sich aber, dies Tom einzugestehen. Die Hinfälligkeit war ihr ein Schutz – Schutz wovor, oder wofür?

Die Indianer spürten die sonderbare Unruhe, von welcher der Boss und seine Frau beherrscht wurden; sie zeigten sich nicht so willig wie sonst, waren mit der Frau nicht einverstanden. Frauen müssen von Zeit zu Zeit hart behandelt werden, sonst glauben sie, sie hätten das Heft in der Hand, und das nimmt kein gutes Ende. Der Boss hätte also nach Jims und Joes Meinung eben den Boss herauskehren müssen, und das tat er nicht. Es machte keinen Spaß mehr, einem solchen Boss zu gehorchen.

Den Ukrainern blieb der eigenartige Schwebezustand, in den das Verhältnis der beiden maßgebenden Menschen auf der Farm geglitten war, ebenfalls auf die Dauer nicht verborgen. Sie sprachen unter sich oft darüber, verrieten aber nach außen hin mit keinem Wort, daß auch sie sich längst in das Geschehen auf der Farm verwoben fühlten.

»Was das soll – !« meinte Greg wohl, »läßt ihren Mann immer noch im Gastzimmer schlafen. Wenn das Kind über Nacht brüllt, kann sie es ins Wohnzimmer stellen. Aber den Mann so lange auszusperren, das ist nicht richtig.«

Ossip ergriff stets Evas Partei:

»Was weißt du schon – ! Die Frau hätte einen feineren Mann verdient. Außerdem ist sie noch schwach. Das sehe ich jeden Tag.«

»Feineren Mann – bah! Der Boss hat was aufzuweisen und bringt sich um, wenn es um die Frau geht. Ich bleibe dabei: Die Frau benimmt sich nicht so, wie das einem Mann wie dem Boss zusteht.«

Die beiden jungen Kerle hatten Partei ergriffen; sie empfanden dunkel, daß dies sie früher oder später entzweien würde, aber sie gaben sich keine Mühe, solcher Entwicklung zuvorzukommen.

*

Den ganzen September über hatte Roy Danlay nichts von sich hören lassen. Mitte Oktober erst tauchte er wieder auf, mager und hohläugig. Kurz vor dem Mittagessen war er auf dem Vorplatz von seinem schweißnassen Pferd gesprungen. Er wurde sofort zu Tisch geladen. Er zögerte nicht, Bescheid zu geben – worauf die O'Sheas ebenso warteten wie Greg und Ossip.

»Endlich ist es soweit. Wir haben geschuftet wie die Irren. Ich hätte nicht gedacht, daß sich am Schluß so viele unvorhergesehene Pannen und auch echte Probleme ergeben würden. Aber jetzt bin ich in spätestens drei Wochen fertig und finde mich mit Sack und Pack hier ein. Wenn wir ein bißchen Glück mit dem Wetter haben, Tom, werden wir noch für sechs Wochen im Gelände unterwegs sein können und vielleicht einiges zustande bringen.«

»Das läßt sich hören, Roy. Falls mich die Vorzeichen nicht täuschen, sollte der kommende Winter anders ausfallen als der vergangene. Es deutet nichts auf frühen Schnee. Wir haben schon jetzt klare, ruhige Nord- und Nordwestluft; es könnte also bald kalt werden, sehr kalt und ohne Schnee; der wäre dann erst im Januar zu erwarten. So lange hätten wir freie Bahn. Mit der Kälte wird man fertig. Der Schnee ist immer das Hindernis.«

Eva wollte wissen:

»Wen wollt ihr mitnehmen für unterwegs – und wer bleibt hier?«

Tom brauchte nicht lange zu überlegen:

»Ossip und Joe bleiben auf der Farm, auch Jims Frau, damit du Hilfe hast, Eva. Greg und Jim kommen mit uns. Das hat sich schon voriges Jahr bewährt. Vorher muß ich noch nach Prince George reisen, um den Claim am oberen Bach eintragen zu lassen. Vielleicht bringe ich gleich ein paar Formulare mit, in die wir dann nur noch die Lagebezeichnung einzutragen brauchen, falls Roy und ich irgendwo fündig werden sollten. Dann kriegt das Ganze gleich den richtigen Schick. In drei Wochen, Roy, bin ich mit Sicherheit wieder hier und treffe dich. Eva wird darauf achten, daß die nötigen Vorbereitungen für uns getroffen werden; wir können dann ohne Aufenthalt abmarschieren.«

Roy fing einen Blick Evas auf, während Tom seine Anweisungen von sich gab. Es war, als wollte sie ihn etwas fragen, oder ihn zu etwas auffordern; er wußte ihre stumme Bitte nicht zu deuten. Er sagte sich: Unbedingt muß ich sie diesmal für eine Minute ohne Zeugen sprechen! Aber die Gelegenheit dazu ergab sich nicht.

Doch als er seinen Überrock anzog, um abzureiten, merkte er, daß in der Seitentasche Papier knisterte. Sofort blitzte in ihm die Hoffnung auf: eine Nachricht! Sie kann nur von Eva stammen. Auch sie hat mich sprechen wollen, und es hat sich ihr ebensowenig eine Gelegenheit dazu geboten wie mir.

Als er den Waldrand erreicht hatte, fiel auf dem steinig werdenden Pfad das Pferd von selbst in Schritt. Er knüpfte die Zügel um den Sattelknopf, zog schließlich das Papier hervor und las:

»Komme nicht erst in drei Wochen wieder, sondern, wenn es irgend möglich ist, schon in zwei, im Kanu und allein! Lande nicht an unserem Bootssteg. Verbirg Dein Kanu westwärts davon am Ufer. Nähere Dich dem Haus erst bei Dunkelheit und so, daß Du nicht bemerkt wirst. Vergewissere Dich, daß ich allein im Hause bin und mache Dich dann erst an der Küchentür bemerkbar. Wenn ich nicht allein bin, so bleibe im Wald. Ich werde auf Dich warten. Eva.«

Sie hatte viel entschiedener vorausgedacht als er selber. Das Pferd, das er unter dem Sattel hatte, trottete dahin wie es wollte; der Reiter hatte den Kontakt mit ihm verloren. Roy überlegte: Die Nachricht, daß meine Arbeit vor dem Abschluß steht, ist für sie das Signal gewesen. Lange schon wird sie ihre und meine – und Toms – Zukunft im stillen erwogen haben. Jetzt ist der Funke übergesprungen und hat gezündet. Sie hat sich entschlossen, auch vor der letzten Konsequenz nicht mehr zurückzuschrecken.

Bin ich gleichen Sinnes, fragte er sich. Geistesabwesend hockte er im Sattel und merkte nicht, wie gelangweilt sein Pferd den schlecht erkennbaren Pfad dahintrödelte. Ja, sie blickt weiter voraus, als ich es bisher gewagt habe, sie hat mehr Zeit dazu gehabt. Und ich? Ich verlange nach ihr stärker noch als früher! Sie gebar unser Kind. Längst wird sie das kleine Muttermal erkannt haben, genau dort, wo es auch bei mir sitzt. Die Nacht damals, als der Mond ins Zimmer schien und uns sein blasses Licht spendete, entdeckte sie das Zeichen an meinem Körper, strich mit dem Finger darüber und scherzte:

»Halbmond am Himmel, Halbmond auf deiner Haut, macht zusammen einen ganzen, Roy, und rundherum glücklich bin ich auch!«

Eva hatte diese Worte gewiß nicht vergessen! Ihren Mut hatte er nie bezweifelt. Sie bewies ihn auch jetzt. Sie wollte den Absprung wagen in ein neues Leben, von dem sie noch keine Vorstellung haben konnte, es sei denn allein die, daß Roy bei ihr sein würde, für immer.

Er richtete sich kerzengerade auf. Eva, du irrst dich nicht! Ich werde nicht versagen. Zum ersten Mal in meinem Leben werde ich mit Haut und Haaren gefordert und habe zu beweisen, daß ich echt bin. Gut, Eva, du kannst dich auf mich verlassen.

Er trieb nun sein Pferd. Eine Woche früher hatte er fertig zu werden; es war keine Zeit zu verlieren:

Und wenn wir Tag und Nacht arbeiten müssen – in zwei Wochen werde ich frei sein und schicke die Leute mit dem Gerät und den Papieren nach Vanderhoof an die Bahn.

28. KAPITEL

Er wartete östlich des Bootsstegs von »Evas Farm« hinter einem mit Büschen bewachsenen Ufervorsprung, bis es so dunkel geworden war, daß er von niemandem gesehen werden konnte. Dann erst paddelte er sachte am Ufer westwärts weiter, wich dem Bootssteg aus und fand im blassen Schein der Sterne, dort, wo der Wald sich wieder ans Flußufer vorschob, eine enge Bucht, in welcher sich der Vordersteven des Kanus auf den Sand heben ließ. Die Halteleine legte er um den Fuß einer kräftigen Kiefer. Das Boot war gesichert, auch durch eine Krümmung des Ufers davor geschützt, von der freien Fläche des Flusses her entdeckt zu werden, wenn man nicht mit Absicht danach suchte.

Es schien ihm noch zu früh zu sein, sich dem Wohnhaus von »Evas Farm« zu nähern. Tom war sicherlich längst nach Prince George abgereist. Aber die Ukrainer in ihrem Schuppen hinter der Hauskoppel für die Pferde, die Indianer am Waldrand in ihren zwei Zelten, sie mußten erst aus dem Wege sein und das Licht in ihren Behausungen gelöscht haben, ehe er versuchen durfte, Eva wissen zu lassen, daß er tatsächlich an dem von ihr gewünschten Tag heimlich eingetroffen war. Er ruhte sich ein Weilchen am Ufer aus und streckte sich schließlich in den weichen Sand.

Klug hatte sie alle Möglichkeiten bedacht: Der beste Weg nach Burns Lake zur Station war ihnen verwehrt, wenn sie fliehen wollten. Dort konnten sie dem heimkehrenden Tom in die Arme laufen; die Straße führte außerdem vor Burns Lake an einigen Farmen vorbei, von denen aus jeder Wagen oder Reiter beobachtet werden konnte. Auch in der Ortschaft selbst oder auf dem Bahnhof hätte man sie erkannt. Daß Eva das Kind bei sich behalten wollte, war für Roy selbstverständlich. Eva hätte es sich nach Indianerart auf den Rücken binden müssen für den eiligen Ritt. Im Kanu waren Mutter und Kind leichter vom Fleck zu bringen. Ob Eva würde rudern können –? Roy bezweifelte es. Sie muß das Kind warm halten. Mit mir allein am Paddel werden wir nur langsam vorankommen – wohin? Sie hat auch das bedacht: den Babine-See westwärts und dann den Babine River abwärts bis zum Skeena, auf dem wir dann bei Hazelton wieder auf die Eisenbahn stoßen. Wenn wir uns dort noch nicht sicher fühlen, könnten wir das Boot weiter benutzen, falls uns bis dahin nichts zugestoßen ist – und das Wetter uns keinen Strich durch die Rechnung macht. Es ist schon elend kalt – auch hier; ich kann nicht hier liegen bleiben, fange an zu frieren. Und den Babine River abwärts – das bringt uns noch viel weiter nach Norden – und es ist schon spät im Jahr. Aber sie will es so, und ich bin an ihrer Seite. Sie kennt die Wildnis von Kindesbeinen an. Aber einen zweiten Ruderer, den müßten wir haben, wir kommen sonst nicht vom Fleck. So, jetzt ist es dunkel genug. Ich will's versuchen. Die Hunde wird sie ins Haus genommen haben; sie vergißt nichts.

In weitem Bogen am Waldrand entlang tappte er landein. Schwarz lag die Farm in der Mitte der Rodung. In diesen Schatten war ein kleines gelbliches Viereck von mattem Licht gezeichnet, gedämpft nur, ohne zu strahlen. Dies erhellte Fenster konnte, wie Roy begriff, weder von den Zelten der Indianer noch von der Hütte der Ukrainer her gesehen werden, hatte sie auch das bedacht?

Er näherte sich dem erleuchteten Fenster von der Seite her, stand still und lauschte.

Man mochte meinen, es wäre so verabredet: Das Fenster erhellte sich plötzlich; der Vorhang im Innern wurde beiseite geschoben; ein leises, nur angedeutetes Knarren verriet, daß der bewegliche Teil des Fensters hochgeschoben wurde. Der Schattenriß einer weiblichen Gestalt zeichnete sich ab. Roy klaubte ein wenig Sand vom Boden und warf die Körnchen in die Richtung des Fensters, wo sie auf die Hauswand trafen, leise knisternd. Eine unterdrückte Stimme vom Fenster her:

»Du bist es, Roy? Ich öffne die Küchentür.«

»Ja, Eva!«

Er schlich lautlos ums Haus. Die Küchentür stand schon offen und schloß sich sogleich, nachdem er über die Schwelle getreten war. Der Schatten flüsterte:

»Du bist gekommen. Ich wußte, daß du kommen würdest. Oh, Roy, bring mich fort! Hier kann ich nicht länger bleiben!«

Sie fanden sich im Dunkel und schlossen sich in die Arme, spürten endlich des andern Nähe, nachdem sie sich so lange Zeit hatten entbehren müssen.

Doch waren Spannung und Furcht zu groß, als daß die zwei Menschen sich lange vergessen konnten. Sie lösten sich voneinander; er wollte wissen:

»Du hast mich um diese Zeit erwartet?«

»Ja, an diesem Abend bei voller Dunkelheit. Und als der Hund den Kopf hob aus dem Schlaf und anschlagen wollte, wußte ich, daß du da warst. Ich habe ihm die Hand auf den Kopf gelegt und ihn beruhigt; er verstand mich sofort, er kennt dich ja auch.«

»Daß ich zur angegebenen Zeit hier eintreffen mußte, war mir klar, als ich deinen Brief in meiner Rocktasche fand. Was hast du vor? Sicherlich haben wir keine Zeit zu verlieren.«

Sie flüsterte zurück, und er spürte sogleich, daß sie lange überlegt haben mußte. Ihr war also eindringlicher noch als ihm bewußt, daß keine Minute vertan werden durfte:

»Ich bin gesundheitlich wieder einigermaßen in Ordnung, Roy. So kräftig, wie ich früher war, werde ich nie mehr sein; aber es genügt, wie es ist. Das Kind kann ich nicht länger im Schlafzimmer behalten. Ari entwickelt sich prächtig und schläft meist schon die Nächte durch, auch heute. Lange könnte ich Tom nicht mehr abweisen. Roy, ich habe versucht, mich an den Gedanken zu gewöhnen, zweier Männer Frau zu sein. Aber das geht nicht. Tom würde dich erschlagen müssen, früher oder später. Er will nicht nur das Kind; er will mich mit dem Kind. Also müssen wir heimlich fort und dürfen keine Spur hinterlassen. Uns bleibt nur das Boot den Babine abwärts. Er weiß ja nicht, daß du mit dem Kanu gekommen bist. Wir werden die Pferde in den Wald treiben, ich habe sie schon in der Hauskoppel; vielleicht folgt er der falschen Spur. Denn er wird alles versuchen, mir zu folgen. Wenn wir erst auf dem Skeena sind, Roy, dann sind wir sicher. Küstenwärts von Burns Lake aus kennt uns keiner. Von Prince Rupert aus ein Schiff nach Süden, in die Staaten! In Seattle oder in Prince Rupert findet uns niemand wieder.«

Sie hatte die Flucht hundertmal überlegt, hatte sich so intensiv mit ihr beschäftigt, daß sie ihr bereits wie gelungen erschien. Es gab kein Zurück mehr. Da stand er nun, Roy Danlay, in der dunklen Küche, spürte, wie der Hund ihm um die Beine strich, ihn beschnüffelte und sich wieder hinter den Herd verzog. Nach Evas Worten herrschte Stille. Es war eine angespannte, fieberhafte Stille. Der Ablauf des Geschehens hatte ihn unwiderruflich erfaßt; schon wurde er mit fortgerissen. Einen letzten, matten Einwand versuchte Roy:

»Ein Kanu ist von einem einzigen Ruderer nicht schnell vorwärts zu bringen. Du mußt dich um das Kind kümmern, Eva, bist auch noch nicht stark genug für lange Ruderarbeit. Sollten wir nicht doch versuchen, die Eisenbahn zu erreichen?«

Sehr bestimmt, fast ungeduldig kam die Antwort:

»Nein, die Gefahr ist zu groß, daß wir gesehen werden und Tom in die Arme laufen. Aber ich habe daran gedacht, daß wir einen zweiten Ruderer brauchen. Tom hat ja Ossip zu meiner

Hilfe in Haus und Hof abgestellt. Ich habe ihn langsam ins Vertrauen gezogen mit Bemerkungen, daß ich mich vor Tom fürchte, daß du dich auch vor Tom fürchtest; also müßte er mutig sein. Er hat nichts zu verlieren und fühlt sich aufgerufen, mir aus diesem Gefängnis herauszuhelfen, mir und dem Kinde; er ist vernarrt in das Kind. Er schläft seit Toms Abreise vor zwei Tagen hier im Haus. Darum hatte ich Tom gebeten, damit ich nicht allein im Hause bin. Ich habe alles vorbereitet. Wir brauchen Proviant und warme Kleider. Wo liegst du mit deinem Boot? Wir müssen noch heute nacht fort. Wir brauchen so viel Vorsprung wie möglich. Vielleicht kommt Tom doch darauf, daß wir zu Wasser geflohen sind. Ich wecke jetzt Ossip, wenn er nicht schon wach und noch angezogen ist. Du brauchst uns nur den Weg zum Boot zu zeigen. Alles andere liegt im Schlafzimmer bereit. Ich reiche es durchs Fenster hinaus. Wir werden es auf einmal nicht schaffen. Du wirst mit Ossip zweimal vom Haus zum Boot gehen müssen. Ich komme zuletzt mit dem Kind. Ich habe damit gerechnet, daß du Zelt und Lagersachen mitbringst.«

»Das habe ich getan. Es wäre gut, wenn wir vor Mitternacht schon weit weg wären, denn dann geht der Mond auf, und man könnte das Boot vom Land her erkennen. Hier im Haus muß alles Licht gelöscht werden. Es darf nichts vergessen werden, was wir unterwegs oder später nicht entbehren können.«

»Das wird nicht geschehen, Roy. Es ist alles zu Bündeln verpackt, und ich habe die Bündel gezählt.«

Nein, eine Umkehr war nicht mehr möglich – und Roy wußte es.

*

Nach menschlichem Ermessen hatten sie keine Spuren hinterlassen. Als das Boot mit Eva, dem Kinde und Ossip an Bord schon schwamm, hatte Roy den etwas zertretenen Landeplatz mit einigen Fichtenzweigen, sich rückwärts bewegend, so gut wie möglich glatt gefegt, blieb sich aber nicht darüber im unklaren, daß auch die Fegestriche einem wirklich aufmerksamen Späher nicht entgehen würden, wenn er das Ufer absuchte; vom Wasser her aber würden sie wahrscheinlich nicht auffallen.

Er trat zuletzt ins Wasser zurück, um auch noch die eigenen Fußspuren im Sande auszulöschen. Von dort aus stieg er erst ins Boot und brachte es dabei so heftig zum Schwanken, daß Eva einen leisen Schrei des Schreckens ausstieß.

Endlich glitten sie mit einigen Paddelschlägen auf das Wasser der Bucht und wenig später hinaus auf den See, einen schwarzen Spiegel, den in dieser Nacht kein Windhauch trübte – als hielte die klare und von aberhundert Sternen durchfunkelte Nacht den Atem an, ob das winzige Kanu auf dem dunklen Wasser auch wirklich davonkäme.

Eva lehnte in der Mitte des Bootes mit dem Kind im Arm auf einem den Bootsboden abschirmenden Bärenfell, in wollene Decken gewickelt. Ossip ruderte im Vorderteil des Kanus, Roy am hinteren Ende, wo sich besser steuern ließ. Ossip verstand nicht viel davon, wie solch ein Boot zu bewegen war, aber er gab sich Mühe und mit der Zeit würde er's schon lernen.

Es war kein überflüssiges Wort gesprochen worden, seit sie begonnen hatten, das Gepäck aus dem verdunkelten Haus fortzuschaffen – und auch diese wenigen Worte waren von allen dreien nur geflüstert worden, als könnte in jedem Schatten ein Lauscher verborgen sein – und an Schatten war kein Mangel.

Roy im Heck des Bootes hatte seinen Rudertakt dem des ungeübten Paddlers im vorderen Teil anzupassen. Mehr als einmal hatte er gedämpft nach vorn gerufen:

»Immer gleichmäßig das Paddel durchs Wasser ziehen, Ossip, immer im Takt bleiben – und das Blatt nicht zu tief eintauchen!«

Vielleicht hatte es ein wenig zu hart geklungen; deshalb fügte Eva nach einer Weile hinzu:

»So ist es richtig, Ossip. Ruhig und im Takt. In einer Stunde suchen wir uns einen Lagerplatz!«

Aus der einen Stunde wurden zwei. Roy wollte noch bei Nacht einen gehörigen Abstand legen zwischen die Farm und ihr Kanu. Zudem war ein abnehmender Mond aufgegangen, der sanftes Licht auf die vier Menschen in dem kleinen Fahrzeug auf dem sich scheinbar ins Unermeßliche nach Westen dehnenden Gewässer sandte. Das Gestirn der Nacht legte hinter ihnen eine schmale Silberbahn auf das schwarze Wasser, hellte ein wenig die tief in ihren kalten Schlaf versunkene Welt auf.

Der Wald am Südufer des Babine-Sees zeichnete sich mit den gezackten Konturen seiner Fichten ab; am Nordufer fern, den Fahrenden gegenüber auf der anderen Seite, bildeten die hohen Hügel und Berge des Hinterlandes schwarze schmale Schattenrisse. Kein Laut war zu hören, kein Zeichen von Leben zu sehen über der wie polierten dunklen Fläche des Sees – nur das leise Plätschern der Bugwelle und der rieselnde Laut der Tropfen, die von den Paddeln sprühten, wenn sie durch die Luft nach vorn geschwungen wurden, lautlos wieder eintauchten und das Boot weiter über die glatte Fläche stemmten.

Eva gab Roy leise Bescheid:

»Silver Island liegt hinter uns. Wenn das Ufer von West nach Nordwest abdreht, Roy, dann kommt die kleine Siedlung Babine Lake und danach mit vier Gehöften die doppelt so große Pendletonbay, und dann kommt gar nichts mehr, soviel ich weiß, bis West Landing und ganz am Ende des Sees im Norden, wo der Fluß austritt, das Bulkley-Haus. Aber West Landing erreichen wir heute nacht nicht mehr.«

»Gut, Eva. Dann gehen wir also hinter Pendletonbay an Land, stellen das Zelt auf und schlafen ein paar Stunden. Ich habe es nötig. Ich bin seit dem gestrigen Tagesanbruch ständig in Bewegung. Wir müssen alle drei mit unseren Kräften haushalten, wissen nicht, was uns noch bevorsteht.«

»Das Wetter ist ruhig und wird so bleiben, meinte Jim, der Indianer; er hat eigentlich nie Falsches vorausgesagt. Es würde früh sehr kalt werden und frieren, ohne Schnee, womit dann gleich der hohe Winter seinen Anfang nähme, sehr früh und sehr kalt. Ich glaube, es ist jetzt schon dicht am Gefrierpunkt. Das könnte uns höchstens zu schaffen machen, solange wir noch dem Seeufer folgen müssen. In ein oder zwei Tagen, wenn wir erst in den Fluß eingefahren sind, dann wird uns stilles Frostwetter nur willkommen sein, die Strömung hält den Fluß noch lange offen, selbst wenn der See längst zugefroren ist.«

Roy spürte es an seinen Händen und Füßen: obgleich er sich unermüdlich bewegte, fror er. Er gab lange keine Antwort; es hatte wenig Sinn, Eva vor der Zeit zu beunruhigen. Er hatte die Karte mit einiger Genauigkeit im Kopf. Selbst wenn er und Ossip alle Kräfte hergaben, so war dennoch mit mindestens zwei Rudertagen, wenn nicht zweieinhalb, bis zum Ausgang des Sees und dem Beginn des Flußlaufs zu rechnen. Es stimmte zwar, was Eva sagte: im Babine River würde das Fahrwasser noch eine ganze Weile offenbleiben, selbst wenn der See schon zufrieren sollte; aber würde ihr Boot die hilfreiche Strömung des Flusses noch rechtzeitig erreichen, wenn die Nächte so still und kalt blieben wie diese erste ihrer Flucht? Ihre Route hatte sich schon, wie ihm der unverwandt an seinen Achspunkt gebannte Polarstern verriet, nach Nordwesten gewandt und würde schließlich klarem Nordkurs folgen müssen, tieferer Kälte entgegen. Doch war es müßig, sich jetzt schon zu ängstigen. Es mußte gerudert werden, bis die Schultern schmerzten, der Rücken knackte und die Finger kaum noch gerade zu strecken waren – nur Blasen in den Händen durfte es nicht geben.

Eva raunte, selbst für Roy kaum noch vernehmbar:

»Ob Tom darauf kommt, daß wir zu Wasser geflohen sind? Ich glaube nicht, daß er dir je im Ernst mißtraut hat, Roy. Du warst ihm im Grunde viel zu fern, als daß er dich mit mir in Verbindung gebracht hätte. Mich zu besitzen, ist ihm selbstverständlich; er betrachtet mich als einen Teil seiner Selbst. Du kamst aus einer anderen Welt, von der es keine Brücke zu der unseren gab. Er wird also annehmen, daß ich mit Ossip geflohen bin. Ich und Ossip kennen nur den Weg zur Bahn. Unser Kanu findet er am alten Platz. Was wird er tun? Wird er sich sofort nach Burns Lake zurück auf den Weg machen, um unterwegs oder auf der Station zu erforschen, ob man uns gesehen hat? Oder wird er bis zum Ende der Woche warten, bis du eintriffst nach der ursprünglichen Verabredung, um dich um Unterstützung zu bitten? Und wenn du nicht auftauchst, wird er dann kombinieren, was sich tatsächlich ereignet hat – ?«

Viele Fragen und keine zuverlässige Antwort! Roy sagte sich: Sie mag nicht auf einer höheren Schule gewesen sein, aber ihr Verstand ist hell wie Glas. Was Tom vielleicht – oder hoffentlich! – nicht kann, nämlich folgerichtig kombinieren, sie kann es! Sie wird mir noch manche Überraschung bescheren, aber sie werden alle angenehm sein. Ja, ich sage ja, zu dieser wahnwitzigen Flucht vor dem Einfall des Winters. Dem »Klotz« durfte ich sie nicht nochmals ausliefern. Also jetzt rudern, rudern, rudern und klaren Kopf behalten!

Er ließ einige Zeit verstreichen, ehe er antwortete – ebenso leise wie sie:

»Es ist vieles denkbar. Wir können nicht einmal mutmaßen, was Tom tun wird – oder ob er überhaupt etwas tun wird; es könnte ja auch sein, daß er sich keinen Rat weiß und verzichtet. Wir haben nur daran zu denken, den Vorsprung, den wir haben, nicht nur zu halten, sondern zu vergrößern. Ich glaube übrigens, wir haben Pendletonbay schon passiert. Das schwache Licht über dem Ufer vorhin, das muß Pendletonbay gewesen sein. Wir sollten Schluß machen für heute und ein paar Stunden ruhen. Keiner von uns darf schlappmachen.«

Eine kleine Bucht am Ufer war schnell gefunden. Der Mond spendete die Helligkeit, die sie brauchten, um sich an Land einzurichten. Zum ersten Mal meldete sich das Kind. Eva machte sich ein paar Schritte abseits im Schatten des Ufergebüsches zu schaffen, tränkte es an ihrer Brust, wusch es mit dem kalten Wasser des Sees, wogegen der Kleine nicht protestierte, und verpackte das winzige Leben wiederum warm und trocken. Sie stellten das Zelt nicht auf, um Zeit zu sparen. Eva bettete sich in das zur Hälfte ans Ufer gezogene Kanu, mit dem Kind im Arm. Roy breitete von Bordwand zu Bordwand eine Decke über ihnen aus, schuf ihnen so eine kleine Kammer, in der sie vor dem Zugriff der Nachtluft geschützt waren.

Er selbst und Ossip krochen in ihre Schlafsäcke und legten sich unter den Uferbäumen ins Moos. Sie waren es beide gewohnt. Roy sank nach wenigen Minuten in den Schlaf wie ein Stein auf den Grund eines tiefen Sees, vollkommen erschöpft nach vielen Tagen erbarmungsloser seelischer und körperlicher Mühsal. Eva lag noch lange wach. Immer wieder stellte sich ihr die Frage: Wird Thomas ahnen, wohin ich mich gewendet habe, allein oder nicht allein? Wird er glauben, daß er mich einholen, einfangen und zurückbringen kann? Oder wird er aufgeben?

Mit Gewißheit war dies nicht zu beantworten; nach menschlichem Ermessen hatten sie alle Spuren gelöscht.

Im ersten Halbschlaf jedoch bewegten sich ihre Lippen, schon halb im Traum: er gibt nie auf!

Es wurde sehr kalt in dieser windlosen ersten Nacht ihrer Flucht. Die Sterne glitzerten im blauschwarzen Samt des Nachthimmels. Mit ihrem Funkelregen ließen sie die gnadenlose Kälte des Weltraums auf die Erde rieseln, die kein Wolkenmantel deckte.

Die Oberfläche des Wassers verlor ihre Geschmeidigkeit längs des Ufers zuerst, festigte sich, blieb blank dabei, schlug jedoch flache Fältchen hier und da. Vorderhand hatte der Frost nur geringen Erfolg; das Wasser, wo es tiefer wurde, war noch zu warm. Immerhin: Um das halb aus dem Wasser gezogene Boot, in welchem Mutter und Kind schliefen, bildete sich dort, wo es gut zur Hälfte im See liegengeblieben war, ein Ring von Eis.

29. KAPITEL

Erst am Ende des dritten Tages nach der ersten Nacht erreichten die Fliehenden das Nordende des Babine-Sees und liefen in die Enge seines dort beginnenden Abflusses ein, den Babine River.

Roy atmete auf: Endlich würden sie nun mit der von diesem Punkte an einsetzenden Strömung des Gewässers schneller vom Fleck kommen. Sie hatten längst nicht die Tagesstrecken bewältigt, die er sich vorgenommen hatte. Ossip gab sich zwar große Mühe, aber ein Kanu voran zu bewegen, gehörte nicht zu den Künsten, die er aus dem alten Lande mitgebracht hatte. Roy Danlay beherrschte zwar das Wissen und die Fertigkeiten, auf die es im Kanu auf ruhenden wie auf strömenden Gewässern ankam, aber nur, wie er jetzt an sich selbst erfuhr, in der Theorie. In Wirklichkeit sah manches anders aus. Keine Situation glich der vorhergehenden, und die Fülle der Überraschungen, mit denen die Natur aufwartete, schien unerschöpflich zu sein.

Hinzu kam, daß die beiden Männer die viele, viele Stunden am Tag andauernde, höchst einseitige und eintönige Arbeit des Paddelns nicht gewöhnt waren, mochten sie auch sonst großen

Anstrengungen gewachsen sein. Roy war erfahren genug zu wissen, daß die Muskeln sich nach einigen Tagen verstärkt und eingewöhnt haben würden, aber das war ein schlechter Trost, wenn man sich in eisiger Frühe kaum erheben konnte, weil die Gelenke in den Schultern und Hüften knackten, und die Muskeln in den Armen, im Rücken und entlang der Schenkel aus einem merkwürdig steifen Material gebildet zu sein schienen, das sich nicht mehr ohne Schmerzen bewegen ließ. Es blieb dann nichts anderes übrig, als die Zähne zusammenzubeißen, sich nichts anmerken zu lassen und dagegen anzurudern; nach einer halben Stunde waren sie beide wieder im Gange, Ossip wie auch Roy.

Eva zwischen den beiden Männern im Boot schien keine weitere Sorge zu kennen als ihr Kind. Sie hatte sich in Roys Hände gegeben, hatte mit ihrer Vergangenheit abgeschlossen, als gäbe es sie nicht; sie blickte über die spiegelnden Wasser nach vorn, nur nach vorn, gewillt jede Art von Zukunft heiter anzunehmen. Sie war mit sich einig wie noch nie zuvor in ihrem erwachsenen Leben; hinter ihr führte der Mann das Paddel, der sie überhaupt erst zur Frau gemacht hatte und mit dem sie nun – buchstäblich – das Weite suchte. Was auch immer das Schicksal im Schilde führen mochte, sie war frei – und keine Macht auf Erden sollte ihr je wieder ein Gesetz vorschreiben, das ihr nicht entsprach. Das Boot glitt durchs Wasser, das Kind schlief in ihrem Schoß satt und selig, und vor ihr dehnte sich, noch in Dämmer gehüllt, ein neues Dasein, eine neue Welt und wartete darauf, von ihr erobert zu werden.

Sie spürte nicht die Kälte der Nächte, die Schärfe der stillen Luft am Tage; sie sorgte für Essen und Trinken, wenn endlich spät am Abend irgendwo in der Einsamkeit das Lagerfeuer knisterte; sie hing die Angel über den Rand des Bootes und ließ den Haken mit dem Wurm daran durchs Wasser schleifen, konnte so jeden Abend ein paar gute Fische braten – und wieder einen Teil des mitgenommenen Proviants einsparen. Es gab kein böses Wort unter den drei Erwachsenen; auch das Kind zeigte sich friedlich und ruhig. Wenn Eva noch nie in ihrem bisherigen Leben erfahren hatte, daß es dergleichen gäbe, jetzt spürte sie es: glücklich war sie auf eine unwirklich schwebende Weise, einig mit sich selbst, ihrem Geschick und dem endlich ohne Einschränkung errungenen Gefährten. Vielleicht träume ich nur, aber es ist ein wunderbarer Traum!

Roy brauchte am Tage nur in das schöne, glücklich entspannte Antlitz Evas zu schauen, um zu wissen, was in dem geliebten Wesen vorging – und es war ihm dann, als wäre ihm die Verantwortung für einen überaus kostbaren, aber auch überaus empfindlichen und zerbrechlichen Schatz übertragen, der auf die Dauer wohl kaum vor allem Unheil zu bewahren sein würde. Gerade dann aber lächelte er ihr zu, wenn sie sich manchmal zu ihm umwandte, mit so viel Zuversicht und Zärtlichkeit in den Augen, wie sein Herz hergeben wollte – und zog danach sein Paddel entschiedener noch und kräftiger durchs Wasser als zuvor. Aber er machte sich keine Illusionen. Was ihnen auf der weiten Reise den Babine und den Skeena abwärts noch bevorstehen mochte, das ahnte nur der Himmel. Nun gut, im voraus braucht man sich nicht zu sorgen, sondern erst dann, wenn es soweit ist; das ist zeitig genug.

Es war, als wollte das Land, das die Fliehenden verließen, ihnen den Abschied schwermachen, so herrlich bot es sich dar in diesen letzten Tagen des Herbstes, in die doch schon der bevorstehende Winter lautlose, aber unbezweifelbare Anzeichen vorausschickte. Jeden Morgen erhob sich die Sonne aus bitterkalter Nacht über den Wäldern und malte den Himmel rotgolden; seine reine, gleißende Klarheit wurde von keiner Wolke beeinträchtigt. Auch über Tag wagte sich keine Wolke ins Blau hinauf, in dieses sanfte, leicht milchige Blau, das mit blauer Seide unterlegt zu sein schien.

Am Ufer wanderten die farbenprächtigen Gewänder des Herbstes vorüber, ein überaus bunt gemischter Fächer, hellgolden bis blutrot.

Und noch immer kein Wind! Die Welt hielt den Atem an, um den Abschied des Herbstes mit keinem Laut und keiner Bewegung zu stören.

Zuweilen nur – wie um daran zu erinnern, daß das Leben in all dem feierlichen Glanz und der leuchtenden Stille nicht etwa erstorben war – sprang ein Fisch im Wasser, durchbrach die blanke Fläche mit einem Gesprüh von blitzendem Silber und schnellte mit lautem Klatschen, als wollte er die große

Ruhe über dem See und den Wäldern verspotten, wieder in sein angestammtes Element zurück.

Die Windstille begünstigte die Fliehenden. Topley Landing und Smithers Landing hatte Roy im weiten Bogen bis zur östlichen Seeseite hinüber zu umfahren für nötig gehalten. Dort gab es einige Leute, Siedler, Trapper, Goldsucher, die vielleicht das Boot bemerkten und sich fragen mochten, wer da noch so spät im Jahr nordwärts unterwegs wäre. Auch noch an anderen Stellen saßen einige Menschen, von denen Eva zwar schon die Namen gehört hatte, Neumann zum Beispiel, Michel Pierre, McKendrick, Alphonse Tommy, ohne aber angeben zu können, wo genau ihre Plätze zu vermuten waren. Weder Roy noch Eva vermochten die Rodungen dieser Leute, die sicherlich nicht allzuweit vom Ufer entfernt zu suchen sein mußten, vom Wasser her ausfindig zu machen. Umgekehrt mochte also auch das Kanu von Land her nicht beobachtet worden sein.

Denn merkwürdig, Roy und Eva, auch der unermüdlich, bis an den Rand völliger Erschöpfung sich mühende Ossip mochten noch so fest überzeugt sein, keine Spur hinterlassen zu haben, die Tom auf die richtige Fährte setzen könnte – eine leise bohrende Unsicherheit war ihnen verblieben. Sie alle kannten Thomas O'Shea, seine Schläue und seine weit über jedes Mittelmaß hinausragende Willenskraft.

Gott sei Dank, daß kein Sturm, kein Gegenwind die Reise bis dahin gestört, sie für vielleicht unbestimmte Zeit ans Ufer gebannt hatte!

Spät am Abend also – es war schon beinahe dunkel, die ersten Sterne flackerten bereits – glitt ihr Kanu in den schmalen Ausfluß des Sees nach Norden hinein. Roy hatte sich und den beiden anderen am späten Nachmittag eine lange Rast gegönnt, denn am Ende des Sees lag eine kleine Siedlung, die auch wieder den Namen Babine trug, ein halbes Dutzend Menschen beherbergte und sogar alle sechs Wochen als hinterster Vorposten von der Post erreicht wurde. Roy wollte gerade hier, bevor das Kanu den Babine-Fluß abwärts in die dann endgültig menschenleere Wildnis vorstieß, nicht noch zuletzt die Neugier zufälliger Beobachter erregen.

Er ordnete sogar an, daß man an diesem Tage bis weit in die Nacht hinein, möglichst bis nach Mitternacht, unterwegs sein müßte. Er erklärte nicht, warum ihm dies geboten erschien, obgleich ihn selbst und sicherlich auch Ossip längst der ganze Körper schmerzte. Ehe das Licht schwächer geworden war, als schon die Ufer aufeinander zustrebten, also das Nordende, der Ausgang aus dem Babine-See, sich ankündigte, hatte Roy für ein paar Schläge lang das Paddel ruhen lassen und sich zurückgewandt, sozusagen, um dem großen See Lebewohl zu sagen und ihm zu danken, daß er die Reise nicht behindert, sondern ihnen von Anfang an stilles, glattes Fahrwasser beschert hatte. Roy besaß scharfe Augen; er hatte sie auch in der grenzenlosen Weite des großen Landes, dem er angehörte, stets geübt. Am fernsten Horizont, dort wo der Spiegel des Sees mit haarfeiner Abgrenzung die Kuppel des Nachmittagshimmels trug, hatte er einen winzigen Punkt entdeckt, der dort nicht hingehörte. Es schien sich nicht zu bewegen, dies kaum unterscheidbare dunkle Fleckchen. Aber das mochte eine Täuschung sein: das Boot da hinten in weitester Ferne, oder was immer der Punkt bedeutete, mochte sich in der gleichen Richtung bewegen wie das Kanu, in welchem sie selber saßen.

Gewiß, warum sollte nicht auch ein anderes Boot unterwegs sein? Der See bildete bei solchem Wetter die beste und schnellste Straße, dehnte sich weit über hundert Meilen aus und verband die wenigen Siedelplätze. Bislang allerdings waren die Fliehenden keinem anderen Fahrzeug begegnet. Roy hatte einen Stich im Herzen verspürt, als er sich sagen mußte: Weit hinter uns strebt genau wie das unsere zum Ausgang des Sees ein zweites Boot! Es braucht nichts zu bedeuten, vielleicht will da nur einer die Poststelle am See-Ende aufsuchen. Will er aber wie wir in den Babine River einfahren, so müssen wir ihm entweder weit voraus zuvorzukommen suchen, oder wir müssen uns eine Nacht und einen Tag am Ufer verbergen, bis er an uns vorbeigefahren und stromab entschwunden ist.

Also hatte Roy beschlossen, die sternklare Nacht und die nun einsetzende Strömung zu nutzen, noch eine gehörige Strecke stromab zurückzulegen, dann einen zum Wasser hin gut gedeckten Lagerplatz zu suchen und den kommenden Tag zum Ruhetag zu bestimmen. Eine Rast würde ihnen allen guttun, nicht nur den Ruderern, sondern auch Eva; auch ihr tat die über viele Stunden sich dehnende Sitzerei am Bootsboden, ewig umweht von dem kalten Fahrwind, keineswegs wohl. Sie hatte angeboten, mit Ossip die Plätze zu tauschen und sein Paddel zu übernehmen. Aber bei dem Versuch, die Plätze zu wechseln, war das schmale Kanu gefährlich ins Taumeln geraten, hatte beinahe Wasser geschöpft, so daß Roy mit erregter Stimme Einhalt gebieten mußte. Und zum ersten Mal auf der ganzen Reise hatte das Kind laut und durchdringend Protest erhoben; die Mutter sollte ihm entzogen werden! Was hätte Ossip mit dem schreienden Säugling angefangen?

Zu Beginn der Nacht wurde das Kanu durch die Stromenge getragen, die den Ausgang des Sees darstellte. Die Männer konnten sich erholen, brauchten im schnellen Strom nur noch zu steuern.

Allzu lange dauerte dieser angenehme Zustand nicht. Dann weitete sich der Strom zu dem langgestreckten, schmalen Nilkitkwa-See. Für etwa zwei Stunden mußte wieder gepaddelt werden, bevor die Ufer von neuem einander näher rückten und das Gewässer schneller wurde. Das Paddeln wurde abermals zum Kinderspiel.

Roy wollte noch immer nicht innehalten. Die Fahrt hatte sich in ein gleichmäßig schnelles, glattes Gleiten verwandelt, dem nur noch ab und zu mit einigen steuernden Schlägen oder Stemmungen des Paddels nachgeholfen zu werden brauchte. Roy sprach aus, was ihn bewegte:

»Wenn es so weiterläuft, Eva, mit solcher Strömung, dann sind wir in wenigen Tagen im Skeena und erreichen bald bei Hazelton die Eisenbahn. Dort mündet der Bulkley in den Skeena ein. Jetzt kann uns der Frost keinen Strich mehr durch die Rechnung machen, was ihm auf dem See früher oder später gelungen wäre. Die Strömung hält das Fahrwasser lange offen. Sorge macht mir, daß wir unversehens in Stromschnellen geraten könnten. Die müssen wir rechtzeitig erkennen, damit wir sie dann am Ufer umgehen. Das Boot mit dem Gepäck werden wir an langer Leine hinuntertreideln; es sind meist nur wenige Dutzend Schritt am Ufer zurückzulegen. Es wäre gut, Eva, wenn du dich hochsetztest auf die mittlere Ruderbank und voraus Ausschau hieltest nach weißem Wasser. Es können gar nicht genug Augen nach vorn gerichtet sein auf solchem Strom. Das gilt besonders auch für dich, Ossip!«

Er hatte seine Worte immer lauter werden lassen, fügte hinzu: »Hast du mich verstanden, Ossip?«

»Klar, Boss, alles verstanden! Wenn voraus weißes Wasser, dann nichts wie ans Ufer!«

Das Boot glitt lautlos über die dunklen Wallungen aus der Tiefe. Um sie herum waren nur noch die Wasser, die schattenhaften Wälder und die Stille der Sternennacht. Eva meldete sich leise:

»Es ist kälter heute als in den vergangenen Nächten. Es muß schon auf zwölf gehen oder auf eins. Wollen wir denn gar nicht Schluß machen? Ein Feuer wäre gut und etwas Heißes im Magen auch!«

»Du hast recht, Eva. Diesmal stellen wir das Zelt auf. Und morgen wird gerastet. Wir sind im Strom und können uns einen Ruhetag leisten.«

Es dauerte dann doch länger noch als eine Stunde, ehe sie an Land gingen – und das nicht ganz freiwillig.

Sie hörten es alle drei beinahe gleichzeitig. Das Boot hatte an Fahrt verloren, trieb auf dem fast zu einem See erweiterten Strom nur noch sachte dahin. Schon hob Ossip vorn sein Paddel, um es ins Wasser zu tauchen und dem Boot schnellere Fahrt zu verleihen, da rief Roy ihm zu:

»Laß noch, Ossip, horcht!«

Es war nicht zu bezweifeln: das Boot glitt einem düsteren Raunen in der stillen Nacht entgegen, oder war es schon ein Rauschen? Eva richtete sich auf, erhob sich halb von ihrem Sitz:

»Weißes Wasser vor uns, Roy! Weißes Wasser, ganz deutlich. Wir müssen ans Ufer!«

Ossip sowohl wie Roy hatten die Schaumkronen im Sternenlicht im gleichen Augenblick erkannt, auch daß vor ihnen die beiden Ufer als steile Hügel aufeinander zurückten. Zwischen ihnen mußten sie den Strom einengen, ließen ihn in sprudelnden, rauschenden Kaskaden über die Felsen des Engpasses springen: Weißes Wasser!

Jetzt griffen die Paddel eilig ins schwarze Naß, mit äußerster Kraft gestemmt. Gehorsam schwang das Boot nach links, richtete die Nase dem westlichen Ufer zu, mußte sie bald auch mehr stromauf richten, denn der noch ferne Sog der Schnellen machte sich bereits bemerkbar.

Roy erkannte, daß der Strom, bevor die Felsen ihn einengten und zu wilden Schnellen zwangen, sich am Westufer zu einer sackartigen Bucht erweiterte, einem nach Osten offenen kleinen See, in welchem das Wasser sich staute und bis zu völligem Stillstand beruhigte.

Im Osten, wo das Wasser ständig vorwärtsgesogen wurde, hatte der Frost noch nichts bewirkt und würde noch für Tage und Wochen vergeblich versuchen, das fließende Element zu Eis erstarren zu lassen. Doch in der großen Ausbuchtung des Westufers, in welcher das Wasser nur träge kreiselte, hatte er sein Werk bereits begonnen: Anstatt aufs Ufer stieß das Kanu zunächst auf den Rand einer Eisfläche, von der die Uferböschungen, die deutlich auszumachen waren, noch einige Steinwürfe weit entfernt sein mochten.

Das Boot pflügte in dünnes Eis hinein, das wie Papier knisternd vor dem Bug zerbarst. Schon nach wenigen Ruderschlägen wurde klar, daß man im Eis nicht weiterkam; denn dünn zeigte sich das Eis nur an der Außenkante, wo das Wasser der stillen Bucht an die strömende Flut im eigentlichen Bett des Flusses grenzte.

Näher zum Land hin hatte der Frost unbehinderter zupacken können. Das Eis zeigte sich um so stärker, je weiter entfernt von der Strömung es sich gebildet hatte. Dicht am Ufer mochte es sogar schon das Gewicht eines Menschen tragen. Wo über die seitliche Ausbuchtung des Stroms hinweg die Grenze zwischen sicherem und noch nicht sicherem Eis verlief, das war nicht zu erkennen.

Einigermaßen mühsam und erregt bugsierten die Männer das Kanu in die offene Strömung zurück und ruderten am Rande der Eisfläche stromauf; sie kamen gegen die Strömung nur langsam voran, obgleich sie die Paddel in schnellem Takt durchs Wasser zogen. Endlich erreichten sie den Punkt am Ufer, an welchem sich die große Seitenbucht vom Stromlauf abzubiegen begann. Hier strich die Strömung schnell unter der Böschung dahin, so daß sich kein Eis hatte bilden können. Hier bekamen sie endlich den Wipfel einer quer ins Wasser gestürzten Fichte zu fassen, deren Wurzeln beim letzten Hochwasser unterspült worden waren. Der Baum hatte schließlich im Boden keinen Halt mehr gefunden, hatte sich weiter und weiter über das Wasser geneigt, bis schließlich seine mächtige Krone eintauchte und der Stamm als gewaltige Barriere den Rand des längst wieder tiefergesunkenen Stromlaufs verlegte.

Hier ließ sich leicht landen, denn die dichte, im Wasser liegende Baumkrone lenkte die starke Strömung nach außen ab. Ossip sprang mit der Leine ans Ufer. Am knorrigen, über dem Strand aufragenden riesigen Wurzelwerk des gestürzten Baumes ließ sich die Leine des Bootes sicher festmachen. Auch war das Kanu gut zu entladen, ohne daß es weit aufs Land gezogen zu werden brauchte. Roy rief:

»Dies ist ein guter Platz. Hier bleiben wir. Gegen die Strömung anzurudern – das war schwere Arbeit. Ich bin ziemlich fertig!«

Eva war schon ausgestiegen mit dem zu einem länglichen Bündel verpackten Kind im Arm. Sie bettete den Kleinen, der fest zu schlafen schien, zehn Schritte den Ufersand hinauf unter die mannshohe Uferböschung und verkündete dann:

»Ihr müßt todmüde sein. Die Tour war zu lang. Ich zünde ein Feuer an und koche Tee. Trocknes Holz wird zu finden sein.«

Roy gab keine Antwort; er saß auf seiner Ruderbank, hatte das Paddel zwischen seine Füße fallen lassen und war zu erschöpft, um zunächst auch nur aufzustehen. Müde sah er sich um: Ja, hier konnten sie bleiben. Es wäre wohl besser gewesen, auf die Böschung hinaufzusteigen und im Schutze des Waldes das Lager aufzuschlagen, gut gedeckt gegen Sicht und Wind. Aber dann hätte man Sack und Pack hoch hinaufheben müssen; ein Einschnitt in der hohen Kante, dem man aufwärts hätte folgen können, war uferauf und uferab nicht zu erkennen im blassen Sternenlicht. Die aus dem Wasser aufragende riesige Krone der gestürzten Fichte gab wenigstens einigen Schutz gegen Sicht vom Wasser her.

Eckig und steif, mit schmerzenden Gliedmaßen, erhob sich Roy und stieg ungeschickt an Land, besann sich dann, kramte aus dem Bug des Bootes das dort stets bereitliegende Handbeil hervor, um Eva aus dem Baum ein paar trockene Äste herauszuschlagen; die waren stets kienig, würden im Nu Feuer fangen und mit heißer Flamme brennen. Eva schöpfte schon Wasser in den Kessel.

Nun er das Beil schon in der Hand hatte, schlug er auch

gleich die Fichtenzweige aus der Krone, die, im Zelt übereinandergepackt, die Kälte des Bodens abschirmen sollten. Das dichte Gezweig bot einen großen Vorrat an solchen Polstern. Er fühlte sich ein wenig erholter, seit er nicht mehr auf der harten, schmalen Ruderbank zu hocken und das Paddel im immer gleichen Schwung durchs Wasser zu führen brauchte. Ja, dies war ein guter Platz, den ein glücklicher Zufall sie hatte finden lassen. Hier würden sie einen Tag überschlagen, in aller Ruhe ihre Sachen und das Kanu um die Schnellen herumtragen, wobei ihnen das am Ufer sicherlich schon feste Eis der Seitenbucht einen ebenen Weg bieten würde. Aber, zum Teufel, verdammt kalt ist es; mir frieren die Hände, obgleich ich das Beil schwinge!

»Der Tee ist fertig, kommt! Ich brate die Fische jetzt. Das dauert nicht lange. Dann gibt's auch noch was zu essen!«

Evas Stimme ertönte klar und bestimmt durch die eisig kalte, nackte Finsternis. Der Schein des Kochfeuers aber schuf eine warme, rötlich erhellte kleine Insel in der Sternennacht, und die helle Stimme der Frau zauberte ein wenig Freude und Geborgenheit herbei.

*

Ossip hatte gar nicht erst gefragt, sondern dicht unter der Böschung das Zelt mit wenigen Handgriffen aufgerichtet. Das Zelt stammte noch aus Roys Landmessertagen. Die lagen für Roy schon so weit in der Vergangenheit, als wären sie nie Wirklichkeit gewesen. Wirklichkeit war nur noch das Feuer, das langsam verglühte, war die von zartestem Silber durchsponnene Sternennacht und in ihr das ferne, gleichmäßig dunkle Rauschen der Schnellen des Stroms, ein Laut, der die ungeheure Stille der eisigen, doch vollkommen windlosen Nacht nur noch fühlbarer machte.

Wirklichkeit war, daß unter der gleichen schweren Felldecke im gleichen kleinen Zelt, das eigentlich nur für einen Bewohner gedacht war, der Leib der Frau sich an seinem wärmte, verpackt zwar in den Kleidern, die man nicht wagen durfte abzulegen, aber doch ganz gegenwärtig, und das

Kind zwischen ihnen beiden, sich manchmal leise regend in tiefem Schlummer, satt und gestillt.

Im Halbschlaf schon murmelte Roy vor sich hin:

»So wird es immer sein fortan. Eva bei mir – und das Kind – und ich am Werk irgendwo, in den Staaten, so Gott will – das Leben mit ihr – ganz neu, ganz von Anfang an neu! Sie schläft schon, und das Kind auch. Morgen ist Ruhetag; nein, heute – ! Wir können lange schlafen. Ob Ossip es kalt hat draußen im Schlafsack? Ein großartiger Bursche, dieser Ossip. Muß mir noch was für ihn überlegen. Nicht jetzt. Das hat noch Zeit – noch Zeit.«

Auch Roy Danlay war eingeschlafen.

*

Eva war die erste, die am nächsten Tag erwachte. Auch sie hätte wohl noch länger geschlafen, wenn das Kind neben ihr sich nicht geregt und ein paar kleine Laute von sich gegeben hätte. Sachte schälte sich Eva aus ihren Decken, entblößte ihre Brust und legte das Kind an. Mit geballten Fäustchen und fest zugedrückten Augen begann es zu saugen. Eva blickte auf ihr Kind hinunter mit wunderbar verklärtem Gesicht; sie merkte nicht, daß Roy inzwischen wach geworden war und das bezaubernde Bild, das sich ihm bot, betrachtete: die Mutter mit dem Kind, ganz in sich und in das Geschöpf versunken, das aus ihr entstanden war und sich noch nicht ganz von ihr gelöst hatte. Er flüsterte, ohne sich zu regen:

»Ich liebe dich, Eva!«

Sie war nicht überrascht. Der Glanz auf ihrem Antlitz vertiefte sich zu einem Lächeln:

»So wird es immer sein, Roy, das Kind und du und ich!«

»Gebe es der allmächtige Gott, Eva!«

Das war ein Gebet, und eines der wenigen, die Roy Danlay je in seinem Leben über die Lippen gebracht hatte. Erhört wurde auch dieses Gebet wie so viele andere nicht.

Draußen neben dem kleinen Zelt rumorte Ossip. Auch er war nach schwerem, aber warmem Schlaf erst jetzt erwacht. Die Sonne stand längst über dem anderen Ufer, schien in ihr bescheidenes Lager, hell genug, doch wärmte sie nicht mehr. In der Nacht waren die Temperaturen weiter gesunken. Auf der Stromab-Seite des im Wasser liegenden und einen Stau bildenden Wipfels der gestürzten Fichte hatte sich Eis gebildet. Auch das Kanu hatte eine schmale Rüsche von Eis um sich geschlungen, dort wo die Bordwände ins Wasser tauchten.

Eine Viertelstunde später schon fing das Wasser über dem kleinen Feuer an zu brodeln. Roy griff sich das Beil aus dem Bug des Bootes und sorgte für trockenes Holz. Die abgestorbenen Äste am unteren Teil des gestürzten Baumes lieferten weiteren Vorrat.

Roy legte das Beil wieder an seinen Platz im Bug zurück. Er verriet sich mit keinem Wort. Was brauchte darüber gesprochen zu werden, er machte das lieber mit sich allein ab. Er kalkulierte im stillen: Wenn in dem Boot, das ich gestern abend gesehen zu haben glaube, wirklich Leute gesessen haben, die uns auf der Spur sind, dann können sie uns gegen die untergehende Sonne nicht ausgemacht haben wie wir sie. Sie sind also nicht wie wir bis lange nach Mitternacht unterwegs gewesen, sondern haben zur rechten Zeit vor voller Dunkelheit ihr Nachtlager bezogen. Selbst wenn sie sich schon eine oder zwei Stunden früher auf den Weg gemacht haben, können sie unseren Lagerplatz frühestens am späten Vormittag erreichen. Wir müssen nach dem Frühstück den Fluß stromauf beobachten. Das Zelt ist abzubauen, das Boot in den Sichtschutz der Fichtenkrone zu ziehen. Auch wir müssen uns dann dem Versteck der gestürzten Fichte anvertrauen und das fremde Boot, wenn es überhaupt auftauchen sollte, in der Ferne vorüberfahren lassen. Jetzt am hellen Tag wird die Eisfläche in der Seitenbucht vom Fluß her leicht zu erkennen sein. Die Leute in dem fremden Boot werden also zum Ostufer streben, an dem die Strömung fließt und es sicherlich nicht zuläßt, daß sich Eis bildet.

Roy hatte das Zelt schon abgebrochen und wieder im Kanu verstaut. Vielleicht, wenn tagsüber sich nichts Verdächtiges regte, konnte man gegen Abend bereits versuchen, die Stromschnellen am hohen Ufer entlang zu umgehen und unterhalb von ihnen, wenn wieder glattes, schnelles Wasser erreicht war, ein neues Lager beziehen.

Sollte er Eva und Ossip in diese Überlegungen einweihen,

oder sollte er sie für sich behalten? Vielleicht war er es gar nicht allein, der die Möglichkeiten auf solche Weise erwog. Doch der Mund blieb ihm verschlossen; er konnte sich nicht überwinden, seinen Befürchtungen Worte zu verleihen.

Sie hockten um das zusammensinkende Feuer, hatten noch die Hände um den Topf mit heißem Tee gelegt, den letzten, denn der Kessel war geleert. Eva hatte einen Arm um das Bündel mit dem Kind geschlungen und hielt den Teetopf vor sich auf den Knien. Eine jener stillen Minuten nach der Mahlzeit war angebrochen, in denen jeder gern noch für ein Weilchen in die vergehenden Flammen starrt und seinen Gedanken nachhängt.

Gerade wollte Roy sich aufraffen und mit ein paar ermunternden Worten den Werktag einleiten, als plötzlich von der steilen Böschung her eine dröhnende Stimme über die drei am Feuer hereinbrach. Unbändige Wut schwang darin. Sie fuhr aus der Höhe hernieder wie der Stoß eines Raubvogels. Die Stimme ließ drei Herzen für ein paar Schläge lang stocken. Drei Menschen hörten sie, die Stimme, und sie war ihnen wie die des Jüngsten Gerichtes:

»Da seid ihr also! Hab' ich euch doch!«

Über der Böschung stand Thomas O'Shea mit verzerrtem Gesicht. Er trug eine Flinte unter dem rechten Arm mit dem Finger am Abzug. Neben ihm stand Greg, und ein paar Schritte weiter tauchten Joe und Jim, die Indianer, auf, auch sie mit schußbereiten Gewehren. Hinter Jim wurde seine Frau Anna sichtbar.

Von Widerstand konnte keine Rede sein. Die drei am Feuer waren aufgesprungen, blickten zu den unheimlich drohenden Gestalten an der Kante der Böschung empor. Roys Gedanken rasten. Ein Gewehr besaß auch er; aber das lag im Boot irgendwo zwischen dem Gepäck. Im Augenblick war nichts weiter möglich als abzuwarten, was O'Shea im Schilde führte. Roy hielt Tom scharf im Auge; er bemerkte nicht, daß Eva mit dem Kind sich langsam vom Kochfeuer zurückzog, um sich mit vorsichtigen Schritten rückwärts dem Kanu zu nähern.

Roy brauchte nicht lange zu warten. O'Shea war an die Kante des Abhangs getreten und ließ sich halb gleitend, halb springend auf den Ufersand fallen, beinahe katzengleich, der schwere, nur scheinbar ungefüge Mann. Alle anderen behielten ihre Posten bei; sie deckten den Angriff ihres Herrn mit der schußbereiten Waffe.

Tom schien nichts anderes zu sehen als den vermeintlichen Zerstörer seiner Ehe. Mit wenigen schnellen Schritten stand er vor Roy Danlay. Er ließ das Gewehr aus dem Arm zu Boden gleiten und knirschte zwischen den Zähnen hervor:

»Du heimtückischer Hund! Stiehlst mir Frau und Kind! Eine Kugel ist für dich zu schade. Warte!«

Urplötzlich holte er aus mit seiner eisernen Faust und zielte auf Roys Gesicht. Ohne die wütende Vorrede hätte Tom wahrscheinlich Erfolg gehabt. Aber Roy war gewarnt, wich gerade noch rechtzeitig aus, so daß der Schlag seitwärts abrutschte. Er duckte sich blitzschnell tiefer und rammte seinen Schädel mit voller Wucht gegen Toms Leibesmitte, schlug mit beiden Fäusten zugleich gegen des Gegners Unterleib.

Tom stöhnte vor Schmerz und taumelte zurück, geriet nun aber erst recht in rasenden Zorn. Er keuchte, begriff gar nicht, was Roy ihm nun entgegenbrüllte.

»Bist du verrückt, Tom! Es ist Eva, die nicht bei dir bleiben will. Laß uns reden miteinander!«

»Reden, so, reden, du Hund, ich werde dir zeigen, reden!« und stürzte sich von neuem auf den Gegner.

Roy schlug sich mit Anstand. Aber so viel an urwüchsiger Kraft, wie sie Tom zu Gebote stand, war ihm nicht gegeben. Thomas O'Shea schien die harten Schläge, die er einzustecken hatte, überhaupt nicht zu spüren; auch zeigte er sich wendiger, als von einem »Klotz« zu erwarten gewesen wäre. Roy hatte ihn unterschätzt, war schon ein paarmal zu Boden gegangen und spürte, heftig aus Nase und Mund blutend, daß seine Kräfte nicht mehr lange standhalten würden – und was dann?

Noch war es nicht so weit. Er wich einem weiteren wütendem Angriff aus, stellte ein Bein vor. Tom taumelte und stürzte. Roy warf sich über ihn. Das war ihm schon zweimal gelungen, aber es hatte zu keiner Entscheidung geführt, denn jedesmal hatte Tom seine außerordentliche Stärke zur Geltung gebracht, hatte sich erhoben und den sehr viel leichteren Mann abgeschüttelt.

Diesmal aber war das Ende anders.

Von der Böschung her schallte warnend laut die Stimme von Jim, fuhr zwischen die Kämpfenden wie ein Blitz – und trennte sie:

»Boss, die Frau! Paß auf die Frau auf! Sie ist im Kanu!«

Zu spät! Ehe die Männer an den Rand des Wassers stürzen konnten, hatte Eva ihr Schicksal bereits in die eigenen Hände genommen. Sie hatte erkannt, daß Roy den ungleichen Kampf nicht bestehen würde. Tom würde ihn schließlich töten; sie kannte Tom – und sie? Sie wäre ihm dann ausgeliefert – nein, das nicht!

Sie war mit dem Kind im Arm ins Kanu gestiegen. Hatte das Beil ergriffen und das Halteseil über der Bordkante durchschlagen, so hart und treffsicher, daß das Beil in der Kante steckenblieb.

Sofort löste sich das Boot, als Eva sich darin niederließ, entfernte sich vom Ufer und trieb mit der hier sanften Strömung davon.

Tom war als erster wieder hoch, raste bis zu den Hüften ins Wasser, das Boot zu greifen; vergeblich, er taumelte, fiel über einen Stein am Grund der Länge nach ins Wasser, kam prustend wieder hoch und schrie:

»Komm zurück, Eva! Komm zurück, du und das Kind! Ich tue dir nichts!«

»Nie, Tom!« rief sie zurück. »Leb wohl, Roy!«

Roy kam schwankend wieder auf die Beine.

Da draußen wurde Eva ihm im steuerlosen Boot entführt. Roy hatte den »Klotz« nicht besiegen können, und Eva hatte verhindern wollen, daß er erschlagen wurde. War es so? Vielleicht. Oder auch nicht! Tom war der Stärkere. Ein zweites Leben lang wollte sie nicht von ihm in Besitz genommen werden.

Das Kanu trieb draußen der Eisfläche zu, welche die Seitenbucht vor der Felsenenge mit den Stromschnellen deckte; Roy war in der Nacht zuvor an ihr entlang stromauf gerudert.

Das Boot rammte den Bug in das dünne Eis hinein, blieb stecken, schwang herum, kam noch einmal in Fahrt, drohte abermals steckenzubleiben. Eva versuchte aufrecht, das Fahrzeug mit dem Paddel freizustoßen. Aber stets brach nur das Eis unter dem Paddel ein. Hastiger bemühte sie sich. Das Boot schien in stärkeren Sog zu geraten; die Stromschnellen waren nicht mehr fern. Plötzlich prallte das Fahrzeug auf ein Hindernis im Strom, einen Felsen, oder einen in der Tiefe verklemmten Baumstamm. Der jähe Stoß ließ die unsicher stehende Frau taumeln. Das Paddel flog ihr aus den Händen; sie griff krampfhaft nach dem Bündel mit dem Kinde. Das Boot schwankte wild. Eva versuchte, es im Gleichgewicht zu halten. Es mißlang. Eva stürzte und das Boot schlug um. Aber ehe sie noch das Wasser erreichte, warf sie mit letzter Kraft das Bündel mit dem Kind weit hinaus uferwärts aufs Eis. Es rutschte auf der spiegelglatten Fläche weit fort und blieb etwa einen Steinwurf vom Ufer entfernt liegen.

Eva kämpfte eine Minute lang um ihr Leben, versuchte, sich aus dem Wasser aufs Eis zu arbeiten. Aber jedesmal, wenn sie sich auf die Eiskante stützen wollte, brach sie unter ihren Händen weg. Die schweren Kleider, die sich schnell voll Wasser sogen, zogen sie in die Tiefe. Die eisige Kälte des Wassers machte sie erstarren, raubte ihr den Willen. Sie gab auf, ging unter, der Sog der Strömung zerrte sie unter das Eis, dicht vor den Schnellen. Keine Spur von ihr blieb zurück.

Von Land her hatten die Männer Evas letzte Minuten mitangesehen, vollkommen hilflos. Irgendwie einzugreifen war unmöglich gewesen.

Tom und Roy wandten sich einander zu und sahen sich in die blutverschmierten Gesichter. Sind wir das noch, die eben auf Leben und Tod gegeneinander gerungen haben? Was hatte das bedeutet? Worum war es gegangen? Die Fragen waren sinnlos. Der Siegespreis um den gekämpft worden war, er war unters Eis gesogen, war unerreichbar geworden. In einer oder zwei Wochen, wenn das Wetter so blieb wie es war, würde der Fluß von einer festen Decke aus Eis verriegelt sein. Die Leiche würde in diesem Eis festfrieren. Im nächsten Frühjahr, wenn sich der Strom mit donnerndem Krachen von seinen Banden befreite, würde mit den berstenden Schollen in furchterregendem Aufruhr auch der Körper der Ertrunkenen davontreiben und in dem sich tausendfach überschlagenden Geschiebe des Eises zerstückelt und zermahlen werden. Was von ihm dann noch übrig war im strudelnden, lehmigen Hochwasser, das würde den Babine, den Skeena abwärts treiben und schließlich den Ozean erreichen.

Die beiden Männer blickten sich stumm in die Augen. Sie dachten beide das gleiche: Von Eva, der schönen Eva O'Shea, würde nie und nirgends etwas zu begraben sein! Sie wußten es beide. Sie brauchten es nicht auszusprechen. Es war nichts daran zu ändern. »Nie, Tom!« hatte sie geschrien. »Leb wohl, Roy!«

»Nie, Tom!« Nun war sie tot. In Thomas O'Shea war alle Kraft und aller Zorn gestorben.

Roy wußte nur eins: Sie hat auch mich im Grunde nicht gewollt. Sie war nicht für den Ehebruch geschaffen. Sie wollte am Schluß uns beide nicht, nicht den Ehemann, der ihr nicht Genüge getan hatte, nicht den Verführer, den sie selbst verführt hatte, um – vielleicht – dem Schicksal ein Kind abzuringen.

Ein Kind? Um alles in der Welt – das Kind hatten sie vergessen!

Die beiden Männer vernahmen es zur gleichen Zeit, das klägliche Quäken des winzigen Wesens, das die Mutter mit letzter Kraft uferwärts aufs Eis geschleudert hatte, um es nicht mit in ihren Tod zu reißen.

Tom erwachte wieder zum Leben.

»Das Kind, es lebt! Ich bringe es herein vom Eis!«

Er stürzte fort, bis er am Ufer mit dem wehrlos schreienden Bündel auf gleiche Höhe gelangt war. Er fing es falsch an, wurde von allzu schmerzhafter Sorge getrieben, bedachte nicht, wie unsicher das Eis noch war. Ein Dutzend Schritte von dem Kind entfernt, gab das Eis unter dem schweren Mann nach. Tom konnte sich gerade noch seitwärts dem Ufer zuwerfen, wo das Eis die nun besser verteilte Last eben noch trug. Mühsam kam er auf allen vieren wieder an Land gekrochen.

Roy war inzwischen wieder seiner Sinne mächtig und übernahm das Kommando:

»Jim, Joe, ein großes, heißes Feuer anstecken, daß der Boss aus den nassen Kleidern kommt und die Sachen trocknen. Ossip, Greg, schlagt mir drei dünne gerade Fichten aus dem Wald, schleunigst, damit ich mich darauflegen kann und das Eis mich eher trägt. Und du, Anna, Indianerin, so heißt du ja wohl, bereitest warmes Wasser, um das Kind zu waschen. Und dann kochst du Tee. Tom, raus aus den Kleidern, sonst frierst du in den Hosen ein. Ich hole dir das Kind!«

Da waren die Stangen. Roy war erheblich leichter als Tom. Auf allen vieren kroch er aufs Eis hinaus, wobei er sich auf die langen Stangen stützte mit beiden Händen. Die dritte Stange, die längste, hatte er sich unter den Unterleib gelegt und zog sie mit; so hatte er sein Gewicht verteilt. Langsam, um ja nicht den Halt an den Stangen zu verlieren, schob sich Roy aufs Eis hinaus.

Es gelang. Er bekam das Bündel an einem Zipfel zu fassen, schwang es mit weiter Armbewegung herum und ließ es aus diesem Schwung bis fast ans Ufer schlittern. Anna, die Indianerin, nahm es dort in Empfang, ihr eigenes Kind trug sie wie immer auf dem Rücken. Sie erlöste den greinenden Ari sofort aus den feuchten Decken, legte ihn trocken und wickelte ihn in warme Tücher. Dann ging sie unter die Böschung, knöpfte das Oberteil ihres Kleides auf und bettete ihn an ihre prallen Brüste. Das Knäblein Zacharias war gerettet.

Langsam arbeitete sich Roy ans Ufer zurück. Er wollte jetzt nichts mehr riskieren. Als er es geschafft hatte, richtete er sich auf und stieg die Uferböschung hinauf. Da stand Thomas O'Shea zwischen zwei großen Feuern, welche die Indianer entfacht hatten, hatte eine der Decken aus Roys Lager um seinen Unterleib geschlungen und wärmte sich. Er hatte sich das Blut, das auch ihm das Gesicht verschmiert hatte, abgewaschen. Um sein rechtes Auge breitete sich ein großer bläulicher Flecken; das Auge schwoll langsam zu.

Roy füllte frisches Wasser in die Schüssel und goß heißes aus dem Kessel hinzu. Auch er wusch sich nun langsam und gründlich. Das Wasser erkaltete schnell.

Roy fror plötzlich. Die Erregung machte sich nachträglich bemerkbar. Er trat zu Thomas O'Shea zwischen die wärmenden Feuer.

Tom sprach als erster.

»Du hast das Kind gerettet, Roy! Nun habe ich wenigstens noch das Kind. Ich muß dir danken, Roy!«

»Du bist mir keinen Dank schuldig, Tom. Es ist Evas Kind. Und ich sage dir, es ist dein Kind. Gib dir Mühe mit ihm!«

»Mein Sohn, ja! Evas Farm ist schon jetzt die seine. Warum habt ihr das getan, Roy? Wollte sie nicht bei mir bleiben?«

»Nein, sie wollte nicht bei dir bleiben, und ich habe ihr gehorcht. Man mußte ihr gehorchen. Mehr weiß ich nicht.«

Konnte es wahr sein? Roy wollte seinen Augen nicht trauen: der schwere Mann, der »Klotz«, er weinte, er stammelte:

»Ihr hattet nie eine Chance. Ich kam zwei Tage nach dir zum Taltapin zurück. Greg hat seinem Kameraden nachgespürt, der Esel, wollte wissen, ob womöglich Ossip etwas mit Eva hätte, sah euch packen und abfahren. Ich verfügte also über vier Ruderer, Jim, Joe, Greg und die Indianerin Anna. Wir waren fast doppelt so schnell wie ihr. Jim kannte sich aus: Die Stromschnellen mußten euch aufhalten, das Eis in dem Seitenarm euch das Ufer verweigern. Es war ein Kinderspiel, euch zu stellen. Nun ist Eva tot. Aber das Kind lebt. Ohne Eva – ich bin ein geschlagener Mann.«

Die Tränen rollten ihm übers Gesicht, unaufhaltsam.

Roy blickte ihn nicht an. Er konnte diesem gewaltigen Mann, der ihn hätte töten können, nicht in die Augen sehen. Doch ließ er sich mit fester Stimme vernehmen:

»Du bist kein geschlagener Mann. Das ist Unsinn! Du hast einen Sohn! Es ist dein Kind, Tom. Du bist nicht allein. Einen Sohn hast du dir immer gewünscht!«

Tom faßte sich, wischte über das zerschundene Gesicht und brachte so etwas wie ein Lächeln zustande.

Ja, einen Sohn, den hatte er, der würde ihm bleiben. Sein Sohn – sein Erbe.

*

Früher ließ man die Märchen, die man den Kindern erzählte, mit dem Satz enden:

»Und wenn sie nicht gestorben sind, dann leben sie noch heute.«

Nun, dies war kein Märchen, sondern eine Geschichte für Erwachsene. Und deshalb leben sie auch alle nicht mehr, die darin aufgetreten sind. Eva starb den anderen weit voraus. Tom erzog seinen Sohn mit Liebe und Sorgfalt zu einem tüchtigen Mann. Dann starb Thomas O'Shea, alt und lebenssatt.

Auch Zacharias O'Shea ist seit vier Jahren tot; er mochte nicht auf der Farm bleiben, sondern wurde ein weithin anerkannter Geologe. Die Farm fand einen Käufer, der den Besitz herunterwirtschaftete, weil er nichts davon verstand. Er ging bankrott, und der Urwald eroberte sich auf seine leise, zähe Weise die Rodungen zurück.

Roy Danlay meldete sich bald nach Evas Tod freiwillig zur kanadischen Armee. Der Erste Weltkrieg war in Europa ausgebrochen. Roy Danlay starb in Flandern den sogenannten Heldentod.

Was aus den beiden Ukrainern wurde, weiß man nicht. Vielleicht wurden sie als Jungkanadier eingezogen und sind wie Roy auf französischen oder belgischen Schlachtfeldern umgekommen.

Wenn nicht, so müssen sie es bei ihrem Fleiß, Anstand und Geschick zwischen den beiden Weltkriegen zu Wohlstand gebracht haben. Das war damals im kanadischen Westen kaum zu vermeiden.

Weiteres wäre zu diesen verschiedenen Schicksalen nicht zu berichten, das Neugierige – wie mich zum Beispiel – interessieren könnte.

A. E. Johann